面向21世纪课程教材

Zhongguo Xiandangdai Wenxueshi

中国现当代文学史（修订版）

上册

主　编　王嘉良／颜　敏

副主编　王晓初／邹忠民

上海教育出版社

修订版修订人员（按音序排列）

曹禧修　　贵志浩　　罗　华　　王嘉良　　王　侃

王晓初

第一版撰稿人员（按音序排列）

蔡根林　　程思义　　邓星明　　贵志浩　　韩春明

黄爱华　　黄红春　　黄红平　　景秀明　　雷水莲

李标晶　　李洪华　　刘家思　　罗　华　　任茹文

童　华　　汪亚明　　王嘉良　　王晓初　　姚晓龙

曾纪虎　　张丽丽　　张小萍

前　言

在中国文学史上，由“五四”发端的现当代文学是以自成格局的文学形态而载入史册的。它所具有的现代意义的文学特质，它为实现文学现代化所提供的历史经验，它的中国文学与世界文学交融的特质等都标志着中国文学已由古典风范向着现代品格转化，现当代文学同绵延已久的古代传统文学呈示出不同的格调，为中国文学史提供了一种全新的文学样式。因此，中国现当代文学早已成为一门独立的学科；中国现当代文学教学，也早已作为一门重要的基础课程列入高等学校的汉语言文学专业的教学内容之中。

作为一门独立学科，中国现当代文学课程经过历史的沿革，现在已到了厘定课程的称谓与内涵，使之成为具有相对合理性的独立文学课程的时候了。这门课程的开设，始于新中国成立初期的现代文学课程，或称为“新文学课”；编撰了许多“中国现代文学史”，或称“中国新文学史”相关的教材。中国现代文学史（或称中国新文学史）的时间段，则界定在自1917年新文学革命始，至1949年中华人民共和国成立止，前后约30年时间。这在当时历史条件下是有其合理性的。但是，我国的新文学实际上是在不断发展之中的，新中国成立以后的文学，基本上继承了前30年新文学的传统，在文学的本质属性和基本形态上，同通常所说的“现代期”文学并没有本质的区分。而随着时间的推延，“当代期”文学又远远超过前30年，到20世纪末为止，已经经历了50余年。因此，研究中国新文学史，如果仅仅只讲前30年文学的历史，显然是很不完整的。新时期以来，高校开设了一门新的独立的课程：“中国当代文学”。它的研究范围就是新中国成立以来直至现在正在发展中的新文学。这门课程的开设，弥补了以往的“现代文学”课一大块缺失，对丰富我国新文学史，具有重要意义。但这里也产生了一些问题：几千年的古代传统文学仅以“古代文学”名之，而不足一百年的现当代文学又要细分为两门课程，是否过于零碎繁琐？以“新文学”的视角观照文学现象，将同一个文学传统的文学人为地分割成“现代”“当代”两块，是否具有很严密的科学性？近年来已有不少有识之士指出：文学有其自身发展的规律，仅以政治制度的变更作为文学划界的依据本身就不够严谨，例如1942年《在延安文艺座谈会上的讲话》以后开创的文学的“工农兵方向”新时代，就同新中国成立以后"十七年"的文学没有本质的区分。若以新中国成立为界,将其划分为"现代"和"当代"两种文学,就显得很不科学,因而,就中国新文学的历史进程而言,"现代"和"当代"之分,充其量只是新文学发展中的两个不同阶段,要准确揭示文学发展规律,就必须打通现、当代文学之间的人为壁障,在"新文学"的整体框架内完整描述文学发展的历史。应当说,这一观点是有充分说服力的,目前已成为学界的共识,由此也说明重新界定学科和课程的历史范畴及其性质内涵是十分必要的。

本书是从现当代文学的整合理念上叙述中国现当代文学史,其历史范畴是从"五四"新文学革命起,至目前正在发展中的文学(为叙述方便,本书暂将其截止在20世纪末)。这样做,意在打破现、当代文学之间的壁障,试图从"新文学"的整体性观念作互相联接、前后传承。将其名为"中国现当代文学",是考虑到这一名称现在已成为学科的通用名称(它是国家学科分类中的二级学科名称),能够比较准确地表达学科的性质内涵及其涵盖的历史时段。我们不使用"中国20世纪文学"的概念,就在于这一概念消解了中国现当代文学的"新文学"属性和"现代性"属性,而使这一阶段的中国文学性质变得含混不清。在中国现代、当代文学史著述甚多之时,尝试再编著一部整合的中国现当代文学史,是在重新审视学科的性质、范畴后作出的决定,同时也是满足文学史研究和教学不断深化的需要。在此思想指导下,便有我们对文学史编写的一些新的构想与思考。

20世纪中国社会大动荡和世界文学潮流汹涌激荡的历史大背景促成了中国新文学的诞生,同时又深刻地影响着其后的历史进程,使中国现当代文学呈现出共同的整体性特征。首先,社会历史的变革,促进了中国文学向现代品格的转型,即实现文学观念的整体性变革,建设一种能够与现代的政治、经济、文化相适应的全新的文学,这成为中国现当代文学发展的主导方向。特别是发生于1917年的那场"五四"运动,正是顺应了历史要求,以文学观念的整体性变革和对封建文学的全方位批判,显示出全新的姿态。由此,新文学在日后的发展中,便一直保持着与社会思潮、社会意识形态的紧密联系。"五四"文学提倡"人的文学",是"五四"民主、科学思潮的反映;20世纪三四十年代,强化了文学的社会性,这显然同这一时期的社会历史情状相呼应;延安文学和新中国成立后"十七年"文学,特别强调阶级倾向性和政治倾向性,也与历史对文学提出的新要求有关;新时期文学又一次呼唤"人性解放""人的意识"的觉醒,部分地回到"五四"文学的主题,则明显是对新文学传统的承续。这不难看出:现当代文学正是在中国社会历史大变动的背景下显示出自己的独特发展形态，以致不时出现“似曾相识”的文学现象，这里显示的恰恰是文学的历史承续性与整体一致性。其次，共处在世界文学潮流互相碰撞、交融的历史大环境中，促使中国现当代文学逐步走上现代化道路。中国现当代文学产生的另一个历史背景，便是文学的世界性进程加快，国际文学交流空前活跃。从某种意义上可以说，中国新文学的诞生是中外文化交流的结果。在“五四”时期，新文学先驱者们以一种前所未有的开放性眼光吸收、借鉴外国文学思潮，把包括现实主义、浪漫主义、现代主义在内的各种文学思潮都介绍到中国，而且都在创作中作了尝试，从而使由此形成的新文学，无论从文学观念到文学体裁、语言形式等都摆脱了传统的束缚，在许多方面与中国古代文学形成了“断裂”。“断裂”的结果，是中国文学被注入了现代的新质，表现出同世界文学同步发展的趋向。此后，中国新文学同世界的对话，就一直没有停止过。国际无产阶级文学思潮对我国文学造成了极大的影响，同其他西方文学则开始保持距离。此种距离，随着民族化程度的加深，表现得愈益明显。在40年代后期，由于政治、地理条件的制约，解放区文学在强调民族性方面有所侧重，但同苏联文学之外的世界文学发生了某种程度的隔离。这种现象一直延伸到新中国成立以后至“文革”结束。80年代中期以后，随着我国对外开放的步伐加快，中外文学的交流又一次全方位展开，中国文学走向世界成为一个热门话题。此时的文学出现了“五四”文学曾经出现过的全新气象，而且是继承了“五四”又超越了“五四”。其显示的特征是：中国现当代文学在同外部世界的密切交往中不断获得生机与活力，只是在不同的文学发展阶段，与世界对话的方式与程度有所不同；而其间提供的历史经验与教训，又是未来文学发展应当认真记取的。

关于中国现当代文学史的基本构架的设想。文学史应是叙述“文学”发展的历史，其重点应放在文学自身发展规律的探索上，这是毫无疑问的。固然，一种文学现象的产生，也受制于文学外部规律的作用，将文学完全封闭在同社会思潮毫不搭界的真空内探讨其发展规律是愚蠢的。然而，文学创作毕竟是作家个人的创造性劳动，其创造性常常表现出同社会思潮既相关联又若即若离的特点。在同一种社会思潮下，会出现很不相同甚至截然相反的创作现象。由此看来，文学作为一种“审美的社会意识形态”异于其他意识形态，的确有其自身发展的规律。本书在构筑文学史的基本框架时，既注意到揭示社会思潮和文学思潮的整体性特点，同时又侧重把握文学发展的内部规律。全书在“新文学”观念的引导下，以中国现当代文学的缘起与诞生、发展与深化、历史调整、进入新时期四大编构成一个整体，述其发生、发展、变化、创新的总体流程。由于坚持文学自身发展规律这一理念,本书同一般文学史的较大区分就在于:在中国现当代文学史的分期上打破了以新中国成立为界的传统理念,把新文学的历史调整期界定在始于1942年的延安文艺座谈会,从而将新中国成立初期文学与解放区文学作了直接的对接。这样处理,也许会更切近中国现当代文学自身发展的实际。

对文学思潮与文学创作关系的处理。本书以四编建构文学史的整体框架,叙述文学发展脉络。每编各以一章叙述文学运动与文学思潮,概括本时期文学的整体特征,目的是在勾勒文学史发展线索,介绍重要文学运动与文学创作现象,特别注重揭示各个时期文学主题思路的衍化和不同文学创作的流向。我们认为,构成文学史的最重要元素应是文学创作,因此叙述的重点应放在作家作品的介绍、剖析上,本书即以主要篇幅叙述作家作品。叙述思路是以小说、诗歌、散文、戏剧四种文体,分别介绍各个时期的重要文学创作。这是全书的主体部分。按文体分类叙述一部文学史,可以看到各种文体的发展线索和各种体裁内部作家间相互影响相互渗透的关系,各类作品、各种风格和流派的不同表现形态,有利于从文学的“内部规律”去揭示现当代文学的演化、发展轨迹。当然这也有问题,有可能造成某些作家(特别是操持多种文体的作家)被分割在不同章节叙述,有损对其创作的完整性的认识。但我们同时觉得,一部文学史偏重“作家论”的模式并不可取,而且,作品被“分割”的弊端也是难以避免的,因为一个作家总有一种最擅长把握的文体,将其置于某种文体内作为最突出的成就介绍,当然也适当介绍其他文体的创作,作家创作的完整性依然可以得到显现。

本书对中国现当代文学的整体认识,采用的是“新文学”观念,注重的是中国现当代文学的“新质”,即它具有区别于中国传统文学的新的文学价值观、新的文学表现形态、新的文学审美品格。在这种“新质”规定下,中国现当代文学史就是一部内涵丰富、品类繁多、流派纷呈的历史。因此,考察各个时期的文学创作现象,既要看到文学主导倾向的一面,同时也要充分注意文学的多元并存格局。本书勾勒“史”的线索时,重点描述对中国现当代文学产生重大影响的文学运动与思潮,从主流倾向上把握文学发展的路径,同时也注意揭示文学思潮、文学创作的多元发展趋向,因而对各个时期文学思潮对峙互补格局的建构、文学的多种流向自然应给予足够的重视。而在叙述各类文学现象时,展示文学流派的丰富多样性,自然也是题中应有之义。本书阐述各类文学现象时,特别注重流派的概括,目的在于深化对文本的解读,也有利于总结文学自身发展规律。对于作家的评价,已有定评的作家当然是重点评述对象,但本书不是作家论相加的模式,加之“大家”的意义也是相对而言的,因而除鲁迅列专章叙述以外,其余作家概不立章,只对一些特别重要的作家加重一些评论的篇幅。与此相联系的,则是补充或加强了以往文学史缺漏的但在文学史上确有重要价值或显示出充分流派特色的作家和作品,我们认为,这样做对于体现文学史的完整性是有益的。

本书的编写,考虑到它作为现当代文学史教材使用而在编写体例上有所斟酌。首先是文学史内容的“删繁就简”。学生学习文学史重在“识史”而非研究。只要能从宏观上把握中国现当代文学史的发展脉络,了解重要的文学运动与文学思潮,把握重要的作家作品,就达到了预定目的。针对这一特点,本书在“史”的描述上不求很深很细,只勾勒基本发展线索,力求简明扼要,把握重点。其次是突出文学作品分析,以培养学生分析各类现当代文学文体的能力。本书之“简”是简在文学运动与思潮这一块,而对于文学创作的述评则仍占较大篇幅,其目的是让学生尽可能多地熟悉各种风格、流派的文学创作现象。在内容安排、章节设置等方面与具体教学环节相对应,增强了教学实践中的具体可操作性。此外,每章提供了部分参阅研究资料,设计了思考题,目的是有助于自学者对文学史作较为深入的了解和研究。

目　录

第一编

中国现当代文学的缘起与诞生

第一章　中国新文学的历史背景与“五四”文学革命

第一节　外来文学思潮的撞击与新文学“前夜的涌动”

如同整个现代化事业一样,中国文学的现代化也是在变革自身传统以适应现代生活的创造性转化和与西方文学的交流融合这两个维度上展开的,其间横亘着植根于农耕文明基础上的传统文学与植根于工业文明的现代文学之间的历史鸿沟。特别是当19世纪西方列强强行把中国拽入资本主义的文明体系之后,这种距离便更加明显。一方面面对急剧变化和动荡的社会现实,传统文学表现出空前的迂阔与空疏。王韬便尖锐地指出:“窃见今之所谓诗人矣,扯寻以为富,刻画以为工,宗唐祧宋以为高,摹杜范韩以为能,而于己之性情无有也,是则虽多奚为?”①因而变革传统文学使之适应现代社会的需要便作为历史发展的必然趋势而成为时代的一个中心课题。另一方面在资本主义的世界体系中

> 一切国家的精神生产和消费都成为世界性的了。……过去那种地方的和民族的自给自足和闭关自守状态,被各民族的各方面的互相往来和各方面的互相依赖所代替了。物质的生产如此,精神的生产也是如此。各民族的精神产品成了公共的财产。民族的片面性和局限性日益成为不可能,于是由许多种族的和地方的文学形成了一种世界的文学。②

这样,中国文学的现代化也就不能不在“世界文学”的体系和视野中展开,中国文学传统的变革及其创造性转化必须在与西方文学的交流与融合的过程中才能实现。西方文学的译介不仅提供了中国现代文学的最初范型,而且激活和促进了传统向现代的创造性转化。

由1895年甲午中日战争失败所引发的维新变法运动,开启了大规模的中西文化交流与融合的过程,开始了对传统文化的自觉变革和现代意识的确立。西方文学作品也伴随着西方思想文化著作的大量输入而涌入了中国。据日本学者樽本照雄统计:自1895年至1906年,出现翻译小说516种(部或篇)。③至19世纪末,翻译小说的几种主

要类型,如社会小说(《昕夕闲谈》)、政治小说(《佳人奇遇》)、言情小说(《巴黎茶花女遗事》)、科学小说(《80 日环游记》)、侦探小说(《新译包探案》)等均已齐备,并产生了广泛的社会影响。如林纾翻译的法国小仲马的《巴黎茶花女遗事》1899 年出版后,便"不胫而走",风行全国,有洛阳纸贵之誉。西方文学作品的输入并不是一个孤零零的事件,而是作为一种异质文学因素,加入到文学的生态中,调整和改变了传统的文学秩序,并形成一种新的文学视界和再生性资源,影响文学的发展。梁启超等倡导的晚清文学革新正是在这一全新的文学语境中展开的文学革新运动。无论是"诗界革命"、"文界革命",还是"小说界革命",其共同主旨都是要师法域外文学,改造乃至重建中国文学。并且正是这种与世界现代文学潮流相联系的新的文学视界和资源保证了晚清文学革新不同于传统文学变革的现代性,开始了文学观念、思想、主题、形式、文体、手法、语言等的现代性变革。例如"小说为文学之最上乘"的文学观念、第一人称限制叙事、倒装叙事、"译本小说"、"新学诗"、"新派诗"、"新文体"散文等都是中国文学史上前所未有的。

> 欲新一国之民,不可不先新一国之小说。故欲新道德,必新小说;欲新宗教,必新小说;欲新政治,必新小说;欲新风俗,必新小说;欲新学艺,乃至欲新人心,欲新人格,必新小说。……故欲今日改良群治,必自小说界革命始;欲新民,必自新小说始。

这是梁启超 1902 年发表的《论小说与群治之关系》一文所提出的"小说界革命"的经典性口号。晚清文学革新强调的"新"是建立在新战胜旧的进化论的框架之上的。严复著名的《天演论》以"天道变化,不主故常""世道必进,后胜于今"的观点冲破了"天不变,道亦不变"的法古尊圣的传统价值取向,开始建立起向前的、开放的和创造的价值观。这种直线向前、不可重复的历史时间意识,正是一种与循环的轮回的或者神话式的古代时间认识框架相反的现代的历史观。虽然这种历史观有将新与旧、古与今简单隔绝和对立起来,忽略历史演化过程中退化与循环现象等不足,但是它毕竟开始将中国人从泥古不化、因循守旧的传统思维中解放出来,确立起一种新的时代精神视野和思维模式,并潜在地影响着中国文学的变革。例如,中国文学亘古不变的大团圆模式,除了中国人深信不疑的那冥冥中主宰着一切的曲终奏雅、惩恶扬善的伦理理念之外,从深层的思维逻辑来看,则是依托于一种建立在日出日落的农业生产基础之上的循环的轮回的古代时间认识框架上的,即使伟大如《红楼梦》也以"兰桂齐芳"显示出世道的轮回。晚清的谴责小说则以一种对现实彻底否定和批判的精神表达了对这种框架的突破。在他们的艺术世界中,“任何事都可以透过一个妖异的交换机制予以占有或取代,因此他们投射出一个对现实真正荒芜的看法。价值之形成与涣散有如泡沫,道德则不过是表面功夫。现实的‘深度’竟是表面的延伸罢了”[④],从而开始动摇中国文学亘古长存的温柔敦厚的艺术规范和惩恶扬善的大团圆结局。

制约晚清文学革新的又一因素是现代传媒和文学市场的形成与作家的职业化。到1906年,仅最大的通商口岸上海出版的报刊就达66家之多,而全国出版的报刊总数则达到239种。[⑤]这些报刊在发表政论新闻的同时,也刊载文艺作品。后来这些内容便逐渐演变成“副刊”。与此同时专门的文学期刊也相继出现,如梁启超创办的《新小说》(1902),李宝嘉主编的《绣像小说》(1903),吴沃尧、周桂笙编辑的《月月小说》(1906)和黄摩西编辑的《小说林》(1907)便被称为当时的“四大文学期刊”。同时不断增长的城市市民及其文学需求又为文学市场准备了潜在的通俗读者群,从而使建立一个独立运行的文学市场成为可能。科举制的废除和现代教育的出现,一方面为现代的新文学准备了大量新式读者,另一方面也驱使那些脱出了传统“学而优则仕”人生轨道的被不断边缘化的知识分子投身于文学事业,把文学作为职业。虽然这首批“职业作家”或只是以文学作为一种手段和工具,来实践他们救国兴邦的政治大业;或有羞于“卖”文的沦落与彷徨,但是无论怎样,市场机制不仅以稳定优裕的生活待遇使这些作家从其他社会阶层中分化出来,并提供了一种人格独立和精神自由的空间;而且也推动着文学从包罗一切的意识形态范畴中分离出来,使探索其独特的意义、价值和特性成为可能。晚清不仅出现了一大批职业作家,而且中国文学特别是小说呈现出空前繁荣。据阿英编《晚清戏曲小说书目》统计,1898年到1911年14年间出版的小说,达1 145种(包括未完之作),比此前250年出版的总数还要多。

再次是晚清文学开始了中国文学总体宏观结构的变革。如果说以农业文明为基础的传统社会是以诗文为正宗的话,那么以工业文明为基础的现代社会则是以小说作为文学结构中心的。小说是伴随着市民阶层的兴起而兴起的一种文学形式,在人类历史上曾被称为“市民史诗”。而市民阶层的崛起又依托于工业文明的发展。如同西方小说从18世纪开始取代传统的韵体叙事文而成为一种主要的文学样式一样,中国从农业文明向工业文明的现代化转型也呼唤着这种文学结构的历史调整。晚清文学革新正好实现了这一历史的转型。梁启超肯定小说的不无夸张的名言“小说为文学之最上乘”很快便成为时代的共识,并推动着“新小说”走向繁荣。随着梁启超1902年在日本横滨首先创办小说刊物《新小说》之后,《绣像小说》《月月小说》《小说林》《小说世界》《中外小说林》等多种专门性小说刊物蜂起,到1918年徐枕亚创办《小说季报》,仅小说期刊就达50种以上,有力地促进了小说的创作与传播,使其如雨后春笋、生机勃勃。据日本学者樽本照雄编《新编清末民初小说目录》统计,近代(1840—1919)有创作小说7 466种,翻译小说2 545种,合计10 011种,而主要的创作年代在1898年至1919年的20年间(1898年至1919年间,创作小说达7 388种,翻译小说2 525种,20年间发表的小说占近代全部小说的99%)。

民初文学虽然相对于晚清文学革新运动来说,似乎表现出某种历史的"倒退",但是就文学自身的现代化来说又不能不说是某种历史的进步。作为文学主流的小说主潮一下子抛弃了政治的宏大叙事而转入哀情的悲啼,"无异于是对过去文学与政治联姻的做法,集体提交的一份'离婚书'"。⑥实际上如同梁启超所倡导的晚清文学革新无意中启动了中国文学的现代化历程一样,"新小说"的这种"回旋"也在貌似倒退中推进了中国文学的现代化进程。这不仅体现为文学的情感本体化,而且在建构一种新的现代文学形式上也取得了长足进步。同时,一种适应现代社会生活的戏剧形式也在中国大地上成长起来。

文学作为一种意识形态,无疑具有表达社会政治思想的功能,并进而影响社会教化。但是文学又是以语言艺术的身份进入意识形态的,因而文学所要表达的政治思想因素必须融入文学的审美形式中。同时文学所表现的意识形态的内涵又是十分广阔的。它可以表现政治的经济的道德的思想,也可以表现文化的心理的哲学的宗教的思想,并且这些思想还必须融入活生生的艺术形象之中,通过审美的艺术形式表现出来。而这活生生的艺术形象又是以人为中心的,所以,说到底文学是一种人学,是对人生的一种艺术探索,它满足的是人的审美需要。因而如果让它单一地表达政治,那么这种畸形的负重必然引起它自身的反拨。晚清文学正出现了这种现象,早在1905年王国维便撰文批评了这种仅视文学为政治工具的倾向。他在《论近年之学术界》中说:"庚辛(1900—1901)以还,各种杂志接踵而起,其执笔者非喜事之学生则亡命之逋臣也。此等杂志本不知学问为何物,而但有政治上之目的。……又观近年之文学,亦不重文学自身之价值唯视为政治教育之手段。"⑦并进而认为中国"历代诗人多托于忠君爱国劝善惩恶之意以自解免,而纯粹美术上之著述,往往受世人之迫害而无人为此昭雪也",因而"美术之无独立之价值矣"。⑧当然美术这种"独立价值",并非简单的游戏,而是对人生的艺术探索。他说:"美术之价值,对现在之世界人生而起者,非有绝对的价值也。其材料取诸人生,其理想亦视人生之缺陷逼仄,而趋于反对之方面。如此之美术,唯于如此之世界,如此之人生中,始有价值耳。"⑨王国维之所以能提出这种真知灼见,正在于他与西方现代美学和文学理论达到了深度融合，从而开始了自律性的现代文艺观念的世纪呼唤，体现出反叛根深蒂固的“文以载道”的传统文学观念，实现文学现代性的一种理论自觉。

几乎与此同时，吴趼人的《恨海》也借鉴西方小说心理描写和内心独白技巧，展示青年女性棣华内心的矛盾心理，“关心个性胜过事件”，“在对于爱情与情感的深刻心理描写方面取得的进步与西方小说取得的进展相似”，从而“预示了中国小说发展的新方向”。[10]

正是在以上两种艺术趋势历史合力的作用下，重视小说自身审美价值和人的内在情感的言情小说便成为民初文学发展的必然。当然，为了适应民初社会价值空缺和迷茫的时代现实以及市民多样化的文化选择，这时期的小说带有明显的通俗化特征，存在着格调不高、迎合世俗，甚至媚俗与商品化的倾向，追求消闲与娱乐，艺术上带有模式化、类型化的特点。不过一些优秀的开风气之先的作品却传达了一种黎明前夕的青春气息，表现了一种文学思潮的转移；并且相对于晚清小说来说，在艺术上取得了长足的进步。例如苏曼殊的《断鸿零雁记》细腻地展示了主人公（三郎）徘徊在理性与情感、宗教戒律与世俗人生、出世与入世之间的矛盾与困惑。虽然他为了成全雪梅而出家，却又始终忘不了她；虽然他拒绝了静子的爱情而坚守和尚的身份，却在感情上充满了惆怅与痛苦。“他似乎在寻求超越爱与死的本体真如世界，而这个本体真如却又实际只存在于这个世俗的情爱生死之中。”这种矛盾和困惑传达出来的正是一个已经觉醒但又不无迷茫与痛苦的心灵世界，这是只有“近现代人才具有的那种个体主义的人生孤独感与宇宙苍茫感”。[11]苏曼殊之所以能率先传达出这样清新的艺术信息，是与他多年在海外汲取欧风美雨，特别是他受以拜伦为代表的西方浪漫主义呼号个体独立的“思想情感方式”的浸润分不开的。它标志着现代个体主义的文化精神开始在中国大地上萌动。同样在徐枕亚的《玉梨魂》所展示的寡妇恋爱的悲剧中，在主人公情与礼的交互冲突中，主人公虽然还没有勇气向前再跨出一步去追求现世的幸福，但仍最终以殉情而了结此生。这种“以自戕方式履践爱情誓言，视爱情价值高于一切的行为，在人格力量与情感愿望上都具有了向现代爱情迈进的前趋性”。[12]从这一意义上，我们也可以说《玉梨魂》传达了某种黎明前夕的青春气息。正如美国学者佩里·林克所分析，虽然作者一再向读者提出“勿沉溺于情的警告”，但这“几乎没有在青年读者中唤起对浪漫爱情的鉴戒。恰恰相反，它却引起了读者对情的更加迷恋”。[13]

同时，相对于晚清小说来说，民初小说在艺术变革上取得了长足的进步。《断鸿零雁记》完全是以主人公第一人称的自叙视角展开的，而主人公又是以作家自己的身世为原型创作的,因而溶入了相当强烈的生命体验与审美体验。无论是写景状物,还是叙事议论,都带有浓郁的抒情色彩。这种第一人称限知叙事相对于吴趼人的《二十年目睹之怪现状》来说,已经走向成熟。《玉梨魂》则汲取了法国小仲马的《茶花女》引书信日记来展开情节、披露人物内心情感与心理的方法。作品以葬花开始,引出何梦霞与白梨影的爱情悲剧,最后以崔筠倩的日记作结。其主要情节是通过书信(包括诗词酬答)、日记来展开的,而这又依托于主人公内心情感和心理的冲突。正是在人物“情”与“礼”激烈冲突的张力中,作品才淋漓尽致而又层次分明地展示出黎明前夕已经朦胧觉醒的学子与才女的内在心灵,这正是作品艺术魅力之所在。1914 年至 1916 年作家又将《玉梨魂》改写为日记体的长篇小说《雪鸿泪史》,不仅开创了日记体小说的新体例,而且仍然受到了读者的欢迎。这说明这种抒写人的内在世界的小说已成为整个苦闷彷徨时代的审美需要。或许可以说正是这一时代需要,使第一人称叙述获得了广泛的运用。“民初至少有十余位作家运用过第一人称叙述,作品数量之多,远远超过晚清。从此,它在中国小说界真正扎下根来。”[14]新兴的短篇小说也取得了长足的进步。不仅各种体式的探索异彩纷呈,如包天笑的《冥鸿》以十一封活人与死者的通信构成,尝试了最早的书信体小说。徐卓呆的《此声何耶》则尝试了喜剧结构的戏剧性小说。周瘦鹃的《九华帐里》和《阿郎安在》分别尝试了独白小说和心理小说;其《旧恨》甚至包括了某种“命题的复调”和“多声部的和弦”;其《旧约》则展示了叙述视角的变换。并且这些实验还促进了他们小说艺术观念的转变:“小说是描写人生的片断为主,所以不必有始有终。”[15]从而开始了对有始有终的传统小说艺术体制的更自觉的革新与反叛。而鲁迅 1913 年发表的文言短篇小说《怀旧》截取一天一晚的时间,以一个童蒙在青桐树下看到的一场虚惊来表现辛亥革命到来前夕各阶层人们的态度,显示出横截面式现代小说开始走向圆熟。同时小说语体的正反经验也推动着作家逐渐意识到“小说以白话为正宗”[16],并率先于 1916 年推出了“全用白话体”的小说月刊《小说画报》(包天笑主编),开了白话文学运动之先声。而话剧这种舶来的艺术样式,也以“文明戏”的新形式在中国的沿海都市流行起来。

第二节　新文学意识的觉醒和“五四”文学革命

如果说晚清文学和民初文学作为新文学“前夜的涌动”,还只是从不同的侧面开启了中国文学现代性的历史进程的话,那么发源于“五四”新文化运动的“五四”新文学则对这不同的现代性加以了历史的整合,从而标志着中国文学现代性的确立。

“五四”文学革命发端于胡适 1917 年 1 月发表于《新青年》的《文学改良刍议》一

文。文中提出改良文学应从“八事”入手，即需言之有物、不模仿古人、须讲求文法、不作无病呻吟、务去滥调套语、不用典、不讲对仗、不避俗字俗语。紧接着陈独秀又在《新青年》同年2月号上发表《文学革命论》加以呼应。文中大书特书文学革命的“三大主义”：“曰推倒雕琢的阿谀的贵族文学，建设平易的抒情的国民文学；曰推倒陈腐的铺张的古典文学，建设新鲜的立诚的写实文学；曰推倒迂晦的艰涩的山林文学，建设明了的通俗的社会文学。”随后钱玄同、刘半农等都纷纷撰文响应。钱玄同还化名王敬轩给《新青年》写信，汇集了各种反对新文学和白话文的观点，于1918年3月在《新青年》刊登出来。同时则由刘半农以《答王敬轩书》对“王敬轩”的观点一一加以辩驳，上演了一出精彩的“双簧戏”，扩大了新文学的影响。

相对于晚清文学革新来说，“五四”文学革命至少在以下两点取得了历史性突破。

第一，相对于晚清文学革新来说，“五四”文学革命是一次更自觉更完全意义上的文学革新运动。它不再把文学仅仅作为政治变革的工具，而是深入到文学本身的语体层次，直接要求文学存在形式的变革。这既是民初文学重视自身价值思潮的深化，又是一次更深刻意义上的文学变革，它体现出文学本体的自觉。发难者胡适不仅在《文学改良刍议》中第一次明确提出“白话文为中国文学之正宗”，而且在《建设的文学革命论》中更是将“国语的文学，文学的国语”归结为文学革命的宗旨，“我们所提倡的文学革命，只是要替中国创造一种国语的文学”。这基于他这样一种思考，“文学的生命全靠能用一个时代的活的工具来表现一个时代的情感与思想”，而“工具僵死了”便必须进行文学革命。虽然胡适仅仅是把语言作为文学表现的工具来看待的，但是已隐含着对文言作为一种语言系统与现代生活和情感有着巨大差异的认识。当然早在戊戌变法维新思潮中，裘廷梁便发表了《论白话为维新之本》(1897)，提出了“崇白话而废文言”的口号，并促进了白话报刊、白话书籍和白话小说的热潮。然而他并不是从文学变革的角度来提倡白话的，而是着眼于维新启蒙，着眼于将白话作为粗识字的妇孺和普通百姓启蒙的工具；作为士大夫知识分子自己则仍然要使用高雅的文言。具有反讽意味的是裘廷梁这篇提倡白话文的文章本身却是用文言写成的。以白话文取代文言文的语体革命看似只是一个文学“工具”问题，实际上其意义远远超过当时人们对这个词的定义。每个人都是通过语言来认知和思维世界的，因而“我的语言的界限意味着我的世界的界限”。[17]但语言却是先于每个人的一种存在，语言作为一种文化前结构，先在地制约着使用者的思维逻辑和情感价值。文言文和白话文实际上正体现出两种既相互联系又明显不同的思维逻辑与价值体系，“晚清以来，白话文之所以伴随西学浪潮而逐渐盛行以至渐成时势，恰是因为现代理性的逻辑系统难以用文言文来圆满显现，甚至连西学的一些概念都无法在文言中找到对应物”。[18]同样就中国古典文学,特别是奉为正宗的古典诗歌来说,“本来,世界提供给诗人可选择的物象无比繁盛,但是,词语方式与意义的稳固契合造成了意型的老化和硬化,词语选择的定向性导致了语言的困境,不但意象被囿限在一个相对固定的范围里,而且诗句的每一个位置实际上也已规定了词语的选择限制”。[19]如果说这种“困境”还是在相对封闭的传统社会中的文学困境的话,那么随着工业化启动所带来的整个社会的现代转型,必然面临更大的语言危机。所以“五四”语体形式的革命不仅是一个创造新的语义系统以适应变迁了的社会心态和与外部世界交流需要的过程,也是一个创造新文学的过程。虽然一般的语言并不等同于文学语言,但是作为语言艺术的文学,正是以一般语言作为它的原料的。文学首先必须是一个符合审美原则的符号组织和文字结构,因而语言的更换不仅从根本上改变了人们眼中的世界,而且文学也就在这种更换的同时获得了新生,这种发展方向是与西方现代化进程中文学(文化)的世俗化相一致的。虽然梁启超早在1903年就已经意识到“文学之进化有一大关键,即由古语之文学,变为俗语之文学是也。各国文学史之开展靡不循此轨道”。[20]但真正实现了这一目标的却是“五四”,它本质上体现出中国文学发展的一种必然趋势。所以虽然林纾之流也曾站出来发表了几篇文章,攻击白话文不过是“引车卖浆之徒所操之语”[21],却无法阻挡这一历史潮流,随着1919年四百多家报刊采用白话后,北洋政府教育部也于1920年决定全国中小学使用白话语文教材。

第二,“五四”文学革命确立了一种具有现代性的个性解放和人的觉醒的文学观。1918年12月刊于《新青年》第五卷第六号上的周作人的《人的文学》一文开篇便提出“人的文学”的口号实际上是在文学上对中国人的发现和“辟人荒”。人的文学“是用这人道主义为本,对于人生诸问题,加以记录研究”的文学,但是这人道主义“并非世间所谓‘悲天悯人’或‘博施济众’的慈善主义,乃是一种个人主义的人间本位主义”。他还进一步地指出个人与人类(群体)的关系,应以个人为本。这是因为:(1)个人与群体的关系,犹如树木与森林的关系,要森林茂盛,“非靠各树各自茂盛不可”;(2)“爱人类,就只为人类中有了我,与我有关的缘故”,因此“讲人道,爱人类,便必须使自己有人的资格,占得人的位置”。所以“人的文学”实际上是“五四”新文化运动所确立的个体文化精神的文学呼唤,它表达的是一种个性解放和人的觉醒的文学观,并构成了“五四”新文学的核心观念。正如茅盾所说“人的发现,即发展个性,即个人主义,成为‘五四’新文学运动的主要目标;当时的文学批评和创作都是有意识的或下意识的向着这个目标”。[22]鲁迅也说“最初,文学革命者的要求是人性的解放”。[23]如同西方文艺复兴文学开启了一种近代文学观念一样,这就使中国文学从“文以载道”的传统枷锁中解放出来,确立了中国文学的现代观念。随后周作人又发表了《平民文学》(1919)要求文学"以普通的文体,写普通的思想和事实","不必记英雄豪杰的事业,才子佳人的幸福,只应记载世间普通男女的悲欢成败",则体现出"专为下等社会写照"的近代写实主义和文学世俗化的艺术指向。

随着以上历史视点的转变和语体形式的变革,文学革命倡导者便一方面加强了对封建旧文学的猛烈批判,斥之为"非人的文学"、"死文学",指斥一味拟古的骈文、古文为"选学妖孽"、"桐城谬种"。其中对桐城派古文高手、西洋文学的热情翻译者林纾(琴南)的批判最为突出。林纾从维护传统古文的立场出发,顽固反对白话文运动,声言"拼我残年,竭力卫道",连续写了《论古文之不当废》《论古文白话之消长》等文章,断言提倡白话文"万无能成之理",新文学阵营对此展开了猛烈还击。此外,他们还对"礼拜六派"、"黑幕小说"以及团圆主义的旧戏曲加以激烈的否定。虽然其中也表现出不加分析的绝对化倾向,但实际上是源于救国救民的政治焦虑,如陈独秀的《文学革命论》便是沿着梁启超式"今欲革新政治,势不得不革新盘踞于运用此政治者精神界之学"思路展开的,只是更加深入而已。不过或许正是由于这种震撼式"断裂",才为中国文学开创了一个新的时期。

另一方面,"五四"文学革命又开始了更自觉的学习西方文学的运动,陈独秀在《文学革命论》中提出以"庄严灿烂之欧洲"为新文学师法的目标,胡适也在《建设的文学革命论》中呼吁"赶紧多多翻译西洋的文学名著做我们的模范"。因而"五四"就不再像晚清那样仅仅着眼于政治变革、改良群治,或者商业化目的去翻译西方文学,而是着眼于文学本身的价值和建设去翻译西方文学。一大批文学名著和各种文学思潮流派,诸如屠格涅夫、龚古尔、王尔德、契诃夫、易卜生等作家的作品,现实主义、自然主义、浪漫主义、古典主义、象征主义、表现主义、印象主义、唯美主义等思潮流派如潮水般涌入中国;并更深刻地冲击和调整着中国文学的视界,促进新的文学视野与走向的形成。以至"中国的新的文艺的一时的转变和流行,有时那主权是简直大半操于外国书籍贩卖者之手的,来一批书,便给一点影响"。[24]虽然这种饥不择食的学习与模仿也带来某种言必称欧美、片面西化的绝对主义弊病,但它毕竟促进了中西文学更深度的沟通与融合。正是这种大规模学习西方文学的冲击和影响,才促进了旧文学的崩溃、解体与蜕变,才促进了中国作家批评家审美认知结构的解放、更新与重建,并从根本上冲破和改变了中国传统文学封闭保守的品格,而铸就了这一时代开放而多元的胸怀和气魄,宽容和自由创造的精神。总之,造就了一个"收纳新潮,脱离旧套"[25]的文学时代,一个努力走向世界与世界文学潮流趋向同一的文学时代。

第三节　新文学社团蜂起与文学论争

随着1921年新文学的两个最重要的社团——文学研究会和创造社的成立,新文学便进入了"青年的文学团体和小型的文艺定期期刊蓬勃滋生的时代"。[26]据统计,从1921年到1923年全国各地涌现出大小文学社团41个,出版文学刊物52种。到1925年,文学社团和文学刊物分别激增到一百多个(种)。其中影响最大的是文学研究会、创造社、语丝社和新月社。正是这些专业的文学社团及其依托的现代传媒构建起文学的公共领域,不仅成为市民公共文化空间的重要支撑,而且通过这种以现代传媒为中心的文化共同体展开了多场域多向度的文学探索。

一、文学研究会

文学研究会是新文学的第一个纯文学团体。1921年1月成立于北京。发起人有周作人、朱希祖、耿济之、郑振铎、瞿世英、王统照、沈雁冰、叶绍钧、郭绍虞、孙伏园和许地山等12人。核心人物是郑振铎和沈雁冰。后来发展到一百七十多名会员,包括冰心、朱自清、庐隐等著名作家,并先后在北京(中心南移上海)、广州、宁波、郑州等地设分会。他们把上海商务印书馆出版、经改革后由沈雁冰主编的《小说月报》作为会刊,还陆续编辑出版了《文学季刊》(上海,附《时事周报》发行,1921年5月创刊)、《文学周报》、《诗》月刊等刊物,出版丛书近百种。

文学研究会提倡"为人生的艺术",反对"为艺术的艺术"。他们在《文学研究会宣言》中宣称:"将文艺当作高兴时的游戏或失意时的消遣的时候,现在已经过去了。我们相信文学是一种工作,而且又是于人生很切要的一种工作。"这不仅显示了一种自觉的现代文学的职业意识,而且表达了一种"为人生"的文学观念。茅盾(沈雁冰)后来解释说,这一态度"在当时是被理解作'文学应该反映社会的现象,表现或讨论一些有关人生一般的问题'"。[27]这说明文学研究会"为人生"的文学主张一方面规定了文学反映的对象是"社会的现象",从而与现实主义相通;另一方面又强调文学对于人生的作用,要求文学起到指导人生、改造社会的作用。这既是危难时代的需要,承继了梁启超的文学功利论,也契合了中国源远流长的诗教传统。

值得注意的是起草了文学研究会宣言的周作人很快就对这种文学观念产生了怀疑。他在《自己的园地》(1923)一文中说,"为艺术派以个人为艺术的工匠,为人生派以艺术为人生的仆役"都是片面的。因为艺术与人生的关系,不是谁附属于谁的问题,而是浑然一体的,所以应该提倡的是"以个人为主人,表情思而成艺术"。这种艺术"初不为福利他人而作，而他人接触这艺术，得到一种共鸣与感兴，使其精神生活充实而丰富”，具“有独立的艺术美与无形的功利”。实际上也就是坚持了一种与他“人的文学”相通的“个性的文学”。但是随着文学研究会中心南移上海，周作人已很少参与文研会的活动了。

与文学研究会“为人生”的文学主张相契合的是鲁迅的文学主张。鲁迅1933年回顾说：“说到‘为什么’做小说罢，我仍抱着十多年前的‘启蒙主义’，以为必须是‘为人生’，而且要改良人生。我深恶先前的称小说为‘闲书’，而且将‘为艺术而艺术’看作不过是‘消闲’的新式的别号。”[28]所以虽然鲁迅没有直接参加文学研究会，但却以其辉煌的创作实绩而成为“为人生”派艺术的主将。这种“为人生”与“为艺术”观念的差异，也是他和茅盾等与创造社多次发生争论的一个潜在原因。

这种“为人生”的文学主张使文学研究会在创作方法上倾向于现实主义。他们“比《新青年》派更进一步揭起了写实主义的文学革命的旗帜”。[29]但是这种现实主义只是在关注现实人生这一点上成为同人的共识，在如何反映人生的问题上，他们的见解并不一致。沈雁冰、叶圣陶强调的是反映的真实性，以至曾一度提倡“自然主义”。而冰心却主张“心里有什么，笔下写什么”，“努力的发挥个性，表现自己”。[30]庐隐也认为“艺术的结晶，便是主观”。[31]郑振铎把“美”看成是文艺的生命。[32]因此他们的创作往往具有“二重性”。当他们着重于提出对人生的看法，表现对于理想人生的追求时，他们的作品便呈现出明显的主观倾向和浪漫主义色彩；当他们着重揭露人生缺陷，表现社会人生时，则偏重于客观的现实主义方法。因此，严格地说来，文学研究会不是一个创作方法上的流派，而是一个对文学职能功用见解比较接近的文学团体。

文学研究会除努力创作外，也重视翻译介绍外国文学，尤其侧重译介俄国、法国及北欧的现实主义名著，如托尔斯泰、屠格涅夫、契诃夫、罗曼·罗兰、莫泊桑等作家的作品。文学研究会没有统一的领导，组织也比较松散，因而1925年“五卅”后，随着时代兴奋点的转移便逐渐分化，如茅盾、张闻天等投身实际的革命斗争，孙伏园、俞平伯等另组语丝社，徐志摩成为新月社中坚。1926年后活动逐渐减少，不过直到1932年《小说月报》被日军轰炸毁坏，这个团体才无形解散。

与文学研究会倾向相近的是语丝社、莽原社、未名社等团体。

二、语丝社

语丝社是因《语丝》周刊而得名的。1924年10月，负责编辑《晨报·副刊》的孙伏园因与《晨报》主编刘勉己发生矛盾而辞职，遂联合一批作家自办了《语丝》月刊，其主要成员有鲁迅、周作人、孙伏园、林语堂、钱玄同、刘半农、俞平伯、川岛(章廷谦)、冯文炳(废名)、淦女士等。起主导作用的是周氏兄弟。特别是在1927年10月《语丝》被军阀张作霖查封前,周作人起着核心作用。他不但自第二期起便担任主编,而且他发表的文字约占刊物的四分之一。

《语丝》在《发刊词》中说:“我们个人的思想尽自不同,但对于一切专断与卑鄙之反抗则没有差异。我们这个周刊的主张是提供自由思想,独立判断,和美的生活。”这种倡导思想自由、个性表现、注重社会批评和文明批评的宗旨,使《语丝》多刊载针砭时弊的杂文和随笔体散文,并“在不意中显示了一种特色是:任意而谈,无所顾忌,要催促新的产生,对于有害于新的旧物,则竭力加以排击”。[33]因而在20世纪20年代的思想文化斗争中发挥了重要的战斗作用,形成了一种风格泼辣幽默并富有战斗性和批判性的“语丝文体”。1927年后,在封建军阀的压迫下,《语丝》迁往上海出版,先后由鲁迅和柔石主编。不过这时原语丝社成员已发生了明显的分化,《语丝》也不再是原来的同人杂志了。

除文学研究会、语丝社外,其他执着现实人生的文学社团还有:莽原社,1925年4月成立于北京,其主要成员有高长虹、向培良、高钺、黄鹏基等,以《莽原》(先为周刊,1926年为月刊)为主要阵地,至1927年解体;未名社,1925年8月成立于北京,主要成员有曹靖华、韦素园、台静农、李霁野、韦丛芜等,主要编印了《未名丛刊》(收24种书籍)和《未名新集》(收6种书籍),1931年因内部矛盾和经济困难而解体。以上两个团体的成员大多为鲁迅先生的学生和青年朋友,因而在抗击旧势力方面比《语丝》更激进。鲁迅在给许广平的信中说:“中国现今文坛(?)的状况,实在不佳,……最缺少的是‘文明批评’和‘社会批评’,我之以《莽原》起哄,大半也就为了想由此引些新的这一种批评者来。”[34]另外,未名社在译介外国文学方面也作出了许多贡献。

三、创造社

被称为“异军突起”的创造社于1921年6月成立于日本东京。其成员是当时的留日学生,以郭沫若、成仿吾、郁达夫为核心,包括张资平、田汉、郑伯奇等。一方面他们在外国直接受到西方新思潮的洗礼;另一方面身处异国他乡的弱国子民的心又备感孤寂,因而在文学上便表现出不同于文学研究会的文学主张,即认为文学是自我情绪的表现。郭沫若在《创造》季刊第二号上便代表同人宣称:“我们所同的,只是本着我们的内心要求,从事文艺活动罢了。”而这种“内心要求”便是情绪。因为“艺术家目的只在乎如何能真挚地表现出自己的感情”。[35]成仿吾也认为“文学始终是以情感为生命的,情感便是他的始终”。[36]由此他们也就注重艺术家的“灵感”与“天才”,认为“文艺是天才的创造物,不可用规矩来测量的”[37],诗的源泉是诗人的“直觉”与“灵感”。

正是从以上文学观念出发,他们一方面反对文学的功利主义,倡导文学“无目的论”。如郭沫若说文艺“如春日的花草,乃艺术家内心之智慧的表现,是没有什么目的的”。[38]但是另一方面他们又思考着文学“对于时代的使命”,认为“文学是时代的良心”。表面上看来是矛盾的,但实际上在创造社作家的观念中,是有分别的。如郭沫若所说:“就创作方面主张时,当持唯美主义;就鉴赏方面言时,当持功利主义。”[39]也就是说,虽然创作是非功利性的,但接受却是有功利性的。因而郭沫若一方面宣布“我对于艺术上的功利主义的动机说,是不承认它有成立的可能性”;另一方面,又认为“一切艺术,虽然貌似无用,然而有大用存在。它是唤醒社会的警钟,它是招返迷羊的圣箓……”[40]成仿吾、郁达夫也都存在同样的“矛盾”。对艺术功利强调的加重便导致了后期创造社的“方向转换”。

用浪漫主义来概括创造社的创作方法是不确切的。作为浪漫主义本质特征之一的理想性在创造社作家的创作中缺少鲜明的表现(郭沫若在创造社成立前创作的《女神》等除外)。同时,他们对浪漫主义所依傍的自然也不以为然,王独清便明确宣称要“破除‘自然’底迷信”[41],因而创造社文学只是在情绪表现上与浪漫主义的情感性、主观性相契合。而这契合中又融合进了西方的感伤主义、表现主义、唯美主义和直觉论,以及中国古代的感伤传统等因素。特别是郭沫若的创作,明显地体现出表现主义再生、反抗、创造的三大母题。因而如果硬要用一个词来概括他们的话,用“抒情主义”似更适宜。

综上所述,创造社作家是以一种独特的文学主张和富有特色的文学创作登上文坛的。因而他们于1922年5月开始在上海出版《创造》季刊、《创造周报》、《创造日》等书刊时,便迅速风靡全国。当然由于文学观念与创作倾向的差异,他们也先后与文学研究会、鲁迅等发生过文学论争。

不过创造性的“浪漫”激情爆发得迅猛、激烈,消失得也就比较迅捷。当1923年郁达夫北上北京大学任教后,创造社便迅速衰落。首先是《创造日》1923年11月停刊,接着《创造》季刊在1924年2月停刊(后与北京《太平洋》杂志合并在北京创办《现代评论》)。最后《创造日报》也于1924年5月结束,至1925年“五卅”,可称为创造社前期。其间虽有周全平编辑的《洪水》周刊的“复活”,但已不足以代表创造社的原貌,而表现出一种转换方向的过渡性特征。后期创造社除《洪水》半月刊外,还有《创造月刊》《文化批判》等刊物。创造社“元老们”已出现了分化(郁达夫于1927年8月脱离了创造社),起中坚主导作用的是1927年冬由日本回国的一批青年李初梨、冯乃超、朱镜我等。这些少壮派否定了前期创造社表现自我情绪的文学倾向,转而提倡革命文学。

与创造社倾向相近的其他文学社团还有:弥洒社,1923年在上海成立,其主要成员有胡心源、钱江春等,多为沪、杭一带的学生青年。弥洒取自Musa(文艺女神)的音译。创办《弥洒》月刊(1923—1924),宣言自己"乃是文艺之神",只顺着自己的灵感而创作。1927年停止活动。浅草社,于1922年初在上海成立。其主要成员是林如稷、陈翔鹤、陈炜谟、冯至等。1923年5月创办《浅草》季刊,后又有《文艺旬刊》等。浅草社的文学主张体现出忠诚艺术,各流派并存,不介入文坛论争的宽容倾向。鲁迅曾评价说:

> 浅草社,其实也是"为艺术而艺术"的作家团体,但他们的季刊,每一期都显示着努力向外,在摄取异域的营养。向内,在挖掘自己的灵魂,要发见心灵的眼睛和喉舌,来凝视这世界,将真和美歌唱给寂寞的人们。[42]

沉钟社,于1925年10月成立于北京,主要成员是原浅草社的陈炜谟、冯至、陈翔鹤,另有杨晦等。"沉钟"的名称来源于德国戏剧家霍普特曼的童话象征剧《沉钟》。同时他们也先后创办了《沉钟》周刊(出10期,因自费印刷困难而停刊)、《沉钟》半月刊(1926年8月至1927年1月),还编辑出版过《沉钟丛刊》。《沉钟》的文学倾向与浅草社基本一致,但渐趋严谨、成熟、切实。狂飙社,因创办《狂飙周刊》(1924年9月)而得名。其主要成员有高长虹、向培良、黄鹏基、尚钺、尚歌等。狂飙社更多地受尼采和未来主义的影响,提倡"强的文艺"。其在尊崇自我方面与创造社相同,而在反抗社会方面又同于语丝社,但发展到极端,反抗一切权威,带有明显的虚无主义色彩。

四、新月社

严格地说,新月社不是一个纯文学团体。它最初是一些知识分子于1923年12月在北京发起的聚餐会,其主要成员有胡适、梁启超、徐志摩等人,多数是留学英美的青年人,有诗人、作家、戏剧家,也有政治家与学者。1925年初在美国留学的闻一多、余上沅、赵太侔、林徽因等相继回国,加入新月社。他们利用徐志摩于1925年10月主编《晨报·副刊》的阵地,一方面于1926年4月创办《晨报·副刊·诗镌》,倡导"格律诗",虽然只出了11期,但在新诗史上影响重大,并形成了独具特色的"新月诗派";另一方面则是由余上沅、赵太侔、闻一多于1925年在北京国立艺专建立戏剧系,并于1926年6月继《诗镌》之后,在《晨报·副刊》上创办《剧刊》,倡导"国剧运动"。

新月社的文学主张总起来可归纳为两点。第一是批评了“五四”以来新文学情绪过分泛滥和形式散漫化倾向，提出“以理性节制感情”的美学原则。他们认为浪漫主义文学的情感过于泛滥，而“文学的力量不在于开扩，而在于集中；不在于放纵，而在于节制”[43]，因而这些情感必须纳入一定的形式之中，“完美的形体是完美的精神的惟一表现”[44]。因而他们强调艺术选择和艺术加工，认为“没有选择就没有艺术”，“自然都是美的，美不是现成的”，倡导“格律诗”，闻一多进而提出了著名的诗歌“三美”，即音乐美、绘画美和建筑美的主张。所谓音乐美，是指音节的协和与节奏，因而要求每行的音节数大致相等。所谓绘画美，是指诗歌语言词藻修辞的美，也就是对土白语言的“艺术化”。建筑的美则是指诗歌外在形式所达到的“节的匀称和句的均齐”所产生的视觉美。同样在“国剧运动”中，他们也批评早期易卜生式话剧“利用艺术去纠正人心，改善生活”的倾向，使“这些戏剧”“已不成其为艺术”。[45]因而要求戏剧登上“纯形”的境界，追求戏剧的形式“节奏”。第二是对“五四”新文学的“欧化”倾向不满，强调要融合中西，要从中国古典艺术中汲取营养。闻一多便批评郭沫若的诗歌缺乏地方色彩，而应该融合中西，“做中西艺术结婚后产生的宁馨儿”。[46]而“国剧”的创造，就是要在写意的和写实的两峰间架起一座桥梁，创造一种新的戏剧。[47]

1926 年 6 月以后，闻一多、徐志摩等相继离开北京，新月社无形解散。当他们与《现代评论》的胡适、陈西滢等人于 1927 年重新集合在上海，创办新月书店和《新月月刊》(1928.3—1933.6)时，便进入了新月派活动的第二个时期，即后期新月派了。这一时期新月社的主要文学成就依然在诗歌创作上。当陈梦家 1931 年 9 月编选《新月诗选》时，收入 18 家诗人的诗作，显示了相当整齐的阵营。但这时闻一多已赴山东青岛大学任教，主要精力转入学术研究。骨干力量是陈梦家、方玮德等南京中央大学学生诗人群和卞之琳等北方青年诗人群。他们大都是徐志摩的学生，奉徐志摩为盟主。当徐志摩于 1931 年因飞机失事而遇难后，这个诗派也就进一步分化。至 1933 年 6 月《新月》正式停刊，宣布了这个诗派解体。

同新月社相关联的另一个文学派别是“现代评论派”。“现代评论派”因《现代评论》杂志而得名，该刊由原《太平洋》杂志和《创造季刊》合并而于 1924 年 12 月在北京创办的。其基本成员主要是原《新潮》社成员，如杨振声等和北大的一些教授，主要有陈西滢、凌叔华、丁西林以及胡适、高一涵等人，由王世杰主编。1927 年 3 月移至上海出版，由丁西林主编，1928 年 12 月终刊。“现代评论派”这个名称是鲁迅 20 世纪 20 年代中期与《现代评论》的陈西滢等论战时提出来的。后来瞿秋白在《〈鲁迅杂感选集〉序言》中采用了这一说法，文化界、学术界便沿袭了下来。实际上《现代评论》并不是一个同人刊物,而是一个开放性的刊物。它曾公开宣布:“无论社内或社外,有名或无名,文坛的老将或新进的作家,甲派或乙派,都受同样看待。”因而当时各社团流派的许多成员都曾在《现代评论》上发表作品,如语丝社的林语堂、冯文炳,新月社的闻一多、徐志摩,文学研究会的蹇先艾,以及后来成为革命烈士的胡也频等。它还培养了沈从文、李健吾等新进作家,成为20世纪20年代新文学的一个重要阵地。当然《现代评论》作为一个刊物,也有其基本的倾向。这便是它奉行自由主义的思想,承继了北大“循思想自由原则,取兼容并包主义”的传统,形成了自由开放、温和稳健的基本特色。这与新月社的倾向是大体相近的,但也有不同。如在诗学上,陈西滢既不同意徐志摩诗“太没有约束”,也不赞成闻一多的过分谨严,而主张在放纵中有约束,在自由中显规律。同时新月社成员比较复杂,包括银行家、资本家和交际花;而“现代评论派”则以北大教授为主体,学术性浓厚。就文学活动来看,新月社集中于诗歌与戏剧领域,而现代评论派则以小说和文学批评为重点。

新文学社团的蓬勃新生及其与现代传媒的互动发展不仅仅显示了现代社会公共空间的一种支撑性力量的成长,而且推动“五四”新文学形成了第一个高峰。实际上“五四”新文学的多元探索和自由创造的精神正是依托于各个文学社团而展开的,正是五光十色多彩多姿的文学社团及其文学追求铸造了“五四”新文学的青春气象和蓬勃朝气,创造了新文学的最初的辉煌。

当然在新文学的生长中也出现过一些反对的声音。因而新文学除与以林纾为代表的复古主义斗争外,又先后与“学衡派”和“甲寅派”发生过论争。“学衡派”是以1922年1月南京创刊的《学衡》杂志而得名的。其中坚力量是南京东南大学的一些教授,主要有吴宓、梅光迪和胡先骕等。不同于林纾,他们都是留学美国“学贯中西”的学者,他们以“论究学术,阐求真理,昌明国粹,融化新知”[48]为宗旨,对新文化运动和新文学提出了批评。一方面他们对“五四”思潮激进的反传统倾向提出了质疑,认为应当“兼取中西文明之精华,而熔铸之,贯通之”。[49]另一方面他们又低估了新文化运动废文言崇白话的意义,以为提倡白话是“迁就智识卑下之阶级”[50],“浸成一退化之选择”,甚至发展到肯定“模仿古人”的程度。这种复古主义的倾向自然受到了新文学阵营的反击与批判。“甲寅派”是因《甲寅》杂志而得名的。《甲寅》原是由章士钊于1914年在日本东京创办的一个有进步倾向的月刊,两年后停刊。1925年7月,已经担任了段祺瑞政府司法总长兼教育总长的章士钊在北京将《甲寅》复刊。这个封面印有黄斑老虎的“老虎报”便成为反对爱国学生运动,反对新思潮和新文学的“半官报”了。章士钊先后以“孤桐”等笔名发表了《评新文化运动》《评新文学运动》等文,咒骂“新文化者,亡文化也”[51],攻击白话文鄙俚粗俗,甚至扬言要取消"白话文学"这个名词。在文化思想上鼓吹尊孔读经,甚至主张恢复科举制。这种明目张胆的倒行逆施,自然遭到了新文学阵营空前一致的有力反击。文学研究会、创造社、语丝社、新月社、"现代评论派"等都积极投入了这场新文化与新文学的保卫战,封建复古派"气绝"前的挽歌,很快便被"滚滚新潮"所吞没。

值得注意的是,"五四"新文学在坚持"人的文学"主导倾向的同时,另一种强调文学政治倾向性的思潮也在逐渐滋长,并日益取得支配的地位,对改变"五四"文学的走向起到了重要作用。早在文学革命深入讨论之际,《新青年》阵营中的李大钊在俄国十月革命胜利的鼓舞下,先后发表《法俄革命之比较观》《庶民的胜利》《我的马克思主义观》等文,表明了自己的马克思主义立场,积极传播马克思主义和社会主义思想。他于《新青年》发表的《什么是新文学》(1919)一文,对新文学应有一定的"主义"来指导,作了理论阐说。该文针对文学革命中的某些改良主义倾向,指出"光是用白话写的文章,算不得新文学;光是介绍点新学说、新事实,叙述点新人物,罗列点新名词,也算不得新文学","我们所要求的新文学,是为社会写实的文学",要求新文学应建筑在"宏深的思想、学理,坚信的主义、优美的文艺"的"土壤根基"上。这是一个早期共产主义知识分子从思想和艺术两个方面对新文学提出的要求,对其后提倡新文学以马克思主义为指导思想产生了深刻影响。随着中国共产党的成立和革命斗争的深入,1923 年前后,便有部分共产党人,如瞿秋白、邓中夏、萧楚女等提出了建立革命文学的主张,要求"以文学为工具",来为民族独立和民主革命服务。[52]作为中国共产党选派的首批留苏学生之一的蒋光慈于 1924 年回国后也发表了《现代中国社会与革命文学》,强烈呼唤革命文学,开了 1928 年倡导革命文学之先河。同时还出现了一些开始倡导革命文学的团体,最重要的是蒋光慈、沈泽民等以上海《民国日报》副刊《觉悟》为主要阵地的"春雷社"。

"五卅"前后,革命形势的高涨,促进了大批作家,如郭沫若、沈雁冰、成仿吾,乃至闻一多参加了实际的革命斗争。郭沫若、沈雁冰等还发表了革命文学的论文,如郭沫若在《革命与文学》(1926)中一方面提出了时代要求的文学是"表同情于无产阶级的社会主义的写实主义的文学",号召文艺青年"到兵间去,民间去,工厂间去,革命的旋涡中去"。另一方面又认为你站在被压迫阶级一边,你当然会赞成革命,那你做出来的自然是革命的文学。"这样一来,我们可以知道文学这个公名中包含两个范畴,一个是革命的文学,一个是反革命的文学。"这种说法表现出"非此即彼",缺乏过渡与中间层次的二值逻辑的简单化倾向,但已可看出宣传革命文学已成为一种不可逆转的趋势。鲁迅也于 1926 年"三一八"事变后,由北京奔赴南方,并发表了《革命时代的文学》等著名演讲。创造社作家则大多去广州参加了革命军。1927 年蒋介石全面清党反共之后,这些作家又重新云集上海,正式揭起了革命文学的旗帜,由此使文学的主导倾向由“人的文学”向“阶级文学”转移。

第四节 “五四”文学的基本主题与文学的多种流向

同“五四”文学革命体现出对封建意识形态的整体性批判相一致,注重个性解放意识、确立“人的文学”观念,成为中国新文学开创阶段,即一般称之为“五四”文学的头一个十年时期文学的最显著特征。鲁迅、茅盾、郁达夫等新文学作家从不同角度谈到过,人的发现、发展个性,成为“五四”时期新文学运动的“主要目标”。可见,在中国社会由封建形态向现代形态的历史性转化中,“人的觉醒和解放”是新文学先驱的共识,也必然成为新文学创作的基本主题。因为长期以来形成的封建文学是一种“非人的文学”,它以封建礼教和封建道德观念来束缚人的自由,压抑人的个性,摧残人的身心健康。作为彻底反叛封建文学的新文学,就势必是与此截然对立的“人的文学”:强调表现具有现代个性意识的、身心健全的、灵肉统一的人的生活。为此,新文学家在新文学的开创阶段,首先要做的就是“辟人荒”的工作,他们引进和吸收西方的科学、民主思潮,注重宣传人道主义思想,以文学为武器打碎封建镣铐,谋求实现人的个性解放和人格独立。这一时期的文学,就其基本形态说,是在“人的文学”层面上。以鲁迅为代表的启蒙主义文学创作自不必说,其最重要的使命要求是重新铸造民族灵魂、猛烈抨击蒙昧落后的封建意识对广大民众的毒害,促使国民从麻木愚昧中觉醒,体现了最显著的“立人”的意识。其他文学创作也在不同程度上反映了人们在自由平等、人格独立、个性解放思潮鼓舞下,或喊出强烈要求发展、完善自我个性的呼声,或勇猛地向摧残人性的封建礼教、家族制度宣战,或犀利批判封建农村宗法制度的黑暗,或在个人爱情婚姻问题上表现出强烈的争取自由幸福的观念,等等,无一不表现出人的意识的觉醒和人的价值、尊严的被确认。尽管这一时期后半段的文学,已开始出现“革命文学”的口号,提出文学的阶级性命题,但其时尚未形成有影响的“阶级文学”,因而,张扬人性、发展个性的“人的文学”无疑是这一时期文学最耀眼的主题。

然而,“人的文学”的主题带有母题性质,它可以衍生出许多分主题。从大的方面看可以分为两个层面:一个是与人的社会属性相联系的社会现实人生,另一个是与人的自然属性相联系的身边琐事和自我意识。正是在这两个层面上形成“五四”文学的两大基本流派:现实主义和浪漫主义。但这两大流派并非绝对单一纯正,而是在具体创作实践中互相渗透交叉,而且还吸收、融进了象征派、未来派、表现派和意识流等现代主义因素。尤其是在表现怀疑、苦闷、孤寂、伤感等"世纪末"颓废情绪时,往往会热衷于象征、暗示、隐喻、梦幻、通感等现代派技法。从而形成"五四"文学的另一流派:现代主义。现代主义文学在"五四"时期虽声势不大,但确已存在并表现出较强的发展势头。

现实主义流派在"五四"文坛上声势最为浩大,作家队伍最为整齐,创作实绩也最为显著。现实主义强调细致地观察现实生活,冷静客观地表现和剖析社会现实人生,以达到改变现实创造美好生活的目的。所以,现实主义文学创作的总主题便是"为人生"的文学。鲁迅与《新青年》同人、文学研究会、早期乡土写实文学和早期革命文学都属于这个行列。

鲁迅对于现实主义文学的开创意义最为重大。1918 年他在《狂人日记》里第一次以文学的形式揭示出封建文化(封建礼教和封建道德)"吃人"的本质,沿着这一主题,他又具体描写了农民和知识分子的现实生活和精神生活,形象地展示华老栓、阿 Q、祥林嫂和孔乙己、吕纬甫、魏连殳等新旧国民,是怎样被封建文化慢慢"吃掉的"。当然,鲁迅的现实主义是极其冷峻和深刻的,他注重的不是国人物质上的被剥夺、肉体上的被摧残,而是国人精神性格的压抑、变态和扭曲,显示的是"灵的深"。鲁迅的现实主义还具有开放的姿态,他善于吸收一切有益于刻画性格揭示生活本质的创作技法,他将中国传统的"白描"手法,现代主义的象征、梦幻、潜意识,浪漫派的内心独白等,都融入他的现实主义创作方法中,从而形成其"表现的深切和格式的特别"的现实主义风格。鲁迅这种深刻而开放的现实主义极具典范意义,新文学的许多优秀作家都受到过他的影响,特别是"五四"青年作家都曾不同程度地学习和模仿过鲁迅的创作,并渐渐向鲁迅开创的现实主义归趋,从而形成"五四"现实主义文学大潮。

文学研究会诸作家虽不是在鲁迅的直接指导下成长起来,但鲁迅所开创的现实主义创作方法对于他们有很大的启示作用。在文学主题上,他们继承了反封建、倡人道的历史使命,并将此推及到更为广泛的社会生活领域。"五四"时期引起人们关注的婚姻问题、妇女问题、劳工问题、教育问题、人生问题等社会现实问题,都在他们的作品里得到了生动形象的表现。如叶绍钧、许地山、冰心、王统照、庐隐等作家的小说,都从各个不同侧面表现出反封建礼教和反封建伦理道德,要求个性解放、争取人身自由和人格独立的思想和情感,丰富和壮大了"五四"现实主义文学的声威。

1923 年前后出现于文坛的、在小说题材和创作方法上基本一致的"乡土写实派"小说也可归属于现实主义流派。此派的主要作家如王鲁彦、许钦文、彭家煌、许杰以及后起的蹇先艾、台静农等作家,都曾不同程度地受到鲁迅乡土文学的影响,他们都以较为写实的笔法描写了我国农村风土人情和农民的悲惨生活,使农村题材的现实主义文学创作获得了可喜的成就。

出现在“五卅”前后的早期革命文学,可以看作现实主义文学的进一步发展。它虽不够成熟但却及时迅速地反映了当时中国社会的重要政治活动、中国共产党领导的革命斗争,使现实主义与革命斗争生活结下了不解之缘,并最终使之成为无产阶级革命文学所推崇的文学创作方法。其影响所及遍布整个中国文坛,并进而演化成现代中国文学的现实主义创作主潮。

由“人的文学”母题衍生出来,以表现“自我”和“个性”主题的浪漫主义,其声势和影响虽不及现实主义,但其潮流却时起时伏绵延不断。仅在“五四”时期就经历了一个由盛而衰的发展过程。“五四”初期,大批文学青年在一种怀疑一切的思潮影响下产生出了一种带有理想色彩的浪漫激情,纷纷从内心和自我的角度反映生活表达感情。他们大胆地袒露自己的内心世界,尽情地诅咒黑暗腐朽的社会,无情地揭露封建军阀对人性的摧残,热情呼唤个性解放,热烈地憧憬和向往美好幸福的未来。郭沫若的《女神》把这种带有时代色彩的浪漫激情发挥得最有特色。其中的《凤凰涅槃》以火的色调传达出国人渴望祖国和自我新生的强烈愿望。《天狗》《立在地球边上放号》等作品反映了“五四”青年对个性解放和自我的极度崇拜,《炉中煤》《地球,我的母亲》等名篇传达出诗人强烈而深沉的爱国主义激情以及对劳工的同情和赞美。即使历史题材的《三个叛逆的女性》等早期历史剧,也是借古人的形象来演现代人的戏。此外,创造社、南国社的浪漫派戏剧,以及创造社的散文家们和蔷薇社、绿波社青年作者所写的具有浪漫感伤气息的散文作品,都为初期浪漫主义文学潮流的形成作出了自己的贡献。

“五四”退潮后,狂热的青年从火的高潮中坠入了夜的深渊,他们面对破碎的中国、黑暗的现实和自身的漂泊和潦倒,报国无门、进退两难,于是开始在人生的岔路上彷徨徘徊。曾喊出时代最强音的郭沫若,这时也转向洪荒的太古和晶莹的夜空,并曾一度陷入感伤爱情的泥坑而无力自拔,写下《星空》《瓶》等诗集。以汪静之为代表的“湖畔四诗人”也都写出了没有结果的凄苦的情诗。而最能反映这种感伤特点的莫过于郁达夫等人的浪漫抒情小说。1921 年 10 月郁达夫出版了我国现代小说的第一个专集《沉沦》。《沉沦》的出现标志着“人的文学”的主题已经延伸到更深层次,突破了传统小说的禁区,拓宽了小说的表现领域,真正由人的外在社会生活进入到人的内在心理和情感生活,使“人的文学”的主题趋于完整。所以,当《沉沦》等作品以其刺目的性意识、性苦闷、性心理描写在文坛引起哗然时,周作人则予以肯定,说它虽是“受戒者”的作品,但仍属“人的文学”的艺术品。郁达夫的性苦闷小说,以其大胆的袒露和无节制的宣泄形成极具自我色彩的浪漫抒情小说风格,并引来了倪贻德、周全平、叶灵凤以及王以仁等后起作家的群起效仿，形成轰动一时的浪漫抒情小说流派，对浪漫主义文学起到了推波助澜的作用。

现代主义文学潮流产生于西方世界。“五四”初期西方现代主义的各种派别都曾被介绍到中国，当时较有成就的作家都不同程度受到它的影响，并将现代主义的各种技巧运用到自己的文学创作中去。但从总体上看，“五四”初期还没有出现纯粹现代主义的文学创作，它的生存形式主要是寄植于现实主义和浪漫主义的创作中。像鲁迅的《狂人日记》、周作人的《小河》、刘半农的《敲冰》、沈尹默的《月夜》、郭沫若的《凤凰涅槃》、王统照的《微笑》、冰心的哲理小诗、郁达夫等人的浪漫抒情小说等，都曾运用过现代主义的各种技巧，如象征、隐喻、暗示、梦幻、意识流等。这些技巧都可以在这些作品中找到自己的影子，都只是作为辅助成分附着在现实主义或浪漫主义创作中。这种依附状况到“五四”后期有了明显的改观，出现了一批比较纯正的现代主义作家和作品，有的还形成了流派。在此应特别注意的是鲁迅的散文诗集《野草》和以李金发为代表的初期象征派诗歌。《野草》是鲁迅在“五四”落潮以后陷入苦闷、彷徨期的作品。这个时期国内政治的黑暗，个人家庭生活的变故，新文学统一战线的分化，以及西方现代主义文学思潮的影响，使鲁迅的思想和情感处于极其矛盾和痛苦之中。他既不愿将那种黯淡消极的情绪直白地表现出来以影响正在奋进的青年，又不愿将其埋在心里，于是他就从西方现代主义那里找到了适于表现其内心隐秘的象征主义艺术，写下了相当朦胧且又耐人寻味的艺术珍品《野草》。《野草》里除了个别作品以外，绝大多数作品都是一首首美妙绝伦的现代散文诗。可以毫无愧色地说，《野草》是“五四”时期最成熟的象征主义艺术杰作，它虽未形成流派，却为中国现代主义文学潮流开了一个成功的先河。几乎与《野草》同时产生的以李金发为代表的象征主义诗派，直接师承法国象征主义诗人的诗风，以怪诞的象征主义艺术来表现死亡、墓地、孤寂、悲哀等“现代情绪”，在技巧上则大量运用通感和大跨度意象跳跃等手段，不仅造成了诗的含糊朦胧，同时也给诗带来了形象破碎、怪诞晦涩的特点，提供了与中国传统诗歌完全不同的艺术样式，推进了中国初期现代诗派的形成。至此，一直“流浪”于中国文坛上的现代主义，终于找到了真正的归宿。

“五四”新文学时期形成的现实主义、浪漫主义和现代主义，虽创作规模大小不一，流派风格各有所长，创作实绩各有千秋，但它们共同奠定了中国新文学三大基本流向，影响着后来各个时期文学的发展，并为中国现当代文学思潮、流派、文学样式的多元开展奠定了厚实的基础。

（王晓初　王嘉良）

注释:

① 王韬:《衡花馆录自序》,见郭绍虞、罗根泽主编《中国近代文论选》(上),人民文学出版社 1959 年版,第 16 页。

② 马克思、恩格斯:《共产党宣言》,《马克思恩格斯选集》第 1 卷,人民出版社 1972 年版。

③ 樽本照雄:《清末小说论集》,法律出版社 1992 年版,第 309 页。

④ 王德威:《被压抑的现代性》,王晓明编《批评空间的开创》,东方出版中心 1998 年版,第 136 页。

⑤ 见《剑桥中华民国史》第一部,上海人民出版社 1991 年版,第 484 页。

⑥ ⑫ 刘扬体:《"鸳鸯蝴蝶派"新论》,中国文联出版公司 1997 年版,第 79 页。

⑦ 王国维:《论近年之学术界》,《静安文集》,商务印书馆 1905 年版。

⑧ 王国维:《论哲学家与美术家之天职》,《静安文集》,商务印书馆 1905 年版。

⑨ 王国维:《红楼梦评论》,《静安文集》,商务印书馆 1905 年版。

⑩ 米列娜:《〈恨海〉的人物塑造》,《从传统到现代:19 世纪到 20 世纪转折时期的中国小说》,北京大学出版社 1991 年版,第 167 页。

⑪ 李泽厚:《二十世纪中国文艺一瞥》,《中国现代思想史论》,东方出版社 1987 年版,第 216 页。

⑬(美)佩里·林克:《鸳鸯蝴蝶派——二十世纪初期的中国城市通俗文学》,转引自刘扬体《"鸳鸯蝴蝶派"新论》,中国文联出版公司 1997 年版,第 82 页。

⑭ 袁进:《试论近代翻译小说对言情小说的影响》,见王宏志编《翻译与创作》,北京大学出版社 2000 年版。

⑮ 徐卓呆:《小说无题录》,转引自范伯群《包天笑、周瘦鹃、徐卓呆的文学翻译对小说创作之促进》,见王宏志编《翻译与创作》,北京大学出版社 2000 年版。

⑯ 创刊号例言,《小说画报》1917 年。

⑰ 维特根斯坦:《名理论》,北京大学出版社 1988 年版,第 71 页。

⑱ 许纪霖、陈达凯:《中国现代化史》,上海三联书店 1995 年版,第 311 页。

⑲ 刘纳:《嬗变——辛亥革命时期至"五四"时期的中国文学》,中国社会科学出版社 1998 年版。

⑳ 梁启超:《小说丛话》,《新小说》1903 年第 7 号。

㉑ 林纾:《致蔡鹤卿书》,北京《公言报》1919 年 3 月 18 日。

㉒ 茅盾:《关于"创作"》,《北斗》1931 年 9 月创刊号。

㉓ 鲁迅:《〈草鞋脚〉小引》,《鲁迅论创作》,上海文艺出版社 1983 年版,第 218 页。

㉔ 鲁迅:《路谷虹儿画选·小引》,《鲁迅全集》第 7 卷,人民文学出版社 1981 年版。

㉕ 鲁迅:《未有天才之前》,《鲁迅全集》第 1 卷,人民文学出版社 1981 年版。

㉖㉗ 茅盾:《〈中国新文学大系·小说一集〉导言》,上海良友图书印刷公司 1935 年版。

㉘ 鲁迅:《我怎么做起小说来》,《鲁迅论创作》,上海文艺出版社 1983 年版,第 43 页。

㉙ 郑振铎:《〈中国新文学大系·文学论争集〉导言》,上海良友图书印刷公司 1935 年版。

㉚ 冰心:《文艺丛谈》,《小说月报》1921 年第 12 卷第 4 号。

㉛ 庐隐:《创作的我见》,《小说月报》1921 年第 12 卷第 7 号。

㉜ 见《小说月报·卷头语》1924 年 3 号。

㉝ 鲁迅:《我和〈语丝〉的始终》,《鲁迅论创作》,上海文艺出版社 1983 年,第 177 页。

㉞ 鲁迅:《两地书·十七》,《鲁迅全集》第 11 卷,人民文学出版社 1981 年版,第 63 页。

㉟ 郭沫若:《艺术的评价》,《创造周报》29 号。

㊱ 成仿吾:《诗之防御战》,《创造周报》1923 年 5 月 13 日第 1 号。

㊲ 郁达夫:《文艺私见》,《郁达夫文集》第4卷,花城出版社1991年版,第117页。

㊳ 郭沫若:《文艺之社会使命》,《民国日报·文学》1925年5月18日。

㊴ 郭沫若:《儿童文学之管见》,《民铎》杂志1921年1月15日第2卷第4期。

㊵ 郭沫若:《论国内评坛及我对于创作上的态度》,《郭沫若全集》第15卷,人民文学出版社1992年版。

㊶ 王独清:《未来之艺术家》,《学艺》月刊第4卷第4期。

㊷ 鲁迅:《中国新文学大系·小说二集·序》,《鲁迅论创作》,上海文艺出版社1983年版,第224页。

㊸㊽ 梁实秋:《文学的纪律》,《新月》1928年第1卷第1期。

㊹ 徐志摩:《诗刊弁言》,《徐志摩选集》,人民文学出版社1983年版。

㊺ 余上沅:《〈国剧运动〉序》,《国剧运动》,上海书店1992年重印本。

㊻ 闻一多:《〈女神〉之地方色彩》,《闻一多全集》第2卷,湖北人民出版社1994年版,第118页。

㊼ 余上沅:《国剧》,转引自洪深《〈中国新文学大系·戏剧集〉导言》,上海文艺出版社1981年版,第77页。

㊾ 吴宓:《论新文化运动》,《学衡》1922年第1期。

㊿ 胡先骕:《论批评家之责任》,《学衡》第2期。

51 孤桐(章士钊):《疏解辑义》,《甲寅》周刊1925年9月第1卷第11号。

52 邓中夏:《贡献于新诗人面前》,《中国青年》1923年12月第10期。

【思考题】

1. 试述“前夜的涌动”对中国新文学的催生意义。

2. 简述“五四”文学革命的代表性论著,论述“五四”文学革命对于晚清文学革新的突破性意义。

3. 简述文学研究会、创造社、语丝社、新月社四个新文学社团的成立时间、发起人、文学主张和主要文学贡献。

4. 简述与新文学阵线论战的“学衡派”“甲寅派”的主要代表、基本观点。简述早期“革命文学”的基本观点。

5. “五四”新文学的基本主题是什么?由此衍生出几种主要文学倾向?

第二章　中国现代文学奠基者——鲁迅

第一节　“鲁迅的方向”对中国新文学的开拓意义

在中国现当代文学史上，鲁迅无疑是一个最伟大的存在。他不但是中国新文学的开拓者、奠基人，而且是深刻影响20世纪中国文学历史进程的一代思想文化巨人。

鲁迅(1881—1936)，浙江绍兴人，原名周樟寿，后改名为周树人，字豫才，“鲁迅”是他发表《狂人日记》时始用的笔名。他成就为一位文化伟人，既是时代条件使然，又与他自身独特的生活道路有着直接的联系。他出身于一个没落的士大夫家庭，童少年时期即经历祖父下狱、父亲重病早逝等家庭变故，这种从小康坠入困顿的遭遇，使他较早地领略了旧社会的世态炎凉，看到了上流社会的堕落和下层人民的不幸，在他的身上植下了往往冷眼看人、睥睨世事的性格基因；而母亲在农村的缘故，又使他从小就有了同劳苦农民接触的机会，能够深切地体察农民的疾苦。其次，民间艺术的熏陶和乡里先贤的影响对早期鲁迅民主主义思想的形成，也起着不可忽视的作用。绍兴素有“报仇雪耻之乡，非藏污纳垢之地”之称。鲁迅从5岁至17岁，已经博览古籍，对故乡的历代贤哲非常仰慕，受到他们的反抗精神和爱国思想的启迪。因此对于家庭的破落，他不仅在感情上毫不可惜它的溃灭，反而激起他对丑恶冷酷人世的憎恨，决定要“走异路，逃异地，去寻求别样的人们”(《呐喊·自序》)，开始了人生的第一次追求。

1898年，鲁迅离家到南京求学，先后进入洋务派创办的“江南水师学堂”和“矿务铁路学堂”。其间正是戊戌变法前后、维新运动之时，维新思潮给鲁迅以巨大的冲击。他广泛接受社会科学与自然科学新思潮，其中对他影响最大的是中国近代思想启蒙家严复译述的赫胥黎的《天演论》等著作。“物竞天择、适者生存”的进化论的观点，灼热了鲁迅的心灵，催化了他心坎中民主主义种子的生长。南京求学，不仅奠定了他前期的主导思想为进化论，并促使他开始探索救国救民的道路。他感到要救国，只有维新：要维新只有学外国，走出自己的国土，到国外造就真实的本领，再回来救治贫穷的祖国。1902年，鲁迅以“一等第三名”的成绩毕业于“矿务铁路学堂”，取得了官费留学的资格，东渡日本，开始了他青年时代的第二次追求。第二年，他便毅然剪去了象征清朝统治的辫子，并在断发纪念的照片背后，题了一首七言律诗，抒发了自己的爱国主义襟怀：

灵台无计逃神矢，风雨如磐黯故园。

寄意寒星荃不察，我以我血荐轩辕。

在这种强烈的爱国主义思想驱使下，1903 年鲁迅参加了以推翻清朝统治为宗旨的革命组织“浙学会”（“光复会”的前身）。1904 年，他从进修日语的弘文学院毕业后，便选择了医学，进入仙台医学专门学校，希望学得现代医学知识来救治贫弱的国民。

留日期间，“因为身在异国，刺激多端”，鲁迅对“中国民族性的缺点”关注甚多，开始同好友许寿裳探讨改造中国的国民性问题。[①]所以当 1906 年夏，他在仙台医专受到幻灯片上中国人只配做“示众的材料和看客”的刺激后，便毅然弃医从文。他从启蒙主义思想出发，认为要改造国家，“第一要著”是改变国民的精神，而善于改变精神的首推文艺。这终于成为他走上文学道路的契机。他筹办《新生》文学杂志未果，又与周作人编译了被压迫民族的进步文学《域外小说集》二集。特别是其间撰写了《文化偏至论》《摩罗诗力说》《科学史教篇》等重要文章，竭力呼唤具有独立人格、独立个性的“精神界战士”的产生。1908 年，鲁迅从日本回国，先后在杭州、绍兴任教。在绍兴他经历了辛亥革命的风暴，并以此为背景，用文言写了他的第一篇小说《怀旧》。1912 年初起，鲁迅应教育总长蔡元培之邀，先后在南京、北京国民政府的教育部任职。由于目睹了辛亥革命的悲剧性结局，又看到袁世凯称帝、张勋复辟、军阀混战等一系列丑剧，他一度感到消极，沉默了将近十年，以读佛经、拓碑刻及整理古籍来消磨时日。但在这十年中，他对中国的历史和文化作了深刻的探索研究，从古代文化中汲取了民主主义因素，砥砺了分辨能力，又看清了封建文化在冠冕堂皇的纱幕下所隐藏的丑恶，为他日后从“旧营垒”中杀出，成为新文化运动伟大的旗手积蓄了力量。

“五四”新文化运动带来了新世纪的曙光，也使鲁迅焕发了青春。经过长期的思想和艺术准备以后，鲁迅在《新青年》伙伴的鼓励下，终于在 1918 年 4 月发表了第一篇白话小说，也是新文学的奠基之作《狂人日记》。从此他便一发不可收，陆续写下了诸多的短篇小说和大量的杂文、散文。这些作品以精警的思想、现代的批判意识和超拔的艺术征服了读者，代表了“五四”新文学的最高成就。“五四”退潮以后，新文化阵营分化，“有的高升，有的隐退，有的前进”（《自选集·自序》），鲁迅再度陷入孤独寂寞彷徨苦闷中，尽管他此时的内心世界较复杂，但仍直面现实，不忘用文学武器参与现实斗争，先后支持和主持了语丝社、莽原社、未名社，为新文学的建设继续作出贡献；在“女师大事件”和“三一八”惨案中，他坚定地站在进步学生一边，同北洋军阀政府及其帮闲文人展开了不调和的斗争。与此同时，他又对自己对人生作了严肃的反思，写下了内涵极其深刻的散文诗集《野草》。1926年8月,鲁迅被迫离开了北京前往厦门大学任教,其间完成了散文集《朝花夕拾》的创作,编定了《汉文学史纲要》。翌年来到北伐策源地广州,担任中山大学文学系主任兼教务主任。在广州,鲁迅同革命青年和共产党人有着密切的接触和交往,初步受到马克思主义的影响。"四一二"反革命政变使鲁迅受到极大的震动。残酷无情的社会斗争和革命青年的淋漓鲜血使他认识到"杀戮青年的,似乎倒大概是青年"(《答有恒先生》),他的进化论的"思路因此轰毁"(《三闲集·序言》),看清"唯新兴的无产者才有将来"(《二心集·序言》),思想产生了新的飞跃,开始向共产主义世界观转化。1927年10月27日,鲁迅偕同许广平离开广州到上海定居,度过了他生命中最后十年。这期间,他在从事文学活动的同时,又参加了广泛的社会政治活动,积极参加中国共产党领导和支持的许多革命团体,如中国自由运动大同盟、中国民权保障同盟、反帝反战同盟等。特别是1930年"左联"成立后,鲁迅成了这一组织的精神领袖,他率领左翼文艺队伍,团结进步作家,培养文学青年,在文学战线上取得了辉煌成就。在后期,鲁迅的主要创作是杂文,出版了十余部杂文集,并完成了第三本小说集《故事新编》,翻译出版了大量外国文艺创作和文艺论著。

1936年10月19日,鲁迅积劳成疾,在上海逝世,终年56岁。毛泽东在《新民主主义论》中对鲁迅作了高度的评价:"鲁迅是中国文化革命的主将,他不但是伟大的文学家,而且是伟大的思想家和伟大的革命家。鲁迅的骨头是最硬的,他没有丝毫的奴颜和媚骨,这是殖民地半殖民地人民最可宝贵的性格。鲁迅是在文化战线上,代表全民族的大多数,向着敌人冲锋陷阵的最正确、最勇敢、最坚决、最忠实、最热忱的空前的民族英雄。鲁迅的方向,就是中华民族新文化的方向。"历史已经证明,毛泽东的评价至今没有失去意义。

鲁迅的历史功绩已彪炳史册,他对我国的思想文化建设作出了多方面的卓越建树,其中最为突出的自然是文学成就。在文学创作方面主要是三种文体的创作,计有小说集3本,回忆散文1本,散文诗1本,共35万字;杂文16本,约650多篇,135万字。此外,鲁迅在中国古典文学研究和辑录、校勘中国古代文学作品方面,在翻译、介绍外国文学作品和文艺论著等方面,也有数百万字的作品。这些著作至今几乎全部仍保持着巨大的吸引力,具有长远流传的价值。

鲁迅在中国文学史上的伟大意义无可估量。恩格斯称意大利诗人但丁是"中世纪的最后一位诗人,同时又是新时代的最初一位诗人"。鲁迅既类似欧洲文学史上的但丁,又超过但丁。他不仅标志着"封建中世纪的终结",而且宣告了"无产阶级新纪元"的诞生。美国友人斯诺在悼念鲁迅时,既将他比作"法国革命时的伏尔泰",又将他看作“苏俄的高尔基”,是颇有见地的。的确,鲁迅在中国文化思想史上取得了别人无可取代的地位,“鲁迅的方向”有着极为重要的意义。

首先,鲁迅的思想文化建树,开启了中华民族新文化的方向,鲁迅的道路成为一代中国知识分子的表率。在青年时代,鲁迅就是一个自觉的启蒙主义者,经过“五四”新文化运动之后,便发展成为一个战斗的民族主义者。他以民主主义为武器,对中国几千年的封建文化进行了气魄宏伟、鞭辟入里的总结批判。以鲁迅和他的这种批判为标志,中国封建主义思想文化占统治地位的时代结束了。更难能可贵的是,鲁迅站在19世纪末、20世纪初开始的东西文化的历史交汇点上,勇于接受新思潮,对中国文化历史作了全方位的审视与反思,不断探索中国文化现代化的道路,给中国新文化建设留下了一份极其宝贵的遗产。鲁迅自身的思想发展道路,也成为中华民族优秀精神的典范与表率。他从一个封建阶级的“逆子贰臣”发展成为民主主义者、爱国主义者,就显示了一种不断进取的精神,而且他没有就此中止前进的步伐。1927年大革命失败,他又经历了一次痛苦的考验,思想产生新的飞跃;其后在革命文学论争中,他被“挤”着读了大量马克思主义著作,掌握了辩证唯物史观,逐渐向无产阶级世界观转化,终以一个成熟的共产主义者的姿态献身于中国的革命事业。瞿秋白在《〈鲁迅杂感选集〉序言》中指出:

> 鲁迅从进化论到阶级论,从绅士阶级的逆子贰臣到无产阶级和劳动群众的真正的友人,以至于战士,他是经历了辛亥革命以前直到现在的四分之一世纪的战斗,从痛苦的经验和深刻的观察之中,带着宝贵的革命传统到新的阵营里来的。

这一分析,是符合鲁迅思想发展实际的,曾得到鲁迅的首肯。鲁迅的道路,典型地反映了20世纪中国优秀知识分子不断追求真理、不断前进的道路。鲁迅的道路,影响了中国20世纪几代知识分子,一批批优秀知识分子都是沿着这条光荣道路走过来的。

其次,鲁迅在各个文学领域都进行了成绩辉煌的创造,成为我国新文学最伟大的奠基者和开拓者。他的《狂人日记》揭开了中国新文学的第一页,以后又陆续创作了《阿Q正传》《伤逝》等极为成功的现代小说。中国现代小说在他手中首创,又是在他手里成熟。他创作了独树一帜的杂文,使杂文这种从来不登“文学殿堂”的文学样式成为新文学的重要品种。他创作的《野草》,标志着我国散文诗体裁的成熟,在艺术上取得了后人难以超越的成就。与此同时,他又撰写了第一部中国人自己写的中国小说史,翻译介绍了大量外国文学作品。凡此种种都说明,鲁迅的首创性文学成就,给中国文学划出一个崭新的时代,由此确立了他在中国文学史上的地位。而且,鲁迅历史性的贡献,还标志着他同时又是20世纪的世界文化巨人之一。他站在中国文学与世界文学已经达到的高峰之上,又扎根于中国人民的现实生活斗争的土壤之中,广泛地"综合"与变革,创造了"内外两面,都和世界的时代思潮合流,而又并未梏亡中国的民族性",同时又具有独特个人风格的"现代中国人"的文学,"参与世界的事业",达到了20世纪中国文学与世界文学的高峰。[②]鲁迅在世界文学史上的崇高地位,已为世界公认。

总之,鲁迅以自己的辉煌业绩,为整个中华民族的文化开辟了崭新的方向,鲁迅的方向,是我们应当坚持并加以发展的方向;鲁迅的遗产,是我们中华民族文化前进道路上无可争议的前导和明灯。鲁迅是中国现代文化的精神之父。

第二节　鲁迅小说:中国现代小说的开端和成熟标志

在文学创作领域,鲁迅的作品涉及小说、散文、杂文、诗歌等多种文体,且各种文体都有卓越建树,为中国新文学建设作出了广泛贡献。不过,鲁迅的贡献首先是在小说创作上,他首先是作为杰出的小说家驰名于世的,他对中国现代小说有开拓之功,是当之无愧的中国现代小说之父。

鲁迅一共创作了3部短篇小说集,即以现实生活为题材的《呐喊》(1923年出版)和《彷徨》(1926年出版),以及以"神话、传说及史实"为题材的《故事新编》(1936年出版)。《呐喊》收集了1918年至1922年创作的《狂人日记》《孔乙己》《药》《风波》《故乡》《阿Q正传》《社戏》等14部小说。《呐喊》的题意是鲁迅受到新文化运动的鼓舞,"有时仍不免呐喊几声,聊以慰藉那在寂寞里奔驰的勇士,使他不惮于前驱"(《呐喊·自序》),表示他愿意同新文化先驱取同一步调,为革命呐喊战斗。《彷徨》收集了1924年至1925年的作品,计有《祝福》《在酒楼上》《肥皂》《孤独者》《伤逝》《离婚》等11篇小说。该书扉页上题了屈原《离骚》的诗句:"路漫漫其修远兮,吾将上下而求索。"体现了他在"五四"退潮后深感寂寞,但又并不停止探索的精神。鲁迅在《题〈彷徨〉》一诗中说:"寂寞新文苑,平安旧战场,两间余一卒,荷戟独彷徨。"这便是题名《彷徨》的缘由。在艺术上,《彷徨》较之《呐喊》更臻成熟。鲁迅自己也认为,《彷徨》中的作品,"脱离了外国作家的影响,技术稍为圆熟,刻画也稍加深切"。[③]1936年1月,鲁迅还出版了一本风格特异的《故事新编》。该书共收作品8篇,其中3篇写于1922—1927年间,其余5篇写于1934—1935年。这部"新编"历史小说大都取材于神话传说和古代史实,但并不是"博考文献,言必有据",也没有把古人写得"更死",而是"从古代和现代都采取题材",即于历史中取"一点旧的根据",结合现实内容"随意点染,铺成一篇"。[④]因而这部小说是历史与现实的交融,小说被赋予了全新的意义。

尽管鲁迅小说的数量不算多,但其在中国现代小说史乃至文学史上的开创性地位却十分突出。这只要审视其小说诞生时的新文学初创期"背景"便可了然。从1917年倡导文学革命以后的两三年时间,新旧文学的论争固然呈热闹气势,但新文学创作却总是不够景气。鲁迅曾经慨乎言之:自胡适的《文学改良刍议》发表以来,虽然"白话作者逐渐多了起来,但又因为《新青年》其实是一个议论的刊物,所以创作并不怎样注重,比较旺盛的只有白话诗;至于戏曲和小说,也依然大抵是翻译",在这时候首先"发表了创作的短篇小说的,是鲁迅。从一九一八年五月起,《狂人日记》《孔乙己》《药》等,陆续出现了,算是显示了'文学革命'的实绩"。⑤由此看来,鲁迅以及鲁迅小说的出现,对于草创期的中国新文坛而言,无疑有先声夺人的气势。《狂人日记》是鲁迅的第一篇白话小说,也是中国现代小说的开山之作。这篇小说源于鲁迅的一个巨大的前无古人的发现:封建道德的本质是"吃人",几千年的封建历史就是一部"吃人"的历史。鲁迅在1918年5月致许寿裳的信中谈道:"《狂人日记》实为拙作……偶阅《通鉴》,乃悟中国人尚是食人民族,因成此篇。"并且认为"此种发见,关系亦甚大,而知者尚寥寥也"。正是凭借这种独特的历史发现,才使小说具有了石破天惊、振聋发聩的意义。紧接着写出的《孔乙己》,也是一种发现:发现了中国知识分子的悲凉处境。小说全篇不足3 000字,却在尺幅之内完成了宏大的艺术创造。鲁镇的咸亨酒店的格局由"三个世界"构成:掌柜和"我"(小伙计)代表的"商业的世界","长衫帮"代表的神秘的"权力的世界","短衣帮"所代表的"劳动的世界"。这三个世界各自都形成了自身特有的价值体系和运行机制,而孔乙己却不属于这"三个世界"里的任何一个。他与短衣帮生存在一个共同的物质的空间,但是精神上彼此隔膜,他只能成为"劳动的世界"嘲弄的对象;"商业的世界"不需要他,他的名字在这个世界被人提起只是因为他欠了酒店的钱;他与"权力的世界"关系最复杂,瓜葛最深,冲突也最剧烈。他的人生目标原是想通过科举考试挤进这个世界,但他失败了,被挡在这个世界的门外,终于失去了最起码的谋生的本领。这就是中国知识分子的处境:只能在上述三个世界的夹缝中苟延残喘,实际上是没有一个"自己的世界"。小说在新旧历史转型时期提出了启人思考的问题。《药》则通过一个"人血馒头"的故事,重现了他在日本读书期间观看幻灯片时发现过的"久违的许多中国人",他们体魄健壮,却精神麻木,只配做"赏鉴这示众的盛举"的看客,提出了改造国民性的深切命题。这三篇"起点"期的小说,都包含了鲁迅对中国民族文化历史的巨量思考,不但"格式特别",而且"表现深切",在中国现代小说开创阶段就把小说提升到很高的地位,由此显示的恰恰是鲁迅开创中国现代小说的意义。

作为中国现代小说之父,鲁迅为完善现代小说这种新颖的艺术样式所作出的创造性贡献是全方位的,贯穿在其全部创作实践活动中。其不朽价值就在于它在“五四”前后最早实现了文学观念的转换,其小说蕴含的巨大历史内容和艺术上的不断创新,都标志着中国小说从鲁迅这里开始,又在他手里成熟,作出了别人无可替代的贡献。

鲁迅是最早举起文学“为人生”大旗的。他说:

> 说到“为什么”做小说罢,我仍抱十多年以前的“启蒙主义”,以为必须是“为人生”,而且要改良这人生。我深恶以前的称小说为“闲书”,而且将“为艺术的艺术”,看作不过是“消闲”的新式的别号。所以我的取材,多采自病态社会的不幸的人们中,意思是在揭出病苦,引起疗救的注意。[6]

这无疑是“五四”前后文学观念转换的宣言。这异于我国的旧文学观念从来都是将小说当作“闲书”或游戏、消遣的工具,以鲁迅为代表的“五四”作家自觉意识到小说改良人生、改造社会的价值,并将此贯穿于创作实践中,真正实现了我国现代小说意识的觉醒和小说价值取向的重大变革。鲁迅的小说就是从来不离开人生,每一篇作品都包含着他对社会历史的独特发现,对现实人生的密切关注。除《狂人日记》等篇表现了他对社会和现实的巨量思考外,在《呐喊》《彷徨》两个小说集中,都充分表现了处于“病态社会”中的人们的不幸和苦难,以图“引起疗救的注意”。鲁迅把笔触投向下层社会,特别是在物质和精神上遭受双重磨难的下层劳动人民。《故乡》《风波》《祝福》等作品,画出了旧中国农村萧疏、荒凉,一代不如一代的情景。作品展示的几千年来延续下来的封建政治、经济体制对人民经济上的压迫剥削是那样的触目惊心:闰土原本是一个生机勃勃的孩子,可是“多子,饥荒,苛税,兵,匪,官,绅”,把他变成了一个木偶人;阿Q住在土谷祠里,没有固定的职业,衣食没有保障,“恋爱的悲剧”后被剥夺得只剩下一条万万不可脱的裤子;祥林嫂做工“丝毫没有懈,食物不论,力气是不惜的”,然而最终贫病交加,沦为乞丐;熟读“之乎者也”的孔乙己穷困潦倒,只好靠偷书度日;出外游学归来的魏连殳穷得连买邮票的钱也没有……鲁迅满怀悲愤地表现了劳苦人民的不幸,努力寻求悲剧的社会根源,作品显出清醒的现实主义特色。即便是取材于历史和神话传说的《故事新编》,鲁迅所抒发的也并非“思古之幽情”,恰恰是通过历史与现实的强烈对照,表现出用小说参与现实人生的可贵特色。他一方面创造了出身平民、公而忘私的大禹(《理水》)和摩顶放踵、以利天下的墨子(《非攻》)等光辉形象,意在歌颂“中国的脊梁”;另一方面又借用古人古事批判了现代社会中种种丑恶现象,意在刨一下“坏种的祖坟”,同样显示了鲁迅对社会历史的独特发现,对现实人生的密切关注,从而表现了小说强烈的现实参与精神。

作为启蒙主义思想家,鲁迅毕生从事的是改造民族灵魂的工作,因而他的小说在审视历史,批判封建意识形态,揭示国民性弱点以重塑民族灵魂方面,显示出从未有过的历史深刻性,其全部锋芒是针对整个封建社会的上层建筑和意识形态的。小说不仅深刻地揭露了封建宗法社会在政治上对人民的深重压迫,在经济上对人民的残酷剥削,更重要的是揭露了封建伦理道德对人民的毒害摧残,封建意识形态对人性的戕害。在这方面,《祝福》描写祥林嫂的精神悲剧,也许是最深刻的。祥林嫂活在世上的最大"罪孽"是嫁了两个丈夫,违反了"从一而终"的封建伦理道德,因而"虽然似乎可怜,但是败坏风俗的",最后只能在肉体受尽压榨摧残,精神受尽嘲笑凌辱后,像芥尘一样被扫出世界。更令人震惊的是,死亡对于祥林嫂还不是苦难的最后解脱,而是一个更大恐怖的开始,因为她还要在"阴间"受到锯刑的折磨!鲁迅对封建意识形态对人的精神虐杀的剥露,可说是到了透骨剔肌的程度。与批判封建意识形态相呼应的,是鲁迅对落后的国民性的深刻解剖。因为从本质上说,落后的国民性正是千百年来封建文化的"政绩"。《阿Q正传》所描述的阿Q的精神胜利法,对民族的劣根性作了深刻的揭露。这便是鲁迅对中国国民性的弊病经过长达20年的研究以后得出的真知灼见。在《示众》《药》等小说中对"庸众意识"的批判;在《风波》《祝福》《故乡》中对民族保守性的批判,如九斤老太的守旧、祥林嫂的迷信、闰土的麻木等,都包含了对落后的国民性的批判成分。鲁迅的"哀其不幸,怒其不争"的态度,对国民性的性格弱质作了无情的解剖,其目的就是要人们摆脱封建思想文化的羁绊,健全民族的灵魂。

从思想启蒙要求出发,鲁迅小说集中显示的是作为中国反封建思想革命的一面镜子的特色。这是鲁迅参与新文化运动的直接方式之一。新文化运动是一次全面深刻反思中国历史文化并促其实现现代性的文化运动,从本质上说它是一场反封建思想革命,其意义主要在"思想革命"层面而非"政治革命"和"社会革命"。鲁迅的《呐喊》和《彷徨》正集中体现了这个文化革命的要求和历史特点,其核心内容便是对中国传统封建文化、封建道德、封建思想意识的抨击和批判,这种抨击和批判通过对"国民性"弱点的艺术解剖表现出来。诚然,鲁迅小说也体现了一定的社会价值,表现了从辛亥革命前夕到第一次国内战争之前这一时期的某些历史特点,如《药》《风波》《阿Q正传》均触及了辛亥革命的不彻底性问题,但作家的表现重点显然不在对现实的观照,而重在对历史的开掘。鲁迅创作时经历的重大历史事变,如"五四""五卅"、大革命等,几乎都没有纳入他的小说视野,他努力关注、精心表现的是与时代隔得很远的"老中国儿女"。这些人物便成为他反思民族历史、解剖落后的国民性的载体。在鲁迅小说中,有两类形象特别引人注目。一类是觉醒者群体,如《狂人日记》中的“狂人”、《长明灯》中的“疯子”、《药》中的夏瑜等。这类人物已经意识到封建传统思想的荒谬性,有反封建的强烈愿望,但由于传统势力的强大,他们的理想终于被毁灭,人物的内心往往异常痛苦。另一类是看客群体,包括许多作品中的背景人物:酒客、茶客,示众、杀人场面的鉴赏者等等,也有作为独立的人物加以描绘的,如《明天》中的蓝皮阿五、《长明灯》中的阔亭、《阿Q正传》中的小D、吴妈等。这都是一些毫无思想个性的人物,甚至盲目维护着封建传统,在社会上形成了一股强大的封建舆论力量。透过对这类人物的批判,寄托了作家鞭挞落后国民性的深刻思想。

鲁迅小说对知识分子的生活命运、前进道路的探索也是十分精到的。《呐喊》《彷徨》有一个知识分子形象系列,从中反映了中国知识分子从近代到现代的各种不同的道路、命运和他们的心灵历程。在鲁迅的笔下,塑造的知识分子形象大体上有三种类型。一类是在封建科举制度下,一心求功名、带有酸腐气味的旧文人,如孔乙己和《白光》中的陈士成。鲁迅在鞭挞他们的弱点时,也对他们怀有一定的同情,因为他们也是受了毒害的,是被吃掉的一类。第二类是《肥皂》中的四铭、《高老夫子》中的高尔础等,这是一些不学无术的假道学。经过了辛亥革命、“五四”运动等多次革命的冲击,他们的“丑角”面貌暴露无遗,鲁迅给予了辛辣的讽刺与嘲笑。第三类是鲁迅笔下最重要的一类,即现代知识分子形象。这一类形象又是多姿多彩的。《在酒楼上》中的吕纬甫、《孤独者》中的魏连殳,曾在辛亥革命的高潮中觉醒而成为闯将,有过朝气蓬勃的奋斗经历,但在严峻的现实面前,却一个个败下阵来,成了时代的落伍者。吕纬甫精神颓唐,像苍蝇一样,飞了一圈又回到原来的地方,过着浑浑噩噩的日子。魏连殳由愤世嫉俗走到玩世不恭,采取一种变态的报复行为,最后毁灭了自己。鲁迅对这类知识分子的命运,既倾注着悲哀与忧愤,同时又指出并批判了他们身上的软弱性。《伤逝》中的涓生、子君是“五四”时期的个性主义知识分子。子君喊出了“五四”的最强音:“我是我自己的,他们谁也没有干涉我的权利!”她冲破了家庭和世俗的束缚,勇敢地和涓生结合了。然而,青年男女要获得真正的解放,必须坚持不懈地奋斗,获得经济上的独立,思想上的彻底解放。而子君、涓生却“只为了爱,——盲目的爱,——而将别的人生要义全盘疏忽了”,于是爱情“凝固”以后,子君只有回到旧窠穴中去,涓生只剩下无穷的伤感,独负着虚空的重担。小说的要点并不在于妇女解放。当新文学作品为了反封建而大量宣扬爱情至上,歌唱灵与肉的解放时,鲁迅却通过涓生、子君的恋爱悲剧,指出人生的要义并不在于爱,“人必须活着,爱才有所附丽”。小说批判了子君这样的“半解放”女性的脆弱性,也揭示了涓生走个性解放道路的软弱无力,也含有希望他们寻求一条新的生活道路的热切期待。

鲁迅小说思想内容方面所蕴含的深意,确实是超过同时代其他作家达到当时所未能达到的高度。同时,他的小说在艺术上也提供了诸多创造,为中国现代小说的艺术革新作出了表率。

首先,同"五四"时期"人的文学"观念相一致,鲁迅小说改变了我国传统小说以情节为主的特性,而将表现人、塑造人的性格置于小说的首位。由于传统小说是从话本发展而来,这就决定了在创造过程中,作者必须刻意追求情节的曲折离奇,甚至靠光怪陆离的故事吸引读者,人物必然降到次要的地位。鲁迅突破了情节小说的传统模式,成为现代性格小说的创始人。他的小说将情节的生动性、丰富性、巧妙性有效地服务于人物性格的塑造。《呐喊》《彷徨》给人们留下的最深刻的印象,并不是具体生动的故事,而是呼之欲出的人物形象。小说创造了狂人、闰土、阿Q、祥林嫂、爱姑、吕纬甫、魏连殳、涓生、子君等一大批不朽的艺术形象。可以说,中国现代小说的两大基本形象——农民和知识分子都是由鲁迅开创的。鲁迅在观察和表现农民和知识分子的生活和命运时有着自己独到的艺术视角。鲁迅小说表现的人都是生活中极普通、极平凡的人,这同传统小说为追求情节的曲折离奇而将人物进行神化或半神话处理,见出截然的不同。鲁迅独具慧眼,从平凡的人和事中发现了不平凡,从习以为常的生活现象中发掘出深刻的社会内容,显示了艺术家真正的天才。

其次,鲁迅在小说形式上作了多方面的创造,其提供的经验显示了现代小说的文体革新意义。早在20世纪20年代初《呐喊》出版不久,茅盾就指出:"鲁迅君常常是创造'新形式'的先锋;《呐喊》里的十多篇小说几乎一篇有一篇新形式。"[⑦]不但《呐喊》如此,鲁迅的全部小说都打破了传统的章回小说"某生者"体的旧套,在艺术上吸取了西方小说结构灵巧多变、形式多样的优点,作了多方面的探索,使其作品在体裁、结构、叙事方式上几乎无一雷同。在体裁上,除常见的小说叙事题材外,还有日记体(如《狂人日记》)、传记体(如《阿Q正传》)、戏剧体(如《起死》)等。在结构上,既有描写一个人物事迹为主的单线结构(如《祝福》),又有明线和暗线交错的双线结构(如《药》)。在叙事方式上,既有注重抒情的第一人称叙事(如《伤逝》),又有侧重客观描述的第三人称叙事(如《阿Q正传》)。这种多样艺术形式的创造,赋予了现代形式新的文体意义。

再次,鲁迅的小说融合了现实主义、象征主义、浪漫主义等多种创作手法,为"五四"以来的新文学创作运用多样化的创作手法开启了方向。鲁迅无疑是现实主义大师,在《呐喊》《彷徨》中透过对于现实和历史的深刻观照提出重大的现实和历史命题,表现了最清醒的现实主义精神。然而,"博采众家,取其所长"是鲁迅一贯坚持的创作原则,这就决定了他的创作必然会在现实主义基础上,借鉴、吸收、融合别的创作方法,以丰富小说的艺术表现。如《药》《明天》的结尾,在揭示生活严峻性的同时又抹上了一些理想的色彩,其作用是对现实主义创作方法的补充,使作品反映的现实更全面、更深刻。而《药》的象征意味也同样明显:小说描写的华、夏两家的悲剧,实质上是整个华夏民族悲剧的象征。《白光》中主人公陈士成落榜以后出现的种种幻象和印象的描写,也是运用了象征主义的表现手法。《肥皂》中四铭内心龌龊念头的描写,则是运用了心理分析小说中意识流动的手法。《故事新编》则更是一部充满浪漫主义色彩的小说。小说中的神话、传说、历史故事,有一定历史记载的依据,但又不拘泥于历史,增添了不少现代内容。描述近于荒诞,则强化了小说的讽世作用。而小说塑造的人物,又往往具有鲜明的浪漫主义品格,如《奔月》中的羿,既有正直勇敢、战斗不息的英雄性格,又显露了在特定遭遇中的孤独寂寞心情,颇有拜伦式的浪漫主义英雄色彩;《铸剑》是一篇表现强烈的复仇和反抗精神的作品:"彼用百头颅,千头颅兮用万头颅!我用一头颅兮而无万夫",主人公唱出的悲壮苍凉之歌显示了"以头偿头,以血偿血"的决心,同样表现出浓郁的浪漫主义精神。但从鲁迅小说整体的描写方法和小说风格看,它同传统小说也保持着密切的联系。如古代白话小说的白描手法,通过人物自身的言行举止以表现其内心情绪以及文言小说的精练含蓄等,在鲁迅创作中都有所运用。无疑,鲁迅是融化了中西小说各自的优点来创造新小说形式的。他的小说既是现代化的,又是中国化的,不愧为中国现代民族文学的一座丰碑。

第三节 《阿Q正传》:中国现代小说的典范之作

《阿Q正传》是鲁迅的代表作,也是中国现代小说的典范之作,在世界上也享有很高的声誉。小说写于1921年12月至次年2月间,最初在北京《晨报副刊》连载,后收入小说集《呐喊》。

关于《阿Q正传》的创作动机,鲁迅早在1925年就指出:是想"写出一个现代的我们国人的魂灵来",要画出"默默的生长,萎黄,枯死了,像压在大石底下的草一样,已经有四千年"的"沉默的国民的魂灵"。[8]1933年,鲁迅又重申了这一思想:"十二年前,鲁迅作的一篇《阿Q正传》,大约是想暴露国民的弱点的……"[9]这是我们理解阿Q这个不朽艺术典型的一把钥匙:鲁迅塑造阿Q这个形象,就在于以此来揭示中国国民性的弱点,暴露病态社会的种种弊端,藉以唤醒处在"沉睡"状态中的国民,实现改造民族灵魂的愿望。小说提供的画面和作者对人物的批判态度,完全证实了这一点。

从经济地位上说,阿Q是个上无片瓦、下无寸土的赤贫者,是彻头彻尾的被压迫被奴役者。然而,从他的思想意识和行为方式看,他却长期蒙受封建主义的毒害,既有“农民式的质朴、愚蠢,但也沾了些游手之徒的狡猾”。他既憎恨权贵,对压迫者愤愤不平,表现了贫苦阶级的本能的反抗,但又趋炎附势,当赵太爷势高权重时,将自己同赵家联系起来。在受到欺侮和不平时,他不满现状,但又任凭赵太爷们的计算和迫害,不思抗争,随遇而安。甚至他所“神往”的革命的目的不过是戏台上的“白盔白甲”“三尖两刃刀”之类,革命的目的不过是跟在别人后面取拿几件东西而已,表现了他对革命的茫然无知。这说明,阿 Q 始终是一个不曾觉悟的、愚昧落后的国民。

阿 Q 的性格内涵极为丰富、个性色彩极为鲜明,是个综合型的多侧面的复杂的典型形象,是由各种性格因素构成的有机整体。精神胜利法则是其性格的主导方面。阿 Q 的精神胜利法着重表现在以下几个方面:第一,妄自尊大、自我解嘲。阿 Q 尽管穷得丁当响,但常常以“先前阔,见识高”在乡下人面前表现出盲目的自负,而一旦受到奚落,则以“我儿子会阔得多啦”而自我解嘲,以获得心理上的平衡。在未庄他明明毫无地位,革命来临时,却大叫“我要什么就是什么,我喜欢谁就是谁”,待到“洋先生不准他革命”,他居然说“造反就是杀头的罪名”。第二,自轻自贱,反败为胜。明明自己被人打了,又很有些痛,但想到这是“儿子打老子”,便立即转败为胜。有时以“我是虫豸”自贱,为的是免于遭打。当他在一次赌博中赢来的钱被人抢去后,他竟演出了极为精彩的“自打嘴巴”的把戏,以一个有力的自我,惩罚那个不配活下去的自我,变现实的失败为虚幻的胜利,以求得心境上的满足。第三,麻木健忘、不知羞耻。“健忘症”是医治阿 Q 精神创伤的灵丹妙药。刚刚挨了假洋鬼子的哭丧棒,蒙受了“生平第二的屈辱”,然而“拍拍的响了之后”,他“似乎完结了一件事”,反而觉得轻松,而且不久就“有些高兴了”。向吴妈求爱惹下大祸,遭到“打骂之后,似乎一件事也已经结束”,竟还要去看吴妈要死要活的闹剧。或者受凌辱被欺侮以后,打自己一个嘴巴或睡上一觉,便立刻忘却,将耻辱丢到九霄云外,自己永远是胜利者。第四,愚昧无知,终不醒悟。阿 Q 以身上长着的虱子多而大为荣,愚昧到美丑不分,乃至“美他不过同他比丑”。他身上颇有些“忌讳”,长着癞头疮即是其一。他忌讳“癞”字,但想到别人“还不配”,便立刻心满意足起来。“被抬上了一辆没有篷的车”,才知道自己将被送至断头台,头脑“发昏”还不知道原因何在,竟大唱“过了二十年又是一个”,愚昧麻木到令人可悲可叹的地步!凡此种种都说明,阿 Q 从来没有正视过自己的悲剧命运,精神胜利法终于使阿 Q 成为一个浑浑噩噩供人驱使的奴隶。

鲁迅把“国民的弱点”安放在一个流浪雇农身上来体现,又把阿 Q 放在辛亥革命前后的社会背景下来描写,使形象显出深广的典型意义。首先,小说对阿 Q 身上的国民性弱点,特别是“精神胜利法”的种种弊端,作了透辟的描写,使这个形象被赋予了鲜明的特色和极强的典型性,包含了鲁迅对人生、历史的深邃思考。以“精神胜利法”为主要特征的国民性弱点,是我国封建阶级长期统治的“政绩”。中国的封建统治长达两千多年,封建阶级的某些特性已经渗透到中国社会的每一个细胞,使整个社会形成了一种巨大的惰性。特别是近代,由于帝国主义的疯狂侵略,统治阶级处在外患强敌、内惧人民的矛盾状态中,更要用“精神胜利法”之类的手段自欺欺人,来掩盖和粉饰自己的腐败和无能。而这种病态心理也必然会影响到被统治阶级。他们尽管有对封建阶级的反抗和政治上的平等要求,但由于长期受封建思想的影响,也不乏保守、狭隘、落伍的习性。加以处在统治阶级强大的政治、经济、文化、思想的压力下,那些被压在生活最底层的人们,为了求得活下去的勇气,只好用自我安慰、自我解嘲的办法来求得心理平衡,获得精神支柱。这些就是形成阿Q“精神胜利法”的社会的、阶级的和心理上的原因。鲁迅选择一个雇农作为“精神胜利法”的寄植者,暴露国民性的弱点,也是寓有深意的。试想,那么其他境况比阿Q好一点的人,就更有骄傲的资本,更可以满足现状、故步自封了。《阿Q正传》发表后,曾使各阶层的人都为之恐慌,疑心作者写阿Q是在写自己,又像是在写别的人。因而,阿Q身上凝聚的国民性弱点,是从不同阶级、阶层人物身上概括出来的;其性格弱点,正是中国几千年来在封建制度和思想统治下形成的民族劣根性的集中提炼。正是由于这个典型具有极大的概括力量,才使许多人受到警醒,从中开出一条反省的路来。

其次,《阿Q正传》创造阿Q形象还有反映中国近代农村的社会矛盾及揭示辛亥革命弱点的重要意义。第一,小说以极其深刻的笔触,提供了深刻而完整的生活形象,写出了“未庄”这样一个处于封建末世的毫无变动的死气沉沉的“小社会”。时代已进入了辛亥革命的前夕,赵太爷一类的统治者还是一手遮天,穷苦农民则始终处于政治上受压迫、经济上受剥削、思想上受奴役、人格上受凌辱的地位。在这种情况下,辛亥革命爆发了。《阿Q正传》后三章真实而深刻地反映了这场革命。这场革命在各阶级身上引发了各种各样的反响:阔人老爷陷入惶惶然之中,百里闻名的举人老爷准备到乡下避难,“素不相能”的举人和秀才在革命风暴面前却狼狈为奸、共渡难关,只有像阿Q这样的贫苦农民才会对革命产生如此威慑的巨大力量而感到从未有过的快意。第二,小说对阿Q的革命要求和“阿Q式革命”的实质作了精辟的剖析。一方面,阿Q具有革命的可能性。阿Q是凭被剥削者、被压迫者的直感去接受革命的,他的灵魂深处有一种本能的反抗性,因而很容易把自己的命运同革命联系起来,由过去的盲目厌恶到后来的“神往”革命。但另一方面,鲁迅对阿Q的革命持基本否定态度。因为阿Q的革命要求总是摆脱不了封建社会小私有者的庸俗和落后意识。在阿 Q 看来,革命内容首先是杀仇人,第一个该死的是小 D 和赵太爷。他把同他一样可怜的小 D 与统治者混为一谈,恰恰说明了他的革命完全是建立在个人报复的基点上的。同时,他把革命理解为抢东西和娶老婆,表现了阿 Q 式的革命同封建统治阶级如出一辙的自私性和占有欲。小说透过"阿 Q 式革命"内涵的深刻解剖,说明了普通民众由于长期经受封建思想统治以及小生产者狭隘地位的局限所形成的无知、愚昧、保守、自私等弱点,是怎样阻碍着他们接受或倾向民主主义革命;由此告诫人们:要进行一场成功的政治革命,首先必须有深刻的思想启蒙运动。第三,小说对辛亥革命的弱点和不彻底性作了鞭辟入里的揭示。小说对革命后城乡变化的描写是耐人寻味的:"革命党虽然进了城,倒还没有什么大异样","知县大老爷还是原官,不过改称了什么","带兵的也还是先前的老把总",那个当初害怕革命、曾经准备到乡下避难的举人老爷,如今"也做了什么官",倒是应该有革命要求的阿 Q 被送上了断头台。这实在是令人痛心的悲剧。小说深刻地反映了辛亥革命的软弱、妥协,揭示了它的惨痛历史教训,在中国现代思想史上不失其重要意义。

作为中国现代小说的典范,《阿 Q 正传》的艺术成就也是无与伦比的。小说提供的艺术经验是多方面的,突出地反映在下述三点。首先是着力塑造典型环境中的典型性格。小说不以故事情节取胜,而以人物描写见长,为中国乃至世界文苑奉献了阿 Q 这个不朽的艺术典型。鲁迅娴熟地运用典型化的创作方法,采取了熔现实与历史于一炉的手段,在广阔复杂的社会矛盾中,在人与人之间直接或间接的错综复杂的关系中,努力开掘现实的和历史的生活形象的共同相通的性格素质,"杂取种种人",创造典型形象,勾勒出沉默的国民的灵魂,从而使典型具有极大的艺术概括力量。阿 Q 形象最初出现的时候就产生了广泛的社会影响,今天的读者仍然可以在生活中找到阿 Q 的影子。而阿 Q 典型创造的成功,还在于充分表现了产生阿 Q 思想和性格的典型的社会环境。如果说,中国从封建社会走向半殖民地半封建社会的过程是形成阿 Q 充满矛盾的思想和性格的大环境,那么未庄及其周围的小社会则是孕育此种思想性格的典型的小环境。小说描写的未庄,是一个极端封闭落后的农村小镇,这里千百年来封建势力处于主宰地位,封建的纲常名教、伦理道德占了绝对优势,人与人之间非常冷漠,没有是非心,没有对被侮辱被损害者的同情心,只把别人的痛苦当作笑料鉴赏。阿 Q 最后被莫名其妙地枪毙,在未庄的舆论,"自然都说阿 Q 坏,被枪毙便是他的坏的证据;不坏何至于被枪毙呢"?正是在这样封建闭塞的环境中,阿 Q 那种愚昧、迷信、狭隘、守旧及"精神胜利法"的思想性格才会应运而生,阿 Q 这个典型才会产生那么大的艺术观照力量。其次,小说采用了悲喜剧交融的表现方法。《阿 Q 正传》是一出成功的讽刺喜剧,阿 Q 的种种麻木、愚昧,引起了人们阵阵辛辣的笑声;但作品同时又是一出写得异常沉重的悲剧,寓庄于谐,亦庄亦谐,在笑声里隐含着深沉的忧郁与哀痛。阿Q的"精神胜利法"是可笑的,其本身包含着种种喜剧因素。他光棍一条,无妻无室,却主张"男女之大防",这是喜剧性的;他是一个无立锥之地的流浪汉,却莽然向吴妈求爱,是喜剧性的;他反对革命,以为革命就是同他过不去,但转而拥护革命,高喊"革他妈的命",也是喜剧性的。但是阿Q生活中的每一个喜剧性情节又无一不包含着深刻的悲剧性因素。小说越近尾声,悲剧色彩越浓厚。最后阿Q被反绑着双手押上刑场,却高喊"过了二十年又是一个",固然也包含有喜剧因素,但悲剧性已明显压倒了喜剧性。尤其是阿Q被枪杀而不知自己为何被杀,这无疑是一幕最沉痛的悲剧。作品之所以产生悲喜剧交融的艺术效果,是在于作者深入开掘生活的底蕴,又成功地运用了讽刺夸张的手法,大大加强了小说的讽刺意味和幽默色彩。再次,用"传记"式结构,塑造一个圆满的典型形象。这篇小说继承了我国传统小说以叙述为主,把情景和场面描写融入叙述的表现手法来表现人物的复杂命运和性格。小说没有贯穿全篇的故事,而是以阿Q的"行状"为线索,结构成篇,生动地展示了阿Q悲剧的一生。其妙处在于:善于选取最能体现阿Q性格的事件,或写意,或白描,或露或藏,有详有略,画成一幅幅生动图景,用"精神胜利法"将其连缀起来,将人物的悲剧命运揭示得非常清晰,性格涵量也大为拓展。而情节发展中矛盾冲突层出不穷,有张有弛,有起有落,形成了故事情节单线发展而又波澜起伏的特色。

第四节　鲁迅的杂文和散文、散文诗

鲁迅在"五四"时期以小说"呐喊"的同时,便以短小精悍的杂文加入了《新青年》的"随感录"的写作,参与并领衔了我国现代杂文的创建。在鲁迅看来,杂文是现代社会中,"对于有害的事物,立刻给以反响或抗争"的"匕首和投枪",因而杂文是贯穿鲁迅文学活动始终的重要文学形式。特别是后期,成为他最主要的文学方式。鲁迅在《且介亭杂文二集·后记》(1935年12月)中说:"我从在《新青年》上写《随感录》起,到写这集子里的最末一篇止,共历十八年,单是杂感,约有八十万字。后九年中的所写,比前九年多两倍;而这后九年中,近三年所写的字数,等于前六年。"又在《且介亭杂文末编·序》中说:其实"杂文"也不是现在的新货色,是"古已有之"的,凡有文章,倘若分类,都有类可归,如果编年,那就只按作成的年月,不管文体,各种都夹在一处,于是成了"杂";同时指出,"现在是多么切迫的时候,作者的任务,是在对于有害的事物,立刻给以反响或抗争,是感应的神经,是攻守的手足"。可见其杂文写作,是尽了时代的使命,是"为现在抗争";而文体的纷杂性和丰富性,正反映了杂文快速反映急剧变动的时代社会生活的需要。从在《新青年》上发表"随感录"起直到他生命的终止，鲁迅创作了80余万字的杂感文学，他先后结集为14个杂文集出版，后又有他人编辑出版《集外集》和《集外集拾遗》，故其一生共有16个杂文集。

按时间顺序，鲁迅最早的两本杂文集是《坟》和《热风》。《热风》主要收"五四"时期短小精悍的"随感录"；另一些较长的文字主要收入《坟》中。《热风》之后，作家又于1926年和1927年分别出版了《华盖集》和《华盖集续编》，主要收1925年至1926年的杂感。一些较长的杂文也收入《坟》中。作家说这些杂文已不似《热风》"质直"，"措辞也时常弯弯曲曲，议论又往往执滞在几件小事情上"。实际上正是变化了的时代社会环境在他文风中的投影。《热风》中那种尼采式的断语少了，形式趋向多样。除"随感录"外，还有对话体、书信和日记体。并且直接针对当时文化斗争和政治斗争的焦点（如"三一八"惨案）展开肉搏战，如《估〈学衡〉》《记念刘和珍君》诸篇。不过其中心仍是执着思想启蒙的国民性批判。如《坟》中《春末闲谈》《灯下漫笔》等都继续了"五四"启蒙主义的主题，着眼于对传统"文明"的批判和对国民劣根性的剖析与揭露。

《而已集》收1927年的杂文，虽然仍保留有与"现代评论派"论战的余波，但主要是阐述作家的革命文学主张和揭露蒋介石的反革命政变，同时也显露出作家思想变化的痕迹。《三闲集》主要收1928年作家到上海后参与无产阶级文学论争的文字。"三闲"之取名便在于他曾被成仿吾指责为"有闲"，并且是三个。《二心集》是作家于1930年至1931年间杂文的结集。《南腔北调集》收1932年至1933年间发表在《自由谈》之外的杂文。这两个集子多为当时文学论争的文章，如《对于左翼作家联盟的意见》等，显示出一种"锋利"的特色。《伪自由书》是1933年发表在《申报·自由谈》上的杂感结集，多时事评论，如揭露国民党投降卖国政策的《中国人的生命圈》等。1933年5月下旬《自由谈》编者迫于严酷的政治压迫，"吁请海内文豪，从兹多谈风月"之后，鲁迅便不断变换笔名，继续发表杂文，至1934年结集为《准风月谈》。又将1934年在《自由谈》以及《太白》等刊上刊发的杂文，编为《花边文学》。这两个集子除时事短评之外，主要是对当时文化战线的批评。这些杂文由于是在险恶的政治和文化环境中写成的，因而说话"往往很晦涩"，"可说之处说一点，不能说之处便罢休"。但仍然能在对日常社会生活或文坛琐事的议论中或隐晦曲折地揭露中外反动势力的黑暗统治，或洞幽入微地表达出作家对社会文化的真知灼见。

《且介亭杂文》《且介亭杂文二集》《且介亭杂文末编》是鲁迅生命最后三年心血的结晶。其中最后一本是鲁迅去世后由许广平编辑出版的，包括杂感、短论、随笔、书信、序引、回忆性散文，乃至墓志铭等丰富多样的形式。其中不少篇章是他对社会人生和文化艺术问题的深沉总结。如《关于中国的二三事》,从中国的“火”“监狱”和“王道”等三个方面剖析与透视了自周秦以来的历代统治者统治术的两手策略:政治虐杀和文化统治。《中国人失掉了自信力吗?》《拿来主义》等都是作家一贯思想的总结与升华。由于作家身染沉疴,进入生命的黄昏,因而生老病死成为其经常的话题,如《这也是生活》《死》等篇表达了一个生命不息、战斗不止的伟大战士的情怀。而《女吊》《我的第一个师傅》则回顾了故乡的精神家园。

瞿秋白说:“杂感这种文体,将要因为鲁迅而变成文艺性的论文(阜利通——feuillteon)的代名词。”的确,杂文这种文体是与鲁迅的名字紧密联系在一起的。正是经过鲁迅的创造,杂文才“侵入高尚的文学楼台”,成为一种既具有强烈的战斗性、深刻的思想性,又具有高超的艺术性和审美特质的文学体裁。具体说来体现为以下特征:

(1) 深邃的思想性与生动的形象性的统一。

鲁迅杂文具有深邃的思想力量,这来自他辩证的理性思维。一是微观与宏观的统一。鲁迅杂文涉及的大都是极广阔深刻的社会批评和文明批评,但通常又是从细小寻常的社会现象入手,“借一斑而略窥全豹,以一目而尽传精神”。如他自己所说“写的常是一鼻,一嘴,一毛,但合起来,已几乎是或一形象的全体”。“‘杂文’有时确很像一种小小的显微镜的工作,也照秽水,也看脓汁,有时研究淋菌,有时解剖苍蝇。从高超的学者看来,是渺小,污秽,甚而至于可恶的,但在劳作者自己,却也是一种‘严肃的工作’,和人生有关,并且也不十分容易做。”(《做“杂文”也不易》)二是历史与现实的统一。鲁迅杂文并不拘泥于具体的人物、事件和社会现象,而往往从现实与历史的联系中,追溯出事物发展的渊源、过程与规律,富有历史的深度与力量。在他看来,“历史上都写着中国的灵魂,指示着将来的命运,只因为涂饰太厚,废话太多,所以很不容易察出底细来。正如通过密叶投射在莓苔上面的月光,只看见点点的碎影。”(《华盖集·忽然想到(四)》)如《华盖集·通讯》由日常所见街道上的“煤灰堆”(现象、微观)而联想到明末遗民的“活埋庵”(历史),来反观与审视20世纪20年代反改革的复古论调。

正是以上的这些“统一”使鲁迅杂文显示出一种思想的“深”,一种深邃的鲁迅智能。他的批判与针砭常常能抓住中国文化与社会的“灵魂”。但是他的这些深刻的思想见解又不是如一般论文通过逻辑的形式直接呈现出来,而是透过艺术形象的创造和对生活现象富有情趣的描绘表现出来的,从而呈现出一种杂文思维中的“个”和“类”。这种议论的形象化方式是丰富多彩的,常见的有如下几种:(1) 借助于想象、联想创造出“简直可以当作普通名词”,成为社会某种典型的象征性、比喻性形象。如“叭儿狗”——“虽然是狗,又很像猫,折中,公允,调和,平正之状可掬,悠悠然摆出别个无不偏激,惟独自己得了'中庸之道'似的脸来"。(《坟·论"费厄泼赖"应该缓行》)——正好是对正人君子们惟妙惟肖的一个画像。还有吸着人血,但在未叮之前,偏要"哼哼地发一篇大议论"的"蚊子"(《华盖集·夏三虫》);既倚靠权门,凌蔑百姓,又装作和主子"并非一伙"的"二丑"文人(《二丑艺术》);还有"落水狗""挂着铃铎的山羊"等。(2)以起绰号和画漫画的方法,揭示对象的本质。如"革命小贩"(《南腔北调集·答杨邨人先生公开信的公开信》)、"洋场恶少"(《准风月谈·扑空》)、"革命工头"、"奴隶主管"(《答徐懋庸并关于抗日统一战线问题》)、"西崽"(《"题未定"草(二)》)等;(3)或是直接描摹人物的动作、声音和心理达到一种形象的展开。比如《准风月谈·推》从一个卖报的孩子上电车时,"误踹住了一个下来的客人的衣角,那人大怒,用力一推",结果孩子跌入车下而被碾死一事为引子(点、现象),以"推"这一动作展开对"高等华人"恶行的批判:"上车,进门,买票,寄信,他推;出门,下车,避祸,逃难,他又推。推得女人孩子都踉踉跄跄,跌倒了,他就从活人上踏过,跌死了,他就从死尸上踏过,走出外面,用舌头舔舔自己的厚嘴唇,什么也不觉得。"

在议论形象化的基础上,鲁迅杂文还追求议论的理趣化和抒情化。鲁迅杂文的理趣化首先表现为广阔的知识视野(纵古博今、中西融合),广泛征引中外神话、寓言、传说、故事、小说、戏剧、诗歌,以及文学家、思想家材料,自由出入于文学、历史、地理、哲学、心理、民俗、人类学、政治学、文化学,乃至自然科学等各种学科,通达古今中外,增加谐趣,并运用夸张、借喻、双关、反语、暗示、讽刺、幽默等喜剧手法造成视野开阔、逸趣横生的艺术境界(民间的"狂欢化");同时在这一知识视野与情趣中他又常常有独创性的真理发现,如他突破人们的司空见惯,在"几乎无事"的社会现象中,发现其内含的"悲剧",因而他能"含笑谈真理"。议论的抒情化则在于鲁迅杂文不是冷冰的说理,而是洋溢着一种燃烧的诗情。如鲁迅自己所说,他的杂文不过是将他"所遇到的,所想到的,所要说的,一任它怎样浅薄,怎样偏激,有时便都是用笔写了下来……就如悲喜时节的歌哭一般,那时无非借此来释愤抒情"。在这种情感抒发中,鲁迅杂文的情感色调也是丰富多彩的。直接抒情常有火山突发之势,如"惨象,已使我目不忍睹;流言,尤使我耳不忍闻。我还有什么话可说呢?……沉默呵,沉默呵!不在沉默中暴发,就在沉默中灭亡"(《记念刘和珍君》)。间接抒情则常有吞吐曲折、回旋递进之绵长情韵。如《为了忘却的纪念》中,"夜正长,路也正长,我不如忘却,不说的好罢。但我知道,即使不是我,将来总会有人记起他们,再说起他们的时候的……"

(2)鲜明的现实战斗性和含蓄深沉的艺术风格的统一。

鲁迅说:"生存的小品文,必须是匕首,是投枪,能和读者一同杀出一条生存的血路的东西。”这既是鲁迅对杂文本质特征的揭示,也是他自己杂文的艺术概括。鲁迅杂文是与二三十年代的社会思想文化论争、与时代的风云紧密地联系在一起的,深深地触及现代社会的各个层面和领域。他始终把杂文作为社会“感应的神经”“攻守的手足”,“对于有害的事物,立刻给以反响或抗争”。因而他的杂文成为一种寒光闪闪的利刃,“能以寸铁杀人,一刀见血”(郁达夫语),甚至在反常规的“多疑”思维烛照下显现出犀利与刻毒。

不过迫于险恶的环境,他又并不能直说,只能借助于各种艺术手段和方法弯弯曲曲地表现出来——多曲折、见波澜(借题发挥、层层剥笋、比喻推理、模拟推理等)——“笔常常是扩张又收缩的”,惯于用“然而”“不过”“倘若”“总之”等转折字。“读者的思想先是随着驰骋却终于兜回原处,也就是鲁迅指定之所”(李长之《鲁迅批判》)。后期在险恶的政治与文化语境中他还使用“引语叙述”法。即大量采用古典引文和报章杂志的摘引,引申、发挥、嘲弄,达到对社会现实隐晦曲折巧妙的讽喻与批判,从而形成了鲁迅杂文的否定性、攻击性和隐蔽性的特征：尖锐、深刻、泼辣而又隽永、含蓄、蕴藉。虽然尖锐,有时甚至是“刻毒”的,但是又多转折、多婉约、多反语,正是在两者相反相成的艺术张力中创造出一种耐人寻味的艺术韵味,构成一种非常特殊的鲁迅式风格,并进而形成一种纵横捭阖、挥洒自如、极富张力与韧性的杂文语言(所谓“嬉笑怒骂皆成文章”)。如“为了忘却的纪念”——因“忘却”而加深了“纪念”的意义,“为了忘却”,又说明“记忆”的刻骨铭心。

鲁迅的杂文无疑是中国现代杂文史上的一座丰碑。由于鲁迅的创造,不但使现代杂文走向成熟,而且还使之成为中国现代文学中的一个重要文学品种,对后来杂文文学的持续繁盛及众多杂文作者和流派的涌现,产生了无可估量的影响。鲁迅的杂文也具有广泛的历史文化意义。诚如鲁迅在《准风月谈·后记》中所言:“‘中国的大众的灵魂’,现在是反映在我的杂文里了。”他的杂文不仅是中国社会、政治、经济、法律、宗教、哲学、道德、文学艺术等的“百科全书”,而且成为中国现代国民的文化心理、行为准则、价值取向,以及民性、民情、民俗、民魂的“人史”,成为中国近现代的社会史和思想文化史。正如郁达夫说“要了解中国全面的民族精神,除了读《鲁迅全集》以外,别无捷径”(郁达夫《鲁迅的伟大》)。

20 世纪 20 年代中期是鲁迅心灵经历激烈震荡的时期。一方面他用小说的形式来凝聚他对人生的探索以及对感伤彷徨情绪的抗争,用杂文的形式来继续他对旧文明的攻击;另一方面那一闪即逝的难以名状的内心“离奇的芜杂”,便借一种更加轻倩灵活而又凝练含蓄的形式及时地捕捉和凝结下来。这便是收入《野草》(1927)集中的 23 篇散文诗(最初发表在1924年至1926年间的《语丝》上)。这些散文诗形成了一种独特的文体,可以称为"独语体"的散文。其特点是专注于作者的内心,捕捉自我微妙的感觉、情绪、心理、意识(包括潜意识)加以表现,并进行更高层次的哲理思考。

章衣萍、许寿裳都曾谈到《野草》是鲁迅的哲学与诗。如前所述,20世纪20年代中期是鲁迅"运交华盖"的一个时期,也是他的内心充满困惑、寂寞、苦闷、痛苦,乃至虚无与绝望的一个时期。在某种意义上,《野草》正是鲁迅探索这种精神危机并且提升出自己"反抗绝望"的人生哲学的诗章。当然这种探索不是以逻辑范畴,而是以客观物象与主观意趣相统一的意象单位(元素)呈现出来的。因而这些作品虽然短小,却瑰奇幽深。那"彷徨于明暗之间"的"影"——"然而黑暗又会吞并我,然而光明又会使我消失"——如同《在酒楼上》等小说,展示了作家不同的心灵侧面及其交战(《影的告别》)。那要么"冻灭",要么"烧完"的"死火"——同前面一样也显示了作家的人生困境及其抗争(《死火》)。"抉心自食,欲知本味。创痛酷烈,本味何能知?""痛定之后,徐徐食之。然其心已陈旧,本味又何由知?"的矛盾(《墓碣文》)。"无词的言语"的"颤动"——一种难言的悲愤(《颓败线的颤动》)。这些诡奇、荒诞的意象都昭示出这是一个矛盾与困惑的世界。因而我只能"彷徨于无地","偷生在不明不暗的这'虚妄'中",当"我"用希望之盾,去"抗拒那空虚中暗夜的袭来"的时候,"我"不过耗尽了青春,心却分外的寂寞和平安,没有爱憎,没有哀乐,没有颜色;而且青年也很平安:"没有星和月光,没有僵坠的蝴蝶以至笑的渺茫,爱的翔舞"(《希望》)。"我不过一个影,要别你而沉默在黑暗里了。然而黑暗又会吞并我,然而光明又会使我消失"(《影的告别》),连续的语意转折正表明作家对自我困境的洞悉与选择的困惑。那种绝望似乎是无底深渊,即使那始终举着投枪的战士,他每每刺中的也不外乎是一件件外套,而他却在面对无物之阵的战斗中衰老,寿终……(《这样的战士》)这既是作家对他所经历的启蒙人生"黑暗与虚无"的深刻洞察,又是他潜意识深层心理的艺术升华,正因此许多篇什都是以"梦"的形式出现的,并且达到了前所未有的深刻——"于浩歌狂热之际中寒;于天上看见深渊。于一切眼中看见无所有;于无所希望中得救"(《墓碣文》)。

实际上这种人生的困境与深重的悲怆在很大程度上根源于现实背景上展开的民众与为民众战斗的精神战士之间的隔膜和距离(如同《狂》中"狂人"的感受)。当傻子帮助过着猪狗般生活的奴才在秽气冲鼻的黑屋里砸开一扇光明的窗洞时,迎来的却是奴才的喊打(《聪明人和傻子和奴才》);当以自己的血泪和屈辱养育大孩子后,衰颓的老女人却被孩子以害苦、带累来埋怨和赶杀(《颓败线的颤动》);那仇恨以色列人的现在,较永久地悲悯他们的前途的人之子耶稣,却被以色列人残酷地钉杀(《复仇(其二)》)。

这一系列意象实际上都蕴含着一种"信而见疑、忠而被谤"的原型情感,传达出一种难以言传的悲愤和伤痛。为治疗民众这种精神的愚昧和麻木,精神的战士只好向他们施以精神的"复仇":在广漠的旷野里,他们俩(一男一女),裸着全身,捏着利刃,然而既不拥抱,也不杀戮,这样地以至于永久,由圆活而干枯;但也因此,使从四面八方赶来的看客和路人由干枯而失了生趣(《复仇》)。那"老女人"也终于并合了眷念与决绝,养育与歼除,祝福与咒诅,以"人与兽的,非人间所有的,所以无词的言语,伴合着颓败身躯的颤动"(《颓败线的颤动》)。这表面上是对民众的一种峻急严厉的"憎",然而"倘非真爱,就也不会憎,也不会厌的,因为所谓'可爱不胜,可憎百倍',憎者,不过就是爱的一种变态"(鲁迅译《出了象牙之塔》),所以这"憎"的后面又隐含着一种更广大更深沉的爱。因而当碎骨的大痛楚透到心髓时,耶稣却沉酣于大欢喜大悲悯之中(《复仇(其二)》)。

不过,鲁迅虽然深切地感受和体验到人生的"黑暗"与"虚无",感受和体验到存在的"荒诞",然而他所追寻的人生意义恰恰就在这面对绝望的抗战中。(鲁迅致许广平的信中说"我常觉得唯'黑暗与虚无'乃是'实有',却偏要向这些作绝望的抗战"。而且"绝望而反抗者难,比因希望而战斗者更勇猛,更悲壮"。)因而那"彷徨于无地"的"影"要告别"你"(人)而去,"我独自远行,不但没有你,并且再没有别的影在黑暗里。只有我被黑暗沉没,那全世界全属我自己"——随着"影"的告别与偕黑暗消逝,留下(给人的)或许就是一个没有黑暗的世界(《影的告别》)。那"死火"也终于"跃起"而"烧完",并让那碾死"我"的"大石车""坠入冰谷中"(《死火》)。甚至当"我"放下希望之盾,肉搏这虚空中的暗夜时,"我的面前又竟至于并且没有真的暗夜"。因而"绝望之为虚妄,正与希望相同"(《希望》)。可以说,对绝望的抗战既构成了鲁迅的人生哲学,也构成了《野草》的主旋律,而且越来越洪亮明朗,《野草》终章于那"叛逆猛士"的"屹立"(《淡淡的血痕中》)和青年魂灵的"粗暴"(《一觉》)中。这种演进的逻辑正呈现出鲁迅心灵搏斗的内在轨迹。所以,虽然《野草》时时可见浓重的苦闷,却并不消沉;虽然《野草》常常表现出某种绝望,但又始终贯穿着对这绝望的抗争和不懈的追求。苦闷和绝望构成鲁迅思想的深刻,而抗争和追求又推动着鲁迅对自我的超越而不断前进。

作为心灵的诗,《野草》艺术的突出特点是其意象经过了作家心灵的深度创造。因而秋夜的月亮会躲向东边去,影会与人对话并告别,死人会坐起来与人说话,狗追逐着人驳诘……这种怪诞与离奇其实正是作家那难以捉摸的深层心理的艺术投影。因而这些意象的意义也是朦胧的、不确定的,具有多层次多向度的象征性内涵。如"死火"、"影"等等。不过正是这种诡奇、幽深而朦胧的意象才真实而深刻地呈现出鲁迅这时期心灵的矛盾冲突、扑朔迷离的潜在意绪,呈现出他心理的紧张搏斗、人格的伟大与坚强,以及所涵括的时代风云变幻。同时这种变形与创造也就使这些作品所依附的文体框架,如小品(《雪》)、戏剧(《过客》)、寓言(《聪明人和傻子和奴才》)、小说(《颓败线的颤动》)等改变了其原有的性质与功能,而具有了一种诗的生命与灵魂。正是由于以上种种创造,《野草》成了中国现代散文诗的艺术丰碑。

《朝花夕拾》是鲁迅1926年间连续发表在《莽原》杂志上的10篇回忆性散文的结集,原总题名为"旧事重提",是作家步入中年之后,对自己家乡和早年生活往事与道路的"反顾"(也是在一种"华盖运"笼罩下,面对困顿的一种突围)。"旧事"乃个人亲历之事,回忆以成散文。这些旧事埋藏在记忆之中,"出土"之后便可陆续抄下,一如朝花坠地,夕晚(中年)拾之,色香虽异而形神俱在。当然重提"旧事"的目的是为了镜照现在,是从过去的历史与生活中吸取精神的资源与力量。正是在这一意义上,《朝花夕拾》又可以被看作由十个片段组成的、关于少年周树人的一部"成长小说"。

当然这样一种"旧事重提",也隐喻了一种"说故事"的方式,是对他童年记忆的"谈闲天"的追忆与模拟。因而《朝花夕拾》属于一种"闲话风" 是在一种自然、亲切、和谐、宽松的谈闲天的氛围中展开他的回忆与反顾的,真诚坦率而弥散出多种情怀。例如《阿长与〈山海经〉》中对保姆长妈妈的记叙,既有对她晚上睡觉成一个"大"字形象的生动描绘,也有对繁琐礼节与道理的厌烦,还有对她害死我心爱的隐鼠的憎恶,更有她不辞艰辛为我买来渴慕已久的《山海经》的感谢。而最后独立成段的一句"仁厚黑暗的地母呵,愿在你怀里永安她的魂灵",则表达了对她永远的感激与怀念。同时也真实地呈现了少年鲁迅天真活泼的个性。其他如《藤野先生》《范爱农》等也都如此。

同时,这种"闲话风"还表现出由"任心闲谈"而带来的从容与幽默,行文结构上的随意性与语言趣味的"原生味"追求。例如《无常》在迎神赛会(承前《五猖会》)的各种鬼物中特别推出浑身雪白的"活无常",然后又介绍城隍庙或东岳庙的"无常"、《玉历钞传》上的像,和"死有分"相对,然后又谈他在佛教中的渊源,再转入探讨人们喜爱他的原因,再转入"大戏""目连戏"(又穿插张岱在《陶庵梦忆》中的介绍)中的"无常",再回到迎神赛会的"无常"。而所有的行文又都贯注着对"正人君子"的调侃与嘲弄:"我的故乡,在汉末虽曾经虞仲翔先生揄扬过,但是那究竟太早了,后来到底免不了产生所谓'绍兴师爷',不过也并非男女老小全是'绍兴师爷',别的'下等人'也不少。……他们——敝同乡'下等人'——的许多,活着,苦着,被流言,被反噬,因了积久的经验,知道阳间维持'公理'的只有一个会,而且这会的本身就是'遥遥茫茫',于是乎势不得不发生对于阴间的神往。人是大抵自以为衔些冤抑的;活的'正人君子'们只能骗鸟,若问愚民,他就可以不假思索地回答你:公正的裁判是在阴间!”——这样一种杂文的笔调实际上正鲜明地体现了鲁迅幽默泼辣,嬉笑怒骂皆成文章的艺术特点与语言个性。

(王嘉良　姚晓龙　王晓初)

注释:

① 许寿裳:《我所认识的鲁迅》,人民文学出版社 1952 年版,第 8 页。

② 鲁迅:《而已集·当陶元君的绘画展时》,《鲁迅全集》第 3 卷,人民文学出版社 1981 年版,第 550 页。

③ 鲁迅:《中国新文学大系·小说二集·序》,《鲁迅全集·且介亭杂文二集》第 6 卷,人民文学出版社 1981 年版,第 82 页。

④ 鲁迅:《故事新编·序言》,《鲁迅全集》第 2 卷,北京:人民文学出版社 1981 年版,第 342 页。

⑤ 鲁迅:《中国新文学大系·小说二集·序》,《鲁迅全集》第 7 卷,人民文学出版社 1981 年版,第 82 页。

⑥ 鲁迅:《南腔北调集·我怎么做起小说来》,《鲁迅全集》第 4 卷,人民文学出版社 1981 年版,第 512 页。

⑦ 茅盾:《读〈呐喊〉》,《文学周报》91 期,1923 年 10 月。

⑧ 鲁迅:《集外集·俄文译本〈阿 Q 正传〉序及著者叙传略》,《鲁迅全集》第 7 卷,人民文学出版社 1981 年版,第 82 页。

⑨ 鲁迅:《伪自由书·再谈保留》,《鲁迅全集》第 5 卷,人民文学出版社 1981 年版,第 144 页。

【思考题】

1. 简述鲁迅思想发展的轨迹和“鲁迅的方向”的意义。

2. 解释《呐喊》《彷徨》的题意和《故事新编》的创作主旨。

3. 为什么说中国现代小说从鲁迅这里开始,又在他手中成熟?

4. 试述鲁迅小说在艺术上的独特创造。

5. 试述阿 Q 精神胜利法的表征及其包含的社会意义。鲁迅如何通过阿 Q 形象的塑造暴露国民性弱点?

6. 鲁迅杂文独特的审美价值体现在哪些方面?

第三章 “五四”探索期小说

第一节 小说理念刷新与创作的多样探索

在中国古代，小说历来被视为“小道”，不能与诗文同登文学大雅之堂。但到了清末民初，小说开始从文学边缘地位向中心地位移动。1902年梁启超发起“小说界革命”，把小说与维新革命相联系，竭力强调小说的启迪民智的社会功能，认为小说是“文学之最上乘”，“欲新一国之民，不可不先新一国之小说”[①]，由此发起的“新小说”创作成绩虽然不大，却对提高小说的地位起到重要作用。

真正建构具有现代意义上的小说理念，促进现代小说萌生的是始于“五四”的文学革命。这场革命给小说的现代化带来契机。《狂人日记》等现代小说以反封建的精神直指人的现代觉醒和国民灵魂改造，又具有特别的格式，因而格外引人注目。这当中，西洋小说的引入对中国小说由古典形态向现代形态转型的推动力是明显的。鲁迅指出：“小说家的侵入文坛，仅是开始‘文学革命’运动，即一九一七年以来的事。自然，一方面是由于社会的要求的，一方面则是受了西洋文学的影响。”[②]这可以追溯到“林译小说”。“林译小说”和其他翻译小说为20世纪中国现代小说的创作提供了借鉴。新文学作家在谈到自己的小说创作动因时，几乎众口一词说到接受外来小说的影响。鲁迅说：“大约所仰仗的全在先前看过的百来篇外国作品和一点医学上的知识，此外的准备，一点也没有。”[③]叶圣陶则说：“如果不读英文，不接触那些用英文写的文学作品，我决不会写什么小说。”外来小说从观念到文体，在小说的形式、叙事、语言等各个方面，都对中国的传统小说产生了重大影响。小说理念和形式的全方位变革，促成了中国现代小说的诞生、发展与成熟。

随着小说独立地位的稳固和向文学的中心位置的移动，其在新文学初创期的创作中所占的比重逐步增大，小说成为深受读者青睐的文学品种。由于作家们执着于多种创作方法和多样艺术形式的探求，使探索期小说呈现出色彩纷呈的局面，初步建构了多种小说流派，为后来的小说发展奠定了坚实基础。在小说流派方面，为人生的现实主义小说和浪漫抒情派小说构成“五四”小说的两道主要风景线，出现了双峰对峙的现象。

人生派的现实主义小说创作者主要是在鲁迅影响下的文学研究会及与之相近的未名社、语丝社的一些成员。这些作家的作品密切关注社会人生的各类现实问题，关注民生疾苦,针砭社会痼疾,执着于人生意义的探寻,同情被侮辱被损害的下层劳动者,表现出强烈的社会使命感和文化批判意识,也表现出鲜明的人道主义、民主主义精神,体现了"为人生"的文学观。总体上显示出两个特点:一是体现客观写实倾向和忠于现实、直面现实并有意识地干预现实、改造现实的现实主义精神。二是有着较强的理性主义色彩,这在问题小说中表现得尤为明显。

人生派小说家直接师承"文学革命"倡导期《新青年》《新潮》作家群的传统。在《新青年》上发表小说的鲁迅,在《新潮》上发表小说的罗家伦、叶绍钧、俞平伯、汪敬熙等,在《晨报》上发表小说的冰心,在《每周评论》上发表小说的胡适等,首开问题小说的先河。他们从各个角度触及当时的社会问题,表现出对人生、社会问题的关注。

问题小说真正形成一种创作风气,则与文学研究会的冰心、叶绍钧、许地山、王统照、庐隐的创作分不开。1919 年下半年,冰心发表了《两个家庭》《斯人独憔悴》等小说;1921 年文学研究会公开倡导文学"表现并且讨论一些有关人生一般的问题",将"问题小说"的创作引向高潮,出现了叶绍钧的《这也是一个人?》、王统照的《沉思》、许地山的《命命鸟》、庐隐的《海滨故人》等作品。

"问题小说"的形成有着多方面的原因。首先,作为思想启蒙运动的"五四"本身造就了"思考的一代",瞿秋白当时曾这样记述:"五四"青年的思想"渐渐的转移,趋重于哲学方面、人生观方面。也像俄国新思想运动中的烦闷时代似的,'烦闷究竟是什么?不知道'"。[④]在一段时间内,全社会都来探究"人生究竟是什么"这样严肃的问题,读者要求小说能尖锐地提出他们所关注的各类社会问题,却也并不企望文学一定给予多么明确的回答。问题小说涉及当时青年关心的家族礼教、婚恋家庭、妇女贞操、劳工、战争、知识者等诸多方面。所以,问题小说是"五四"启蒙精神和作家的人生思考相结合的产物。其次是外国(欧洲与俄国)文学的启示和文学理论的倡导。1918 年 4 月周作人作《日本近三十年小说之发达》的演讲,很有倾向性地评介了日本近代文学中的"问题小说"。在《人的文学》中进一步提出新文学应该以"人道主义为本,对人生诸问题,加以记录研究"。与此同时,随着易卜生社会问题剧的译介,"五四"后,以戏剧的形式来提出和剖析诸如婚姻、道德、宗教、法律、政治等社会问题的"问题剧"风行一时,也直接启迪了"问题小说"的兴起与流行,正如沈雁冰指出:"文学中讨论到社会上种种问题,实是易卜生开始。"

不过由于作家是以小说的形式(一些简明的故事或单薄的形象)来阐释自己对社会问题的思考,存在着明显的概念化倾向,人物往往成为作家主观精神的传声筒,因而显得比较空疏。当 1921 年"五四"落潮,时代的聚焦点已经不再是各种社会问题的探讨以后,“问题小说”也就度过短暂的辉煌而衰落了。原来以“问题小说”走向文坛的作家,如叶圣陶、王统照等则沿着文学研究会为人生的方向,走向了探索社会人生的更加广阔的成熟的现实主义道路。到1923年前后则为另一潮流——乡土小说流所取代。

“乡土小说”这个概念源于鲁迅在《〈中国新文学大系·小说二集〉序》中提出的“乡土文学”。鲁迅在评述了蹇先艾的小说之后说:“凡在北京用笔写出他的胸臆来的人们,无论他自称为用主观或客观,其实往往是乡土文学,从北京方面说,则是侨寓文学的作者”,又说他们的作品大都是“回忆故乡的”,“因此也只见隐现着乡愁”。被鲁迅归入乡土文学作家的还有许钦文、鲁彦、黎锦明等。因限于《中国新文学大系·小说》各集的划分,这种归属是不完全的。实际上还应包括许杰、彭家煌、王任叔、台静农、冯文炳等作家。这些作家的创作虽各有不同程度的差别,但是大致于1923年前后在北京的《晨报·副刊》《京报·副刊》《语丝》《莽原》《未名》和上海的《小说月报》等报刊上推出了一批显示出某种共同的艺术特点和趋势的描写故乡农村(或小城镇)生活的小说,被称为“乡土小说”潮流。

之所以在这一时期兴起乡土小说潮流,首先为人生派写实性艺术探索深化的要求。新文化运动落潮后,“问题小说”潮也走向衰落。1922年文学研究会围绕“自然主义”的讨论,实际上已经批评了“问题小说”主观化与理想化的倾向,潜在地提出了现实主义深化的问题。1923年乡土小说兴起后,周作人又连续发表了《地方与文艺》《旧梦》等文章,提倡“乡土艺术”。认为“新兴文艺”要克服“太抽象化”的不足,就需要“跳到地面上来,把土气息泥滋味”,“透过他的脉搏,表现在文字上”,表现出“风土的力”。另一方面,乡土小说作家大都是文学研究会、语丝社、莽原社、未名社等“为人生”倾向的社团的作家,“为人生”成为他们的创作指向——所以乡土小说可以说是承接“问题小说”潮(是对它的扬弃与发展)而崛起的又一个更充实的“为人生”的小说潮流。其次是鲁迅的示范与影响。鲁迅小说的题材大多来源于故乡绍兴,经过他的艺术提炼和创造,以简洁而富有韵味的笔致建构起一个充满浓郁浙东水乡色彩的以鲁镇、未庄与S城为中心的艺术世界。因而,在当时便被评论界认为“他的作品满熏着中国的土气,他可以说是眼前我们唯一的乡土艺术家”。乡土小说家大多受到鲁迅的影响,如鲁彦、许钦文听过鲁迅的课,与鲁迅同乡的许钦文自称是鲁迅的“私塾弟子”,蹇先艾也在他的《短篇小说选·后记》中明确宣称:“我写短篇小说,一开始就接受了鲁迅先生的作品很大的影响。”“乡土小说”对生活场景客观如实的描写,透过世道习俗对落后社会心理的发掘,由回忆煽起的感伤的“故乡风”,都可以从鲁迅的《孔乙己》《故乡》《风波》《社戏》等作品中找到某种渊源。因而可以说乡土小说是受到鲁迅的影响而形成的一个小说流派。

与“为人生”的写实派相对峙的,是被称为异军突起的前期创造社的郁达夫、郭沫若等作家创造的浪漫抒情小说。他们不注重对客观现实的真实再现,而是本着自己的内心要求进行创作,将“表现自我”的主观性推至极端,开创了浪漫抒情小说的新样式。其基本特征有:

(1) 以作家自我经历或身边琐事为题材,带有自叙传性质。或者说大都有一个抒情主人公形象,直接抒发主人公的强烈情感,去打动读者,郭沫若把这种小说的美学追求称为“主情主义”。[5]不过这种主观性、抒情性与诗歌还是有区别的,是以叙事/故事的形式来体现的,因而称为“自叙性”比较恰当。与以故乡生活为题材的乡土小说和以重大社会现象为题材的社会剖析派小说形成鲜明对比。正是在这一意义上,郁达夫提出(赞同)“文学作品,都是作家的自叙传”[6]的著名观点。

(2) 着意表现自我(叙述人/主人公)的心境、心态和意绪,而不重客观社会生活的描写,带有强烈的主观抒情性,从而具有浓郁的浪漫主义色彩,与客观写实的现实主义构成对比。

(3) 多采用日记体、书信体、第一人称叙事等文体形式,弱化情节因素,着重情感的抒发(结构线索)、氛围的渲染,开拓出一种“情调小说”的体式,并大胆借鉴和运用了某些现代主义的艺术手法与技巧,形成一种独特的感伤美与病态美。

这在中国现代小说史上是一个全新的样式,也是对传统小说观念的一个突破性发展。浪漫抒情小说作为一股创作潮流是从郁达夫 1921 年出版小说集《沉沦》开始的。郁达夫提倡“自叙传”小说观念,以“表现自我”的文学主张为理论基础,以创作主体的主观心理情绪为中心,淡化了小说文体客观再现的功能,强化了小说文体主观表现的功能,属于典型的抒情小说。这股小说潮流极盛于 20 世纪 20 年代前期和中期,并延续到 20 年代末,其主要代表作家为郁达夫。从内容上说,这类小说促成了“青春”型小说在中国文学史上的出现;从形式上来看,推动了中国现代小说“向内转”的艺术探索,并创造了一种独特的小说艺术模式——心理情绪模式,因而在文学史上占有特殊的地位。创造社后起的青年小说家紧接郁达夫构成了一个抒情作家群体。从倪贻德、陶晶孙、周全平、叶灵凤、王以仁的作品中都可以看出郁达夫的影响。

体现浪漫抒情倾向的还有乡土抒情小说。乡土小说作家有不少既以客观写实为主,又常作主观抒情,在艺术审美风格上具有两栖性。鲁彦、许钦文、许杰等乡土作家都经历过由主观抒情到客观写实的发展轨迹及两栖性的审美追求,许多作品将乡愁抒发体现于梦境、幻想、象征等题材处理方式上,以传送忧患意识及思乡恋乡的主观情绪,或在乡土之情中糅合着身世之感,惆怅和伤感弥漫于作品中。主观抒情色彩最浓的是黎锦明,他写青年的心理流程,但更专一写青年爱情题材,而且是较为单纯的青年的爱情心理世界。而在乡土作家中,创作中渗透着乡恋情怀的抒情诗式的境界和笔致,最能体现乡土抒情小说特点的是冯文炳(废名)。其乡土小说最初多着意营造自给自乐的乡村乐园,但也无意识地点染了生活本身的哀戚,不过,现实的阴影在他笔下表现得极为委婉,若有若无,在浓浓的古朴而宁静的氛围中融合着极为清淡的一丝哀婉,从而形成一种独特的乡土气息。其小说最早表现出"散文化""诗化"的风格:具有浓郁的抒情性,把景物描写和人的活动融为一体,抒写自然中的人;注重情趣和诗境的追求,小说固有的紧张、曲折的情节被淡化处理;注意运用寓意象征、意识流、亦真亦梦等艺术技巧,创造出一种传统写意抒情的韵味。从审美创造视角看,废名小说独特的美学品格是难能可贵的,尤其是对随后崛起的"京派作家群"的影响更是不可低估。

现代小说在它的确立时代是纷纭而头绪繁多的,客观写实和主观抒情是其两大流派,在多元的发展中又相互渗透,这之中,在国外属于前后三个阶段的浪漫主义、写实主义、现代主义等创作方法几乎"共时"地被吸收进来,这种吸收就更显示了"五四"小说的多样化。比如抒情体小说的作者们,就不仅吸收国外浪漫派文学,也从抒发感情的角度来吸收现代派文学,郭沫若的《残春》就是中国最早的"意识流"小说之一。创造社、沉钟社的青年作家不避西方的象征主义、印象主义、唯美主义,并同中国传统的诗化情绪相结合。从小说的体制看,长篇虽还十分幼嫩,但短篇由外国移植而扎根于中国土壤却取得较大成功,可以说,短篇小说现代文体的形成是中国小说现代化的标志,这主要表现为:脱离了传统的史传文学的束缚,不再一味采用"纵剖"的由头到尾的叙述结构,而是引进并逐渐普及了"横截面"的结构方式;重视人物和环境的关联,以人物为中心表现社会中的人,摆脱人物类型化、简单化的弊病;认识到小说作者与小说叙述人的区别,消除叙述的"说书"痕迹,既发展了一种叙述人隐藏较深的客观叙事,也不忽视叙述人介入的多样的主观叙事,而作为新型技巧的限制性叙事,在突破固有的全知叙事方面显示了现代的姿态。

除上所述,心理描写在小说中作为新的技巧开始广泛流行,女性作家凌叔华的《酒后》《绣枕》就是当时心理小说的名篇;专写性爱小说的创造社元老之一张资平的步伐开始是与"五四"时期青年个性解放的要求一致的,写实性中包含浪漫抒情与肉欲描写的因素。在历史小说方面,早期作者有鲁迅、郭沫若、郁达夫等,鲁迅的《补天》《铸剑》是浪漫想象和现实讽喻的产物,郭沫若的《函谷关》、郁达夫的《采石矶》,情感外露,纯是借古人之口说一己之言的写法。这些,都可以看作是第一个十年小说开放性发展的景象,它们都为下阶段的小说开了各式各样的源头,不容忽视。

第二节 叶绍钧与人生派小说

人生派作为一个小说流派的正式形成,是1921年文学研究会成立以后。文学研究会《宣言》中公开标举反对游戏、消遣的文学观,认为文学"是于人生很切要的一种工作",高举"为人生"的旗帜,人们习惯把他们的创作称为"人生派"小说。

人生派小说的共同特点是:第一,关心社会问题,积极入世。叶绍钧、王统照、冰心、庐隐等人的创作,无论是作为爱与美的追求者,还是以人生的安慰者或悲哀宣泄者的身份去探索人生真谛,去捕捉知识青年的灰色的烦闷或痛苦的内心奥秘,都是为了唤起人们对社会现实的认识,对被损害被侮辱者的同情,是经济入世的。第二,以人道主义的真诚关心民生疾苦,喊出民众的心声,特别关注下层社会人生,写出一批反映劳动民众疾苦的佳作。第三,注重写实,运用现实主义创作方法。

人生派作家中最具代表性的是叶绍钧。叶绍钧(1894—1988),又名叶圣陶,江苏苏州人,小时候家境贫寒,1911年中学毕业后,他长期辗转于苏州、上海一带当小学教师,一面教书,一面进行文学创作。他在步入新文学之前已在1914年开始用文言写作小说,如《穷愁》《博徒之子》《终南捷径》《贫女泪》《倚闾之思》等,题旨比较浅露,内容多为揭露黑暗现实及同情下层百姓。1921年叶绍钧成为文学研究会的发起人之一,同时移居上海。他一方面在中学和大学教国文,一方面兼任《妇女杂志》和《小说月报》的编辑。他用白话写作始于1919年,1921年至1937年共出版了6部短篇小说集:《隔膜》《火灾》《线下》《城中》《未厌集》和《四三集》等。此外,他在新诗、散文、戏剧和学术、批评等领域也有所涉足,他是我国新文学多种艺术形式最早的实践者和开拓者之一。而且,他还是我国最早的儿童文学作家之一,1923年出版的《稻草人》是我国现代最早的童话集。鲁迅在1935年译介班台莱耶夫的《表》时,还提到他在这方面的开拓性工作,指出:"十来年前,叶绍钧先生的《稻草人》是给中国的童话开了一条自己创作的路的。"⑦

叶绍钧的新文学创作是从"问题小说"起步的,人道主义思想是叶绍钧观察人生、表现人生、批评人生及进行思想启蒙的主要武器,他注意揭示现实生活多侧面的矛盾冲突,强化对旧制度旧思想的批判力量,加重对灰色人生的针砭和抨击,并在揭露社会现实矛盾和针砭灰色人生的过程中,把"爱"与"美"理想的实现寄托在下层人民身上。他对问题的揭示,比其他小说家深刻。首先,他提出了妇女解放的问题。1919年他写的第一篇现代白话小说《这也是一个人?》(后改名《一生》)所表现的就是一个缺乏"美"

与“爱”的冰冷的世界。小说的女主人公“伊”15岁就由父母做主嫁人了，被夫家抵半条牛使用。不到一年“伊”便生了孩子，但孩子很快夭折。“伊”忍受着丧子之痛的折磨，还备受婆婆和丈夫的虐待。丈夫死后，“伊”又被公婆卖了。“把伊的身价充伊丈夫的殓费，便是伊最后的义务。”⑧“伊”的一生是封建礼教重压下农家妇女悲惨命运的缩影。叶绍钧通过对这位劳动妇女牛马不如的悲惨命运的描写，提出了妇女如何从封建桎梏下解放出来的问题，也涉及“五四”时期广泛关注的“人权”问题。其次，他提出了宗法制社会中人与人之间关系“隔膜”的问题。《苦菜》表现知识分子与农民之间的隔膜；《一个朋友》里夫妻之间也只有“共同社会”，而缺乏思想、感情的沟通。再次，叶绍钧写得最多的是有关知识分子、学校生活以及小市民生活的小说。由于叶绍钧早年长期从事小学和中学的教育工作，对当时教育界的情况以及他们的生活和精神面貌都很了解，因此，描写这方面的小说是他最为成功的作品。其中比较出名的有：《饭》《校长》《搭班子》《英文教授》《义儿》《风潮》等。他的教育小说，主要暴露当时教育界的各种黑暗腐败现象，具有极强的批判现实主义色彩。《饭》《搭班子》等就是揭露教育界黑暗腐败的代表性作品。《饭》里面所描写的学务委员，无理克扣教员薪俸，是一个以办学为赚钱手段的吸血鬼。小说通过吴先生不但受到敲诈勒索，还要时时担心失去饭碗的不幸，揭露了旧中国教育界为一群流氓所把持的现实。《校长》描写一个有热情、有理想的校长，在丑恶势力面前，顾虑重重，优柔寡断，不敢斗争，终于败下阵来。茅盾说过：“要是有人问道：第一个‘十年’中反映着小市民智识分子的灰色生活的，是哪一个作家的作品呢？我的回答是叶绍钧！”⑨

叶绍钧说过：“不幸得很，用了我的尺度，去看小学教育界，满意的事情实在太少了。我又没有什么力量把那些不满意的事情改过来，……于是自然而然走到用文字来讽它一下的路上去。”⑩这种“讽”一下的笔调体现得最充分的是《潘先生在难中》。以1924年江浙军阀齐燮元、卢永祥的混战为背景，叙写让里小学校长潘先生逃难的故事。当他带着妻儿好不容易逃难来到上海后，又从报上获悉教育局长要照常开学的消息；为了不丢掉校长的职位，他第二天又匆匆赶回让里草拟了上课的通知，并暗自得意此举会获得局长的好感。但第三天获悉铁路不通，战事转紧之后，他的心又沉了下来，赶紧到红十字会登记入会，领取红十字旗子和徽章，并特别多要了一面旗子、几个徽章。旗子除插在学校外，另一面就插在了他家里，而徽章则是为他、他妻子和两个儿子准备的，并由此而感到一种神秘的安全感。不过当战事发展到相邻的碧庄时，潘先生赶紧仓皇地卷了一包细软来到洋人的红房子要求庇护，没想到在这里竟碰见了貌似尊严的局长。可最终让里并没有发生战事，潘先生又恨自己没有先见之明冤枉花了逃难费。当他去教育局探听开学事宜时,却被拉去书写歌颂军阀的标语。当他写到“德隆恩博”的“博”字时,“仿佛觉得许多影片,拉夫、开炮、烧房子、淫妇人、菜色的男女、腐烂的死尸,在眼前一闪”。其实作为小学校长的潘先生也知晓军阀战争的罪恶,并且本身就饱尝了战乱的艰辛。但是,在战乱中他却为一己之私利而忙碌,每遇风吹草动,便惊恐万分;稍遇安定,又得意忘形。所以潘先生在本质上是一种卑怯自私、随遇而安的灰色知识分子的典型,是他们在动荡的社会环境的夹缝中求生存而又朝不保夕命运的合乎逻辑的形象展现,可以说是叶圣陶为“五四”新文学贡献的一种独特的人物类型。——作家冷静地审视这种小市民及其知识分子的灰色生活(题材);写实性描写中不动声色的讽刺(方式——通过潘先生自己在军阀战争的背景中时而虚惊失色,时而苟安窃喜的种种矛盾表现和跌宕起伏的心理曲线展露了他卑琐怯懦的人生面目);平实洗练的叙述语言(语言),形成了叶绍钧小说的鲜明的特色。

叶绍钧不论是关注底层人民生活的作品,还是描写知识分子的作品,有一点是不变的,那就是用自己坚实的创作,实践了“为人生”的文学主张。他早期作品以描写小市民和中、小知识分子的灰色生活著称,茅盾曾经这样谈到叶绍钧的作品:“冷静地谛视人生,客观的地,写实的地,描写着灰色的卑琐人生的,是叶绍钧。”[11]“他的‘人物’写得最好的,是小镇里的醉生梦死的灰色人。”[12]

1925年“五卅”运动以后,叶绍钧小说现实主义小说创作的格调进入一个新的境界。他以一种散发着革命气息的现实主义方法,写下了《城中》《未厌集》中的一些作品。作者把笔锋转向对统治阶级的直接抨击,还大胆地表现革命者的正义斗争。1927年发表《夜》,描写一对年轻革命青年在白色恐怖中被屠杀,外婆痛恨那杀死她的亲人的恶魔,毅然担起抚养遗孤的责任。总之,他突破了以往小说题材的狭隘性,开始在比较广阔的社会环境中,描写现实重大题材,揭示斗争的主题,在表现手法上也加强了细节描写和人物性格刻画,形成现实主义的新特色。

1928年,叶绍钧推出唯一的一部长篇小说《倪焕之》,连载于当时的《教育杂志》上。这部长篇塑造了一位热切追求新生事物的青年倪焕之,他全身心地扑在教育事业上,主张“教育救国”,期望着“理想的教育”能消除祖国的贫困,能荡涤旧社会的黑暗和污垢。小说把主人公放到从辛亥革命到第一次国内革命战争漫长的历史阶段进行描写,展示了“五四”、“五卅”这些波澜壮阔的斗争运动给当时青年知识分子的巨大影响。茅盾后来评价说:

把一篇小说的时代安放在近十年的历史过程中的,不能不说这是第一部;而有

> 意地要表示一个人——一个富有革命性的小资产阶级知识分子，怎样地受十年来时代的壮潮所激荡，怎样地从乡镇到都市，从埋头教育到群众运动，从自由主义到集团主义，这《倪焕之》也不能不说是第一部。在这两点上，《倪焕之》是值得赞美的。⑬

叶绍钧的小说有着鲜明而独特的艺术特色。其一，小说显示出踏实、冷峻的艺术风格。由于他对20世纪20年代初期种种社会世相有深刻了解，对各种社会生活特别是市民生活有透彻感受，又能以客观冷静的笔触予以真切刻画，极少站出来主观地发感慨、发议论，通过作品主人公悲惨命运的细腻刻画，让读者自己去领略小说的内蕴，所以他的小说表现出踏实、冷峻的风格。其二，叶绍钧的小说从不追求故事的离奇和情节的曲折。小说所记叙的事情大多是日常琐事、家长里短，小说的结构大多平铺直叙，绝少大起大落；叶绍钧的作品一般不写男女爱情，即使作品中涉及爱情的场面，也是点到即止。这一方面可以见出叶绍钧是一位严肃的现实主义作家，同时，这种写法也多多少少影响了叶绍钧小说的感染力。其三，善于掌握人物心理发展的逻辑，既能区别不同人物的心理差异，又能分辨同一个人物在不同境遇中的心理差别；既能从纵向上把握人物思想变化的轨迹，又能从横向上抓住人物思想波动的网结。小说常常摄取饶有趣味的生活细节来衬托和状写人物心理。其四，叶绍钧是一位对待文字修辞非常严谨的作家。他的语言纯净、洗练、朴实，没有华丽的词藻，也不随便使用方言土语，但准确贴切而富于表现力。

“五四”新文学时期，“人生派”的重要作家还有冰心、庐隐、王统照等。

冰心（1900—1999），原名谢婉莹，福建长乐人。她是文学研究会较早开始小说创作的女作家之一，也是以“问题小说”进入文坛的，以写实的手法真切地反映社会现实。如《两个家庭》《斯人独憔悴》《去国》等。《两个家庭》讲述两个不同的家庭用不同的方式培养子女，形象地说明封建家庭培养方式的失败和资产阶级家庭培养方式的成功，提出改造旧家庭建立新生活的社会问题。《斯人独憔悴》描写一位学生走出家庭参加社会反帝运动而与封建家长发生矛盾的故事，提出了当时在青年中普遍存在的社会问题。《去国》写学成归来的学子，在国内毫无用武之地，只好怀着悲愤惆怅之情离开了祖国，小说提出了在黑暗的旧中国知识分子的出路问题。这些小说所提出的问题，都带有鲜明的时代特征，接触到社会的黑暗及弊病，一定程度上反映了“五四”的时代精神。“五四”落潮后，冰心的创作基调起了变化，由原先热情地提出社会问题，变为用创作慰藉青年知识分子的苦恼心灵，她的小说也由社会问题小说转变为心理问题小说。而她开出的救世良方是“爱的哲学”。如《超人》,主人公何彬原是一位孤独恨世的“冷心肠”青年,后来为“童爱”和“母爱”所感化,提出了“人生究竟是什么?支配人生的,究竟是‘爱’呢,还是‘憎’”这样一个令全社会敏感的话题。小说歌颂了人类之爱,表明作家希图以“爱”来改良充满矛盾的社会人生。20世纪30年代以后,冰心与“问题小说”分手,开始关注社会上的各种人与人之间的复杂矛盾。小说《分》就反映了阶级的分野。冰心的小说结构单纯,她的社会问题小说采取对比结构方式;心理问题小说书简笔记型结构增加了。描写手法多用诗化白描手法。语言典雅而自由,秀逸而有韵致。

庐隐(1898—1934),原名黄淑仪,又名黄英,福建闽侯人,是文学研究会的骨干成员。她1922年毕业于北京女子高等师范学校后就开始教书和创作生活。她与冰心一样,最初在《小说月报》发表一些反映社会现实的短篇,以探索人生问题走进文坛。如《一封信》写贫家女被恶霸豪绅巧夺为妾以至惨死的悲剧;《两个小学生》揭露军阀政府屠杀请愿的小学生的罪行;《灵魂可以卖吗?》倾诉纱厂女工的不幸遭遇。这些作品由于作者缺乏真切的生活体验,艺术质感较差。1921年以后,她以自己和同伴的生活经历为基础,创作了短篇《或人的悲哀》《丽石的日记》以及中篇《海滨故人》,用哀伤的笔调叙写了“五四”一代青年复杂的感情世界,尤其表现了青年女性追求民主解放和幸福爱情最后只能尝到苦果的悲剧。她在代表作《海滨故人》中,以女作家细腻的笔致和感伤的情调,表现了那个时代青年们强烈的精神饥渴和果敢的举止。庐隐先后经历两次婚姻的不幸,丈夫都过早去世,给她的心灵留下明显的创伤,所以她的作品跟冰心相比,更倾向于内心矛盾的揭示。但是,庐隐始终带着一个青年女性在封建社会的痛苦感受,向传统的制度和观念进行猛烈的鞭挞。茅盾在《庐隐论》中评价说:“庐隐,她是‘五四’的产儿。正像‘五四’是半殖民地的中国社会经济的‘产儿’一样……我们现在读庐隐的全部著作,就仿佛再呼吸着‘五四’时期的空气……”[14]此后,庐隐还出版过《曼丽》《灵海潮汐》《玫瑰的刺》以及长篇《归燕》《女人的心》《象牙戒指》等,都是描写知识女性爱情生活的坎坷和内心的苦闷,在青年学生中产生较大的共鸣。庐隐的小说带有浓重的自叙传色彩,小说的抒情清浅真切、缠绵悱恻与慷慨悲歌兼而有之。

王统照(1897—1957),字剑三,山东诸城人。文学研究会的发起人之一。1918年王统照从山东去北京,就读于中国大学英国文学系并开始发表作品。他的主要作品有长篇小说《一叶》,短篇小说《沉思》《湖畔儿语》《雪后》《微笑》《沉船》等。王统照早期小说也有“问题小说”的倾向,在他看来,“爱”与“美”既是解决世间“烦闷混扰”的药方,也是人类“乐其生”的归宿。如《沉思》写一位青年女模特儿琼逸,思想开通,立志为艺术献身,但是她当模特的举动却遭到各方面的议论和压制,甚至画院老师都不理解,这就不得不令人沉思：新思潮真能抵挡住传统的阻力吗？作者用象征手法表达了对“爱”与“美”的赞颂，以及对“自私”“平庸”的藐视。王统照没有像冰心那样长时间沉醉在“爱的哲学”中，当他把笔触转向现实社会时，就写出一些比较真实感人的作品。如《湖畔儿语》中的小男孩小顺，生母生下 7 个孩子，因为贫病先后死了 6 个，只剩下小顺一个。生母死后，父亲娶了一个 30 岁不到的后妈，同样因为贫穷，父亲在烟馆侍候人，后妈在家接客赚钱，小顺有家不能回，只得屈辱地独自到湖畔徘徊。1927 年写作的《沉船》，是王统照以真切的生活体验描写北方农村贫困破败和动荡不安的成功之作。他找到了发展现实主义创作的丰富的生活矿藏，以后数年间，他就以描写北方农村的破败不堪和动荡不安的情景，达到了自己现实主义创作的高峰。值得一提的是：王统照的《一叶》与张资平的《冲积期化石》均出版于 1922 年，是我国现代文学最早的长篇小说之一。王统照早期小说着意追求浪漫主义和象征主义的交融，多用梦幻等象征手法，作品富于哲理意蕴。语言华美富丽，重视语言的色彩和韵味。

许地山(1898—1941)，名赞堃，字地山，笔名落华生，台湾台南人。在文学研究会中，他的风格是最为奇特的一位。他的人生观是二重的，“一方面是积极的昂扬意识的表征，另一方面又是消极的退隐的意识”。[15]1925 年许地山出版第一部小说集《缀网劳蛛》。他的小说以浓郁的南国风光、异域色彩和曲折的故事为躯壳，包藏着一个对社会人生孜孜探求而又忧虑重重的高洁灵魂。许地山小说最大的特色是传奇性。他在糅合浪漫主义和现实主义双重因素的过程中，形成了传奇小说一系列的特色。首先，他的小说受宗教思想影响，但并非宣传宗教教义。它带有玄想的意味，又固执于探讨人生的意义。《命命鸟》提出追求婚姻自由与封建专制矛盾的问题。敏明和加陵这一对热恋中的青年由于所谓“生肖相克”，被父母禁止结婚，敏明的父亲还请了蛊师来离间他们。起初加陵还企图逃婚反抗，但敏明在一次离奇的佛教式冥想中看到那些自称的“命命鸟”，其实是落入情尘的青年男女的丑恶原形，从而大彻大悟，厌却红尘，追求转生乐土，并以虔诚的祈祷感化了加陵，双双平静地携手共赴绿绮湖。作品固然在一定程度上揭露了封建家庭扼杀青年爱情的罪恶，但通过敏明所悟见的“异象”，宣扬了佛教所谓“人生极苦，涅槃最乐”的教义。《缀网劳蛛》《商人妇》等，也都是表现妇女的苦难遭遇以及她们最终求助于宗教信仰、以苦为乐的畸形心理。许地山以消极的和虚玄的宗教思想来辅助对社会人生的探讨，但在探讨的过程中又曲折地表达了对社会的批判，对被损害者的同情和对人生的执着。其次，他以传奇故事的曲折性，反映了时代和社会的动荡性。但由于过于追求故事的奇特和曲折，在一定程度上又冲淡、模糊了他对时代、社会和人生的反映。第三，他的小说多数篇什都以东南亚风物为背景，荡漾着清新超逸的南国风味和异域色彩。他把南国风光、异域情调和人世风俗、现实人生熔于一炉,形成了他的小说创作的特色。20世纪20年代后期,特别是抗日战争爆发前后,许地山的思想和创作有了明显发展。不仅作品题材有所扩大,而且在反映生活的深度上,也有新的开拓、新的突破。如20年代后期起,他的《在费总理底客厅里》《归途》《春桃》等作品现实主义成分明显增加了。

第三节 郁达夫与浪漫抒情小说

郁达夫(1896—1945),原名郁文,浙江富阳人。他3岁丧父,留下祖孙一家6口,全靠母亲勤俭持家度日,童年的悲哀是他心头挥之不去的阴影。郁达夫的家乡坐落在风景怡然的富春江畔,自然山川的秀美陶冶着郁达夫的性情,加上他自幼天资聪颖,阅读了大量的中国古代文学和古典诗词,养成了他思想敏锐、多愁善感、感情细腻、性格忧郁等特征。1913年,17岁的郁达夫随其兄郁华到日本留学,初读文科,后改学医科,与郭沫若同班,最后又主攻经济学。在此期间,他如饥似渴地阅读了大量的外国文学作品,"照他自己估计,在日本补习学校最初的四年,读了差不多一千种欧洲和日本的小说;俄国的大小说家他特别喜欢"。[16]这为他以后的文学创作打下了坚实的基础。1921年,郁达夫与同在日本留学的郭沫若、成仿吾、张资平、郑伯奇、田汉等人发起成立创造社,义无反顾地走上了文学道路。

1930年由鲁迅提名,郁达夫成为"左联"的发起人之一,但因不愿做具体的革命工作,不久又宣布退出"左联"。1933年郁达夫移家杭州,过了几年隐居生活,1936年应邀赴福建省任政府参议、公报室主任。1937年,抗日战争全面爆发,他全身心地投入到抗战的洪流中,参加在武汉成立的中华全国文艺界抗敌协会,并被选为常务理事。1938年底,他先到新加坡主编抗战报刊。太平洋战争爆发后,同胡愈之、任永叔等一道辗转到日军占领的苏门答腊小镇,化名赵廉,以酒厂老板的身份坚持抗日宣传工作,后因不慎被日军得知他精通日语,被强迫到日本宪兵部当翻译,期间暗中保护和营救了不少印尼华侨和群众,同时也了解到日本宪兵部的许多秘密和罪行。1945年8月15日,日本宣布无条件投降,日本宪兵出于不可告人的目的于8月29日将郁达夫秘密逮捕并杀害,1952年中央人民政府追认他为革命烈士。

郁达夫从1921年发表第一篇小说《银灰色的死》,到1935年发表最后一篇小说《出奔》,一生创作共计五十余篇。郁达夫的小说大体可分为表现自我和表现社会两大类别。表现自我的作品有《银灰色的死》《沉沦》《空虚》《茑萝行》《南迁》《胃病》《茫茫夜》《秋柳》《怀乡病者》《迟桂花》等,这类小说的代表作是《沉沦》。表现社会的作品有

《春风沉醉的晚上》《薄奠》《微雪的早晨》《清冷的午后》《秋河》《二诗人》《杨梅烧酒》《瓢儿和尚》以及《她是一个弱女子》《出奔》等,其代表作是《春风沉醉的晚上》和《薄奠》。

1921年10月,郁达夫出版了他的第一本,也是新小说史上最早的一本小说集《沉沦》,集中有《银灰色的死》《沉沦》《南迁》三篇小说。作品淋漓尽致地抒发了一个弱国子民和现代青年忧国伤己的悲哀,以及在重重压抑、隔绝之中对爱的渴求、对美的向往。这部小说集以凌厉的气势,揭起专写知识青年内心苦闷的浪漫小说的旗帜。这种浪漫抒情小说是把艺术的立足点紧紧地黏连在作家自我经历和自我心灵之上的。这和郁达夫的创作主张有关。郁达夫在阅读外国小说的基础上,形成了他对外国小说发展的宏观看法:“欧洲的近代以及现代的小说,大别起来,也不外乎两种。一种是叙述外面的事件起伏的”,另一种“就是那些注意于描写内心的纷争苦闷,而不将全力倾泻在外部事变的记述上的作品”,他认为把小说的动作从稠人广众的街巷间转移到心理上去,这意味着“近代小说的真正开始”。他还说“文学作品,都是作家的自叙传”。他以生动的小说形象把个性自由和表现自我的原则带进小说创作。他的小说创作中属于自叙传的有四十多篇,尽管我们不能把他小说中的“我”、伊文、于质夫、文朴等和作家本人机械地等同,但作品中人物的气质与作家本人是相通的。

郁达夫小说有一个鲜明的抒情主人公形象。这个自我形象,有一种一以贯之的气质,就是孤独、内省、敏感、自卑、愤世嫉俗,而又负载着不堪忍受的感伤。这个形象是富有正义感和良心的。然而,恶浊的社会使他失去正常的人性发展的余地,转而以反常的病态向社会施以惩罚,也向自身实行自戕。《沉沦》最具代表性。

《沉沦》是以第三人称“他”的口吻写的一部中篇小说。小说记叙一位中国留学生在日本读书期间,因追求自由和个性解放,反抗专制弊风,被学校开除。“他”正值青春萌动,渴望与异性的交往,由于旧中国当时的弱国地位,中国人被人瞧不起,被贬称为“支那人”,受尽了种种歧视,不能与女性正常地交往而导致性压抑,酿成性忧郁和性变态。小说主人公情感纤细,自尊心强,神经敏锐,不能自控。失学后找不到出路,终日挣扎和徘徊在性苦闷之中,他忍受不了日本女同学,甚至是日本妓女蔑视的口气和眼神,在经历手淫、窥浴、听欢、嫖妓等一系列的自责、内疚、受辱的强刺激之后投海自杀。投海时面对祖国的方向,“长叹了一声,他便断断续续的说:‘祖国呀祖国!我的死是你害我的!你快富起来,强起来罢!你还有许多儿女在那里受苦呢!’”

《沉沦》所讲述的故事令国人为之一震,小说将儒家伦理避之不及的“性爱”和“性饥渴”堂而皇之地写进小说,而且写得那样真切、细腻、大胆、爽快。小说披露“他”的日

记说:

> 知识我也不要,名誉我也不要,我只要一个能安慰我体谅我的"心"。一副白热的心肠!从这一副心肠里生出来的同情!从同情而来的爱情!我所要求的就是爱情!若有一个美人,能理解我的苦楚,她要我死,我也肯的……我所要求的就是异性的爱情![17]

正如郭沫若后来在《历史人物·论郁达夫》中所说:"他那大胆的自我暴露,对于深藏在千百万年的背甲里面的士大夫的虚伪,完全是一种暴风雨式的闪击,把一些假道学、假才子们震惊得至于狂怒了。"

《沉沦》并不是简单地记叙一个颓废青年堕落和自行消亡的故事,郁达夫将小说主人公的苦闷同对祖国的眷恋以及祖国的贫弱对异国他乡青年人的精神伤害联系起来描述,这样就赋予了小说深邃的意蕴和积极的思想意义。例如小说记叙主人公的内心活动:"原来日本人轻视中国人,同我们轻视猪狗一样。日本人都叫中国人作'支那人',这'支那人'三字,在日本,比我们骂人的'贱贼'还要难听,如今在一个如花的少女前头他不得不自认说'我是支那人'了。'中国呀中国,你怎么不强大起来!'他全身发起痉来,他的眼泪又快滚下来了。"《沉沦》中所着力描述的中国留学生那种无法排遣的苦闷和痛苦,刚好应合了"五四"落潮后国内青年报国无门的思想及精神空虚的心理。所以小说主人公的悲惨遭遇得到广大民众特别是青年读者的强烈共鸣。

郁达夫的抒情小说从1923年创作的《春风沉醉的晚上》开始有了新的突破。郁达夫自己说:"……多少带一点社会主义的色彩。"《春风沉醉的晚上》通过小说主人公"我"与烟厂女工陈二妹的日常交往,揭示了旧社会下层工人的苦难生活以及"同是天涯沦落人"的相互关心、相互同情的真挚情感。这篇小说虽然塑造了青年女工陈二妹的形象,但贯穿全篇的仍是以第一人称出现的文学青年及他的感受和激情。与以前不同的是作品在抒情主人公之外,出现了一个作为抒情对象的第三人称的主要人物。在结构上抒情情节和性格情节结合较紧密。

1924年的《薄奠》则写的是"我"与一位人力车夫交往的故事。小说着力描写的不是车夫的高大形象,而是通过一个脑力劳动的半无产者"我",对体力劳动者人力车夫的同情,发出对旧社会的抗议呼声。"我"的抒情不仅通过和车夫的关系,还充分地运用环境气氛的渲染、借景抒情和内心独白等多种抒情方式,并用抒情情节组织起来。郁达夫曾指出文学的要素为"意识焦点"(认识要素)和"情绪的要素"。他认为兼有认识要素和情绪要素的作品是好作品。如果说郁达夫早期的抒情小说比较侧重情绪要素，那么写作《春风沉醉的晚上》等作品时，他就加强了“认识要素”。这就使他的抒情小说有了更深广的社会意义。

郁达夫以这种“情绪要素”“认识要素”相结合的抒情小说方式，创作了《过去》《微雪的早晨》等名篇。《过去》中的“她”作为“我”（李白时）的抒情对象的形象有了更深刻的思想内涵，“她”已经成为抒情的中心，除了一段回忆插叙外，“我”不再有更多的离开抒情对象的行为和抒情表白。这样的写法，使郁达夫完成了从抒情主人公直接抒情为主发展为塑造抒情对象为主的重要转变。这之后的作品郁达夫都采用了以写人带抒情的写法。

《迟桂花》可以说达到了郁达夫后期抒情小说的高峰。作品以写抒情对象为主，以清新的抒情笔调写出“我”在闲淡村居的昔日同学及其遭受封建婚姻家庭折磨的年轻寡妹莲儿两个人物性格的熏陶下产生的情欲被净化的心境，以此来摆脱喧嚣污浊的社会环境。他的主要人物的美学内涵与抒情主人公的感受高度统一，人物形象刻画和“我”的抒情完全交融；在结构上，抒情情节和人物性格的发展更为紧密地交织在一起。

郁达夫小说的散文化倾向比较突出。在自叙传的影响下，郁达夫主张作者的所有生活体验都可以写进小说，他几乎不追求什么复杂的故事情节，谋篇布局崇尚自然，随着情感跌宕一气呵成。这在《怀乡病者》《空虚》《青烟》等小说中显得尤为突出。

郁达夫的小说注重写景，也擅长写景，而且文笔优美，清新隽永。可能是郁达夫的家乡风景如画，优美的环境陶冶了幼年郁达夫的性情，导致郁达夫在此后的小说创作中十分注重景物描写。而且，郁达夫的景物描写不是孤立的，是与小说中人物的心境和行动相结合的。优美的景物描写几乎融进了他的每部作品。郁达夫在《沉沦》中优美的文笔、细腻的描绘以及弥漫在整篇小说之中的忧郁美深深地打动了广大读者。郁达夫清新的笔调既有中国古典文学简洁、凝练的遗风，又融合了外国小说擅长景物描写和心理刻画的优点，形成其独有的小说语言。这样的语言既没有“五四”文学常有的文言夹杂的毛病，也没有当时时髦的欧化痕迹，而是一种符合民族特色的成熟的清新、简洁、优美的文字风格。所以郁达夫的小说一经问世，立即受到文坛的青睐。

郭沫若早期的小说创作有两类。一种是寄托性的“表现自我”的小说，包括《未央》《残春》《月蚀》《漂流三部曲》《喀尔美萝姑娘》《三诗人之死》《阳春别》《落叶》《万引》《行路难》《湖心亭》。这些小说的共同特点是“尊重自我，提倡反抗”。这类小说有追求幻美的，旨在表彰真挚纯洁、诗意葱茏的人性，如《喀尔美萝姑娘》《落叶》；有以诉述贫困、愤世嫉俗为特色的，其中以带自叙传色彩的《漂流三部曲》为代表。郭沫若自我表现小说主观抒情性特别强，一般不写重大的政治斗争和社会事件，大多写作者经历的生活和身边发生的事，写作者所熟悉的、感受深切的事。他的小说所抒之情有悲壮动人的反帝爱国情感，如《牧羊哀话》；有缠绵悱恻的爱情，如《落叶》，有不绝如缕的苦闷情绪，如《漂流三部曲》。在抒情技巧上，他善于通过联想、回忆和对比深化感情，激化感情，使所抒之情有深度和力度；善于创造抒情气氛，强化感情；善于借景抒情。

郭沫若另一类小说是历史题材的"寄托小说"。如《鵷》《函谷关》等。这类小说是寄托古人或异域的事情来抒发自己的情感的，浪漫主义的主观移入色彩明显。

倪贻德(1901—1970)的短篇《玄武湖之秋》和中篇《残夜》，都是与他的身世相关的伤感故事，文字哀婉悲抑，偏重于主观宣泄，是纯正的浪漫主义风格。陶晶孙(1897—1952)的《音乐会小曲》《木犀》等，叙述青年男女缥缈的恋情，情感的触角异常细微，自述特点明显，抒情性中含有唯美的成分，属于当时称作"新罗曼主义"的一类。此外还有周全平，所写小说处于抒情与写实之间，而带有自传色彩的抒情小说多收入《梦里的微笑》。《林中》用缠绵的情调写逝去的爱情，《楼头的烦恼》对病态的性心理描写十分细腻，这些写法都带有典型的浪漫抒情意味。叶灵凤(1905—1975)受外国浪漫主义以及唯美派、颓废派的影响较深，《菊子夫人》《姊嫁之夜》里的变态性心理已经能用弗洛伊德思想来解释，营造幻美的氛围也是他的特长。王以仁的主要作品是《孤雁》，全书展示一个时代青年落魄、流浪、还乡、沉沦，终于死去的生活路程，小说由六篇书信组成，每一书信是一独立的短篇，合则成为前后连贯的中篇，情节基本上是作者所经历的生活的记录，带"自叙传"性质，其中坦率的自我暴露和大段独白、病态的心理描写和伤感的格调，可以看出受郁达夫的影响。

淦女士(1900—1974)，又名冯沅君，是"五四"时期重要的女性作家。她虽不是创造社成员，但创作风格与创造社相近。她有《卷葹》《春痕》《劫灰》三部小说集。《卷葹》收入了1924年2月至4月间在创造社的刊物《创作季刊》《创造周报》上发表的《隔绝》《隔绝之后》《慈母》《旅行》等作品。其创作总的思想倾向是表现青年男女冲破封建礼教的束缚，争取恋爱婚姻自主，不惜以身殉情的斗争意志，抒写主人公纯真的内心世界。她的小说受郁达夫的影响较大，主要取材于自己生活的主观感悟，抒情色调浓郁。尤其是描写青春期女性的爱情生活，敢于以抒情独白的手法，大胆袒露主人公的内心隐秘。与郁达夫不同的是，涉及性爱情节时，她的笔致委婉，文辞纯净。

第四节　乡土写实小说

如前所述，乡土小说是为人生派写实艺术深化和受鲁迅小说的影响而形成的一个小说流派。其艺术特征首先便是在题材上转向了故乡的生活，既带来了五彩斑斓的地方色彩和浓郁的乡土气息，又增强了描写的客观现实性，推进了现实主义的发展。他们不同于先期的“问题小说”潮流的一个突出特征便是他们不再从某一观念出发去寻找生活材料提出问题，而是以回忆的视角直接切入故乡的生活。因而注重典型环境的构造与具体生活场景与人物的描绘。如许钦文那古老而沉闷的乡镇，许杰那民风强悍的（天台）原始性山区，蹇先艾那崇山峻岭中的贵州僻地，王鲁彦那受到近代工业文明冲击的滨海村镇等，都展现出独异的地方色彩和文化环境氛围。

其次是隐现着浓郁的“乡愁”。乡土小说作家大都是“五四”前后汇聚到北京、上海两地的文学青年。在“五四”落潮期苦闷彷徨的时代风气的冲击下，他们不约而同地把创作的视野转向了故乡，企图从思乡中去寻求感伤的寄托。因为在中国的传统观念中，故乡既是生命的起源地，又是家族生息繁衍的物质依托和精神家园。他们或是感慨故乡的凋敝，或是痛心家园的毁灭，或是怀恋阔别的童年，或是同情乡亲的不幸……都充溢着一股缠绵的感伤情调。不过值得注意的是，这种感伤情调并不像问题小说或自我小说那样直接抒发出来，而是隐含在客观具体的场景或氛围的描绘之中，所以被称作“隐现”。同时由于这种“乡愁”是在作家的回忆中展开的，因而在这乡村写实的底幕上是一幅淡淡的都市背景，并蕴含着一种乡村/都市二维结构的张力。

被鲁迅称为“自招为乡土文学的作者”的许钦文（1907—1984），是最早的乡土写实小说家之一。他的乡土写实小说中几乎有一半是从不同角度描写故乡妇女的不幸命运的，如《一生》《疯妇》《大水》《鼻涕阿二》等。《疯妇》写的是封建宗法制度下的江浙农村劳动妇女的不幸遭遇；代表作《鼻涕阿二》则带着深广忧愤的沉郁格调，更为深刻地描写了在强大的封建势力下，农村妇女争取做人的地位而不能的悲剧。农村妇女菊花幼年受着父母的鄙薄和虐待，从未领略到家庭的温暖；成年后，被迫嫁给一个呆笨的农夫；丈夫死后，她被有钱的师爷看中而纳为宠妾，地位的改变使她的性格产生突变，她开始向弱小者施以淫威。作品成功地描写了菊花的国民劣根性——被人奴役又奴役他人的性格，并通过这一形象来批判形成菊花性格的环境，即那滋长国民劣根性的旧社会。“鼻涕阿二”是菊花的绰号，它既是菊花苦难遭际的象征，又是中国妇女蒙昧形象的共名。许钦文的小说直率、朴素、单纯化，自具特色，在乡土写实小说作家中，他可谓是最为自觉地模仿鲁迅的一个，他的作品不仅人物具有祥林嫂、阿 Q 的影子，而且不少篇章就以“鲁镇”和鲁镇所属的“松村”作为故乡的代名词。

另一位备受鲁迅青睐的乡土写实小说家是台静农（1903—1990），他的小说少而精，代表作是小说集《地之子》。台静农的作品民间性比较强，十之八九以他的安徽故乡的人事为材料,描写宗法制度对乡村底层的精神统治,鲁迅说他"能将乡间的死生,泥土的气息,移在纸上"。《烛焰》写"冲喜"恶俗,《蚯蚓们》《负伤者》表现农村"卖妻""典妻"的现象。他最擅长的多是悲剧型的乡镇传奇,像《天二哥》里面的酒徒之死,写出了他天神般的身坯之中却只有麻木不仁的意志;《新坟》中遭兵祸家破人亡的四太太发疯,终于在儿子的棺材边自焚身死;《拜堂》的汪二,半夜子时像见不得人似地与寡嫂结亲:全是阴沉沉的故事。台静农师承鲁迅的现实主义传统,以满腔悲愤和同情勾画出了一片封建宗法制统治的阴影,展示出乡村的血与泪、生与死。在对旧中国病态农村社会的解剖和农民精神病苦的表现上,他堪称坚实沉着的"地之子"。

与许钦文、台静农不同的是从"老远的贵州"走来的蹇先艾(1906—1994),他专写边远乡镇中的人物和风景,作品有短篇小说集《朝雾》等,其中的《到家》写重返故里的破落户子弟,面对衰败的家境生出无限哀伤之情;而《水葬》最能体现他的贵州乡土题材特色,此篇着墨于黔地野蛮落后的习俗,写出了一幕令人震惊的闭塞乡村和野蛮乡风的悲剧:一个小偷竟被处"水葬",而河边看热闹的乡民甚至被葬者本人居然都对此麻木不仁。小说揭示出闭塞乡村麻木的大众灵魂,指出一种国民的精神病苦以引起疗治的注意,将压抑的愤懑用平静的文字来叙述。蹇先艾的乡土写实小说最初正是以这种浓浓的"乡愁"为触发点,引发出不可遏制的对故乡封建愚昧的民族文化心理的抨击。他的作品有着一种原始的风貌、令人窒息的氛围,具有独特的悲剧美学效果,这使乡土写实小说的主题充满了张力,也丰富了作品的艺术表现力。

许杰(1901—1993)是最有成就的乡土写实文学作家之一。茅盾在《中国新文学大系·小说一集·导言》中指出,他"是个生产丰富的作家","他的农村生活的小说是一幅广大的背景,浓密地点缀着特殊的野蛮的习俗,拥挤着许多的农村生活的典型人物"。

许杰以表现浙东的乡村悲剧见长,如《惨雾》写乡村间的原始性械斗,使人看到强悍好斗的习俗以及宗族观念被农村封建势力利用的惊心动魄的一幕,作者指出械斗的根源在于农民经济上的贫困和文化上的落后以及狭隘的地域、宗族观念,这是一种野蛮的陋习,它只会给农民带来更多的灾难。文中描写的械斗事件的始末真实生动,既写了械斗"前线"短兵相接的激烈交锋,又写了"后方"村民紧张激愤的备战和救援活动,这场械斗所酿成的血淋淋的现实给两村村民的心灵蒙上了一层糅合着痛苦和仇恨的惨雾,这层惨雾可能会笼罩在几代人甚至十几代人的心间而郁结不散。

此外还有侨居上海的彭家煌(1899—1933),他可谓南方大城市乡土写实派作家的代表,茅盾称他的作品为最好的农民小说之一。他的《怂恿》写了封建宗法制度下乡人的愚昧和乡村统治者的刁钻狡猾;《活鬼》中农村野蛮的械斗展示着同样的乡民原始性的强悍和封闭状态下的蒙昧，将财主家庭内部为了人丁兴旺而纵容媳妇偷汉、给小孩子提早娶媳以致家中不断“闹鬼”的现象大加嘲弄；《喜期》《喜讯》表层叙述喜事，深处则烘托出一桩桩、一件件乡间的血泪悲剧。彭家煌既不注重类似于蹇先艾作品中奇异的内容，也不像台静农那样平实写来，而是在简单的故事中涂抹浓厚的气氛和地方色彩，写出农村乡民家庭的凄凉和生活的重压，影射着时代的血腥与社会的暗影。

乡土写实小说的中坚人物是鲁彦。鲁彦（王衡，1901—1944），浙江镇海人，共写了约五十多部短篇小说，收在《柚子》《黄金》《童年的悲哀》等9个小说集中，另有中篇《乡下》、长篇《野火》。他的创作可分为早、中、晚三个阶段。鲁彦早期的小说以富于故事性的情节描写乡村小资产阶级的生活变迁及其相应的人生态度。如《许是不至于罢》刻画了土财主王阿虞在战乱引起社会动荡的氛围下，为保住自己的财产而采取虚伪狡诈的处世态度和阴暗的内心世界，以及他周围的乡民们的冷漠势利与利己心理；《阿卓呆子》中的阿卓，因为挥霍遗产、败家破落之后变成呆子，从受人恭维趋奉到任人欺凌侮辱的经历，揭露了社会的丑恶、人情的淡薄；《自立》反映的是手足之间由于财产纠纷而反目成仇的悲剧，并鞭挞了贪官污吏乘机从中渔利的可耻行径。这几篇小说以带有民间传说色彩的娓娓叙述和对人物心理活动的细腻刻画，艺术地再现了社会现实。鲁彦于1926年出版的第一本小说集《柚子》中的《柚子》描写了乡村军阀行刑杀人的写实场面，小说结尾“湖南柚子呀！湖南的人头呀”“这样便宜的湖南的柚子呀”的满腔悲愤的呼喊声，不仅揭露了统治者草菅人命的现实，也刻画出那些看客在观看浏阳门外杀头的“盛举”时的亢奋但麻木的精神状态，展示了软刀子割头不觉死的国民劣根性；《菊英的出嫁》看似乡间平淡习俗的描绘，实际上却细细编织儿女“冥婚”的情节、场面和细节，直接将批判的锋芒指向了封建礼教及国民的劣根性。细密的场面和人物描写，显示了古老中国农业社会落后于时代的蹒跚步伐。将这种奇特的封建陋习叙述得越是具体可见，就越发使人深感震惊。鲁彦的这类作品创造了小说典型环境描写的新的范式，也使乡土写实小说获得了民俗学的价值。20世纪20年代末30年代中期是鲁彦乡土写实小说创作的第二阶段，这既是鲁彦创作的黄金期，也是成熟期。期间，他从新的视角观照社会，表现了新的内容，而且由于受农村革命运动和左翼作家创作思想的影响，他已不像前一时期那样集中描写乡土风俗、渲染沉滞的农村社会氛围，而是着眼于社会关系，首先是经济关系的演变所引起的社会生活以及人的命运与心态的变化，及时把握住外来资本主义的侵入与滋长这一点，着重在经济方面深入挖掘，描写乡村小资产阶级人物的生活际遇，反映世态炎凉。发表于1927年的《黄金》就是这一时期的代表作，小说写的是一位乡村小资产阶级人物如史伯伯及其家人，由于家道中衰而备受世俗的打击和折磨的不幸遭遇。如史伯伯凭着自己一生的勤劳经营挣得了一份家产,过上了吃穿不愁的小康生活,在陈四桥这地方算是个小乡绅,受到乡里人的尊敬。在他年老退职以后,家中的生活担子就全落在外出干事的儿子伊明身上,可是儿子却迟迟没寄钱回来,这是如史伯伯将要变穷的征兆,于是各种打击接踵而至:如史伯母外出串门即遭冷眼,人家疑心她是来借钱的;如史伯伯赴宴时,一向坐上座的他现在被迫坐下座,还受乡邻们奚落;小女儿伊云在学校里也受到同学和老师的歧视;家中的爱犬惨被屠夫砍死;做羹饭祭祖时,族人又故意挑剔;连讨饭的居然也乘机敲诈;年关逼近,收账人频频催索,丝毫不留情面……种种不幸接二连三地降临在如史伯伯身上,使他感到"自己就像拖重载的驴子,挨着饿、耐着苦、忍着叱咤的鞭子,颠蹶着在雨后泥途中行走。但前途又是这样的渺茫,没有一线光明,没有一点希望"。最后,在经济拮据和势利心理的双重压逼下昏厥过去……《黄金》围绕着如史伯伯家庭的盛衰,着力表现的是人情的冷暖和世态的炎凉,以及由此导致的人们精神上、心理上的种种变态和扭曲。"陈四桥人的性格:你有钱了,他们都来了,对神似的恭敬你;你穷了,他们转过背去,冷笑你,诽谤你,尽力的欺侮你,没有一点人心。"鲁彦笔下的乡村人,开始走出了"未庄""鲁镇"中普遍的愚昧、麻木的状态,逐步迈向冷酷、鄙俗、狡狯。这篇小说在艺术上有一个突出之处,就是把梦幻与现实交错起来写,暗示着梦境是美好的,这样的构思是巧妙的,既含蓄又有深度。

鲁彦后期的作品思想内容又有新的发展,其标志就是大多数作品以阶级矛盾和民族斗争为题材,1936 年发表的中篇小说《乡下》和 1937 年出版的长篇小说《野火》都说明他的小说创作进入了一个新天地,农村的贫困和苦难、农民的愚昧和痛苦被奋起反抗的农民形象取代。《乡下》着重揭示以阿毛为代表的贫苦农民所遭遇到的各种天灾人祸的袭击,其中突出地描写帝国主义的经济侵略摧毁了农村的自然经济,导致大批农民破产,以及国民党各级政权的层层压榨和剥削使农民陷入赤贫的绝境。小说写了不管是性格刚强、勇于反抗的阿毛,还是他的好友、凡事忍让的三品,最后都同样惨遭反动统治者的毒手,从而揭露国民党反动政府的凶残暴虐。《野火》描写了以青年华生为代表的农民群众不堪忍受国民党反动政府的残暴统治,发动一次轰轰烈烈的起义,首次表现了中国现代农村大规模的阶级斗争,赞扬了集体斗争的巨大力量。小说塑造的正面人物华生,比起他以前作品中的农民形象有明显的进步。像鲁彦这样用浩大的篇幅描写农民的自发斗争在当时的文学作品中是绝无仅有的。奇特的乡村习俗、浓郁的地方色彩是鲁彦乡土写实小说的基本风格,由于他把一幅幅具体、生动、独特的农村风俗画与长存着精神病苦的乡民苦难遭际融合在一起,因而在他早期作品(如《自立》《许是不至于罢》《阿卓呆子》等)中能感受到鲁迅小说精神的传承。鲁彦乡土题材小说创作伊始就形成了两个基本视点：一是具体真实的乡村生活写实，尤其注重地方风物、风俗的描绘；二是写实和习俗的描摹都带着浓重的自我生命的体验，他早期创作中主观抒情的色彩，幻想、象征的技巧运用，以及文体的散文化，都融会着一种独特的生命体验。诚如作家自叙，这些创作是他"年青时代的生命反映"，有着他"纯洁的灵魂与热烈的情感"。正是这两个视点把他与其他乡土写实作家区分开来。同是写实，鲁彦重在从风俗画下透视社会心理和人们的精神状态，同是对封建宗法制度、封建文化的批判，他更多的是充满自我体验的控诉、呼号、诅咒与讥嘲，虽缺乏力度，却不失真诚的率直。

鲁彦乡土写实小说的另一个特点就是创作视角的不断变化，他不断寻求乡村生活的独特感受，如《童年的悲哀》，同样写苦难的农村，也多少流露出悲哀和忧郁的情绪，却着力塑造了一个朴实、正直、善良的农村劳动者的悲剧形象——"多才而又多艺的粗人"阿成哥，最后因被疯狗咬伤，不治而亡。这个形象的塑造，是通过其聪明才华与悲剧命运互相映衬和对照完成的，并以此揭示了一系列乡村生活的真实现象；既有生活本身偶然与必然的真实，又有作者情感世界怀念与哀伤、憎与恶的复杂精神状态的真实。这篇小说不是简单层次上的对青年雇工阿成哥的歌颂，也不是以暴露农村阴暗为主，而是旨在通过这个形象说明宗法制下的农村一切都是复杂的，即便已经走出乡村的都市游子也不能摆脱这种复杂生活的缠绕。鲁彦乡土写实小说真实地披露这种内心的复杂、展示农村生活的复杂，是这一流派的其他作家所不及的。总之，鲁彦的乡土写实小说不仅奠定了他在乡土写实派作家中的重要位置，更重要的是标志着乡土写实小说脱离了早期的单纯和幼稚状态，完成了从侧重描写乡风旧俗、农村苦难、僻壤奇闻到对农村生活进行多层次、多视角表现的转变，从这个角度来说，他不愧是乡土写实小说的中坚人物。

（邓星明　张丽丽　张小萍）

注释：

①② 鲁迅：《且介亭杂文·〈草鞋脚〉小引》，《鲁迅全集》第6卷，人民文学出版社1981年版，第20页。

③ 鲁迅：《南腔北调集·我怎么做起小说来》，《鲁迅全集》第4卷，人民文学出版社1981年版，第512页。

④ 瞿秋白：《饿乡纪程·四》，《瞿秋白文集（文学编）》第1卷，人民文学出版社1985年版，第27页。

⑤ 郭沫若：《〈少年维特之烦恼〉序引》，《少年维特之烦恼》，现代书局1934年第12版，第3页。

⑥ 郁达夫：《写完了〈茑萝集〉的最后一篇》，《郁达夫文集》第7卷，花城出版社1983年版，第155—156页。

⑦ 鲁迅：《译文序跋集·〈表〉·译者的话》，《鲁迅全集》第10卷，人民文学出版社1981年版，第396页。

⑧ 叶绍钧:《这也是一个人?》,《叶圣陶文集》,江苏教育出版社 1987 年版,第 102 页。

⑨⑫ 茅盾:《中国新文学大系·小说一集·导言》,《茅盾全集》第 20 卷,人民文学出版社 1991 年版,第 480 页。

⑩ 叶绍钧:《未厌居习作·过去随谈》,唐弢主编《中国现代文学史(二)》,人民文学出版社 1979 年版,第 188 页。

⑪ 茅盾:《中国新文学大系·小说一集·导言》,《茅盾全集》第 20 卷,人民文学出版社 1991 年版,第 479 页。

⑬ 茅盾:《读〈倪焕之〉》,《茅盾全集》第 19 卷,人民文学出版社 1991 年版,第 207 页。

⑭ 茅盾:《庐隐论》,载《文学》1934 年第 3 卷第 1 号,署名"未明"。

⑮ 茅盾:《中国新文学大系·小说一集·导言》,《茅盾全集》第 20 卷,人民文学出版社 1991 年版,第 484 页。

⑯ 夏志清:《中国现代小说史》,香港中文大学出版社 2001 年版,第 88 页。

⑰ 郁达夫:《沉沦》,《郁达夫小说名篇》,时代文艺出版社 2000 年版,第 23 页。

【思考题】

1. 简述现代小说理念刷新的内、外两方面原因。

2. 何谓"问题小说"?"人生派"小说的特点是什么?简述人生派作家冰心、王统照、庐隐、许地山等作家的创作特色及代表作品。

3. 叶绍钧的"为人生"的创作有何特点?试析《潘先生在难中》的潘先生形象及小说的主要艺术特色。

4. 简述浪漫抒情小说的基本特征,以及浪漫抒情派作家郭沫若、倪贻德、王以仁、淦女士、叶灵凤等的代表作品。

5. 试述郁达夫小说抒情主人公形象的特征,分析《沉沦》和《春风沉醉的晚上》的思想艺术特色。

6. 简述乡土写实小说的基本特征及王鲁彦、许杰、许钦文、台静农、蹇先艾等乡土写实作家的代表作品。王鲁彦的《黄金》表达了怎样一种深刻的思想意义?

第四章 “五四”新诗运动与中国新诗的开拓

第一节 “五四”新诗运动与胡适等的新诗创作实验

中国历来被称为“诗歌大国”,诗歌创作曾有过光荣的“盛唐气象”。但传统诗文发展到近代,由于缺少变革,陈陈相因,已是一步步走向衰落。晚清诗坛虽由梁启超等人提出“诗界革命”的口号,但他们极力推崇的只是“以旧风格含新意境”,企望对诗歌作局部改良,尽管这也为后来的诗歌革新准备了一些经验,毕竟还难以造就根本性的诗歌变革。真正的诗歌革命和具有现代意义的新诗的产生,应该是从“五四”新诗运动和胡适等人的新诗创作开始的。“五四”新诗运动是伴随着“五四”新文化运动产生并逐步发展的,它的诞生显示了“五四”文学革命最初的创作实绩。它迥异于以往诗歌变革之处在于:在“五四”思想解放的大背景下,随着新思潮的大量引进介绍,思想领域冲破僵化保守的传统,使得诗歌创作有了新的时代内涵;伴随着诗歌现代意识的觉醒,产生了完全不同于传统诗歌的现代诗歌理念,实现了诗歌内容和形式的大解放;而白话文运动的最终成果也使得诗歌创作摆脱了文言的束缚,能自由地抒写,尽情地发挥。由是,中国诗歌开创了新诗这一崭新的艺术形式,走上了一条自由的发展道路,实现了中国诗歌史上一次伟大的革命。

“五四”新诗运动是从诗体解放入手的。最早在《新青年》《新潮》《少年中国》《星期评论》《学灯》《晨报副刊》等报刊上发表新诗的有胡适、刘半农、沈尹默、俞平伯、康白情、刘大白、周作人等。为了推动新诗运动,李大钊、陈独秀、鲁迅等也写了一些新诗,鲁迅称之为“敲边鼓”。他们在自己的阵地上向旧诗发动进攻,并全力以赴地开始新诗实验,率先发起了一场白话诗运动。这场运动对中国旧诗实行了大变革,以白话取代文言,以自由体取代五七言体,初步建构起新诗的诗形,在中国诗史上掀开了新的一页。

胡适(1891—1962),原名洪骍,字适之,安徽绩溪人,是第一个“尝试”写新诗的人。胡适1915年在美国留学时,从历史的文学进化的观念出发,认定了诗必须用白话来作,次年即宣布自此以后不作文言诗词,其《沁园春·誓诗》下半阕表达了这样的愿望:

文章革命何疑!且准备搴旗作健儿。要前空千古,下开百业,收他臭腐,还我神奇。为大中华,造新文学,此业吾曹欲让谁?诗材料,有簇新世界,供我驱驰。

这的确有开拓者的冲天豪气。胡适总结了晚清“诗界革命”失败的教训,又参照外国诗歌的经验,认识到必须从运用白话和解放诗体来开始他的“尝试”。从开始时的文白间杂到比较灵活地使用纯净的白话,从离析取舍旧体式到创造新的体式,胡适的新诗创作大体可分为三个阶段。第一阶段:勇敢地抛弃旧体诗的平仄、对仗,保留五言、七言、词牌字数及押韵等框框。语言虽多用白话,终因体式的限制和文言的间杂而显得别扭。如《蝴蝶》:“两个黄蝴蝶,双双飞上天。不知为什么,一只忽飞还。剩下那一个,孤单怪可怜;也无心上天,天上太孤单。”《尝试集》第一编均为这类守旧派讥为太俗、革新派嫌其太文的作品。第二阶段:接受钱玄同的意见,实行“诗体大解放”,在前一阶段改革的基础上,进一步破除文字、句数的限制,留存的只是宽松的韵脚。如《鸽子》:“云淡天高,好一片晚秋天气!/有一群鸽子,在空中游戏。/看他们三三两两,/回环来往,/夷犹如意,——忽地里,翻身映日,白羽衬青天,十分鲜丽!”诗作疏朗开阔,语言潇洒摇曳,可谓自由体诗。第三阶段:翻译美国莎拉·蒂斯戴尔的《关不住了》一诗,一改过去用文言、按中国旧诗格律译诗的惯例,第一次用白话严格按原诗格律译出。全诗语言明白晓畅,音韵和谐,且诗作分节,节间留空,造成跳跃,增强诗味,这就克服了上一阶段诗体大解放后平铺直叙、类似散文的缺点。因此,胡适称译诗《关不住了》是他新诗“成立的纪元”①。

《尝试集》按内容大体上可分为两大类:第一类为政治哲理诗。这类诗表达了诗人关于改革腐败政治、建立欧美式资产阶级共和国的愿望,表达了诗人对个性解放和个人自由的追求及对下层劳动人民的同情,有反封建的积极意义。《威权》一诗有跋云:“是夜陈独秀在北京被捕,半夜后,某报馆电话来,说日本东京有大罢工举动。”在此背景下写成此诗,“威权”显然是反动统治者的化身,与之对立的是奴隶们,他们被奴役多年,终于起来造反,同心合力,打倒威权。诗歌充分肯定奴隶们的反抗,揭示封建威权必然灭亡的命运,体现了“五四”时代精神。又如《人力车夫》,通过一个乘客与小车夫的几句简短对话,反映了小车夫“又寒又饥”的生活及其苦苦挣扎的求生意志,表现了诗人对下层人民的同情。诗人在这里不仅提出了劳动人民的生存和出路问题,而且接触到童工问题,表现了诗人的民主主义思想倾向。但诗人对劳动人民的人道主义同情在诗中也显得软弱无力。第二类为写景抒情诗。这类诗歌或赞颂大自然的美景,或借景抒情,或托物言志。其情,其志,有的洋溢着“五四”时期乐观进取的精神,如《乐观》等;有的则显得低沉、空虚,这正是诗人当时复杂的精神状态的反映。《蝴蝶》是这类诗中较为清新可读的一首。诗歌借一对蝴蝶分飞表达诗人一种孤单寂寞的情愫。诗虽很短小,凄凄切切之情却是浓浓的。

文学革命初期新诗人中,很注意向古代和现代的民俗歌谣学习,勇于探索诗歌新形式的是刘半农(1891—1934),江苏江阴人,1917 年任北京大学预科教授,有《瓦釜集》《扬鞭集》等诗集。其诗作主要内容是揭露社会的黑暗,诉说下层人民的痛苦,表达诗人改革现实的强烈愿望,刘半农因此有"平民诗人"之称。就诗歌所反映的社会面之广阔而言,在同期新诗人中,刘半农是首屈一指的。他的代表作《相隔一层纸》运用日常口语,采用强烈的对比手法,描绘了一层薄薄的窗纸内外贫富悬殊的两种生活,以此抨击不合理的社会现实。诗歌注意真实客观的描写,提炼典型的生活画面,显示出现实主义的深度。在形式上,这首短诗富有古乐府诗歌的意味,清新、质朴。《瓦釜集》则是运用江苏江阴地区的方言写就的民歌体诗,他"要试验一下,能不能尽我的力,把数千年来受尽侮辱与蔑视,打在地狱里面而没有呻吟的机会的瓦釜的声音,表现出一部分来"(《瓦釜集·代自序》)。与刘半农诗风接近的是刘大白(1880—1932),浙江绍兴人。其《旧梦》中的《卖布谣》《田主来》都是传诵不衰的早期新诗。《卖布谣》反映了在帝国主义商品倾销和税吏们的压榨下,中国手工业急剧破产的惨况。《田主来》控诉了地主阶级对农民敲骨吸髓的盘剥。两首诗都流露出对劳动人民的深切同情。形式方面,这两首诗都极富古乐府民歌和现代民谣的韵味,语言通俗活泼,节奏自然明快,风格平易质朴,为新诗形式向民歌学习起了开路的作用。

胡适曾指出,和他一样"从旧式诗词、曲里脱胎出来"的早期新诗人,还有新青年社中的沈尹默和新潮社中的俞平伯与康白情等人(《谈新诗》)。沈尹默(1883—1971),原籍浙江吴兴,其代表作《三弦》也表现了对下层人民的同情,但写得较含蓄,不像以上诗人那样直露。诗歌写了两种景色和两个人物。自然景色是明媚的:火红的太阳,悠悠的微风,摆动的杨柳,闪光的绿草;社会画面则是衰败的:长街空寂,大门破败,土墙低矮。两者形成强烈反差。在此背景下,两个人物在活动,一个是听三弦的老人,一个则是未露面的弹三弦的人。老人是一个穿着破烂衣裳的穷人,从他两手抱头、不声不响的神态,可知他被三弦的鼓荡声浪所深深吸引,由此可以想见,能激起晚景凄凉的老人产生强烈感情共鸣的三弦声必然是悲戚哀怨的。诗歌就是如此含蓄地表达了诗人对现实社会的不满和对置身其中的下层人民的同情。这首诗体现了沈尹默早期诗歌含蓄、注意营造诗的意境、讲究诗的音乐性的艺术追求。可以说,《三弦》就像一幅油画,又像一支乐曲,被评论家称为"词化了的新诗",成为早期新诗人重视诗歌艺术的代表。他还有被称为现代第一首散文诗的《月夜》以及《生机》等,艺术上都有独到之处,经得起咀嚼,越咀嚼味越浓。

俞平伯(1900—1989)是新潮社的代表诗人,他的《冬夜》是继《尝试集》和《女神》之后的我国第三部新诗集。他对于新诗的贡献在于:通过自己的创作实践显示了自由诗的实绩,为自由体新诗的“诗化”积累了可贵的经验。所以能够如此,一是因为他有自己的作诗主张,反对虚伪,主张真实,“因为真实便不能不自由”,“不愿顾念一切做诗的律令”(《冬夜·自序》);二是因为他对旧诗词造诣很深,写作自由诗讲究辞藻选择、音节安排及意境营构,这对于胡适开创的诗风既是一种继承又是一种充实。正因如此,他的诗既写得十分自由,率直无伪,又令人觉得诗意浓郁,确是“真正的诗”。

康白情(1898—?)是和俞平伯一起活跃于新诗坛的“新潮社”代表诗人。他对新诗的贡献是:大刀阔斧地为新诗开拓“诗料”,并完全用“散文的语风”为诗。在他那儿,一篇演说、一封书信、一次集会、一次旅游,都可以化为一首诗。他非常善于“剪裁时代的东西,表个人的冲动”(《草儿·自序》)。正因如此,他的诗集《草儿》就留下了“五四”时期学生运动的丰富的历史记录,这是没有第二部诗集所能提供的。康白情还长于景物描写,写了一些纪游诗,受到胡适的赞赏:“这是用新诗来纪游的第一次大试验,这个试验可算是大成功了。”(《康白情的〈草儿〉》)他善于从大自然中撷取写诗材料,手法上有所开拓。代表作《草儿》,描绘了一幅牛在草儿诱惑和鞭儿威逼下,担着沉重的犁鸢,在泥水中艰难行进的春耕图,含蓄地表现了诗人对劳动人民痛苦处境的同情。

周作人(1885—1967),字启明,笔名知堂等,浙江绍兴人。其贡献是在探索诗体的彻底解放上取得显著成就,胡适、茅盾、朱自清等人把他在这一点上的长足进步同鲁迅并提,称赞他们“全然摆脱了旧镣铐”。胡适甚至将其《小河》评为“新诗中的第一首杰作”[②]。这是一首“融景入情,融情入理”的喻理诗。它具有两层意义,表层的意义是:通过对农夫筑堰拦水给两岸生物造成威胁的描写,主张顺应自然法则,保持生态平衡,警告人们如果违反自然法则就会受到自然的惩罚;深层的意义是:以对造堰拦水的否定,表现诗人反对束缚人性,要求自由发展的思想。诗歌写到小河两岸的水稻、桑树等既同情小河的不幸,又为自己的命运担忧,害怕小河一旦冲出石堰会“不认从前的朋友”,这种描写多少表现了诗人当时的思想矛盾:既要求冲决封建罗网,实现个性解放,又担心群众运动势不可挡,过火过头。在艺术表现上,《小河》采用象征、拟人手法,以自然法则喻社会法则,拓宽诗的内涵和容量;形式上“全然摆脱了旧镣铐”,追求自然的节奏。由此可见,《小河》的“现代化”特征是较为显豁的。

除了上述代表诗人,不能忘记的是我国现代文学史上第一个文学社团“文学研究会”为我国新诗发展所作的贡献。在“五四”当时,它把一大批诗人团结在自己的旗帜下,形成了一支远比过去强大而有力的新诗队伍。成就较著的是朱自清。

朱自清(1898—1948),字佩弦,祖籍浙江绍兴,生于江苏东海县。他在"五四"新诗坛上,是一位很讲究诗歌艺术,而又能在诗歌中不留下任何雕琢痕迹的诗人。他对新诗发展的最大贡献是代表作《毁灭》,这是"五四"以来诗坛罕有的近300行的抒情长诗。它是诗人心灵变化历程的真实记录,是讴歌自己弃旧图新的一曲新歌。全诗分8个层次展开,前7个层次写过去种种五光十色的诱惑和纠缠,使"我"烦忧、伤感、彷徨,最后一个层次写"我"终于挣脱了诱惑,回到了"自己的国土","还原了一个平平常常的我"!《毁灭》一出,诗坛为之鼎沸,不少人赞它为"第一流作品",足以令新诗坛"慰安"的力作。

总之,"五四"早期白话诗,无论从语言、形式还是思想内容看,和旧诗都有着质的区别,这个质的飞跃的完成,是有其历史必然性的。如果没有"五四"新文化运动对封建文化、封建思想和封建道德的冲击,单靠胡适、陈独秀等人的提倡,单靠新诗的孤军奋战,是绝对难以奏效的。所以,中国新诗运动是借助整个"五四"新文化运动的伟大推动而取得胜利的。然而,新诗开拓者们的创世之功又是不可磨灭的。当胡适提出以白话写诗的设想时,回答他的是一片反对和讥笑;当他们出发寻找虚无飘渺的新诗岛国时,包围他们的是一望无际的旧诗的海洋。他们只有摸索前进。这种摸索的痕迹,反映在胡适诗体解放的三个阶段上,反映在其他诗人作品的不断完善和逐步成熟上,也反映在刘半农等人对诗歌的大胆尝试上。很显然,没有新诗开拓者在艰难中不倦的探索,绝不会有中国新诗的今天。早期白话诗作虽然幼稚,但对于我国现代诗歌中现实主义主流的形成,无疑是具有历史贡献的。

第二节 郭沫若:中国新诗的伟大开拓者

"五四"是一个"需要巨人"的时代,伟大的思想革命和文化革命应该有自己伟大的歌手。1921年8月,"霹雳手"郭沫若的新诗集《女神》的出版,顿时"震惊海内,竞相传阅"(茅盾语),诗人高亢激越的芦笛摄住了无数青年的心。鲁迅所期待的"摩罗诗人"、伟大时代所呼唤的诗坛巨子终于来到了人们面前。

郭沫若(1892—1978),原名郭开贞,又名郭鼎堂,笔名沫若,出生于四川省乐山县沙湾镇的一个地主商人家庭,从小受到古典诗文的熏陶。1914年,郭沫若东渡日本留学,大量阅读外国文学作品,接触了屠格涅夫、托尔斯泰、契诃夫、高尔基等人的俄国文学作品,醉心于泰戈尔、席勒、海涅、雪莱、歌德和惠特曼等人的诗,尤以美国民主主义诗人惠特曼对他的影响最大,这为他后来的新诗创作提供了良好的准备。"五四"运动爆发后,他带头组织以反帝救国为宗旨的“夏社”,出版揭露日本帝国主义侵略野心的刊物,成为“五四”运动的积极响应者。1921 年,他和成仿吾、郁达夫等组织了新文学团体“创造社”。同年 8 月《女神》结集出版。1923 年,郭沫若从日本九州大学医科毕业,回国后弃医从文,1924 年,通过翻译日本社会主义经济学家河上肇的《社会组织与社会革命》,开始系统地学习和研究马克思主义理论,思想上产生了飞跃。此后他进一步投身革命实践,亲历了“五卅”运动的洗礼,参加了北伐战争。大革命失败后,他参加了南昌起义,在严重的白色恐怖中潜至上海,倡导无产阶级革命文学,并出版了中国第一部无产阶级革命诗歌集《恢复》。从此,郭沫若不仅以一个杰出的作家和文学家的身份活跃于中国文坛,而且还成为出色的革命家和社会活动家。

1919 年下半年到 1920 年上半年,由于受着“五四”运动的激荡,也因受惠特曼《草叶集》的启发,郭沫若说:“个人的郁积,民族的郁积在这时找到了喷火口,我也找到了喷火的方式,我在那时差不多狂了。”③正是在这种情形下,郭沫若陆续写出了《女神》中那些最具革命精神的诗篇,在中国新诗界掀起一阵狂涛巨浪。可以说,作为探索期的“五四”新诗,《女神》是一个杰出代表,它充分体现了“五四”的时代精神,奠定了我国现代新诗创作的坚实基础。

《女神》是郭沫若的第一部诗集,作为“创造社丛书”之一,1921 年 8 月由上海泰东图书局初版印行。它的问世,虽略迟于胡适的《尝试集》,却是我国新诗史上第一部产生巨大影响的新诗集。诗集共收诗作 57 篇,分三辑:第一辑由诗剧《女神之再生》《湘累》和《棠棣之花》组成;第二辑是诗集的主体部分,代表作《凤凰涅槃》《天狗》《立在地球边上放号》等都在此辑;第三辑主要是其早期受泰戈尔影响创作的一些清新恬淡的抒情小品。

诗集《女神》是郭沫若以泛神论为核心的浪漫主义美学主张与“五四”时期的狂飙突进精神相结合的产物。最值得注意的是泛神论对他的影响。郭沫若曾对泛神论作过如下解释:“泛神便是无神。一切自然只是神的表现,我也是神的表现。我即是神,一切自然都是自我的表现。人到无我的时候,与神合体,超绝时空,而等齐生死……忘我之方,歌德不求之于静,而求之于动。”④从这段表白可以看出,他的泛神论思想,并不是对某种哲学体系的继承,而是他站在民主主义立场,根据“五四”时代的战斗要求,融合众多前辈——斯宾诺莎、歌德、孔子、庄子、王阳明等人的哲学思想而形成的,从而使“五四”时期那种反抗、叛逆、民主创造精神得到淋漓酣畅的体现。其思想核心是大胆地否定封建的旧秩序、旧思想,热情地呼唤新社会、新创造,达到一种物我交融的境界;“我”的个性解放与时代社会的个性解放激烈撞击,燃烧出绚丽的火焰,在这绚丽的火焰中,再生出一个时代的“女神”，从而完成了我即是“女神”，“女神”即是我的演绎。

综观《女神》丰富的思想内涵，下述三个方面是最突出的。

一是对个性解放的强烈呼唤。以个性解放为核心的现代独立人格意识的觉醒，是“五四”新思潮的重要特色。此时的郭沫若虽然身处异国，但长期的新学熏陶和一颗拳拳的爱国赤子心，使得“五四”的烈火在他年轻的心中熠熠燃烧。他以海啸般的激烈呼唤着个性解放，渴望突破旧的樊篱，以一种全新自由精神飞奔、狂欢，并以此“去寻找那与我的振动数相同的人”和“与我燃烧点相等的人”，把个体的解放与全民族、全人类的解放联系在一起。在《天狗》中，诗人把自己比成一条天狗，它蕴集了“全宇宙底 Energy 底总量”，要把日月星辰吞了，“把全宇宙来吞了”，气贯环宇，势不可挡。这是一个敢于冲破一切旧罗网，敢于追求自我解放的艺术形象。这个“我”，绝不是那种极端个人主义者的自我膨胀和自大狂，而是一个与广大人民呼吸相通、命运与共的“大我”，一个被反抗烈火烧得通体透亮的叛逆者，是“五四巨人”的化身。更值得注意的是诗的后半段竟然高喊“我剥我的皮，我食我的肉，我吸我的血，我啮我的心肝”，敢于否定自我，毁掉自我，然后在烈火中永生，创造出一个崭新的自我，引人至一种全新的境界。诗作借助“天狗吞月”的传说，表现诗人那种冲决一切束缚，要求个性自由，以及改造自我的革命精神，喊出了时代的强音，是“五四”的战叫。《浴海》中那个自我形象，高唱“血和海浪同潮”、“心和日光同烧”，要将有生以来的尘垢、秕糠全盘洗掉，自己便像一个脱了壳的蝉虫再生，同样表现出作者强烈的自我解放渴求。诗作后一节对弟兄们的呼唤非常巧妙地将“我”过渡到“我们”，在“我”与“我们”的顺利对接中完成了从个性解放到社会解放的要求，在这里，个性解放和“新社会的改造”变成合二为一的时代使命。《地球，我的母亲》中对“田地里的农人”和“炭坑里的工人”的赞颂，和对人们“自由地，自主地，随分地，健康地，享受着他们的赋生”的向往，表现的是作者通过对劳动人民用劳动创造感受生命快乐的情景的体悟，使其个性解放思想呈现出与人民利益一致的一面。

二是对叛逆、反抗、创造精神的热情颂歌。赞颂破坏与赞颂创造的统一，是《女神》的又一重要内涵。素具叛逆个性的郭沫若，在《女神》中把握时代的脉搏，热情率直地歌颂叛逆、反抗精神，同时也表现出一种敢于否定、敢于创造的极端兴奋和狂热。诗集的开篇《女神之再生》就通过众女神之口道出了“新造的葡萄酒浆不能盛在那旧了的皮囊”，“我要去创造个新鲜的太阳”的理想，立场之鲜明，态度之坚决，是前所未有的；而叛逆反抗的目的是在于彻底抛弃“旧皮囊”，创造出一个“新鲜的太阳”，诗人那种立足于创造的精神也表露无遗。诗集中最具代表性的篇章《凤凰涅槃》，更是集中体现了破坏与创造统一的精神。该诗以凤凰涅槃象征旧中国以及诗人旧我的毁灭和新中国以及诗人新我的诞生,凤凰形象既是一个英勇的叛逆者,也是一个英勇的创造者。诗作中“凤凰更生歌”为全诗高潮,诗人以高昂的情绪、复沓的节奏赞颂祖国、民族和自我的新生,光明更生的境界与“序曲”中生机断绝的诅咒形成强烈对照。《立在地球边上放号》中对于能将地球推倒的太平洋之力的崇尚和礼赞,则是对创造之美的由衷向往和欢欣。《我是个偶像崇拜者》中更是直率袒露:“我崇拜创造的精神”,“我崇拜偶像破坏者,我崇拜我!/我又是个偶像破坏者哟!”《女神》时期,复古尊孔思潮余烬未灭,在各种新思潮的冲击下,顽固保守派企图抬出封建偶像,大搞偶像崇拜,以图作最后一博。诗人洞悉此种鬼蜮伎俩,将顽固派的“偶像”踏得粉碎,反弹琵琶,其反抗叛逆精神于热烈中蕴涵着深邃。《匪徒颂》中公开对历来遭受封建统治者污蔑的敢于反抗陈规陋习的各色“匪徒们”予以热情的赞颂,疾呼万岁,更是表达出决心摧毁一切腐朽势力的志不可夺的意愿和力量。

三是爱国主义精神的迸发。爱国主义是《女神》的中心主题,诗集中没有一首诗不浸透着、洋溢着诗人对祖国的无限热爱之情。《凤凰涅槃》燃烧着诗人对旧中国的愤怒烈火,向“冷酷如铁”“黑暗如漆”“腥秽如血”的“阴惨世界”发出了诅咒,又流淌着对未来理想的新中国的热烈憧憬,对“光明”和“新鲜”“华美”“芬芳”“和谐”的新生世界大加赞颂。诅咒也好,歌颂也好,都植根于诗人对祖国无比深厚的爱。诗剧《棠棣之花》中,聂嫈对弟弟聂政的赠言:“去吧!二弟呀!我望你鲜红的血液,迸发成自由之花,开遍中华!”这正是对当时那些不怕牺牲、奔驰在民族解放斗争中的热血青年的颂歌,也可以看成是作者愿为国家、民族的自由而献身的誓言。郭沫若说:“‘五四’以后的中国,在我的心目中就像一位很葱俊的有进取气象的姑娘,她简直就和我的爱人一样。……‘眷恋祖国的情绪’的《炉中煤》便是我对于她的恋歌。”(《创造十年》)《炉中煤》中作者的爱国主义情感的确有一往情深的动人表白:

> 啊,我年青的女郎!
> 我不辜负你的殷勤,
> 你也不要辜负我的思量。
> 我为我心爱的人儿,
> 燃到了这般模样!

全诗采用比喻手法,把新生的祖国比喻为“年青的女郎”,把愿为祖国献身的诗人自己比喻为炉中熊熊燃烧的煤,抒发了异邦游子眷恋祖国的深情和报效祖国的赤诚,也表达了热切地期盼祖国繁荣富强的愿望。《炉中煤》是一首感人肺腑的爱国之歌。

《女神》不仅以高度的思想性震动了“五四”以后的中国，而且以杰出的艺术成就开辟了中国新诗发展的道路。其艺术独创性，首先表现在以浪漫主义手法展开新颖奇特的艺术构思，创造了一个又一个诗的意境，绚丽多彩，美不胜收。诗人为表达充沛热烈的情感，总是借助于丰富的想象和奇特的联想，用诗的彩笔描绘一幅幅瑰丽动人、气象万千的画面，如女神、凤凰、天狗、太阳、大海等，显示出一种排山倒海的气势。《女神》堪称是我国现代新诗史上的第一个浪漫主义高峰。其次，诗作常常借用神话和历史故事，塑造理想化的典型形象，抒发自己的激越感情。如《湘累》中的屈原、《棠棣之花》中的聂政姐弟，以及《凤凰涅槃》《天狗》中的象征性形象等。特别是《女神之再生》中，中外神话相互渗透，塑造出体现诗人美学理想的女神，更闪耀出动人的艺术光彩。再次，《女神》的艺术风格，秀丽与雄奇兼而有之，而以雄奇风格为主导方面。许多作品如《天狗》《站在地球边上放号》《匪徒颂》等，都显示着气吞山河、震撼宇宙的力量，明显地受惠特曼影响而有所发展，可说是“雄而不丽”；也有不少诗如《夜步十里松原》《新月与白云》《春之胎动》等细腻幽婉、诗绪缠绵，不但受了泰戈尔的影响，也受了我国古代诗人陶渊明、王维等的影响，可说是“丽而不雄”；而许多诗作如《凤凰涅槃》《太阳礼赞》《地球，我的母亲》等，则是秀丽与雄奇兼而有之，既有激昂、高亢，又有哀怨、愁绪，两种风格水乳交融、浑然一体了。

郭沫若继《女神》之后，创作了《星空》（诗歌、散文集，1923 年出版）、《瓶》（爱情诗集，1927 年出版）、《前茅》（1928 年出版）、《恢复》（1928 年出版）等诗集。《星空》表现了“五四”退潮期诗人和时代的苦闷、彷徨，呈现出历史彷徨期的复杂多变性：忽而出世，忽而入世，忽而消极，忽而振奋。《星空》中的多数诗篇失去了《女神》那种澎湃的热情，写得恬淡隽永，诗意盎然，显示郭沫若诗歌技巧更趋圆熟。如《天上的街市》就是一首极为优美的诗篇，诗人从地上的街灯写到天上的明星，想象驰骋于天地之间，而尤其神往于空中那美丽的市街，那里不但有世上没有的珍奇，而且连牛郎织女也获得了自由解放，能够骑着牛儿来往，提着灯笼在天街上闲游。诗歌寄寓了诗人对自由、光明、美丽、和平的强烈向往之情。想象丰富，意境清新，语言淡雅。《星空》中具有特别意义的仍是表现出“五四”时期那种“火山爆发式的内发感情”的《洪水时代》，诗歌采用大禹治水的传说，讴歌战胜艰难险阻的艰苦奋斗精神和洪水时代的创造精神；在古代英雄大禹形象中，诗人寄托着对“近代劳工”的歌颂，欢呼“如今是第二代洪水时代”，昭示出历史发展的新方向。诗歌字里行间，充溢着革命乐观主义精神和海燕呼唤暴风雨式的革命激情，保持了《女神》英雄歌的格调和阳刚美的风格。《瓶》是一部爱情诗集，写于 1925

年二三月间。共收情诗43首,表现诗人对一位女子的热烈追求和爱情幻想的破灭,诗人自己曾用“苦闷的象征”来解释这部诗集。《前茅》中的诗大都写于1922—1924年,这时诗人受到“二七”大罢工的影响和无产阶级思想的熏陶,思想感情开始变化,《前茅》留下了这种转变过程的印痕。诗集的主要内容是讴歌无产阶级革命,批判资本主义制度,解剖自己的思想,可谓革命时代的“前茅”,富于战斗力和鼓动性。1927年11月中旬,郭沫若参加南昌起义,失败后辗转来到上海,一场大病几乎夺去了他的生命,大病初愈恢复健康期间,面对白色恐怖,愤怒的情绪和战斗的要求促使他提笔写下了《恢复》中的三十余首诗歌,热情讴歌革命,展望未来,表现诗人献身革命的不屈意志和崇高气节。《恢复》集中的名篇是《我想起了陈涉吴广》,诗歌从肯定陈涉吴广率领农民暴动入手,主要针对“当今的中国”,矛头直指反动统治。诗篇最后,诗人发出战斗的召唤。这样的诗歌像战鼓,像号角,催人奋发,促人前进,《恢复》因此被誉为无产阶级的战歌。但这个诗集中部分诗歌伤于高喊口号,欠缺艺术感染力,这也是无产阶级文学初期难以避免的缺陷。

第三节 闻一多、徐志摩的新格律诗探索

“五四”时期是思想大解放的时期,同时也是诗体大解放的时期,新诗从旧诗长期固有的严格形式中挣脱出来,得到了前所未有的自由。然而,这种绝对的自由带来的是诗歌形式的粗陋,从而也伤害了诗歌本身所固有的艺术特性。因此,新诗如何从语言和形式的自由化走向艺术的规范化,在旧诗留下的废墟之上新建起一个属于自己的家园,成了新诗生存与发展的必然要求。自觉肩负起这一历史重责的是以闻一多、徐志摩为代表的新月派诗人。

在论及新月派的诗歌理论和创作实绩之前,有必要对新月社与新月诗派这两个确有联系而又不能混同的概念作一番辨析。新月社是中国新文学史上产生过重大影响的社团,最初由一批文人以“聚餐会”的形式组织起来,其主要成员有胡适、徐志摩、梁实秋、闻一多、陈西滢、林徽因等人。这批文人大多有留学美、英的背景,深受西方文化的影响,提倡自由、容忍、稳健和理性,标榜西式的绅士风度。他们的活动不只局限在文学方面,还涉及政治、经济、学术和文化等领域。这样,新月社就很难被视为一个纯文学社团。新月诗派以1926年4月《晨报副刊·诗镌》的创刊为其成立的标志,成员既有新月社主要人物闻一多、徐志摩,又有“清华文学社”的朱湘、饶孟侃、孙大雨等人,他们先后以《晨报副刊·诗镌》、《新月》月刊和《诗刊》作为阵地,从事新诗创作和诗歌理论探索活动。由此组成的“新月诗派”便显示出“纯文学”的组合,在中国新诗史上显出特殊的

意义。

新月派诗人的早期创作与前期创造社浪漫主义诗歌运动有着深刻的历史渊源，闻一多、徐志摩等新月派诗人对于浪漫主义诗歌表现主观理想、抒发个人情感的艺术创作方式都采取积极吸收的态度，他们把美作为艺术创作的核心，这与创造社“为艺术而艺术”的主张是基本一致的。然而，早在20世纪20年代前期，新月派诗人就逐渐意识到自由体的浪漫主义新诗在抒情方式和诗歌形式等方面的局限，并且在诗歌理论和新诗创作两个方面同时开始了他们自己的探索，那就是如何使新诗从自由化走上规范化的道路。新月诗派的组成为这一诗歌艺术规范化运动提供了必要现实条件，使一批志趣相通的诗人可以在一起共同探讨如何建立一套新的诗歌创作美学原则。后期新月诗派的领袖人物陈梦家在《新月诗选》序言里写道：“主张本质的醇正，技巧的周密和格律的谨严，差不多是我们一致的方向。”这句话可以被认为是对新月诗派关于诗歌艺术规范化运动实质内容的高度概括。“本质的醇正”是要求新诗必须具有自己的诗美风范，要求新诗既要强调诗歌表现自我的抒情功能，又要重视诗歌语言和形式应该具备的基本特征，避免新诗语言和形式的散文化倾向，这一要求实际上表达了新诗创作向诗本体的全面回归。“技巧的周密”是针对郭沫若关于诗只是一种“自然流露”，“不是‘做’出来的，只是‘写’出来的”[⑤]的理论的反拨，要求诗人在内容选择和诗歌语言安排上渗入理性的成分，对真实的情感和自然的语言加以艺术化处理，用适当的艺术形式表达出来，以满足人们的审美需求。与“本质的醇正，技巧的周密”有着密切关联的是新月诗派所提出的新诗格律化的具体艺术主张，这一艺术主张亦被视为新月诗派对中国新诗建设最为重要的贡献，因而新月诗派有时又被称为格律诗派。新月派诗人视格律为新诗不可或缺的躯壳，他们认为：“诗是表现人类创作的一个工具，与美术音乐是同等性质的，……我们的责任是替他们构造适当的躯壳，这就是诗与各种美术的新格式与新音节的发现。”[⑥]闻一多把格律诗创作艺术规则概括为“三美”原则，即“音乐的美，绘画的美，建筑的美”[⑦]，并且进一步从视觉和听觉两个方面对格律诗的形式特征做了具体阐述。就视觉方面而言，格律诗的要求是“节的匀称”和“句的匀齐”，也就是说诗歌在每节的行数和每行字数上应该做到整齐划一，创造出一种类似建筑物外在形态的美感；听觉方面的因素有格式、音节、平仄和韵脚等，这些因素突出表现了诗歌的节奏感和音乐感。闻一多的新格律诗理论建设，既源于欧美唯美主义和意象派运动的影响，又与中国旧体律诗有着血脉相承的艺术渊源，但是他所倡导的格律诗，决不是旧体律诗的死灰复燃，而是在新的历史条件下一次中西方诗歌艺术的融合。闻一多明确指出了新格律诗和旧格律诗的区分：（1）“律诗永远只有一个格式，但新诗的格式是层出不穷的”；

(2)“律诗的格律与内容不发生关系,新诗的格式是根据内容的精神制造成的”;(3)“律诗的格式是别人替我们定的,新诗的格式可以由我们自己的意匠来随意构造”⑧。以上三点不仅在新格律诗与旧体律诗之间划出了一条清晰的界限,而且明确指出了新格律诗内容和形式之间的关系,强调诗歌的外在形式应该适应它所表现的精神内容,这样至少在理论上避免了新格律诗步入形式主义歧途。

伴随着新诗理论建设的不断深化,新月派诗人在新诗创作领域也取得了丰富的实绩,在理论与创作两个方面同时作出重要贡献的主要有闻一多和徐志摩。

闻一多(1899—1946),原名闻家骅,湖北浠水人。1913 年考入北京清华学校。1922 年赴美留学,其间开始从事中国诗歌格律的研究和新诗创作,1923 年出版他的第一部诗集《红烛》。1925 年闻一多回国,先后在北京国立艺专、青岛大学和清华大学等校任教,同时致力于新诗格律化的倡导和实践,1928 年出版代表诗集《死水》。三四十年代的闻一多主要从事文学教学和学术研究工作,并在中国古典文学领域取得了丰硕的研究成果。

对民族、对祖国深沉的爱恋是闻一多的新诗创作最主要的情感内容。与“五四”时期成长起来的许多知识分子一样,闻一多既接受过系统的中国传统文化教育,又有留学美国、接受西学的经历,两种异质文化的矛盾冲突以及留美期间所感受到的民族歧视,使他的灵魂感到不胜重负,作为一种精神反抗,他创作了许多爱国诗篇,《红烛》中的《孤雁》《太阳吟》《忆菊》《秋深了》等作品都集中地表现了这一主题思想。《太阳吟》情感浓烈奔放,体现了闻一多早期新诗创作中高扬的浪漫主义精神。诗人把太阳作为对话的伙伴和歌吟的对象,尽情地倾诉自己压抑的情感。企望“六龙骖驾的太阳”急速飞翔,一日走完五年的历程,好让“憔悴如同深秋一样”的我,早一些回到日夜思念的家乡。《忆菊》抒发的也是远在异邦的游子对亲人、对祖国的绵绵思念之情,可贵的是,诗人并没有运用直抒胸臆的方法,而是选择了菊花这一具有深厚民族文化底蕴的意象,作为寄寓情感的象征物。诗人欲擒故纵,用大量的笔墨尽情描绘了祖国菊花绚烂的色彩和多姿的形态,无论是“霭霭的淡烟笼着的菊花”,还是“丝丝的疏雨洗着的菊花”,或是“金底黄,玉底白,春酿底绿,秋山底紫”的菊花,在诗人的笔端,都被赋予了生命的灵性;诗的后半部分,诗人由菊花之美的赞颂,上升到对其文化层面的抒怀:“你有高超的历史”,“你有逸雅的风俗”!在诗人看来,菊花就是东方文化完美的象征;结尾处,诗人纵情唱道:“我要赞美我祖国底花!/我要赞美我如花的祖国!”这是诗人发自内心深处的呼喊,是他对祖国无限眷念与渴慕之情的自然流露。

相对于情感泛滥的《红烛》,诗集《死水》用“理性节制情感”,在情感表达的艺术化方面作了多种有益的尝试。《口供》是《死水》中的第一首诗,反映了“五四”之后诗人彷徨苦闷的矛盾心理,诗中的爱国主义激情,显然是对《红烛》的精神特质的继承,然而,在诗的艺术表现方面,诗人采用了客观化的间接抒情方式,通过丰富的艺术想象力,把强烈的个体情感化为一个个具体可感的客观对象:“坚贞的白石”“青松和大海”“鸦背驮着夕阳”“黄昏里织满了蝙蝠的翅膀”。这种主观情感的客观化,使情感表达显得含蓄蕴藉,从而大大地丰富和拓展了读者的审美想象空间。闻一多这一时期的新诗创作,还突破了浪漫主义把美与丑、善与恶完全对立的美学原则,在诗歌创作中大胆地引入了丑的意象。作品《死水》深刻地揭示了当时中国社会现状的腐朽与黑暗,诗人自觉地将反讽方法和“以丑为美”的原则融为一体,在想象的艺术天地里把“一沟绝望的死水”幻化得如此美丽:“也许铜的要绿成翡翠,/铁罐上锈出几瓣桃花;/再让油腻织一层罗绮,/霉菌给他蒸出些云霞。”诗人这种化腐朽为神奇的艺术方法无疑丰富和发展了中国新诗的意象系统。

闻一多的许多作品还流露出对民族前途和民众苦难深沉的忧虑。作为一位清醒的爱国主义诗人,闻一多不可能仅仅满足于个体生活的安宁与幸福,他知道“灯光漂白了的四壁”“隔不断战争的喧嚣”,只有走出“这墙内尺方的和平”,才能使自己的心灵更加贴近底层的广大民众,因而他自觉地把自己的目光投向了更为“辽阔的边境”(《心跳》)。在《荒村》中,诗人把初夏时节旖旎多姿的自然风光与荒凉破败的村落景象交织在一起描写,使人真实地感受到社会动乱中底层民众离乱与贫困的生活现状;《春光》则描写了一个要饭的盲者踟蹰在美好的春光里,用明媚的春色来反衬现实的黑暗;《飞毛腿》叙说了一个勤劳的人力车夫溺水而死的悲剧;《大鼓师》讲述了一对卖艺夫妇飘泊生活的辛酸遭遇。《死水》中的这类作品,虽然在形式上都严格地遵循着新诗格律的要求,但早期创作中的唯美主义的艺术色彩在此已经完全淡化了,取而代之的是强烈的现实批判精神和深沉浓烈的忧患意识,这表明闻一多的诗歌美学观念与其思想内涵都经历了一个发展和演化的过程,而这一过程显然又与当时社会历史的演进存在着某种密切的内在关联性。

闻一多还有许多诗歌着意于描写自然景色和抒发个人情怀,如《雪》《黄昏》《花儿开过了》《红豆》《忘掉她》《你莫怨我》等,这些作品韵趣生动、诗情悠扬,表现了诗人丰富而细腻的情感特征。《忘掉她》是闻一多为了纪念他早夭的女儿而写的,优美的诗境里潜藏着缕缕难以排遣的忧伤:

忘掉她,像一朵忘掉的花,——

那朝霞在花瓣上,
那花心的一缕香——

忘掉她,像一朵忘掉的花!
忘掉她,像一朵忘掉的花!
像春风里一出梦,
像梦里的一声钟,
忘掉她,像一朵忘掉的花!
……

诗人匠心独具地捕捉了一些美丽而又空幻易逝的意象,力图用生命本身的脆弱来冲淡爱女夭折给自己所带来的巨大痛苦。"忘掉她,像一朵忘掉的花!"在每一节的开始和结尾处以低婉缠绵的语调复沓回旋,展示了诗人意欲走出伤痛而又无从解脱的复杂心理。

徐志摩(1896—1931),笔名诗哲,浙江海宁人。1917 年入北京大学。1918 年留学美国,1920 年获经济学硕士学位后,由于哲学家罗素的吸引,转赴英国剑桥大学学习哲学,其间兴趣转向文学,开始尝试新诗创作。1922 年回国,先后在北京大学、上海光华大学等学校担任教授。著有诗集《志摩的诗》《猛虎集》《云游》《翡冷翠的一夜》,散文集《秋》,小说集《轮盘》等,1931 年因空难身亡。

徐志摩是贯穿前后期新月诗派的重镇,新月诗派的三个主要阵地:《晨报副刊·诗镌》、《新月》月刊和《诗刊》都与他存在着密切的关系。作为新月诗派的代表诗人,徐志摩是一个彻头彻尾的理想主义者,他用生命的热情去追求"爱与美与自由",而他的诗就是他生命追求的艺术再现。因而,他的诗歌也就很自然地指向了超现实的理想世界,正如诗人在《我有一个恋爱》中所写的:"我有一个恋爱,——/我爱着天上的明星,/我爱他们的晶莹:/人间没有这异样的神明。"在诗人眼里,现实是污浊的,它充满了束缚与羁绊,只有在理想的天国中,诗人的灵魂才能超越沉重的现实,自由地飞扬。他所钟爱的是天空中的清风和云彩、暗夜里的明星以及彩虹似的梦境,这些意象都赋予了他的诗歌以一种空灵飘逸的艺术风格。徐志摩对诗歌语言有着敏锐的感觉和超凡的把握能力,他时常运用看似平淡的文字,把内在情绪巧妙地融入富有音乐质感的诗形之中,以求达到情感内容与外在形式的自然和谐。如那首被广为传诵的《再别康桥》:"轻轻的我走了,/正如我轻轻的来。/我轻轻的招手,/作别西天的云彩 ……"这首诗共有 7 段,每段 2 节,每节 2 行,第二行后退一格,每行的字数和音节数又不尽相等,从而使整首诗看起来显得工整而又摇曳多姿。全诗也没有采取一韵到底的方法,而是每段转韵,两句一韵,轻盈自然。诗人用优美动人的意象描述和错落有致的节韵变化,贴切地传达出自己再次离开康桥时留恋难舍的离情别绪。他是一个非常善于抒写离情的诗人,常常用其特有的灵性来捕捉临别时刻微妙的心绪,并使之外射到客观物象上,从而在主客体之间、内在神韵与外在形态之间获得某种默契。请看他的名篇《沙扬娜拉》:

最是那一低头的温柔,
像一朵水莲花不胜凉风的娇羞,
道一声珍重,道一声珍重,
那一声珍重里有甜蜜的忧愁——
沙扬娜拉!

这首诗虽然只有短短五行,却把日本女郎的依依送别之情渲染得淋漓尽致。诗作在现代的诗形中体现出中国古典诗词的意境美,尤其是"一低头的温柔"这一意象,具有很大的艺术包容性,既恰当地体现了日本女郎温柔娴雅的性格特征,又给读者留下了丰富的想象空间。《偶然》也是一首很能代表徐志摩创作个性的诗歌,诗人把人生的萍水相逢比喻成云影波心的相遇,对于这种美丽短暂而又不合时宜的相遇,并没有表露出过度的激情,而是用"你不必讶异,/更无须欢喜!"作出冷峻的告诫。他们邂逅的瞬间虽然也有着"互放的光亮",但是这"互放的光亮"却没有得到应有的装饰和强调,因为他清醒地认识到"你有你的,我有我的方向"—— 诗人这种竭力摆脱情感的沉重,努力回避感触的深沉的审美取向,正是他风流洒脱的绅士风度的艺术体现。

从新诗发展的历史来看,以闻一多、徐志摩为首的新月派诗人所倡导的格律化理论及其创作实践,注重沟通东西方诗艺,努力开掘了丰富的本土文学资源,"在旧诗与新诗之间,建立了一架不可少的桥梁"⑨。在内容和形式两个方面为新诗注入了新的生命力,因而,新月诗派对中国新诗建设无疑有着独特的意义。

第四节　李金发、冯至等的多样诗艺寻求

"五四"新诗作为中国现代诗歌探索期的产物,诗人们作多种探索尝试以增添新诗创作的绚丽色彩,是"诗体大解放"以后会出现的新诗创作局面。因而探索期诗歌的多样探索,也就初步形成了多种诗歌创作流派和多样的诗艺追求。

最早出现的新诗流派是湖畔诗派。这个诗派由"湖畔四诗人"应修人、潘谟华、冯

雪峰、汪静之于1922年在杭州西子湖畔成立"湖畔诗社"而得名,先后出版过诗歌合集《湖畔》《春的歌集》。四人中成就最高的汪静之以后又单独出版了《蕙的风》《寂寞的国》等。此派诗作在中国新诗史上并没有很高地位,但其首创现代"情诗",却又有其独特贡献。朱自清说过:"中国缺少情诗,有的只是'忆内''寄内',或曲喻隐指之作,坦率的告白恋爱者绝少,为爱情而歌咏爱情的更是没有"⑩,因而湖畔诗人"专心致志做情诗"就弥足珍贵。的确,湖畔诗人敢于冲破封建伦理道德的罗网,坦率地甚至毫不顾忌地抒写男女之间的倾慕和爱情,情感表达大胆、真切、热烈而又不流于猥亵庸俗,是一切旧诗乃至新诗开创以来未曾有人做过的。如汪静之的《过伊家门外》:

我冒犯了人们的指谪,
一步一回头地瞟我意中人;
我怎样欣然而胆寒呵。

又如他的《我俩》的一段:

我每每乘无人看见,
偷与你接吻,
你羞答答地
很轻松很软和地打我一个嘴巴,
又摸摸被打痛的地方,陪罪说:
"没有打痛吧"
你那漫柔的情意,
使我真个舒服呵!

这个抒情主人公的自我表露真够襟怀坦白,毫无矫饰,而一个温柔娇媚的少女形象也同时跃然纸上。与内容解放相适应,湖畔诗派的诗也实现了诗体形式的彻底解放,这类情诗与胡适的白话诗刚刚放开"裹脚"相比较,简直是"天足"乱舞,活蹦乱跳了,显示出新诗在艺术上的长足进展。

新诗在艺术上获得了自身生存的资格,取而代之的必是为提高其自身审美价值而进行的艺术探求。崛起于20年代中期的以李金发为代表的象征派诗,对于新诗草创期普遍存在的"缺少了一种余香与回味"的艺术倾向,是一次适时的反拨,为新诗艺术的发展开辟了一条新的路径。

“小诗”是指1921年前后开始风行诗坛的一种诗歌体式。中国古代诗歌本来就有悠远的小诗传统，如《诗经》中的部分作品，民间的一些歌谣（如子夜歌），唐诗中的绝句以及后来的小令等。不过“五四”时期的小诗潮却主要受外国诗歌，特别是印度泰戈尔的小诗和日本的短歌俳句的影响而兴起的。俳句又称“发句”，一般以3句17音组成一首短诗，首句5音，次句7音，末句5音，故又称17音诗。短歌每首5句，共31音，音节排列为五七五七七。不过周作人翻译过来的小诗却并不同于原来的形式，如松尾芭蕉的俳句：“古池——青蛙跳入水里的声音。”（《日本的诗歌》）完全是自由诗，但它那轻妍的情趣却鲜活地表现了出来。泰戈尔的小诗主要体现在他的《飞鸟集》中，大多数诗歌只有一二行，极少数三四行，常常在捕捉到一种场景或印象的同时，蕴含着深刻的哲理。由于这些短小精悍的“小诗”，“颇适合抒写刹那的印象，正是现代人的一种需要”。因而当周作人和郑振铎在1921年至1922年间分别译介出这些诗歌后，便给当时向多方面探索的新诗人以启迪，利用这种轻便灵活的诗体迅捷地传达出自己刹那间的感触与沉思，从而形成了一个比较广泛的小诗潮流。以致1921年至1923年被称为“小诗流行的时代”（同时出版了冰心的《繁星》《春水》和宗白华的《流云》）。文学研究会的冰心、朱自清、徐玉诺等，创造社的郭沫若、邓均吾，湖畔的年轻诗人以及宗白华、何植三等都加入了这个潮流。不过其中成就最高、影响最大的还应该是冰心和宗白华。

冰心于1923年出版诗集《繁星》《春水》，共收小诗300余首，主要受泰戈尔《飞鸟集》的影响，以三言两语的格言警句式的清丽诗句，表现内心的沉思与灵感的顿悟。如《繁星・三四》：“创造新陆地的/不是那滚滚的波浪，/却是地底下细小的泥沙。”《春水・一一三》：“星星——/你只能白了青年人的发，/不能灰了青年人的心。”在明丽的形象中蕴含着深刻的哲理，又回荡着耐人回味的诗情，是用“智慧和情感的珠”缀成的晶莹的诗。还有《春水・三三》：“墙角的花！/你孤芳自赏时/天地便小了。”《繁星・四八》：“弱小的草呵！/骄傲些罢/只有你普遍的装点了世界”等。

宗白华（1897—1986），江苏常熟人。1919年参加少年中国学会，编辑上海《时事新报》副刊《学灯》，并发表诗作。1920年出版与郭沫若、田汉论诗的往来书信集《三叶集》。同年5月赴德国学习哲学与美学。自1922年6月开始在《学灯》上发表小诗，1923年结集为《流云》出版。其特点是以直觉和悟性捕捉刹那间心灵的闪光，创造出熔意象与哲理于一炉的意境，如《夜》：“一时间，/觉得我的微躯，/是一颗小星，/莹然万里星，/随着星流。//一会儿，/又觉得我的心，/是一张明镜，/宇宙的万里，/在里面灿着。”以仰望星空的刹那间的微妙感觉与意象变化，传达出对人在宇宙中地位（小—大）的悠长的哲学思索。

20世纪20年代初期的这种哲理小诗突破了传统诗歌“以情为主”的规范,开创了“以智为主脑”的新的诗歌道路。但是如果处理不好意象、情感与哲理的关系,过量的理智往往会造成诗的空洞乏味,而“极端的刹那主义”也易使诗流于散漫与轻浮。因而,当20年代中期新月派的格律诗兴起后,小诗也就渐渐少了。

李金发(1900—1976),字遇安,广东梅县人。1919年,同后来成为著名画家的林风眠一起赴法国留学,入巴黎国家美术学院专攻雕塑艺术。当时,后期象征主义在法国方兴未艾,在学习雕塑艺术之余,年轻的李金发深深地为异域奇谲的诗风所吸引。他大量阅读了波德莱尔、魏尔伦、马拉美、兰波、瓦雷里等象征主义大师的作品,象征派创始人波德莱尔的诗集《恶之花》,更是成了他爱不释手的读物。从1920年开始,李金发以极大的热情投入到新诗创作之中,用短短的两三年时间写出大量的充满感伤、颓废色彩的象征主义诗歌。1925年,他的第一本诗集《微雨》,经周作人的大力推荐,由北新书局出版,它那朦胧晦涩和凄艳怪异的诗风,迅速吸引了新诗评论界和爱好新诗的青年们关注的目光,并由此而引发了诗坛的震动。此后,他的另两本诗集《为幸福而歌》和《食客与凶年》先后出版。

李金发说:“艺术是不顾道德,也与社会不是共同的世界。”[11]在他看来,包括诗歌在内的艺术所关注的不应是外部的现实世界,而应该是内部的心灵世界,是对个体生命存在的深切体验,这种“向内转”的审美取向,对中国早期新诗的艺术发展无疑是一种有益的尝试。诗歌评论家朱自清从新诗发展的历史角度,把“五四”以后第一个十年的中国新诗分为:“自由诗派,格律诗派,象征诗派”,并认为这三个诗派“一派比一派强”[12]。这是对象征派诗歌创作的充分肯定和高度评价。然而,作为一种全新的艺术尝试,也必然会带来某些不足甚至缺陷,胡适和苏雪林等人都曾就其作品的晦涩难解提出过批评,造成这种情况的原因主要有两个方面:一方面在于象征派诗歌的暗示性、朦胧性与中国读者的审美心理和审美习惯有着较大的距离,使得读者难以顺利地进入诗歌所营构的艺术世界;另一方面,诗人对西方象征派的摹仿与学习,还多半停留在外在意象和审美风格层面上,而在关键的知性层面上,则远没有达到波德莱尔、魏尔伦等人的深度。

象征派诗歌“向内转”的审美取向,使李金发在走进深层世界时也跨进了一个相对狭窄的天地。命运的悲哀与生命的无常构成其作品最基本的情感内容,《弃妇》是其名篇之一:

长发披遍我两眼之前,

遂隔断了一切羞恶之疾视，
与鲜血之急流，
枯骨之沉睡。
黑夜与蚊虫联步徐来，
越此短墙之角，
狂呼在我清白之耳后，
如荒野狂风怒号：
战栗了无数游牧。
……

无论是从悲凉的情感基调、独特的意象塑造，还是从暗示性的艺术表现手法来看，《弃妇》都是一首典型的象征主义诗作。从表层意义上看，这首诗写的只是一个被遗弃的妇人孤独、绝望的生存状况和凄苦、悲凉的内心感受。诗的首句就写得非常巧妙，一方面，长发遮蔽双眼的同时也遮盖了“我”的容貌、年龄等重要女性特征，从而达到了使弃妇外在形象模糊化的艺术效果；另一方面，披遍双眼的长发又隔断了“我”与世界的一切联系，“我”再也无须面对世人投来的羞辱与厌恶的目光，但同时也失去了鲜血奔流的生的快乐与激情，甚至枯骨沉睡的死的空虚与宁静。如果说这首诗首节的前三句重心是放在视觉上面，那么它后五句的重心则转向了听觉上面，与黑夜同来的蚊虫，如荒野怒号的狂风，在“我”清白之耳边狂呼，暗示了无所不在的世俗议论给弃妇带来的巨大的心理压力。然而，从深层意义上来看，诗人所表达的却是一个漂泊异乡的弱国子民内心体验到的孤独、悲凉、绝望的生命感受。《有感》出自李金发的第三本诗集《为幸福而歌》，短诗弥漫着灰暗色彩：

如残叶溅
血在我们
脚上，
生命便是
死神唇边
的笑。
半死的月下，
载饮载歌，

裂喉的音
随北风飘散。
吁!
抚慰你所爱的去。
开你户牖
使其羞怯,
征尘蒙其
可爱之眼了。
此是生命
之羞怯
与愤怒么?

诗人从飘零的残叶联想到人生的短促与生死的无常,并进一步表达了自我对生存方式进行选择时的一种矛盾心态。这类以生命与死亡为题材的作品,是李金发的笔下常常触及的,如《寒夜的幻觉》《丑行》《死》《哀歌》《夜之歌》等,此类题材的大量出现,不仅是诗人个人情感偏好的结果,也是他对象征派诗艺学习与摹仿的一种必然。

在李金发诗作中,表现爱情的欢乐与失恋的痛苦,或表达对自然的歌咏和对故乡对亲人的思念,也是其重要内容。如《心愿》《春思》《少年的情爱》《过去之热情》《初恋的消失》等。这类诗歌,表现出不同于象征派诗歌风格的一面,虽然有些作品还夹杂着缕缕淡淡的忧愁,但颓废和绝望的情绪消退了,取而代之的是对生命的热爱和对爱情的向往。他渴望在情人的眼里,寻觅到"长林中狂风的微笑,/夕阳与晚霞掩映的色彩"(《心愿》)。然而,在诗人眼里,爱情如同天空中的彩虹,美丽但却短暂,当心爱的人离他远去,他只能唱道:"她在陌生人的腰际,/我在战栗的两足之上。"(《初恋的消失》)歌咏自然和思乡之作也占有一定比例,如《风》《雨》《故乡》《归来》《偶然的 Homesick》等。在短诗《律》中,诗人用他敏锐的心灵感知到自然变换中生生不息的脉搏:"月儿装上面幕,/桐叶带了愁容,/我张耳细听,/知道来的是秋天。//树儿这样消瘦,/你以为是我攀折了/他的叶子么?"这类诗表现出来的悲秋感时意识,可以在中国古典诗词中找到一脉相承的精神渊源。与秋色萧索形成强烈对比的是春天的勃勃生机:"燕羽剪断春愁,/还带点半开之生命的花蕊"(《燕羽剪断春愁》),春光引发的是诗人对故乡的思念之情,远在异国的"浪子"只有"紧抱着十载犹温的赤心"(《归来》),才能祈望有一天"重入你瘦骨之怀"(《重见故乡》)。

李金发诗歌怪异、朦胧、晦涩的美学风格，是与象征派诗人在诗歌创作中对世界感知方式和表达方式的独特性分不开的：他们认为诗不应该是对世界明白的解释和描述，而在于把握内心飘忽不定的情绪以及梦幻、下意识的精神状态，用象征和暗示的方式表达、营造出一种朦胧的神秘色彩；为此，他们一反传统诗歌的理性创作方式，追求语言的陌生化和技巧的新奇化。李金发的许多作品，不仅大量运用省略、跳跃的具体手法，在语言结构上打破固有的语法规则，造成诗歌语言次序的混乱，而且刻意模糊诗歌意象自身的意义，截断意象与意象之间的关联性。如《时之表现》："风与雨在海洋里，/野鹿死在我心里。/看，秋梦展翼去了，/空存这萎靡之魂。"诗中风、雨、海洋、野鹿、秋梦等主要意象之间显然缺乏必要的联系，这给读者的理解增加了难度，但只要解读出各个意象的象征意义，还是有可能把握住这首诗的精神内涵的。诗的第一行用风和雨消失在无边无际的海洋里暗示空间的无限，第二行用野鹿死在心里暗示时间的静止，第三行用秋梦的飞翔表达美好时光的无情流逝，最后点明主题，光阴流转，剩下的只有空旷和萎靡的灵魂。为追求诗歌意象的神秘感和情感传达的暗示性，李金发还自觉运用通感这一艺术技巧，故意把不同感官应该使用的词语搭配在一起，例如，《夜之歌》写道："粉红色的记忆，/如道旁朽兽，发出奇臭。"记忆本无颜色，诗人却用粉红色来装点它，这样就巧妙地暗示了昔日爱情生活的美好感受；记忆更没有气味，用"发出奇臭"形容它，则是对失去美好的痛苦、厌恶情绪的表达。

与李金发同时或稍后开始进行象征派诗歌尝试的，主要还有后期创造社三位年轻诗人。留学法国的王独清于 1926 年出版了《圣母像前》，留学日本的穆木天和冯乃超，也在 1927 年和 1928 年分别出版了诗集《旅心》与《红纱灯》。他们在象征派诗艺的探索与追求上所走的途径虽然不尽相同，但他们创作的新诗与李金发的 3 部诗集一起，共同为中国新诗初创期的繁荣作出了贡献。

对新诗作了多样诗艺探求，取得了更为杰出成就的是冯至（1905—1993）。冯至原名冯承植，字君培，河北涿州人。他是中国新诗史上重要的诗人之一。早年在家乡接受中国传统教育，1921 年考入北京大学，同年开始新诗创作，成为新文学社团浅草社和沉钟社的重要成员，被鲁迅誉为"中国最为杰出的抒情诗人"[13]。1927 年他的第一部诗集《昨日之歌》由北新书局出版，1929 年又出版了第二部诗集《北游及其他》。40 年代还出版了诗集《十四行集》，散文集《山水》和历史小说《伍子胥》等作品。其新诗创作大致可以分为两个时期：第一个时期包括了整个 20 年代，主要由抒情诗和叙事诗构成；第二个创作时期集中在 40 年代前期，以具有现代主义艺术色彩的哲理诗为主。其 20 年代的新诗创作，就呈现出多样化的艺术追求。在他的两部早期诗集中，既有《春之歌》

《我是一条小河》《月下欢歌》《暮春的花园》这样一类抒情意味很浓的浪漫主义诗歌,又有《绿衣人》《晚报》《北游》等具有强烈批判精神的现实主义作品,还有《饥兽》《蛇》等具有象征意味的现代主义作品。

在冯至的早期新诗中,所占比例最高的就是表述个人内心情感的诗歌。这些作品在整体格调上显得幽婉缠绵,低吟浅唱的诗句后面是一颗寂寞、孤独、苦闷、惆怅的灵魂。如《小船》:"心湖的/芦苇深处,/一个采菱的/小船停泊;//它的主人/一去无音信,/风风雨雨,/小小的船篷将折。"心湖、芦苇、小船、风雨,透过这一组精心选择的意象,读者可以感受到年轻的诗人那颗由于孤寂而惆怅的心。在《我是一条小河》中,诗人把自己想象成一条快乐、自由的小河,带着自己的情人穿越森林,穿越花丛;但最后心上人漂向了远方,在诗人的心里,"那彩霞般的影儿,也和幻散了的彩霞一样"。这种爱与美由和谐统一最终走向无可奈何的毁灭,使这首诗笼罩着一层淡淡的悲剧性色彩。许多读者接触并爱上冯至的诗,是从他的名篇《蛇》(1926)开始的。全诗3节,结构完整,韵律优美:

我的寂寞是一条长蛇,
冰冷地没有言语——
姑娘,你万一梦到它时,
千万啊,莫要悚惧!

它是我忠诚的侣伴,
心里害着热烈的乡思:
它在想那茂密的草原——,
你头上的,浓郁的乌丝,

它月光一般轻轻地
从你那儿潜潜走过;
为我把你的梦境衔了来
像一只绯红的花朵!

长期生活在"没有光,没有花,没有爱"[14]的苦闷之中,诗人幻想自己的寂寞像蛇一样悄然潜入心上人的梦中,为他传达内心热烈的相思之情,也期盼着蛇能为自己衔回姑娘的梦境，好让他探知在那梦的一角是否有自己在暗夜里孑然独立的身影。《蛇》的成功之处在于，它为寂寞这种很难把握的个体心灵感受，找到了具体、形象、新颖的意象，阴冷、恐惧的蛇在冯至的诗里化作了爱的信使，正是这种新奇使得这首诗拥有了强烈的艺术感染力。《昨日之歌》和《北游及其他》中大量情感浓郁的爱情诗，表达了“五四”青年反对封建专制，追求个性解放，希望得到纯真爱情的炽热情感，也传达出“五四”退潮以后青年面对迷茫的前路那种“热烈而悲凉”的情绪，它是诗人个体心声的表达，但其审美价值又超越了个体情感的体验，表现出那个时代青年心灵的共同呼声。

冯至早期抒情诗的另一个重要内容就是对社会现实的关注，对底层民众苦难的同情。《绿衣人》是其发表的第一首诗作，作品透过表面平静的社会洞察到潜藏的巨大危机，艺术地呈现了那种山雨欲来、潜流涌动的时代特征。《晚报》写的是在寒冷的夜晚卖报童子可怜的叫卖声，但它却突破了“五四”时期新诗中流行的人道主义层面，把自身的生命也渗透到这个灰暗、凄惨的艺术世界中：“我们同样地悲哀，/我们在同样荒凉的轨道。/‘晚报！晚报！晚报！’/但是没有一家把门开——/人影儿闪闪地落在尘埃！/‘爱！爱！爱！’”这“爱”的呼喊，不只是简单的“宗教式”博爱的表现形式，更多的是诗人在困顿生存状态中发自内心深处的渴望。长诗《北游》是诗人对现实生活长期观察与体悟所得到的艺术结晶，也是其新诗创作中最具现实批判精神的作品。诗作全景式地再现了20世纪20年代哈尔滨这座北国灰暗的、畸形的大都市：“犹太的银行，希腊的酒馆，/ 日本的浪人，白俄的妓院。/ 都聚在这不东不西的地方……”这里是东西方文化汇集地，但伴随着刚刚兴起的现代文明却是人的精神的空虚堕落，人像地狱的“游魂”一般生存，到处是物欲横流、人性沦丧，这使诗人充满诗性的精神找不到栖息之所。他怀抱着破碎的理想，时而陷入对往日岁月的回忆之中，时而又探求自我生命和生存的价值，像屈原一样叩问上苍：“我生命的火焰可曾有几次烧焚？/在这几次的烧焚里，/可曾有一次烧遍了全身？”年轻的诗人甚至第一次把生与死这一人生终极命题纳入了严肃的思考中：“生和死，是同样地秘密，/ 一个秘密的环把它们套在一起，/ 我在这秘密的环中，/解也解不开，跑也跑不出去。”但这首诗并没有单纯地停留在形而上的沉思层面，诗人也没有彷徨于绝望，而是怀着一腔热情把自己的目光投向了遥远的北方：“向北望，是西伯利亚大陆，/ 风雪的故乡！/ 那里的人是怎样地在风雪里奋斗，/ 为了全人类做那勇敢的实验。”这是冯至早期新诗中第一次明确展示出他的政治倾向，用饱含激情的笔调表达出对北方那个崭新的社会制度无限崇敬与向往之情。长诗《北游》是冯至的现实启示录，其价值不仅在于对黑暗社会现实的尖锐批评以及对生命存在意义的深刻反思，更在于作品所反映出来的诗人不甘沉沦、执着追求的精神品格。

如果把《昨日之歌》和《北游及其他》看成诗人青春期情感的宣泄,那么创作于40年代前期的《十四行集》则充满了人到中年对生命的思索与感怀。与20年代诗歌创作相比较,《十四行集》在各个方面都发生了很大的变化。从思想内涵来看,《十四行集》完全突破了个人情感的小圈子,把艺术的视野投放到了更广阔的现代人的生存状况,人与人、人与自然的关联,人的生存价值以及这种价值的实现等种种更具哲学意味的形而上的思索。确切地说,是站在存在主义的哲学高度上,探究现代人共同的生存困境。从审美风格上来看,《十四行集》则完全摆脱了青春期的感伤和哀怨,取而代之的是坚韧、自信、平和与沉稳,作品中透出一种庄严、静穆的崇高美。就诗歌形式而言,《十四行集》布局巧妙,构思精致,诗人取十四行体这个"椭圆的瓶"来"定形思想之水"(《从一片泛滥无形的水里》),力图做到形式与内容的完美统一。

《十四行集》蕴涵的生命哲学主要有以下两个方面。一是对生存与死亡命题的思考。如《我们准备着》中,把死亡喻为生命的奇迹,以一种坦然与宁静的心态去面对随时都有可能出现的死亡:"我们准备着深深地领受,/那些意想不到的奇迹;/在漫长的岁月里忽然有/彗星的出现,狂风乍起。/……"生与死的二元对立在此已被消解,死亡作为生命的界限被赋予了新的意义,它是对生的回顾与总结,它的价值早已在生存与繁衍的奋斗中得到了完整的体现,因此它是生命应该承受并且能够承受的。《什么能从我们身上脱落》,是对生命意义的提纯,诗人力图摆脱一切生命的装饰,追求一种朴素的本原的真实:"把残壳都丢在泥里土里;/我们把我们安排给那个/未来的死亡,像一段歌曲。"只有在真实存在的前提下,个体才能够从容地"支配死亡"、安排死亡,使死亡超越苦难,升华成为一首华美而高贵的歌曲。诗人认为,超越死亡,追求生命的永恒,并不是要否认个体的人从生存至死亡的自然规律,而在于努力去创造生命存在的意义,从而达到生命价值的不朽。二是对个体的孤独与生命关联的深刻体认。《十四行集》中,有相当一部分诗是以表现孤独这样的生命感受作为其题旨的。最有代表性的就是《我们听着狂风里的暴风》:"我们听着狂风里的暴风,/我们在灯光下这样孤单,/我们在这小小的茅屋里/就在和我们用具的中间……"在这首诗中,日常器物不再从属于人,它们有着属于自己的故乡,在风雨之夜像"飞鸟"一样"各自东西",回归千里之外的故里,但人在这里却失去可靠的存在根据,处于无由庇护、无家可归、孤独无助的境地。面对孤独这一生命存在的本然,诗人并没有走向绝望与虚无,而是在不断的追求中超越苦难,超越孤独,甚至超越死亡,投向旷远与光明的未来。《我们站立在高高的山巅》中写道:"哪条路、哪道水,没有关联,/哪阵风、哪片云,没有呼应,/我们走过的城市、山川,/都化成了我们的生命……"在这首诗中,世间的万物都被赋予了生命的灵性,风云露水、城市山川不仅在自身的关联与呼应中显现出生命的光辉，还与“我们”生命的成长与生存的感受息息相关，成为我们生命进程中的一个阶段或生命本体的一个构成，使生命更为丰满与富足。这里隐含的喻义是：大自然中物与物、物与人之间，尚且能够通过相互的呼应来消除彼此之间的隔膜，站立在高高的生命的山巅之上，作为宇宙万物之灵长的人就更应该用爱的关联来担当起存在的重责，让自己同时也让关联的对象处于一种真实的存在之中。

冯至的《十四行集》不仅是中国现代哲理诗的一座艺术高峰，而且是世界文学宝库中的一颗明珠。《十四行集》在问世后的数十年间，被译成了德、法、英、日等多种文字，在世界文坛上享有崇高声誉。其艺术价值还体现在它对后世诗坛的影响上，它是一座艺术之桥，沟通了20世纪30年代到40年代中国现代主义诗歌的创作，深深地启迪了以穆旦、杜运燮、郑敏为代表的40年代“中国新诗派”诗人群体。

（蔡根林　黄红平　程思义）

注释：

① 胡适：《尝试集·再版自序》，《胡适文存》（一集），黄山书社1996年第1版，第151页。

② 胡适：《谈新诗》，《胡适文存》（二集），黄山书社1996年第1版，第123页。

③ 郭沫若：《沸羹集·序我的诗》，新文艺出版社1953年版，第143页。

④ 郭沫若：《文艺论集·〈少年维特之烦恼〉序引》，人民文学出版社1979年版，第182页。

⑤ 郭沫若：《论诗三札》，王锺陵主编：《二十世纪中国文学史文论精华·新诗卷》，河北教育出版社2000年版，第25页。

⑥ 徐志摩：《诗刊弁言》，《中国新文学大系·史料卷》，上海良友出版社1936年版，第119页。

⑦⑧ 闻一多：《诗的格律》，《闻一多全集》第3卷，三联书店出版社1982年版，第165—166页。

⑨ 石灵：《新月诗派》，王锺陵主编：《二十世纪中国文学史文论精华·新诗卷》，河北教育出版社2000年版，第178页。

⑩ 朱自清：《蕙的风·序》，亚东图书馆出版1922年版。

⑪ 华林（李金发）：《烈火》，《美育》创刊号，1928年1月。

⑫ 朱自清：《新诗杂话·新诗的进步》，《朱自清全集》第2卷，江苏教育出版社1996年版，第319页。

⑬ 鲁迅：《中国新文学大系·小说二集·序》，《鲁迅全集》第6卷，人民文学出版社1981年版，第243页。

⑭ 冯至：《诗文自选琐记》，《冯至全集》第2卷，河北教育出版社1999年版，第171页。

【思考题】

1. 试述中国新诗开创期的特点及胡适、刘半农、沈尹默、刘大白等诗人的代表作。

2. 郭沫若有哪些主要诗集?《女神》的时代精神和艺术特色表现在哪些方面?

3. 什么是新格律诗的"三美"理论? 闻一多、徐志摩的代表诗作及其如何体现新格律诗理论,试以具体作品说明。

4. 试述冯至诗作的艺术创造性。早期象征派诗歌的特点,以李金发的诗作来说明。

第五章　现代散文的开拓与创获

第一节　文体革命:“新青年”散文群体首建奇功

我国散文历史悠久,在漫漫的散文长河中名家辈出,叙事抒情各尽其妙。然而,传统散文是指与韵文相对的一切散体文章,其文体界定是宽泛的。而且一些正统古文学家又一味标榜“载道之言”,遵从义法,泥古不化。传统散文发展到近代,无论形式抑或是内容都已日趋僵化,其文体革命已势在必行。郁达夫在《重印袁中郎全集序》中说:“大抵文学流派的起伏变化,总先有不得不变之势隐藏着了,然后霹雳一声,天下响应,于是文学革命乃得成功。”现代散文的诞生,正是文学变革的必然。

晚清的政治文化革新运动中,康有为、谭嗣同、梁启超等维新志士的文学变革主张与实践,力图冲破以桐城派为代表的传统散文的桎梏。尤其是梁启超的“新民体”,一反师古宗经的规范,叙事论理,笔致灵活,给人以耳目一新之感,代表了近代散文变革的最高成就。从此意义上说,近代的文学改良运动乃是现代散文的先声,但它又是不彻底的,它无力突破传统散文的思想禁锢和形式规范。中国现代散文只能在“五四”文学革命的呼唤中诞生,它是文学革命所带来的文体裂变的直接受益者。

新文学运动之初,文学革命的先驱者所倡导的白话散文,仍是传统意义上的广义散文。以社会批评、文化批判、思想建设为主的《新青年》杂志,是中国现代散文的摇篮。从 1918 年 4 月第四卷第四期始,《新青年》开辟了“随感录”一栏,影响尤为深远。“随感录”这一具有独创性的文体,成为了许多报刊竞相仿效的对象,此后的《每周评论》辟有“随感录”专栏,《晨报副刊》辟有“杂感”“杂谈”等栏。陈独秀、李大钊、刘半农、鲁迅、周作人、钱玄同等的随感录,开创了现代杂感类散文的先河。

在散文理论建设上,刘半农在 1917 年 5 月《新青年》发表的《我的文学改良观》中,最早提出了“文学散文”的概念,体现了试图将现代散文从传统散文中剥离的勇气与努力。其后,文学散文的观念在周作人、王统照、胡梦华等人的文论中得以进一步阐发。其中尤以周作人于1921 年 5 月在《晨报副刊》上发表的《美文》最具有影响,他率先倡导“美文”写作,认为美文是“艺术性”的,“这里边又可以分出叙事与抒情,但也很多两者夹杂的”。它是“用艺术的方法表现个人的感情”,在表达方式与表现内容上确定了现代散文的文体观念。

促成现代散文文体意识的觉醒和散文观念的确立,因素是多方面的。周作人认为“有两重的因缘,一是外援,一是内应。外援即是西洋的科学哲学与文学上的新思想的影响;内应即是历史的言志派文艺运动的复兴”。[①]我国古代散文固然有其诸多缺陷,但也具有立言明志、独抒性灵、不拘一格等优秀传统,新文学的倡导者所提倡的表现自我、率性而谈,与这种传统思想是一脉相承的;同时,“五四”时期新潮激荡,西方的思想观念与文学观念被大量地介绍到中国,为新文学作家提供了新的参照。胡适说:“西洋文学的方法,比我们的文学,实在完备得多,高明得多,不可不取例。”[②]周作人在《美文》中也列出了爱默生、兰姆、欧文、霍桑等西方随笔(Essay)名家,以资新文学者取法与仿效。我国现代散文正是在融古化今中,借他山之名攻玉,显示了自己的实绩。其次,它还表现在文体因素上。新文学先驱者早就意识到现代散文文体的灵活性与自由度。郁达夫说:“我们的散文只能约略地说,是 prose 的译名,和 Essays 有些相象,系除小说、戏剧之外的一种文体。”[③]散文体式的自由灵活,成为了“五四”作家抒写自我性灵的首要文体选择,其规则的松散,使作家有了更自由的书写空间,有了更灵动的叙事、抒情和议论,有了更鲜明独特的个人印记。正如郁达夫所言:“现代之最大特征,是每一个作家的每一篇散文里所表现的个性,比以前的任何散文都来得强。”[④]一有感触,即可成篇,既适合“五四”时期思想启蒙与文明批评的需要,又适合个人思想情感的表现。再次,现代散文意识的觉醒也离不开时代变革的冲击。“五四”时期是一个王纲解纽的时代,旧道德旧观念的不断被否定,新的文学体系的发现与确立,促使现代人独立自主意识的觉醒。新文化运动的先驱者们为抨击与否定旧传统,为宣传科学民主真谛,迫切需要一种能迅速反映时代,充分表达思想的文学样式;强调个性、张扬自我的社会思潮,也迫切需要一种能适时表现个人情感与时代精神的“活的文学”,以代替“死的旧文学”,“以这一种觉醒的思想为中心,更以打破了械梏之后的文字的体用,现代的散文,就滋长起来了”。[⑤]

现代散文文体意味的自觉应首推《新青年》散文群,现代散文创作的初具规模,是从《新青年》散文群的“随感录”开始的。

《新青年》散文群落不是严格意义上的散文流派,它是在思想革命和文学革命中,以《新青年》《每周评论》等刊物为阵地,自然而然形成的一个侧重社会批评与文明批评的文学团体,其主要作家有陈独秀、李大钊、鲁迅、周作人、刘半农、钱玄同等,创作上以杂感、短论为主要样式,长短不拘,形式灵活,个性突出,致力于对社会时弊、文化痼疾以及保守思想的批评与抨击,形成了独具特色的新文体“随感录”,因而,又称之为“随感录”作家群,他们的杂文在“五四”时期发挥了巨大的思想启蒙与文学启蒙作用。

陈独秀(1879—1942),字仲甫,安徽怀宁人,是“随感录”的开创者和主要实践者之一。他的政论式杂文,洞察敏锐,分析深刻,常有较浓烈的情感色彩。如《袁世凯复活》,由袁世凯之死引发感慨,认为袁贼虽死,但在黑暗的中国,仍不乏梦想复辟的“袁世凯二世”,文章历数“袁世凯二世”酷肖“袁世凯一世之点”二十余处,号召青年志士“勿苟安,勿随俗,其急以血刃铲除此方死未死”,议论深刻,慷慨激昂。针对重大的政治问题和社会问题,条分缕析,并将战斗的抒情融于其中,这正是陈独秀政论文的一大特色。《偶像破坏论》在选题上以生活中常见之偶像落笔,生动地刻画了偶像的十个特征:“一声不作,二目无光,三餐不吃,四肢无力,五官不全,六亲无靠,七窍不通,八面威风,九(音同久)坐不动,十(音同实)是无用”,入木三分地揭示出偶像崇拜的迷信与愚昧。“阿弥陀佛是骗人的,耶和华上帝也是骗人的,玉皇大帝也是骗人的,一切宗教家所尊重的崇拜的神佛仙鬼,都是无用的骗人的偶像,都应该破坏!”以排比句式一气呵成,号召人们起来破坏一切偶像,追求科学真理。此外,剖析国民性并探究其改造途径,也是陈独秀政论文所关切的主要内容之一。《我的爱国主义》批判了国民的“官迷根性”,揭露“国民之作伪不诚”,振聋发聩。《亡国篇》对国人万事听天由命、不尽人力、不思进取的宿命观进行了抨击,其言偏激,但用心良苦,充分表达了作者对民族命运与前途的忧患。陈独秀的另一类文章,则是影响颇大的“随感录”,他的随感式杂文,要言不烦,犀利尖锐,往往寥寥数笔就指出问题的症结所在,酣畅淋漓。《爱情与痛苦》《吃饭问题》《研究室与监狱》《下品的无政府党》等都是佳作。如《研究室与监狱》写道:“世界文明发源地有二:一是科学研究室,一是监狱。我们青年要立志出了研究室就入监狱,出了监狱就入研究室,这才是人生最高尚优美的生活。从这两处发生的文明,才是真文明,才是存在生命有价值的文明。”文章热情洋溢地歌颂了革命者的殉道精神,措词明快而又有决断,故博得鲁迅“究竟爽快”之誉。但我们也应看到,由于思想启蒙所需,陈独秀杂文的议论说理大多直接浅露,而较少含蓄蕴藉,形象性较为欠缺。

李大钊(1889—1927),河北乐亭人,《新青年》与《每周评论》的创办者和主要撰稿人之一。他的政论性杂文,析事辨理,精辟深刻,显示着思想家的睿智。在《秘密外交与强盗世界》一文中,针对方兴未艾的爱国运动,他清醒地指出,爱国不能仅限于反对日本帝国主义和要求撤换几个亲日派官僚,因为巴黎和会的事实证明,“现在的世界,还是强盗世界”,“我们若是没有民族自决、世界改造的精神,把这强盗世界推翻,单是打死几个人,开几个公民大会,也还是没有效果”。文章引导人们把斗争锋芒指向整个帝国主义和封建军阀统治。《危险思想与言论自由》是其重要的代表性政论,文章由科学的应用传入中国即被一些人视为异端邪说之事实,揭示出“思想本身没有丝毫危险的性质,只有愚昧与虚伪,是顶危险的东西”。“所谓邪说异端,只要他的知识与信仰是本于他思想的自由,都是有益于人生的,都比那无知的排斥、自欺的顺从远好得多。”闪烁着“五四”思想解放运动的光辉,其锋芒所及,直指扼杀思想言论之弊,“禁止思想是绝对不可能的,因为思想有超越一切的力量。监狱、刑罚、苦痛、穷困,乃至死杀,思想都能自由去思想他们,超越他们。这些东西在思想中全没有一点价值,没有一点权威”。语言明白晓畅,富于思辨色彩。与长篇政论文相比,李大钊的随感,短小精悍,直截畅快,或叙事或抒情或评议,笔锋犀利,生动活泼。其代表性作品有《政客》《“中日亲善”》《罪恶之守护者》《宰猪场式的政治》《光明与黑暗》《今》《解放后的人人》等。如《“中日亲善”》,用了五个排比句:

> 日本人的吗啡针,和中国人的肉皮亲善。日本人的商品,和中国人的金钱亲善。日本人的铁棍手枪,和中国人的头颅血肉亲善。日本人的侵略主义,和中国的土地亲善。日本的军舰,和中国的福建亲善。这就叫“中日亲善”。

嬉笑怒骂,矛头直指日本对华的全面侵略,鞭辟入里,使所谓“中日亲善”的伪善面目无处遁形。在《政客》《宰猪场式的政治》等文中,或摆事实,或叙身边之事,以形象的比喻揭露出“抱着强盗的大腿转来转去,混一口饭吃”的政客嘴脸,和“把我们人民当作猪宰,拿我们的血肉骨头喂饱了那些文武豺狼”的政治实质,浅析深剥,犀利泼辣,已初步具有了早期杂文的审美特质。李大钊的杂感注重事、理、情的结合,往往言简意赅,耐人寻味。《今》《解放后的人人》《牺牲》等文情理相融,文采斐然。如《牺牲》,不足百字,意蕴却绵长丰厚。

> 人生的目的,在发展自己的生命,可是也有为发展生命必须牺牲生命的时候。因为平凡的发展,有时不如壮烈牺牲足以延长生命的音响和年华。绝美的风景在奇险山川。绝壮的音乐,多是悲凉的韵调。高尚的生活,常在壮烈的牺牲中。

文章有理有情有境,显示了作者的人格与文格。

钱玄同(1887—1939),浙江吴兴人,文字音韵学家。1917 年起任北京大学国文系教授,参与《新青年》的编辑工作,以激进的态度倡导“文学革命”,其文也是激烈畅达,锋芒毕露。他的杂文内容主要有两个方面:一是谈论“文学革命”和文字改革问题,如《中国今后之文字问题》《尝试集序》等文,旗帜鲜明地主张以白话文代替文言文,提出不读古书,要用“质朴的文章,去铲除阶级制度里野蛮的款式”。在与陈独秀、胡适的“通信”中指出:“旧文章的内容,不到半页必有发昏做梦的话。青年子弟读了这种文章,觉其语句铿锵,娓娓可诵,不知不觉,便为文中之荒谬道理所折服。”于是他痛斥桐城派是“谬种”,文选派是“妖孽”,言辞之激烈,切中旧学之痛。故而鲁迅说:“十分话只须说到八分,而钱玄同则必说十二分。”二是进行社会批评与文明批评。钱玄同对封建遗老做派,对传统文化颇多激愤之辞。《随感录二九》列举种种国粹:小脚、吸鸦片、叉麻雀、磕头、打拱、灵学、纳妾、贞节等等,予以辛辣嘲讽,批判了封建顽固派“保存国粹”的谬论。《随感录十四》针对文学革命中有人在报纸上大登“通讯教授典故”广告的行为,义正辞严地揭露其对青年的危害。综观钱玄同的杂文,思想激烈,言辞尖锐,文字泼辣,显示出一种大破大立的气势,但其说理直白,激情外露,缺少“杂文味”。鲁迅曾说:“玄同之文,即颇汪洋,而少含蓄,使读者览之了然,无所疑惑,故于表白意见,反为相宜,效力亦复很大。”⑥

刘半农(1891—1934),名复,字半农,江苏江阴人,他也是《新青年》编撰者与主要撰稿人之一。他的杂文富想象,好讽喻,善于在议论中巧妙融进生动的描摹,诙谐幽默,活泼俏皮,因而其杂文更具文学味,有着较高的艺术成就。他的《奉答王敬轩》《作揖主义》均为当时轰动一时之作,也是“五四”时期的杂文名篇。《奉答王敬轩》是与钱玄同串演“双簧戏”的佳作,文章分八点逐条驳斥“王敬轩”的谬论,以其雄辩的逻辑力量批驳了封建顽固派的腐旧观念,将“王敬轩”顽固的封建灵魂绘声绘色地描摹出来,使这个具有相当典型的虚拟形象丑态可掬,“王敬轩”也成为了当时反对新文化运动又一不学无术、无理取闹的封建顽固派的代名词。文章嬉笑怒骂,庄谐并出,富于诙谑性。《作揖主义》熔议论、记叙和描写于一炉,文中的前清遗老、孔教会长、京官老爷、玄学鬼等论客,代表了形形色色封建复古者,作者对他们的谬论——“作揖”,表面上恭敬谦让,其实质却是对封建卫道者的嘲弄,在不屑一辩的轻蔑中鞭挞了丑恶。

在“新青年”散文群落中,鲁迅的杂感最具代表性,他的杂感,无论在思想上还是在艺术上,都足以代表“随感录”的最高成就。这一时期鲁迅杂感的主要内容是广泛而深刻的社会批评与文明批评,体现了极强的时事性与批判性。他的随感,或批判封建思想观念,或揭露国民痼疾,或抨击社会现象,尖锐泼辣;在议论方式上,随感漫议,纵意而谈,以小见大,发人深思。议论的散漫化淡化了严密的逻辑推理色彩,比喻、夸张、反语、讽刺等手法的运用,增加了杂感的文学性,基本确立了杂文尤其是“随感录”的文体特征和杂文要素。正是因为鲁迅及其“新青年”散文群落同仁的自觉实践,才使杂文从一般纯论说文体中剥离出来,而成为了一种独立的文体。“新青年”散文群落的“随感录”,也成为了中国现代散文诞生的标志。

第二节　语丝派散文与周作人的创作

在现代散文创建期,语丝派是第一个以流派命名的散文创作群体,它得名于1924年11月创刊的《语丝》,后被称为“语丝派”。《语丝》自创刊至1930年3月停刊,共45卷260期,刊载了大量的杂感、随笔与小品散文,其主要作家有鲁迅、周作人、林语堂、钱玄同、刘半农、孙伏园、川岛等。语丝派散文承继了“新青年”散文群落的批判传统,以广泛的社会批评和文明批评为基本内容,提倡思想自由,并兼采众长。鲁迅曾作过这样的概括:“任意而谈,无所顾忌,要催促新的产生,对于有害于新的旧物,则竭力加以排击。”⑦共同的创作旨趣,使语丝派作家逐渐形成了共同的特征:排旧促新、纵意而谈、不拘一格、幽默泼辣,这种鲜明的文体风格被称为“语丝文体”,在当时产生了很大影响。作为现代散文史上的一个重要的散文流派,语丝派散文无论在思想建设还是在文体创造上,都具有十分突出的地位。其一,语丝派散文注重思想文化、伦理道德等领域的批评,带有鲜明的理性批判色彩,在与甲寅派、现代评论派以及与北洋政府的论战中,显示并强化了杂文的战斗风格。其二,语丝派散文对杂文的艺术形式与表现手法进行了有益探索,他们在理性的批判中,有意识地创造形象,以生动的譬喻、灵活的笔法和传神的语言,将自己对历史对现实的观感、体验和思索准确地表达出来。其三,语丝派散文的小品文实践丰富了我国现代散文的艺术表现,促使了现代散文审美品格的多样化。孙伏园认为语丝派文体是一种“自由的文体”,鲁迅也认为语丝的特色是“任意而谈,无所顾忌”,主张率性自由地抒写个人情感,张扬自我意识,这大体上成为语丝作家的自觉追求,也形成了语丝散文的共同特色。

综观语丝散文创作,主要有两种文体:一是以鲁迅为代表的杂文,泼辣犀利、敏锐深刻,不留情面地触及现实社会中的种种弊端和国民的劣根性,具有强烈的社会功利性;一是以周作人为代表的小品文,冲淡平和、幽默谐趣,写个人的志趣与生活情趣,散淡自然,呈现出典雅古朴的含蓄与隽永。这两类文体是语丝派作家对中国现代散文的重要贡献。

周作人是中国现代散文自觉的开拓者与奠基者之一。他1906年赴日本留学,接受了西方民主思想的影响,并与鲁迅一起开始了早期的文艺活动。1917年后任北京大学文科教授,积极投身于新文化运动,其所作《人的文学》《平民文学》等文章在文学革命中产生了巨大影响。

周作人(1885—1967)对中国现代散文的贡献是多方面的。一是散文理论建设。

1921年6月他提出“美文”的概念，大力倡导个人化的小品散文，后来又强调散文的“言志”。他将“载道”与“言志”相对，推崇独抒性灵、不拘一格的晚明小品，他的“言志”其实就是要表现真实的自我，抒写真切自然的性情，不事造作，确立了“言志”派在现代散文中的重要地位。二是散文创作实践。他共出版有二十多个散文集，计三千余篇，其中不乏炉火纯青之作。他的散文作品先后结集为《自己的园地》《雨天的书》《谈龙集》《泽泻集》《永日集》，这是周作人散文创作最活泼、收获最丰并形成独特风格的时期。

周作人的思想是复杂的，他在《两个鬼》中曾坦承自己身上存在“两个鬼”：绅士鬼和流氓鬼，并宣称“我爱绅士的态度与流氓的精神”。后来，他又在《泽泻集》的序里写道：“戈尔特堡批评霭里斯说，在他里面存在一个叛徒与一个隐士……我希望在我的趣味之文里也还有叛徒活着。我踌躇地将这册小集同样地荐于中国现代的叛徒与隐士之前。”这里所说的流氓或叛徒，其实就是参与民主革命与文学革命的积极进取精神，而所谓的绅士或隐士，则是周作人逃避现实的消极隐逸思想的反映，这种积极进取精神和消极退隐思想的复杂交织，折射在周作人的散文创作上，便呈现出两种截然不同的思想倾向与艺术风格。一类是批判旧文明和讽喻现实的议论性散文，少温柔敦厚之风，多犀利辛辣之气，体现出浮躁凌厉的风格。《偶感》《死法》《前门遇马队记》《关于三月十八日的死者》等谴责了反动军阀政府屠杀进步学生和无辜群众的暴行；《祖先崇拜》《天足》等揭露了封建伦理道理，呼唤思想革命；《新中国的女子》《吃烈士》则在赞颂反抗者英勇不屈精神的同时，给民族败类以莫大的讽刺。这类杂文虽不及鲁迅杂文的深沉尖刻，但也显示了“金刚怒目”式的战斗品格。另一类是抒发自己生活情趣，风格平和冲淡的“悠然南山”式小品。《吃茶》《谈酒》《乌篷船》《故乡的野菜》《北京的茶食》《苦雨》等佳作，历来为人们所称道。所叙的是平常的生活琐事，所记的是普通的地方风物，但在作者细细的吟味中，却另有一番情趣。如《故乡的野菜》，从妻子买菜看到荠菜，想到浙东乡间小儿妇女采菜之事，又引《西湖游览志》等有关记载，联想到小孩所唱歌辞……随兴而谈，不受拘束，作者关注的并不是对故乡的眷念，他所侧重表现的是一种不谙人间愁苦的陶然之境，一种悠然闲适的人生兴味。

郁达夫曾对鲁迅与周作人的散文有过精辟的比较分析，他认为与鲁迅的简练、尖锐、辛辣不同，“周作人的文体，又来得舒徐自在，信手所至，初看散漫支离，过于繁琐，但仔细一谈，却觉得他的漫谈，句句含有分量”，是“湛然和蔼，出诸反语”[8]，道出了周作人散文的艺术个性和独特魅力。

周作人散文艺术的主要构成，首先体现在随兴而谈、情趣盎然的“闲话”体式。他认为写作是“自己的园地”，兴之所至，信笔而谈，最适合表达自我的情致。他的散文往往追求一种日常交流的语境、轻松率性的闲谈风格,形成了别具一格的"闲话体"散文。他的"闲话",大多从"自我"出发,写所见所闻、所思所感,笔触所至,旁征博引,草木虫鱼、衣食住行、历史文化、风土人情等包罗万象,蕴含着丰富的社会知识。他的闲话,不是单纯的"聊",而是从平凡而习见的事物中谈出各种天然物趣和自我情趣,故乡的野菜、北京的茶食、东京的点心、中国的饮酒、日本的茶道等等,都写得饶有趣味。如《乌篷船》以书信笔谈的方式,向友人娓娓介绍了家乡的各种船,然后详细说明乌篷船及类型,引出"三明瓦"的船名,诠释其由来与内涵,并又写出自己坐船的感受与态度,"要看就看,要睡就睡,要喝酒就喝酒,我觉得也算是理想的行乐法",寓知识与趣味于一体。《苍蝇》一篇,引用有关苍蝇的典故,古今中外,一一搜罗,其渊博的学识令人叹服,而以日本作家小林一茶的俳句:"不要打哪,苍蝇搓他的手,搓他的脚呢",写出了许多生趣,表达了自己"以一切生物为兄弟朋友"的温情态度。他的不少散文更是直接以谈为题,《谈养鸟》《谈娱乐》《谈天》《谈酒》等,体现出士大夫般的闲情逸致。

周作人散文第二个特点是舒徐自在、平和素淡的"简单味"。所谓"简单味",就是不故作高深,不刻意修饰,语言素朴无华,情感自然流露。周作人在《雨天的书·序》中说自己"近来作文极慕平淡自然的境地",并将之作为自己的艺术追求。他的散文总是以舒徐的笔致抒发冲淡之情,笔随情遣,挥洒自如,毫无雕琢斧凿之迹,《谈酒》《喝茶》《苦雨》等均是这方面的佳作。即使是一些"金刚怒目"式的杂文,也尽量淡化激愤,而以一种有节制的、从容舒缓的方式表达出来,如《死法》《关于三月十八日的死者》,与鲁迅的《记念刘和珍君》一样,均写于"三一八"惨案后,但周作人"对于死者的感想"要平和得多,《死法》一文甚至避开对惨案制造者的正面谴责,借讨论人世间种种死法,控诉了反动军阀用最"文明"、最"便利"的方法,杀害青年学生的罪行,他没有像鲁迅那样任情感的激流喷发宣泄,而是以一种貌似平静冲淡的方式让激愤之流自然流泻,从而收到含蓄深沉的艺术效果。

第三,幽默诙谐、含蓄婉曲,构成了周作人散文浓郁的"趣味性"。"趣味"多为"名士趣味",尤其是他的小品散文,或写风花雪月,或谈轶事掌故,或叙琐事习俗,呈现出洒脱俊逸的"名士"风度。他宣称:"我很看重趣味,以为这是美也是善。"他的"趣味",还表现为寓庄于谐,庄谐并出的幽默。即使是一些"硬性"文章,也很少剑拔弩张的专事讨伐,而写得轻松愉快,妙趣横生。即使是情绪愤激到极点,他也往往用幽默的方式作含蓄婉曲的表达。《吃烈士》写于"五卅"惨案后,在为烈士为国捐躯的英雄壮举感动时,揭露了为帝国主义作帮凶的民族败类的卑劣行径,剥下了他们借烈士之魂而升官发财的丑恶面目,"吃烈士"中的"大嚼"者能"加官进禄","小吃"者也能获得"蝇头之名利"。文章最后写道:"西人常称中国人为精于吃食的国民,至有道理。我自愧无能,不得染指,但闻'吃烈士'一语觉得很有趣味,故作此小文以申论之。"这里的"趣味"亦谐亦庄,蕴涵着作者的民族义愤,具有强烈的讽刺意味。反语是构成周作人杂文幽默的最基本的笔法。《碰伤》一文由"近日报上说有教职员学生在新华门外碰伤,大家都称咄咄怪事"引起,旨在揭露反动军阀政府镇压请愿游行的爱国青年学生的罪行,但全文紧扣"碰伤"一词,正词反用,并联想到长江中航行的船只碰到军舰沉没的事件,嘲笑与讽刺了反动军阀企图掩盖事实真相的拙劣行径。《麻醉礼赞》列举了人类麻醉自己的方法,如抽大烟、饮酒、信仰与梦、恋爱与死等等,穿插着古今中外的诸多麻醉自己的事例,或叙或议,生动有趣,文章写道:"醉生梦死,这大约是人生最上的生活法罢?"一反语,激活了全文的幽默与讽刺,含蓄地表达了作者对醉生梦死的现实的不满和谴责。

此外,周作人散文在文体结构、语言运用方面也颇有建树。他的散文结构突破了传统模式,信笔所至,如流水行云,灵动自如,不拘一格。在口语化的基础上,又融进了欧化、古文、方言等因素,增加了耐读的"涩味",形成了自然素朴、明白晓畅,又耐人寻味的语言风格。周作人的散文在内容表现和形式创造上的全新开掘,对现代散文的发展产生了重大影响。

"语丝派"散文作家中,影响较大的还有林语堂。

林语堂(1895—1976),福建漳州人,原名和乐,后改名玉堂、语堂。1919 年至 1923 年先后留学美国、德国,回国后任北京大学教授,为《语丝》主要撰稿人之一。这一时段,林语堂的散文创作以杂文为主,颇具斗士性格。30 年代,他在上海创办《论语》《人间世》,提倡幽默闲适的"性灵文学",是"论语派"散文的代表作家。林语堂积极参与思想文化与政治斗争,1928 年出版的《剪拂集》是他在这一阶段的散文结集。《剪拂集》的主要思想是针砭时弊,抨击封建思想与传统文化,提倡民主科学,揭露反动军阀的暴行,讽刺"现代评论"派文人的虚伪,显示出激进的思想态度。在《给钱玄同先生的信》中,他对中国的"国民癖气"如惰性、奴性、敷衍、安命、中庸、识时务、无理想、无狂热等进行了鞭挞。《论性急为中国之所恶》一文赞颂了孙中山先生为主义为理想而"性急""狂热"的积极进取精神,认为这种精神是民族复兴的希望。林语堂还以尖锐的笔触进行时政论争,《读书救国论一束》一文,针对一些"名流""学者"的"勿谈政治""读书救国"之论调,敏锐地揭示出其荒谬之处。"三一八"惨案后,他相继写了《讨狗檄文》《打狗释疑》《闲话与谣言》《〈发微〉与〈告密〉》等文,对段祺瑞政府及其御用文人的谬论加以辛辣的嘲弄与有力的挞伐。《讨狗檄文》是其中较有代表性的一篇,他以几个形象的比喻来说明事理,把反动军阀比作吃人的"虎",而进步的知识界与爱国青年"至少须等于狼”,如此才能有同“虎”作战的力量。以“叭儿狗”喻知识界败类,正因“狼群中”杂入了些“叭儿狗”,削弱了“狼”的斗争力量,因而他主张开展“打狗运动”,“使北京的叭儿狗、老黄狗、螺蛳狗、笨狗,及一切的狗,及一切大人物所豢养的家禽家畜都能全数歼灭,此后再来打倒军阀”。文笔犀利,显示出战斗的锋芒。然而,林语堂的自由主义思想也时有体现,他于1925年写的《论“语丝文体”》主张“费厄泼赖”,便集中反映了其思想上的局限,鲁迅写了著名的《论“费厄泼赖”应该缓行》予以批评。此时期,林语堂的散文深受鲁迅影响,慷慨激昂,尖锐泼辣,讽刺幽默,具有酣畅明快的风格气度。《祝土匪》一文,以泼辣幽默的笔触嘲弄了“学者”“名流”宁要脸孔不要真理的言行:“现在的学者最紧的就是他们的脸孔,倘着他们自三层楼滚到楼下,翻起来时,头一样想到的是拿出手镜照一照他的假胡须还在乎?金牙齿没掉乎?雪花膏未涂污乎?至于骨头折断与否,似乎还在其次。”并以“土匪”“傻子”自称,热情地歌颂“土匪”:“我们生于草莽,死于草莽,遥遥在野外莽原,为真理喝彩,祝真理万岁,于愿足矣。”自30年代始,林语堂的这种激情逐渐消退,代之以幽默闲适的小品文,但其个人风格则日趋成熟。

第三节　异彩纷呈的“五四”散文流派

新文学发展的第一个十年,散文创获甚丰,鲁迅认为:“散文小品的成功,几乎在小说戏曲和诗歌之上。”[⑨]此时期散文从内容到形式均有所建树,体式之完备,风格之绚烂,名家之众多,确乎超出其他文体,昭示了白话文学的长足进步和文学革命的实绩。朱自清对之作过这样的概括:“但就散文论散文,这三四年的发展确是绚烂极了,有种种的形式,种种的流派,表现着,批评着,解释着人生的各面,随流漫衍,日新月异:有中国名士风,有外国绅士风,有隐士,有叛徒,在思想上是如此。或描写,或讽刺,或委曲,或缜密,或劲健,或绮丽,或洗练,或流动,或含蓄。在表现上是如此。”[⑩]描述了“五四”散文争奇斗艳、异彩纷呈的繁荣景象。若从语体风格来分,有“闲话”体散文和“独语”式散文;若从价值取向来分,有功利型散文和审美型散文;若从题材来分,则有游记散文、知识小品文、怀人忆旧散文、自我抒情散文等等;如果从流派角度来考察,除前文已述的“新青年”散文群落、语丝派散文外,还有人生写实派散文、浪漫感伤派散文、新月派与现代评论派散文等。

人生写实派散文,是指以文学研究会作家为主体所形成的一个有着共同创作倾向的散文群体,其作家有冰心、朱自清、许地山、叶圣陶、王统照、郑振铎、瞿秋白等,他们提倡“为人生”的文学,反对将文学视为游戏和消遣,主张文学应该反映社会表现人生。他们关注现实人生,努力于社会的观察、思考与发现中探索人生的意义,于个人的体验感悟中揭示生命存在的价值。他们往往以写实的态度客观地描摹人生,抒写情感,很少作强烈的主观感兴。具体到创作上,尽管他们散文的文体风格不尽相同,但其注重写实的现实主义精神是一致的。

冰心的散文一如她的小说与诗歌,贯穿着对“爱的哲学”的诠释。从1920年发表的《笑》开始,到《寄小读者》《往事》,母爱、童真和自然之美一直都是她的散文之魂。《往事(七)》捕捉了自然中的一个细节,借荷叶呵护雨中的红莲之景,触发出“母亲啊,你是荷叶,我是红莲,心中的雨点来了,除了你,谁是我在无遮拦的天空下的荫蔽”的情思,歌颂了母爱的伟大和崇高。她的《寄小读者》收通讯29篇,以与小朋友促膝长谈的口吻,写童真童趣、亲人之爱、自然之美。“通讯七”中因海而唤醒了对童年的回忆,“童心和游伴都有跳跃到我脑中来”;“通讯十七”中将蒲公英缀成王冠给一个女孩子戴上,充满了幼稚的童趣和纯真的快乐。而《山中杂记(七)·说几句爱海的孩子的话》、《往事(二)之三》则表达了对大自然的倾心,对自然美的敬仰。冰心散文的题材是狭窄的,思想也是单纯的,她往往采撷身边的一件小事、一帧风景、几点生活的零碎,抒发自己对人生对自然的瞬间感动。“爱”是她的真切体验,也是她对世界本质的概括,寄托着她的人生探索和审美理想,她的散文世界是一个洋溢着亲情与温馨的真善美的艺术世界。然而由于她试图以人类普遍的“爱”与“美”的情感作为解决人生问题的“药方”,并将之作为摆脱烦扰的心灵慰藉,这不免有些虚幻,因而她的散文在柔美的笑影里也不免略带些微愁与感伤。正如《寄小读者·通讯二十七》中所写:“满蕴着温柔,微带着忧愁。”冰心散文的风格是独具特色的,郁达夫曾作过这样的评价:“冰心女士散文的清丽,文字的典雅,思想的纯洁,在中国好算是独一无二的作家了。”[11]冰心散文的情感是单纯而真诚的,她以自己对生活的理解,娓娓地倾诉着对母亲、家人和祖国的眷念。母亲在她的笔下,不仅仅是种人伦亲情,更是“博爱”精神的化身,“她的爱不但包围我,而且普遍的包围着一切爱我的人。而且因着爱我,她也爱了天下的儿女,她更爱了天下的母亲”(《寄小读者·通讯十》)。她的笔调是柔婉细腻的,在叙事写景中含蓄地表达着自己的情思,带有一种柔柔的淡淡的忧愁。而她的语言,则熔白话文的晓畅和文言文的典雅于一炉,又适当地加以“欧化”,既渗透了古典文学的意韵,又体现了白话文的灵动。语言典雅、隽永、简洁、凝练,别有一番韵味,形成了纯真、清丽、柔美、蕴藉的“冰心体”,风靡一时。

和冰心对人生的“爱”的探索不同,许地山的散文,对人生的探索则含着一丝苦味,渗透着浓重的宗教色彩。他这一时期散文结集为《空山灵雨》,其内容较庞杂,有对现实的不满和揭露(《蝉》《面具》),有对爱情的求索(《春的林野》《爱底痛苦》《酴醾》),

有对人生哲理的探究(《落花生》《海》),在《集前弁言》中他也自认为内容“杂沓纷纭”。其实《空山灵雨》的总体倾向是鲜明的,即是“生本不乐”的宗教化情结。由于他深受佛教思想的影响,他在思考人生揭示痛苦时就自然留下了佛理的印记,如《蝉》通过蝉的遭遇来透视人生,蝉的一生,便是旧社会弱小者悲苦命运的象征,流露出作者对黑暗社会的不满,然而其间也渗透着“人生本是苦难”的佛教人生观。《鬼赞》更是从“生本不乐”的观念出发,肯定“弃绝一切感官”的髑髅,赞美死亡。以佛家的超凡脱俗化解人世的苦难,将宗教作为心灵的避难所,反映了作者面对人生的旷达态度,也隐含着对现实的些许无奈。许地山善于从身边琐事中发掘玄机禅理,赋予寻常事物以微妙的玄幽和深刻的哲理,《梨花》借梨花被淘气的妹妹摇落一事,写梨花的不同处境,有的踏入泥中,有的粘人身上,有的飘浮在水中,但苦难是相同的,梨花的命运正是人生的象征。许地山尽管受佛教影响很深,但也并非超脱于现实,他的“生本不乐”的体验,仍基于对人生的一种探索,是借佛教文化的智慧来寻求人生真谛,解决现实困惑。茅盾认为许地山的作品“虽然怀疑,却并不消极悲观”。他也主张以平和与踏实的态度对待生活,其名篇《落花生》从极其平常的落花生身上,领悟出花生的诸多好处:“埋在地底,等到成熟,才容人挖出来”,“它是有用的”。颂扬花生踏实谦虚的品格,主张人生要学花生,“做有用的人”,造福于人类。文章质朴短小,寓意深刻,显示了作者朴素的平民意识和可贵的奉献精神。总体上看,许地山的散文貌似空灵,实则厚重,他以象征手法暗示人生命运及生存状态,人道主义的现实关注与宗教意识的相互渗透,营造了一个颇具哲理玄思的艺术境界,令人回味。

人生写实派散文中,叶圣陶、瞿秋白等人的散文具有极强的写实风格。叶圣陶散文的主要样式有随笔、杂感、抒情小品以及政论、书评等。他的散文以热情与真诚的爱心面对人生,抒写自己对美的事物的回忆与思恋,《藕与莼菜》《没有秋虫的地方》等文,抒发故乡情思。乡野之趣,平实从容,舒徐有致。他的散文直面现实,处处闪现着对社会人生的热切关注与积极参与。《与佩弦》《“双双的脚步”》表明了认真处世踏实工作的人生态度,《五月卅一日急雨中》所喷发的反帝爱国激情,令人震撼;而《诗人》对旧生活的憎恨与对新生活的憧憬,既富含情感又把握理性。从容细致,朴实自然,是叶圣陶散文的主要特色。瞿秋白(1899—1935),江苏常州人,中国共产党早期领导人之一。“五四”时期他在《新青年》《晨报副刊》等刊物上发表了一些战斗性杂文,但影响最大的是他的两本散文集《饿乡纪程》和《赤都心史》。这些散文如实地记录了作者在苏俄的所见所闻,以真挚的情感报道了俄国十月革命后的社会真实:十月革命节、五一劳动节、共产国际第三次大会、列宁演讲等等,展现了一个崭新的世界。同时,他的散文也真实地记录了作者成长为一个共产主义者的心灵历程。艺术上，它以报道、通讯的形式，客观如实地表现苏联的新生活新景象，又巧妙地将叙事、写景、抒情融进游记的体式中，其别具一格的新闻性与艺术性的结合，开辟了我国散文的新园地，成为我国报告文学的滥觞。

浪漫感伤派散文与人生写实派散文一起，构成了“五四”散文的两大创作主流。它是指以创造社作家散文为主体，也包含了其他一些风格与之相近的作家的散文创作，其主要成员有郁达夫、郭沫若、田汉、成仿吾、倪贻德、叶灵凤等创造社作家，还有庐隐、石评梅、陆晶清、陈学昭等女性作家。他们的散文题材各异，手法也不尽相同，但创作基调是一致的，即强调自我，裸露自己的内心要求。他们与人生写实派不同，较少作人生的哲理性探索，而往往钟情于自己的内心体验和情感宣泄，抒写个人的漂泊生活和内心的郁结忧伤，表达人生的悲凉和时代的苦闷，带有自叙性的色彩和罗曼蒂克的气质。从本质上而言，浪漫感伤派散文也反映人生，所不同的是，他们在表现人生时，缺乏人生写实派的理性思考，而更多主观情感的倾泻，其激愤之语，伤心之言，表达了对现实的深深失望，哀愁、悲伤、怨愤，笼罩于他们的笔端中而成为他们的主体情绪。如郭沫若的《山中杂记》和《小品六章》，抒写自己旅居日本的生活，其间有个人的幽居情趣，有游子对母亲对故土的浓浓的思念，有离乡去国的孤寂的心境，风格缠绵淡雅，透露着漂泊者的淡淡哀愁。而在一些女作家的散文中，如石评梅的《偶然草》、陆晶清的《流浪集》，真切地记录着时代女性漂泊的人生和倔强的灵魂，别有一种凄清悱恻的抒情风格。

郁达夫的散文代表了浪漫感伤派散文的最高成就。他的散文一如他的小说，真诚、率直，毫不掩饰地袒露着自己的内心，带着强烈的抒情性和鲜明的自叙性。郁达夫散文创作大致可分为两个阶段：20 年代为第一阶段，散文作品有《归航》《还乡记》《还乡后记》《零余者》《一个人在途中》《感伤的行旅》《日记九种》等。这些作品大多抒写个人生活与自我心境，倾诉自身不平的遭际，咀嚼孤独的苦涩，宣泄对黑暗现实的愤懑，烛照着一个愤世嫉俗的知识分子的苦闷情怀，浸润着感伤的汁液。《还乡记》叙述自己从异地还乡途中的见闻，抒写了一个“零余者”漂泊羁旅的生活及其感伤，还乡途中的风物人情与漂泊者的悲愁愤慨相互交织，笼罩着一层深切的忧伤：“我是一个有妻不能爱，有子不能抚的无能力者，在人生战斗场上的惨败者，现在是在逃亡的途中的行路病者。”字里行间流露出对不合理社会现实的强烈不满。《零余者》以“袋里无钱，心头多恨”的抒情形象，在感叹人生不幸与种种苦闷的同时也无情地解剖自己。《一个人在途上》记叙了丧子的哀痛，父子之情感人肺腑，洋溢文中的是深深的父爱温情和浓浓的哀伤情怀。他的这些散文，“实在是最深切的，最哀婉的一个受了伤的灵魂的叫喊”。当他将眼光由惊世骇俗的内在自我投向所憎恨的黑暗现实时,就显露了极其强烈的反叛精神。这些感伤散文在艺术上最显著的特征是强烈的主观抒情性,郁达夫不仅将自我主观情愫融入叙事过程,而且往往以情感为主导,以内心感受来结构文章,不拘一格,率性而写,真实地袒露自己的灵魂,宣泄内心的悲愤。郁达夫散文另一个特色是小说因素的介入,他将小说的一些技法,如环境描写、形象刻画、心理描写等引入散文创作,扩大了散文的艺术容量和叙事抒情的张力。30 年代为其散文创作第二阶段。1933 年,郁达夫移居杭州,寄情山水,创作了大量游记。先后出版有《屐痕处处》《达夫游记》等散文集。这一阶段的创作,使郁达夫作为一个散文大家而备受瞩目,他的游记散文将我国现代记游散文推向了一个新高度。他赋予游记以丰富的内心体验和浪漫主义激情,抒写的每一处景物都染上了作者的个性与才情。《烂柯纪梦》《仙霞纪险》《方岩纪静》等,以游记为线索,悉心描述婀娜多姿的自然美景,尽情领略自然山川的独特神韵,情景兼备,生趣盎然。如写仙霞,着力于"湾里有湾,山上有山,奇峰怪石,古树老藤"的奇特,写方岩,突出其天造地设,"幽静、清新",写静写动,写峻写秀,均能表现出景物的个性和作者的感受。郁达夫的游记还善于将自然景观与人文景观融为一体,在自然风光的描绘中,历史掌故、神话传说、风景人情以及古典诗词的嵌入,增加了游记的知识性与趣味性。他笔下的自然,是人化的社会化的自然,是"人性、社会性、与大自然的调和"。[12]更为可贵的是,在游记中,郁达夫还将自己对现实与人生的思考移植到自然中,借自然之景抒发自己抑郁的情怀和人世的悲慨,或借景伤情,或婉曲寄寓。《扬州旧梦寄语堂》将扬州历史上的繁华与现实中的萧条作对比,生发出"有产者的骄奢淫逸,无产者的穷困凄恻"之感慨。《钓台的春昼》以"忽明忽灭地变换了"的船上灯光,暗喻自己的处境与心境,表达了自己受迫害后对"中央党帝"的不满。总之,郁达夫的散文,无论是感伤小品还是记游文字,都包含着一个内在的核心,那就是"情",他的散文始终涌动着情绪之流,文笔恣肆,舒展自如,柔婉凄清,富于情致。

新月派与现代评论派,是由聚集在新月社和《现代评论》刊物周围的散文作家组成的散文流派。其成员大多为欧美留学归国的自由主义知识分子,胡适、徐志摩、陈西滢、吴稚晖、高一涵、叶公超等是这一流派的主要作家。他们的散文创作几与语丝派相对,也不同于人生写实派与浪漫感伤派,力避"金刚怒目"式的过激言辞和锋芒毕露的抒情,追求一种"现代绅士"式的平正温和。他们的思想倾向较为驳杂,有比较开明和进取的一面,也有顽固的甚至与民众对立的一面,而更多的是以平和的心态抒写人生,表现性情,其价值取向总体上而言是自由主义的。艺术表现上,主张"理智节制感情",反对感伤主义的无节制宣泄,讲究主观情感从容舒缓的自由流动,追求完美的艺术境界,存在着唯美主义倾向。在散文创作上，形成了一种富丽典雅、雍容华贵的风格，颇具绅士风度和贵族气质。

徐志摩是该派最具特色的散文家，其散文集有《巴黎的鳞爪》《落叶》《自剖》等。“他的散文比他的诗更富有诗意，更能宣泄那一腔子美和灵的吟唱。”[13]徐志摩的散文，是他人格气质、理想情怀和艺术才情的集中体现。他的思想是真实的，又是复杂的，感情是热烈的，又是浮躁的。《落叶》表达了对俄国革命的向往，肯定积极向上的人生态度；《翡冷翠山居闲话》寻求自然与个人性情的契合；《自剖》憧憬“理想中的革命”，对俄国“血与火”的革命感到颤栗，又“怀疑马克思阶级说的绝对性”，如实地袒露出内心的烦忧和思想意识的复杂。然而，贯穿他的散文的基本内容是爱、美和对自由的追求。《汤麦士哈代》主张凭借爱的力量，去消除人生的丑恶，希望人们“能彼此发动一点仁爱心，一点同情心”，以“增加一点喜爱，免除一些苦痛”。他把爱看作是一种足以改变社会的力量而顶礼膜拜，而民主与自由则是他崇尚的生活理想。《列宁忌日——谈革命》里他宣称自己是一个“不可教训的个人主义者”，表示“不要狂风，要和风，不要暴雨，要缓雨”；《欧游漫录》的多数篇章，都表达了他对欧美式民主的神往和贵族式自由的追求。而当他将自己投身于自然时，其闲逸的性情自由的心境便得到了极为充分的表现，《天目山中笔记》《北戴河海滨的幻想》《翡冷翠山居闲话》《我所知道的康桥》，随意点染，适意洒脱，自我性灵与自然美景和谐地熔为一炉。自由与美，不仅是徐志摩完美而健康的人生追求，也是他自觉的艺术追求。他的散文结构散漫无羁，不受拘束，往往抓住瞬间灵感，展开浮想。《北戴河海滨的幻想》抒写其独坐海滨的遐思，情绪或明或暗，或兴奋或忧郁，自然景色之美与人生无定之慨交织心头，流淌着自由、飘逸的意态。他的散文想象瑰丽，词藻富艳，常常借助排比、反复等句式，铺陈渲染，重彩浓抹，形成了一种绮丽华贵的风格。《我所知道的康桥》不厌其烦地铺叙康桥与康河的景色，渲染康桥的灵性与去青草深处寻梦的优美意境，以“浓得化不开”的色调传达出自己的康桥情结。他的散文语言繁复多变，“以中国文学，西洋文学，方言，土语，熔为一炉，千锤百炼，另外铸出一种奇辞壮彩”。[14]徐志摩的散文，开创了现代散文创作的华丽文风。

陈西滢（1896—1970），原名陈源，字伯通，江苏无锡人，“现代评论派”的代表作家。20 年代的散文创作以杂文为主，大多发表于《现代评论》“闲话栏”和《晨报副刊》上，于 1928 年结集为《西滢闲话》。内容涉及政治、伦理、文化、艺术等方面，论题广泛，对帝国主义侵略本质，封建军阀的腐朽统治，落后愚昧的国民性，均有所揭露与批判。而在对待学生运动和民众斗争的态度上，尤其对北京女师大事件，则不无偏见。他的社会批评与文明批评，也包含着较为复杂的内容，如《线装书与白话文》《中国的精神文明》等文，反对复古排外,支持新文化运动,但又鼓吹“整理国故”和“全盘西化”,显示了资产阶级自由主义者的观点与立场。陈西滢散文中最耐读的是一些随笔,以“闲话”的方式评事析理,娓娓而谈,往往能切中时弊。《行路难》感慨“中国行路之难”:坐车难,住旅馆难,换钱币难等等,揭露与讽刺了军阀割据的混乱和政局的腐败。《共产》巧妙地借用“共产”一词,赋予其另一种含义,“世界各国所说的共产,现在无非是劳动者去共资本家的产,平民去共贵族的产,穷人去共富人的产”,而中国的“共产”却是“富人去共穷人的产,官僚去共平民的产”,揶揄与嘲讽了当时封建军阀官僚依仗权势假公济私、剥削平民、收受贿赂、中饱私囊的卑劣行径。《多数与少数》《捏着鼻子说话》等文,从社会现象入手,挖掘出愚昧迷信、逆来顺受等落后的国民性,行文虽不激烈,但其批评与讽刺意味昭然。与“语丝派”散文相比,《西滢闲话》的批评不以激烈见长,他总是以平和的态度叙事说理,并借助轻松幽默的笔调,揭示出日常生活与社会现象的某些根本性问题,形成了一种雍容大度、温和节制的总体风格。

第四节　朱自清散文:白话美文的典范

在中国现代散文史上,朱自清无疑占有显著而重要的地位。他的散文秉承着我国古典散文的优秀传统,又借鉴了西方随笔的艺术经验,巧妙地融合各种艺术表现技巧,创造出了具有民族品格和民族气派的散文体制。他以开拓者的胆识与笔力,以独具风貌的作品,为白话散文赢得了声誉,成为现代散文的奠基人之一。他的散文以“漂亮”、“缜密”著称,被誉为“白话美术文的模范”,为我国现代散文创作提供了足资借鉴的范本。

朱自清深受中国传统文化的熏陶,为人诚恳、忠厚、正直、温和,他的怀和风、守中气、讲礼仪、重节操的人格,备受后人推崇。这种人格精神反映到创作上,便呈现为强烈的社会责任感和温柔敦厚的美学品格。他的创作最早以新诗闻名,但散文代表了他在文学上的最高成就,主要散文集有《踪迹》(1924)、《背影》(1925)、《欧游杂记》(1928)、《你我》(1936)、《伦敦杂记》(1943)等。作为文学研究会的主要作家,他的散文抱着“为人生”的写作宗旨,“表现着、批评着、解释着人生的各面”。有对社会的片段描写、有对人生的深刻揭示、有对个人生活际遇的书写、有对友人的深情缅怀,也有对自然景物的优美描绘,总体而言其散文大致可分为三类。

一是反映社会人生的。作为一个正直的有社会责任感的知识分子,朱自清一直以诚实的人生态度正视现实,关心社会,同情弱者和被压迫者,憎恨帝国主义、封建军阀及虚伪的封建伦理道德,表现了知识分子的道义与良知。《生命的价格——七毛钱》和

《执政府大屠杀记》是朱自清最具思想震撼性的作品，前者通过一个年仅五岁的孤女仅以七毛钱的价格被其兄贱卖的血淋淋的现实，发出悲愤的诘难："这是谁之罪，谁之责呢？"以极大的义愤控诉了"钱世界"的罪恶和不合理的社会制度。后者写于"三一八"惨案后，作者亲历了整个事件，目睹着爱国学生被军阀屠杀的血腥事实，揭露了段祺瑞执政府"无仁无道，丧尽天良"的野蛮行径和凶残本质，作者愤怒地指出：这种"无脸"的政府，"正是世界的耻辱！"文章具有极高的思想价值和文献价值。朱自清还善于从日常生活及细节中发掘社会生活的某些本质，《航船中的文明》借航船中男女分座之习俗，写出了所谓礼仪之邦、文明古国的守旧与落后，对所谓的精神文明作了辛辣的嘲笑与讥讽。《白种人——上帝的骄子》从电车里一个西洋小孩傲慢凶恶的一瞥，看到中国近代历史的耻辱，痛切地感受到民族受歧视的悲哀，从而产生了浓烈的民族忧患意识，揭示出反帝爱国的深刻主题。

二是抒写个人际遇的。名篇有《背影》《给亡妇》《择偶记》《儿女》等。这类散文往往选取个人家庭生活的片断，写出真挚的父子之爱、夫妻儿女之情、朋友之谊，通过个人的生活际遇，将人物的悲欢离合抒写得真切而感人。在这类作品中，朱自清善于抓住人物主要特征，刻画丰满动人的人物形象，他的笔端蕴涵感情，细腻地传达出切身体验和绵绵思绪，达到了至真至诚的境界。《给亡妇》回顾已故发妻含辛茹苦、贫病交加的一生，文章没有刻意的渲染，一切都在平淡自然的叙述中，而一个贤惠端庄、任劳任怨的妻子形象已跃然纸上。"在短短的十二年里，你操的心比人家一辈子还多，谦，你那样的身子怎么经受得住，你将我的责任一股脑儿担负了去，压死了你；我如何对得起你。"悲切的怀念和愧疚的情绪弥漫于字里行间，催人泪下。《背影》是其影响最大的一篇佳作，文章千余字，写的是再普通不过的生活场景：父亲在车站为儿子送行，通过父亲在车站忙着照看行李，忙着和脚夫讲价钱，在火车上替"我"拣座位等描写，一个慈父的形象鲜活地出现在我们面前。而全文的重点则是父亲买橘子的细节，作者集中笔墨，细致入微地描写父亲在铁路两侧的月台上艰难地爬上爬下，蹒跚往来的背影，表现了父亲对儿子的舐犊之情。而在父亲"背影"前"我"的三次流泪，则凝聚着儿子对父亲的深深眷恋。正是这种血脉相连的生命体验和真挚的父子之情，深深地感动了一代代读者。更值得注意的是，"背影"不仅仅是父亲老态形象的实写，它还是人物命运的侧面投射，作者有意拓开去写祖母的丧事，父亲少时出外谋生，及"家中光景一年不如一年"，从"背影"看出父亲的"老境却如此颓唐"，从一个侧面折射出当时凄冷的世态，流露出作者的感伤心境，包含着作者对颓败社会的喟叹。他的这些亲情散文重在叙事，情真意切，有一种醇厚自然的美感。

三是写景状物记游的散文。这类作品写景抒情,融情于景,文情并茂,历来为人们所称道。其中《春》《荷塘月色》《绿》《桨声灯影里的秦淮河》等均为经久不衰的名篇佳作。在这些作品中,自然景观的描绘,物体状貌的勾画,明净而素雅。其精微独到的景物描摹,和作者的真切体验和独特感受相融合,创造出优美的意境,微妙地流露出自己的内在思绪和生活情趣。《春》《绿》《白水漈》等文活泼明艳、奇异诱人的景物描写,反映了作者对自然的热爱和对美好事物的憧憬,是作者积极乐观的思想显现。《桨声灯影里的秦淮河》的景物则折射出作者复杂迷茫的心情,文章写与挚友俞平伯共泛一舟同游秦淮河,描绘出光影斑驳、如烟似梦的河上景致,然而歌伎卖唱的现实扰乱了作者在自然中享受片刻安宁的心境,一方面受“道德律的压迫”而婉拒了她们的歌唱,一方面又被歌声诱惑着盼望歌舫再度划来,官能的满足欲与道德的压迫感,造成了他内心的矛盾与困惑,原先满船的秦淮风物到头来却承载着无法摆脱的抑郁和惆怅,隐隐地传达出作者在“五四”退潮后的复杂心境。类似的心境在《荷塘月色》中表现得尤为明显,朦胧的荷塘、苍茫的月色、清风、流水、远山、淡树、荷叶、莲花、斑驳的灯影、树上的蝉声等等,构成了一幅幽静优美的画面,作者置身其中,并非是对景物的单纯欣赏,而是将之作为自己情感的载体。一是作者特定情绪的反映,在大革命失败后的严酷现实面前,作者想摆脱现实的困扰,追求暂时的安宁心情而不可得,只有心情颇不宁静的苦闷。二是作者人格个性的写照,在月色中“什么都可以想,什么都可以不想”,享受独处的妙处,抒发自己与荷一样的“出淤泥而不染”的情怀与节操。三是作者的人生感悟,在与自然的贴近中,“超出了平常的自己”,物我两融,达到了哲理思索的高度。值得注意的是,朱自清后来写的《欧游杂记》《伦敦杂记》,抒情色彩渐渐淡薄,力避“我”的出现,“不以景物自身而从游人说”,客观地描述他游踪所至之处的欧洲风物和异域景观,知识丰富,渗透着较厚实的文化内容,呈现出学者散文的风貌。

综观朱自清散文,“真”为其本色,无论写景、叙事、抒情,都蕴含着自己的个性体验和真切的人生观感。而艺术上“美”的追求,使他的散文充溢着一种浓郁的诗情画意。郁达夫曾评价说:“朱自清虽则是一个诗人,可是他的散文,仍能够满贮那一种诗意,文学研究会的散文作家中,除冰心女士外,文字之美要算他了。”[15]朱自清对于中国现代散文的重大贡献,就在于他以敏锐的艺术触角和独特的艺术创造,树立了白话美文的典范,提升了现代散文的审美品位。其散文独创性的艺术成就,主要体现在如下几个方面。

首先是“温柔敦厚”的美学风格。朱自清在《诗言志辨》中,曾对“温柔敦厚”作过深刻的诠释,认为“温柔敦厚”是和、亲、敬、适、中,体现在散文创作上,追求内心情感的节制与约束。和同时代的散文作家相比,他既缺乏鲁迅的冷峻沉郁,郁达夫的自由奔放,也不同于周作人的闲适冲淡和“现代评论派”散文的雍容华贵,而是一种冲淡、清丽、温和、矜持、高雅、素朴。他的散文是至情之文,但其中的情绪却不是强烈的,而是舒缓的、有分寸的,是“哀而不伤,怨而不怒”式的宣泄。《荷塘月色》中尽管作者心境极为矛盾困苦,但心情是淡淡的;《绿》中对梅雨潭的“绿”是“惊诧”的,而其欣喜之情也是柔柔的。《背影》贯穿着对父爱的眷念和礼赞,然而其情感并无激荡之处,只是在舒徐的叙述中缓缓流出。即使是《给亡妇》《哀互生》等哀悼爱妻与死难的朋友时,也是轻叙低吟的,含蓄而深沉。可见朱自清的美学个性在柔而不在刚,他秉承了民族传统美学中的阴柔婉约之美,并以自己性情将之吸收融会,显示了独特的艺术魅力。

其次,是情景交融的意境创造。朱自清是写景抒情的大家,他善于通过自己对客观事物的独到发现和贮满诗意的描写,营造出清纯幽远、内涵丰富的艺术境界。其意境创造主要呈现为两个特点:一是描写细腻,具有画面感。他十分强调对客观事物的细微观察,主张发现“一言一动之微,一沙一石之细”,因而他能够从日常事物中捕捉新意,通过对事物形态、色彩、声音等的描摹,勾勒出鲜明生动的美妙画面。同时,他还充分发挥自己丰富奇特的想象,运用贴切新颖的比喻、拟人、通感等艺术手段,使事物形神俱出。如《荷塘月色》写荷塘,就从荷叶、荷花、荷香、荷波等角度作了多层次的描绘,并将之与月色、远山、近树等荷塘四周景物相协调,动静结合,极有层次地描绘出一幅清幽静谧的荷塘月夜景色。在《绿》中,写的是梅雨潭,但重心却在“绿”,他抓住潭水之“绿”,作了尽情的淡妆浓抹的描绘,“厚积着的绿”,“只清清的一色”,“这般的鲜润”,作者以丰富的比喻和联想,将“绿”的形态、色泽、质感等形象地展现在我们面前。而父亲的背影、爱妻生前的忙碌操劳等生活画面,则已定格在人们的脑海中,并长久地感染着读者。二是融情入事,融情于景,情事相衬,情景交融。春花秋月、瀑布深潭、歌声灯影、父亲的背影、爱妻的微笑、子女的天真……凡进入朱自清视野的形象,无一不浸透着作者的主观情思,蕴蓄着作者的欣喜和伤愁。

再次,是圆熟精巧的艺术构思。朱自清十分讲究文法,善于精心构撰,他的构思为文,常常另辟蹊径,独树一帜。具体而言,一是结构严谨精美,富有变化。他能根据表达的需要提炼素材,探究布局谋篇,散文结构往往因内容的不同而呈现出多样的变化。其主要结构形式有纵向结构和横向结构两种。纵向结构是指以时空纬度的先后顺序来结构文章,如《荷塘月色》以作者夜晚出门写起,到游归结束,随着作者“背着手踱着”,或行或止,或远或近,形成明显的时空顺序,时间的推移和空间景物的变化中,婉曲地表达自己的思绪。《桨声灯影里的秦淮河》《背影》等,也是此类结构的佳作。横向结构是指将若干个事件或生活片断通过一定线索连接在一起的方式,如《女人》《阿河》《冬天》等。《冬天》写了有关冬天的三个生活片断:儿时父子围坐吃白煮豆腐的情景,与友人冬夜泛舟西湖,在台州与妻儿一起的家室天伦之乐。三个片断的内容并无关联,但作者在文章结尾处写道:“无论怎么冷,大风大雪,想到这些,我心头总是很温暖的。”便巧妙地将三个看似不相关的片断连接起来,生动地表现了父子之爱、朋友之谊、夫妻之情。写的是冬天之事,抒的是永驻于心的温暖之情,温情成了这篇文章的主要结构线索。二是巧设“文眼”,凸显主旨。“文眼”乃文章之神,朱自清深谙此理,他善于在构思中艺术地安设“文眼”,将文章的各个部分统一起来,达到凝练、缜密的艺术效果。如《笑的历史》写小昭的人生经历,紧扣“笑”这一文眼,开篇即极力渲染小昭的笑,不管“有人逗引”还是“无人逗引”,她“总常笑”,她的笑使娘“受用”,使爹“消气”,她的笑像“太阳”,给大家带来温暖与快乐;后写她婚后的笑,先是“忍了许多笑”,“偷着笑”,“低头微笑”,接着“笑便渐渐少了”,“要笑也不敢了”,最后竟是“哭比笑多了”,“差不多每夜要哭,仿佛从前要笑一样”。小昭的“笑”的变化,最后的由笑而哭,文章主旨不言自明,揭露了封建礼教对一个活泼善良的女性进行精神虐杀的罪恶。其他诸多《冬天》中的“温暖”,《背影》中父亲的“背影”等文眼,都集中凝练地传达出作者的情感与文章的主题,显示了朱自清散文构思的精妙之处。

第四是清新隽永的语言运用。朱自清十分讲究散文语言的锤炼。他认为文学语言一要自然,二要创新,提倡用“活的口语”写作。一方面,他善于从日常口语中提炼加工出极富文学韵味的语言,不雕琢,不矫饰,浑然天成。《背影》《儿女》《给亡妇》等文,恰如谈话一般,娓娓道来,纯正朴实,却又巧妙精到。如《儿女》写孩子们吃饭的情景:“这个要干饭,那个要稀饭,要菜要汤,要鱼要肉,要豆腐要萝卜,你说他菜多,他说你菜好。”吃完后,“桌子上饭粒呀,汤汁呀,骨头呀,渣滓呀,加以纵横的筷子,欹斜的勺子,就如一块花花绿绿的地图模型”。口语化的语言自然朴素,却又分明经过了艺术加工,显得生动有趣,富有情致。另一方面,他又调动各种艺术手段,锻造出新颖独特、音韵和谐的文学语言。如《荷塘月色》中双声叠韵词的运用,“曲曲折折”的荷塘、“蓊蓊郁郁”的树林、“田田”的叶子、“缕缕”的清香、“脉脉”的流水、“渺茫”的歌声等,既逼真地描摹出客观事物的情态,又加强了语言节奏的圆顺与和谐,具有音乐美。此外,精巧的设喻、贴切的拟人、色彩的比衬等,都显示出朱自清散文语言的独具匠心。

(贵志浩)

注释:

① 周作人:《中国新文学大系·散文一集导言》,上海文艺出版社 1981 年版,第 10 页。
② 胡适:《建设的文学革命论》,《新青年》1918 年 4 月第 4 卷第 4 号。
③ 郁达夫:《中国新文学大系·散文二集导言》,上海文艺出版社 1981 年版,第 3 页。
④⑤ 郁达夫:《中国新文学大系·散文二集导言》,上海文艺出版社 1981 年版,第 5 页。
⑥ 鲁迅:《两地书·一二》,《鲁迅全集》第 11 卷,人民文学出版社 1981 年版,第 47 页。
⑦ 鲁迅:《三闲集·我和〈语丝〉的始终》,《鲁迅全集》第 4 卷,人民文学出版社 1981 年版,第 167 页。
⑧ 郁达夫:《中国新文学大系·散文二集导言》,上海文艺出版社 1981 年版,第 14 页。
⑨ 鲁迅:《小品文的危机》,《鲁迅全集》第 4 卷,人民文学出版社 1981 年版,第 577 页。
⑩ 朱自清:《论现代中国的小品散文》,《文学周报》1928 年第 345 期。
⑪ 郁达夫:《中国新文学大系·散文二集导言》,上海文艺出版社 1981 年版,第 16 页。
⑫ 郁达夫:《中国新文学大系·散文二集导言》,上海文艺出版社 1981 年版,第 9 页。
⑬ 马长风:《中国新文学史》上卷,昭明出版社 1976 年版,第 181 页。
⑭ 苏雪林:《徐志摩的散文》,《苏雪林文集》第 3 卷,安徽文艺出版社 1996 年版,第 200 页。
⑮ 郁达夫:《中国新文学大系·散文二集导言》,上海文艺出版社 1981 年版,第 18 页。

【思考题】

1. 试述我国现代散文文体意识觉醒的促成因素及“新青年”散文群落的贡献。
2. 简述语丝派散文在我国现代散文史上的地位与贡献。
3. 简述周作人散文的艺术特色。
4. “五四”散文主要流派有哪些？试分析冰心、郁达夫、徐志摩等作家的散文名篇。
5. 结合《荷塘月色》《背影》等作品,试述朱自清散文艺术的独创性成就。

第六章　诞生期话剧运动与创作

第一节　话剧的“输入”和“五四”话剧运动

中国新文学第一个十年(1917 年至 1927 年),是新兴的现代话剧逐步形成的十年,可以看作是中国现代话剧的诞生期。

以日常生活对话和动作为主要表现手段的话剧,不是中国固有的戏剧样式,它是从西方“输入”的。最初称之为“新剧”“文明新戏”等,1928 年,由洪深提议定名为“话剧”。中国戏剧史上一般把 1899 年至 1917 年称作“文明新戏时代”。文明新戏又称“早期话剧”,是中国现代话剧的萌芽。

西方话剧进入中国社会,主要有两条渠道:一是西方侨民的业余演剧。1866 年,西方侨民在上海组织了“上海西人业余剧团”(简称 ADC 剧团),盖起了用写实布景的正规剧场——兰心戏院,每年公演数次。但其演剧、看戏的圈子仅囿于外侨,与中国社会几乎是隔绝的,当时能够看到西方戏剧形式的也只有少数知识分子,故而其影响极为有限。二是教会学校组织的学生业余演剧。这些教会学校在课程之外,往往还设置一种“形象艺术教学”,即将《圣经》故事编成剧本,或直接选用世界名剧,让学生用英语或法语排练。1899 年的圣诞节,上海圣约翰书院的学生在演出英语戏剧的同时,还编演了一出“时事新戏”《官场丑史》,它“既无唱功,又无做功”①,已经摆脱了歌舞化的戏曲形态,而接近于生活化的语言、动作形态的话剧艺术。一般认为,这就是文明新戏的滥觞,是中国话剧的雏形。不过它还处于一种“不土不洋”的过渡状态,不是真正现代意义上的话剧。

真正勇敢地创造了文明新戏这种中国话剧最早形式的,是以春柳社为代表的在日本的一批中国留学生。春柳社 1906 年底成立于日本东京,发起人是李叔同、曾孝谷,这是一个“以研究各种文艺为目的”的综合性文艺团体。在其创立之初,还设立了“演艺部”,旨在“研究新旧戏曲,冀为吾国艺界改良之先导”。②

1907 年 2 月中旬,在中国青年会举办的赈灾演艺会上,春柳社演艺会初露锋芒,演出了法国小仲马的《茶花女》第 3 幕。这次演出以它良好的布景和对白、表情、动作皆截然不同于京剧的新面貌,在中国留学生中引起强烈反响,社员很快扩充到八十多人。欧阳予倩、陆镜若也相继加入,并成为该社的主要领导人。1907 年 6 月初,春柳社正式公演了根据林纾、魏易的翻译小说改编的大型话剧《黑奴吁天录》(即美国斯托夫人的小说《汤姆叔叔的小屋》)。作为中国话剧的第一个创作剧本,《黑奴吁天录》不仅显示了思想内容上的时代感和现实性,而且在艺术形式上标志着中国话剧的开端:有完整的文学剧本,以对话和动作为主要表现形式,分幕写法。这次演出在东京引起了轰动,日本报纸杂志纷纷登载剧评。著名戏剧评论家伊原青青园在《早稻田文学》发表长篇评论,认为"中国青年的这种演剧,象征着中国民族将来的无限前途"。[③]

春柳社在东京成功演出《黑奴吁天录》的消息迅速传到国内,并产生了极大反响。1907年夏天,曾留学日本的王钟声在爱国士绅马相伯、沈仲礼的资助下,于上海发起创办了"通鉴学校",这是我国最早培养话剧人才的学校。9月,以"春阳社"的名义假上海兰心大戏院演出《黑奴吁天录》。虽然演出中还存留了一些戏曲手法,不如春柳社那么纯粹,但采用了分幕制,还使用了比较逼真写实的灯光布景。这次演出,被看成文明新戏在国内诞生的标志。1907年春柳社、春阳社在东京和上海先后演出《黑奴吁天录》,标志着文明新戏的正式诞生。1907年也因此被定为早期话剧的诞生年、我国话剧历史的开创年。1910年底,任天知在上海组织进化团,这是中国现代戏剧史上的第一个职业剧团,在辛亥革命中发挥了宣传鼓吹革命的积极作用。不久,春柳社同人回国,先后以新剧同志会、文社、春柳剧场等名义开展演剧活动。与此同时,上海还相继出现了郑正秋的新民社、张石川的民鸣社、朱旭东的开明社等众多文明新戏社团,从而形成了一场轰轰烈烈的文明新戏运动。

西方写实戏剧之最初"输入"中国,实际上走了一条经由日本的"之"字形道路。文明新戏正是通过模仿、借鉴日本"新派剧"[④]和"新剧"[⑤],而间接学习、接受了西方戏剧的美学原则和演出形式[⑥]。20世纪的最初十年,正是日本新派剧的黄金时代,春柳社在演出《茶花女》片断和《黑奴吁天录》时,都接受过日本新派剧著名演员藤泽浅二郎等人的指导。春柳社的许多保留剧目,诸如《不如归》《社会钟》《猛回头》等,都是由日本新派剧改编过来的。同时文明新戏也接受日本新剧的影响,不仅春柳社的性质、宗旨是仿效坪内逍遥的"文艺协会",陆镜若还多次参加"文艺协会"的公演,通过舞台实践学习日本新剧的演出形式。刘艺舟的光黄新剧同志社和开明社,还演出过日本新剧剧目《复活》等。文明新戏学习日本新剧的结果,就使它带上了"现代话剧"的成分。因而它与"五四"以来直接受欧洲近代剧的影响而发展起来的中国现代话剧,在时间上是连续的,在精神上也是一脉相承的。

到了1917年,随着文明新戏的衰落和"五四"新文化运动的深入,批判旧戏剧、创建现代话剧也提到了日程上来,并开始成为整个新文化运动的重要一翼。纵观"五四"时期的话剧运动,经历了一个从理论鼓吹期至创作实践期的发展过程。

1917年至1920年上半年,是创建现代话剧的理论鼓吹期。中国现代戏剧史的新的一页,由文化界对中国旧剧的理论批判运动而揭开。从1917年3月至1919年3月,《新青年》上几乎每期都有关于戏剧的讨论文章,1918年10月还出了一期“戏剧改良专号”。陈独秀、胡适、钱玄同、刘半农、周作人、傅斯年、欧阳予倩等新文化运动的倡导者们,纷纷著文批判传统旧戏。他们批判了没落中的旧剧作为“玩物”和“把戏”的弊病,强调了戏剧严肃的社会意义和文学价值。早在1904年,陈独秀就提出:“戏园者,实普天下人之大学堂也;优伶者,实普天下人之大学教师也。”[⑦]透露了一种崭新的戏剧观念。对旧戏的批判,尤以钱玄同的态度最为激烈。他认为“今之京调戏,理想既无,文章又极恶劣不通”,“无以足以动人情感”,因而主张把旧戏“尽情推翻”。[⑧]周作人则从人道主义和“人的文学”的角度,批判了旧戏反人性的实质,认为旧戏是“色情”“迷信”“妖怪”“才子佳人”等各种思想的“结晶”,艺术上是“野蛮”的,思想上是“有害于‘世道人心’”的,因此,这种非人的中国旧戏应废。[⑨]这就从中国旧剧思想内容的批判,引出了戏剧观念的更新问题。

对旧剧的批判否定,必然包含着对新的戏剧的呼唤。而对新戏的呼唤,便要求向西方戏剧的学习——“如其中国有真戏,这真戏自然是西洋派的戏”。[⑩]于是,对外国戏剧理论和创作的翻译、介绍蔚然成风。1918年6月,《新青年》上出了一期“易卜生专号”;同年10月,又发表宋春舫的《近世名戏百种目》。据不完全统计,从1917年到1924年,全国26种报刊、4家出版社,共发表、出版了翻译剧本一百七十多部。新文化运动的倡导者们在抨击旧剧的形式主义的同时,提出新的戏剧应该“是批评社会的戏剧”[⑪],即不仅要真实地写出人生,而且要寄托作者对现实的认识和评价,以引人思考。并且,他们明确主张要写日常生活中的平常人,要以现代国语写剧,要采用西方近代现实主义戏剧的方法,等等。总之,这场对旧剧的理论批判运动,虽然缺乏严密的科学态度和艺术分析的深度,现在看起来有不少偏颇失当之处,但在当时对促进戏剧新观念的确立和中国现代话剧的创建,是起了积极的推动作用的。

1920年下半年到1927年,是中国现代话剧的创作实践期。“爱美剧”运动、“提倡职业的戏剧”、“国剧”运动、“南国”戏剧运动等,在这时期先后登场,共同汇入了这场声势浩大、影响深远的“五四”话剧运动。

1920年10月,上海新舞台在汪仲贤的积极推动下公演了萧伯纳的名剧《华伦夫人之职业》,结果观众反应冷落,不少人中途退场甚至要求退票。这次演出的惨痛失败,引起了整个戏剧界的强烈反响。汪仲贤经过反省,于1921年1月,发表了一篇题为《营业性质的剧团为什么不能创造真的戏剧》的文章，提出“组织非营业性质的独立剧团”的设想。[12]随之，陈大悲发表《爱美的戏剧》长文（“爱美的”即英文 Amateur 的音译，意为业余的、非职业的），鼓吹爱美的戏剧，以反对戏剧商业化。于是一场“爱美剧”运动在全国范围内迅速展开。

第一个“爱美的”戏剧团体是 1921 年 3 月在上海成立的民众戏剧社，发起人为沈雁冰、郑振铎、陈大悲、汪仲贤、欧阳予倩、熊佛西等 13 人。5 月，他们创办《戏剧》月刊，这是中国现代文学史上第一个专门性的戏剧杂志。该社主张现代戏剧“是推动社会使前进的一个轮子，又是搜寻社会病根的 X 光镜”[13]，体现了“为人生”的现实主义戏剧观。另一个著名的戏剧团体是 1921 年 12 月成立的上海戏剧协社，先后加盟的有应云卫、谷剑尘、欧阳予倩、洪深等。该社前后奋斗 12 年，举行过 16 次公演，因其真正重视舞台实践而成为爱美剧运动的柱石。此外，响应“爱美剧”运动的还有北京实验剧社、新中华戏剧协社、辛酉剧社等。与此同时，各地的工、农、军业余演剧活动也开始活跃。如黄爱、庞人铨领导的湖南省劳工会女工新剧社、拥有 2 万户会员的广东海丰农会、黄埔军校的血花剧社等等，为我国革命戏剧的发展传出了最初的信息。

但是，“爱美剧”运动也有它的局限，组织松散，剧本创作和演出的专业水平不高。针对此一问题，蒲伯英最先提出了“提倡职业的戏剧”的主张。接着，陈大悲也表示“职业的戏剧是不该排斥的”。于是，1922 年 11 月，他们在北京一起创办了人艺戏剧专门学校（简称“人艺剧专”），这是我国第一所试用西方戏剧艺术教育方式培养话剧专门人才的学校。1925 年 5 月，海外归来的余上沅、赵太侔、闻一多等人在北京美术专门学校的基础上创办北京国立艺术专门学校，增设了戏剧系。从此，我国有了国立的戏剧教育机构，戏剧艺术进入了我国的高等教育。他们成立中国戏剧社，倡导“国剧”[14]运动，一方面对中国传统戏曲程式的美学价值进行理论阐发，一方面大量介绍现代西方戏剧艺术的理论与技巧，主张更广泛地吸收两者的艺术精神。这些主张对于提高当时的演剧水平，不无积极意义。

真正为 20 年代中后期现代戏剧打开崭新局面的，是田汉领导的“南国”戏剧运动。“南国”戏剧运动包括 1924 年的《南国半月刊》时期、1925 年的《南国特刊》时期、1926 年至 1927 年的南国电影剧社时期、1927 年的上海艺术大学时期、1928 年至 1930 年的南国社及南国艺术学院时期。活动范围包括文学、戏剧、电影、音乐、美术诸方面，而以戏剧为主。田汉极力倡导“在野”的艺术运动，主张“艺术运动应该由民间硬干起来，万不能依草附木”。[15]这种独立的苦斗精神贯穿在他领导的“南国”戏剧运动中。1927 年冬，田汉会同欧阳予倩等戏剧名家举办为期一周的“艺术鱼龙会”，演出了田汉编写的《生之意志》、《名优之死》等7部话剧和欧阳予倩编写的京剧《潘金莲》,轰动了上海戏剧界。南国社在思想上的反帝反封建的斗争精神,在艺术上的执着探求的精神,都在现代戏剧史上写下了光辉的一页。

第二节　多样探索的“五四”话剧创作

在“五四”以来现代话剧的创建中,重要环节之一是话剧文学的确立。与早期话剧——文明新戏不同,话剧文学的发展和舞台演出的脚本制度的确立,是现代话剧的突出标志。它为话剧舞台艺术的发展提供了新的起点。

在新文化运动的热流中,外国戏剧作品的译介给人们提供了学习的楷模,这极大地鼓舞着投身文学革命、戏剧革命的有志之士,积极从事新戏剧的创作,使话剧文学呈现出活跃的新局面,涌现出一批中国现代话剧文学的开拓者。其中既有热衷于戏剧改良而率先尝试话剧创作的胡适、陈绵等人,也有早在文明新戏时代就活跃在剧坛的汪优游、欧阳予倩、陈大悲等人,还有“五四”前后从国外归来献身于新剧事业的张彭春、洪深、余上沅等人。而特别值得注意的是,在“爱美剧”高潮时期,涌现了一批从文学走向戏剧的剧作家,如郭沫若、田汉、丁西林、熊佛西、李健吾、成仿吾、白薇、侯曜、濮舜卿等人,都热情投身到剧本创作中来。他们的出现,大大加强了话剧文学的发展。这些来自各个不同领域的作者,共同开垦着中国现代话剧文学创作的处女地。在中国现代戏剧史上,正是在这一时期,戏剧才真正获得了文学的价值;也正是在这一时期,才出现了真正的剧作家。

贯穿整个现代话剧史的反帝反封建精神,在这一时期有其特殊的表现形态,即在人道主义、民主主义和爱国主义指导下的思想解放和个性解放。对“人”的发现和思考,对禁锢人性的半殖民地半封建社会的暴露和批判,使现代话剧放射出犹如西方“文艺复兴”和“启蒙主义”的光芒,同时也带有易卜生“独战多数”的社会问题剧的色彩。人生问题、社会问题、家庭问题、爱情问题、妇女问题等,引起了剧作家的普遍关注。各种流派、各种思想层次的剧作家在反帝反封建上取得了共同点。他们的作品,都透视当时的社会现实问题,不同程度地反映了反帝反封建的时代要求。

由于“五四”初期对易卜生主义及易卜生戏剧大张旗鼓的宣传和引进,易卜生式的反映社会矛盾、提出社会问题的“社会问题剧”,也成了这一时期中国话剧文学创作的主流。其中数量最多、影响最大的,是以反对封建婚姻制度,追求爱情自由、妇女解放为主题的剧本。应该说,率先模仿易卜生的问题剧而喊出爱情自由、个性独立的是胡适的《终身大事》。剧本写的是田亚梅女士不顾父母以“中国的风俗规矩”和“祖宗定下的祠规”对她婚姻自主的阻挠，毅然随自己所爱的男子离家出走。她喊出的“孩儿终身大事，孩儿应该自己决断”的呼声，在当时影响很大。全剧虽然简单，但其思想内容的丰富性及其在当时历史条件下的进步意义是显而易见的。它把当时中国社会的封建迷信思想和封建礼教的道德规范结合起来进行否定和批判，既揭露了封建迷信活动的欺骗性，又谴责了中国旧风俗和封建宗法制度的落后性和残忍性，强调了青年男女的婚姻和爱情的自主性，表现了资产阶级人道主义、民主主义的思想和婚姻观。表现同类主题的作品，还有欧阳予倩的《泼妇》、郭沫若的《卓文君》、成仿吾的《欢迎会》、田汉的《咖啡店之一夜》和《获虎之夜》、丁西林的《一只马蜂》、侯曜的《复活的玫瑰》、濮舜卿的《爱情的玩偶》、白薇的《琳丽》、李健吾的《翠子的将来》等。剧作家们或取材于当代生活，或寓意于历史故事，以不同的题材，从不同的角度，热情歌颂了一批向往个性解放、爱情自由而与封建家庭决裂，“与旧社会作战”的叛逆者，表现了民主思想的觉醒。其次，从家庭矛盾和伦理道德方面，批判和揭露半殖民地半封建社会黑暗、腐朽、虚伪的作品也不少，如陈大悲的《幽兰女士》、汪仲贤的《好儿子》、熊佛西的《青春的悲哀》、李健吾的《另外一群》、欧阳予倩的《屏风后》、侯曜的《弃妇》等。还有一些剧作，是正面描写了在军阀、官僚、土豪劣绅压迫下人民的苦难生活，如陈绵的《人力车夫》、丁西林的《压迫》等。而像洪深的《赵阎王》、田汉的《江村小景》等剧，更直接抨击了军阀战争的罪恶。另外，对反帝爱国主义思想的讴歌，也是这时期话剧创作的重要内容之一，尤其是在 1925 年“五卅”惨案以后出现的新作，如郭沫若的《聂嫈》、田汉的《黄花岗》、侯曜的《山河泪》、熊佛西的《一片爱国心》等剧本中，表现得更为强烈和鲜明。

“五四”时期是一个敢于思考、敢于探索的时代。思想解放运动的活跃与戏剧思潮的开放，形成了“五四”话剧创作在艺术上的丰富多样性。这时期的话剧文学创作，以形式和风格的多样化为其突出特点。话剧的各种体裁、样式，无论现实剧、历史剧、悲剧、喜剧、正剧、诗剧、散文剧、独幕剧、哑剧、活报剧等等，都有多样尝试和探索，都有不同程度的发展。并出现了一些成功之作，有些甚至至今仍是话剧舞台上经常演出的剧目。尤其是独幕话剧的创作，在艺术上已臻成熟，出现了《获虎之夜》《湖上的悲剧》《一只马蜂》《泼妇》《压迫》等优秀之作。诗剧的创作在 20 年代也占有突出的地位，除郭沫若的诗剧外，白薇、杨骚的诗剧也取得了一定的成就。田汉、欧阳予倩等剧作家，还注意从中国传统戏曲中汲取艺术营养，积极探索具有民族风格的话剧。而从戏剧观念、创作方法和艺术追求上来看，当时许多剧作家都是“多元化”的。他们既尊崇西方近代剧的写实主义戏剧观，把易卜生当作膜拜的对象；又崇尚浪漫主义，写出大量带有积极浪漫主义倾向的成功之作；同时也对西方现代主义的种种戏剧新观念产生兴趣，进行了现代派戏剧的有益尝试。

纵观“五四”话剧的整个创作流向,大体上可以归纳为以下三种:

一、现实主义戏剧

这类剧本主要采用西方近代戏剧以易卜生为代表的写实主义的创作方法,如实地描写人生,反映生活,体现出鲜明的社会现实性。陈大悲早在《爱美的戏剧》一书中,就明确提倡“人的戏剧”,提倡现代的、描写现实人生的、现实主义的话剧。主张“为人生而艺术”的民众戏剧社,也提倡“写实的社会剧”,反对“外国最新的象征剧、神话剧输入到中国戏剧界来”。[16]他们与上海戏剧协社的成员,大都持有现实主义戏剧观,因而剧作的写实性都较突出,如欧阳予倩的《泼妇》、陈大悲的《幽兰女士》、汪仲贤的《好儿子》、熊佛西的《青春的悲哀》、谷剑尘的《冷饭》、叶绍钧的《恳亲会》等。特别是汪仲贤的《好儿子》,描写上海一户“经纪小百姓”家庭的生活。该剧的价值,主要就在于用写实的手法,真实生动地反映了半殖民地半封建制度下大都市普通家庭的生活和小市民卑琐自私的心理,反映了旧社会的世态炎凉和人际关系的冷酷、虚伪,富于地方色彩和生活气息。汪仲贤生在上海,长在上海,对大都市的生活有着深切的体验,这就使得剧中所描绘的一些生活细节,例如叔嫂口角、婆媳斗法等,都能栩栩如生,语言也较朴素、生动,切合人物性格。洪深曾评价该剧是“那一时期中最有价值的创作”。[17]还值得一提的是与文学研究会有联系的历史剧作家顾一樵,他的《荆轲》《项羽》《苏武》等历史剧,都以史实为依据,以写实为特色,表现出与20年代占主流的浪漫主义抒情历史剧迥然不同的美学特征。

二、浪漫主义戏剧

这一时期,冷静、客观的写实之作不在少数,但影响更大的是注重自我抒情的浪漫主义剧作。田汉、郭沫若、白薇、濮舜卿等的剧作都以诗一般的美和强烈的抒情性震撼观众和读者的心灵。具有民主主义思想和青春活力的剧作家们,在理想和现实的撞击中产生两种情绪:一是对黑暗现实的反抗与对光明未来的呼唤;二是对重压下看不清出路而产生的某种伤感。前者是热烈,后者是悲凉,这两种情绪恰恰在浪漫主义的艺术手法中才能找到最合适的表现形式。而积极浪漫主义是这时期话剧创作的主潮,田汉、郭沫若是其代表。田汉的早期剧作《灵光》《湖上的悲剧》《古潭的声音》《南归》等,重点不在如实地描绘人生本相,而在于表现作者在人生旅程中的心境。郭沫若的《卓文君》《王昭君》《聂嫈》,以酣畅的笔墨,塑造了历史上三位反对封建礼教、反对专制制度的"叛逆女性",充满理想的色彩和主观表现的倾向,具有浪漫主义的鲜明特征。同是浪漫主义剧作家,他们的创作个性和艺术风格也是有差异的,韵致各有不同。田汉的剧作委婉、温馨,犹如轻柔的春风;郭沫若的作品则奔放、热烈,恰似雷霆闪电。

三、有现代派倾向的戏剧

除了写实主义戏剧和浪漫主义戏剧,"五四"时期的话剧剧坛也开始了西方现代主义戏剧的尝试,并出现了一些"现代派"剧本,如陶晶孙的《黑衣人》、李霁野的《夜谈》、高成钧的《病人与医生》、韦丛芜的《我和我的魂》等。即使像洪深、田汉等曾以做"中国的易卜生"自勉的,也都同时广泛借鉴和吸收斯特林堡、梅特林克、王尔德、奥尼尔等为代表的表现主义、唯美主义、象征主义等手法为自己所用。如洪深的《赵阎王》,描写农民出身,性格善良、纯朴的赵大,在军阀混战时被迫入伍当兵后,逐渐丧尽天良,干尽坏事,甚至活埋伤兵,无恶不作。当他偷了营长克扣的饷银潜逃林中时,因良心折磨而精神错乱,终于被追兵击毙。赵大迷失在林中时,剧本通过独白与无声幻象的出现,将主人公迷乱的精神世界外部化、戏剧化。这里所运用的表现主义手法,就是直接模仿、借鉴了美国表现主义剧作家奥尼尔的《琼斯皇》。不仅剧作的立意与《琼斯皇》的表层意义接近,而且结构也相类似。洪深自己也曾说,第二幕以后,"借用了欧尼尔底《琼斯皇》中的背景与事实——如在林子中转圈,神经错乱而见幻境,众人击鼓追赶等等"。[18]其他如向培良的《暗嫩》,是典型的唯美派之作;白薇的《琳丽》,有着象征主义和表现主义的色彩;余上沅的《塑像》,带有神秘主义的倾向。再如郭沫若的《卓文君》、欧阳予倩的《潘金莲》中,都有英国唯美派剧作家王尔德的《莎乐美》的影响;田汉的《灵光》《颤栗》中,也可找到瑞典表现主义剧作家斯特林堡的某些艺术特征。

总之,这一时期多样探索的大批剧本的出现,标志着话剧文学的活跃和繁荣。创作上是多元的,然而又是归一的,各种戏剧观念和艺术手法,都被统一在表现反帝反封建时代精神的需要之下。它们是新文化革命运动在戏剧战线上的丰硕成果,在文学园地里开拓了戏剧文学的新阵地,也奠定了戏剧文学在中国话剧运动中的重要地位,给日后话剧创作的继续发展开拓了前进的道路。

当然,初创期的话剧创作,毕竟是处于摸索的尝试阶段,无论内容或形式、观念或技巧都未臻成熟。从剧本内容看,由于大多数剧作者都是资产阶级或小资产阶级知识分子,他们虽然关心社会,但视野却局限在自己生活圈子内,描写的主要是上层社会、知识分子或市民阶层的矛盾纠葛,真正反映下层民众生活的作品很少,生活的广度和深度都是不够的。从艺术上说,这一时期的剧本大多数还是比较稚嫩和粗陋的,且话剧的文学性和剧场性还没有普遍地达到统一。一些文学性强的剧本,舞台性往往弱,难以搬演;而一些剧场效果较好的戏,文学性又较差,缺乏隽永的蕴涵。就戏剧观念论,现代话剧所代表的戏剧新观念如何与中国传统的戏剧美学相结合,当时还处在摸索之中。模仿的倾向、欧化的倾向,都使它不能迅速地在广大中国观众中打开局面。直到新文学运动的第二个十年,这些问题才得到较为圆满的解决。

第三节　田汉:中国现代话剧的奠基人

田汉、欧阳予倩、洪深是中国现代话剧的三大奠基人,而其中尤以田汉为成就最高、影响最大。他不仅是一位天才的剧作家和诗人,是中国现代戏剧史上最多产的剧作家,而且是戏剧运动最重要的组织者,是以多方面的戏剧活动起到领导作用的卓越的剧坛领袖。在中国现代戏剧史上,还没有一个戏剧家像田汉那样,本身就成为戏剧发展史的突出代表。因而可以说,田汉的身上就生动地体现着中国现代戏剧的历史,甚至说他就是"一部中国话剧发展史"。[19]

田汉(1898—1968),原名田寿昌,湖南长沙县人。他 6 岁入私塾,9 岁开始接触《西厢记》《红楼梦》等古典文学名著,并对家乡流行的皮影戏、傀儡戏、花鼓戏、湘戏等民间戏曲艺术发生了浓厚的兴趣。1912 年,考入革命气氛浓郁的长沙第一师范学校,并初试戏剧之笔,写了《新教子》《汉阳血》等表现辛亥革命的剧本。1916 年,随舅父易象东渡日本留学。在日本,他接触了许多新的社会思潮和新的文艺思潮,特别是观看了大量新剧的演出,阅读了西方各个历史时期、各种艺术流派的戏剧作品。莎士比亚、歌德、席勒、易卜生、契诃夫等这些浪漫主义和现实主义戏剧大师的剧本,近代各种唯美主义和现代派剧作家如王尔德、梅特林克、霍普特曼等人的作品,以及当时日本的新戏剧运动,在田汉面前打开了一个崭新的"戏剧世界",他的主要兴趣也"被吸引到文学戏剧方面去了"。[20]1920 年,田汉完成处女作《梵峨嶙与蔷薇》,从此,他进入了自己戏剧创作道路上的一个光辉灿烂的时期。整个 20 年代,他的戏剧生涯内容丰富、个性突出,在戏剧运动、戏剧理论、戏剧创作方面均有大的发展,从而奠定了他在中国现代戏剧史上的地位。

20 年代的田汉,是一个以满腔热情战斗在新民主主义革命旗帜下的青年诗人和剧作家,他的身上洋溢着人道主义、民主主义和爱国主义的活力。这期间,他创作了二十多个话剧剧本。这些剧本以不同的取材、立意和艺术方法,从不同的角度、不同的侧面反映了当时中国的社会矛盾和阶级斗争,写出作者眼中的人生,在感伤悲凉的外衣下表现出思考、探求、挣扎和反抗的精神。《梵峨嶙与蔷薇》借鼓书艺人柳翠和她的琴师秦信芳之间传奇性的浪漫史,表现了青年田汉对"真艺术"和"真爱情"的追求。《灵光》

(1920)写女留学生顾梅俪在恋爱的苦闷中做了一个“浮士德”式的梦而幡然醒悟,决心和其男友回国,去救治人民“物质上的”和“精神上的”痛苦,这是田汉第一个见之于舞台的话剧。《乡愁》、《落花时节》(1922)等,也都是写心境、写自我的浪漫主义色彩较浓的作品。《薛亚萝之鬼》(1922)写资本家的女儿看到工人奴隶般的生活后,对工人的处境的深切同情,不愿意弹用红利买来的钢琴并决心放弃所有的财产。《午饭之前》(1922)描写三位女工及其病母的困苦生活,侧面写出了工人的反抗斗争,并贯穿着对宗教欺骗性的揭露,具有鲜明的政治倾向。这两个剧本是我国现代戏剧史上最早描写工人阶级的生活及其反压迫、反剥削斗争的,可以说是30年代“无产阶级戏剧”的先声。《黄花岗》(1925)取材于旧民主主义革命斗争的史实,写得壮怀激烈、慷慨悲壮,充满反帝爱国的感情。《苏州夜话》(1927)、《江村小景》(1927)则对祸国殃民的军阀战争进行了血泪的控诉。尤其是前者,通过老画家刘叔康在战乱中妻女失散的悲惨遭遇,写出战争和贫穷给人民带来的巨大灾难。比之最初的几个剧本,这些剧作的现实主义战斗精神已大大加强。总之,革命民主主义的思想基础,反帝反封建的政治倾向,浪漫主义、现实主义交叉运用中透出的热烈而悲凉的艺术情调,构成了田汉20年代剧作的基本特征。

田汉认为自己20年代的戏剧是表现了“青春期的感伤”和“渐趋明确的反抗”。[21]这可从他《咖啡店之一夜》(1921)、《获虎之夜》(1924)、《名优之死》(1927)等剧看得出来。特别是后两者,无论从戏剧艺术的完整性还是从现实主义的深刻性来说,都是田汉20年代的两部最有代表性的剧作。

《咖啡店之一夜》写穷秀才的女儿白秋英,父母双亡,贫苦无依,便应情人李乾卿之约来省城求学,一面做咖啡店的侍女积攒学费,一面痴情地等待情人前来相会。但等来的是李要断绝恋爱关系的话。原来,李已和他带来的这位富家小姐订婚。为了“两讫”,李提出要用钱赎回自己写给白的情书。白秋英十分悲愤,将钱和自己珍藏的情书一起焚毁,表示了极度的轻蔑和凛然的决绝。爱情的破裂也即白秋英精神寄托的破灭,她感到人生的悲哀和孤寂,开始借酒消愁。但在与白秋英同病相怜的感伤青年林泽奇的劝慰下,两人相约鼓起勇气,和那些“浅薄的生活”告别,以新的活力“到人生的渊底去”。这时,在压抑、悲凉之中,又飘来了流浪世界的俄国盲诗人凄凉的吉他弹唱的声音,更浓化了剧作的感伤气氛和情调。最后,则以白秋英对人生“行路难”的思考而结束全剧。田汉曾自称该剧是“以咖啡情调为背景,写由颓废向奋斗之曙光”[22],人生行路难,但还要奋斗下去,这就是《咖啡店之一夜》的主题,初步显示了田汉早期剧作突出作者主观意向的浪漫主义特色。当然,其中也客观地揭露了以金钱和地位为中心的半封建半殖民地社会的罪恶，表现了妇女独立自主的精神。该剧作为一个探索人生之路的抒情剧，虽然戏剧冲突不够强烈，人物性格欠鲜明突出，但剧中人物直抒作者胸臆，对话充满抒情意味，重视氛围、情调的渲染仍见出一定的社会意义和审美价值。

《获虎之夜》是田汉早期最优秀的独幕话剧之一，也是整个中国 20 年代剧坛上的珍品。它继《咖啡店之一夜》后，更加强烈而深沉地唱出当时青年男女苦闷的夜歌，和他们冲决封建束缚的要求。故事以辛亥革命后湖南山村为背景，通过富裕猎户的女儿莲姑和贫苦的流浪儿黄大傻的爱情悲剧，深刻地表达出当时青年的痛苦和追求，猛烈地抨击了封建门第观念，揭露了封建势力的专制与残暴，热情歌颂了青年男女忠贞不渝的爱情和宁死不屈的反抗精神。比起《咖啡店之一夜》，该剧的艺术构思和人物塑造有明显的提高。它讲究现实主义的戏剧结构，充分注意了“戏”的提炼和选择，具有强烈的扣人心弦的戏剧性。戏是在喜剧氛围中开场的：猎户魏福生正在和妻子喜形于色谈论着女儿要嫁给高门大户陈家的喜事，还准备当晚打一只老虎添件虎皮床褥给女儿作陪嫁，以显示“猎户人家的本色”，而莲姑却早已与表哥黄大傻相爱，虽然父亲嫌贫爱富已把黄大傻赶出家门，但两人仍然情深意切。这样，戏一开始就把两个“悬念”给了观众：今晚能否打到老虎？莲姑和父亲的矛盾如何解决？第一个“悬念”的揭底引起了巨大的“惊奇”：抬上来的却是受了重伤的黄大傻！原来，他因思念情人，每天上山遥望莲姑房间的灯光，结果踏动机关被猎枪打中。而“惊奇”之后是“发现”：人们在喜庆的婚事下发现了一个血淋淋的悲剧！这就促使父女矛盾白热化，加重了第二个“悬念”分量，并推动着戏剧冲突迅速向悲剧的高潮发展：黄大傻不忍心心爱的莲姑因他受父亲的毒打，带着肉体和心灵的重伤自杀了，莲姑在父亲的暴政下作不屈的挣扎。第二个“悬念”不需揭底，把观众引向沉重的思考。该剧结构巧妙，“戏”味浓郁，标志着田汉在戏剧艺术上迈出了新的一步。

与田汉以往的作品相比，《获虎之夜》更注重人物形象的真实刻画。尽管田汉曾把该剧内容概括为“以长沙东乡仙姑殿夜猎背景写贫儿殉情之惨史”[23]，但剧本塑造得最为成功的是莲姑这一形象。她温柔而不懦弱，委婉而不屈从，朴实而有胆识，具有鲜明的个性。在她身上，既写出了 20 年代追求婚姻自由和个性解放的新女性的思想特征，又刻画了山村姑娘朴实、刚强的性格。黄大傻是田汉以家乡的流浪儿罗大傻为原型塑造的，他的性格弱点也是与他的身世相符合的，因而具有一定的现实性。不过田汉又情不自禁地加以某些“诗化”，让他讲出长篇抒情独白。这与其说抒的是黄大傻之“情”，不如说田汉是借人物在抒自己之“情”，显示了田汉一贯的善于主观抒情的特点。洪深曾给该剧以很高的评价，认为“在题材的选择、材料的处理、个性的描写，在对话，在预期的舞台空气与效果,没有一样不令人满意的”。[24]总之,剧中现实主义主题、浓郁的乡土气息和浪漫主义传奇色彩相结合,构成了田汉剧作的独特风格,成为他前期创作中向现实主义迈进的一座重要路标。

《名优之死》初演于1927年的“艺术鱼龙会”,1929年到南京公演时又作了些补充。是田汉20年代最出色的剧作。剧本描写京剧演员刘振声对待艺术严肃认真,注重戏德、戏品,而他的徒弟刘凤仙在小有名气之后被流氓绅士杨大爷所腐蚀而堕落;刘振声坚持正义,起而抗争,终至在恶势力的压迫之下,愤懑病发,倒毙于舞台之上。刘振声这一艺术形象,是以民国初年著名艺人刘鸿声之死为素材,概括了旧社会戏曲艺人的苦难遭遇,是一个真实动人的艺术典型。他的悲剧在于:他所代表的“美”——艺术创造的精神,与丑恶现实是根本对立的:他对“美”的追求越是执着,他的悲剧之根也就种得越深,他的悲剧也就是“美”的悲剧、艺术的悲剧。田汉正是通过艺术家的悲剧遭遇,反映了艺术的社会命运,歌颂了刘振声坚持理想、至死不屈的崇高精神;同时控诉了旧社会的罪恶,暴露了半殖民地半封建中国社会的黑暗,激发人们为推翻这个社会而斗争。

这出戏是以“新奇的形式”“绚烂的色彩”“沉郁磊落的情调”演出的。[25]在剧中,被推到前台的恰是刘振声们演出京剧的后台,而话剧的后台就成了京剧的前台,前台、后台,实写、虚写,融为一体,话剧剧情的进展与“戏中戏”的演出互为映衬,为人物“活”起来提供了一个自然、真实的环境。剧作形式新奇,色彩绚烂,结构自然,单纯明晰,无意求“戏”而更出“戏”,像生活的本来面貌一样真实可信,呈现出田汉从早期话剧的非戏曲化结构向戏曲化结构的转化特征。人物形象丰满,各有个性。如刘振声的抑郁刚正,左宝奎的滑稽幽默,萧郁兰的泼辣热情,刘凤仙的虚荣骄傲,刘芸仙的朴实天真等,都在剧情的自然进展中得到表现。总之,这部三幕话剧标志着田汉对社会观察的深入和戏剧艺术的成熟,在他的戏剧道路上具有承上启下的特殊意义。

田汉对中国现代戏剧艺术的贡献无疑是巨大的,也是全面的。他一生创作近百部剧本,话剧、歌剧、戏曲、电影无所不包。他最先接受和介绍西方现代派戏剧(当时称为“新浪漫主义”),并对唯美主义、象征主义、表现主义等多种创作方法作了大胆的尝试;他开创了我国现代写心境、重神似的浪漫主义抒情剧,是戏剧中革命浪漫主义流派的最杰出的代表;同时,田汉还是现代戏曲改革的先驱者,为我国现代戏曲的繁荣和发展作出了重大贡献。

第四节　丁西林等的独幕喜剧

在中国现代话剧的诞生期,独幕喜剧曾风行一时,不但在喜剧创作中占绝对优势,而且在整个"五四"剧坛也是独树一帜的。

独幕喜剧之所以能盛行,是因为在"五四"喜剧作家看来,"喜剧更是今日社会之所需",它不仅是"社会缩影的批评",还对"今日一盘散沙,麻木不仁的中国社会",具有增强其互助合作精神的重要作用。㉖即喜剧担负着改造国民性,强盛国家、健全民族的历史使命。从艺术审美的角度来看,则主要在于独幕喜剧较之多幕喜剧更适于表现"五四"的时代精神与人们的思想情绪。美国著名剧作家奥尼尔曾说:"独幕剧是塑造某种朝气蓬勃的、富有诗意的、难于在大型剧本里保留的那种情绪的绝妙的手段。"㉗丁西林也曾指出:"独幕剧在结构上贵乎精巧,它常常只是表现生活中的某个片断。有时,一个独幕剧的艺术生命,甚至只是为了突出地描写某种气氛,某种情调,或是抓住一两个人物的个性,表现出某些生动的生活情趣和感受。"㉘正因为独幕剧有着如上的审美特征,所以这一时期尝试探索独幕喜剧的人不少,并一开始就显示出中国现代独幕喜剧的成熟。

纵观"五四"话剧,最能体现独幕喜剧创作实绩的,是以丁西林为代表的幽默喜剧、以欧阳予倩为代表的讽刺喜剧,及以熊佛西为代表的趣味喜剧。而其中成就最大的,又首推丁西林。

丁西林(1893—1974),原名丁燮林,字巽甫,江苏泰兴人。曾留学英国伯明翰大学专攻物理,回国后任北京大学物理系教授,话剧创作是他的业余爱好。他的剧作,以反映知识分子生活中的矛盾为主要内容。"五四"时期,他写有《一只马蜂》(1923)、《亲爱的丈夫》(1924)、《酒后》(1925)、《瞎了一只眼》(1926)、《压迫》(1926)等独幕剧,使之一举成为著名喜剧作家,并赢得了"独幕剧圣手"、"中国的莫里哀"之称。此后他又陆续发表了《北京的空气》(1930)、《三块钱国币》(1939)、《等太太回来的时候》(1939)、《妙峰山》(1940)、《孟丽君》(1961)等剧。而最能代表丁西林早期独幕喜剧成就的,是《一只马蜂》和《压迫》。

《一只马蜂》从一个独特的视角,表现了反封建的主题。它不像《终身大事》、《泼妇》一类剧作那样把两种思想、两种道德的激烈冲突直接再现在观众面前,而是在感情并不明显对立的两代人之间,展开了轻松活泼、富有生活情趣的喜剧纠葛。吉老太太并不是一个顽固的守旧派,可她自以为是地替儿女婚事奔波操劳,结果空费心机,显得十分可笑。她要把女儿介绍给自己的表侄,而"有点新习气"的女儿坚决不顺母意;她催儿子赶紧娶媳妇,也"绝少成绩";她又要将护士余小姐介绍给自己的表侄,却不知余小姐早与她的儿子吉先生偷偷相爱……由此引出了吉先生、余小姐和吉老太太三人之间妙趣横生的喜剧性冲突。《一只马蜂》可以说从头至尾都以一个"谎"字引发和推动着喜剧性冲突,“谎”中有戏,笑从“谎”出。男女主人公用种种言在此而意在彼的“谎话”、“反语”蒙住了自以为在指挥一切的吉老太太,也用心口不一的方式互相倾诉着热烈的爱情。剧作家在幽默的笑声中达到了“一箭三雕”的目的:第一,赞美了要求个性解放、婚姻自主的年轻人,也善意地嘲讽了他们的某些虽要自主自立又不够坚强勇敢的软弱性;第二,温和地讽刺了在思想上抱残守缺、自以为是的吉老太太;第三,点出了三人之间喜剧性冲突的社会根源——中国社会“真是一个不自然的东西”!故在“谎”的背后,是对当时不合理社会现实的暴露和讽刺,这正是作者寓庄于谐、于轻松处见严肃的高明深刻之处。

《压迫》是丁西林早期剧作的“压轴戏”,曾被许多剧团搬上舞台,在现代戏剧史上影响颇大。写的是顽固守旧的房东太太整天在外打牌,但又唯恐家中未婚的女儿与房客发生自由恋爱,所以决不把房子租给没有家眷的人。但是女儿的态度相反,决不把房子租给有家眷的人。剧中没有正面描写这一冲突,我们看到的是房东太太和男客吴某的一场斗争。女儿收了这位男客的定钱,母亲却硬是不租,要他收回定钱。争执不下,房东太太叫女佣去喊巡警。而当巡警到来时,戏剧的情势已发生了突转。原来,正当男客不知所措时,又来了一位女客。这位女客性格倔强,富有新思想和同情心,当她知道了男客的处境时,主动提出假扮夫妻。这聪明大胆的一招,使得巡警狼狈告退,也打了房东太太一个措手不及。虽然作者自己说此剧没有提出什么“问题”和“教训”,但在他真实揭示的喜剧冲突中,既有对不合理社会现象的讽刺和批判,对封建思想的鞭挞和暴露,也洋溢着对联合起来反抗压迫的青年人的赞美之情,这使该剧具有强烈的社会意义。从艺术上看,该剧结构精巧、缜密,语言机智、幽默、俏皮,喜剧性格的刻画真实生动。正因为如此,《压迫》一剧受到社会各界的热烈欢迎和好评,洪深认为:“他底写实的轻松的《压迫》,可算那时期的创作喜剧中的惟一杰作。”㉙

虽然丁西林的剧作并不丰富,但他的喜剧有其独特的审美视角和敏锐的喜剧眼光,使之能从不为人们所注意的生活事件中发掘其趣味盎然的喜剧性。平淡自然的喜剧情节,神形毕肖的喜剧性格,精巧缜密的戏剧结构,机智蕴藉的喜剧语言,神思悠远的喜剧结尾,形成了他独具的幽默喜剧风格,都令人惊羡不已,回味无穷。丁西林确立了独幕喜剧在中国现代喜剧发展史上的地位,并深刻地影响着一大批后来的喜剧作家,在中国现代戏剧史上占有重要的一席之地。

欧阳予倩(1889—1962),原名立袁,号南杰,湖南浏阳县人。早年曾先后就读于日本成城中学、明治大学和早稻田大学,并积极从事早期话剧运动。他是从文明新戏舞台走上戏剧之路的,话剧、京剧一身二任,编、导、演均有所长,以毕生心血为发展中国现代戏剧事业建立了卓越的功绩。欧阳予倩在戏剧生涯中,共编写过四十多部话剧、改编过五十多个戏曲剧本。较著名的话剧有《泼妇》(1922)、《回家以后》(1922)、《潘金莲》(1927)、《屏风后》(1929)、《车夫之家》(1929)、《同住的三家人》(1932)、《忠王李秀成》(1941)、《桃花扇》(1946)等。其中成就较为突出的,是早期的独幕喜剧和创作于40 年代的历史剧。

《泼妇》是欧阳予倩早期戏剧的代表作,1923 年上海戏剧协社第一次公演,即产生了较大的影响。该剧在"五四"时期的爱情剧中有自己独特的视角,它描写的是新女性于素心与其夫陈慎之的纳妾行为进行斗争的故事,抨击了封建礼教的罪恶,提出了在整个社会政治、经济制度未经根本改革之前"自由恋爱"、"妇女解放"能否得以实现的问题,并热情歌颂了被封建势力称为"泼妇"的新女性为护卫自己的独立人格愤然离家出走的反抗行为。剧本显然受到易卜生《玩偶之家》的影响,但其内容则反映了当时中国特定的现实,表现了忠于"五四"精神,将反封建斗争进行到底的主题,具有强烈的现实意义。

与丁西林的喜剧以幽默见长不同,欧阳予倩擅长的是尖锐、泼辣的讽刺。早在 1913 年,他在长沙创作《运动力》,就对辛亥革命后一些官场新贵的腐化堕落行为进行了尽情的嘲弄。《泼妇》着重通过"新派人物"陈慎之心口不一、言行不一的自我表演,揭露讽刺他背叛"五四"精神的虚伪、丑恶嘴脸和无耻行径。《回家以后》嘲笑了留美学生陆治平仿效西方个性解放与新式女性同居、而又留恋旧式婚姻的矛盾心态和行为。讽刺最为尖锐的是《屏风后》,通过女伶忆倩对自己前半生不幸遭遇的追述,揭露了受人尊敬、热心维持风化的"道德维持会"会长原来是一个玩弄女性的十足的伪君子!该剧构思巧妙,被讽刺的对象康扶直到将要闭幕时才上场,而一亮相就是一个大曝光,不容他有任何躲闪的余地。且"屏风"本身就具有双重含义,嘲讽了康扶直之类的人物正是借着虚伪的道德这面"屏风"招摇撞骗,掩盖其肮脏的灵魂。

熊佛西(1900—1965),原名熊福禧,字化侬,江西丰城县人。曾在美国哥伦比亚大学研究院攻读戏剧,回国后任北京国立艺术专门学校戏剧系主任。他在戏剧理论的介绍和建设、培养戏剧人才、领导农民戏剧运动等方面都作出了杰出的贡献,在剧坛上有"南田北熊"之称。

熊佛西一生创作了五十来部话剧,剧作样式丰富多彩,表现手法不拘一格。他的最初创作成果《这是谁的错?》(1921)、《新人的生活》(1922)、《新闻记者》(1922)、《青春底悲哀》(1922)、《偶像》(1923)、《我到那里去?》(1923) 都是针砭现实的社会问题剧,真实地反映了"五四"新文化运动时期青年的精神面貌;且情节曲折、对话生动、舞台感强，为新兴话剧争取了观众，扩大了社会影响，在中国现代戏剧文学史上具有开创性意义。其他在剧坛引起广泛影响的，还有反映青年一代反帝爱国思想的《一片爱国心》(1925)、控诉黑暗社会压迫摧残人性乃至逼良为邪的《王三》(1928)等剧。

不过，这时期熊佛西创作最多的还是喜剧。《偶像》(1922)写一对专以迷信活动为生计的兄弟贸然打破庙里的塑像后又随即后悔，讽刺了崇拜偶像的封建迷信思想，影射了当时破除迷信打倒偶像运动的不彻底性。《洋状元》(1925)近于一部闹剧，它借助一连串夸张的外部动作，尽情展现了挂着留学生金字招牌招摇撞骗而实则满腹败絮的洋状元的疯狂相、流氓相和狼狈相，透过留学生数典忘祖、不学无术的种种滑稽丑态，嘲讽了欧美资产阶级教育的腐败丑恶。《蟋蟀》(1927)以写意的象征手法，通过幽古公主寻找和平石而终不可得的经历，抨击了虎狼横行世界的残暴黑暗，曲折地反映了当时的社会现实。剧中周仁、周礼、周义三兄弟为争夺幽古公主而同室操戈、自相残杀，既是对封建礼教的虚伪丑恶的嘲讽，也是对现实生活中封建军阀之间的不义战争的影射。而幽古公主对人类的失望，也是作者渴望和平的美好理想遭到破灭的自喻。其他如《一对近视眼》，写一对近视眼的青年把萤火虫当作鬼火而惊慌失态的笑话，反映了封建迷信对知识青年的侵蚀之深；《模特儿》通过画家雇用人体模特儿的风波，嘲讽了当过教育部录事的人竟对艺术愚昧无知；《裸体》则以漫画式的笔法渲染政大爷欲看娘娘庙里娘娘的裸体像而又要摆出道学的面孔，撕破了封建卫道士的假面具。

与丁西林、欧阳予倩他们的喜剧以幽默和讽刺见长不同，熊佛西更注重趣味性和寓言性。他的《洋状元》《艺术家》《一对近视眼》《裸体》《模特儿》等喜剧，大多根据生活中蕴含着一定社会意义的趣闻趣事敷演而成，每个戏的故事情节本身就妙趣横生，令人捧腹。《蟋蟀》《苍蝇世界》则具有寓言性喜剧的特征，貌似游离现实，其实有很大的现实针对性。熊佛西倡导"趣味"[30]，有利于喜剧的发展，不无积极意义。但如果片面追求"无穷的趣味"，注重情节的离奇荒唐和滑稽逗趣，也会流于肤浅而忽视了喜剧之深层的批判意义。像《童神》《喇叭》等剧，只是对某些旧风陋习进行温和的嘲讽和批评，就存在着此类弊病。

（黄爱华）

注释：

① 汪优游（汪仲贤）：《我的俳优生活》，《社会月报》第1卷连载（1934年）。

②《春柳社开丁未演艺大会之趣意》,见春柳社1907年6月1日演出《黑奴吁天录》海报,现藏日本早稻田大学演剧博物馆。

③ 伊原青青园:《清国人之学生剧》,日本《早稻田文学》明治40年7月号(1907年11月)。

④“新派剧”,是日本明治维新以后,在西方戏剧的影响下,从传统戏剧歌舞伎派生出来的一种只用说白、不歌不舞的戏剧样式。

⑤“新剧”,即日本的现代话剧,是在欧洲近代剧的直接影响下发展起来的。

⑥ 参见黄爱华:《中国早期话剧与日本》“导论”,岳麓书社2001年5月版,第1—12页。

⑦ 三爱(陈独秀):《论戏曲》,《新小说》第2卷第2期,1905年。

⑧ 钱玄同:《寄陈独秀》、《随感录》,《新青年》第3卷第1期(1917年3月)和第5卷第1期(1918年7月)。

⑨ 周作人:《论中国旧戏之应废》、《人的文学》,《新青年》第5卷第5、6期(1918年11、12月)。

⑩ 钱玄同:《随感录》,《新青年》第5卷第1期(1918年7月)。

⑪ 傅斯年:《戏剧改良各面观》,《新青年》第3卷第1期(1817年3月)。

⑫ 载1921年1月27日《时事新报·余载》。

⑬《民众戏剧社成立宣言》,《戏剧》第1卷第1期(1921年5月)。

⑭ 他们所谓的“国剧”,既非话剧也非戏曲,而是吸收两者长处的一种结合物,是“一种新剧”。

⑮㉑ 田汉:《我们的自己批判》,《南国月刊》第2卷第1期(1930年)。

⑯ 蒲伯英:《戏剧要如何适应国情》,《戏剧》第1卷第4期(1921年8月)。

⑰⑱㉔㉙ 洪深:《中国新文学大系·戏剧集·导言》,上海良友图书印刷公司1935年版。

⑲ 曹禺:《寿田汉先生》,1947年在文艺界为田汉庆祝50寿辰大会上的讲话。

⑳㉒㉓ 田汉:《在戏剧上的我的过去、现在及将来》,见《南国的戏剧》,萌芽书店1929年版。

㉕ 田汉:《〈田汉戏曲集〉第四集自序》,《田汉文集》第1卷,中国戏剧出版社1981年版,第449—451页。

㉖ 熊佛西:《戏剧与中国》,《现代戏剧家熊佛西》,中国戏剧出版社1985年版,第240页。

㉗ 奥尼尔:《戏剧及其手段》,《美国作家论文学》,三联书店1984年版,第252页。

㉘ 转引自吴启文:《丁西林谈独幕剧及其他》,《剧本》月刊1957年8月号。

㉚ 熊佛西:《戏剧应以趣味为中心》,《戏剧与文艺》第1卷第12期(1930年)。

【思考题】

1. 什么叫“文明新戏”?什么叫“爱美剧”运动?
2. “五四”话剧主要有哪几大创作流向?代表作各是什么?试作具体解析。
3. 田汉早期剧作有什么特色?他对现代戏剧有哪些贡献?
4. 试比较丁西林、欧阳予倩、熊佛西三人独幕喜剧的风格特点。

第二编

中国现当代文学的发展与深化

第一章　三四十年代文学运动与文学思潮

第一节　左翼文学的主导倾向与文学多元互补格局的建构

一、无产阶级革命文学的倡导与左翼文学运动

1927年大革命失败后，国内阶级力量重新聚合，一大批新文学作家汇集上海，于是早在20世纪20年代中期便已经提出、后因北伐战争中断的“革命文学”倡导重新成为新文学运动的热点。由后期创造社于1928年1月创办的《文化批判》和《创造月刊》，发表了成仿吾的《从文学革命到革命文学》、冯乃超的《艺术与社会生活》、李初犁的《怎样地建设革命文学》等文章，倡导革命文学。1927年冬成立，由蒋光慈、钱杏邨等组成的太阳社，也于1928年1月创办《太阳月刊》与创造社相呼应，发表了蒋光慈的《关于革命文学》、钱杏邨的《死去的阿Q时代》等文章。这些文章一方面高张起无产阶级革命文学的大旗，应和着整个西方工业世界经济危机中的革命浪潮，汇入到世界范围内的“红色的30年代”中。另一方面，又受国际无产阶级文学运动中日本福本主义和党内“左”倾路线的双重影响，对“五四”文学革命及其有影响的作家给予了全盘的否定，斗争的矛头直接指向鲁迅、茅盾、叶绍钧、郁达夫、冰心等人。并且表现出把文艺简单地等同于宣传，忽视其审美特征的倾向，因而引起了一场革命文学的大论争。创造社和太阳社为争革命文学倡导权也发生过争论。

1929年，中共中央指示创造社和太阳社停止对鲁迅等人的攻击，筹备建立统一的左翼文学组织。1930年3月2日，中国左翼作家联盟（简称“左联”）在上海成立。出席会议的有鲁迅、冯雪峰、柔石、沈端先、冯乃超、李初梨、彭康、蒋光慈、钱杏邨、田汉、阳翰笙等四十余人。会议选举沈端先（夏衍）、冯乃超、钱杏邨、鲁迅、田汉、郑伯奇、洪灵菲为常委。后来，茅盾、周起应（周扬）等相继从日本回国，也参加了“左联”。会议通过了理论纲领与行动纲领，宣告：“站在无产阶级的解放斗争的战线上”，“援助而且从事无产阶级艺术的产生”作为奋斗的目标。鲁迅作了后来题为《对于左翼作家联盟的意见》的重要讲话，对无产阶级文学倡导过程中的经验教训作了科学总结，强调了左翼作家必须和实际斗争相结合，必须同旧社会和旧势力进行韧性的战斗。

“左联”在北平和日本东京设立“左联”分盟，在广州、天津、武汉、南京等地成立了

小组。可以说“左联”是中国文学界规模空前的一次大联合,文艺界的其他领域也相应成立了各种左翼团体,如“剧联”“美联”“影联”等,标志着无产阶级革命文艺思潮的高涨,也标志着党对新文艺领导的加强。“左联”内部设有党团,直接受中共领导,不仅强化了文学与政治的联系,而且开创了党领导文学的新体制。“左联”明确地宣布是无产阶级领导的革命事业的一翼,并加入了国际革命作家联盟,成为它在中国的支部,强化了它的无产阶级政治方向。“左联”除将原鲁迅主编的《萌芽》和太阳社的《拓荒者》辟为机关刊物外,还先后出版了《前哨》(后更名为《文学导报》)、《北斗》、《十字街头》、《文学月报》、《太白》、《光明》等期刊。不过这些刊物均遭到国民党政府的查禁,很少坚持一年以上的。在“左联”及其分支机构的组织下,左翼文学队伍不断发展壮大,并且同国民党反动政权和旧势力进行了英勇的斗争,甚至献出了自己的生命。如 1931 年 2 月 7 日,五位“左联”作家柔石、胡也频、殷夫、冯铿、李伟森被国民党秘密杀害,震动中外,史称“左联”五烈士。此外,洪灵菲、应修人、潘谟华等“左联”作家也被枪杀。正是在对黑暗与专制的反抗上,鲁迅认为:“现在,在中国,无产阶级的革命的文艺运动,其实就是惟一的文艺运动。”(《二心集 · 黑暗中国的文艺界的现状》)

“左联”的成立,加强了马克思主义文艺理论的译介与研究,在理论建设方面颇有建树。“左联”成立之初,曾一度从苏联“拉普”(俄罗斯无产阶级作家联合会)理论家那里引进了“唯物辩证法的创作方法”,用辩证唯物主义世界观代替文学艺术的创作方法,以政治代替艺术,结果进一步助长了公式化、概念化倾向。回到文学战线的瞿秋白于 1933 年针对“左联”的问题,撰写了《马克思恩格斯和文学上的现实主义》、《恩格斯和文学上的机械论》等论文,批评了初期无产阶级文学创作中的“主观主义的理想化”和“革命的浪漫蒂克”情绪。1933 年 9 月,周扬介绍了苏联清算“拉普”错误的情况。11 月又发表《关于社会主义的现实主义与革命的浪漫主义》一文,第一次向国内介绍了“社会主义现实主义”的创作原则,“真实性”为“不能缺少的前提”,注意创造“典型环境中的典型性格”,“在发展中,运动中去认识和反映现实”。但其所阐述的这种“典型”,实际上是把某一社会集团的各种代表性格相加而成的,是一种忽略个性的阶级的典型。虽然胡风曾撰文《什么是典型和类型》(1935)加以争鸣,但仍对典型个性的丰富性与独特性缺乏深入的研究。

“左联”的另一项重要活动是推动“文艺大众化”。为了更好地利用文学宣传群众、掌握群众、组织群众,“文艺大众化”作为建设“无产阶级文学”的一个重大问题而被提了出来,并展开了三次大讨论。1930 年春,在《大众文艺》《拓荒者》等刊物上开始了第一次讨论,中心问题是如何写出“能使大众理解——看得懂——的作品”。鲁迅在《文艺的大众化》中认为"在现下教育不平等的社会里,仍当有种种难易不同的文艺",不能去迎合大众,媚悦大众,"迎合和媚悦是不会于大众有益的"。郭沫若则强调"通俗化"应是文艺大众化的关键。1931 年 11 月至 1932 年 6 月,《北斗》《文艺新闻》《文学月报》等开展了"文艺大众化"的第二次讨论。瞿秋白提出利用旧形式,即旧瓶装新酒的主张。同时,他还认为"五四"式白话仍旧是士大夫的专利,和以前的文言一样,是非驴非马的东西,因而需要"再来一次文字革命",即"俗化文学革命运动"。[①]茅盾认为由于各地方言的差别,不会有一种全国性的普通话,因而"五四"白话仍有生命力,尽管有待精练和去掉欧化习气。[②]第三次讨论是 1934 年关于"大众语"的讨论。这年 5 月汪懋祖等在南京《时代公论》《中央日报》上发起"文言复兴运动",上海进步文艺界加以反驳。6 月转入对大众语和拉丁化的讨论,涉及文字改革普及文化教育等。就文学而言,则是"为了纠正白话文学的许多缺点",而提倡"大众语"。[③]鲁迅认为大众语应采用方言,但须不断改进提高,也须吸收外国语文的词汇和语法,使之丰富和精密[④],并批评了借口白话文不够通俗而否定"五四"新文学的倾向[⑤]。

总体来看,无产阶级文学的倡导和左翼文学运动的展开,在中国新文学史上有着不可漠视的意义。其中最主要的是,它同新文学的使命要求和中国革命的现状相契合。"五四"以来的新文学运动从一开始就表现出"启蒙"与"救亡"并存的强烈的历史使命意识,因而由冲决封建藩篱的"文学革命"发展成为同大革命运动相呼应的"革命文学",原是一种历史的必然;此后应和了日益高涨的无产阶级革命运动,并与世界范围内的"红色 30 年代"思潮相一致,无产阶级文学势必成为中国 20 世纪 30 年代的重要文学思潮,并使之构成了当时中国文学发展的主导倾向。在倡导无产阶级文学基础上形成的左翼文艺运动,形成一支壮阔的作家队伍,以蓬勃发展的态势展开,在中国新文学史上也是前所未有的。鲁迅当时就对这一文艺运动在 30 年代文学中所处的地位作了切中肯綮的评价。此外,左翼文艺坚持马克思主义的理论指导,提倡文艺大众化,创造一种勇敢反叛专制制度、体现鲜明政治倾向性和阶级倾向性的红色文本,在新文学中也是独树一帜的。当然,从另一方面来说,左翼文艺也存在着相当严重的对"五四"文学精神的否定与变异,这主要表现为它对"五四"新文学的人道主义和个性主义精神内涵的否定,虽然这种否定受到鲁迅、茅盾等人有限度的捍卫,但其基本精神已与"五四"新文学发生了较大的偏离。

二、与左翼文艺运动对峙与互补的其他文学观与文学思潮

虽然从"文学革命"到"革命文学"构成了由 20 年代到 30 年代文学发展的主导旋

律,但是"五四"文学所确立的开放而多元的文学也在发展着,从而与左翼文学构成了一种既相互对峙又相互补充的文学格局。这一时期除了左翼文艺思潮外,其他文学观与文学思潮主要还有:

1. 后期"新月派"的文学人性论

这里的"新月派"是既与上一时期的以新月社为主体的新月派相联系又有所区别的一个文学派别,所以称他们为后期新月派。1926年6月以后,闻一多、徐志摩等相继离开北京,原来的新月社无形解散。当他们与《现代评论》的胡适、陈西滢等人于1927年重新集合在上海,创办新月书店和《新月月刊》(1928.3—1933.6)时,便进入了新月派活动的第二个时期,即后期新月派时期了。

后期新月派继承了前期新月派"以理性节制感情"的美学原则,对文学的"无政府"状态加以批评。在《新月》创刊号上,由徐志摩执笔的《新月的态度》,旗帜鲜明地批评了当时文坛上他们所不以为然的13种派别,如功利派、标语派、主义派、偏激派等等,实际上主要攻击由创造社和太阳社发起的无产阶级革命文学运动。其主要理论家梁实秋则受其老师美国的白璧德新人文主义和古典主义的影响,进一步倡导起"人性论"。认为"文学发于人性,基于人性,亦止于人性","文学的目的是在藉宇宙自然人生之种种现象来表示出普遍固定的人性"。[⑥]不过这种人性并不是一般的自然人性,而是以"健康"、"尊严"为标志的人性。因为他们认为人性是复杂的、善恶交织的,因而需要用"理性"来加以"指导"和"控制"。落实到文学创作中,他们就追求"文学的纪律",即以格律、节奏、匀称为特征的合度的表现。虽然这种理论对于深化文学的人性探索具有一定的作用,并形成了独具特色的新月诗派,但是他们的文学观从所谓普遍的人性论反对文学的阶级性,实际上是否认文学的大众性,用他们自己的话来说就是"大多数就没有文学,文学就不是大多数"(梁实秋:《文学与革命》)。从根本上来说,这是一种贵族主义的精英文学观,因而受到了左翼作家的批评。鲁迅一方面指出他们的文学"人性论"是"以资产为文明的祖宗,指穷人为劣败的渣滓"的贵族主义实质(《"硬译"与"文学的阶级性"》);另一方面也肯定了文学人性本身的合理存在,批评了左翼阵营某些极"左"言论。鲁迅认为:在阶级社会里,文学都"带着阶级性","但是'都带',而非'只有'"阶级性,如果用阶级性代替、抹杀文学的"个性"及其他特征,就是对"唯物史观""糟糕透顶"的歪曲(《文学的阶级性》),对两者的关系作了较为辩证的论析。

2. "现代派"的文学自由论

所谓"现代派"是因1932年5月在上海创刊的《现代》杂志而得名的。其主要编辑者有施蛰存、杜衡、戴望舒等。他们在杭州读中学时就组织过文学团体“兰社”。1926年就读上海震旦大学法文班时，合编《璎珞》小旬刊，被称为“文坛三剑客”。《现代》一创刊就宣布他们是一个致力于文学自身的艺术、忠于自我感觉的文学刊物，并表现出宽容和自由创造倾向。这种倾向就难免与左翼文学运动发生冲突。1931 年自称“自由人”的胡秋原在他编辑的《文化评论》创刊号上发表《阿狗文艺论》，提出“文学与艺术，至死也是自由的、民主的”，“将艺术堕落到一种政治的留声机，那是艺术的叛徒”的观点，表面上攻击国民党扶植的“民族主义文艺运动”，实际上将矛头指向了左翼文艺运动，因而受到左翼文艺阵营的批判。胡秋原也连续写了《钱杏邨理论之清算与民族主义文学理论之批判》等文进行答辩。《现代》的杜衡则用“苏汶”的笔名以“第三种人”的身份，发表了《关于〈文新〉与胡秋原的文艺论辩》等文，为胡秋原辩护，卷入了论争。他们的观点集中体现在三个方面：一是关于文学的阶级性。他们并不否认文学的阶级性，但是“不是一切文学都是有阶级性的”，把文艺作为阶级斗争的武器“不能整个包括文学的含义”，因为文学的功能是多方面的。二是他们强调文学必须是文学，不能变成“政治留声机”，文学家不能变成“政治煽动家”。三是文学表现是自由的。由此他们指责左翼文艺理论束缚了作家的创作自由，“左联”作家“左而不作”，“左联”外的作家也怕“作而不左”而搁笔。虽然这些观点难免偏激，但对左翼文艺运动的某些“左”倾幼稚病也给予了纠偏与补正。不过由于当时政治环境的恶劣，理论准备的不足，以及国际国内“左”倾路线的影响，“左联”主流派把这些理论问题作为政治问题来解决。一是否认“第三种人”的客观存在，以非此即彼的二值逻辑将对方划进了敌人的营垒。二是对文艺与阶级性、文艺与政治的关系作了简单机械的解释，走向“政治即艺术”的极端。同时还表现出一种霸权主义的态度。对论辩对方的意见，以及自己一方正确的意见都听不进去，如指责鲁迅具有“戴着白手套革命论的谬误”，“是极危险的右倾的文化运动中和平主义的说法”。⑦

不过“左联”的这种偏向在 1932 年 11 月后有所克服。当时中国共产党领导人张闻天化名“歌特”在中共机关刊物《斗争》上发表《文艺战线上的关门主义》，指出“认为文学只能是资产阶级的或无产阶级的”，“其间不能有中间，即所谓‘第三种文学’是非常错误的极‘左’的观点”。还批评了“文艺只是某一阶级‘煽动的工具’、‘政治的留声机’”的观点，认为这种观点“显然把文学的范围大大的缩小了，显然大大束缚了文学的‘自由’”。后来冯雪峰在为结束论战所写的《关于第三种人的倾向和理论》中也检讨了“左联”和自己的某些观点，对文学的真实性与政治倾向性及党派性关系作了较辩证的分析，并肯定了进步的小资产阶级文学的作用。

3.“论语派”的性灵表现说与幽默观

“论语派”以1932年9月创刊于上海的《论语》半月刊(1937年8月休刊)而得名,后又有《人间世》《宇宙风》相呼应,形成了一个散文领域的自由主义文学派别。其主编林语堂曾是语丝派骨干作家之一,其主要成员除陶亢德、邵洵美之外,也主要是原语丝社的周作人、刘半农、章川岛、孙伏园等。因而《论语》是一个与原《语丝》有明显承继关系的文学刊物。它也主要发表散文小品,为造成1934年“小品之年”的繁荣贡献甚多;它还承继了“自由思想,独立判断”的倾向,“不拿别人的钱,不说他人的话”,“不附庸风雅,更不附庸权贵”。在社会批判方面,虽然也发表过不满国民党独裁统治的言论,但其锋芒已渐渐减弱,并常常“寄沉痛于悠闲”,穿上一件幽默的外衣。另一方面,他们对中国共产党领导的革命运动也持怀疑疏远的态度。在文学上,他们将中国古代的“性灵说”和西方的表现主义、浪漫主义糅合起来,倡导一种无拘无碍自由自在地表现作家个性的性灵派文学,同时倡导幽默。林语堂因此而被称为“幽默大师”。他认为所谓幽默首先是一种超脱的人生观,是以一种“从容不迫的达观态度”对于人生的观照与批评。其基本特征是,第一,幽默是“温厚的超脱而同时加入悲天悯人之念”,因而它常常是“笑中带泪,泪中带笑”。第二,幽默的文章表现为“轻快自然”“淡然自适”,介于豪放与婉约之间。第三,幽默虽与讽刺相近,但不以讽刺为目的,去掉讽刺中的酸辣与火气,才能成为冲淡自然之幽默。⑧

这种弱化杂文小品的社会现实批判功能的倾向无疑是与左翼文艺运动强调的文学的现实战斗性倾向相矛盾的,因而受到以鲁迅为代表的左翼文艺阵营的批评。鲁迅在《论语一年》《小品文的危机》等文中便批评了林语堂的“独抒性灵”抹杀了文学的社会性,以“超然的幽默”冲淡了一切事物的是非、善恶与美丑的界限,一方面使青年摩挲了“小摆设”式的小品文之后,“由粗暴变为风雅”,丧失战斗的意志;另一方面又“将屠户的凶残,使大家化为一笑”。

4.“京派”执着文学自身价值之文学观

在上海文坛热闹纷繁的同时,北京也悄悄地集聚起一批作家,先后以《骆驼草》周刊(1930.5—11)、天津《大公报·文艺副刊》(1933.9—1937.6)、《水星》半月刊(1934.10—1935.9)和《文学杂志》(1937.5—1948.11)为主要阵地,构成一个颇具实力又独具特色的文学流派——“京派”。其主要成员为三部分人:一是20世纪20年代末期语丝社分化后留下的偏重讲性灵、趣味的一批作家,如周作人、废名等;二是新月社、现代评论派留下或与《新月》月刊关系密切的一部分作家,如沈从文、凌叔华等;三是清华、北大等高校的师生,如朱光潜、李健吾、何其芳、卞之琳、李广田等。

“京派”与“海派”原是中国戏剧的名词。用“京派”来指称20世纪30年代前半期京津文学圈大约是源于1933—1934年的一场论争。1933年10月沈从文发表《文学者的态度》,赞扬了“京派”文人自“五四”以来,诚朴治学,以唤起国人觉悟的学风;批评了“海派”的文学与商业结缘,为获取名利,迎合商人和小市民趣味而粗制滥造的现象。这立即引起上海的苏汶反驳,从而爆发了“京派”与“海派”的论争。鲁迅也曾撰文加以讨论。从此“京派”就成为沈从文一派文学的称呼。朱光潜曾回忆说:

> 他(按:指沈从文)编《大公报·文艺副刊》,我编商务印书馆的《文学杂志》,把北京的一些文人纠集在一起,占据了这两个文艺阵地,因此博得了所谓“京派”文人的称呼。⑨

沈从文20世纪40年代也回忆道:

> ……然而在北方,在所谓死沉沉的大城里,却慢慢生长了一群有实力有生气的作家。曹禺、芦焚、卞之琳、萧乾、林徽因、何其芳、李广田……是这个时期中陆续为人所熟悉的,而熟悉的不仅是姓名,也熟悉他们用个谦虚态度产生的优秀作品!⑩

所以虽然这些作家各自的思想艺术倾向并不完全一致,但是在以文会友的过程中,以及沈从文、朱光潜主编刊物的倡导中,逐渐形成了大致相同的文学主张与倾向,体现出大致相同的审美理想与追求,从而形成了一个独具特色并且影响深远的文学流派。

“京派”大致是以周作人作为精神领袖的,在“为人生派”与“为艺术派”之间也取了一种超然的态度。朱光潜在《文学杂志》创刊号上发表的《理想的文学刊物》代表了这一态度,他既反对文艺过分与人生靠拢,把文艺作为宣传的工具;也反对“为文艺而文艺”,超然于时代的文艺观。他要求文艺植根于人生的沃壤,但不是直接宣传,而只是“怡情养性”。其次,他认为文学与文化都要经历一个生发期和凝固期。生发期虽然幼稚,但却孕育着新生命;凝固期虽然意味着成熟,但同时伴随着衰落。现时的新文艺仍还是“幼稚的生发期”,因而“应该有多方面的调和的自由发展”。基于以上观点,朱光潜便批评了当时文坛要求统一的趋向。他说:“我们刚从旧传统的桎梏解放过来,现在又似在作茧自缚,制造新传统的桎梏套在身上,这未免太愚笨。新传统将来自然会成立的,我们不必催生堕胎”,“我们不妨让许多不同的学派思想同时在酝酿、骚动、生展,以至冲突斗争”。

综合新月派、现代派、论语派、京派的文学思想,实质上都是一种自由主义的文学观。虽然具体的文学观有所差异,但在反对文学作为政治斗争的工具,强调文学的独立个性与自由发展方面却具有共同性。如果溯源到20世纪20年代的中国文学的话,则是与周作人宽容的个性文学观一脉相承的。周作人在1923年发表的《文艺上的宽容》中便指出,文艺的生命是自由不是平等,是分离不是合并,"所以宽容是文艺发达的必要条件"。应该说这些观点和主张对于补正左翼文学的某些偏颇,推动20世纪30年代中国文学多元共生的繁荣起到了积极的作用。但是另一方面,由于国内革命斗争的激烈,日本帝国主义入侵造成的民族危机加剧,因而时代只能选择左翼文艺运动作为文学主流,这些形形色色的自由主义文学思潮则成了文学舞台的配角与伴声。

5. 其他民主主义作家群

在左翼作家群和自由主义作家群之外,还存在一个数量广泛的民主主义作家群,大致以上海的《文学》月刊(1933.7—1937.11),北京的《文学季刊》(1934.1—1935.12),上海的《文季月刊》(1936.6—12)、《文丛》(1937.1—7)以及开明书店的《开明文学新刊》,文化生活出版社的《文学丛刊》和生活书店的《创作文库》等为主要阵地,集合起一批文学好尚大致相近的作家共同活动。其中上海的《文学》月刊主要是原文学研究会(《小说月报》)的一批人,与"左联"、特别是鲁迅和茅盾比较接近。北京的《文学季刊》以及后来上海的《文季月刊》和《文丛》的倾向则与京派比较接近,其主要作家有巴金、老舍、李健吾、李长之等。

三、与"民族主义文学"的斗争

如果说以上文学观和文学思潮体现了新文学多元开放的多种向度的话,那么作为政权的掌握者国民党也必然要发起自己的文艺运动。1930年6月,由陈立夫等策划,王平陵、潘公展、朱应鹏、傅彦长、邵洵美、黄震遐、范争波等人参加,在上海发起了"中国民族主义文学运动"。他们发表《民族主义文学运动宣言》,攻击无产阶级文艺运动使文坛陷入"畸形的病态的发展进程",要求取消"多型的文艺意识",而统一于"民族意识";鼓吹以"民族意识"为核心的"民族文艺"是"文艺的最高意义",应成为中国文坛的主潮。这实际上就是推行国民党的"党治文化"与"党治文学",为国民党的政治服务。他们还在国民党政府的扶植下,在上海、南京等地创办《前锋周刊》《前锋月刊》《文艺月刊》等,倡导上述理论,发表所谓的"民族主义文学"作品。对这种专制主义的文艺,"左联"和其他进步文艺团体给予了迎头痛击。鲁迅的《黑暗中国文艺界的现状》《"民族主义文学"的任务和运命》,瞿秋白的《屠夫文学》《狗样的英雄》《〈黄人之血〉及其他》等都从不同角度揭露了“民族主义文学”的反动性。由于自身的粗浅虚妄和在迅猛轰击下的孤立无援,“民族主义文学运动”很快便土崩瓦解了。它的匆匆来去说明在经过了“五四”新文化运动的洗礼之后,专制或者变相专制主义的文学都是不得人心的。

第二节　民族解放旗帜下的抗战文艺运动及其文学论争

一、“两个口号”的论争与文艺界民族统一战线的形成

1931 年“九一八”事变后,日本帝国主义侵占我国东北三省,民族危机日益加深。其时形成的东北作家群(萧军、萧红、端木蕻良、骆宾基、李辉英等作家组成),流亡到上海及关内各地,用文学表达东北人民的抗日呼声,开启了我国抗日文学先河。此后随着日寇步步进逼,民族危机日趋严重,文艺界的抗日要求也日趋高涨。1935 年“一·二九”运动爆发后,当时负责“左联”工作的周扬在日益高涨的民族救亡运动的推动下,于年底宣布“左联”自动解散,并提出“国防文学”的口号,“号召一切站在民族战线上的作家,不问他所属的阶层,他的思想和流派,都来创造抗敌救国的艺术品,把文学上反帝反封建的运动集中到抗敌反汉奸的总流”[11],推动了抗日救亡文学运动的蓬勃开展。随后又有“国防戏剧”、“国防诗歌”等口号的提出。不过由于这一口号本身的含混以及对其解释的不当,如除了“国防文学”之外,就是“汉奸文学”,仍沿袭了早期“左联”文学工作者简单的二值逻辑;同时也忽视了统一战线里“谁统一谁”的问题[12],因而鲁迅和刚被党中央从陕北派到上海的冯雪峰以及胡风、茅盾等商议后,另外提出了“民族革命战争的大众文学”口号来加以补救。口号首先由胡风在《人民大众向文学要求什么》[13]中提出。但由于胡风没有解释新口号产生的具体经过,且只字未提“国防文学”,再加上原“左联”一些负责人本来就对胡风有成见,因而引起了“两个口号”的论争,并产生了两个基本上由支持不同口号的成员分别签名的《中国文艺家宣言》和《中国文学工作者宣言》。不过由于双方要求建立抗日民族统一战线的基本观点是一致的,因而在明确了两个口号之间的关系,纠正了具体主张中的某些不明确性,特别是鲁迅在逝世前发表了《答徐懋庸并关于抗日统一战线问题》,将论争背后的宗派主义和个人意气予以曝光,使论争者受到极大震动,论争渐渐平息下来。同年 10 月,鲁迅、巴金、郭沫若、茅盾、林语堂、包天笑等 21 名文艺界知名人士发表了《文艺界同仁为团结御侮与言论自由宣言》,初步形成抗战文艺统一战线。

1937 年全面抗战爆发后,抗日救亡文学迅速成为全民族文学的主题,文学运动的中心也迅速转移到抗日救亡运动中来,其标志就是中华全国文艺界抗敌协会(简称“文

协”)的成立。1938 年 3 月 27 日,“文协”在武汉成立。该协会包容了更广泛的作家,标志着文艺界在民族解放的旗帜下结成了最广泛的统一战线。“文协”成立大会上推选出了郭沫若、茅盾、冯乃超、夏衍、老舍、巴金、朱光潜、张道藩、陈西滢、王平陵等45 人为理事,老舍为主持日常工作的总务部主任。还先后在重庆、成都、桂林、昆明、贵阳、广州、延安、晋东南、上海、香港等地设立分会,动员了最广泛的作家参加。“文协”会刊《抗战文艺》是抗战期间坚持最久的刊物之一。“文协”成立后,首先开展的活动是“文章下乡,文章入伍”运动,鼓励和组织作家、文艺家深入到农村、部队、前线,为神圣的民族抗战服务。1938 年 4 月成立的由郭沫若主持的国民党军事委员会政治部第三厅,也将各地流亡到武汉的许多文艺工作者组成 9 个抗敌演剧队、4 个抗敌宣传队、1 个孩子剧团和电影放映队,奔赴各地为广大抗战军民巡回演出。抗日战争的全民性空前强化了新文学与群众的联系。

这样,随着抗战文艺运动的蓬勃展开,30 年代前半期那种自由发展、相互竞争的文学态势便开始凝聚集中起来,在文学的民族解放意识空前高扬的同时,文学的社会教化功能也得到空前的强化。“文艺不再是少数文人和文化人自赏的东西,而变成了组织和教育大众的工具”⑭成为许多人的文艺信条。30 年代初即开展多次讨论的文艺大众化也实际运作起来。几乎所有的文学种类都在内容上出现了报告文学化的趋势,在形式上出现了小型化、轻型化和实用化的趋势,街头诗、朗诵诗、传单诗和街头剧风行一时;并自觉地向民间通俗文艺靠拢和利用旧形式,几乎所有在民间流传并为群众所喜爱的文艺形式,诸如小调、大鼓、相声、评书、演义、皮黄以及各种地方戏曲都被利用来反映抗日的内容。武汉的《抗到底》《七日报》,成都的《星芒报》《通俗文艺五日刊》成为专刊通俗文学作品的刊物。由此也进一步引起了对“旧形式的利用”的关注与讨论。

二、关于抗战文学的论争与抗战文学的深化

首先展开的是关于“暴露与讽刺”的讨论。讨论是由 1938 年 4 月发表在《文艺阵地》上的张天翼的小说《华威先生》引起的。由于小说以讽刺的手法揭露了抗战阵营中的弊端,同时被日本《改造》杂志转载时对中国抗日救亡运动作了恶意攻击,因而有人撰文认为抗战文艺应该以歌颂光明为主,以增强国人的抗战决心,不宜暴露和讽刺黑暗,以“减自己威风,展他人志气”。⑮另一些人则认为真正进步的民族绝不讳言自己的弱点,敢于暴露并戳穿自己的毒疮,恰恰说明我们民族的健康与进步。经过论争,双方取得基本一致的意见,认为抗战文学既应该表现新时代曙光的典型人物,也应该“写新的黑暗”,而“消灭这些荒淫无耻自私卑劣,便是‘争取’最后胜利之首要第一的条

件”。[16]这样,这场论争就促使了抗战文学从初期表面的亢奋中沉静下来,转入了全面、真实、深刻的反思民族历史、反映社会现实的新方向。

随后又展开了抗战文学题材和方法的探讨。在抗战文学的热潮中,一些作家急于歌颂伟大的民族战争,也制作了不少根据道听途说随意点染和空喊口号的“急就章”。虽然一些优秀作家和批评家,如茅盾和周扬曾指出过这种概念化的倾向,但并未引起作家普遍的注意。梁实秋1938年12月在他主编的《中央日报》副刊《平明》上也批评了这种“抗战八股”倾向,并指出除了描写与抗战有关的题材外,也可以写“与抗战无关的”题材,但必须是“真实流畅”的。稍后施蛰存也在《文学之贫困》(1942)中相附和。虽然这些意见对于改变文学题材单一化,创作概念化是有积极意义的,但是由于毕竟冲淡了抗战文学的主题,因而遭到抗战文艺界主流的严辞反击,为此爆发了一场对“与抗战无关论”的批判,甚至连抗战文艺的一些缺点也加以偏激的袒护,如认为“抗战八股,也还有它的用处”。[17]沈从文则在《一般或特殊》(1939)、《文学运动的重造》(1942)等文中对文艺中仍然存在的“虚伪”“浮夸”现象加以了剖析,认为这是由于文学成为政治的工具所导致的,而作家只有加强自身修养,素朴诚恳,铸造于作品,才能“使文学作品的价值,从普通宣传品而变为民族百年立国的经典”。这种单纯从审美的角度来探讨文学建设的声音同样与当时整个时代的主题和氛围不相适宜,因而也遭到抗战文艺界主流的严厉批评,甚至出现拔高到政治层面的偏激倾向,不过这些论争毕竟引起了人们对抗战文艺质量的普遍注意和改进。

1938年10月武汉失守后,抗日战争进入相持阶段。在政治军事形势上,逐渐形成了以重庆为中心的国统区、以延安为中心的敌后抗日根据地(解放战争时期为解放区)、上海的外国租界区和日寇占领下的沦陷区等多元区域格局。相应地,各个区域的文学由于不同的政治环境及其面临的不同的任务要求,也形成了各自不同的特色。国统区文学逐渐从抗战初期的狂热、躁动中冷静下来,对现实中阻碍抗战与改革的不良现象的讽刺与批判,对民族性格与文化的剖析与沉思,对知识分子自身道路的反省逐渐高涨起来,并成为抗战文学的主要倾向。这一思潮虽然没有形成明确的理论纲领,但与全国文协的倡导不无一定的关联。文协的会刊《抗战文艺》于1940年11月在重庆召开题为“1941年文学趋向的展望”的座谈会,及时对抗战文学运动加以了深刻的反思。作为文协实际主持人的老舍不仅呼吁抗战文学应抛弃“空洞的宣传”,“应跟着抗战的艰苦,生活的困难,而更加深刻”[18];而且后来更明确地继续了他的思考说:“一个文化的生存,必赖它有自我的批判,时时矫正自己,充实自己。”[19]作家们逐渐认识到,这一场旷日持久的战争实际上是对一个民族的意志力、承受力和综合国力的严峻考验。因而抗战“在其本质上无疑的是一个民族自身的改造运动”,必须把一切“新的和旧的痼疾,一切阻碍抗战、阻碍改革的不良现象指明出来,以期唤醒大家的注意,来一个清洁运动”。[20]由于“这些作家大都是在‘五四’新文学的哺育中成长起来的作家。因而当阶级的权威话语暂时空缺之后,他们便不约而同地把目光转向了‘五四文学’的文化反思去寻求资源”,从而承继“五四”启蒙主义文学的历史逻辑,开始了一个文化反思的文学思潮和讽刺暴露的文学思潮。[21]而《七月》作为一个重要的文学刊物,在胡风的策划组织下,逐渐成为一个独具特色的文学群体。

抗日根据地文学运动在共产党的直接关怀和领导下,开始向“工农兵方向”大步前进。毛泽东《在延安文艺座谈会上的讲话》进一步强化了左翼文学的社会政治功能,文学成为整个革命机器中的一个组成部分。同时在对新文学的改造中促进了民间文艺传统的复兴。上海的外国租界是1937年11月日军攻占上海后剩下的一个相对平稳的地区,一些进步文艺工作者利用这一特殊环境,进行了各种形式的抗日救亡文艺活动,直至1941年12月日本发动太平洋战争,外国租界全部沦陷,才告结束。史称这一文学为“孤岛文学”。孤岛文学的主要活动有:对“大东亚文学”与“和平文学”等汉奸文学的批判;出版《杂文丛刊》《鲁迅风》等杂文报刊,创作与演出了大量具有强烈民族意识和爱国精神的历史剧,在杂文和戏剧文学创作领域取得较为可观的成绩。在日本侵略者占领下的沦陷区,既有日伪直接导演的汉奸文学,也有人民的爱国文学。一些未撤离的地下文艺工作者则利用各种形式与日伪斗争,但因环境险恶,除陆蠡的《囚绿记》、师陀的《结婚》和钱锺书的一些小说外,尚无更好的收获。

虽然由于不同的社会制度和政治文化背景,各区域文学具有自身的演进轨迹,但是由于源于一个共同的文化传统,同时又面临相似或相近的历史情景,因而它们又是相互影响、相互呼应的。在总体倾向上,“孤岛文学”、沦陷区进步文学是与国统区相一致的。不过从历史的发展来看,以延安为中心的抗日根据地文学随着抗日根据地政治军事力量的日渐强大而逐渐成为整个文学发展的主导力量,并最终经由解放战争的胜利而成长为新中国的文学。实际上这种影响早在抗战初期便开始了,这鲜明地体现在“民族形式”的讨论中。这场讨论是随着抗战初期对旧形式的广泛利用和毛泽东于1938年在《中国共产党在民族战争中的地位》中提出“民族形式”概念而引发的。讨论最初在延安展开,虽然也有一些作家指出旧形式的局限性,但不少人认为旧形式就是民族形式,同时认为“五四”新文艺远离了民族的形式。讨论传到国统区后,向林冰先后发表了《论“民族形式”的中心源泉》(1940)等文,进一步否定新文学是“缺乏口头告白性质的‘畸形发展的都市的产物’,是‘大学教授,银行经理,舞女,政客,以及其他小布尔’适切的形式,是'欧化东洋化'的移植形式"(《论"民族形式"的中心源泉》,1940年3月20日重庆《大公报》副刊《战线》)。这实际上就是否定"五四"新文学而回归到旧文学中去,因而受到大多数新文学作家的批评。不过葛一虹等人在肯定"五四"新文学从世界进步文艺中吸收新思想、方法和形式的道路的同时,又否定民间形式有可以批判继承的合理成分,表现出另一种偏颇。[22]胡风则在《论民族形式问题》(1940年10月)中指出,民族形式不仅是适应广大农民"习见常闻"和"喜见乐闻"的大众化、通俗化,而且必须建立在新时代(抗日民族解放战争)内容的需要和欲求上,认为"民族形式本质上是'五四'现实主义的传统在新的形势下面主动地争取发展的道路"。实际上"民族形式"讨论的分歧,"不是一个单纯的形式问题",而是关系整个新文学发展途径的问题。胡风强调和坚持的是继承"五四"文学的启蒙主义精神,是"化大众"而不是"大众化"。因而他的思路与整个文学发展的主导方向和战争环境是不相协调的,并预示出中国新文学发展的一次深刻的裂变与转折。

几乎与以上论争同时出现的,是抗战文艺界主流对"战国策"派的批判。所谓"战国策"派是指西南联大教授陈铨、林同济、雷宗海等于1940年4月创办《战国策》半月刊,后又在《大公报》办《战国》副刊所形成的一个战时文艺思想流派。他们从非理性主义哲学思想出发,在艺术上倡导"争于力"的"民族文学",形成鼓吹强权、强健人心的文化潮流。他们认为当时的世界大战是诸侯争霸的战国时代的重演,谁拥有强权,谁就能征服世界,因而鼓吹由天才的强力意志来组织领导民族国家。在文学上则以"恐怖、狂欢与虔恪"为母题的"民族文学"来张扬这种强力意志,从而达到强权政权的重建。如陈铨(1903—1969,四川富顺人)的剧本《野玫瑰》叙写一个国民党间谍夏艳华嫁给比她大32岁的北平伪政委会主席王立民以掩护做地下工作。后来她的同志也是她以前的恋人刘云樵也来到北平"工作",并与王立民前妻的女儿相爱。夏艳华虽充满醋意,但为了大局仍设法放走了正被追捕的刘云樵,并借王立民之手杀死了伪警察厅长,在真相大白后,又使王立民服毒自杀。这虽然也是一个抗日反奸的剧本,但其深层意旨在于讴歌夏艳华这类"强力英雄",连汉奸王立民也带有这种强者的印迹。所以这种"民族文学"在抗战文学的外衣中,包裹着法西斯主义的毒汁。不过它迎合了国民党当局的政治需要,因而受到国民党当局的青睐,当然与此同时也遭到了进步文艺界的抨击。

三、现实主义的张扬和文艺思想的激进化

随着抗战的胜利,文艺开始逐渐走向复苏。不过由于蒋介石对国民党法西斯独裁专制的一意孤行,因而反抗专制,争取民主解放成为一个重要的时代主题。抗战以来一

直坚持战斗,并已初具规模的“七月派”,这时期又聚集在《希望》(1945.1—1946.10)杂志周围,高举起民主解放的旗帜,坚持现实主义的艺术探索,张扬作家的主体创造精神,成为一个影响深远的文学流派。其主要组织者和理论家胡风则形成了一种独具一格的现实主义的文学理论。这种理论的一个突出特点便是高度重视和张扬作家的“主观战斗精神”,因而又被称为“主观战斗精神”的现实主义。胡风是在对抗战以来的文学创作深刻反思的背景中提出这一理论的。在他看来,当时不少作家向生活突击的战斗热情消退了,盛行的要么是以一种冷淡的心境来从事创作的客观主义,要么是以理念去造内容与主题的主观主义,因而必须高扬作家的“人格力量或战斗要求”,深化和坚守现实主义(《现实主义在今天》,1944 年 1 月 1 日《时事新报·元旦增刊》)。因为首先从创作过程来看,其实质是主观对客观的“搏斗”过程。“文艺创造,是从对于血肉的现实人生的搏斗开始的。”而“对于血肉的现实人生的搏斗,是体现对象的摄取过程,但也是克服对象的批判过程”。[23]他还在《人道主义和现实主义的道路》中更明确地指出:“创造过程上的创造主体和创造对象的相生相克的斗争,主体克服(深入、提高)对象,对象也克服(扩大、纠正)主体,这就是现实主义最基本的精神。”由于在这一搏斗过程中,作家居于矛盾的主导方面,也就意味着是作家不断自我斗争的过程。“对象底生命被作家的精神世界所拥入,使作家扩张了自己;但在这‘拥入’的当中,作家的主观一定要主动地表现出或迎合或选择或抵抗的作用,而对象也要主动地用它的真实性来促成、修改甚至推翻作家底或迎合或选择或抵抗的作用,这就形成了深刻的自我斗争。”因而加强作家的主观战斗精神,促进作家主观与客观现实搏斗过程中作家主体的自我斗争便成为提高创作质量和水平的一条重要途径。其次,从创作对象来看,也需要加强创作主体的“主观战斗精神”。因为经受了几千年封建思想精神奴役的广大民众,一方面“他们底精神伸向着解放”,“体现着历史的要求,但却是取着千变万化的形态和曲折复杂的路径”。另一方面,他们的精神世界又“随时随地都潜伏着和扩展着几千年的精神奴役底创伤”,因而作家在深入人民群众的过程中,“要不被这些感性存在的海洋所淹没,就得有和他们底生活内容搏斗的批判的力量”。[24]

应该说胡风的理论构造,既是“七月派”文学实践经验的理论升华,又是对“五四”新文学传统、特别是鲁迅的启蒙主义文学精神的总结、继承和发扬。他对人民大众精神状态的分析也是求实而辩证的。因而对于深化当时文学创作中的现实主义,提高民主解放文学的质量和水平具有重要的意义。但是我们又不能不看到,胡风所张扬的作家主观战斗精神,其实质是根源于启蒙主义与感性生命的个体主体性,与当时伴随着解放战争的胜利而日益成为全国文学规范的毛泽东的《在延安文艺座谈会上的讲话》(以下简称《讲话》)所强调的由阶级性党性所规范的阶级和党派的主体性是有差异,甚至有时是矛盾的。同时胡风倡导的对民众“精神奴役的创伤”的揭露与批判和《讲话》所强调的歌颂工农兵的主题更是直接对立的(胡风在《现实主义在今天》中便直接批评了要写光明,黑暗只能作为一点点缀的观点,认为这样的理论实际上是逼作家说谎),因而必然遭到接受了《讲话》规范的文艺家的批评。

首先是由从延安来到重庆《新华日报》工作的何其芳发表了《关于现实主义的路》(1946),接着香港的《大众文艺丛刊》又在1948年间连续发表了邵荃麟的《关于当前文学运动的意见》《论主观问题》等文章,批评胡风的文艺思想抬高感性力量而贬抑理性作用,指出胡风所谓作家的“自我斗争”是与《讲话》的作家思想改造不同的,而作家的主观是有阶级性的,胡风所强调的文艺生命力和作家的人格力量,仍然是个人主义意识的一种强烈表现。胡风则于1948年撰写出《论现实主义的路》的专著,进一步阐述自己的观点,并对批评文章的观点一一加以反驳。这场论争带有空前的理论尖锐性和复杂性,直至1949年7月第一次全国文学艺术家联合会召开,这次讨论在双方尚未取得一致意见的情况下而暂时告一段落。它实质上反映了两种文学道路和发展模式的深刻较量,并预示着20世纪中后期中国文学发展的曲折与动荡。

抗战胜利后,应合着政治上“第三条道路”的思潮,回到文学岗位的原“京派”同人朱光潜、沈从文、萧乾等人也开始了“自由主义”文艺的重新倡导。他们要求“革除文坛上的元首主义”,因为“一个有理想、站得住的作家,绝不宜受党派风气左右,而能根据社会和艺术的良知,勇敢而不畏艰苦的创作”。[25]所以“我们不能凭文艺以外底某一种力量(无论是哲学底、宗教底、道德底或政治底)奴使文艺,强迫它走这个方向不走那个方向”。[26]虽然这种思考对于恢复文学多元开放的文学生态具有一定的合理性,但是如同政治上“第三条道路”的不合时宜一样,他们也是不合时宜的。在新与旧、方生与未死、反动与进步两大社会势力生死决战的历史巨变时期来鼓吹文艺的自由与超脱,必然要受到文艺界进步潮流的批判。但是一些批判文章也表现出一种极“左”的偏激倾向。如郭沫若在《斥反动文艺》(1948年3月1日《大众文艺丛刊》第1辑《文艺的方向》)中把沈从文列为“桃红色的代表”,把朱光潜列为“蓝色的代表”,把萧乾列为“黑色的代表”,宣称要对一切反动文艺“给以全面的打击”,“主要对象是蓝色的、黑色的、桃红色的这一批‘作家’”。甚至还在一次题为《一年来中国文艺运动及其趋向》的演讲中说:“要消灭他们,不光是文艺方面的问题,还得靠政治上的努力。”我们不难看出,早在30年代就已显现的那种简单粗暴武断的顺我者昌逆我者亡“左得可怕”(鲁迅语)的极“左”情绪在新的历史条件下的恶性膨胀,给许多作家心理罩上了一重难以抹去的阴影,并预示着今后文学发展道路的历史迷雾与曲折。

第三节　多元发展的文学潮流与趋向

一、30 年代文学的多元趋向

如同这时期无产阶级革命文学主导倾向下的多元对峙互补文学格局一样,在文学创作的倾向上也形成了多元对峙互补的趋向。

早期无产阶级革命文学的主要代表蒋光慈 1926 年出版的中篇小说《少年漂泊者》虽然还带有自叙小说的色彩,但是已经注意展现从"五四"到"二七"再到"五卅"这一时期的社会斗争风貌,特别是将 1923 年京汉铁路工人大罢工林祥谦牺牲等描写得有声有色,初步显示了努力开拓重大社会政治题材,表现革命的主题和人物的倾向。随后的中篇《短裤党》(1927)则不仅以迅速反映重大政治斗争题材而震动文坛,而且也最早刻画了工人运动领袖和中国共产党领导人的艺术形象;并且由此而形成了一个包括洪灵菲、华汉(阳翰笙)、胡也频等作家的普罗小说作家群体。这种注重现实革命斗争与反抗的倾向在殷夫的"红色鼓动诗"等政治抒情诗中也得到了热情的歌唱。虽然蒋光慈的《野祭》《菊芬》和《最后的微笑》等中长篇小说在表现阶级反抗的主题中也流露出小资产阶级的盲动愤激情绪和"革命+恋爱"的倾向,但是清除了这种"革命的浪漫谛克"情绪之后,这种努力把握社会前进的方向,表现现实生活中的重大题材与主题,特别是强化阶级反抗的倾向,成为左翼文学创作的主流方向。一方面在丁玲的《水》等小说中得到进一步的书写,并发展成一种着重"集体的行动的展开"的"人物群像式描写"[27];另一方面,它又和先进的社会科学理论与方法相结合,形成了一种以茅盾的《子夜》和《林家铺子》等为代表的宏大的"社会剖析小说"[28]。同时随着左翼青年作家的成长,也涌现出一大批显示出更多个性特色和生活气息的左翼小说,主要有:张天翼的社会讽刺小说、沙汀的乡镇小说、艾芜的飘泊小说和叶紫的阶级斗争小说。"九一八"事变后逐渐流亡关内的包括萧军、萧红、端木蕻良等作家的"东北作家群",则以他们的充满血和力的笔触书写着在日本侵略者蹂躏下的东北人民的惨状和他们不屈的斗争,开了抗日救亡文学的先声。与此同时,左翼作家注重现实批判的倾向在更加自由灵活针砭时弊的散文领域得到更加充分的发挥。鲁迅的杂文以其巨大的历史深度与厚度、如"投枪""匕首"一样的现实战斗性和嬉笑怒骂幽默泼辣的艺术风格而矗立起一座杂文艺术的丰碑,不但使杂文"侵入高尚的文学楼台",而且活画出中国人之国民性。夏衍的《包身工》和宋之的《一九三六年春在太原》则标志着能够对现实生活的重大事件给予即时反应的新兴的报告文学的成熟。

与无产阶级文学和左翼文学积极配合的是革命民主主义文学。其卓越代表是老舍、巴金和曹禺。老舍在《离婚》《骆驼祥子》等小说中描写着城市平民、特别是城市底层市民的苦难和悲哀,也探索着他们的命运;并以其传神且丰富多彩的北京市井风俗生活,对北京市民文化心理结构的深刻揭示和北京文化所特有的雍容大气而又节制合度的风格与气度而构成一种独特的"京味小说"。巴金的《家》等小说则继续了"五四"的反封建主题,以燃烧的激情抒写着叛逆的青年反抗封建压迫的勇敢斗争,如同一道奔腾激越一往无前的激流,并形成一种酣畅淋漓奔放热烈的艺术风格,可称为"激流小说"。曹禺的《雷雨》则成功地将西方戏剧的结构方法和表现技巧与中国民族生活相融合,其丰富复杂的人物性格、紧凑的结构、强烈的戏剧冲突以及笼罩始终的悲剧气氛,标志着中国话剧艺术的成熟。其后《日出》《原野》的探索则显示出中国话剧艺术多种向度(包括现代主义)的艺术成就。而叶圣陶的《倪焕之》对20世纪初叶中国进步知识分子精神历程的探索,李劼人的被誉为"小说的近代史"的《死水微澜》等"大河小说"对中国近代历史的叙写,夏丏尊、丰子恺等"白马湖作家群"散文的丰收等等,都是这时期文坛的重要收获。

更加强调艺术的自身价值和独立性的自由主义文学则体现出更加多样的艺术向度。汇合了象征诗派与新月诗派的现代诗派,以"现代的诗形"抒写着"现代人在现代生活中感受到的现代情绪"。无论是戴望舒朴素、自然、亲切的,具现代诗风的《我的记忆》,还是何其芳精致妩媚的《预言》,或者卞之琳冷静深邃的"智性诗",都初步实现了中西诗歌的"根本处"的沟通与融合,并探索着中国现代主义诗歌的独特道路。同时还以其对诗歌体式的探索推动着中国新诗从"白话入诗"的白话诗时代进入"散文入诗"的现代诗时代。作为现代诗派孪生兄弟的以刘呐鸥、穆时英和施蛰存为主要代表的现代派小说也在题材开拓、主题类型、形式探索诸方面都表现出走向现代主义的趋势。他们一方面率先集中描写了迷人的现代文明的都市景观,抒写出他们面对这种令人目眩的变化、机械、速度、力、节奏与效率刺激的迷醉与震颤;另一方面他们又更多地描写了在畸形的现代物质文明冲击下人性的沦落与变异,特别是在高速旋转的生活节奏和日益激烈的生存竞争的挤压下,他们身心的疲倦、疲惫、困惑、寂寞、孤独、破碎与分裂,乃至对整个人生(理性)的怀疑与绝望。与此同时,他们也就更新了他们的审美感受方式和艺术表现方式:(1)借鉴了日本新感觉派小说的艺术手法,往往通过主观的感受、印象去表现世界,以个人的"感觉"取代对于事物客观、理性、整体的认识,从而形成了一种强调瞬间真实的感性的、斑驳离奇而又破碎的表达方式。所以他们又被称为"新感觉派小说"。(2)自觉地运用弗洛伊德的精神分析理论来剖析现代焦虑下的人物内心冲突,开掘人物潜意识的深层心理,以人物的意识流动来更新小说的叙事方式和话语方式。

以北京为中心的以沈从文为代表的"京派"作家则显示出另一种趋势。他们以审美的、文化的眼光来观照人生,着力于民俗风情、历史地理的文化描写,以发现和颂扬纯朴的人性及其理想。当然在这种视野的后面也隐含着对现代文明弊病(以都市为象征)的批判,从而来捍卫和重建他们人文精神的家园。他们发展了废名田园抒情小说的艺术,熔写实、象征、抒情为一炉,通过意象和意境来展开小说,把现代抒情小说推向"诗化小说"、"散文化小说"的新阶段。在总体风格上,他们更多地承继了古典艺术意境深远的传统,呈现出一种平和冲淡、静穆悠远、含蓄蕴藉的北京文化的神韵,从而以一种边缘化的文化(文学)存在,显示出永恒的启示性意义。沈从文的代表作中篇《边城》也就成为一曲优美和谐、哀婉缠绵、温馨动人,并闪耀着理想人性光辉的生命之歌。

二、40年代文学的发展与深化

1937年7月抗日战争的爆发,无疑是影响20世纪中国历史的一个重大事件。这不仅体现在社会的政治经济层面,在属于意识形态的文学层面也是如此。抗战终结了30年代的左翼文学运动(以"左联"的解散为标志),开始了抗战文学的历史进程。但是另一方面,中国社会的政治经济乃至文学都不能不在既有传统的基础上,在既有政治经济文学发展惯性的制约下前行。因而抗战文学又是一种"历史合力"的结果,它在不同的阶段呈现出不同的面貌。如果说抗战初期伴随全民抗战的蓬勃展开,在文学上也呈现出一种昂扬乐观的意象和情绪的话,那么随着战争相持阶段的到来,作家便逐渐认识到实际的战争远比这种文学想象严酷得多、沉重得多,也复杂得多。这一场旷日持久的战争实际上是对一个民族的意志力、承受力和综合国力的严峻考验。因而作家,特别是以叙事为主导因素的小说家,包括战前尝试各种不同艺术探索的小说家都不约而同地开始透过战争这扇窗口来反思制约着战争成败的民族的生命状态和文化传统,从而形成了一个颇具规模的文化反思小说潮。这种反思不仅由于是在民族生死存亡的关头展开的,因而显得尤其广阔厚重,在艺术上也多选取长篇小说的形式;而且在某种意义上它还是"五四"启蒙主义小说的延伸与深化。在反思和批判我们民族的文化痼疾,改革我们民族精神的价值取向上,两者是基本一致的。因而,它又有了一种历史深度,甚至可以说是"五四"启蒙主义小说在新的历史条件下的回响。属于这一潮流的代表性作家作品主要有:老舍的《四世同堂》、萧红的《呼兰河传》与《马伯乐》、巴金的"人间三部曲”、沈从文的《长河》、钱锺书的《围城》和师陀的《果园城记》等。戏剧领域中也以阳翰笙的《天国春秋》、曹禺的《北京人》和夏衍的《芳草天涯》为代表,形成了与之相互呼应的历史与文化反思剧潮流。

与此同时适应新旧交替的需要,讽刺暴露性文学成为贯穿本时期始终的一个文学潮流。张天翼的《华威先生》等漫画式讽刺小说、沙汀的《在其香居茶馆里》和《淘金记》等戏剧性讽刺小说,乃至张恨水的《八十一梦》等漫画式讽喻小说都以一种尖锐泼辣的政治讽刺、历史讽刺和社会讽刺揭露出即将退出历史舞台的反动势力在表象与本质、形式与内容、名义与实际等方面现出的深刻裂隙、悖谬及其虚弱的历史本质。同样在戏剧领域,也涌动着一个以陈白尘的《升官图》为代表的政治讽刺戏剧潮流。诗歌领域则有以袁水拍的《马凡陀山歌》为代表的政治讽刺诗潮流相呼应。老作家茅盾和郭沫若也分别以长篇小说《腐蚀》和历史剧《屈原》开创了他们又一个创作高峰。

左翼文学的现实战斗功能在强调“主观战斗精神”的“七月派”中得到了承传与张扬。“七月”是一个个性突出、特色鲜明的文学流派。围绕《七月》这个杂志,不但推出了“鼓点”诗人田间和高举“火把”的艾青等著名诗人,特别是从“土地”走向“太阳”的艾青,以其坚实、饱满、明朗、质朴而又新颖、独特,并具有深沉含蓄的启示意义的诗歌意象而成为这一时期“时代号手”。在他们的影响下,还形成了一个后来被称为“白色花”的“七月诗派”。在小说领域,路翎以他对民众“原始强力”的发掘,特别是以苦难之青春、激情之生命创作的长篇小说《财主底儿女们》探索了中国知识分子、乃至整个中华民族的命运,并以其乖戾、残酷、破碎、跳荡与激情喷射而成熟了一种“七月”风格,印证和支持着胡风的“主观战斗精神”的现实主义理论。

现代主义的艺术潜流在经过西南联大冯至等诗人的沉潜与深化之后,到40年代末期,又开出了一朵晶莹的艺术之花——包括穆旦、郑敏、杜运燮、袁可嘉、辛笛、杭约赫、陈敬容、唐祈、唐湜等诗人的“九叶诗派”。一方面,他们在世界诗歌潮流和中国社会现实的历史坐标中进行了新的“历史的综合”,力求承传与张扬一种“现实、象征、玄学的新的综合传统”[29];另一方面,他们又第一次明确地提出了“新诗现代化”的目标和口号,致力于推进中国新诗的现代化,因而他们又是一群“自觉的现代主义者”[30]。他们的诗歌创造成为后来中国现代主义艺术的重要诗学资源。

在上海这个国际性的大都市,由10年代“鸳鸯蝴蝶派”小说的商业性、媚俗性与30年代“新感觉派”小说的创新性和探索性的历史汇聚与融合而生成了一个以张爱玲、徐讦、无名氏为代表的“新海派”作家群。张爱玲关注的虽然是沪港两地的俗人俗事,一种都市言情,但作家却在这些叙事中贯注着一种苍凉的生命体验与人生启示,从而由大俗而达到了大雅。徐讦的《风萧萧》等小说则在高雅艺术的叙事装饰下,表现着世人渴慕而又难以企及的乌托邦幻想:艳遇、英雄、美女、冒险、神秘、哲学、梦幻……因而也可以说是一种外雅内俗的小说。实际上无论是张爱玲、还是徐讦,都立足于一种市民文化空间探索着雅俗融合的新流向。而无名氏的《无名书稿》则通过主人公印蒂的生命叩问与追询,不但探索了生命的意义,而且将社会历史、时代精神、文化哲学、伦理道德、人类生存、生命本体等等熔铸成一部涵纳万象的奇书、大书。

(王晓初)

注释:

① 史铁儿(瞿秋白):《普洛大众文艺的现实问题》1932 年 4 月 25 日《文学》第 1 卷第 1 期。
② 茅盾:《问题中的大众文艺》,《文学月报》1932 年第 1 卷第 2 期。
③ 周起应:《关于文学大众化》,《北斗》1932 年 7 月第 2 卷第 3、4 期合刊。
④ 鲁迅:《论"旧形式的采用"》,《中华日报·动向》1934 年 5 月 4 日。
⑤ 鲁迅:《花边文学·"彻底"的底子》,《鲁迅全集》第 5 卷,人民文学出版社 1981 年版,第 510 页。
⑥ 梁实秋:《文学的纪律》,《新月》1928 年第 1 卷第 1 期。
⑦ 见首甲:《对鲁迅先生的〈恐吓和辱骂决不是战斗〉有言》,《现代文化》1933 年 2 月卷 1 第 2 期。
⑧ 见林语堂:《论幽默》,《林语堂选集》(上),海峡出版社 1988 年版。
⑨《从沈从文的人格看沈从文的文艺风格》,《花城》1986 年第 4 期。
⑩《从现实学习(二)》,载《大公报》1946 年 10 月。
⑪ 周扬:《现阶段的文学》,《光明》1936 年 6 月第 10 卷第 2 号。
⑫ 参见力生:《文艺界的统一国防战线》,《生活知识》1936 年 3 月 20 日第 1 卷第 11 期。
⑬ 载《文学丛报》1936 年 6 月第 3 期。
⑭ 夏衍:《抗战以来文化的展望》,《自由中国》1938 年 5 月 10 日第 1 卷第 2 期。
⑮ 林林:《谈〈华威先生〉到日本》,《救亡日报》1939 年 2 月 26 日。
⑯ 茅盾:《论加强批评工作》,《抗战文艺》1938 年 7 月第 2 卷第 1 期。
⑰ 巴人:《展开文艺领域中反个人主义的斗争》,《文艺阵地》1939 年 4 月第 3 卷第 1 期。
⑱《1941 年文学趋势的展望》,《抗战文艺》1941 年第 7 卷第 1 期。
⑲《〈大地龙蛇〉序》,《文艺杂志》1942 年第 2 卷第 2 期。
⑳ 沙汀:《这三年来我的创作活动》,《抗战文艺》第 7 卷第 1 期,1941 年。
㉑ 参见王晓初:《论 40 年代文化反思小说潮》,《中国文学研究》2002 年第 2 期。
㉒ 参见葛一虹:《民族形式的"中心源泉"是在所谓"民间形式"吗?》,《新蜀报》1940 年 4 月 10 日。
㉓㉔《置身在为民主的斗争里面》,《希望》1945 年 1 月第 1 集第 1 期。
㉕ 萧乾:《中国文艺往哪里走?》,1947 年 5 月 5 日《大公报》。
㉖ 转引自钱理群:《1948:天地玄黄》,山东教育出版社 1998 年版,第 8 页。
㉗ 见冯雪峰:《关于新的小说的诞生》,《北斗》1932 年第 2 卷第 1 期。
㉘ 见严家炎:《中国现代文学流派史》,人民文学出版社 1989 年版,第 175 页。

㉙ 袁可嘉:《新诗现代化》,载天津《大公报·星期文艺》1947 年 3 月 30 日。

㉚ 唐湜:《严肃的星辰们》,载《诗创造》1948 年 6 月第 12 期。

【思考题】

1. 试述无产阶级文学运动倡导的时间、社团及主要成员,试述"左联"成立的时间、地点及鲁迅发表的重要讲话,概述"左联"的主要历史贡献。

2. 试述与左翼文艺构成互补格局的"新月派""现代派""论语派""京派"等自由主义文学创作群体的代表人物及主要文学观点。

3. 简述"两个口号"论争的主要观点分歧,简述"文协"成立的时间、地点,创办的刊物,提出的口号,其成立标志着什么?

4. 论析前后期抗战文学的不同特点,简述"七月派"张扬现实主义文学的基本观点。

5. 简述三四十年代文学的多元发展趋向,论证 40 年代文学的深化特点。

第二章　发展期小说(一):中长篇小说大家

第一节　茅盾:现实主义小说巨匠

茅盾(1896—1981),原名沈德鸿,字雁冰,浙江桐乡县乌镇人。“茅盾”是他1927年9月发表第一篇小说《幻灭》时开始使用的笔名。他出生在倾向于“维新派”的小康之家,自幼接触资产阶级民主主义思想。时代、家庭以及故乡见闻的影响,使他从小就萌发了忧国忧民的民主主义思想意识,形成了关注人生的生活态度。茅盾1916年毕业于北京大学预科,即进商务印书馆编译所工作。他以反封建、反保守的激进姿态,投身新文学运动。1921年11月,他接任《小说月报》主编,推行全面改革,提倡为人生的现实主义文学,与郑振铎、叶绍钧等发起成立“文学研究会”,并于同年加入中国共产党,成为中国共产党最早的党员之一。他竭力主张文学是“为人生”“表现人生”的。他还强调文学与时代的关系,强调作家的社会责任感与文学功利性,主张作家应反映被侮辱与被损害者的疾苦,“希望文学能够担当唤醒民众而给他们力量的重大责任”。[①]其主张对文学研究会同人产生广泛影响。1925年前后,随着革命浪潮的高涨,茅盾的文艺观发生显著的变化,发表了《论无产阶级艺术》等文章,标志着他的为人生的现实主义文学观向无产阶级文学观的发展。大革命时期,茅盾到武汉任中央军事政治学校教官,后来担任《汉口民国日报》主笔,宣传革命,揭露蒋介石右派势力的分裂阴谋。大革命失败后,茅盾转入地下,后来潜回上海,在与党组织失去联系的情况下,着手小说创作。

在短篇小说领域里,茅盾是继鲁迅之后的又一伟大的开拓者。从20世纪20年代末到40年代末,他写下50多篇短篇小说,分别编入《野蔷薇》《宿莽》《春蚕》《泡沫》《烟云集》《耶稣之死》《委屈》诸集。他的短篇小说为中国现代小说的成熟提供了诸多创造性经验。一是拓宽题材领域,尤在题材的时代性上显出特色。二是着力于有鲜明独特个性的典型人物的创造,并使之包含深广的社会内容。他为新文学提供了林老板和老通宝这两个著名典型人物。这两个形象不仅具有鲜明的20世纪30年代的时代特征,而且有更大的历史概括性。三是开创了“社会分析”小说的创作模式。他往往把生动的生活画面与人物复杂的心理活动交织在一起,体现了他善于把社会分析与心理分析相融合、表现重大社会问题和细致心理描写相统一的特色。茅盾还善于把生活素材和人物心理活动严密地织进作品,构成一幅精美的艺术画面,使社会事变的发展和人物心灵的变化同时成为情节发展的基本动力。四是在小说体式上,把现代短篇小说推向新的阶段。他把短篇小说的简朴表现形式发展为"压缩了的中篇",放手从各个方面调动多种艺术手段,精细入微地刻画描写人物,因而结构广阔灵活,人物较多,矛盾冲突较复杂,布局迂回曲折,增大了短篇小说的容量和表现力。

更能代表茅盾创作成就的是他的中长篇小说创作。他的中长篇小说的文体风格对中国现代文学的影响是深远的,他的重要贡献是开创了"史诗"式长篇小说文体,具有社会编年史特征。他注重题材与主题的时代性和重大性,要求创作与历史事变同步发展,自觉追求"巨大的思想深度"与"广泛的历史内容"。他追求的是"大规模的描写中国社会现象"的目标,力图展现的是"整个社会历史"。

写于1927年9月至1928年6月的《蚀》三部曲(《幻灭》《动摇》《追求》),展现的是1926年至1928年大革命期间的状况,具体描绘了一部分小资产阶级知识青年在革命浪潮中所经历过的三个时期:(1)革命前夕的亢昂兴奋和革命既到时的幻灭;(2)革命斗争激烈时的动摇;(3)幻灭动摇后不甘寂寞"尚思作最后之追求"。[②]茅盾敢于正视大革命前后光明与黑暗交织的社会现实,大胆地反映它,然而他对现实的认识也有偏颇,对阴暗面写得太多,这使作品中光明面往往淹没在黑暗之中,高亢灼热的情调时常被淡淡哀愁甚至深度的悲观色彩所冲淡。《蚀》对时代面貌的反映,更突出地表现在作品着意刻画的人物身上无不打上时代的烙印,具有鲜明的时代性。通过对小资产阶级知识分子对人生道路的追求和黯淡结局的描写,既反映了时代面貌,也揭示出一部分小资产阶级知识分子的思想动向和精神状态。《蚀》的艺术成就最主要的方面是人物形象的塑造,而塑造人物形象最得力的艺术手段是心理描写。人物不同的心理从人物与广阔的社会环境的关系来刻画,把人物的心理状态和社会根据都揭示出来。《蚀》没有一以贯之的主要故事,各篇结构自行独立,布局方法各异。《幻灭》以静女士始而追求革命,终而幻灭的过程来开展故事,情节比较单纯、明晰。《动摇》以描写方罗兰的动摇性格为主,以揭露胡国光的投机行径为辅,反映大革命时期的激烈斗争,结构较为复杂,较多的爱情细节穿插则展示了生活的多姿多彩。《追求》着重描写章秋柳、张曼青、王仲昭等人在幻灭中追求的过程,其结构的方法是:一部分一部分地集中描写某个人物,捎带将其他人物交织起来,组成整篇的布局。《蚀》的语言绚丽、犀利而又富于变化。

茅盾最受赞誉的小说是1933年出版的《子夜》。它标志着茅盾创作的一个高峰,也显示了左翼文学的实绩。正如瞿秋白所说:《子夜》是"应用真正的社会科学,在文艺上表现中国的社会关系和阶级关系"的扛鼎之作,"1933年在将来的文学史上,没有疑问的要记录《子夜》的出版"。[③]《子夜》的故事发生在1930年的5月到7月间的上海。在这部小说中,出场人物将近一百个,大小事件几十件,提出的问题也很多,但围绕着那些企业家、买办、投机分子、工贼、土豪、地主、军人、知识分子、工人、农民等形形色色的人物,作品描写的重点是:以吴荪甫为中心的中国民族资产阶级的挣扎和历史命运。作者试图通过对中国社会现实三方面情况的描写:帝国主义经济侵略、世界经济恐慌对中国民族工业的巨大影响;工人阶级的政治、经济斗争;农村破产和农民暴动,回答一个问题:"中国并没有走向资本主义发展的道路,中国在帝国主义的压迫下,是更加殖民地化了"④,从而揭示中国民族资产阶级的无出路。作者将小说定名为"子夜"是含有深意的。"子夜"即深夜11时到凌晨1时之间,是一天当中最黑暗的时候,但既已深夜,天就快亮了,作者寓意的是当时虽是最黑暗时期,但随着革命形势的发展,光明也会很快到来。

《子夜》所取得的艺术成就,首先表现在题材的选择上。《子夜》的题材就主题而言属于重大题材。这不单表现在它写了工人罢工、农民暴动和地下党对工农革命运动的领导以及涉及党内的路线斗争,更主要的表现在对民族资产阶级与买办资产阶级在经济领域中的相互矛盾的描写带有明显的政治性质,反映了阶级矛盾和民族矛盾及其错综交织的复杂内容。它所截取的横截面,富于20世纪30年代初期的时代风貌和社会基本矛盾,这一切又统一在党领导下的中国人民和三大敌人的矛盾以及以民族资产阶级的历史命运为中心所反映的中国社会的出路这个焦点上。这些矛盾被放在国际经济危机、列强为转嫁经济危机造成的损失加紧争夺中国而导致中国各派军阀激烈混战的大背景上,放到国共两党、国统区和苏区之间激烈矛盾所反映的两个"中国之命运"亟待解决这一严重的历史转捩点上。这就使《子夜》显得气势磅礴,有浓烈的时代色彩和开阔的社会场景。但是在另一方面,茅盾又举重若轻,把重大题材和日常生活题材有机地交织在一起,进行巧妙而恰当的处理,常常把错综交织、复杂纷繁的阶级矛盾、民族矛盾纳入日常生活侧面之中。沙龙里、客厅间、谈笑之中描绘了军阀混战的风云变幻;公债市场上的肉搏战、镇压罢工大搜捕,也往往投影在人物内心的苦闷之中,反映在当事人不幸遭遇的余波之上。还有"五卅"纪念节的飞行集会和小资产阶级青年男女的放浪形骸的描写相交织,紧张的军阀混战与战场上指挥官少年维特式的情场追逐相纠结,于是,重大题材的形象描写显得有张有弛,显示出历史场景的丰富性、丰满性。

其次,《子夜》的艺术成就还在于在充分典型的环境中借助尖锐的矛盾冲突、细致的心理描写,塑造高度概括的共性与鲜明的个性有机统一的典型人物。《子夜》所写的九十多个人物,足够布置一条30年代初上海社会的人物画廊。这里有各阶级的代表人物,大都形象鲜明而个性迥异。同是地主阶级典型,吴老太爷是复古派,曾沧海是地头蛇,冯云青是金钱迷。同是资产阶级典型,吴荪甫有法兰西工业资本家的特点;赵伯韬则具有明显的买办性,狂狷傲慢、奸诈毒辣、荒淫无耻、流氓成性;杜竹斋则在精明沉稳雍容文雅的外貌下掩盖着六亲不认、嗜钱若命的吸血鬼心灵。同是资产阶级女性,张素素善良泼辣,刘玉英却狡猾无耻。甚至同胞姐妹也性格各异:林佩珊头脑简单,天真烂漫;林佩瑶则抑郁深沉,感情纤细。

茅盾特别擅长借复杂的矛盾冲突展示人物性格,描绘性格发展。吴荪甫的塑造就是范例。吴荪甫这个20世纪30年代初期民族资产阶级典型形象的成功塑造,大大丰富了中国现代文学的人物艺术画廊。作者十分自觉地把他置于多方面的错综复杂的社会关系中加以刻画:表现了吴荪甫与买办资本家赵伯韬的关系、与工人的关系、与中小资本家朱吟秋等的关系。围绕着上述三方面的主要社会关系,又展开了更为错综复杂的关系:吴荪甫与作为没落地主阶级象征的吴老太爷的关系,与其亲属的关系,与其警犬屠维岳的关系,与同伙王和甫等的关系,与双桥镇农民的关系等。所有这些不同的社会关系如同一面镜子,从各个侧面照出了吴荪甫多方面的复杂的性格。吴荪甫在与赵伯韬的关系上既刚愎又畏惧,在与工人农民的关系上既狠辣又惶遽,在家庭关系上既专横又沮丧,其基本性格特征是色厉内荏,随着小说情节的发展,越到后来越软弱。他有着发展中国独立民族工业的雄才大略,有着活跃的生命力,有刚毅、顽强、果断的铁腕和魄力,更有现代科学管理的经营之才。然而,他生不逢时。他是处在半封建半殖民地的中国社会,而且是在世界经济危机冲击下,帝国主义经济大肆侵入的30年代的中国社会,他就有着种种不可克服的矛盾:他自身所具有的封建性(这突出表现在他在家庭生活及与部下以至工人的关系中的封建专断性质,以及他依靠剥削农民作为积累资金的手段)使他在包括妻子在内的周围人的关系中经常处于孤立地位;作为民族资产阶级,他在与背后有着帝国主义撑腰的厚颜无耻的买办资产阶级的搏斗中,不能不感到自己在政治、经济上的软弱无力。这种软弱性投影在他的心灵、性格上,就形成了他本质上软弱的一面,使他时而果决专断,时而狐疑惶惑,时而踌躇满志,时而垂头丧气,时而胸有成竹,时而举措乖张,最后导致了精神上的崩溃。吴荪甫性格的这种复杂性,包含着极其深刻的社会内容,充分表现了中国民族资产阶级的两面性,而吴荪甫的悲剧命运正说明了:在帝国主义统治下,中国民族工业是永远得不到发展的,半封建半殖民地的中国是永远不可能走上资本主义道路的。这是《子夜》的主旨所在。茅盾对吴荪甫等复杂性格的刻画,对于以往单一化的性格描写无疑是一个新的突破。

第三,《子夜》显示了茅盾善于构筑复杂严谨的艺术结构的才能。他成功地把曲折的情节、复杂的关系、激烈的矛盾严密地组织成一个艺术整体,借此反映丰富的生活和深刻的主题。茅盾安排结构的基本原则是围绕主要人物的刻画和主题思想的表达。《子夜》结构的轴心是吴荪甫的性格发展及其与赵伯韬的冲突,围绕这一轴心采用辐射式的结构,布置了工厂、农村、公债市场、家庭等多条线索,而以吴、赵这条主线统贯其他。《子夜》容量大,人物多,头绪纷繁,必须迅速展开情节。小说匠心独运地在矛盾展开之前,安排了一个戏剧性的序幕——吴老太爷之死。这个情节对矛盾冲突的开展起重要作用。首先,它点明了时代特点,吴老太爷的出走,从侧面反映了30年代初农村革命风暴的到来,而他的暴卒,则象征老朽的封建社会的微弱生命力,象征封建的古老僵尸进入现代大都市就“风化”了。第二、三章,作者安排了一个特定的环境——灵堂。在艺术表现上的显著作用是:借助这个环境把小说主要线索都提了出来;借灵堂的气氛,也烘托了中国民族工业黯淡的前景,为小说定下了基调。第四至十六章,是小说的主体部分;其中第四至八章是开端之后矛盾冲突的发展,作者将吴荪甫与工人、农民、赵伯韬矛盾的三条主要线索交叉展开,形成“网状结构”,第九至十六章是矛盾冲突逐渐发展到高潮的阶段,在结构上改用两条线索(公债市场斗争,镇压破坏工人运动)先后发展的“连环式”结构。第十七至十九章,作者较多地采用前后照应对比的布局方法,如第十七章“黄浦江夜游”的场面与第三章“弹子房的活剧”相对照,衬托吴荪甫的悲剧命运和民族工业的黯淡前景。又如开头写吴老太爷的死,结尾写吴荪甫准备出走,也是互相映照对比的。这样一开一合,一放一收,就使全书波澜起伏而有条不紊,形成完整统一的结构。这么复杂的结构能如此严谨,充分显示出大作家的艺术匠心。

此外,《子夜》情景交融的心理刻画,以及色彩鲜明、简洁、细腻的语言特色,显示出作者在深厚的古今中外的文学素养中取精用宏的独创性,也表明茅盾在艺术上不懈追求的新的进展。

《子夜》以它高度的思想和艺术成就,确立了在中国现代文学史上革命现实主义长篇小说的开拓地位,至今仍有其宝贵的艺术借鉴作用和历史认识价值,因此一直为中外文艺家和广大读者所瞩目。

第二节　老舍:现代中国的“市民作家”

老舍(1899—1966),原名舒庆春,字舍予,满族,北京人,父亲死于八国联军的炮火之中,母亲为人勤劳、刚强、讲义气。1918年北京师范学校毕业后任小学校长和中学教员。老舍的文学创作始于赴英之后。1924年9月至1929年6月,在伦敦大学东方学院华语学系任华语讲师期间,老舍于授课之余,完成了长篇小说《老张的哲学》《赵子曰》《二马》的创作。1929年秋至1930年2月底,他离开伦敦后曾在新加坡滞留,其间担任中学教师，并着手进行《小坡的生日》的创作。1930 年 7 月起至 1934 年 7 月，任齐鲁大学国学研究所文学主任兼文学院文学教授，讲授《文学概论》《小说作法》等课程。其间完成了长篇小说《大明湖》《猫城记》《离婚》《牛天赐传》，短篇小说集《赶集》和《老舍幽默诗文集》的创作。1934 年秋至 1937 年 8 月，在山东大学中国文学系任教授，其间完成了长篇小说《骆驼祥子》和短篇小说集《蛤藻集》等作品的创作。1938 年中华全国文艺界抗敌协会成立，老舍被选为理事兼总务部主任，主持"文协"日常工作。1940 年夏天迁居重庆，创作了长诗《剑北篇》、话剧《张自忠》等。1942 年 4 月移居陈家桥石板场，完成了话剧《归去来兮》等作品。1943 年 11 月老舍夫人携子女赴重庆与老舍团聚，此间老舍创作完成了长篇小说《火葬》和《四世同堂》的第一、二部。1946 年 3 月应美国国务院之邀，老舍和曹禺赴美讲学，老舍逗留至 1949 年 11 月。此间，创作完成了长篇小说《四世同堂》的第三部《饥荒》和长篇小说《鼓书艺人》，并协助译者将《四世同堂》《鼓书艺人》等作品译成英文。

在中国现代文学史上，很少有作家像老舍这样执着地体味北京城的文化以及在里头生生死死的中下层人群。他用他的大部分小说构筑了如此广阔的"市民世界"，几乎包罗了现代市民阶层生活的方方面面。老舍惯于用"文化"来分割不同阶层的人的世界，他描写的中心是特定文化背景下（京味文化）人的命运，以及在文化制约中的世态人情。老舍用"文化"来分割他的市民世界，其中不同类型的市民形象的分割，体现着老舍对传统文化不同层面的分析与批判。他的"市民世界"中，主要刻画了三种类型的市民：老派市民、新派市民以及正派市民。

老舍小说创造的市民形象，给人印象最深、写得最成功的，是"老派市民"形象。他们虽然是城里人，但骨子里仍是数千年封建宗法制影响下的农民。这些人的身上负载着沉重的封建宗法思想的包袱，他们的人生态度与生活方式都很"旧派"。老舍常通过戏剧性的夸张，揭示这些人物的精神上的惰性与病态，这种揭示也就指向了对北京文化乃至整个中国传统文化中消极成分的批判。在他塑造的"老派市民"形象系列中，有《二马》中的老马，《牛天赐传》里的牛老四，《四世同堂》里的祁老太爷、祁天佑，《离婚》里的张大哥，等等。在小说《二马》中，老马是个迷信、中庸、马虎、懒散的奴才式人物。这样一个角色，容易使人联想到鲁迅笔下的阿 Q。所不同的是，阿 Q 生活在"老中国"的乡村，老马则是华侨，旅居国外。老舍有意把老马放到异国情境中，试图从中西文化比较的背景中凸显落后国民性的悖谬之处。《离婚》写 20 年代北平一个财政所里的各色人等和各种平庸的生活。作品里的张大哥很会过日子，是"地狱里最安分的笑脸鬼"。其实他的生活准则就是知足认命。他墨守成规，小心翼翼要保住自己的小康生活，害怕一切的“变”。小说一开头就用夸张的笔墨介绍:“张大哥一生所要完成的神圣使命:作媒人和反对离婚。”对张大哥来说,“离婚”不管有什么理由,都是对既成秩序的破坏,而他一生的“事业”正是要调和矛盾,“凑合”着过日子。张大哥这一套由婚嫁观念为基点衍生出的人生哲学,体现了传统文化封闭、自足的一面。当然,作者最终让千方百计要撮合着过日子的张大哥陷入了尴尬境地,从而完成了对他的讽刺。老舍在“老派市民”身上所倾注的批判性的情感,又往往是复杂的。《四世同堂》中祁家老太爷也是北京老派市民的典型,在他身上集中了北京市民文化的“精髓”。他怯懦地回避政治与一切纷争,处处讲究体面与排场,奉行着“和气生财”的人生哲学,懦弱、拘谨而苟安。这是作者最熟悉的一种性格,是老马、张大哥那一类型的延续。不同的是,作家在批判祁老太爷这种保守苟安的生活哲学的同时,没忘记时代环境的变化。小说中祁老人最后终于勇敢地起来捍卫人的尊严、民族的尊严。《四世同堂》中另一个人物祁瑞宣,大致也属于“老派市民”系列,在他身上集中了更加深刻尖锐的矛盾。他受过现代的教育,有爱国心和某些现代意识,但他毕竟又是北京文化熏陶出来的祁氏大家族的长孙,他身上体现着衰老的北京文化在现代新思潮冲击下产生的矛盾与困扰。小说着力表现他的性格矛盾和无穷的精神苦恼,这苦恼必然是老派市民的苦恼以及传统文化的负面影响。

老舍和许多同时代的作家不同,在批判传统文明时对外来的思潮持一种非常谨慎甚至排斥的态度。这种态度表现在他对“新派市民”形象的漫画式的描写上。在《离婚》《牛天赐传》和《四世同堂》等作品中,都出现过那种一味逐“新”求“洋”的生活情调而丧失了人格的畸形人物。其中有兰小山、丁约翰、张天真、祁瑞丰、冠招娣等一干人物。老舍善于给他们描出可笑的漫画式肖像。如《离婚》里的张天真:“高身量,细腰,长腿,穿西装。爱‘看’跳舞,假装有理想,皱着眉照镜子,整天吃蜜柑。拿着冰鞋上东安市场,穿上运动衣睡觉。”《四世同堂》里的祁瑞丰也是这一类被嘲讽的“洋派青年”,不过他的“洋”味中又带有汉奸味。概言之,老舍在给新派市民画漫画时,多强调他们的肤浅与“新潮”。

在与老派和新派的市民形象系列相比照之下,老舍的笔下还给出了理想的市民形象。显然,老舍在描绘古老中国步入城市资本主义化过程中所产生的文化变迁与分裂的境况时,并没有放弃对理想的追求。纵观其作品,老舍的理想市民性格常常有着比较传统的道德观。其早期作品中的理想市民——无论是《老张的哲学》里的赵四,《赵子曰》里的赵景纯,还是《二马》里的李子荣,《离婚》里的丁二爷,都是侠客兼实干家,这自然反映了中国传统小市民的理想。这些小说大都以“理想市民”的侠义行动为善良的平民百姓锄奸,从而获得“大团圆”式的戏剧结局。

除了老派、新派和理想市民几种形象系列，在老舍笔下还有一种属于城市底层的贫民形象系列。这里有洋车夫祥子、月牙儿、老马、小崔、老巡警、拳师沙子龙、剃头匠孙七、妓女小福子、艺人方宝庆和小文夫妇，等等。这个形象系列集中体现了老舍与下层人民的深刻联系。在对老派市民与新派市民的描写中，喜剧的色彩是其主调，而刻画城市贫民形象的作品中就往往流露出浓重的悲剧性来。

长篇小说《骆驼祥子》是老舍的代表作，写于 1936 年春。作品是围绕城市贫民的悲剧命运而展开它的全部描写的，它将老舍的创作推向一座高峰。这部小说的成功在于其真实地反映了旧中国城市底层人民的苦难生活，揭示了一个农民如何市民化，又如何被社会抛入流氓无产者行列的过程，以及这一过程中所经历的精神的毁灭。就作品描写的生活情状及主要人物的典型性而言，这部作品的确有助于人们认识二三十年代中国城市社会的黑暗图景。然而如果更进一步探究，会发现这部小说还有更深入的意蕴，那就是对城市文明病与人性关系的思考。

祥子从农村来到城市谋生，他把买一辆自己的车作为生活目标，幻想着有一部属于自己的车，凭着自己的勤劳换取安稳的生活。三年后的祥子终于买下一辆新车，不料才半年就被匪兵抢去。虎口逃生之后在路上拉到三匹骆驼，卖了 30 元钱，准备积攒着买第二辆车，不久他的辛苦积蓄又被孙侦探抢走。车厂老板刘四爷的女儿虎妞喜欢祥子，祥子虽然讨厌她又老又丑，却也防不住性诱惑的陷阱，不得不与她结婚，并用她的私房钱买下第三辆车。后来虎妞因难产死去，祥子只得卖掉车子料理丧事。老舍以极大的同情描写祥子的不幸遭遇，“一个拉车的吞的是粗粮，冒出来的是血；他要卖最大的力气，得最低的报酬；要立在人间的最低处，等着一切人一切法一切困苦的击打”。

祥子的“作一个独立的劳动者”的善良愿望的毁灭，是有社会原因的。小说所写的“逃匪”、“侦探”等的欺压，都映现出二三十年代那个动荡的社会背景，使得祥子毁灭的悲剧有了社会的缘由。祥子的悲剧也是小生产者个人奋斗的悲剧。他“好汉不求人”。“他想不到大家须立在一块儿，而是各走各的路”。他不合群、别扭、自私，死命要赚钱，“不得哥儿们”。“在没有公道的世界里，穷人仗着狠心维持个人的自由，哪怕很小很小的一点自由。”这就决定了他的孤独、脆弱，最终一步步走向堕落深渊。

祥子的堕落亦与腐败的环境有关。他一次又一次想与命运搏斗，但一切都是徒劳。祥子从农村来到城市，幻想当一个有稳固生活的劳动者，他的人生旅途每经过一站，就更沉沦堕落一层，也愈来愈接近最黑暗的地狱层。无论是祥子刚来乍到就看到的那个无恶不作的人和车厂，还是在他结婚后搬进去的杂乱肮脏的大杂院，或者是那如同“无底的深坑”的妓院白房子，都驱使他给自己的灵魂添上层层污秽，从洁身自好到最后破罐子破摔,彻底沉沦。到小说最后,祥子完全变了个人,他变得懒惰、贪婪、麻木、缺德,他打架、使坏、逛窑子……祥子被物欲横流的城市吞噬,自己也成为那城市丑恶风景的一部分。腐败的环境亦给祥子提供了可怕的城市人伦关系。此前的祥子有着劳动者一切美好的人性:把劳动看成“一种极好的娱乐”;选择生活伴侣也是按劳动人民的审美标准去选择;曹宅出事之后,主动引咎辞工,他觉得“责任,脸面,在这时似乎比命还重要”。但环境给他提供了这样的事实:刘四为了钱,为了车厂的利益而将虎妞拴在身边,耽误女儿的青春;二强子逼迫女儿小福子卖淫。这些扭曲的城市人伦关系必然会以虎妞、小福子为中介最终伤害到祥子身上。祥子的绝望与堕落不能说与此毫无关联。

虎妞能干、泼辣,有心计又充满矛盾。她是扭曲的城市文明背景下的一株被扭曲的小草。她虽然贵为车厂老板的“小姐”,但由于被父亲耽误婚姻,变得又老又丑,找不到对象,只能“下嫁”车夫,她是扭曲的城市人伦的牺牲品,人们对其的遭际不无同情。然而,她对祥子的无穷的纠缠与折磨,用骗婚手段逼迫祥子就范,却是造成祥子婚姻悲剧的一个无可规避的原因。透过这桩不公的婚姻,虎妞将城市文明病加在她身上的不公以婚姻的方式转嫁到祥子身上,所以不妨说,在祥子的婚姻悲剧中,与其说祥子承担的是虎妞的折磨,毋宁说他承担的是城市文明病对他的折磨。顺此思路,我们同样可以理解:对小福子痛苦遭遇的叙写,祥子未能与他深爱的小福子结合,亦是城市文明病加在祥子身上的一块揭之不去的伤疤。

老舍作品中最引人注目的是“京味”。现代文学史上没有谁会比老舍更熟悉北京这座渐趋颓败的千年“皇城”了。他聚集其北京的生活经验写大小杂院、四合院和胡同,写市民凡俗生活,写已经斑驳破败仍不失雍容气度的文化情趣,还有那构成古城景观的各种职业活动和寻常世相,为读者提供了丰富多彩的北京画卷。这画卷所充溢着的北京味儿有浓郁的地域文化特色。“京味”又体现在作家描写北京市民庸常人生时对北京文化心理结构的揭示方面。北京长期作为皇都,形成了帝辇之下特有的传统生活方式和文化心理习惯,以及与之相应的审美追求,异于商业气息浓厚的“上海文化”。老舍用“官样”一语来概括北京文化特征。它包括讲究体面、排场、气派,追求精巧的“生活艺术”;讲究礼仪,固守养老抚幼的老“规矩”;生活态度的懒散、苟安、谦和、温厚等等。这类“北京文化”的“精魂”渗透于老舍作品的人物刻画、习俗的描绘、气氛的渲染之中。对“北京文化”的描写,老舍是牵动了他的全部复杂情感的:既有对“北京文化”所蕴含的特有的高雅、舒展、精致的美的欣赏、陶醉,又有因这种美的丧失毁灭油然而生的感伤、悲哀,以至若有所失的怅惘,还有因之而发生的对于国民性的批判。

老舍性情温厚,他的作品同时也追求幽默味,这幽默一方面有来自狄更斯、康拉德等英国文学家的影响，同时也深深地打上“北京市民文化”的烙印。他的幽默带有北京市民特有的“打哈哈”性质，既是对现实不满的以“笑”代“愤”的发泄，又是对自身不满的自我解嘲，即把幽默看成是生命的润滑剂。这样，老舍作品中的幽默过分迎合市民的趣味时，就流入了为幽默而幽默的“油滑”——这主要表现在老舍的早期作品中。从《离婚》开始，老舍运用幽默找到了健康的发展方向：使之更加生活化，在庸常的人性矛盾中领略喜剧意味，使幽默“出自事实本身的可笑，可不是从文字里硬挤出来的”[⑤]；涉及更深厚的思想底蕴，使幽默成为含有温情的自我批判。老舍创作中的幽默逐渐避免了初期的单纯性质，融喜剧与悲剧、讽刺与抒情为一体，获得了一种丰厚的内在艺术力量。

老舍熟悉并热爱北京市民语言及民间文艺，大量运用北京市民俗白浅易的口语“把顶平凡的话调动得生动有力”，“调动口语，给平易的文字添上些亲切，新鲜，恰当，活泼的味儿”。[⑥]讲究语言的通俗性与文学性的统一，干净利落，平易精致，隐约渗透着京味文化。从“五四”时期提倡文学革命以来，能像老舍那样把口语写得这样纯粹、亲切的作家并不多见，老舍无愧于语言大师的称号。

第三节　巴金：热情追求光明的文学战士

巴金（1904—2003），原名李尧棠，字芾甘，出生于四川成都一个官僚地主大家庭。他的祖父为官，父亲李道河曾任四川广元知县，母亲陈淑芬则是一位贤淑温厚的女性。封建家族制度的专横腐败、礼教的虚伪冷酷以及贫弱者的悲苦无助使得巴金从小便萌生出对封建旧制度的憎恨和反叛。但幼年时代的巴金又从温馨的母爱中获得了“爱一切人”的善良品性。他曾宣布：“我现在的信条是：忠实地生活，正当地奋斗，爱那需要爱的，恨那摧残爱的。我的上帝只有一个，就是人类。”[⑦]这种反叛情绪和博爱思想奠定了巴金日后文学创作的情感基础。巴金自称是“五四的产儿”。“五四”运动爆发后，他广泛地阅读《新青年》《新潮》《每周评论》等进步刊物，同时也接触了克鲁泡特金等一些无政府主义者的作品，引发了他对英雄崇拜的热情和强烈的社会责任感。1923 年，巴金到上海、南京求学。1927 年他赴法国留学，1928 年底回国。这期间，巴金积极地参加各种进步的社会活动，研究法国大革命的历史，阅读启蒙思想家和民粹派著作，并翻译了克鲁泡特金的著作，形成了他追求民主、自由、平等的带有无政府主义倾向的民主主义思想。但政治活动的失败和理想追求的挫折使巴金陷入了痛苦和困惑之中。1929 年他第一次以“巴金”的笔名发表了中篇小说《灭亡》，随后相继发表了“爱情三部曲”（《雾》《雨》《电》）、“激流三部曲”（《家》《春》《秋》）、“抗战三部曲”（《火》《憩园》《寒夜》)等12部中、长篇小说,以及《复仇集》《光明集》《将军集》《抹布集》《神・鬼・人》等十多部短篇小说集。

通常以40年代为界,把巴金的小说创作分为前后两个时期。前期的作品往往以强烈的主观热情一方面描写了二三十年代知识青年的革命斗争和情感生活,另一方面揭示了封建家族制度和礼教对青年的摧残、对人性的扼杀及其自身走向溃灭的命运。

处女作《灭亡》叙写了北伐前夕军阀专制背景下一群革命青年的社会活动和爱情故事。主人公杜大心虽然身患严重的肺结核病,但却怀有强烈的正义感和无畏的献身精神。他对自己的个人前途失去了信心,对专制黑暗的人类社会感到绝望。虽然他爱朋友李冷的妹妹李静淑,但他所信奉的革命"宗教"和虚无的心态又使他最终失去了爱情。朋友张为群的死使杜大心最终走上了刺杀戒严司令的复仇之路。然而刺杀未遂,自己却白白地牺牲了生命。虽然杜大心幼稚、盲目、虚无的"英雄行为"不足为范,但主人公的那种虽绝望而又抗争的献身精神让人感动。《新生》可以说是《灭亡》的续篇。主人公李冷在"爱的精神"的鼓舞下,完成了"从个人主义到集体主义"的转变,虽然最后同样是为革命赴死,但杜大心的死凄楚而寂寞,而李冷的死则洋溢着革命乐观主义的情绪。他把"自己底生命联系在人类底生命上面","这种爱是不会死的,它会产生新的爱",连刽子手也被感动了,于是他又获得了"新生"。

写于1931年至1933年的"爱情三部曲"继续探讨的是知识青年的革命道路和爱情问题,在巴金的前期创作中占有重要地位。巴金把它们看作是自己文学创作的真正起点,并且说:

> 我的确喜欢这三本小书。这三本小书,我可以说是为我自己写的,写给自己读的。我可以毫不夸张地说,就在今天我读着《雨》和《电》,我的心还会颤动。它们使我哭,也使我笑。它们给过我勇气,也给过我安慰。⑧

《雾》的主人公周如水一如他的名字,性格优柔寡断,有革命理想但并未参加过团体活动。他与昔日朋友张若兰一见钟情,但却因为自己的旧式婚姻而陷入矛盾和痛苦之中。虽然张若兰为了爱情并不计较他的过去,但周如水为了孝道和良心放弃了爱情而导致了情感的悲剧。《雨》则主要描写了主人公吴仁民与熊智君和郑玉雯之间的爱情纠葛,其间还穿插了几位革命者关于革命道路问题的争论。小说的结尾,玉雯殉情而死,智君为保护心爱的人把身体交给了姓张的官僚,吴仁民决心"要轰轰烈烈地做一番事业",到"充满生命的F地去","革命之雨"开始降落到大地上。《电》是"爱情三部曲"的总结,革命的闪电已经在“漆黑的天空中闪耀”。主人公李佩珠身上集中了作者关于革命的理想[9],在经过一系列挫折之后她逐渐成熟起来,最后她与从 S 地来到 E 城的吴仁民产生了真正的爱情。“爱情三部曲”的独特之处在于,它们真实地记录了“二三十年代一些并未纳入中国共产党领导的知识青年的革命道路和情感历程”[10],他们对待人生、爱情、革命的不同态度、不同选择和为了理想、信仰充满愤激之情的悲剧性抗争获得了广大青年读者的共鸣。但真正给巴金带来巨大声誉并成为现代文学重要收获的是以《家》为代表的“激流三部曲”。

写成于 1931 年的《家》最初以“激流”为题在上海《时报》上连载,后改名为《家》以单行本发行。小说以 20 年代成都高家青年一代觉新、觉慧、觉民的爱情遭遇为主线,展示了高家四代人的悲欢离合和家族盛衰,揭示了封建家族制度和礼教对青年的摧残、对人性的扼杀及其自身必然走向溃灭的命运,同时也表现了一代青年觉醒、挣扎、斗争的叛逆精神。

巴金在《家》中成功地刻画了高老太爷、觉新、觉慧等三类人物形象系列。

高老太爷是这个封建大家族中专制的“君主”,专横、残忍、衰老、腐朽。虽然作品直接描写他的篇幅并不多,但他是一切不幸和罪恶的根源。他做过清朝的大官,“创造了一个大的家庭和一份大家业”。在高公馆中,高老太爷是“全家所崇拜、敬畏的人,常常带着凛然不可侵犯的神气”,他最爱说的话就是:“我说是对的,哪个敢说不对? 我说要怎样做,就怎样做!”在儿孙面前,他大肆宣扬“万恶淫为首,百善孝为先”的封建教条,在背后自己却玩小旦,娶姨太太,过着荒淫的生活。在他的影响下,克安、克定等人也成为荒淫无耻的封建浪子。高老太爷的死象征着封建家族制度和礼教的腐朽崩溃。

觉慧是封建大家族中的“一个幼稚而大胆的叛徒”,是“激流”精神的体现者。这位从小识察了旧家族肮脏和丑恶的“少爷”,在“五四”思潮的冲击下,获得了自由、民主的叛逆精神。他怜悯、同情穷苦人,参加学生运动,办刊物传播新思想。他无视封建伦理纲常,认为高老太爷是个“道貌岸然的荒唐人”,敢于和婢女鸣凤恋爱,支持觉民逃婚,并最终走出“家”的牢笼,勇敢地宣称“我要做一个叛徒”。觉慧热情、勇敢、叛逆、大胆追求的性格特征正是“五四”时代精神的集中体现。觉慧身上也难免有着单纯、幼稚的历史局限和性格弱点。他对鸣凤是由同情而产生爱情的。在他的潜意识中仍然希望鸣凤能处在琴的地位。鸣凤被逼出嫁时,为了“进步思想”和“自尊心”,一夜之间他便决定把这个少女放弃了。此外,作品中觉慧大量的自我反省也深刻地体现出一代青年思想的复杂性。

与叛逆者觉慧相比,觉新则是封建家族制度和旧礼教的受害者。这是一个充分意识到自己精神痛苦的悲剧典型,在他身上更为深广地体现出历史转折时期的复杂性。一方面他受到"五四"新思潮的影响,有着对婚姻自由和幸福生活的向往;另一方面身为高家的长房长孙,他背负着沉重的封建伦理道德的精神枷锁。他要为兄弟们做一个孝顺的榜样,自觉地承担起"承重孙"的责任,这使得他在一系列专制和压迫面前忍让、妥协、顺从。但是他的每一次妥协退让不仅断送了自己的幸福,而且还酿成了他人的悲剧。他最先爱上表妹钱梅芬,然而祖父给他安排的却是瑞珏,梅终于因婚姻的不幸郁郁而死。婚后,觉新虽然在温柔贤淑的瑞珏的照顾下得到了感情的慰藉,但后来瑞珏又被所谓的"血光之灾"害得难产而死。觉新是一个善良的弱者、一个清醒的痛苦者,作者在他身上寄予了深切的同情又不乏对其软弱的批判。

《家》还刻画了其他众多生动而深刻的人物形象,如荒淫、无耻的"孔教会会长"冯乐山,狡猾、贪婪的高克安,外表天真柔顺、内心纯洁刚烈的鸣凤,温顺凄楚的梅芬,贤淑、厚道的瑞珏以及敢于追求个性解放、婚姻自主的觉民和琴等。

直到1938、1940年巴金才先后完成了"激流三部曲"的第二、三部。《春》主要通过淑英抗婚和蕙表妹的悲剧,抨击了封建旧制度对女性的侮辱和摧残。淑英原本由祖父高老太爷和父亲克明做主许配给陈克家的第二个儿子,但蕙的悲惨遭遇让她对包办婚姻断绝了所有幻想,觉慧、觉民和琴等人的鼓励使她最终走上了抗婚道路。软弱顺从的蕙虽爱着大表哥觉新却任由专横顽固的父亲周伯涛包办嫁给心灵卑琐的郑国光,怀孕后染上菌痢,后来越拖越重,最后小产死去。《秋》主要写了周枚、淑贞的悲剧,控诉了封建礼教和家长制对少年儿童身心的摧残。作品中克明的死亡,觉英、觉群的堕落则昭示了封建旧家庭最后的分崩离析。16岁的周枚苍白、瘦弱、多病,封建礼教和专制主义的教育使他变得更加胆怯、空虚,而淫秽的"闲书"则进一步毒害了他的灵魂。当周枚在父亲周伯涛的安排下经过繁琐的礼仪与一个比自己大五六岁的少妇结婚后,体弱多病的他便迅速走向了夭亡。淑贞是高家五房沈氏的女儿,这个12岁的少女虽然有"一张天真、愉快的少女的面庞",却"吃力地舞动着她那双穿著红缎绣花鞋的小脚",最后投井自杀以结束自己短暂而痛苦的生命。《秋》的气氛悲哀而萧瑟,作者的感情基调也明显地由激愤转向了低沉。

"激流三部曲"不仅在思想上而且在艺术上也取得了高度的成就。首先,它为现代文学提供了觉新、觉慧、高老太爷、鸣凤等一批无可替代的典型人物。其次,细腻的感情描绘、大胆的内心剖白、饱含激愤情感的语言,形成了巴金特有的激情话语风格。再次,在结构上巴金借鉴了《红楼梦》《布登勃洛克一家》《卢贡-马卡尔家族》等中外名著的艺术经验,通过家族兴衰的悲剧展示时代的激荡风云,人物众多,事件繁复,构思严谨。此外，巴金还善于通过日常礼仪、节日祭典等生活风习来烘托人物，蕴蓄情感力量，如觉新与瑞珏的婚礼、高老太爷的丧事以及高家的年夜饭等等。

写成于1940年至1943年以《火》命名的“抗战三部曲”是巴金把目光从家庭转向社会的一次努力。《火》第一部以“八一三”淞沪会战为背景，主要写冯文淑、周欣、刘波、朱素贞等进步青年积极投身抗日救亡活动的过程，同时展示了前线将士浴血奋战、后方各界无私支援、热血青年地下复仇的壮阔场面。第二部又名《冯文淑》，主要以冯文淑带领的抗日宣传小分队在抗战前线的活动为主线，反映了抗日战场第五战区的政治、军事活动。在这支小分队里，有来自沦陷区遭受了家破人亡之痛的杨文木、方群文，有出身于资产阶级家庭带有性格弱点的王东，也有信仰无政府主义的李南星。作者通过这些不同阶层、不同信仰的人们团结抗日的故事宣扬了抗日爱国的主题。第三部又名《田惠世》，通过基督徒田惠世创办宣传抗战的宗教刊物的奋斗过程，赞颂了田惠世等人的正直、真诚、爱国精神，揭露了张翼谋、高君元、温健等人虚伪、卖国的丑恶嘴脸。田惠世为了“替抗战做宣传”，“教人为正义而战”，呕心沥血，倾家荡产，甚至献出了儿子和自己的生命，可是那些发国难财的民族败类却时刻不忘对他进行敲诈勒索。田惠世的悲剧同时也反映了国统区抗日形势的严峻和复杂。虽然巴金本人曾说《火》“全是失败之作”，“失败的原因很多，其中之一就是考虑得不深，只看到生活的表面，而且写自己并不熟悉的生活”[11]，但是“抗战三部曲”力图反映出全国各阶层人民全面抗战的壮阔画面和爱国精神，其广阔的视野和宏大的构思在巴金的所有创作中是极为少见的，尤其是第三部《田惠世》中沉郁的悲剧氛围已初露巴金后期小说风格的端倪。

40年代以后巴金的小说创作明显地呈现出与前期不同的风貌。原来激愤的情感逐渐被沉郁的悲哀所替代。题材也由原来带有英雄主义的时代青年的革命活动和爱情生活转向了社会重压下普通小人物的人生悲歌和家庭不幸。而原来作者痛恨和诅咒的“家”已成为触景生情的感伤家园。这些变化一方面固然与抗战时期民族危亡的大背景有关，而另一方面也与作者在经历了战时磨难之后告别青春热情渐趋走向中年的沉稳不无关联。

《憩园》写于1944年5月。作品以第一人称“我”这个客居杨家的局外人的视角追述了“憩园”两代主人杨梦痴和姚国栋两家人的衰败情景。第一代主人杨梦痴（杨老三）是一个被封建制度扭曲的地主阶级浪荡子弟的典型。他从小天资聪慧，受过封建文化教育，但长期腐朽的寄生虫式生活使他丧失了一切自食其力的本能，在挥霍尽祖先留下的家产之后，走上了行骗与偷窃的道路。作品细致地表现了他在无限怀旧过程中流露出的悔恨之意。他喜爱“憩园”里的茶花，会在昏暗的夜晚悄悄溜进过去的宅院，悔恨自己过去的邪恶生活,保证不再去"小公馆",不再去干坏事,可是好逸恶劳的秉性又使他一次次违背自己许下的诺言,拒绝儿子为他找的办事员差事,在他看来"吃苦我并不怕,我就丢不下这个脸"。离家之后的杨老三,在监狱里装病逃避劳动,最终染上传染病死在监狱里。杨老三的原型是作者的五叔。虽然巴金曾表示"五叔的死亡丝毫不曾引起我的哀痛和惋惜"[12],但从小说哀婉感伤的笔调中读者分明能感受到作者"哀其不幸,怒其不争"的情感趋向。而第二代"憩园"主人姚国栋的独子小虎也在娇宠之下养成了见钱眼开、势利霸道的恶少习性,最后不听劝告溺水而死。《憩园》在某种意义上可以说是"激流三部曲"的续篇。作者一方面展示了封建旧家族败落后的凄凉情景,另一方面继续把矛头直指封建制度的腐朽本质,贯彻其一以贯之的反封建主题。

《寒夜》写于1944年至1946年,是巴金继《家》之后的又一部杰作。小说在一个家破人亡的悲剧框架里,以对话的结构细微地展示了主人公汪文宣、曾树生的精神痛苦,揭示了战时国统区社会的混乱和黑暗。巴金说他写这部小说的目的是要"替那些小人物申冤","让人们看见蒋介石国民党统治下的旧社会是什么样子"。[13]但小说文本除了这一社会性主题之外,显然还深入地探讨了婚姻家庭、伦理道德和女性命运等更为深广的内涵。

汪文宣是抗战时期重庆一个半官半商文化公司里的校对员,胆小怕事,安分守己,为了"不死不活"的生活甘于忍辱负重,不惜放弃自己的尊严,放弃自己的理想,最后害病,失业,吐血,在人们欢庆抗战胜利的寒冷之夜悲惨地死去。《寒夜》中的汪文宣具有陀思妥耶夫斯基笔下"地下室人"的特征。他对自己的性格特征、悲剧命运和所处时代的社会现实具有充分的了解,并且把它们融入到自我意识和内心深处反复痛苦地咀嚼。小说是以汪文宣与妻子曾树生空袭前的一次吵架后离家出走开始的。在家庭的纷争中,汪文宣几乎陷入了"无物之阵"。母亲看不惯媳妇整天打扮得花枝招展地上馆子、赴约会,做"花瓶",指责她"不守妇道"。在与媳妇的交锋中,她最有力的武器是"我是用花轿接来的,你不过是我儿子的姘头"。汪母与媳妇的这种伦理道德观念的冲突是有着深刻的社会历史原因的。这也决定了汪文宣试图调和婆媳矛盾努力的必然失败。两个爱他的人,也是他深爱的人,进行着不可调和的争吵。他无法确认是谁的过错,也不能责怪谁。于是他只好在进退两难中把全部过错归咎于自己。但是汪文宣的这种自我牺牲式的选择不但不能息事宁人,反而使矛盾更加激化。母亲觉得他在偏袒妻子,妻子觉得他更爱母亲。于是他便陷入了更深的危机之中。汪文宣软弱、卑微,但又不乏传统知识分子的正直与善良。对于自己的工作,他在内心进行过无数次无声的抗议。当他在校对那些把"传记"译成"佛经"似的半通不通的"名家"文章时,他感到自责。当他要给一位政界红人的“名著”做无耻吹捧时，内心感到无比痛苦。但是为了那少得可怜的薪水，汪文宣又不得不消磨自己的生命。他常常用“为了生活，我只有忍受”来答复他心里的抗议。汪文宣常常在内心倾听并揣测别人对他的议论和态度，在他人的意识中照见自己，最后把他人的意识转变为自己的意识。小说中汪文宣吃鸡的细节集中地表现了主人公的性格特点。为了让母亲高兴，汪文宣由“带着愁容”，到“慌张不安”，再到“接连称赞”，最后“带着满足的微笑”。他的意识随着母亲的态度不断地变化，直到完全把母亲的意识转变为自己的意识。

最初与丈夫同样有着教育救国理想的曾树生，在战时的重庆成为与汪文宣截然不同的知识分子典型。与软弱、多病、卑微的丈夫相比，曾树生充满了对生活的热情和青春的活力，她“爱动，爱热闹，需要过热情的生活”。为此，她抛弃了从前的理想和献身教育的决心。在家里，她与婆婆争吵不休，跟儿子没有感情，对丈夫只剩下怜悯。在外面，她做供人玩赏的“花瓶”，背着丈夫与陈主任约会，甚至合伙做生意发国难财。但小说中，曾树生又绝不是一个简单的“堕落”的知识分子。作者甚至在为她的行为和选择进行合理性的叙述努力。她清醒地意识到在银行做“花瓶”的无奈，对丈夫感情背叛的内疚，对儿子缺乏母爱的自责，但是她无法忍受婆婆的冷言讥讽，难以忍受物质的贫乏和生活的寂寞。巴金把人物置于剧烈的矛盾冲突中揭示其人性复杂的一面。曾树生清醒地意识到自己的弱点，但她无意也无法作出改变，这使得她在很多问题上的选择是以外部因素在内心引起的反应来作为依据的。小说从第 14 节至第 23 节，用近一半的篇幅来描写曾树生在“去”“留”问题上的内心矛盾。她十分清楚丈夫和家庭对她的需要，尤其是丈夫对她的真爱与体谅。她先后两次拒绝了陈主任的请求，向丈夫明确表示不走，这种矛盾的心情一直持续到她拿到调职通知书的时候。然而周围的环境和内心的渴求在不断地促使她作出“走”的决定。最后，当丈夫无意中发现了她的调职通知书时，她终于流着眼泪痛苦地作出了“走”的决定。这些与他人之间和内心自我的对话不断深入地揭示了曾树生既要追求个性解放，又无法彻底摆脱传统伦理道德影响的精神痛苦。在艺术上，《寒夜》主要通过不同的对话方式深入地探索了主人公复杂的内心奥秘，表现出明显的复调特征。主人公自怨自艾的语言贯穿小说叙事始终，再加上冬夜的寒冷、战时的慌乱和主人公居住的暗淡窄小的阁楼，使得小说产生出一种紧张不安的气氛和凄冷的格调。

鲁迅曾说，巴金是“在屈指可数的好作家之列的作家”。[14]他始终以战士的姿态怀着一种“找寻一条救人、救世、也救自己的道路”[15]的热情，向旧社会、旧制度发出自己真实的呐喊。他的小说创作，无论是前期的热烈浪漫还是后期的冷峻深沉，都以其真诚的感性话语风格成为中国现代文学史上独树一帜的小说家。

第四节　沈从文:从湘西走出的"风俗画家"

沈从文(1902—1988),原名沈岳焕,湖南凤凰县人,出身于一个破落的军人官僚家庭,身上流淌着苗、汉、土家等民族的血液。沈从文6岁进私塾,14岁高小毕业后以预备兵的名义投身行伍,曾跟随军队辗转流徙于湘、川、黔边界和沅水流域,先后担任过班长、文书等职。湘西秀丽的自然风光、殊异的文化风习和自身的独特经历为沈从文日后的文学创作提供了丰厚的精神资源。受"五四"新文化运动影响,1922年沈从文只身来到北京,但求学未成。在经历了一系列挫折之后,沈从文开始在《晨报副刊》《现代评论》《小说月报》等刊物上发表有关湘西生活的作品,获得了郁达夫、徐志摩等人的赏识。1928年沈从文来到上海,与胡也频、丁玲合编《红与黑》《人间》等文学杂志。1929年起,先后在中国公学、武汉大学、青岛大学任教。1933年9月回到北京,接编《大公报·文艺副刊》。抗战爆发后,沈从文到昆明任西南联合大学教授,后为北京大学教授,并兼编《大公报》、《益世报》等的副刊。新中国成立后,沈从文基本停止了文学创作,主要在中国历史博物馆从事文物研究,并出版有《中国古代服饰研究》《中国丝绸图案》《唐宋铜镜》等著作。

沈从文自1926年出版第一部小说集《鸭子》以来,先后发表了《蜜柑》《入伍后》《阿丽思漫游中国记》《旅店及其他》《龙朱》《虎雏》《都市一妇人》《阿黑小史》《月下小景》《边城》《八骏图》《绅士的太太》《长河》等三十多部小说集和《记胡也频》、《记丁玲》、《从文自传》、《废邮存底》(与萧乾合著)、《湘西》、《湘行散记》等长篇传记和散文集,成为现代文学史上著名的多产作家和"京派"代表人物。

沈从文的小说创作主要包括两个部分的内容,一是湘西世界,二是都市人生,但代表沈从文小说成就与风格的是前者。沈从文的湘西小说以温情的笔调和独特的视角展示了湘西奇异的自然风光和独特的生存景观。在《柏子》中,强悍蛮野的水手柏子不惜用自己的血汗钱去换取与吊脚楼妓女短暂的生命欢愉和真诚的情爱期待。《萧萧》中12岁的童养媳萧萧,嫁给了不到三岁的丈夫,在懵懂中委身于花狗,只因她怀上了孩子才免除了沉潭或发卖的悲剧。天真、单纯的主人公对自身命运无可把握的悲哀让人动容。《丈夫》中讲述了湘西女人为生活所困而外出为娼的奇异风习。老七的丈夫农闲时到妓船上来探亲,不但不能与妻子团圆,反而在嫖客的侮辱下目睹了妻子接客的情景。作者细腻地刻画了丈夫由隐忍到奋起的心理过程,生动地表现出边地底层人们生存的无奈和悲凉。《龙朱》中的白耳族王子龙朱被作者赋予了神性的品格,"美丽强壮如狮子,温和谦顺如小羊"。他与黄牛寨公主的恋情被渲染得热烈、浪漫而美丽。《月下小景》中,男女主人公因两情相悦发生了性爱,却不能在现实中结合而双双殉情。《媚金·豹子·与那羊》中,描述了媚金因情人豹子寻找辟邪的羊没有及时赴约,产生误会,两人先后拔刀自尽的悲剧。长达十万多字的《阿黑小史》由八个短篇连缀而成。作者用清新流丽的抒情笔调反复描写了五明和阿黑这对小儿女的幽会场面和执着纯真的恋情。这些原始生命形态下的纯朴真诚的爱情在沈从文笔下无不显得神圣与浪漫。

1934 年出版的《边城》是沈从文最具代表性的作品。小说以湘西小城茶峒及城西的碧溪嘴渡口为场景,通过渡口撑船老人和他的外孙女翠翠相依为命的恬淡生活,以及天保和傩送兄弟同时爱上翠翠的曲折动人的情感悲剧,生动地展现了边城人们健康、淳朴的风俗人情,表达了作者对优美善良的人性和理想生活方式的赞美与追求。美丽善良、天真纯朴的翠翠在端午节的龙舟赛上与英俊强健的傩送相遇后,情窦初开。而傩送的哥哥天保也对翠翠情有独钟。自知对歌不如弟弟的天保为了成全弟弟决定撑船外出,不幸遇难。傩送因哥哥的死深感悲伤和内疚,也驾船出走。而与此同时,翠翠却听到有关傩送要与用碾坊陪嫁的王团总的女儿结亲的传言。疼爱翠翠的外公到船总家打听消息时却遭到冷遇,忧心忡忡的老船夫终于在一个风雨之夜与世长辞。周围善良的人们都向孤苦的翠翠伸出了援助之手,而坚贞的翠翠独守渡口等待情人的归来。结尾"这个人也许永远不回来,也许明天回来"留给了人们无限怅惘的情感和想象空间。

沈从文在谈及《边城》时说:

> 我要表现的本是一种"人生的形式",一种"优美、健康、自然,而又不悖乎人性的人生形式"。[16]

翠翠是集中了作者"爱"与"美"的理想的人物形象。父母为了神圣的爱先后殉情而死,翠翠与爷爷相依为命,边城的青山绿水"既长养她且教育她,为人天真活泼,处处俨然一只小兽物"。为充分展示美好的人性和人情,作者生动细腻地描绘了翠翠在爱情方面的觉醒、发展、挫折、追求的心理过程。由初次邂逅时的骄矜到情窦初开后的甜蜜和苦恼,再到遭受爷爷去世、傩送出走等一系列打击后的坚贞守候,表面美丽单纯的翠翠内心更有勇敢和坚强的一面。老船夫是"善"的化身,五十年如一日地在渡口摆渡送人,任劳任怨,只靠公家的三斗米、七百钱带着外孙女过着恬淡自足的生活。他从不肯接受别人的馈赠,且慷慨大方地备办酒茶为客人解乏,获得了河街上众乡亲的一致敬重。而为了外孙女翠翠,老船夫更是付出了一切的关爱和仁慈。此外,在美丽如画的边城,重义轻利、守信自约的人们无一不是遵循着淳朴、恬淡、和谐的生活方式。热忱质朴的杨马兵无微不至地关心着过去恋人的遗孤翠翠,船总顺顺慷慨豪爽地对待每一个乡民,专情重义的傩送宁肯要"渡口"也不要"碾坊","即便是妓女,也永远那么浑厚"。在20世纪初期的"乡土中国",沈从文的"边城"无疑是一处独特的风景。在艺术上,《边城》不重曲折情节的铺陈叙写和典型人物的精雕细刻,而以清新流动的语言、从容淡泊的抒情幻想和浓厚的文化意蕴营造出恬静和谐的美学风范。作品中淡淡的远山、清清的溪水、白色的小塔、古老的渡口以及对歌、提亲、陪嫁、丧葬、赛龙舟等淳朴的民情风俗和纯情的人物交织在一起,呈现出恬静、和谐、优美的乡村生命形式。

沈从文自称是一个"乡下人"。当他以"乡下人"的眼光观照现代都市生活时,鄙夷、讽刺之情常常溢于言表。在《绅士的太太》《都市一妇人》《八骏图》《某夫妇》《大小阮》《有学问的人》等作品中沈从文常常以嘲讽、冷峻的笔调揭示了城市知识者与"文明人"的生命萎缩和人性扭曲的一面。《绅士的太太》描写了几个城市上层家庭内部"绅士淑女们"的种种丑行。丈夫在外偷情,太太在家与人通奸,而一面与名门闺秀订婚的少爷暗地里却与父亲的姨太太乱伦。所谓的文明社会原来是物欲横流、道德沦丧、精神空虚和生活糜烂的虚伪世界。《都市一妇人》中历经坎坷的都市妇人,为了留住比自己小10岁的英俊丈夫竟不惜残酷地将其眼睛毒瞎。与乡村纯美朴野的情爱相比,都市两性关系的自私虚伪让人心有余悸。发表于1935年的《八骏图》则以讽刺的笔墨揭露了城市知识者的精神病态。作家达士先生在青岛大学讲学期间,发现自己周围的七位教授都患有不同程度的性压抑和性变态,有的蚊帐里挂着半裸体的美女画,有的用手"很情欲"地拂拭着青年女子在沙滩上留下的脚印,有的眼睛盯着大理石胴体女神像发呆。在给未婚妻的信中,达士先生详尽地描述了这些表面上道貌岸然的谦谦君子内心深处的卑鄙丑陋。而小说结尾时,这位讥讽他人的作家自己却被海滩女人的黄色身影和神秘字迹所蛊惑,以生病为借口向未婚妻推迟归期。沈从文从文化和人性的角度,对都市文明社会中的生命萎缩和人性扭曲现象提出了强烈的嘲讽和批判。

1935年是沈从文创作上具有转折意义的一年。在此之前,沈从文曾回到阔别已久的凤凰老家探望母亲。步入中年的沈从文在都市寓居了十余年后,一旦再一次亲历记忆中的故乡时竟然萌生出一种"秋天的感觉"。[17]随着生活方式的城市化和心理状态的绅士化,沈从文已经开始用进化的视角关注起湘西现实社会人生中的"常"与"变"。在《顾问官》《新与旧》《张大阮》《小砦》《贵生》《七个野人和最后一个迎春节》《长河》等一系列作品中,沈从文表现了对湘西社会在现代文明冲击和挤压下的感伤和忧虑。《顾问官》中作者以嘲讽的笔调写了驻防湘西的三十三师内部的腐化和对农民的盘剥。他们每天只知吃、喝、嫖、赌，一切用度都来自对农民的捐税剥削，把农民当作“竭泽而渔的对象”。整日无所事事、好吹嘘卖弄的顾问官一旦通过贿赂参谋长谋得一个催款委员的“肥差”，便不顾一切地捞取钱财。《新与旧》用对比的手法描写了老战兵在晚清和民国两个时期做刽子手杀人时的心理以及围观者的表现，揭示了统治者的残酷和围观者的麻木。《七个野人和最后一个迎春节》写一个师傅和他的六个徒弟痛恨和抵制城市文明对乡村的侵蚀，最后躲进山里当野人，以固守原有的生活方式。《长河》一方面描写了沅水辰河乡野小镇纯朴的人生形态，如饱经沧桑、坚韧达观的看祠堂老人满满，纯真善良、聪明美丽的橘园少女夭夭，雄强不屈的三黑子，公正义气的滕长顺等。另一方面作者又用大量的篇幅反映了抗战前夕湘西社会即将到来的“新生活运动”和驻扎当地的保安队对人们心理和生活的搅扰。国民党“中央军”向上调动，吕家坪被战乱的阴影所笼罩，人们陷入了惊恐和慌乱之中。而保安队宗队长以买橘子为名向滕长顺一家敲诈勒索，仗势欺人，并几次纠缠调戏滕家小女夭夭。而夭夭既有《边城》中翠翠同样的美丽、天真、单纯，又具有适应社会环境之“变”的明辨是非、嫉恶如仇、机警灵敏的个性特征。对于大家都惧怕的保安队长，“她却不怕他，人纵威风，老百姓不犯王法，管不着，没理由惧怕”。沈从文在湘西日渐衰颓的生活现实面前表现了“这个地方一些平凡人物生活上的‘常’与‘变’，以及在两相乘除中所有的哀乐”。[18]从《边城》到《长河》，沈从文对湘西世界的情感变化是显而易见的。

在中国现代文学史上，沈从文的小说无疑是风格独具的。他从地域的、民族的、文化的视角，构建起独具魅力的湘西生命世界。沈从文说他“只想造希腊小庙”，“这神庙里供奉的是‘人性’”。[19]在他笔下，无论是农民、水手、士兵，还是童养媳、店伙计和下等娼妓，他们虽生活艰辛却倔强坚韧，虽原始古朴却恬淡自守，在女性的柔美和男性的雄强中显露出生命的本色。然而，沈从文绝不是一位单纯的理想主义者和狭隘的保守主义者，在对美好人性和人情歌咏的背后总是或多或少地隐伏着作者对柏子、萧萧、老七夫妇等乡土乡民的一份感伤和哀婉。在对湘西的精神返乡和情感把握中，沈从文把主体的感觉和情绪植入清新流丽的话语，把独特的风俗人情、浓厚的文化意蕴和舒缓的牧歌情调融汇在一起，从而找到了一种最适合自己的抒情文体。沈从文曾得意地把它们称作是“情绪的体操”。[20]但需要指出的是，在对乡村的对立面——都市的书写中，议论性的话语和嘲讽的语调常常使得沈从文走出他的抒情文体，艺术上显得远不如前者。素有“文体家”之称的沈从文在作品的结构体式上常常不拘一格，如诗体、散文体、对话体、书信体、日记体、寓言体、神话佛经故事等不一而足。沈从文曾说：“我的文字风格，假若还有些值得注意处，那只是因为我记得水上人的言语太多了。”[21]他的小说语言古朴简约、清新流丽。他常常把生动活泼的湘西口语与简约洗练的文言语汇杂糅一体,充满了韧性、张力和动感。总之,无论是思想内容还是艺术形式,沈从文的小说创作都是现代文学中的一处独特风景。

第五节 钱锺书和他的《围城》

钱锺书(1910—1998),字默存,号槐聚,曾用笔名中书君。他出身于江苏无锡一个以诗书传家的传统文人家庭。其父钱基博,近代著名国学家,经史子集靡不贯通,著作等身,尤以《现代中国文学史》一书蜚声国内,历任上海、北京多所大学教授。其母姓王,是近代通俗小说作家王西神的妹妹。钱锺书在11岁时,已读完《论语》《孟子》《毛诗》《礼记》《左传》等书,涉猎子史古文及唐诗,且能动笔写文章了;1920年秋,进东林小学(当时为无锡县立第二高小)接受新式教育;1929年,高中毕业,入清华大学;1933年,大学毕业并受聘于上海光华大学外语系任讲师;1934年秋自费出版了《中书君诗》;1935年春考取英国庚子赔款奖学金,赴英国牛津大学爱克赛特学院攻读英国文学,两年后又到法国巴黎大学文学院攻读法国文学;1938年九十月间,结束留学生涯返回祖国。回国后钱锺书往昆明的清华大学任教。此后,他历任国立师范学院英语系主任、上海暨南大学外语系教授、中央图书馆英文总纂、清华大学外文系教授、中国社科院文学所研究员、中国社科院副院长等职。钱锺书出版有散文集《写在人生边上》(开明书店1941年),短篇小说集《人·兽·鬼》(开明书店1946年)和长篇小说《围城》(上海晨光出版公司1947年)。他还用英文撰写了《十六、十七、十八世纪英国文学里的中国》,抗战期间完成文论及诗文评论《谈艺录》,1958年出版《宋诗选注》,1975年《管锥编》四册初稿完成,1979年由中华书局出版。

《围城》是中国现代杰出的讽刺小说,也是钱锺书写成的唯一一部长篇小说。这部小说花了他两年的时间,"两年里忧世伤生,屡想中止"。由于杨绛女士的不断督促,他才"得以锱铢积累地写完"。[22]1946年2月至12月,该小说在郑振铎主编的《文艺复兴》月刊上连载。1947年5月,上海晨光出版公司编辑赵家璧将《围城》单行本列入"晨光文学丛书"出版。

作者在《围城》初版序言中说:"在这本书里,我想写现代中国某一部分社会;某一类人物。写这类人,我没忘记他们是人类,具有无毛两足动物的基本根性。"小说所描写的"某一部分社会"就是指20世纪30年代末、40年代初国统区上层知识分子所处的生活环境。"某一类人物"是指半殖民地半封建社会留洋镀金归来的文人学士及其身边的上层知识分子。"基本根性"是指这群上层知识分子所具有的崇洋媚外、卑琐虚伪、懦弱动摇的性格特点。

《围城》这个题目具有隐喻意义。小说中引用了一句英国的古话，说“结婚仿佛金漆的鸟笼，笼子外面的鸟想住进去，笼子内的鸟想飞出来，所以结而离，离而结，没有了局”。又取意于法国成语“被围困的城堡”，“城外的人想冲进去，城里的人想逃出来”。但无论是“金漆的鸟笼”还是“被围困的城堡”，它们隐喻的不仅仅是现实中的婚姻关系，实际上还隐喻了理想与现实的关系，人与人之间的关系，即人生万事普遍存在的“二难处境”。方鸿渐的爱情、婚姻和事业总处在“围城”状态，赵辛楣、苏文纨、孙柔嘉等人也是如此。三间大学是一座“围城”，当时国统区乃至整个中国社会又何尝不是一座“围城”？正如有学者指出的，“围城”的象征主要潜藏在方鸿渐的命运里，方的困境“并非单是他个人的悲哀，它是当时中国人民共有的彷徨，是20世纪西方军事、经济、文化侵略下中国社会的迷茫”。㉓

《围城》被称为“现代中国文学史上一部新的《儒林外史》”。㉔全书写了七十多个人物，其中着墨较多、个性鲜明的人物有十多个，这些人物基本上都是知识分子，且是上层知识分子。如果说《儒林外史》描绘了明清时代知识分子生活的完整图画，揭示了科举制度的罪恶；那么，《围城》则描写了抗日战争时期一群出国留洋归来的知识分子所有的琐碎生活与复杂心态，反映了在国难家仇背景下，在中西文化夹缝中生存的知识分子的尴尬命运。

小说的情节以方鸿渐的生活道路为线索展开。方鸿渐是江南某小县一个乡绅的儿子。在国内读大学时，他几次换专业，后又出国留学，留学资金是尚未见面的早逝的未婚妻家里出的。在欧洲的四年里他又换了三所大学，最后花钱买了一张假博士文凭回来，以负“孝子贤孙”之责，让老父老母高兴。在回国邮船上，他受作风新派的鲍小姐引诱，也被出自官宦之家获得博士学位的苏文纨小姐追求，但他真正倾心的是在苏文纨家里认识的纯情温柔的唐晓芙。艰险的世情使他失恋又失业，最后只好从上海逃出来，在“同情兄”赵辛楣的帮助下逃到内地三间大学。三间大学却同样乌烟瘴气，同事之间勾心斗角、尔虞我诈，他因为不肯同流合污而受到权势者的排挤。后与孙柔嘉结婚。婚前看来天真、柔弱、和顺的孙柔嘉，婚后却判若两人，变得自私、刻薄、专横。加上方鸿渐父亲、弟媳的保守与挑剔，柔嘉姑妈的教唆，他们在无休止的吵闹声中积累矛盾导致感情破裂最后分手。方鸿渐在感情“围城”里处处碰壁，而在事业“围城”里也一样没能冲杀出来。从三间大学回到上海后，他在一家报社做事，后来敌伪收买报社，方鸿渐怀着爱国心辞了职。失业后，他又因为痛恨做“资本家的走狗的走狗”而不愿去孙柔嘉姑妈推荐的纱厂工作。方鸿渐的性格中有善良、正直的一面，也有懦弱、玩世的一面。他追求真爱却又逢场作戏，他痛恨现状却又慵懒无能，他是一个可笑又可怜的矛盾人，一个精神困顿、生活空虚的零余者。他的命运是抗战前夕缺乏生活理想的小资产阶级知识分子悲剧命运的缩影。他的悲剧既是他矛盾性格导致的，也是畸形社会与淡薄人情促成的，甚至可以说是“传统文化的劣根在半殖民地土壤上新结出来的恶果”。[25]

小说还塑造了其他形形色色的知识分子形象，如有良好的交际能力和组织能力，但有时行为孟浪的赵辛楣；自称“慎思明辨”却沽名钓誉的褚慎明；追慕“先祖”韩愈却花钱买假博士文凭的韩学愈；满口仁义道德、满肚子男盗女娼的李梅亭；老奸巨猾、灵魂猥琐的高松年；略通文墨却目空一切的董斜川；阿谀奉承、趋炎附势的顾尔谦；拉帮结派、投机钻营的汪处厚；心术不正、好探隐私的陆子潇；才学空疏、仗势欺人的曹元朗等。小说还塑造了一群知识女性形象，也各具个性。这些女性围绕着方鸿渐先后出场，她们共同构筑了一座“围城”来围攻方鸿渐。她们是：出身名门、学历颇高、矜持自负、气量狭小，主动追求方鸿渐未成，自暴自弃嫁给曹元朗的留法博士苏文纨。“压根儿就是块肉，谈不上心和灵魂”，本已有夫，却用最末流的伎俩诱惑方鸿渐的鲍小姐。温柔伶俐、妩媚端庄、摩登社会里的一个罕物，“兼有女人的诱惑力和孩子的朴素”，本与方鸿渐两情相悦，却由于种种误会而分手的纯真女孩唐晓芙。受过现代教育，思想传统、保守，表面娇、傻，却工于心计，像鲸鱼般张开口捕获糊涂虫方鸿渐，最后作茧自缚、尝尽婚姻苦果的庸常女性孙柔嘉。此外，装腔作势、自作多情的老处女范懿小姐，红杏出墙、精神空虚的汪处厚太太，她们也处心积虑围攻男人，但自己又不小心身陷“围城”，造成可怜又可笑的悲剧。

所有这些知识分子既有各自的“围城”，又共同生活在一个“围城”中，各自的“围城”多由各自的性格和经历构成，共同的“围城”则是他们所处的畸形社会。因此，该小说形成了丰厚多层的主题意蕴。[26]第一层是“生活描写层面”，即对抗战时期古老中国城乡世态相的描写与讽刺。方遯翁家的守旧迂腐，方鸿渐岳父家的爱慕虚荣，孙柔嘉姑妈的市侩势利，三闾大学的拉帮结派，以及方鸿渐归国途中、赴内地求职途中所看到的摩登社会的行尸走肉与凋敝乡镇的肮脏污秽等等，小说对这一层面的内容做了充分描绘。第二层是“文化反省层面”，小说从“反英雄”角度描写一批留学生或“高级”知识分子的种种心态，来对传统文化进行反省。方鸿渐的优柔寡断、慵懒虚浮以及懦弱无能，就是传统文化中的惰性所铸成的，他那外洋内中、外新内旧的矛盾性格充分说明了在中外文明的碰撞中，传统文化的劣根在半殖民地土壤上开出的“恶之花”。还有那个为了显示“精通西学”、谎称自己的俄国老婆为“美国小姐”的假博士韩学愈，靠骗取外国名人通信而充当世界知名哲学家的江湖骗子褚慎明，他们共同组成一幅“崇洋媚外”的群丑图,他们在骨子里显示了失去自信力的不健全的民族心态。第三层是“哲理思考层面”,从方鸿渐几进围城几出围城的人生经历、所遭遇的困境,说明人生处处是围城,包括婚姻,包括理想与现实,包括事业与人际关系。因此,该小说蕴含了西方现代主义文学中常见的人生荒谬感和孤独无常感的主题思想。

《围城》的艺术手法也独具魅力。《围城》是一部充满喜剧色彩却极富悲剧意味的讽刺小说,是中国现代文学史上最卓越的讽刺作品之一。《围城》不仅继承了《儒林外史》讽刺艺术的传统,在表现手法上普遍采用中国传统的白描,而且有独特、崭新的创造。《围城》的讽刺是幽默诙谐式的。它借助丰富多彩的新譬妙喻,将道德、风俗、人情遍体观照,讽刺无遗。它的讽刺既体现在题材的选择、情节的设计与性格的刻画上,还体现在语言的运用上。它既善于“把客观描述和作者的议论结合起来,这颇近于鲁迅的讽刺,还善于把正面讽刺和侧面烘托结合起来,或者把一个人的前后情状加以辛辣的对比”。[27]小说中常常围绕同一叙述对象,一喻比一喻辛辣,将讽刺功能发挥到淋漓尽致的程度。有人统计,《围城》中所用比喻的数目,有七百多条,且修辞学中,各种比喻手法在《围城》中几乎都不乏成功的范例。由于比喻的形象性和巧妙性,极大地增强了作品的讽刺艺术效果。《围城》的讽刺和幽默还来源于灵活用典上。小说大量采用中西文化中的典故,典故内容涉及文学、哲学、心理、生理、医学、生物、数学、历史、风俗等,这既符合书中知识分子的身份,谈吐有“知识”,有利于展示他们不同的心灵世界,又有利于增加作品的趣味性和说理的深刻性。

此外,《围城》的人物心理刻画也独具特色。它往往采用传神的白描手法,即由外及里,通过画龙点睛式的动作或言谈来显示人物心理过程。

第六节　张爱玲和她的《传奇》

张爱玲(1920—1995),原籍河北丰润,生于上海。童年在北京、天津度过,1926 年入私塾,在读诗背经的同时,开始写小说。1928 年迁回上海,在母亲的安排下接受新式教育。中学毕业后到香港读书。1942 年香港沦陷,未毕业即回到上海。1943 年她的小说处女作《沉香屑 · 第一炉香》发表。此后三四年是她创作的丰收期,作品多发表于《天地》《万象》等杂志。代表作有小说《倾城之恋》《金锁记》《红玫瑰与白玫瑰》等(结集为《传奇》),散文集《流言》,长篇小说《十八春》等。

张爱玲在她的小说集《传奇》初版本的扉页上写道:“书名叫传奇,目的是在传奇里面寻找普通人,在普通人里寻找传奇。”这里说的普通人指大都市里的小市民。张爱玲的小说笔触主要伸向沪港社会饮食男女,为人们展示了一个荒原般的世界。这个世界由悲观的人生态度、复杂的心理冲突、陈旧性的心理创伤、浓重的失落感、人生的悲剧意识构成。张爱玲展示的荒原世界在现代中国作家的创作中是特殊的,她的失落感之浓重也是少见的。她的作品,不但撼人心魄,有时甚至是彻骨冰寒。她的作品的基本主题为:揭示在不可避免的时代沉落中人的苍凉的生存状态。

1943年的9月和10月,《倾城之恋》发表,这是一个上海和香港的双城故事。出身在破落大家族的闺秀白流苏之所以看中"被女人捧坏,从此把女人看成他脚底下的泥"的范柳原,主要是为着范柳原的财富和地位,用白流苏自己的心里话说,"她跟他的目的究竟是经济上的安全"。范柳原和白流苏之间仅仅存有"一刹那的彻底了解",如果不是香港的战乱极其偶然地成全了白流苏,那么她最好的结局不过是成为范柳原长期而稳定的情妇。白流苏虽然几经努力得到了众人虎视眈眈的猎物范柳原,成功地逃离了家庭,但是,作者并没有因此而削弱自己作品中常有的荒凉感。白流苏逃出了旧的家庭,又进入了另一个家庭,而且,她得到的婚姻只是一座没有爱情的空城,而这座空城的获得也仅仅是因为战争的成全,是"香港的陷落成全了她"。战争加快和简化了许多人的正式成婚的速度,但这种婚姻也许更难经受平常生活的慢慢拉磨。

张爱玲的"上海传奇"系列更为成熟。《金锁记》《红玫瑰与白玫瑰》《花凋》《封锁》等,都发生在上海的公馆、公寓,其中描写最出色的当推《金锁记》。

《金锁记》是一个惊心动魄的人性变态和人性异化的故事。小说分两个部分。前一部分介绍姜公馆二奶奶曹七巧的身世,这个女人的婚姻及生存状况通过对话、事件交代出来。七巧出身于下层社会——麻油店,只因姜家二爷患骨痨,卧病在床,才娶了七巧,结了这门门不当户不对的亲,展示出这门畸形婚姻完全是在金钱关系支配下形成的。由于地位低下,七巧在大家庭中显然受排挤,得不到尊重。但从七巧与三爷季泽的调笑中,读者也能看到七巧那被压抑的情欲也会时时透露出来。后一部分是七巧带着一双儿女分家单过后的生活。这是作品的主体部分,也是情节发展高潮迭起的部分。情欲与金钱的冲突交织,母子三人都向着精神的深渊滑落,而儿女的悲剧更由母亲一手操纵。七巧与季泽再次相见,季泽对她进行了表白。有一瞬间,七巧心神恍惚,她"低着头,沐浴在光辉里,细细的音乐,细细的喜悦……"然而也只是一瞬间,"他难道是哄她么?他想她的钱——她卖掉她的一生换来的几个钱?仅仅这一转念便使她暴怒起来"。对金钱的欲望压倒了情欲,七巧亲手杀灭了满足情欲的唯一一点可能的萌芽。但这压抑过深的欲望逐渐变成了可怕的对婚姻的报复。她给儿子长白娶了亲,却千方百计地霸住他,引诱他讲述夫妻间的隐秘,再以此羞辱、折磨媳妇。女儿长安直到30岁,才在亲戚的撮合下,与留洋多年回国的童世舫订了婚。但面对七巧不断的尖刻的抢白攻击,长安意识到，“这是她生命里顶完美的一段与其让别人给它加上一个不堪的尾巴，不如她自己早早结束了它”。与世舫解除了婚约，但两人的友谊还维持着，并且感情有了微妙的进展，但恰恰是这幸福婚姻的苗头引来了更阴森可怖的打击。七巧设宴宴请世舫，她有“一个疯子的审慎与机智”，在席间，轻描淡写地说到长安：“她再抽两筒就下来了。”——“他的幽娴贞静的中国闺秀是抽鸦片的！”世舫怀着“难看的寂寞”，从长安的生活中彻底消失，而长安最卑微的愿望落了空，她生命里“顶完美的一段”，到底还是由七巧加上了“不堪的尾巴”。《金锁记》把人生的荒诞与荒凉诠释到极致。七巧就像一头困兽，一生都是在欲望的牢狱中挣扎。“三十年来她带着黄金的枷锁，她用那沉重的枷角劈杀了几个人，没死的也送了半条命。”其实，套在人身上的何止是“黄金的枷”，人性的无形枷锁才是永远无法解除的桎梏。

张爱玲的小说是关于文明与人性的哀歌，而哀歌的主旨，并不是对社会的批判，更谈不上对社会的改造，而只是在殖民地与半殖民地的现代都市（香港与上海）的背景中，展示人的精神的堕落与不安，展示人性的脆弱与悲哀。在这一点上，她笔下的女性形象，与同时代甚至“五四”以来的新文学作家笔下的女性形象就有着较大的区别。首先，张爱玲写的女性，与二三十年代作家塑造的“时代新女性”不同，她实际上写的是“新女性”表象下的旧女性。这些女性或有着旧式的文雅修养，或受过新式的大学教育，甚至于还留过洋，但她们都面临着出走后又该如何的共同窘况，既无法在现代都市社会中自立，也远离革命运动，只能把当一个“女结婚员”作为自己的唯一职业和出路。而她们所受到的教育，也只能是她们待“嫁”而沽的筹码。其次，她笔下的女性形象与通常的新文学作家笔下旧式女性也不同，张爱玲没有农业文化的背景，她的文学素养是在代表着工商文化的城市背景中形成的，她笔下的女性形象几乎都是日益没落的淑女或竭力向上爬的小市民，这些女性在人生中受到的苦难，不是衣不蔽体、食不果腹的经济上的穷困，而是无家可归、无夫可嫁的精神上的恐慌。

张爱玲的作品中同时表现出“古典小说的根底”和“市井小说的色彩”。其“古典小说的根底”最为鲜明的表现即在于她作品中的“《红楼梦》风”。《金锁记》中随处可见《红楼梦》的影子，《花凋》则被看作是“现代‘葬花词’”，不仅作品的名字《花凋》直接来源于《红楼梦》中的《葬花词》，而且作品的主人公郑川嫦也被她直言不讳地称作“现代林黛玉”。张爱玲小说中的“市井小说的色彩”，则主要指她作品中的“通俗倾向”。在对张爱玲有影响的现代作家中，既有鸳鸯蝴蝶派的代表人物张恨水，又有新文学作家中的实力派代表老舍，而这些作家的创作都是以“通俗化”为主要特征的。市俗化或通俗化既是张爱玲作品中表现出来的创作特点，也是作者自己的创作理想。张爱玲作品中的通俗化特点,也与她生活的环境和她自己的生活习惯有较大的关系。对她一生影响最大的两个城市,一是上海二是香港,而上海是当时中国最商业化最市民化的城市,当时的香港则是跟在上海后面亦步亦趋的上海的翻版。在生活中,张爱玲始终没有成为她母亲所希望的淑女,但却按照自己的理想成为了一个大都市里自食其力的小市民。

张爱玲的作品还具有既传统又现代的特点。其传统特点与她从《红楼梦》等旧小说中那里得到的文化素养和审美品味有关,但又不仅止于此。张爱玲笔下的女性(包括那些受过洋教育的"新女性")实际上或者说在本质上都是些"旧女性",而最为典型的还在于她的"女人观"和她小说中创造的意象,都包含许多传统的因素。她笔下的女性,几乎没有一个走出了婚姻的城堡,而她创造的给人印象最深的意象,如镜子、月亮、老钟等,则全都是以传统为基础的。可以说,这些女性都很好地体现出作者的人生观,那就是女性生存的艰难。在她的小说《封锁》中有这样一句重复了多遍的民谣:"可怜啊可怜,一个人啊没钱!"虽然这些女性(包括七巧和所有的淑女们)并没有真正落到无钱度日的地步,但作为一种存在的恐慌却一直在心理上威胁着她们,因此,她们大多处于两种生存状态之中:一是急于想成为人家的太太或姨太太甚至情妇,总之是想找一个生活的依靠;二是在成为太太之后,仍然在为自己的地位而努力奋斗着,或变本加厉地抓钱,或无可奈何地在平淡的生活中苦熬着。作品中"现代"的特点,则主要在通俗的情调中加入了西方的文化因素。张爱玲在现代都市与都市人的问题上与当时其他作家抱着不同看法。中国的传统文化是以农业文化为背景的,当时的作家也大多以传统的审美思想为艺术追求,因此,现代都市的出现不但没有引起他们的欢呼,反而遭到了他们的抵御和批判,无论是以"乡下人"的眼光看城市的京派作家,还是以"现代人"的身份看城市的海派作家,以及以"革命者"的角色看城市的左翼作家,现代都市在他们的眼里都是一头"怪兽"。然而,在张爱玲眼里却截然不同。张爱玲生在城市长在城市,是一个地地道道的城市人,而且又把当一个城市人作为自己的理想,因此,在她的作品中,不仅写的是城市和城市人,而且到处都流露着她对城市文明的喜爱和赞美。虽然,作品中的人物大多以悲剧收场,但这并不是城市的过错,相反,却正是传统的封建思想和封建文化的罪恶。

张爱玲小说的语言风格,也介乎新旧雅俗之间,既有典雅繁复的字眼,又有市井酣畅的对白。在《沉香屑·第一炉香》和《金锁记》等作品中,古典小说的根底表现更为明显一些,更多一些《红楼梦》的影响;而在《倾城之恋》和《红玫瑰与白玫瑰》等作品中,市井小说的色彩表现更为突出一点。无论是范柳原与白流苏的调情,还是佟振保与王娇蕊、孟烟鹂的三角关系,都更多带有调侃意味的幽默和鸳鸯蝴蝶派通俗小说的特点。细读张爱玲的小说，在叙事风格上，既不脱传统的路数，又有意识的流动，特别能在叙述中运用联想，使人物周围的色彩、音响、动势都不约而同地产生映照心理的功用。在描写技巧上，注重精细的刻绘，强调暗示与象征，常常反复渲染自然景致，制造出一种特殊的艺术氛围，以唤起读者的"类似联想"，使作品出现多重的或更深远的意义。尤其突出的是心理描写技巧，总是深入人物灵魂的深处，着力于探究"一个人内心的曲折"，描写一种病态的或变态的心理，以此去折射病态的社会，在人们面前展现一个鬼气森森、令人可怖的现实世界。

由《传奇》所显示的小说艺术风格，正表明张爱玲的创作走着一条"中西合璧"的道路。她既饱尝着西方现代文明的新风，又有深厚的传统文学修养，从而把传统写法与现代主义的某些表现技巧巧妙地糅合在一起，把小说写得华美而又悲哀，富丽而又苍凉，雅致而又通俗。

（熊岩　曾纪虎　李洪华　黄红春　童华）

注释：

① 茅盾：《社会背景与创作》，《小说月报》第12卷第7期，1921年7月10日。

② 茅盾：《从牯岭到东京》，《茅盾全集》第19卷，人民文学出版社1991年版，第179页。

③ 瞿秋白：《〈子夜〉和国货年》，《瞿秋白选集》，人民文学出版社1955年版，第227、280页。

④《〈子夜〉是怎样写成的》，《茅盾论创作》，上海文学出版社1980年版。

⑤⑥ 老舍：《我怎样写〈骆驼祥子〉》，载《青年知识》第1卷第2期，1945年。

⑦ 巴金：《海行杂记》，载《巴金选集》第八卷，四川人民出版社1982年版，第12页。

⑧ 巴金：《爱情三部曲·总序》，载《巴金论创作》，上海文艺出版社1983年版，第51页。

⑨ 巴金：《爱情三部曲·总序》："我写她时，我并没有一个模特儿。但是我所读过的各国女革命家的传记却给了我极大的帮助。"

⑩ 刘慧贞：《巴金代表作·前言》，河南人民出版社1989年版。

⑪ 巴金：《关于〈火〉——创作回忆录之七》，载《巴金论创作》，上海文艺出版社1983年版。

⑫ 巴金：《谈〈憩园〉》，载《巴金论创作》，上海文艺出版社1983年版。

⑬ 巴金：《谈〈寒夜〉》，载《巴金论创作》，上海文艺出版社1983年版。

⑭ 鲁迅：《答徐懋庸并关于抗日统一战线问题》，《鲁迅全集》第六卷，人民文学出版社1981年版，第536页。

⑮ 巴金：《文学生活五十年》，载《花城》1980年第6期。

⑯⑰ 沈从文：《〈边城〉题记》，《沈从文选集》第5卷，四川人民出版社1983年版，第231页。

⑱ 沈从文：《〈长河〉题记》，《沈从文选集》第5卷，四川人民出版社1983年版，第237页。

⑲ 沈从文：《〈从文小说习作选〉代序》，《沈从文文集》第11卷，四川人民出版社1983年版，第42页。

⑳ 沈从文：《废邮存底·情绪的体操》，《沈从文文集》第11卷，四川人民出版社1983年版，第329页。

㉑ 沈从文：《废邮存底·我的写作与水的关系》，《沈从文文集》第11卷，四川人民出版社1983年版，第325页。

㉒ 钱锺书:《围城·序》,人民文学出版社1980年版。

㉓ 杨玉峰:《徘徊在“围城”内外——谈钱锺书〈围城〉的象征》,香港《开卷》第2卷第7期,1980年2月。

㉔ 敏泽:《现代文学史上的一部艺术杰作》,《新文学论丛》1981年第1期。

㉕㉖ 温儒敏:《〈围城〉的三层意蕴》,《中国现代文学研究》丛刊1989年第1期。

㉗ 何开四:《漫谈〈围城〉的艺术特色》,《厦门大学学报》1982年增刊。

【思考题】

1. 试述茅盾对长篇小说的独特艺术追求,论析《子夜》的思想主题与人物塑造。

2. 简析老舍小说中“市民世界”的人物形象构成,论述《骆驼祥子》中祥子悲剧形成的多重因素。

3. 比较巴金小说前后期风格的不同之处,论析《家》中高老太爷、觉新和觉慧的形象。

4. 试述沈从文的文体风格,分析《边城》的艺术特色。

5. 试述《围城》的主题意蕴和幽默讽刺艺术,分析主人公方鸿渐的性格特征和典型意义。

6. 试从意象营造和语言风格两个方面分析张爱玲小说的艺术特色,简析《传奇》的思想内涵和人物形象的独特性。

第三章　发展期小说(二):多种小说流派

第一节　早期普罗小说和“左联”作家群

在新文学第二个十年中,同文学实现“人的解放”向“阶级解放”要求转化相适应,最早出现的产生广泛影响的小说流派是普罗小说,即无产阶级小说。“普罗”为英文proletariat(意即无产阶级)的音译“普罗列塔利亚”的缩写。普罗小说在我国现代小说史上是有其独特地位的。从美学意义上说,它不是一种完美的小说形式,其艺术表现的粗糙、不注重个性化人物形象创造和带有显著的公式化、概念化倾向等,都是一眼可以看出的弱点。然而,注意到此种小说顺应着历史发展的潮流而诞生,在中国革命史上起过积极作用,也为新文学注入过新的血液与生机,终究有它不可漠视的价值。普罗小说最显著的特点,是大革命失败后革命作家自觉地运用文学武器为革命呐喊,在革命的低潮期鼓起人民的斗志。作家们都是“在革命的浪潮里涌现出来的”,“富有革命情绪”,对革命抱有特殊的热情,虽然此种热情多带浓厚的“革命浪漫蒂克倾向”,但颇能激起人民的革命情绪,特别是激发起一部分知识青年兴奋地探索光明的心理。作品大抵是“思想大于艺术”,以一种前所未有的态势显示出文学对社会革命的参与和它所应承负的历史使命,在文学上表现人民大众特别是无产阶级的斗争、生活及其情绪、愿望、要求等方面都有自己的开拓与劳绩。显然,普罗小说是反映了历史,又为历史所承认的,从事早期普罗小说创作的作者,大多是倡导无产阶级革命文学运动的太阳社和后期创造社的作家,如蒋光慈、洪灵菲、戴平万、钱杏邨、楼适夷、孟超、阳翰笙、刘一梦等,其中作品最多、影响最大的作家是蒋光慈。

蒋光慈(又名蒋光赤)是我国普罗小说最早的倡导者与实践者之一,其作品亦是中国普罗小说的最典型的代表。早在20年代中期,他就在《无产阶级革命与文化》等文中,阐述了在阶级社会中包括文学在内的整个文化的阶级性以及无产阶级文化产生的必然性,热情鼓吹“革命文学”。作为文学主张的具体化,他那时的小说作品就已出现了后来的普罗文学所具有的某些主要特点。中篇《少年漂泊者》和短篇《鸭绿江上》是革命文学的雏形。前者通过主人公汪中的流浪历程,描写了一个贫苦农民子弟深受地主迫害,历经种种苦难,最后投奔革命,展现了从“五四”到“五卅”的社会矛盾与斗争;后者写朝鲜爱国青年李孟汉和云姑的爱情悲剧,揭露了帝国主义的侵略罪行。写于

1927年4月的中篇小说《短裤党》是蒋光慈的前期代表作,这个在上海工人第三次武装起义后不到半月就完成的反映这一重大历史事件的作品,充分表现了作者对现实斗争的密切关注和用文学抒写革命史的巨大热情,作者在《写在本书的前面》中说:"本书是中国革命史上的一个证据,就是有粗糙的地方,可是也自有其相当的意义。"作品的重要意义就在于:它是中国现代文学史上第一部表现中国共产党领导下的工人武装斗争的小说,也最早为文学提供了工人运动中的共产党人和觉悟工人形象。作品的明显缺点是:肯定了暗杀复仇行动,把一种失去理智的疯狂的报复当作英勇行为加以歌颂,"革命的浪漫蒂克"情绪在这里已初露端倪。因此,《短裤党》既集中反映了初期革命文学的优点和缺点,也对其后出现的普罗小说带有开启性。

大革命失败以后,蒋光慈从革命战场上退下来,专门致力于文学活动,创作数量激增,其小说充分表现了在革命剧变年代里才具有的那种独特的情绪与氛围,使之成为最典型的普罗小说;而且他又是普罗文学的积极鼓吹者,他同钱杏邨等人发起组织的太阳社是提倡普罗文学的中坚团体之一,他也成为当时最有影响的普罗文学作家。其小说内容无一例外地表现了这样一种独特的情绪:一方面对敌人的血腥镇压毫无惧色、决不退却,显示了共产党人在革命失败后高举革命旗帜继续前进的英勇气概;另一方面又有面对敌人的疯狂而产生的愤激情绪,欣赏冒动主义和冒险行为,体现出显著的"革命浪漫蒂克倾向"。写于"宁汉合流"不久的《野祭》和《菊芬》,是以反革命政变为背景,表现革命者不屈的斗争精神的姐妹篇,《野祭》中的淑君,是一位淳朴、善良的姑娘,热情向往革命,积极参加群众斗争,终于在反革命政变中英勇献身;《菊芬》中的菊芬,也是一位纯洁、热情的少女,她从四川到武汉投奔革命,同样没有逃脱反动派的魔爪。这两个作品具体描绘了反革命政变的过程,揭露了反动派大肆屠杀共产党人和革命群众的血腥罪行,表现了革命者的顽强意志和斗争精神,都是很可取的;但小说渲染的气氛过于悲愤与沉郁,表现了人物在斗争失败以后以暗杀作为反抗的手段,又有一定的消极影响。这两篇小说都有分量较重的爱情描写,写淑君和菊芬对革命的追求,都同仰慕革命者的爱情渴求纠结在一起,给革命赋予一种浪漫蒂克的情调,也开了其后普罗小说创作中一度风行的"革命+恋爱"小说的先河。他的另一篇小说《丽莎的哀怨》,则发展了悲愤和消沉的一面。作品描写一个白俄贵族妇女在"十月革命"后流浪到上海,最后沦为妓女,身染梅毒,痛苦自杀的过程。作者的本意是要从一个新的视角,表现贵族阶级的必然没落,无产阶级最终会取得胜利的社会发展规律;但由于心头积淀了太多的悲愤,即使在描写一个白俄贵族的妇女时,也过多地渲染了她的凄切哀怨情绪,对她的苦难历程和悲惨遭际的尽情描述,在客观上造成了并不是对于俄国贵族的厌弃和憎恨,反而是对于他们的怜惜和同情。小说发表后,曾受到左翼文艺界的批评。

体现了蒋光慈的消极、苦闷、彷徨思想有所纠正,因而使得他所创作的普罗小说在表现革命内容时能取一种积极态度的作品,是作者写于1929年夏的长篇小说《冲出云围的月亮》。在这部作品中,作者消逝了与大革命骤然失败俱来的痛苦、迷乱心绪,力图冲出思想迷茫的"云围",对革命有较为本质的把握。作品的女主人公王曼英在大革命时期受过革命潮流的激荡,离家参加革命队伍,不久反动政变开始,她陷入绝望与痛苦之中,甚至走上一条自暴自弃之路。她要用自己的身体报复那苍蝇似地追逐她的纨绔子弟,以图"破坏这旧世界",即使自己被同样毁灭也在所不惜。最后,她在革命者李尚志的帮助下抛弃了这种生活,并在同李的真诚相爱中汲取了力量,投身到工人运动中。这部作品尽管又一次重演了"革命+恋爱"的公式,但它表现的知识分子积极进取精神是值得称道的,尤其是小说塑造的王曼英这个"时代女性"形象较真实地反映了小资产阶级知识分子在大革命失败以后的内心痛苦和不甘于沉沦的反抗要求,具有相当的典型意义。蒋光慈的另一部较成熟作品,是他最后写出的长篇《咆哮了的土地》(1930年3月起发表于刊物,后出版单行本,更名为《田野的风》)。这部小说描写大革命时期湖南某地的农民,在矿工张进德和背叛地主家庭的革命知识分子李杰的领导下,组织农会,斗倒地主,大革命失败后突破敌人的武装围剿,投奔金刚山(暗示井冈山)而去。小说形象地反映了土地革命所经历的重要历史阶段,写出了"其势如暴风骤雨"的农民运动场面,在反映革命的本质方面较前有明显的进步。人物形象塑造方面,矿工张进德作为一个较有识见的农民运动领导人,处事冷静,有丰富的斗争经验,不是那种只会打打杀杀的草莽英雄,写来颇具个性;写知识分子李杰,把握了他同民众结合的特征,特别是写他同地主家庭决裂时所展开的激烈的内心矛盾,颇具深刻性,也有某种感人力量,在他身上体现了青年知识分子在群众斗争中不断完善自身的过程,纠正了那时的普罗小说只写"突变式"英雄的弊病。小说在艺术上也有较大进步,改变了过去作品中较多主观、空洞的感情宣泄的写法,注重客观细致的描写,生活实感大大加强。可以说,这是一部在思想上艺术上相对成熟的作品,不但在蒋光慈小说创作中是一个不小突破,也是整个普罗小说发展的一个重要转机。可惜作者英年早逝,未能提供更成功的普罗小说力作。

普罗小说创作在那时形成一种风气,小说家为数甚多,比较重要的还有洪灵菲(1902—1933),广东潮安人。他是为无产阶级革命事业英勇献身的作家,其创作的长篇小说《流亡》,相当典型地反映出处在革命低潮中的革命青年由苦闷而转向反抗的历史事实,表现了在敌人的杀戮面前革命者的英勇斗争精神。小说描写的沈之菲、黄曼曼等人物,属小资产阶级知识分子型的革命者,其中缠绵悱恻的爱情描写,同普罗小说流行的"革命+恋爱"的格局相合,作品还借沈之菲之口说出"革命和恋爱都是生命之火的燃烧材料"之类的话,使这一点尤为突出。钱杏邨(1900—1977),即阿英,安徽芜湖人。他是无产阶级革命文学的鼓吹者,撰有不少文学批评文字,小说创作有短篇集《义冢》《革命的故事》等。他的作品多揭露、讽刺革命浪潮中的投机分子,以后又描写了革命者的故事,揭露国民党新军阀投机革命、屠杀民众的罪恶,在当时颇有影响。楼适夷(1905—2001),浙江余姚人,创作有《挣扎》《病与梦》等短篇集,题材面较开阔,且日渐接近现实革命斗争。其中《盐场》写一场"风波"给浙东盐民带来的苦难,随之触发了盐民的反抗斗争,反映了大革命在盐区的反响。楼适夷的作品内容扎实,生活气息浓厚,有较成功的人物描写,是当时普罗小说中较有成就的作品。

另一个有重要影响的普罗小说作家是华汉即阳翰笙(1902—1993),四川高县人。他创作有中篇小说《女囚》、短篇集《十姑的悲愁》等,长篇小说《地泉》(包括《深入》《转换》《复兴》)三部曲,曾一度被举为普罗小说的"标本"。这部小说反映了大革命后从农村到城市,从农民、知识分子到工人的激烈变化,描写了农村革命的"深入",小资产阶级知识分子思想的"转换",工人运动的再度"复兴"。它对于了解当时的中国社会面貌,革命的几起几落,乃至党内的错误路线、社会思潮的起伏,都有一定的价值。小说用"地泉"总其名,以地下的奔腾不息之泉来隐喻正在重新高涨起来的革命运动,表达了作者对革命的坚定信念,这对于振奋精神、鼓舞斗志,召唤人们继续革命,也有一定作用,然而这部作品在思想、艺术上的诸多失误,却集中反映了那个时期普罗小说所存在的种种弱点。在艺术上,它只是政治观念的图解,所概括的革命的三部曲只是套用了一般的革命发展规律,以此生发故事,难免概念化。人物描写缺乏个性化,所有革命者或所有反革命者都是同一类型面孔,绝少变化,而且人物的思想"转换",也大抵是一种"突变"。在思想倾向上,作品颂扬了当时的盲动路线提出的攻打城市、总同盟大罢工等主张,描写了飞行集会等冒险行为,表现出明显的"左倾幼稚病"和"革命浪漫蒂克倾向"。这个作品在1932年重版时,作者邀请瞿秋白、茅盾等作序。瞿秋白的序文首次提出作品存有的"革命的浪漫蒂克"毛病,不客气地指出:"《地泉》正是新兴文学所要学习的'不应当这么样写'的标本。"茅盾则认为《地泉》的缺点,"不是单独的,个人的,而实际是一九二八到三二年绝大多数(或者不妨说是全部)此类作品的一般的倾向"。因此可以认为,这是革命作家对以往普罗小说的一次历史性的批判总结,标志着作家们认识上的进步。

早期普罗小说作为"革命文学"的一次预演,显示了它的成就与不足;而标志着我国的革命文学在小说领域里朝着坚实的现实主义方向发展的,则是稍后“左联”作家群的涌现。这批作家当时都是初登文坛的文学青年,他们较少受到“革命的浪漫蒂克”倾向的影响,或者已从以往的创作失误中获得启迪,其创作就能一扫概念化地描写身边琐事的创作风气,给人耳目一新之感,从而造成了“左联”文学的崭新局面。这些“左联”新人的小说创作,把政治倾向性与艺术真实性较好地结合起来,以革命现实主义的创作方法努力塑造人物典型,同时也注意环境描写的典型化,开始在作品中体现出独特的生活积累、语言储备与艺术个性,形成小说风格的多样化。这个作家群体是相当庞大的,不少作家为新文学建设作出过重大贡献,比较有代表性的是下述几位。

丁玲(1904—1986),原名蒋冰之,湖南临澧县人。她是中国新文学史上有重要影响的女作家,又是第一个以革命女作家的姿态创作大量革命题材小说,给左翼文坛带来蓬勃生机。她的小说处女作《梦珂》(作于1927年),写一个败落的封建家庭女儿闯入社会后陷入绝境的故事,便引起读者的注意。1928年《莎菲女士的日记》的发表,给她带来更大的声誉,使她一举成名。小说的重要价值是塑造了一个“五四”退潮以后小资产阶级叛逆、苦闷的知识女性的典型——莎菲的形象。在莎菲身上,既有对封建礼教的悖逆,又有对追求“真的爱情”、个性解放的无限憧憬。但她毕竟已不是生活在“五四”时代了,大革命失败后的特殊环境,小资产阶级在追求幻灭以后容易跌入内心的骚乱,这都决定了莎菲执拗地寻觅人生的意义而又无出路,鄙视世俗又不时感到有纵情声色的危险,重感情更爱幻想、狂想,这只能使她陷入更大的苦闷中。“莎菲是‘五四’以后解放的青年女子在性爱上的矛盾心理的代表”(茅盾语),也是要求个性解放的青年在革命低潮期陷入彷徨无主的真实写照。这个形象是有深刻的时代意义的。在艺术上,这部作品也颇有特色。作家善于从人物的内心世界找出隐蔽的悲剧冲突,将莎菲孤傲、任性、焦躁的精神特征,骤起暴落、冷热无定的情绪变化,近于乖张的行为特点,作了极为出色的描绘。作品中那些奔涌而来的内心独白,穷形极相的性格语言,富于穿透力的细腻笔触,都展示出这是一篇出色的心理写实小说,显示了一个青年女作家不凡的艺术功力。

此后,丁玲的创作开始发生变化:她努力跳出主要描写知识分子阶层的老路,注意试写革命题材和表现工农大众的作品。中篇《韦护》和短篇《一九三〇年春上海》(两篇),标志着其笔下的人物由“莎菲型”向“革命型”的转变,这两个作品虽没有离开当时流行的“革命+恋爱”的模式,但小说展开了知识分子从个人主义走向集体主义的艰难道路,细致入微地解剖了他们在革命和恋爱的“冲突”中的内心矛盾、思想分化和理想追求,表现了作家对卷入革命斗争的新型知识分子的独特观察与发现,显然较此前的普罗小说有了长足的进展。1931 年发表的中篇小说《水》,以 1931 年全国发生的波及十六省的特大水灾为题材,展开了惊心动魄的场面,描写了中国农民不幸的灾难和他们最初的觉悟、团结和反抗,标志着丁玲在现实题材的开拓中又有了重大发展。这里显示的正是作家的创作与时代同步、自觉遵循革命要求的趋向。丁玲的创作在抗战以后还有重大发展,但在本时期已初步显示了她卓越的艺术才华。

柔石(1902—1931),原名赵平福(后改名平复),浙江宁海人。作为"左联"五烈士之一,柔石的小说创作也是与革命有着共同的生命的。不过,其创作也有一个演变过程:早期作品多以男女青年恋爱婚姻为题材,抒发他们的苦闷和不满情绪,色调比较灰暗;1929 年后文艺思想有所"转换",创作面向现实。中篇《二月》和短篇《为奴隶的母亲》都是后期代表作,能够纯熟地表现青年知识者的追求,开掘下层劳动人民的悲苦命运,是现代小说中的优秀作品。《二月》发表于 1929 年,是柔石对中国知识分子道路进行思考的结晶。小说描写主人公萧涧秋几年之中漂泊了大半个中国,对生活感到厌倦,对人生感到悲哀,想到芙蓉镇这个"世外桃源"呼吸"美丽而自然的空气"。在新的环境里,他"极想有为",希图振兴教育,还以人道主义精神救助文嫂一家。然而这里并非"世外桃源",同样充满着阴暗、嫉妒和倾轧,他到芙蓉镇的第一天,就被卷入是非漩涡之中,此后,在流言和习惯势力的打击下,他一事无成,更可怕的是,他想救助文嫂,结果反而送了文嫂的命。终于,他在此处安身不得,只得再度出走。萧涧秋的道路,证明了在强大的中国封建主义习惯势力面前,个人奋斗、人道主义的理想显然是要碰壁的。小说细腻的心理笔触,描写人物与渲染环境相结合的深沉的抒情风格,都颇具艺术韵味。《为奴隶的母亲》作于 1930 年,作者以深挚沉郁的感情,诉说了一个令人震惊的典妻故事,塑造了一个受尽折磨、打着奴隶生活烙印的劳动妇女春宝娘的形象。作品的深沉之处,便在于对春宝娘这样忍辱负重的中国普通农妇灵魂的如实表现。她默默地充当为别人生孩子的工具,默默地想念自己亲生的两个孩子,展现了一个遭受严重心灵创伤的母亲的痛苦心理。她的悲剧,是其对自身命运的习以为常,虽心有所动,又无处表诉。这对读者的感情冲击是相当深切的。柔石的小说对写人有独特的心理把握,艺术上别具一格。他本应在小说创作上有更大的发展,可惜反动派过早地夺去了他的生命,没来得及写出更成熟、更壮美的篇章。

在"左联"作家群中,还有不少本时期已在小说体制多样化方面作出贡献,到后来还有重大发展的作家。张天翼(1906—1985),原名张元定,湖南湘乡人。其创作题材广泛,内容以揭露各种社会弊端为主,尤擅讽刺,是优秀的讽刺小说作家。他在儿童文学创作方面也成就卓著,著有《大林和小林》《秃秃大王》等,在文学史上有重要影响。他自发表反映旧军队士兵哗变的短篇小说《二十一个》后，崭露头角。其初期创作致力于描写底层人民的挣扎和抗争，自觉地与无产阶级革命文学创作保持一致。但他的作品并没有热情的空喊，也不表现“革命＋恋爱”之类的公式，有着充实的血泪画面，再加上新鲜流动的口语描写，给当时的左翼文坛吹来一股清新的气息。30年代中期，他写了一大批讽刺小说，标志着创作的大转机，初步形成了讽刺艺术个性。他的讽刺小说大致写了三类讽刺性人物：虚伪、狡诈的地主官僚形象；动摇、庸俗的小知识分子、小公务员、小市民形象；愚昧不幸的城乡劳动人民形象。《包氏父子》（作于1934年）是这个时期最突出的一篇作品。小说描写的门房老包是当时城乡劳动人民中的人物，他希图通过拼命供儿子小包读洋学校的途径，摆脱穷困低贱的社会地位。然而，父子两代人的心理和性格差别竟是如此之大：小包一心想挤入花花公子郭纯们的行列里去，但那里至多只能给他一个“走狗”的位置；老包往上爬的愿望注定碰壁，甚至还没等他挤到上面去，连他自己在家里的生存空间也被儿子挤掉了。这是使人发笑的悲剧，从中照见了小市民庸俗观念的无聊，也表明了资产阶级的学校教育对青年有多大的腐蚀性，悲剧背后蕴藏着极深刻的批判意义。抗战以后，张天翼在讽刺小说创作上有重大拓展，他把讽刺笔墨投向抗日阵营中的腐朽力量和灰色人物，完成了《速写三篇》（包括《华威先生》《谭九先生的工作》《新生》三个短篇），使他的小说讽刺艺术达到一个新的高峰。尤其是名篇《华威先生》，以生动而又辛辣的笔触刻画了一个战时文化官僚的形象，揭露了国民党“包办抗日”又“包而不办”的真面目，触及了抗日民族统一战线中的两条路线斗争问题。小说发表后轰动了文坛，引起了重大的社会反响。

“九一八”事变以后，由于东北沦陷，一部分青年作家由东北流亡到上海及关内各地，带着对日本帝国主义侵略者的强烈憎恨和浓烈的眷恋乡土的爱国主义情怀，创作小说，开了我国抗日文学的先河。他们习惯上被称为“东北作家群”，主要作家有萧军、萧红、端木蕻良、舒群、骆宾基、罗烽等，他们大多参加“左联”，这无疑为“左联”增添了一支生力军。

在这些作家中，当时最有影响的是萧军与萧红。萧军（1907—1987），原名刘鸿霖，又名田军，辽宁义县人，其创作的中篇《八月的乡村》（作于1934年），写一支抗日游击队伍的成长，作品着重刻画了陈柱司令员、铁鹰队长以及李七嫂等刚毅坚强的性格，真切地表现了人民群众与抗日队伍的血肉联系，小说对东北风物的描绘，激起了人们对祖国山河的无比热爱和对蹂躏这片土地的日本侵略者的无比憎恨，这部小说曾被誉为中国的《铁流》。萧红（1911—1945），原名张乃莹，黑龙江省呼兰县人。她于1935年出版的中篇小说《生死场》，用散文的笔致，写出东北人民在日本侵略者的铁蹄下遭受的痛苦和折磨,表现他们在生死线上的挣扎,也颂扬了他们不屈的抗争。小说没有贯穿全书的叙事线索,作者仿佛随意拾取生活素材,把它们化合成一幅生动的现实生活图画,有很精致的风物描绘和强烈的抒情色彩,初步显示了萧红小说的抒情风格。《八月的乡村》和《生死场》都由鲁迅作序,无形中扩大了影响,当时都蜚声文坛,被誉为"30 年代抗日文学的奠基作品之一"。

第二节　吴组缃等社会剖析派小说

30 年代,由于时代动荡不安,社会矛盾日趋尖锐,许多作家关注现实,大规模地描写社会现象,并用社会科学理论指导创作分析现实,力图揭示社会的本质,把握社会发展的动向,由此形成一个被称为"社会剖析派"的小说流派。此派作家由茅盾领衔,重要作家有吴组缃、沙汀、艾芜、叶紫等。除前述茅盾的创作充分反映了社会分析特征外,其余作家的创作也不同程度地显示出此派小说的特色。

吴组缃(1908—1994),原名吴祖襄,字仲华,安徽泾县人。在中学时代就喜好文学,并开始发表诗文。1929 年秋进入清华大学经济系学习,一年后转入中文系。大学毕业后,留在清华研究院继续深造。在清华就读期间,他曾阅读马克思的《资本论》和日本学者河上肇的《唯物史观研究》等著作,参加"社会科学研究会"和"反帝同盟",并着重钻研西方文学。1932 年创作小说《官官的补品》,发表后获得成功。1934 年创作《一千八百担》,再次引起文坛关注。同年小说集《西柳集》出版,次年又出版了小说散文集《饭余集》。抗战时期创作有长篇小说《鸭嘴涝》等。其小说创作,大抵可以以 1933 年为界,分为两个时期,即 1933 年以前为心理分析小说,1933 年以后转向社会剖析小说。

30 年代初期,吴组缃在清华就读时所写的小说借鉴西方小说的一些表现手法,心理分析的成分较为浓厚。他此时的小说主要表现新旧交替时期一些青年知识分子的困惑和追求,叙述视点往往重在个人的心理感受上。如《金小姐和雪姑娘》写恋爱纠葛中知识青年对人生的思考,作者以第一人称的手法,揭示了主人公凌子彦的内心冲突。《离家的前夜》则写一个知识女性在成家和生儿育女之后面临的人生选择,在理智与情感的冲突中,把妇女解放的思考与社会伦理道德结合在一起。《菉竹山房》《卍字金银花》等表现封建宗法制度及其意识形态对妇女、青年的压迫的作品,也有较明显的心理分析成分。写于 1932 年的《官官的补品》,是吴组缃小说由心理分析向社会剖析过渡的一个转折点。小说中地主家庭的纨绔子弟官官在上海玩舞女出了车祸,佃户陈小秃用自己的血救了他的命。回乡后官官又用小秃妻的奶水做补品,补好了身子。然而地主家却恩将仇报,把小秃当作土匪杀害了。这篇作品在心理分析中,带有社会的折光,从作者对地主阶级灭绝人性的描写中,使人联想到封建地主的罪恶和整个社会的冷酷无情。尽管心理分析占很大比重,但这篇小说的社会分析成分明显加强了。

1933年茅盾的长篇小说《子夜》出版,对吴组缃影响很大。他写了评论《子夜》的文章,认为其成功之处在于"能抓住巨大的题目来反映当时的时代与社会"。[①]受茅盾的影响,此后吴组缃开始转向社会剖析小说的创作,陆续创作了《黄昏》《一千八百担》《天下太平》《樊家铺》等很有力度的社会剖析作品。代表作《一千八百担》,深刻剖析了当时的社会现实,以一个赌徒视角反映农村社会的阴暗面。小说的副标题为"七月十五日宋氏大宗祠速写",重点写了大旱之后宋氏各房二十多个代表一次不同寻常的集会。通过宋氏家族在利益面前勾心斗角的描写,揭示了在30年代农村经济结构变化下中国封建宗法制度的瓦解。围绕宗祠的一千八百担存谷,从政客、区长、商会会长、讼师,到豆腐店老板、校长、教书先生、算命先生等,形形色色的各种人物为一己私利,相互倾轧。正当各人各怀鬼胎、争执不下时,农民起来造反,他们喊着"打倒地主"的口号,抢走了这一千八百担谷子。小说暴露了封建宗法制度解体过程中人性的丑态,较全面地反映了社会各阶层的生活,揭示了当时中国社会经济结构与社会的殖民地化状况。小说《天下太平》实际所展示的是天下不太平的现实。主人公王小福是个店员,上有70岁的老奶奶,下有12岁的小孩。尽管他辛勤劳作,自己上山挖笋卖、老娘和大孩子卖油条,一家人仍填不饱肚子。本性善良老实、尊老爱幼且讲道德良心的王小福,最后被逼得走投无路,只好去偷盗来维持生计。他偷了邻居家半罐米和一床旧被子,结果被查获后吊在树上挨打。最后他想偷村庙中事关全村风水的古瓶,夜幕下他爬上庙顶去拆瓶时,与古瓶一同坠毁身亡。小说在反映社会道德沦丧并找到其根源的同时,散发出浓郁的象征意味:"一个安守本分、由命信神的老中国儿女,竟然同作为神权象征、镇压全村的神物同归于尽,它意味着旧世界及其处世原则是在血迹中动摇和崩毁的。"[②]另一篇小说《樊家铺》,通过农民小狗子一家的悲剧,进一步揭露了社会动荡、民不聊生以及道德沦丧的现状。小狗子因为还不起租子,铤而走险成为抢劫犯,这是为社会所逼。为了救出小狗子,他的妻子线子向她母亲求救,却遭到拒绝。母亲手头有钱却不肯救女儿女婿,母女关系因此变得冷漠、恶化,女儿最终杀死了自己的母亲。这说明在当时城乡经济崩溃的社会中,封建伦理道德已经难以规范人们的行为了。

抗战初期,吴组缃创作了长篇小说《鸭嘴涝》(后改名为《山洪》)。小说描绘了一个性格刚强的农民章三官,由小生产者转变为具有强烈的民族意识和英雄气概的抗日战士的曲折故事。章三官有抗日的愿望,但婚后家庭观念浓重加上政治势力险恶、旧政权的腐败,难以激发他的抗日热情,便希望别人来保卫他而不做亡国奴。战事吃紧使他意识到自己的责任,对自己过去冷眼旁观的态度感到内疚。新四军游击队进村后,他担任扁担队队长,并被委以保卫村子的重任。经过狙击敌伪溃军的战斗,章三官参加了游击队,成为一名坚强的抗日战士。尽管这部小说还有某些不足之处,但在抗战时期对鼓舞士气还是产生过积极的作用。

吴组缃是个创作态度十分严谨的作家,他写的每一篇小说都讲究章法技巧。除了心理刻画丰富多彩,他的小说将地方风物与乡音土调相融合,带有浓郁的乡土特色。如《鸭嘴涝》对皖南山水风光和民风民俗的描写,既有地方特色又将人物塑造得真实而富有个性。从结构上看,他的小说喜欢设置中心意象,并以此为轴心将与此相关的人和事有机地组合在一起。如《一千八百担》中的义庄租谷、《天下太平》中的"一瓶三戟"等。《黄昏》通过人物对话,写出农村"人心大变"偷盗成风的现象,以此反映农村的破败;小说在写法上有明显的散文化特点,在艺术上别具一格。

除了吴组缃外,社会剖析派作家还有左翼作家群中的后起之秀沙汀、艾芜、叶紫等人。他们的小说,或揭露社会黑暗,或讽刺贪官劣绅,对社会的剖析均达到一定的力度。

沙汀(1904—1992),原名杨朝熙,又名杨子青,四川安县人。他从小目睹了四川农村基层政权的腐败、豪绅恶霸的权势、帮会组织的流行以及社会下层人民水深火热的生活处境,为他日后的小说创作积累了丰富的生活经验。1922 年进入四川省立师范学校学习,开始接受新思潮和新文艺。1929 年流亡上海,1931 年加入"左联"。其处女作是 1931 年 4 月发表的《俄国煤油》。此后出版有《法律外的航线》(后改名为《航线》)《兽道》《土饼》和《苦难》等短篇小说集。成名作《法律外的航线》,通过对长江航线中一艘外国商船上发生的一连串的故事,既写出了帝国主义分子对中国人民的欺凌,又从侧面展示了长江两岸农村燎原的斗争烈火。这篇带有"印象式写法"的小说在艺术上还不成熟,经茅盾指导后,沙汀创作了大量反映四川农村黑暗现实的社会剖析小说,并显示出讽刺艺术的才华。

在社会剖析派小说中,沙汀的小说注重表现偏僻的川西北农村贫苦人民的悲惨命运,藉以揭示兵匪横行的不公道社会是造成人民苦难的根源。《兽道》用第一人称的手法,描述了魏老婆子的惨痛遭遇。她做小贩的儿子被战乱阻隔在异地,坐月子的儿媳妇面临被乱兵轮奸,为救儿媳,她被逼得悲愤地喊出:"我跟你们来",大兵却并没有因此而放过她儿媳。儿媳遭轮奸后上吊自杀,她的小孙子染病夭折,街上的闲人还拿她对乱兵的哀求取笑,她终于被逼疯了,赤裸着下身在街上游荡。《在祠堂里》写一个洗衣婆的女儿,因为爱上邻家的青年人而不愿嫁给一个连长,竟被几个反动军官惨无人道地钉在棺材里活埋。《凶手》写两兄弟进城办丧事被抓去当壮丁,不愿被拉夫当兵的弟弟企图逃走,结果逃跑未遂被抓,演出了哥哥被迫开枪处决逃兵弟弟的悲惨一幕。这里每一篇小说都是骇人听闻的,作者由四川特殊的黑暗返照了旧中国普遍的黑暗。沙汀在解剖黑暗的社会制度时,对旧中国的贪官污吏进行的辛辣的讽刺,是尤为深刻的。《代理县长》通过讽刺基层官吏可笑的生活方式,揭露反动当局盘剥人民的罪行,可谓入木三分。小说描写重灾后的山城一片废墟,连代理县长也只能提着铁锅去街上找人家借灶做饭。老百姓已被逼到人吃人的地步,官场的同僚们都已觉得这个饿殍遍野的重灾区小县已无油水可捞,但代理县长却说:“瘦狗还要炼它三斤油哩!”他打着“替民请赈”的招牌,向省里要救济款。他的助手们和他一样贪婪,“才一说到赈款就喉咙里都伸出手来了”!小说在天灾人祸中挖掘了地方贪官的丑恶灵魂,昭示出人祸甚于天灾正是酿成社会祸害的症结所在。还有《丁跛公》的主人公丁乡约以哥老会成员的身份征粮收款逼得小粮户上吊,又在向村民勒索摊派奖券时从中渔利,而他的这些劣迹被团总发现上告后又被打成跛足,极具讽刺意味地状写了旧中国农村的黑暗和当权者之间的互相倾轧。《龚老法团》中的老乡绅龚春官,无论县里谁掌权,他都稳当农会会长。这个“不倒翁”,凡有公文送到,他不看内容一律盖章;每逢出席会议他不了解议案内容,只管照例举手;无论什么酒席,他都有请必到,且不会忘记用手巾包一点干菜带回家。他甚至不顾老绅士们的白眼,坚持去参加国民党的“新政考试”,充分暴露了国民党基层官吏的腐败与无能。

抗日战争时期,沙汀写了三部著名的长篇小说《淘金记》《困兽记》和《还乡记》,这三部长篇小说被认为是他后期最有代表性的作品。“三记”中《淘金记》成就最突出,作品以开采一个金矿的事件为线索,写了一群地主劣绅为发国难财而掀起的内讧,刻画了众多有个性的地主形象。此外,1940 年发表的短篇小说《在其香居茶馆里》,叙述了抗战时期国统区某镇围绕兵役制度发生的一场闹剧,也是他小说中的名篇。

艾芜(1904—1992),原名汤道耕,出生于四川新繁县一个乡村教师的家庭。他从小和下层劳动人民生活在一起,对人生的艰难困苦体验较深。1922 年,艾芜进入四川省立师范学校学习。1925 年他怀着“半工半读”的想法退学,这年秋天为躲避包办婚姻,开始了漫长的漂泊生活。他从成都到昆明,又从昆明进入缅甸。而后漂泊到了马来西亚、新加坡等地。漂泊途中他做过苦役,扫过马粪,还当过报社的校对、副刊编辑以及小学教员等。这种漂泊生活,为他从事文学创作打下了坚实的基础。1931 年艾芜到上海,加入了“左联”,并开始文学创作。1935 年出版《南行记》和《南国之夜》两个短篇小说集。

艾芜小说的特色,如他自己所言,是决心把自己“身经的,看见的,听过的——一切弱小者被压迫而挣扎起来的悲剧切切实实地描绘出来”(《南行记·序》),由此使他成为文学史上独具个性的作家,也使其小说的社会剖析色彩带着以个人视角观照现实的鲜明印记。《南行记》共收入8个短篇,其中的主打篇《南行记》是作家的成名作。这个集子最大的特点是具有自传性质,作品中的“我”,可以看成是作家自己的化身。首篇《人生哲学的一课》写知识青年“我”流浪生活的遭遇:初到昆明时,为了糊口想找一份事做,然而却非常难——卖草鞋碰了壁,拉黄包车也没拉成,鞋子还被人偷了,因为无钱缴纳房租,几乎被房东扫出门。小说写主人公灾祸丛集,不只是单纯地写人生艰难,同时也揭露了社会黑暗,表现了一个穷苦知识分子对改变环境的思考。《南行记》的另一个特点是集中地塑造了一大批具有粗野、犷悍性格的下层人物形象,他们中有流浪汉、小偷、走私贩等等,这些人多半是被旧社会逼得背井离乡而逃往边地、铤而走险的农民。他们大多有一段辛酸的历史,也有一种顽强的求生意志。《山峡中》描写了一个强盗团伙,在弱肉强食的社会中冒险挣扎。其中有妻子被人霸占后沦为盗匪的小黑牛,他想洗手不干,最终被魏大爷抛入江中;有小小年纪就成了江湖老手的“野猫子”,她从小生活在盗匪集团中,学会了说谎、行窃、耍刀等做强盗的本事,沉着老练地参与各种冒险勾当。作者既写了她成为盗匪的一面,也写了她心地善良、天真活泼的一面,她留下三块银元资助“我”逃跑,就是最好的证明。作者描述这些人性被扭曲的人物,意在揭露社会弊端,批判锋芒直指那个“逼良为盗”的社会。《南行记》的又一个特点是创作风格上带有鲜明的浪漫主义色彩。作品中的人物和故事多半充满了传奇色彩,人物活动的环境不是在奇山异水之间,就是在奇异的风俗之中。作家喜欢以大自然的美来衬托旧社会的丑,表现主人公在特殊环境中对自由、美好生活的向往;他所塑造的这群兽性与人性并存、凶悍残暴而又不乏正直、温情的奇特的江湖野汉,也寄予了不少理想的成分。这一特点是一般社会剖析派作家所不曾有的,显示了艾芜小说的独创性。

《南国之夜》收入了艾芜的6个短篇。其中《欧洲的风》写白人远征队逼迫赶马人日夜赶路,最后竟开枪镇压反抗者的罪行,以新颖的反帝题材,给30年代的文坛带来一股清新的气息。他还写有中篇小说《芭蕉谷》,以中缅边境交界处的克钦山为背景,展示了一个中国劳动妇女的命运,揭示了下层人民的人生悲剧。抗战爆发后,艾芜写了《秋收》等反映抗战生活的作品。解放战争期间较为著名的作品有短篇小说集《石青嫂子》,中篇小说《乡愁》《一个女人的悲剧》,长篇小说《丰饶的原野》《故乡》《山野》等。

叶紫(1912—1939),原名余昭明,学名余鹤林,湖南益阳人。他来自生活底层,在暴风雨的年代里,有着传奇般的生平:他亲身参加了中国共产党领导下的湖南农民运动,父亲、姐姐、叔父都是农会的骨干人物,在大革命失败时惨遭杀害,他自己只身外逃,颠沛流离于湘、鄂、赣、苏等地,后流亡到上海,加入"左联",参加中国共产党。这一切,使他拥有深厚的生活积累,同时也决定了他小说创作的基调:多数作品真实地表现了大革命失败前后洞庭湖畔农民的生活和斗争,尤以揭露农村的阶级压迫著称。1933 年发表成名作《丰收》,从此开始了他的文学创作之路。在短短的六年创作生涯中,他留下了短篇小说集《丰收》《山村一夜》和中篇小说集《星》等,后在贫病交加中离开人世。

独特的生活经历,使得叶紫的小说与时代风云紧密结合而显示出特色,其作品大都以反映农民的生活和斗争、揭示农村阶级压迫的尖锐性著称,从而使其社会剖析小说带着鲜明的时代性和阶级性色彩。其代表作《丰收》(作于 1933 年),写农民的抗租斗争,画面何等生动、逼真。小说描写的也是一个"丰收成灾"题材:云普叔一家忍饥挨饿、辛勤劳作,换来了一个丰收年景,但最后经不住地主、高利贷者、反动当局租、债、捐、税的层层盘剥,奸商又乘机压低米价,使他们的丰收所得不仅化为乌有,还背了一身债。这个同茅盾的《春蚕》写"丰收成灾"颇为近似的作品,有其独特的观照生活的视点:即揭示农民"丰收成灾"的原因,主要是严酷的阶级压迫,这与《春蚕》在表现阶级压迫的同时又侧重揭示"外资入侵"的因素有明显的不同,这恐怕同大革命时期两湖地区农村阶级斗争特别尖锐复杂不无关系。小说中的人物也有独特的面貌:云普叔这个同老通宝一样勤劳、守旧的老实农民,在无情的现实面前,终于清算了自己在抗租前后的糊涂思想,投入到进攻地主庄园的斗争中去,不像老通宝那样总是忍辱负重。这多少也反映出湖南农民在大革命中所孕育的富于反抗斗争精神的特点。《丰收》的续篇《火》写觉悟了的农民,抛弃幻想奋起反抗。中篇小说《星》表现的也是大革命浪潮中农村激荡的生活。这些作品与时代风云紧密相联,较好地反映了整个社会的历史动向。在小说的艺术表现上,叶紫的作品有较新的手法。以《丰收》及其续篇《火》为例,它们突破了左翼文学新人创作中思想大于艺术的倾向,在农事的描写中糅杂着尖锐的社会矛盾:奇重的地租、名目繁多的苛捐杂税、高利贷以及"打租饭"等,使农民在重荷之下被压迫得喘不过气来。作品揭示了导致民众流离失所、妻离子散的,不是天灾而是人祸,这使得作品直接切入了社会现实。《火》中的农民在觉悟之后,团结一致冲开了地主的大门,逮捕了地主、刽子手。待反动武装赶来时,他们早已到雪峰山与红军汇合了。这种壮观的革命场面描写,为 30 年代的文学增添了新的亮色。在人物塑造上,叶紫的小说善于表现农民自身意识的冲突,在冲突中显现人物的个性。《山村一夜》中的汉生爹,经过激烈的思想斗争后,带着参加过农民运动的儿子去向统治者自首,结果把儿子送入了死地。《丰收》中云普叔与儿子立秋对现实迥然不同的态度,实际上蕴含着对父辈哲学的深刻反思。父子之间的冲突,与社会矛盾有机地结合起来,更加深化了作品的主题思想。

第三节 寻求艺术独立的“京派”小说

“京派”通常是指30年代前后活动在以北平为中心,兼及天津、青岛、济南诸北方城市的一个作家群,他们大抵聚集在《大公报·文艺副刊》《骆驼草》《水星》《文学杂志》和《文学月刊》等周围从事文学创作。创作除小说外,还有诗歌、散文和理论批评。这派作家中较著者有沈从文、废名、朱光潜、李健吾、芦焚、萧乾、老向、林徽因等。

“京派”作家的学院派文化氛围比较重,因为其成员很多是北大、清华、燕京的师生。他们重视介绍世界文化,追求道德与艺术的健康与纯正,又与尖锐的社会冲突保持一定的距离。他们的艺术视野比较独特,往往以“乡下人”的目光,在乡村与城市的比照中构建自己的审美天地。沈从文在给萧乾《篱下集》所作的序中说:“在都市住上十年,我还是个乡下人。第一件事,我就不习惯城里人所习惯的道德的愉快,伦理的愉快。”谈到萧乾的“创作态度”,也认为“只有一个‘乡下人’,才能那么生气勃勃勇敢结实。我希望他永远是乡下人”。由于这一独特的审美视角,使“京派”作家的创作,多有乡野的质朴之美,同时又颇具凝重古朴之风。作为一种意蕴深厚的文化小说,京派小说针对现代社会的道德沦丧,在作品中加进了对民族性格心理的深度探求,不断对传统文化和民族文化发出呼唤以寻求回应。他们的作品因此注重“回忆”,通过回忆逝去的美,来与眼前的现实进行对照。对平凡人生、命运予以极大关注,是京派小说关注国民性主题的新发展。从艺术上看,京派小说作家探求艺术的独立价值,为现代小说提供了比较成熟的抒情体和讽刺体样式。京派小说注重自然生命之流注,注意气氛的营造,在抒情上融入作家的主观体验。在纯情主人公的塑造、自然背景及象征的运用、散文化笔调的运用等方面,都有其独到之处。而讽刺体虽然不是京派小说家特有的,但沈从文的《八骏图》《顾问官》,废名的《莫须有先生传》,芦焚的《百顺街》等,均在政治讽刺之外,开辟出一条哀伤的、寓意深刻的世态讽刺和风俗讽刺的新路子,为现代讽刺文学的发展开辟了新天地。关于沈从文的小说创作,前面已有专节论述,此处不赘;这里论京派小说,主要谈废名、芦焚、萧乾等人的创作。

废名(1901—1967),原名冯文炳,湖北黄梅县人。1922年考入北京大学预科,同年开始文学创作,并在《努力周报》等刊物上发表作品。两年后转入英国文学系,《语丝》创刊后成为语丝社成员。大学毕业前,著有小说集《竹林的故事》《桃园》。他受周作人的文艺观影响很大,其小说、评论集几乎全由周作人作序。1929年废名从北大毕业留校任教,次年创办《骆驼草》杂志,该刊体现了周作人"平淡隐逸"的文艺思想,成为京派小说作家一个重要的阵地。此后他出版了短篇小说集《枣》和长篇小说《桥》《莫须有先生传》等。

废名被认为是京派小说的鼻祖,其创作别具一格,人们习惯上又称之为"田园小说"。他的小说有浓重的田园牧歌风味,往往以未受西方文明和现代文明冲击的封建宗法制农村为背景,展示的大多是农村的老翁、妇人和小儿女的天真善良的灵魂,有一种净化心灵的力量。《竹林的故事》《桃园》和《桥》是这类小说的代表。他的这类小说,尤其受传统隐逸文化的影响,既笼罩着一种出世的色彩,同时又濡染了一种淡淡的忧郁与悲哀的气氛。《竹林的故事》中的一些作品,尚能在一定程度上关心现代社会问题,对于宗法制社会关系渐趋解体给农民带来的凄苦命运,给予了适当的关注。如《讲究的信封》写到学生请愿被驱散,既反映出作家对官僚的傲慢、警察的横蛮的不满,也表达了对学生命运的担忧。《柚子》的主人公与表妹本是青梅竹马的一对,但因祖母为其另缔婚约,结果演绎出一场有情人不能成眷属的情感悲剧。《浣衣母》中的李妈生计之艰难,反映了当时下层人民的生存困境,也引发了人们对伦理道德的思考。然而,当众多的小说家走向社会深刻写实之时,废名为追求艺术的独立而更多地保持一种中立者的宁静姿态,创作出有意疏离现实的恬淡自适的作品。短篇小说《竹林的故事》是以纡徐舒缓的笔致、凝练简洁的文字渲染出来的,写的是平凡普通而又微贱琐屑的人生,人们无求无争,一切的景与情都融化在浓郁的和谐和静穆之中,田园牧歌替代了宗法制农村的残酷与愚昧,农村少女三姑娘被塑造成天真未凿、白璧无瑕的形象,小说营造出一个融着淡淡现实印记的诗意境界,堪称是典型的农村宗法制社会田园牧歌式的作品。1932 年推出的长篇小说《桥》,动笔于 1925 年,同样是一部乡野田园色彩非常浓厚的作品。小说由片断式的场景构成,男主人公程小林和两位女主人公琴子、细竹之间,虽构成经典的三角恋爱模式,但他们彼此之间的关系并不像《红楼梦》中的宝、黛、钗之间那么复杂。这部小说中的每一章写的几乎都是读书作画、谈禅论诗、抚琴吹箫,每一章相对独立成段。这部由短篇《柚子》演化而来的小说,连《柚子》中淡淡的哀愁也抹平了。由于作者苦心追求醇厚的诗美气息和淡远的人生意味,《桥》中的乡野田园风味更加浓郁,同现实社会的苦难似乎隔了一层。故事的线索被淡化了,若隐若现的情节被散文和诗的意境所取代,还带着废名受佛教和禅宗的影响在小说意境上所追求的禅趣。正如朱光潜所说的那样,他的作品"充满的是诗境,是画境,是禅趣"。[③]

《莫须有先生传》的出版,标志着废名的小说创作进入了又一种形式探求。他的小说由诗化表现进一步加入荒诞和讽刺,形成了别一种格调。这部小说以一种滑稽的笔调,写主人公为省钱避居乡下,但却幻想同一位小姐做赴海殉情的风流韵事。他蹲在厕所里想给所寄寓的山舍取个雅号,却被左邻右舍的媪妪媳妇们吵架吵得一点心境都没有。这段描写,有讽刺张作霖 1927 年把北京大学改为京师大学堂之意。抗战之后废名根据在黄梅教书的见闻,撰写了长篇小说《莫须有先生坐飞机以后》,这是"莫须有先生"故事的续写,也是废名的一部自传体的"避难记"。由于现实生活的实际影响,他的审美情趣从探求人性的抽象存在,又稍稍向社会人生回归。废名的散文化小说对京派文学的渗透力极大,比他稍晚的沈从文、何其芳、芦焚等,都曾从他那里吸收过养分,三四十年代还有后继者,足见其影响之深远。

萧乾(1910—1999),原名萧秉乾,生于北京的一个贫民家庭。以半工半读方式读完小学、中学,1926 年进入北新书局当学徒,开始接触文艺作品。后就读于辅仁大学英文系、燕京大学新闻系。1933 年写出第一篇短篇小说《蚕》,从此进入京派的文学圈,此后不断有小说问世,成为京派小说后起的青年作家。1935 年从燕京大学毕业后,萧乾进入《大公报》社,从此开始职业编辑、记者生涯。1939 年他赴英国伦敦大学东方学院任讲师,同时兼任《大公报》驻英记者,曾参加"二战"的战地采访,在新闻和报告文学写作方面也有卓著成就。

从创作道路上看,萧乾的小说创作主要集中在 1933 年至 1937 年之间,与《大公报·文艺副刊》有着密不可分的关系,因而同京派文学圈有着割不断的联系。其早期作品值得注意的是"儿童视角"的运用。他凭着一个城市中的"乡下人"的独特身份,从儿童视角出发,写下了《篱下》《矮檐》《昙》等一系列短篇小说。单从人们熟悉的"寄人篱下"和"人在矮檐下,不得不低头"这些俗语,就可领悟作者暗示的意象和主题,就可以理解作者要写的是世态炎凉和人间不平。例如《篱下》描写主人公环哥的母亲被人抛弃后,投靠她城里的妹妹。环哥是个乡村顽童,拉着书生般的表弟到护城河里摸泥鳅,弄得满身是泥,招致姨父不高兴;又在花坛上撒尿,在台阶上吐口水淹蚂蚁,并故意掐花惹哭表妹。这一切,最终导致环哥母子在亲戚家呆不下去,只好收拾行李走人。环哥所做的这一切,本是一个顽皮小孩很常见的小事,但由于他母子寄人篱下,就成了被驱逐的理由,由此折射出人情冷薄、世态炎凉。创作于 1937 年的长篇小说《梦之谷》,依据作者的一次流浪生活中的爱情经历写成,是萧乾艺术上的高峰。小说以第一人称的手法,叙述了一个 18 岁的北京青年只身流浪到岭东,在一所海滨学校教国语。深受语言隔阂之苦的"我",在学生中组织"天籁团",推行国语。在为此事筹资的演剧中,他认识了从师范学校请来担任女主角的盈姑娘。她也说一口纯正国语但有着不幸遭遇。两人同病相怜,不久产生了爱情,在"梦之谷"度过了一段甜蜜的日子。但美好的时光总是短暂的，盈姑娘后来因750元的债务被一劣绅霸占，一场惊心动魄的恋爱就这样以悲剧告终。小说独特的抒情笔致，描写爱情经历的如梦如烟的诗意氛围营造，以及注满感情色彩的清新婉转的文字，都产生了感染读者的力量。在京派小说作家中，萧乾小说的自传性特别突出，从处女作《蚕》到《梦之谷》，大都是他人生经历的真实写照，作家把自己的悲凉身世融合在作品中，读来哀婉感人，别具一种风味。

萧乾小说除用京派眼光观照人生外，还有另一类与此色调颇不相同的作品。《栗子》集最引人注目的是民族意识笼罩下的强烈的反宗教意识。这一组宗教题材小说的出现，标志着萧乾批判社会的笔力加强，这些作品包括《皈依》《昙》《鹏程》《参商》。与冰心、许地山一样，萧乾同样就读过教会学校，但他看到的更多的是宗教阴暗的一面，这使他的宗教题材的小说不同于许地山和冰心的作品，而带有强烈的批判色彩。《皈依》描写"救世军"在旧北京的贫民窟"收买灵魂"，天真无知的妞妞对"救世军"心存幻想，被景龙一针见血戳破。《鹏程》则对宗教徒本身进行讽刺，揭露这些所谓的灵魂拯救者自身的灵魂都无可救药。这些作品把批判的锋芒指向教会的伪善和冷酷，在一定程度上起到了揭露殖民主义者利用宗教对人们进行精神奴役的作用。正如萧乾自己所说的："我写的主要是基督教，因为这里除了思想上的反理性，还有政治上的欺压。"④萧乾的创作实践，表明了京派作家的思想倾向并不是整齐划一的，也表明一个后起的京派作家毕竟经历了更多时代风云变幻，已不可能像前期京派作家那样完全超脱现实了。

芦焚(1910—1988)，原名王长简，笔名芦焚、师陀等，河南省杞县人。中学读书时即爱好文艺。1931年"九一八"事变后，开始在报刊上发表作品。1936年秋到上海后，一边担任广播电台文学编辑，一边从事文学创作。他在30年代已经显示出强劲的创作势头，著有不少小说，不过艺术上更为成熟则是在40年代以"师陀"为笔名的时期。他的短篇小说集有《谷》《里门拾记》《果园城记》等，其中的《谷》曾获得1937年《大公报》文艺奖金。40年代后期著有长篇小说《结婚》《马兰》。

芦焚的前期创作与京派作家相仿，他也是以"乡下人"自许，作品取材、立意均显现出"乡下人"的立场与眼光。他的《里门拾记》《野鸟集》《落日光》等都取材于他的故乡河南农村。他对中原荒野的怀念，是充满着沉重的忧患感和苍凉的悲剧感的。这就决定了他的小说具有乡土抒情诗的基本格调。《落日光》写一个出门近三十年的远游浪子归来的故事，这个神魂迷失的游子，浪迹天涯，不是去找事业和财富，而是在苦行僧式的生命磨难中寻找自我，寻找自我迷失的灵魂，最后他体悟到自己的魂不在天涯海角，而在故土废园。他在田庄附近的山冈、废园、溪流、草径上，寻找着永志难忘的青姐儿的芳影，回忆着往日与青姐儿一道消磨过的无数时光，在绮丽奇幻而又虚无缥缈的晚霞夕照之下,升腾着难以把捉的纯真的爱恋之情。作品在咏叹命运、咏叹爱与死亡时,浮现出不和谐的嘲讽音符。这表明,他对社会人生的切入面与纯正的京派作家有所歧异:他不是从远离尘嚣的化外之地掘取原始人性,而是在习以为常的宗法制农村解剖平凡众生的世俗文化心理。他的另一个短篇小说集《果园城记》共18篇,从一座小城透视中国民族的社会文化气氛和性格,流动着作家怀念童年故旧的恋乡情愫和洞察人事沧桑的中年感慨,满纸亲情,温馨悲凉,小城性格和命运蒙上了一层浓郁的没落感和悲剧感,显示出更高的艺术价值。

在京派作家中,芦焚的小说有他独特的个性。他的作品深沉淳朴,有时带着诙谐与揶揄的情趣,却又流露出淡淡的哀愁与沉郁的情调。他擅长印象式的素描,写风景和写人,将自然界的荒凉与人世的辛酸紧密交织在一起,在他的作品中已闻不到纯粹的牧歌气味了。在表现技巧上,芦焚的小说讲究叙事方法,包括总体的"回叙"、旁观叙述以及多样化的叙述角度的熟练运用。其"回溯性叙事"的格局,用一种"沉湎"的方式,把小说中的故事拉远、拉长,使之成为一种绵长的回音,从而使作品的抒情性和讽刺性表现得更委婉含蓄。从北平到上海,芦焚的创作发生了某些变化,他的小说的题材由农村转向了都市。芦焚30年代的小说,与京派小说的风格更为接近。到40年代后,小说中的讽刺分量加重,寓言化、象征暗示性和对现实的荒诞感受得到进一步展示,在艺术上又显出另一种格调。

京派小说作家中,还有老向(1908—1968),原名王向辰,河北束鹿县人。他取了一个与老舍相对应的笔名,作品也和老舍一样,有一种幽默风格。老向著有《庶务日记》《黄土泥》《民间集》《全家村》和《巴山夜雨》等作品。正如他在《黄土泥·自序》中所说:"我是天生的乡下人,仿佛连灵魂都包一层黄土泥,任凭怎样洗,再也不会洗去根儿。白天不土气了,夜里作梦也还是土气的","其中多半是从黄土泥中发掘来的东西"。他的小说写的都是乡土气息很浓厚的人和事。《民间集》中的《城姑下乡记》写一个出身富家的城里女学生,利用春假到河北定县乡下考察平民教育,在城乡意识的反差中,充满了乡土气与幽默感。长篇《全家村》写战争中失去一臂的飞行队长金大柞,以"民族大英雄"的盛名回乡,族长等头面人物百般逢迎,使其有"贵人到处鬼惊魂"的感慨。作品中乡村生活描写细腻,渲染了浓厚的民俗色彩。女作家林徽因(1903—1955),又名林徽音,福建闽侯人。她擅长写诗,有"才女"之称。其小说代表作《九十九度中》被批评家刘西渭看作是"最富有现代性"的实验性作品。这篇小说以其自由、活跃、才情四射的笔致,展示了在华氏九十九度中北京各阶层人的生活,有生老病死,也有贫富哀乐。其间有官宦人家设宴祝寿,挑夫仆役忙里忙外;豪华酒楼铺张婚礼,低矮屋内妻哭夫亡;高级医生喝酒打牌,穷人急病无处求医……这些对比鲜明的都市写照,由诗一般的自由联想和电影蒙太奇的细节衔接手段,将它们有机地组合在一起,达到了很高的艺术境界。此外,早期新潮社成员杨振声,也是一位京派作家,他著有长篇小说《玉君》,在文学史上也产生过较大影响。

第四节　注重艺术创新的"新感觉派"小说

20世纪30年代,上海社会、经济的快速扩张和发展,推进了现代都市文化的繁荣。在这一背景下,催生了中国第一个现代派小说创作群体。这就是以《无轨列车》《新文艺》《现代》等杂志为中心,聚集起来的"新感觉派"小说作家群体,主要作家有施蛰存、穆时英、刘呐鸥、杜衡、徐霞村等。他们生活在大都市上海,充分感受了现代都市的物质和商业文明,又深受西方现代主义文学的熏陶,追求文学的先锋性,创作上直接受到日本"新感觉派"的影响,从而被称为中国的"新感觉派"。

我国的"新感觉派"小说是在借鉴日本的新感觉派和西方的现代主义思潮中逐渐成形的。日本的新感觉派大约形成于1924年,围绕着东京的《文艺时代》杂志,以横光利一、川端康成等作家为核心,开始了"新感觉派"运动。他们强调主观感觉在创作中的重要地位,反对单纯地、平面地描写外部现实,主张从主观感觉出发,把主观感觉融于创作客体,创作主观感觉和现实生活相结合的艺术世界。他们注重取材于现代都市光怪陆离的现实生活,反映都市物质文明、享乐主义和扭曲变形的心理状态。最早从日本引进新感觉派小说理论和创作的是刘呐鸥,他于1929年翻译出版了日本的新感觉派小说集《色情文化》,对这派小说"描写着现代日本资本主义社会的腐烂期的不健全的生活,而在作品中表露着这些对于明日的社会,将来的新途径的暗示"以及新奇的艺术表现手法大为赞赏,于是刻意进行创作"试验"。由于处于阶级矛盾和民族矛盾日趋尖锐的30年代,中小资产阶级知识分子群体,既不满于现实的黑暗,又寻找不到变革社会的伟大力量之所在;既感到前途的渺茫,又极力保持着"自我"的尊严,这种特定的历史条件下所产生的精神状态和复杂心理,使他们在日本新感觉派的创作中找到了知音。除了受日本新感觉派的影响之外,中国新感觉派还吸收了弗洛伊德的心理分析理论,以及意识流、象征主义等西方哲学思潮和现代主义的各种艺术表现手法,使中国新感觉派在艺术上呈现出一种综合性、多元性和复杂性的特征。同时,中国的新感觉派小说也没有完全摈弃传统的现实主义创作方法的运用,而是把现代主义与现实主义作了尝试性的融合。正如施蛰存所说:"这一时期的小说,我自以为把心理分析、意识流、蒙太奇等各种新兴的创作方法,纳入现实主义的轨道。"⑤刘呐鸥是新感觉小说创作的最早尝试者。

他以其创办的《无轨电车》为阵地,发表自己和戴望舒、施蛰存、徐霞村等人的创作翻译文章,初露了现代主义文学的倾向。继1928年《无轨电车》被国民党查封后,又创办《新文艺》,并以此为阵地创作了不少以感觉主义和意识流方法表现现代都市生活的小说。以1932年出版《现代》杂志为标志,新感觉派小说进入全盛期。

新感觉派小说对中国小说现代化作出了一定的贡献。这首先表现在小说内容上,其一,表现病态的城市生活,描写灯红酒绿的环境中人与人关系的冷漠,以及人们精神的疲倦和灵肉的堕落。刘呐鸥的小说集《都市风景线》,全镜头地展示了现代都市的五光十色、灯红酒绿以及生活在其中的形形色色资产阶级男女的疯狂与没落。施蛰存也创作了《薄暮的舞女》《失业》等都市小说。与刘呐鸥不同的是,施蛰存笔下的人物,多为遭受生活的折磨与压抑的社会中下层人物,创作视野不仅投向大都市,亦转向中小城镇的各个角落,这就使他的都市小说显示出更深一层的意义。穆时英的《公墓》《白金的女体塑像》,注视的重心同样是病态的都市生活,作者对这种空虚、无聊、人异化为没有道德感的走兽的生活的否定倾向,表现出对充满罪恶的洋场社会的批判态度。其二,以弗洛伊德的理论观照古今人物的心理,展示种族、人性、道德、宗教、金钱等与性爱的冲突。如穆时英的《圣处女的感情》写年轻修女被压抑的爱欲,施蛰存的《鸠摩罗什》写了教规戒律和情欲的冲突,作家们对封建礼教、宗教戒律和金钱对人的本能欲望的压抑进行透视。其三,探求自我价值,寻求自我在社会中的位置。杜衡《重来》中通过一个新旧潮流冲击下矛盾的女性刘太太,表现了寻找自我的失败。叶灵凤在《流行性感冒》中把爱情的实质归结为时髦的游戏;《忧郁解剖学》又企图证明"比幸福还珍贵"的精神上的爱情是不存在的。总之,他们对自我探求的结果,无处不是悲哀无处不是失败。他们没有找到"自我"在社会上应有的地位。这同现代主义自我失落、人的精神危机如出一辙,显示出我国现代小说在表现"现代情绪"内涵方面的拓展。

比较而言,新感觉派小说在形式上的创新更为突出。首先,新感觉派小说学习西方现代派,把描写丑、病态、荒诞作为主要的审美视角。大都会的一切病态,诸如奢华的大饭店,迷乱的舞厅、酒吧,疯狂的跑马厅、赌场和夜总会,淫荡的妓院和海水浴场,放纵地追求物欲满足的男男女女,占据了作家主要的审美视域,即使是写古代人物,他们着力挖掘的也是古人的潜意识和病态心理。这为小说表现"现代人"的精神异化提供了极好的审美视角。第二,特别强调感觉的审美表现。作品大多采用人物的内视角,表现直觉感受、心理活动及情绪波动,从人物的感觉出发,将内心感觉外化为鲜明的意象,构成立体的、生动的感情画面,丰富了作品的表现力和感染力。如《夜总会里的五个人》把许多互不联系的感觉意象叠加在一起,使光怪陆离、喧嚣、荒唐混合着血和泪的半殖民地都市生活的掠影及其潜在危机得到了生动表现。在新感觉派作品中，外界景物不再是以原始的、自然的形态进入作品，而是主体的视觉、触角、味觉并呈，并通过联想打破它们之间的界限，按主体的心境使之分解组合，使读者重新获得对生活经验的感觉。为了表现所谓“新感觉”，作家们十分重视语言的创新。他们打破日常思维定势和常规的修辞逻辑，运用语言的陌生化效果，造成新语境，刺激读者的感觉，激发阅读想象，像“桃色的眼”“流汗的云彩”“钟的走声是黑色的”等语句，扩展了语言的张力。大量比喻、拟人、夸张、象征、通感的运用，使他们的语言生动、活泼、新颖。第三，运用弗洛伊德的心理分析和蔼理斯的心理理论以及意识流手法表现人物内心冲突。如刘呐鸥的《残留》，穆时英的《白金的女体塑像》，施蛰存的《将军底头》《石秀》《春阳》《鸠摩罗什》等都表现人物意识与潜意识的冲突，揭示人物的双重人格。第四，在结构艺术上，大量采用心理情绪流的结构，穆时英的《白金的女体塑像》写的是意识、潜意识中爱欲的奔涌；《梅雨之夕》描写的是主人公伴送陌生女子回家途中心理意绪的多向度流程。与都市生活的快节奏相适应，他们采取快速的节奏、跳跃的结构、多线索并进等方法，形成时间交叉、空间跳跃，打乱了惯常情节的连续性和顺序性，如《上海的狐步舞》同时出现几条并进的线索，由一系列不连贯的蒙太奇镜头组成画面。这种快速的节奏，恰好表现现代大都市生活的快速旋律。

这个流派最有影响和最有成就的作家是施蛰存(1905—2003)，浙江杭州人。他于1929年出版的《上元灯》集里的10篇作品，抒情气息较重，以秀色动人的儿时回想，对少男少女初恋的纤细感觉，清丽明畅、富有暗示性的语言而引人注目。这之后，他受弗洛伊德学说和英国性心理学家蔼理斯的影响，对于当时勃兴的普罗文学又“自觉没有向这方面发展的可能”，于是决心“在创作上独自去走一条新的路径”⑥，开始了心理分析小说的创作。1932年出版《将军底头》收“古事小说”4篇，大都是用精神分析学说来写古代的历史人物。这些自觉地表现古人的意识与潜意识的强烈冲突，表现他们的人性与兽性集于一身的双重心理，如《鸠摩罗什》写道与爱的冲突，《将军底头》写种族与爱的冲突，显露出作家在心理分析方面的才能。1933年3月出版的《梅雨之夕》是施蛰存心理分析小说最具代表性的作品。它写一个年轻职员，在傍晚的雨天，送陌路相逢的女子回家。人物一路上的心理活动交织成小说的经纬线，梅雨暮色增添了小说凄迷灰暗的色调，而主人公恍惚不宁的心情，在迷蒙昏溟的景色中也得到了复杂的表现。男主人公伴送一个没带伞的女子回家，原是一件正常的事，但背后芒刺般的眼光和令人心寒的窃窃私议，给此事抹上了暧昧的意味，加剧了人物的内心负荷。他害怕人们认出他和一个陌生女子在一柄伞下同行，害怕看到妻子嫉妒的眼光，但在想象中，他为和“一个美的对象”同行又感到欢欣和快感。同时,一个单身行走的女子也自然而然地会怀疑陌生男人的殷勤好意,“因为上海是个坏地方,人与人都用了一种不信任的思想交际着”。小说正是通过人物的这种变幻莫测的紊乱思绪,表现了现代人的寂寞感和隔膜感,在“生的苦闷”与“性的苦闷”中写出人在社会生活中愈来愈大的精神痛苦和心理负荷,描写了性爱与现代资本主义文明尖锐的矛盾冲突,显示出心理分析的凝重笔力。在艺术表现形式上,施蛰存竭力模仿西方意识流方法,把笔触探入人物的心理意识,大量采用自由联想和内心独白。作品的时空出现大幅度跳跃,描写的视点高频率转换,把回忆与印象、想象与幻觉、梦境与现实,全部糅合在一起,在结构艺术上作了全新的处理。1933年出版的短篇小说集《善女人行品》表现出施蛰存把现代主义与现实主义相融合的倾向,着重表现的是一种普遍的都市的郁结与苦闷。1936年,他出版了最后一部小说集《小珍集》,这时,他已从现代主义逐渐地回到了现实主义道路上来。《小珍集》所反映的社会生活内容比较开阔,揭露了国民党统治区里发生的形形色色的怪现象,思想意义比较明显。当然,所谓回归到现实主义也不是简单的回归,在其后的创作中仍保留了心理分析小说的某些长处,使现代主义与现实主义不断得到融合、统一。

刘呐鸥(1900—1939),原名刘灿波,台湾省台南人。他在引进、介绍日本新感觉派小说的同时,也有不少创作。《都市风景线》是中国第一本较多地采用现代派手法创作的小说集。小说集中描写上海大都会的“现代”景观,热衷于描绘都市文化的时尚特征,写得最多的是时髦的热闹场:影戏院、赛马场、舞会、酒馆、霓虹灯、火车。他着重表现人与环境对立的孤独和隔膜,人体味到自己价值的失落,从而导致伦理行为带上一种沾染绝望色彩的随意性。《两个时间的不感症者》,写男女间的情欲,“在这都市一切都是暂时和随便”,他们在玩弄着招之即来、挥之即去的性爱游戏,一切都随着都市的物质文明而商品化了。《礼仪和卫生》写都市家庭生活“时下的轻快简明性”,作品写两性关系的失传统、失理性。性欲的满足、金钱的衡量,是他们确定人际关系——包括夫妻离合——的标准。而在这荒谬的实体上,却堂而皇之地罩上礼仪、卫生的外衣。在艺术表现上,与畸形都会疯狂的节奏和紊乱的光色相适应,刘呐鸥采取了一种独特的重感觉、轻理性的描写手法。他以敏感的都市人的特长,将感觉到的枝枝节节,用特殊的手法杂乱地组合起来,形成一个“魔宫”一样的世界,给人一种都市的嘈杂和重压之感。刘呐鸥多采用跳跃的手法以及意识流和象征手法,虽然语言紊乱,形象破碎,但却可以传达出声色迷离的韵味,并与都市生活、都市人的精神世界相谐和。

穆时英(1912—1940),浙江慈溪人,被誉为“中国新感觉派的圣手”。第一个短篇集《南北极》(1932)多写城乡下层无法无天、嫉恶如仇、粗豪嗜斗、具有绿林好汉习气的强悍之辈,还是传统的风格。第二个小说集《公墓》(1933)已完全显示出他的现代派品格,把新感觉的文体发挥得淋漓尽致。这类作品所写的场景,多是灯红酒绿的舞厅,充满爵士乐的嘈杂的夜总会,醉生梦死的酒吧,豪华奢侈、人欲横流的旅馆,是"造在地狱上面的天堂"的畸形都市上海的缩影。《公墓》里的人物大多是些风流的年轻人,玩弄男性的女子,供人消遣的舞女,以投机为业的商人……这是一些在喧嚣的热闹场中充满着孤独感、失落感、被生活压扁了的灵魂。《夜总会里的五个人》写各有所失的五个人:失业、失恋、失去青春、文学研究失去方向、投机失败。当他们在夜总会里跳完最后一支舞曲,"五个幽灵似的、带着疲倦的心"走出舞厅后,投机失败者胡均益开枪自杀,另外四人成了送葬者。《上海的狐步舞》则描摹出上海这个半殖民地都市的世态:黑社会暗杀、后母与儿子乱伦、富豪嫖娼、婆婆为儿媳妇拉皮条……展示了都市的没落疯狂。此后,穆时英又有《白金的女体塑像》(1934)、《圣处女的感情》(1935)问世。主要作品依然延续着《公墓》集的方向和作风,而且增添了弗洛伊德心理分析的成分,伤感、绝望、颓废的因素加重了。在小说艺术上,穆时英大胆运用现代派的描写手法,而最能显示他的才华的,是他别具一格的语句组合方式。如"华尔兹的旋律绕着他们的腿"(《上海的狐步舞》),"怕她病疲了黑玉们的眼睛"(《被当作消遣品的男子》)等,这种奇特的语句组合显示了作家奇思妙想的才华。

新感觉派小说最突出的意义在于它是真正观照大都市的文学,第一次用现代人的眼光来关注都市,用新异的现代的形式表达上海这一现代大都会的城与人。

第五节　路翎与"七月派"小说

"七月派"小说是在抗战全面爆发的时候兴起的,是国统区重要的带有心理现实主义倾向的小说流派,它的活动贯穿了抗日战争和解放战争时期。此派小说作者,大抵是团结在胡风主编的刊物——开初是《七月》,继后是《希望》《泥土》等刊物周围的青年作家,如丘东平、彭柏山、路翎等。他们有大致相同的创作主张,其作品后来又多数被编入《七月新丛》,作品的思想和艺术情趣大多能体现胡风的理论主张。

七月派小说同别的小说流派相比较,在现实主义的深化上显示出自己的特色。这派小说同样高举现实主义的旗帜,主张创作要"直入"生活,面对时代,把小说的美学意义和它应有的社会职责及时代使命紧密地联系起来。胡风曾说:"现实主义者底第一义的任务是参加战斗,用他的文艺活动,也用他底全部行动。"⑦小说在交织着血与火的抗战热潮中诞生,夹带着时代的呼喊走上战场,其后又以深沉的历史悲愤和对现实的沉重思考,实施着对旧世界的无情揭露与诅咒,实现了如胡风所提倡的"第一义"的任务即“战斗”的任务。然而,在参与战斗、把握现实的方式上,七月派小说却同一般现实主义有着明显的区别:它是在承认创作反映生活的基点上,特别强调发扬主观战斗精神去能动地影响现实并改造现实的。它一方面反对只是简单地描摹“生活现象本身”,主张作者要“突入”生活的底蕴,尤其注重探究人的内心的堂奥,状写人的“灵魂的搏斗”,从中开掘出更内在的深广的社会历史内容;另一方面又重视创作主体的主观力量,主张将作者的人格、情感、血肉、审美趣味强烈地渗透到客观对象中,达到主客观的互相拥抱和融合。因此,七月派小说不以“酷似生活”取胜,恰恰是在描摹浸淫着作者强烈主观感受的生活客体上显示出自己的深度,所以人们称这派小说带有心理现实主义的某种特点是不无道理的。正是基于这点,七月派小说在中国现代小说的发展过程中显示出自己的独特性。

最初显示七月派小说特点的作家是丘东平(1910—1941),广东陆丰县人。早在“左联”时期,他的作品就以描写革命生活的真实程度、挖掘人物心理的严酷性,给当时的革命文学阵营带来了一种新的气息。抗战以后,丘东平走上了前线,亲眼目睹中国军队抗击侵略者的悲壮场面,创作更显示了冷峻的色调。《一个连长的战斗遭遇》写国民党某部四连连长林青史,在奉命撤退途中,抓住战机率部与敌死战,给敌人以重创。但突围后因违反军纪(未执行撤退命令)而遭枪决。这个悲剧是对国民党当局“不抵抗主义”的有力揭露。在《友军的营长》中,那个未能执行所谓的“固守”命令,把部队带出绝境的国民党营长,最后也惨遭枪决的命运。这些小说颇近于战地写实,现实感和时代性极强,具有一种特殊的壮美和悲剧性。丘东平这一时期除了与欧阳山等合作写中篇小说《给予者》(由他执笔)外,还有未完成的长篇《茅山下》。这是他根据自己参加新四军以后的战斗经历写成的,在现存的前五章中,小说展开的是以茅山地区为中心的苏南抗日根据地的广阔画卷。概言之,丘东平的小说充满了对生活的阴暗与苦难的正视,能够直面复杂而多变的人生,这无疑是一种严峻的现实主义。然而他注重描写的是人的灵魂的搏斗,常把人物的命运推到生与死的临界点上作痛苦的心灵交战,借以折射生活的严酷性。他对人物灵魂的审视,也带有浓重的主观感情色彩。1941 年在日寇进攻时,他为掩护学生撤退而献出了年轻的生命。牺牲后,其部分遗作由胡风编入《东平短篇小说集》(后改名为《第七连》)得以流传。纵观丘东平的创作,无论从思想影响还是从作品的创作风格而论,无疑属于七月派小说中的重要一员。

然而真正代表七月派小说创作风格的却是后起的青年小说家路翎。

路翎(1923—1994)是我国 40 年代初期崭露头角的小说家,原名徐嗣兴,江苏南京人。路翎于 1937 年开始创作,1938 年在《弹花》杂志上发表散文《一片血痕与洞迹》,从此步入文坛。他在之后的短短十年的时间里，创作了两部长篇（《财主底儿女们》《燃烧的荒地》），三部中篇（《饥饿的郭素娥》《蜗牛在荆棘上》《嘉陵江畔的传奇》），四部短篇小说集（《青春的祝福》《求爱》《在铁链中》和《平原》），总数在二百万字以上，充分显示了这位青年小说家的艺术才华。路翎的创作不以数量之多取胜，而是以其创作的独特艺术色调的显露见长，即他所描述的也是我们民族和人民的深重苦难，而其艺术专注点是在对人的灵魂奥秘的探索，因而作品在展示苦难的人生图画时，总是侧重探讨人民的"原始底强力"和沉重的精神负担，或是在群众的带着"精神奴役的创伤"的灵魂里和"带着血泪的人生"中，"为人性发出基本的强烈的呼号"⑧，从而使心理现实主义的特点表现得更鲜明。他的创作对生活的观察、体验带有更多的主观感情色彩，所以路翎的小说更能体现七月派小说的创作主张。

路翎小说的人物涉及面伸展得很广泛：矿工、农民、市民、知识分子和士兵，都曾是他的描述对象，但最能显示他才能的还是知识青年和被侮辱的劳动妇女题材的创作。写于1942年4月的中篇《饥饿的郭素娥》，是属于路翎早期代表作，也是抗战文艺中颇受注意的一部作品。小说受鲁迅《祝福》的影响，写中国妇女悲剧性的命运，特别注意状写人的精神世界的搏斗。郭素娥原是一个强悍而又美丽的农家姑娘，在接二连三的饥荒匪祸中与家人失散，独自漂泊异地，在一次昏厥中，成了比她大二十四岁的鸦片鬼刘寿春"捡来的女人"。男人的贪婪阴险，使她陷入物质和精神的"饥饿"的折磨之中。为摆脱"饥饿"，获得自由幸福，郭素娥牢牢抓住了偶然闯进她生活里的盐矿机修工人张振山，她从他那里获得了暂时的满足，她用整个生命拥抱了这个珍贵的美丽的梦。但贪婪的男方家庭、残暴的基层政权代表、邪恶的社会势力，以野蛮的暴行摧毁了郭素娥那曾经闪现过异彩的、强悍而美丽的生命。郭素娥的求生和求爱，显示了那尚未丧失的人的尊严和维护人的尊严的峻烈态度，在现代文学的女性形象中闪耀出奇异的光彩。她的躯壳虽然被社会恶势力用火铲活活地烙死了，但她那坚强而美丽的性格却深深地打动了读者的心灵。作者以无情的怒火，控诉了那个把黎民百姓"烧死、奸死、打死、卖掉"的万恶社会。

除了表现劳动人民"原始底强力"的作品外，路翎的小说还历史地表现了抗战前后中国知识分子的悲剧命运。这类小说体现了七月派作者对时代生活的密切关注，用创作去反映重大"历史事变"的执着的努力。作品在表现人物命运时，总是侧重揭示"历史事变下面的精神世界底汹涌的波澜和它们底来根去向"⑨，也使心理分析夹带着时代和历史的重负，从而把这派小说的心理现实主义提升到一个更高的艺术层面上。在这类小说中，最重要的作品是他的长篇代表作《财主底儿女们》。

《财主底儿女们》分为上下两部,分别创作于1945年和1948年。这部洋洋80万字的宏篇巨著,的确具有"史诗"价值的一面。正如胡风所说的:

> 在这部不但自战争以来,而且是自新文学运动以来的,规模最宏大的,可以堂皇地冠以史诗的名称的长篇小说里面,作者路翎所追求的是以青年知识分子为辐射中心点的现代中国历史底动态。⑩

小说把对时代开阔的思考和对人物心理的细致刻画交织在一起,描写了"一·二八"上海抗战以后十年间我国的社会大动荡中知识分子的精神生活,表现了苏州首富蒋捷三一家在内外多种力量冲击下分崩离析的过程,集中刻画了财主的儿女们即出生于剥削阶级家庭的青年知识分子在大时代激荡下的心灵历程。作品人物有七十多个,职业遍及官、兵、商、学;人物活动的舞台由苏州、上海、南京、江南原野、九江、武汉以至重庆、四川农村;十年间我们民族发生的大事,诸如"一·二八"上海抗战、"满洲国"成立、北平学运、西安事变、汪精卫媚敌、"七七"事变、南京失守、迁都重庆等等,都被一一清楚地记录下来。这种史诗式的格局,对于展现一场旷古未有的伟大的民族解放战争,是适得其长的。

小说描写的财主蒋捷三的三个儿子——蒋慰祖、蒋少祖、蒋纯祖,显然是作者着力刻画的人物。作者从人物不同的性格侧面、不同的心灵图示、不同的生活结局去描写他们,旨在为当时的知识分子所走着的曲折道路提供不同的生活类型。大少爷蒋慰祖是一个性格懦弱、无所作为的公子哥儿,他徘徊在需要慰藉"父亲底孤独和痛苦"又不能割弃"妻子底热情和愿望"的两难之间。终于,无法忍受这个大家庭内部的倾轧和妻子放浪行为的刺激而沦为疯子,最后烧毁住所,跳江自尽。这是一个悲剧人物,饱含了作者对现实社会的愤怒和谴责。但就人物形象本身所提供的意义,却分明暗示了一代处于"末世"的知识分子的生活和心境。二少爷蒋少祖却是一个实足的"新派"人物。在新思潮的激荡下,他早就厌恶旧家庭"尽是铜臭的生活"而弃家出走,成为蒋家"第一个叛逆的儿子"。他大学毕业后赴日本,沐浴了所谓自由的新风。回国后投身于民主运动,热烈追求"激烈、自由和优秀的个人主义底英雄主义",并要"勇敢地走向现代文明"。抗战爆发后,又一度卷入抗日爱国活动中。然而,毕竟由于"世家公子"的根性未除,资产阶级和自由派思想又无力抗拒强固的黑暗社会,仍不免陷入深深的苦闷中。他抛弃旧家庭,但在社会上碰壁之后又回到父亲身边忏悔自己的叛逆;他爱国,主张以工业和科学救国,但又脱离民众,仿佛"在中国走着孤独的道路"。这种精神状态的发展,终于使他彻底抛却了追求“现代文明”的初衷,走到复古主义的老路。作者从对蒋少祖的双重人格的描写中,展示了特定的历史风貌,而对他“心灵在不安地战栗”的心态剖露,表现了那个复杂时代社会中一部分时进时退、左右失据的知识分子的精神状态,作者也以此证明,资产阶级自由派道路对中国知识分子来说是“此路不通”的。比较起来,小说中的三少爷蒋纯祖,是最明显刻印着比较多的理想色彩的。蒋纯祖迥异于两位兄长的性格,具有始终不屈于旧社会的反抗精神。他背叛家庭,反抗传统,厌恶豪华而堕落的城市,向愚蠢而丑恶的农村宣战,追求爱情、自由和光明。特别是当时代剧变和民族灾难降临时,作为一个富有正义感和爱国心的青年,他同祖国一起受难,自觉地卷入了抗战的洪流中,一度参加过抗日演剧队。然而,值此多难的年代,蒋纯祖是走在一条艰险的道路上,他得“承受更大的痛苦的搏斗”:不仅要同“身外”各种压力搏斗,还要同“身内”的追求物质和情欲的惰性搏斗。他既感受到大时代斗争是欢欣的,不愿去寻求一个心灵的避风港,但同时也察觉到了自己斗争的无力,他远离革命集体,常常左冲右突,无所适从。最后,当他感受到了个人的孤独的反抗终究无济于事,渴望把自己汇合到时代的主流中时,却又心衰力竭,终于在贫病交加和失恋的精神重压下悲怆地告别人间。路翎用精细而无情的解剖刀,将这病态社会的病态灵魂血淋淋地展现在读者面前,向生活、向历史发出了严峻的责问:“是谁杀害了他?”小说中的蒋纯祖自己曾“隐隐觉得”是“这个社会杀害了他”,而生活和历史又作了沉痛的补充:也是极端个人主义者的追求杀害了他。在中国现代文学史上,将一个极端个人主义者的历史悲剧写得如此深刻,如此惊心动魄,这是少有的。蒋纯祖在临终时,作者写他看见了“在大风暴中向前奔跑”的人民群众队伍,他痛苦地大叫:“我为什么不能跑过去,和他们一起奔跑,抵抗,战斗……我恐怖……他们遗弃了我。”蒋纯祖的人生悲剧、临死前的痛苦呼号,对当时国统区处于黑暗迷乱中追求光明的青年知识分子无疑是有启迪意义的。

《财主底儿女们》在艺术上的突出特点是通过对人物复杂心灵的解剖来折射现实。心理描写无疑是突进人物灵魂深处的主要手段,然而它不同于一般委婉、细腻的传统的心理描写,而总是把人物置身在大波大澜中,大幅度地展开了复杂人生所造成的复杂的内心世界。作品不以情节的奇巧取胜,而是以展示“灵魂搏斗”的尖锐性、描述人物强烈的内心冲突和情绪波折见长。小说围绕蒋家三兄弟所展开的事件并不复杂,用极简单的情节提要即可概括,作者的用力点显然是在人物的心灵解剖上,用大段大段心理描写揭示人物隐秘的行为动机,而这种心理又同外在的尖锐的社会生活矛盾纠结在一起,从而显示出异常的尖锐性与深刻性。

路翎总是把他的人物放在复杂的社会关系中,在与社会急剧冲突的同时,又纠结着自我青春的骚动、强烈的情欲、求生的意志。作者特别注意挖掘人物深层意识中的矛盾,人物的行动与思想感情的矛盾。同一人物总有不同的,甚至相反的两面:金素痕有时像“温柔的天使”,有时像“凶悍的魔鬼”;王桂英生下私生子后,表示要勇敢地负起养育的责任,却又亲手把孩子掐死;蒋少祖和王桂英在参加上海群众的抗日游行中,狂热,昂奋,可刹那间就变得颓唐,忧伤,感到空虚。这些情绪,构成了作品中一个特异的精神世界,使小说情节的戏剧性让位给了情绪的戏剧性,丰富独特的深层心理刻画,使该小说成为一部激越浑浊、痛苦悲怆的心灵交响曲。作品的这种重人物心灵、轻事件情节,心理描写的幅度宽阔而又略显拖沓重复的特点,显然是较多地吸收了外国心理派小说的表现技巧。尽管它在艺术上存在明显不足,如心理描写经常显得过火过滥而不加节制,有时甚至使人物变态、现实变形,但它对我国小说传统表现手法是一个大胆的突破。以路翎为代表的七月派小说,开创了心理现实主义这一新的小说样式,为我国现代小说艺术的多样化发展作出了有益的贡献。

在七月派作家中,以小说创作著称的还有彭柏山(1910—1968),原名彭冰山,湖南茶陵县人。他是红军干部,曾任第三军政治部宣传科长,后担任过新四军团政治处主任、政委、军副政委等职。30 年代在上海结识胡风,参加“左联”,开始小说创作。1936 年出版反映红军斗争生活的短篇小说集《崖边》。中篇小说《任务》,写解放战争中一个“解放”士兵的变化过程,反映了作家作为一个军队政治工作者的独特眼光。1950 年起开始创作长篇小说《战争与人民》,后受“胡风案”株连而罹难,此书直至平反后才得出版。贾植芳(1915—2008),山西襄汾县人。1936 年曾到东京的日本大学社会科学习,第二年在胡风编辑的《工作与学习丛刊》上发表小说《人的悲哀》,从此进入文艺界,著有小说集《人生赋》。短篇小说《人生赋》以沉重的心情,通过一个人物的心灵轨迹嘲讽了抗战时期的人生诸相。另一篇小说《我乡》,写“我”由战地回到阔别四年的家乡时,故乡已经发生很大变化,到处是白色恐怖,反映了战时生活可怖的一面。冀汸,原名陈性忠,祖籍湖北天门县,1920 年生。1940 年 1 月在《七月》上发表诗歌《跳动的夜》,加入到七月派行列。他的长篇小说《走夜路的人们》是七月派小说的力作。小说透过为避战乱生活在荒凉的内地农村的三个家庭,写出了抗战时期黑暗社会中的一群人物,描绘了他们尖锐的家庭和社会冲突,刻画了他们沉重的性格和灵魂的碰撞。这部小说体现了七月派小说追求高强度的心理冲突的特征。

第六节　徐讦、无名氏的后期浪漫派小说

在 20 世纪 30、40 年代现实主义主潮十分盛行的时候,国统区出现了以徐讦、无名

氏为代表的“后期浪漫派”。与早期浪漫主义小说浓郁的自叙传色彩、强烈的觉醒意识、极度苦闷伤感的情调和狂飙突进的气势全然不同,徐讦、无名氏的小说表现对人生的领悟和追寻,对爱和美的憧憬,以及精神自由和现实诱惑的矛盾对立;艺术上以想象来编织人物和故事,渲染异国情调和神秘色彩,追求一种有哲学内蕴而又诗情浓烈的文体。他们的创作介乎于雅俗之间,既有人性探掘、哲理意趣、技艺现代的一面,也有制造传奇、艳遇、言情,迎合世俗的一面,是一种现代化的通俗小说。

徐讦(1908—1980)原名伯讦,浙江慈溪人,出生于农村的破落户家庭,幼年在家乡读完小学。1927 年考入北京大学哲学系,毕业后又进心理系修业两年,其间接触马克思主义。1933 年任《论语》《人间世》半月刊编辑。1936 年创办《天地人》半月刊。同年赴法研究哲学,接受托洛茨基思想,改变对马克思主义的态度,转而信仰柏格森的哲学。抗战爆发后弃学返国,1938 年到上海,一度卖文为生,创作了《阿拉伯海的女神》《精神病患者的悲歌》《荒谬的英法海峡》等作品。1942 年到重庆,曾在中央大学师范学院国文系任教授。此后,创作了代表作《风萧萧》。1950 年徐讦定居香港,在新加坡和香港写作任教。他在近半个世纪的笔耕生涯中,著有 12 部中长篇小说,约 24 本短篇小说集,总计 500 万字的小说作品,是中国现代文学史上有独特风格、影响广泛的小说家。

徐讦的成名作是发表于《宇宙风》1937 年 1—2 月号上的中篇小说《鬼恋》。小说一发表,即大为风行。作品描写“我”偶然与一位全身黑衣的美丽“女鬼”相遇并一见钟情,其实“女鬼”曾是革命者,历尽生活磨难,爱人被捕死去,不断地失败和被朋友背叛,终于弃绝尘世过隐居生活,愿意做鬼不愿做人。为了逃避与“我”相恋,决定出门远行,而“我”大病一场,空留下深深的怀念。“女鬼”厌世又恋世,无爱而又生爱的痛苦矛盾心态表明了对永恒超脱的追求和生之诱惑的难以抗拒。因此,与其说《鬼恋》是一个回肠荡气的恋爱故事,不如说是以离奇神秘的方式对现世和永恒进行思考。爱情的悲剧性结局显现了作者对世俗欲望与超然物外的两难选择。

长篇小说《风萧萧》是徐讦的代表作。1943 年在重庆《扫荡报》上连载,风靡一时,“重庆江轮上,几乎人手一纸”。[11]被列为当年“全国畅销书之首”,该年也被称为“徐讦年”。《风萧萧》是一部熔爱情小说、间谍小说、哲理小说于一炉的近五十万字的作品。小说讲述一个在上海“孤岛”活动的独身的青年哲学家与红舞女白苹、交际花梅瀛子,以及单纯、活泼、酷爱音乐的海伦·曼斐儿小姐错综复杂的关系。抱独身主义思想的青年哲学家对三个女性都感兴趣,但止于“有距离的欣赏”,于是一男三女的关系便变得扑朔迷离,若即若离,这是全书的主要趣味线。其实,聪明美丽的白苹和梅瀛子分别是重庆政府和盟国的间谍,受命刺探日军的情报,双方一度误会,后白苹壮烈牺牲,梅瀛子则在取得日方军事机密后,为白苹报仇,而"我"也加入了充满危险而又富有刺激的抗日事业。作品比较成功地塑造了三位风格不同的女性:白苹圣洁而凄清,梅瀛子机敏而热烈,海伦温柔而纯洁。作者以白苹和梅瀛子象征勇敢、坚毅和献身精神,而海伦则是理想和未来的化身,象征着人生的最高境界。"我"置身于三个女子之间,如同处于现实和理想中徘徊不定。这就使作品具有浓郁的哲理意味。虽然作者把故事置于抗日战争这一背景下,但作品显然并非要表现民族斗争的历史进程,而是想表达充满悲感的人生哲理。正如作者在《风萧萧》初版《后记》中写道:"书中所表现的其实只是几个你我一样灵魂在不同环境里挣扎、奋斗——为理想、为梦、为信仰、为爱,以及为大我与小我的自由与生存而已。"可见作品表现的是人生永远的理想、信仰、爱与短暂的人生追逐的恒久冲突。

中篇《精神病患者的悲歌》属于心理演绎小说,写的是一个三角恋爱故事。梯司朗小姐为了满足父亲的要求,使自己的家庭兴旺发达,必须与一个自己不爱的人联姻。一方面她追求真正的爱情,另一方面又无力摆脱舒适奢华的生活,内心的强烈冲突最终导致她失去心理平衡。"我"在帮助治疗梯司朗小姐时,与女仆海兰产生恋情,而海兰为成全小姐对"我"的感情竟自杀身亡,最后梯司朗小姐皈依宗教,"我"也矢志不婚。作品不但揭示了人厌恶生存于现代商品社会又不得不依赖于它的可悲,而且指出现代科学面对人类的精神痛苦是无能为力的,唯有在宗教信仰中追寻永恒的爱才能获得心灵的宁静。《荒谬的英法海峡》是中国现代文学史上少见的空想主义作品。小说通过一群留学欧美的中国知识分子在孤岛上的短暂生活,力图在对比中映照出现代文明社会人际关系中的种种弊端,赞颂健康、淳朴、自然的人际关系和精神生活。《阿拉伯海的女神》则是一篇象征小说,充满了浓重的宗教、哲学的意味。写"我"在地中海里做梦,船上的阿拉伯巫女的女儿与"我"恋爱,但伊斯兰妇女不准与异教徒相爱,两人终于跳海殉情。小说打破了现实和虚幻的界限,表现了人与神、实在与虚幻、死与生的困惑。

徐讦的小说大多以性爱为视角,在离奇曲折动人的故事背后,包含着心理学、哲学、宗教的意味,表现了对自由、理想、梦的追求,但作者以一种抽象的、超脱于社会与政治的观念去解释人生,使其作品具有远离现世的纯幻想特征,因而虽然不乏精致的见解,终究缺少深刻的思想。

凭借想象建构小说,编织传奇的故事和曲折的情节,塑造理想化的人物,是徐讦浪漫小说艺术上的重要特点。他多数小说受中国传统小说和西方传奇的影响,特别是梅里美的影响,注意以情节曲折生动的传奇故事来吸引读者,强化作品的娱乐功能,提高可读性。《风萧萧》在前20章用大量笔墨写一男三女扑朔迷离的关系,有意将读者引入恋爱错觉中，接着转入间谍战中的斗智斗勇。这样，不但故事本身奇幻虚渺，而且情节进展一波三折，复杂而惊险。此外，徐讦还塑造了一批具有真善美人性的理想化人物。其众多小说中一再出现的“我”，可以说是最典型的理想化人物：具有渊博的学识、良好的教养、英俊潇洒、温文尔雅、酷爱自由、富有同情心、见义勇为等特征。同样，女性形象也是集年轻美貌、侠义柔情于一身。这类人物未必有多少真实性，性格也未必鲜明，但寄托了作者对理想人生和人性的追求。

浓郁的异域情调和神秘色彩，是徐讦浪漫小说的又一特点。不少小说为适应传奇故事情节的发展和理想化人物的塑造，有意识地“建立和保持”了一种异域情调，给人以新鲜感和陌生感，如《吉布赛的诱惑》以法国马赛和美国以及南美为背景，《精神病患者的悲歌》以巴黎郊外一座阴森凄凉的古堡为背景。在异域情调的背景下，营造诡异神秘的气氛，使作品具有一种独特的魅力。

丰盈的哲理意蕴、精细的心理分析和充沛的诗的情趣，是徐讦浪漫小说区别于一般畅销通俗小说的最根本的艺术特点。作为研究哲学、心理学，又具有诗人气质的学者，徐讦把对人生、人性、自然、宗教等的思考熔铸成小说。或借助人物对话，或采用象征手法，增加作品的哲理性，使其小说常有咀嚼不尽的意味。他还善于描写人物的心理，分析人物的意志、愿望、思想、情感。特别注重心理体验的分析，或以写梦境的手法，或以意识流手法，从人物心理的表层进入深层，全方位地描写人物精神现象，从而丰富人物性格的内涵。例如《风萧萧》中“我”奉命完成行窃白苹所获的日军情报密件后的心理活动，既有对白苹的负罪感，又有恐惧感和紧张心理，把作为真正的知识分子同作为执行命令的间谍的内心冲突写得非常充分。徐讦还倾心于小说语言的诗化，无论是写景状物，还是人物动作对话描写，甚至是一般的叙述、议论都充溢着诗的情趣，从而形成小说淡远隽永的意境。上述三方面的艺术特点融会整合，形成了徐讦小说独特的艺术风格。由于有丰富的学养和经历，他能够把各种类型的小说因素综合运用，既有“人鬼奇幻与异域风流”，又有“民族意识与人性焦虑”，“逶迤于哲理、心理和浪漫情调之间”[12]，从而形成其既通俗又先锋的小说品格。

无名氏（1917—2003），原名卜宝南，后改名卜乃夫。出生于南京，中学未毕业即往北平，在北京大学旁听了三年课程。1937 年流亡武汉、重庆等地。1941 年任重庆《扫荡报》记者。其间开始从事散文和小说创作。无名氏在三四十年代的小说创作可分为两个阶段：1945 年以前为练笔阶段，此时作品以《北极风情画》《塔里的女人》为代表；1945 年以后为创作旺盛阶段，有代表作《无名氏书稿》，包括七部连续性的长篇小说，其中《野兽·野兽·野兽》（初名《印蒂》）、《海艳》、《金色的蛇夜》等三部在 40 年代出版，

50 年代后又写了《死的岩层》《开花在星云以外》《创世纪大菩提》等。

《北极风情画》《塔里的女人》都是浪漫气氛很浓的爱情故事。前者以朝鲜抗日志士斗争生活为题材,描写在战争中一对异国青年的恋爱悲剧。美丽的俄国少女无法跟随将要撤退的异邦军官,于是留信自杀,并要求情人在十年后登山唱“离别歌”。后者写提琴家罗圣提与白衣少女黎薇热恋,但罗圣提在家乡已有妻室,黎薇只好含恨另嫁,十年以后重逢,艳女已成老妇,男主角就去当了和尚。两篇作品都以狂热的感情和忧郁的色调讲述了凄绝哀怨的爱情故事。曲折离奇的情节、一见钟情的模式、悲切煽情的结局,表明了作者“立意用一种新的媚俗手法来夺取广大的读者”。[13]但无名氏终究不是一般的通俗小说家,他在爱情悲剧中又加进了生命探索意味,女性追求的彻底性、纯粹性与男性追求的现实性、妥协性的碰撞,导致美的、执着的生命走向幻灭。这就使小说显现出并不通俗的主旨。

真正对生命进行哲理的思考,又将这种思考纳入到浪漫主义艺术形式中去的,是《无名氏书稿》。在《野兽·野兽·野兽》中,主人公印蒂为了探索人生,冲出优裕的旧家庭走向社会,参加了中国共产党的地下党组织,并投身北伐,在“四一二”政变中被捕入狱,受尽酷刑不屈服,经父亲营救出狱仍继续要求革命。但“左”倾分子却怀疑印蒂有自首行为,强制他交代自己的错误,印蒂愤而离去。《海艳》写主人公印蒂退出革命后对爱情的狂热追求,但实现目标后反而失望,终于出逃,从而探讨了爱情问题。印蒂在海轮上与白衣少女瞿萦邂逅相遇,一见钟情,苦苦追求,继而有了一段狂热的浪漫爱情生活,但印蒂很快感到空虚失望,害怕结婚,最终为逃避瞿萦而远走高飞。作品以 20 世纪 20 年代到 40 年代的社会事件为背景,主人公经历了狂热的革命、爱情、欲望、信仰的各种磨难,表现了寻找“生命的圆全”的全部复杂性、矛盾性。大量的心理独白、情绪宣泄强调了纯主观的个人感觉,又呈现出自由无羁的叙述方式。

无名氏擅长表现充满浪漫情调的青年男女的爱情生活,追求人生哲理的思考和抒写。艺术上大体与徐讦相似,但也有自己的特色:作品浓艳繁丽,用语铺陈,特别是意象和语言上受现代派影响,不时给人以一种新颖独到、情趣盎然的感觉。

徐讦、无名氏等的后期浪漫小说因其内容和艺术上的独特性而具有多重的审美价值。畅销的通俗小说和雅致的浪漫小说合而为一,在不同程度上满足了不同层次读者的要求,因而拥有广泛的读者群。

第七节　张恨水、黄谷柳等的新通俗小说

民族形式的采择和运用,是同整体的社会文化构架与长期以来形成的民族欣赏习

惯分不开的。“五四”新文化运动中,传统的小说格局(如“章回体”之类)因为其思想内容消极,文学观念陈旧,艺术技法老套而受到后起的新文学阵营的猛烈抨击。但新文学作家很快就发现旧通俗小说仍有大量的读者群,经过三四十年代的几次大讨论,新文学逐渐明确了向“民族化、科学化、大众化”方向前进的道路,不少新文学作家尝试运用章回体小说创作新通俗小说,先后出现了如《新水浒》(谷斯范)、《吕梁英雄传》(马烽、西戎)、《新儿女英雄传》(孔厥、袁静)、《虾球传》(黄谷柳)等作品。这些作品能够适应历史的需要,契合时代的节奏,把新的思想、题材、人物贯注到群众已普遍接受的旧形式中。还有一些旧派小说家也在新文学潮流的冲击下,自觉更新小说的内容和形式,或用旧形式表现新内容,或对旧形式进行改造赋予新的生机,使通俗小说在表现新的时代生活中产生积极作用。其中比较突出的作家是张恨水、秦瘦鸥。

张恨水(1895—1967),原名张心远,安徽潜山人,是三四十年代出现的由鸳鸯蝴蝶派逐渐走向新文学的著名通俗小说家。他于20年代同时担任几家报纸的副刊编辑,又同时在几家报纸连载长篇言情小说,30年代至抗战期间依然笔耕不辍,故而著作颇丰,一生写了约3 000万字的作品,中长篇小说达110余部。

张恨水在小说观上标举文学的“情趣”性,注重小说的通俗化。早期的作品主要有《春明外史》《金粉世家》《啼笑因缘》等。《春明外史》洋洋百万言,以报纸编辑杨杏园的恋爱史为主干,前22回写杨与妓女梨云的关系,23回以后写杨与才女李冬青的恋情,但感情都不得善终,接连遭受情感打击的杨杏园终于一病不起,吐血而死。从内容和写法上看,这部小说明显带有鸳鸯蝴蝶派小说的痕迹。稍后问世的《金粉世家》,描写北伐前北平金姓内阁总理一家豪华奢靡的生活,意在借“六朝金粉”的典故,演绎豪门巨族的兴衰史。小说以宦门公子金燕西与平民女子冷清秋从婚恋到离散的过程为主线,穿插一个大家庭复杂关系的描写,开启了中国现代文学“封建大家庭”题材小说的先河。小说批判了封建家庭中纨绔子弟的寄生生活,揭露了北洋军阀统治下官僚们的肮脏灵魂,展示了他们的勾心斗角与骄奢淫逸,具有一定的认识意义。影响最大的是《啼笑因缘》,这部作品曾广为流传,受到时人的喜欢,其后被多次改编成戏剧、电影。

《啼笑因缘》开始发表于1929年上海的《新闻报》上。小说叙述一个以“平民化的大少爷”樊家树为中心的多角恋爱故事。樊家树抛却封建门第观念,对经人撮合的富家女子何丽娜若即若离,却真诚热恋聪明纯洁的鼓书艺人沈凤喜,但专横好色的军阀刘德柱依仗权势霸占了沈凤喜,造成了樊、沈的爱情悲剧;曾受樊家树慷慨解囊资助的“江湖人”关寿峰和对樊也产生爱慕之情的关女秀姑,路见不平拔刀相助,设巧计“山寺除奸”,剪除了恶贯满盈的刘德柱,最后,樊家树同何丽娜重修旧好,实现了“有情人终成眷属"的圆满结局。这部作品通过对樊家树多角恋爱故事的描写,深刻揭露了以刘德柱为代表的封建军阀、达官贵人的飞扬跋扈、穷奢极欲、为非作歹的丑恶面目,同时热情歌颂了正直青年樊家树轻视门第、在爱情上不倚重金钱权势的反封建思想以及人民群众对封建军阀势力的斗争。但由于作者思想的局限,这部作品的反封建思想是不彻底的。因没有脱尽"才子佳人"的套式,作品在描述樊家树寻求不同门第的结合而不可得以后,又回到封建的"门当户对"的窠臼中,这既表现了主人公并未彻底挣脱封建思想的羁绊,也说明作者的反封建是有限的;作品抨击了无恶不作的反动军阀,描写了社会上的贫富不均现象,但未能揭示出不合理制度存在的根源,因而也找不到有效的斗争方式,只能以豪侠的仗义行为作为解救人生痛苦的良方,而这终究是一种虚幻的寄托。

"九一八"事变之后,不少曾是鸳鸯蝴蝶派的作家也开始拿起手中的笔,描绘现实的生活,从事"国难小说"的创作,张恨水就被称为"由鸳鸯蝴蝶派向新小说过渡的代表性作家"。在抗战初期,他创作了短篇小说集《弯弓集》和长篇《热血之花》《大江东去》,以配合时世,尽自己一点"鼓励民气"的责任。但是,他此时的创作仍带有鸳鸯蝴蝶派的痕迹,反映抗日战争的题材往往追求一种"故事能在抗日言情上兼有者"。如《大江东去》描写了一个女子和两个士兵之间的爱情纠葛,实质上还是一部言情小说,只是把背景放在了抗战之上而已。1939 年写出中篇小说《天津卫》(即《巷战之夜》),是一个较大的改变。小说描写了教员张竞存如何一步步走上斗争道路,最后成为了一支自发的抗日游击队支队长的历程。在这部作品中,作者先前那种鸳鸯蝴蝶派的笔调和套路基本上不复存在,无论从情节还是主题上,都有了一定的突破。张恨水用通俗的形式揭露国统区的黑暗现实的作品有《疯狂》《偶像》《牛马走》《八十一梦》《五子登科》等。《八十一梦》(1939)以讽刺的手法和梦幻的形式,写了一些荒诞不经的梦遇,借小市民的眼光,有力地讽刺了国民党贪官污吏以及大后方官绅奢靡腐朽的生活,是一幅国统区五花八门的群丑图。这部作品的问世,标志着作家的创作进入了一个新的阶段,其作品冲破了旧小说的藩篱,在当时的读者中引起了较大的共鸣。但是小说很少表现人物性格,作品每章都有一定的模式,因此,从严格意义上讲,小说尚称不上一部上乘的艺术作品。《五子登科》(1947)反映了日本投降以后,国民党"接收专员"沉醉于"金子、女子、房子、车子、条子"的荒淫无耻的生活之中,在当时具有一定的揭露意义。

作为现代通俗小说创作的代表,张恨水在艺术表现上最突出的特点是传统小说体裁——章回体的运用。他的小说,除少量作品外,多数是章回体。他的章回体小说,照顾到一般中国读者的欣赏习惯,叙事完整,首尾连贯。在内容上,他"不作淫声",黄色、黑幕、怪诞之类的东西,都与他无缘,作品所纳入的一概是现代生活题材。第二个特点是故事性强。他的小说用力点放在精心构制曲折动人的故事上,虽然人物性格不突出,但却很合一般读者爱读故事的胃口,具有较强的"趣味性"。在语言文字上,他的小说保留着章回小说语言通俗浅显、自然流畅的特点。张恨水的小说创作,在艺术上追求民族化、大众化,为中国现代小说的发展提供了某些有益的经验。茅盾曾指出:"在近三十年来,运用'章回体'而能善为扬弃,使'章回体'延续了新生命的,应当首推张恨水先生。"[14]此说甚为有理。

在通俗小说创作中,与张恨水的创作倾向十分相近,在当时颇具影响的另一位作家是秦瘦鸥(1908—1993)。他的小说也以言情为主,运用中国传统小说的格局,注重故事情节的生动性和连贯性,并在凄婉的情节描述中,展现摇撼人心的情感力量。他早年创作有长篇小说《孽海涛》。其影响日渐扩大,主要得益于长篇小说《秋海棠》。这部小说写于1941年沦陷区的上海。作品的内容和题材同《啼笑因缘》有相似之处,它描写一个艺名为秋海棠的旦角演员吴钧,同被军阀袁宝藩抢占的女学生罗湘绮真诚相爱,事情泄露后在袁的淫威下惨遭迫害,被毁容致残,不得不离开京剧舞台,带着他与罗所生的女儿梅宝,四处颠沛流离,等到女儿长大成人并有了归宿后,又悄然坠楼自杀。小说的锋芒所向,显然是直指罪恶的军阀统治。《秋海棠》与《啼笑因缘》相比,反映的生活容量和故事的曲折性、生动性方面要弱一些,但在表现主题的深度和艺术方法上有自己的特色。《秋海棠》在凄婉动人的故事描述中所潜藏的摇撼人心的情感力量很强。秋海棠对罗湘绮的爱是纯真的、深挚的,尤其是被毁容后,他把对湘绮的爱深埋在心里,唯恐拖累她而远避他乡,最后当女儿已有归宿时又悄悄地离开了人世,这种在普通人身上挖掘的人情美和人性美,非樊家树对沈凤喜的爱情纠葛所能比拟。与此相联系的就是作品的悲剧结局处理得很成功。在传统小说中,"大团圆"的收场几乎是千篇一律的老套,连《啼笑因缘》最终也安排樊家树同何丽娜相悦相恋的结局,给读者一种虚幻的满足。而《秋海棠》则采用悲剧结局,无疑增强了对社会的控诉力量,使现实主义成分更加充分。《秋海棠》没有采用章回体写法,但叙事方式仍没有离开传统小说的结局,小说的故事有头有尾,中间环环相扣,事件呈单线发展,线索清楚,一气呵成,照顾了普通读者的欣赏习惯与口味。

黄谷柳(1908—1977),生于越南一个华侨家庭,幼年回国,是40年代后期在文坛驰名的作家。他也擅作通俗小说,但其创作与张恨水、秦瘦鸥的言情小说风格截然不同,是借用通俗小说的手法表现全新的革命内容。1946年至1948年,他在香港《华商报》上连载章回体小说《虾球传》,给在国民党反动派统治下的文坛送来了新鲜的空气,为现代小说开拓了新的领域。小说分为《春风秋雨》《白云珠海》《山长水远》三部,是一部富有浓郁的地方色彩和强烈的生活气息的作品。

小说以接近大众化的群众喜闻乐见的通俗形式,比较成功地塑造了虾球这一从流浪少年逐渐成长为革命战士的人物形象。虾球原名夏球,是一名出生于华侨家庭的孩童,从小就在香港做小工、小贩,生活十分艰苦,常常连饭都吃不饱。在虾球 16 岁那年,他不堪生活的重压,决定离开家庭去流浪。但是,黑暗的世界里没有一个地方能让穷人过上好日子,他受过拘捕坐过牢,又被抓当过兵,幸而逃脱又遇上了沉船的危险。从香港到广州,再到粤南各地,虾球遭遇了种种的辛酸和惊险,最后终于找到了革命队伍,参加了共产党领导的游击队,立了大功,成为一名优秀的革命战士。小说对主人公形象的塑造十分逼真,且倾注了作者的深厚感情。虾球善良天真、聪明勇敢,但在走投无路的时候也曾做过小偷、扒手,走上革命道路后,他坚决地摈弃了这些旧社会恶习。虾球的经历虽然具有传奇性,但小说描写的传奇色彩由于符合了人物的个性和现实生活环境,因此很富有现实性。小说同时也形象地写出了其他几个人物,如大流氓"鳄鱼头"洪斌,他混迹香港无恶不作,后来易地广州,又与官商勾结,为非作歹;虾球的小伙伴难童牛仔,性格天真坦率,都给人留下较深的印象。

《虾球传》突破了国统区小说只暴露和讽刺殖民地、半殖民地社会黑暗的局限,把笔触伸向了革命根据地,给主人公以光明的出路,开辟了文学作品创作的新倾向。作者通过对虾球曲折经历的描写,错综复杂地向读者展示了一幅香港、国统区、游击区的生活画卷,表现了殖民地和半殖民地社会光怪陆离的面貌,暴露了国民党统治的黑暗与腐朽,反映了广东人民的苦难生活和不屈的反抗斗争。小说较多地接受了古典小说和民间文学的影响,语言通俗精练,文字朴实,运用了不少的广东方言,使作品具有绚丽的色彩,在民族化群众化方面取得了可喜的成就。作为一部相当大众化的小说,黄谷柳站在人民大众的立场上,在努力学习章回小说等民族形式的基础上,致力于小说形式的创新,表现出了新文学通俗小说高雅的艺术品格。

(罗华　韩春明　王嘉良)

注释:

① 吴组缃:《〈子夜〉》,《文艺月报》,1933 年 6 月创刊号。

② 杨义:《中国现代小说史》第二卷,人民文学出版社 2001 年版,第 385 页。

③ 孟实(朱光潜):《桥》,《文学杂志》1 卷 3 期,1937 年 7 月。

④ 萧乾:《一本褪色的相册》,《萧乾选集》第 3 卷,四川人民出版社 1984 年版,第 344 页。

⑤ 施蛰存:《关于"现代派"一席谈》,《文汇报》1983 年 10 月 18 日。

⑥ 施蛰存:《将军底头·自序》,新中国书局 1932 年出版。

⑦ 胡风:《论战争期的一个战斗的文艺形式》,《胡风评论集(中)》,人民文学出版社 1984 年版,第 23 页。

⑧ 刘西渭:《三个中篇》,《文艺复兴》第 2 卷第 1 期,1946 年 8 月。

⑨⑩ 胡风:《青春底诗——路翎著长篇小说〈财主底儿女们〉序》,《文艺杂志》新 1 卷第 3 期,1945 年 9 月 15 日。

⑪ 陈乃欣等:《徐订二三事》,台北尔雅出版社 1980 年版。

⑫ 杨义:《中国现代小说史》(下),人民文学出版社 1998 年版,第 449—457 页。

⑬ 司马长风:《中国新文学史》(下卷),香港昭明出版有限公司 1978 年版,第 103 页。

⑭ 茅盾:《关于〈吕梁英雄传〉》,《中华论丛》第 2 卷第 1 期,1946 年 9 月 1 日。

【思考题】

1. 何谓"普罗小说"? 以华汉的《地泉》三部曲为例,说明早期普罗小说的"革命浪漫蒂克"倾向。

2. 简述丁玲、柔石、张天翼等"左联"作家的创作特色及代表性作品。

3. 简述社会剖析派小说特点。以吴组缃作品为例,论述其创作的题材取向和创作特点。

4. 简述"京派"小说的思想倾向和创作特点,以及该派代表作家废名、萧乾、芦焚等的代表作品。

5. 何谓"新感觉派",分析其形成的背景及代表作家的创作。

6. 简述"七月派"小说的现实主义独创性,分析路翎的《财主底儿女们》如何通过蒋家三兄弟形象的塑造探索知识分子的心灵历程。

7. 以具体作品为例,分析徐订、无名氏的后期浪漫派小说创作的基本特点。

8. 简述新通俗小说作家张恨水、黄谷柳的代表作。

第四章　新诗走向"历史的综合"

第一节　普罗诗派与政治抒情诗

20年代中期至30年代初，诗坛最引人注目的现象就是无产阶级革命诗歌运动的形成。十月革命的胜利、五四运动的爆发、马克思主义的传播、中国共产党的成立等社会政治运动，促成了革命诗歌在"五四"时期的萌发。随着无产阶级革命运动的发展，一批进步文人和早期共产党人在1924年明确提出了"革命文学"的口号，"革命文学"的意识在作家和诗人们心中逐渐明晰起来，并上升为自觉的努力与追求。1925年"五卅惨案"发生，大大促进了中国人民的民族觉醒和阶级觉醒。很多作家和诗人在人生选择和文学选择上开始了一次大的转换。如"湖畔诗人"中，应修人、潘谟华、冯雪峰先后参加了实际革命工作，汪静之也不再歌咏爱情，而写出了《劳工歌》那样充满革命色彩的诗；创造社开始转向，郭沫若、成仿吾、蒋光慈等都成为"革命文学"的鼓吹者。大革命失败后，无产阶级革命文学的理论倡导与论争掀起高潮，无产阶级革命文学的创作也形成了一股波澜壮阔的潮流。作为无产阶级革命文学运动一翼的"普罗诗派"也随之形成了。

如果说1927年前只有郭沫若、蒋光慈等人创作革命诗歌的话，那么1927—1930年间作者队伍则大大扩展了。很多诗人在白色恐怖下坚持革命诗歌创作，一些革命诗歌社团纷纷出版革命诗集，一些进步刊物也相继发表革命诗歌。在这股革命诗歌潮流中表现较为激进的主要有创造社诗人郭沫若、黄药眠、龚冰庐、周灵均；太阳社诗人蒋光慈、钱杏邨、森堡（任钧）、洪灵菲、殷夫等。普罗诗派坚持诗歌的革命性原则，批判"以诗为消遣的、吟风弄月的玩物"的错误倾向。普罗诗歌运动是将诗歌与无产阶级政治斗争相结合的自觉运动，普罗诗人用如火如荼的战斗回答反革命的白色恐怖，热情地歌颂了叱咤风云的工农革命运动，谱写出群众斗争的篇章。普罗诗派由于对理想的热烈追求与向往和情感的强烈与炽热，他们的诗充满了浓厚的浪漫主义色彩。他们追随时代风云，贴近社会现实，表现了直面现实的强烈战斗精神，因而，从本质上说，他们的创作汇入了现实主义的诗潮，而且掺入了新的因素，具有革命现实主义诗歌的某些特质。普罗诗派服从于政治斗争的需要，使诗体政治化，所以他们写的诗大都是政治抒情诗。

普罗诗派的政治抒情诗，主要表现为两种倾向：一是侧重于严酷的现实斗争生活的反映，强调及时、迅速反映时代重大题材，表现工农大众及其斗争；二是侧重于无产阶级革命情绪的呼唤与鼓荡，强调诗歌对实际革命运动的直接鼓动作用。与此相对应，他们反映现实生活的方式是直接描摹，抒情方式是直抒胸臆。

“四一二”政变之后，普罗派诗歌创作强化了政治表现的欲望，当时的一些重大政治事件都在他们的诗作里得到了集中的表现，反映出诗人对现实政治的敏感性。诗人们站在时代革命的高度，以重大历史事件为题材，深入揭露旧制度的黑暗和腐朽，控诉国民党反动派和帝国主义血腥镇压人民的罪行，歌颂人民的反抗斗争，表现出鲜明的政治倾向性和强烈的使命感。普罗诗派在抨击、谴责封建军阀的同时，具有更多的反帝色彩，他们的不少诗作开拓了反帝的题材内容。普罗诗派在一定程度上贴近现实而思考，真实地反映了时代的社会生活面貌，表现了直面现实的勇气；另一方面，普罗诗派还有相当多的作品直接以呼唤与鼓动无产阶级革命斗争情绪为主导，并不包含有多少实际生活体验，它只不过是作者把自己能够感受到的时代的召唤、感受到的大地上的风雷，明确地传达出来，形成革命的情绪氛围和鼓动力量，激励人民的反抗斗争。

普罗诗派以情绪的鼓动为诗歌的主要表现方式，确实具有重要的现实意义，这种取向使其创作往往有热量和激情而缺乏思想的力度与深度，强调情绪表现而相对忽略了生活基础。这样，他们的诗歌创作就往往浮掠浅薄，缺乏根底，缺乏内力。不管是对社会现实生活的抒写，还是对无产阶级革命情绪的鼓荡，普罗诗派都是服从于当时政治斗争与革命宣传的需要的结果。他们强调“政治价值对艺术价值的支配权利”①，所以他们把政治抒情诗作为无产阶级斗争的工具，把宣传煽动作用作为衡量艺术的唯一标准。这种唯宣传的诗歌观念，增强了诗的鼓动性与震撼力，但是必然以取消它的形象化特征为代价，使诗直接演绎、图解政治，成为政治的传声筒。同时，由于他们对诗的政治宣传使命的片面强调，就出现了“集体”与“自我”对立的诗歌抒情模式，强调自我在集体、小我在大我中的融合。强调表现阶级性、群体性而忽略诗人的思想、情感及表达方式的个体性特征，就必然使诗失去感人的内在力量，缺乏艺术的光彩。普罗诗派在诗体选择上大都趋向粗粝的自由体形式，重赋的铺陈，描绘重大事件多尽兴刻画，抒发情感一泻无余，出现了“非诗化”倾向。普罗诗派的代表诗人是郭沫若、蒋光慈、殷夫。

郭沫若在“五四”退潮以后，诗歌创作开始转向，他的诗集《前茅》和《恢复》是探索革命诗歌的结晶，其中《恢复》影响最大。《恢复》作为无产阶级革命诗歌初期实践成果，对中国新诗的发展是有贡献的。在那血雨腥风的年代，郭沫若诗歌的那种坚定、豪迈与乐观的精神，对于当时的革命志士和人民大众无疑是一种有力的鼓舞。然而，《恢复》中绝大多数篇章，“除了多呐喊的个人主义的英雄主义的呼声外，没有充实的内容，也没有深刻的表现”。[2]这些诗,只能算是无产阶级革命诗歌创作并不成功的尝试。

蒋光慈也是普罗诗歌的倡导者和代表诗人,出版的诗集主要有《新梦》(1925)、《哀中国》(1927)和《乡情集》(1930),其中大多是政治抒情诗。这种政治抒情诗作为“炸弹和旗帜”,具有雄强豪放的气势和强烈的政治鼓动性。他的三本诗集留下了20年代风云多变的中国社会的侧影,也刻画出了蒋光慈本人心灵世界演变的轨迹。《新梦》展示的是一个中国早期共产主义知识分子的“赤都心史”。蒋光慈继承了郭沫若的直抒胸臆的抒情方式和豪放、高朗的风格,但在艺术上还比较“幼稚”,即作者的真情还没提升为诗情;在表现手法和语言上过分平直,给人一览无余的感觉。他后来也承认:“我的诗同我自己本身一样,太政治化了,太社会化。”(《苦诉·后记》)到了诗集《哀中国》和《乡情集》,天真的理想被现实的悲愤代替,作者不再是以自己的理性认识向读者做宣传,而是向读者敞开心扉,交流感情。在《哀中国》里,不论是对孙中山逝世的哀悼(《哭孙中山先生》),对烈士刘华事迹的赞颂(《在黑夜里》),还是对“灰黑的地狱”般的古都的揭露(《北京》),对十里洋场上海的抨击(《我背着手儿在大马路上慢踱》),其中都渗透着“我”特有的感受和体验,虽然作者的情感仍未能内在地诗化,但表现角度和手法比较多样化了。《乡情集》里的诗陆续发表的时候,正是革命诗歌的标语口号化偏向比较严重的时候,蒋光慈将自我心曲和政治主题的一致性这个可贵的内容特色保持下来,其诗较前增强了生活和情感的血肉,在选择抒情角度时,不仅能赋予政治感情以具体形态,而且能把政治感情和发自人性深处的“至性至情”融合起来。如《写给母亲》是把政治感情融于母子之情,《牯岭遗恨》是把政治感情融于夫妻之情,《乡情》是把政治感情融合于朋友之情。作者的感情已不像前两本诗集那样激烈,而是有节制,有分寸,显得老练凝重。不过,代表蒋光慈最高水平的《乡情集》,也没有完全克服早就存在的艺术缺陷,即内容上虽有真情实感而尚未进入诗情美感,表达上平白直露而缺少含蓄。

在早期普罗诗派中,最具影响力的诗人是殷夫,他在政治抒情诗的创作上承继了蒋光慈又跨越了蒋光慈,把革命诗歌创作推到了新的水平,成为普罗诗派成就最高的代表诗人。鲁迅在为殷夫的诗集《孩儿塔》作序时,就明确指出殷夫诗歌属于我国诗歌发展的新时代,称他的诗为“东方的微光”“林中的响箭”“冬末的萌芽”,是“别一世界”即无产阶级新世界的诗。

殷夫(1910—1931),浙江象山人,原名徐祖华,又名徐白、白莽,殷夫是他的笔名。他从小喜欢文学,十三四岁就开始写诗。写于1924年至1925年的组诗《放脚时代的足印》,就有清新可读的诗篇,显露了年轻诗人的灵气和才华。不过他正式的诗歌创作活动应开始于1927年,这一年他开始与共产党发生联系,从此走上革命道路,因而其诗歌创作生涯是与革命生涯同步的。殷夫的诗典型地表现了这一时期的无产阶级革命诗歌最基本的特征：它与时代的主流——中国共产党领导的无产阶级实际革命运动直接的自觉的血肉联系。殷夫的革命诗歌主要发表在秘密刊物上，被称为“红色鼓动诗”。他的红色鼓动诗是作为战士的诗人从战斗的第一线呼喊出来的，因而诗中的意象大多来自实际生活的感受。他诗中虽然有呐喊，但它是借助于丰富的诗歌形象的呐喊，是借助于来自生活的诗歌语言的呐喊，因而能叩击读者的神经和心扉。他的《一九二九年五月一日》《血字》等诗是普罗诗派中不可多得的优秀之作，诗人在诗中克服了空泛、虚浮叫嚣的诗风，创造了真实动人的艺术形象。无产阶级的理想、信念、气势在他笔下都得到形象的表现。殷夫的大多数诗歌创作都能在自我情感经验的驱使下，更多侧重于内心世界的抒发，而没有加入那战斗口号式的诗歌方阵。我们读他的诗总感到字里行间跳动着一颗忠诚的革命战士的赤心。名篇《别了，哥哥》宣告了作者和他处在另一个阶级营垒中的哥哥的决裂，但其中并没有声色俱厉的斥责，却始终是恳切地向哥哥倾吐肺腑之言。诗人没有掩饰自己对哥哥的那份手足之情，而是极力强调了兄弟分手时依依惜别的深情。这种不避“旧情未断”之嫌的坦率态度，表现了诗人的真挚，也赢得了读者的信任。这是一篇震慑敌人，声讨国民党倒行逆施的檄文。《血字》是一首激越高亢的政治热情诗，诗人通过对“五卅”这个具有伟大历史意义的节日的歌颂，鼓动起人们复仇的火焰与摧毁世界的决心。它不仅是一种歌颂、一种纪念，更是一种呼唤、一种鼓动，它所体现出来的形象性、鼓动性，正是他的红色鼓动诗的基本特征。殷夫的诗都是从革命的实际生活中选择题材，提炼诗意，有的诗就是他自己斗争生活的记录。如“我在人群中行走，/在袋子中是我的双手，/一层层一叠叠的纸片，/亲爱的吻我指头”（《一九二九年的五月一日》）。殷夫的诗以直抒胸臆为主，情绪激越，节奏强劲，有时也借助于隐喻、象征等表现方式，将革命激情熔铸在富有新意的形象中。《意识的旋律》借助自然的律动把虚幻的意识形象化。《一个红的笑》赋予无形的抽象的情感以知觉直感，表达了诗人渴望革命早日胜利的心情。殷夫的一些诗歌在反映事件时，能够大处着眼，小处落笔，在采取概括写法时，能抓住有表现力的细节，能恰当处理虚和实的关系。《血字》不把“五卅”直接当作政治事件来写，却把“五卅”两个血字作为构思的核心，把“五卅运动”的内在本质和这两个字的字形融合起来，并使之人格化，创造了不可置换的关于“五卅运动”的诗歌形象。殷夫以一颗年轻而豪迈的心唱出了一曲曲无产阶级战斗的歌，这些革命诗篇为诗坛提供了许多正面经验，即革命诗人必须同时是革命战士，不应有双重人格；时代的强音必须同时是诗人心声，不能勉强去写；在表现革命的政治内容的同时，要广泛吸取各种艺术技巧。殷夫在年仅22岁时就被罪恶的屠刀杀害了，他的艺术才能远未得到发挥,他没有来得及给我们留下十分成熟的作品,即使他的代表作也并非完美无缺。1929 年底他担任秘密刊物《列宁青年》的编辑工作以后,诗歌的标语口号倾向显得突出了,当他配合某个运动或节日,把诗歌作为宣传品时,一些作品陷入了概念化、公式化。《前进吧,中国》《我们》《五一歌》等诗差不多成了单纯的政治鼓动,盲动冒险的“左”倾路线影响也比较突出地暴露了出来。

第二节 现实主义诗派与臧克家等的诗作

在整个三四十年代,与现实主义为主流的文学思潮相对应,现实主义诗歌也占据新诗主潮的地位。除前述带有现实主义倾向的普罗诗派和后面将要论述的杰出的现实主义诗人艾青外,蒲风与中国诗歌会、成就卓著的现实主义诗人臧克家以及在抗战大洪流中涌现的田间与晋察冀诗派等,共同为推进中国新诗现实主义诗潮的发展作出了各自不同的贡献。

中国诗歌会成立于 1932 年 9 月,是由“左翼”诗歌组发起的诗人团体,其主要成员有蒲风、穆木天、杨骚、任钧、柳倩、王亚平、温流等。中国诗歌会最初以上海为活动中心,不久,其分会遍及全国以至于南洋和日本等地,并出版该会机关刊物《新诗歌》。它是现代诗歌史上第一个有组织、有纲领的革命诗歌团体。该会的使命在于廓清当时诗坛的绮靡之风,加强诗与时代、与人民的联系,及时反映人民群众日益高涨的反帝爱国和争取民主的斗争,高扬“五四”以来的革命现实主义精神。该会还积极倡导诗歌的大众化运动,出版“歌谣专号”“创作专号”,从理论到实践积极探索诗歌的大众化问题。有的进行新形式的尝试,有的提倡新诗朗诵化,还有的吸收方言土语入诗等,这些探索虽未收到预期效果,但对于推动新诗朝着民族化方向发展起到了积极的作用。

中国诗歌会里最活跃最有成就的诗人是蒲风(1911—1942),原名黄月华,广东梅县人。他出身于贫苦农民家庭,中学阶段就加入共产主义青年团,亲眼目睹大革命的兴起及失败过程,经历过梅县农民的武装暴动,参加过家乡农民打土豪的行动,这为他后来的农村题材诗歌创作奠定了坚实的生活基础。因此,反映农村的黑暗现实,描写农民的痛苦生活以及他们的觉醒、反抗和斗争,就成了蒲风诗歌创作的一个重要内容。其诗集《茫茫夜》和长篇叙事诗《六月流火》等,就是写这类主题的代表作品。

叙事长诗《茫茫夜》,写的是在狂风大作、乌云翻滚的黑夜里,一位母亲对“失踪”儿子的深情呼唤与怀念。母亲是个迷信、善良但尚未觉醒的劳动妇女,她不理解自己的儿子青为什么参加“穷人军”,深夜里用她慈爱的心呼唤着儿子早早归来,儿子作了深情的应答：

青，儿子，你回来吧，
家里虽然苦，
有我们的双手，总不缺你吃的米，
为什么，为什么你要远离乡里？
风声中仿佛传来了儿子的答歌：
母亲，母亲，母亲，
再不能屈服此生！
我们有的是力，有的是热血，
我们有的是万众一心的团结，
我们将用我们的手建造一切，建造一切！
为什么我们劳苦了整日整年，要饱受饥寒，凌辱，打骂？
……为着我们大众我离开了家，
为着我们的工作离开了你和她，
母亲，母亲，别牵挂！

长诗让我们看到了严酷的农村现实，惨重的阶级压迫，以及不甘受压迫受凌辱而奋起反抗的农村青年的坚定意志。诗篇结尾运用象征手法揭示农村日益尖锐的阶级对立必然引发革命斗争的历史必然性，以及广大农民必然由自发走向自觉的历史性转变。长诗通过模拟母子对话的形式，凭借环境气氛的渲染，采用断句、短行、重叠所造成的节奏效果，读来真切动人。

以表现农村革命风暴见长的长篇叙事诗《六月流火》则规模更大，气势更为浩瀚。全诗共24章，1 800多行。长诗通过南方一个叫五庄的村民反抗“官兵”强占良田、修筑公路的一场激烈斗争，反映了国民党反动派对革命根据地军事“围剿”的失败和共产党领导的农村革命的深入。全诗波澜起伏，气魄宏大，情调高亢激越，充分展示出革命群众集体的力量和农村革命星火燎原的时代风貌。抗日救亡题材在蒲风的诗中占有很大的比重。在民族危机日益深重的时候，他努力提倡“国防诗歌”。先后出版了《钢铁的歌》《抗战三部曲》《街头诗选》和《可怜虫》等10部诗集。1942年他病逝于皖南抗日前线。

中国诗歌会中影响较大的诗人还有穆木天。他早年以象征派诗鸣世，到30年代因受时代的感召,诗风为之一变,倾向于写实风格,开拓了粗犷开阔的新境界。诗集《流亡者之歌》,其思绪始终萦绕着那被日寇铁蹄蹂躏的东北故乡。中国诗歌会的另一些成员如杨骚,写成《记忆之都》《受难者的短曲》《春的感伤》等诗集;任钧写有《战歌》和《冷热集》两本诗集;柳倩有抗日史诗《震撼大地的一月间》;王亚平写有短诗集《都市的冬》《海燕的歌》和叙事长诗《十二月的风》;温流则在其25年的短促生命里,留下了《我们的堡》和《最后的吼声》两部诗集。所有这些创作活动,都为中国新诗的革命现实主义精神奠定了坚实的基础。

臧克家(1905—2004),山东诸城人,他虽不属中国诗歌会成员,但其诗歌创作则具有明显的现实主义特色,在30年代的诗坛上享有盛誉。1933年臧克家的第一部诗集《烙印》出版,立即受到闻一多、茅盾、老舍等的好评,他也被称为“1933年文坛上的新人”。执着于现实,痛切地写出自己认识的社会人生的真面目,抒写劳动群众特别是中国农民的苦难与不幸、勤劳与坚忍,是诗集《烙印》最显著的特色。这种抒写不是柔曼的音调,也很少热烈的呼喊,而是用朴素的经过锤炼的诗句,凝聚着诗人对生活的独特感受。其感受就特别新鲜真切、耐人寻味、促人思索。《烙印》中最能反映诗人对社会人生独特感受的是他的名篇《老马》:

总得叫大车装个够,
它横竖不说一句话,
背上的压力往肉里扣,
它把头沉重地垂下!

这刻不知道下刻的命,
它有泪只往心里咽,
眼里飘来一道鞭影,
它抬起头望望前面。

诗的第一节写装车时老马不胜重轭,一个“扣”字写尽了主人的狠心和老马的悲苦;第二节写大车待发,老马不堪鞭挞,一个“飘”字写尽了老马的精神重负,它虽是无形的却又胜过肉体所受的苦役。老马有泪无处流,有苦无处诉,忍气吞声且又倔强挣扎,抬头望望艰难而又渺茫的前途——诗作给我们描绘了这样一匹身衰力竭、举步维艰的老马形象。在这一象征性形象里蕴含有丰富的内容,至少有两个层次的象征意蕴:其一是诗人自我人格的象征。联系诗人对社会人生特别苦涩的体验,尤其是大革命失败后的苦难遭遇,就会使读者省悟到诗人这是在借“老马”这一形象,曲折幽深地传达当时沉郁悲愤的心境,也是诗人那坚韧的自我人格的写照。其二,从老马轭下悲苦无告的生活,我们又会自然联想到在三座大山重压下呻吟的旧中国农民的悲惨命运,从而领悟到诗人对老马的歌咏寄托了他对中国农民的深切同情,对不平的社会提出的强烈控诉,所以老马形象既是中国农民的象征,也可以说是当时苦难深重的中华民族的象征。臧克家的这类诗深得新月诗人特别是他的老师闻一多诗的神髓,意象朴素新颖,风格凝练隽永,给人以想象咀嚼的空间。

《烙印》集里的另一些诗篇,像《老哥哥》《当炉女》《歇午工》等,都可看出诗人与农村生活,特别是与农民精神的深刻联系。《老哥哥》写一个毕生精力和心血被地主榨尽后又被一脚踢开的老长工的悲凉晚景。诗人没有去写老长工几十年的血泪生活,也不去写被逐出门时遭拳打脚踢的惨状,只写他与一个不谙世事、天真未凿的地主小孩的一番对话,就写出了一场撼人心魄的尖锐的感情冲突,突出了老长工“有泪只往心里咽”的无限怨恨。《歇午工》则从独特角度写出了在盛夏酷暑里的农民的劳顿,写出了劳动和劳动者特有的美。若无农村生活的真切感受,这样真实生动的形象是写不出来的。正因为这样,臧克家赢得了30年代“农民诗人”“乡土诗人”的美誉。

继《烙印》之后,1934年臧克家出版了第二部诗集《罪恶的黑手》。其中最著名的《罪恶的黑手》,以建筑工人替帝国主义在中国修建教堂的劳动生活为题材,揭穿帝国主义宗教侵略的罪行。长诗在赞美工人智慧和创造力的同时,对工人中存在的忍辱负重、愚昧麻木和不思反抗的性格心理表现出深刻的忧虑,但诗人仍坚信工人们终会觉醒,奋起反抗。可见这时他已抛弃个人的坚忍主义,看到了蕴含在劳动群众中的巨大反抗力量,使之对现实的理解和把握更现实更正确。本时期他还出版了诗集《运河》和长诗《自己的写照》。

臧克家的诗在艺术上也有自己的特色,虽然其写实风格和批判精神与中国传统诗歌有相通之处,但由于他曾师从新月诗人闻一多,对新月诗人在诗艺方面的追求颇为赞赏,加之有颇为深厚的古典诗词功底,使其诗在形式和技巧上要求特别严谨。在形式上他学习《死水》的整饬,在具体技巧上讲究词句的推敲和提炼,以精练浓缩的“诗眼”来表达丰厚的诗情。如《难民》中“黄昏还没溶尽归鸦的翅膀”一句,作者曾三易其稿,最终炼出“溶尽”诗眼传神地写出了黄昏时分的情景。类似的句子还有如“螺丝的炊烟牵动着一串亲热的眼光”,“黄昏正徘徊在古树梢头,/从无烟火的屋顶慢慢地涨大到无边”,“黑夜爬过了古镇的围墙”等。这些都可看出诗人对炼字炼句的认真程度,故有

"苦吟诗人"的美称。臧克家还注意矫正"普罗"诗人直白呐喊、罗列现象的弊端,力求把情和思凝聚隐藏在诗的形象里,以暗示代替说明,以象征代替描述,使诗蕴藉含蓄、耐人寻味,增强诗所特有的审美价值。

诚如朱自清所说,中国新诗史从臧克家"才有了有血有肉的以农村为题材的诗"。臧克家不仅在抒情短诗上为读者提供了不少精品。而且在长篇叙事诗、政治讽刺诗等方面都有成功的尝试,以多方面的成绩推动了中国现实主义诗歌的发展。

中国新诗的现实主义潮流发展到抗战时期,又有了新的进展。由于受战争环境的直接影响,以往那种诗社林立、流派纷呈的局面,随着抗日民族统一战线的形成,特别是中华全国文艺界抗敌协会的成立而出现显著变化,新诗创作也出现了一种"历史的综合"的趋势。这种综合,使各派诗人包括提倡纯诗的新月派和现代派诗人都纷纷走出艺术的象牙塔,投身于民族解放斗争,诗歌创作主题也逐渐统一到抗日救亡的旗帜下,写下了一首首表现民族解放的悲壮诗篇。在诗歌的表现艺术上,这种综合表现得更为明显。以艾青为代表的现实主义诗歌,以现实主义的写实精神为基本内核,综合吸收象征主义和印象派绘画的某些技巧,使其现实主义诗歌创作达到一个新的高度;稍后的"七月诗派"和"九叶诗人"则是现实主义与现代主义的有机结合;即使以直接宣传抗日为己任的晋察冀诗派,像田间等的战争鼓动诗也接受了未来派诗风的影响。在战争时期的诗坛上,首先应提及的是一个为民族战争和阶级斗争作了有效的宣传鼓动的诗歌群体:晋察冀诗派。这个诗派由1938年起活跃在晋察冀边区的诗歌组织战地社和铁流社的成员与另一些具有同样倾向的诗人汇合而成。主要诗人有田间、邵子南、方冰、徐明、陈辉、魏巍和蔡其矫等,主要刊物有《诗建设》和《诗战线》。此派诗人中有许多来自30年代的中国诗歌会,他们一直坚持为时代而歌的现实主义精神。抗战爆发后,他们怀着为民族、为阶级献身的信念,从各地投奔抗日根据地,在党的领导下,积极开展诗朗诵、诗传单、街头诗活动,自觉配合抗日救亡的政治斗争,为民族的解放事业作出了重要贡献。

晋察冀诗派的代表诗人是田间(1916—1985),原名童天鉴,安徽无为县人,从小生活在农村,1933年进上海光华大学学习,并开始新诗创作。1935年,田间出版第一部诗集《未明集》,1936年出版《中国牧歌》和长诗《中国农村的故事》。抗战爆发后他成为"七月诗派"的重要诗人,发表了许多有影响的诗篇。到晋察冀根据地后,他又创作了许多街头诗和民歌体叙事诗,并参加刊物的编辑工作,对"晋察冀诗派"的形成和发展作出了自己的努力。1943年以后陆续出版了《给战斗者》《戎冠秀》《她也要杀人》和《赶车传》等诗集。

从诗作内容上看,田间的诗可分为两大类:第一类是农村题材的诗。他同臧克家、艾青一样,是30年代以表现农村生活而著称的年轻诗人,他对"没有笑的祖国"的"疯狂的黑夜"有着强烈的直感,像《逃荒》《农民的歌》《唱给田野》《中国的田野在疯狂》以及长诗《中国农村的故事》等,所表现的农村已没有静穆悠远的风光,只有让人惊愕的无笑的平原、黑色的大地、死色的小河,田野上弥漫着灾祸,战争在摧残着田野。特别是《中国农村的故事》,以昂扬的情绪、急骤的旋律,揭露和控诉农村中的不平,鼓动饥饿的人们起来抗争。这类诗的政治倾向性,即表现农民与地主阶级之间的阶级对立更为突出。第二类以表现"抗日救亡"为主题的诗。如《怒吼吧,中国》《北方,不永远是黑的》《自由向我们来了》等诗篇,都抒发了坚决抗战到底的爱国激情。尤其是写于1937年的《给战斗者》,更具有疾风暴雨般的鼓动力量。全诗紧扣"人民"这光荣的名字,酣畅淋漓地抒发了中国人民在危亡关头的豪迈气概和战斗决心:"敌人来了,/恶笑着,/走向/我们","我们/必须/拔出敌人的刀刃,/从自己的血管,""我们是一个巨人,/生活就要战斗,/高贵的灵魂,/宁死也不屈服,/伸出/双手来/迎接——自由!/光荣的名字,/——人民!/人民呵!/前面就是胜利。"这首诗对于奋战在抗日前线的战士,对于抗敌御侮的中国人民,产生了巨大的精神力量。被传诵一时的街头诗《义勇军》,只用寥寥几行诗,就勾画出一幅色彩丰富、意境高远的画面,读者仿佛可以看到战士枪刺上闪亮的寒光。诗人用形象启示人们:"正在血里生长"着的,不仅是长白山下的高粱,而且有全中国人民的仇恨。这个骑着战马、挂着敌头、胜利归来的义勇军,既是现实战斗中的英雄形象,又是被压迫被奴役人民希望的象征。

田间诗在艺术上也有自己的特点:急促跳动的意象和鼓点式的节奏。诗人为了表现自己被伟大时代激起的暴风雨般的感情,往往任凭感情的驱使去获取生活的新鲜印象,又全凭直觉把这种印象化为意象,因此在他的诗里"只有感觉,意象,场景底色彩和情绪的跳动"(胡风语)。如《森林》里"森林。/梦。/咆哮",这种多行诗中的意象跃动很难构成一个完整的形象,但一个个闪光的意象跳蹦出来,给人以强烈刺激,收到极好的鼓动效果。与意象跃动相适应的只能是鼓点式的诗行节奏。早在写作《中国牧歌》和《中国农村的故事》时,田间就进行了鼓点式诗行的探索。抗战爆发后,他更注意把握口语的停顿断逗规律,形成了以短句为主造成急骤气势的节奏特点,构成粗犷雄浑、质朴遒劲的风格。《给战斗者》采用以短句为主、长短结合的形式,长句取势,短句借力,交错迭出,以表达诗人深沉而又急切的诗情。这种短句形式在街头诗中运用得更为自由活泼。如《多一些》:

多一颗粮食

就多一颗消灭敌人的枪弹!
听到吗,
这是好话哩!
听到吗,
我们
要赶快催促自己
到地里去!
要地里
长出麦苗。
要地里
长出谷穗。
拿这些东西,
当作持久战的武器。
(多一些! 多一些!)
多点粮食,
就多点胜利。

简短、反复,自然形成了一种急促的节奏感,增强了鼓动性,有力地激起读者的共鸣。

田间是在一个需要鼓手的时代产生的“时代的鼓手”。他的“鼓点诗”将长久地回响在中国的大地上。

第三节 艾青:卓越的民族诗人

在中国20世纪三四十年代享誉诗坛的一位重要诗人,就是新诗现实主义主潮的代表艾青。艾青生活在我们民族惨遭蹂躏而又奋起抗争奔向黎明的时代,他用成熟的现代诗形写出了深沉的民族感情和民族精神,成为中国新诗史上卓越的民族诗人。

艾青(1910—1996),原名蒋海澄,浙江金华人,在法国学习绘画时开始新诗创作。回国后因参与组织“春地画会”而被捕入狱。在狱中写下《大堰河——我的保姆》,一举成名。此后,诗人放弃画笔吹响了“芦笛”。从1937年到1940年,艾青随着民族解放战争的脚步,辗转南北,广泛接触了中国的城市和乡村,创作了大量的优秀诗篇,形成了诗歌创作的第一个高潮。

这一时期的诗作大致可分为两组:一组是以北方生活为主,表现灾难深重的民族命运的作品，称为“北方组诗”，包括《雪落在中国的土地上》《北方》《乞丐》《手推车》《旷野》等；另一组是以太阳和火为象征意象，表现不屈不挠的民族精神的作品，称为“太阳组诗”，包括《太阳》《煤的对话》《向太阳》《吹号者》《火把》等。两组诗全面而深刻地反映了抗战前期的社会现实，显示了新诗创作的实绩，同时也形成了艾青诗独特的民族风格：深沉浓郁的民族忧患意识，写实与象征合一的意象运作和诗歌形式的散文美。

艾青所生活的年代，是我们民族遭受苦难最深重最惨烈，又是反抗战斗最剧烈最悲壮的年代。因此，艾青的诗始终回响着悲愤的倾诉、绝望的抗争和热烈的憧憬的声音。在诗人的笔下，古老而丰厚的土地忍受着暴风雨的打击，薄雾迷蒙的旷野“悲哀而旷达/辛苦而贫困”（《旷野》），即使那绝望的《死地》也“依然睁着枯干的眼/巴望天顶/滴下一颗雨滴”。诗人赋予土地以沉默而坚忍的民族性格。在诗人的感觉里，那滚过黄河故道的手推车所发出的尖音也“响彻着/北方人民的悲哀”（《手推车》）。贫穷与饥饿、愚昧与闭塞、战争与死亡，像阴影一样缠绕着古老的民族，诗人为之痛心、忧伤，但诗人并没有悲观绝望，他那含泪的倾诉是为了惊醒苦难而沉睡着的民族。正是这种科学启蒙与救亡图存的理性思维，使艾青笔下的抒情形象：那些挣扎在死亡线上的北方的乞丐，那些被逼出正常生活轨道的酒徒、盗贼等一切不幸者身上，诗人看到了蕴藏于其间的巨大的反抗力量和坚忍的生存意志，认定他们像深埋在地底的煤，只要给以火，就会点燃起民族抗战的熊熊大火，使我们的祖国在烈火中获得新生。于是诗人一再吟咏道：“我爱这悲哀的国土”（《北方》），“中国/我在这没有灯光的晚上/所写的无力的诗句/能给你些许的温暖么”（《雪落在中国的土地上》）。其中写于1938年抗战最艰难时期的《我爱这土地》倾诉了一种刻骨铭心的爱国主义情感：

假如我是一只鸟，
我也应该用嘶哑的喉咙歌唱：
这被暴风雨所打击着的土地，
这永远汹涌着我们的悲愤的河流，
这无止息地吹刮着的激怒的风，
和那来自林间的无比温柔的黎明……
——然后我死了，
连羽毛也腐烂在里面。

为什么我的眼里常含泪水?

因为我对这土地爱得深沉……

一种对土地的挚爱之情力透纸背,感人肺腑。为了这土地的新生,诗人还一再讴歌太阳、黎明和火把,写下了一首首鼓舞斗志催人奋发的光的赞歌。由此可见,悲愤与抗争、热爱与憧憬构成了艾青诗歌民族忧愤感的核心内容。

当然,艾青诗歌那种深沉的民族忧患意识时常被一种忧郁的情调笼罩着,这一方面是由诗人的独特人生经历造成的,同时也是苦难时代的产物。童年时代的不幸,使艾青染上了泥色的农人的忧郁;巴黎三年的半流浪生活,形成了一种"漂泊的情愫",回国后三年的铁窗生涯又平添了一重"囚徒的悲哀"。全民族的抗战曾使他振奋,然而他看到的现实却是:"有的人用血作胭脂涂抹自己的脸孔,有的人把老百姓的泪水当作饮料,有的人用人皮垫的眠床……而人民——自己的父老弟兄,依然在生死线上挣扎。"所以诗人曾愤慨地说:"叫一个生活在这年代的忠实的灵魂不忧郁,这有如叫一个辗转在泥色的梦里的农民不忧郁,是一样的属于天真的一种奢望。"[③]然而,艾青的忧郁并不表示他对生活对民族的失望,相反表现了他对生活的执着和对民族前途的坚定信念。他的忧郁里蕴含着一种深沉的"力",并用这种"力"去扫荡那个古老的世界。因此,我们可以说艾青的忧郁情调,与古代诗人那"穷年忧黎元,叹息肠内热"式的沉郁的民族忧患意识是一脉相承的。

艾青善于把写实与象征结合起来,借助繁复而蕴藉的意象组合,传达出情理合一的丰厚内涵,以表达其复杂而单纯的艺术感受。所以,精致奇警的意象美,构成了艾青诗歌艺术上的重要特色。艾青特别喜欢选择"土地"和"太阳"这一极具民族特色的意象作为诗歌的主体形象。从最初"大堰河"流过的土地,到抗战前夕《复活的土地》,再到《雪落在中国的土地上》和《北方》的土地,直到太阳照耀的土地,诗人表达了一种至死不渝的深沉的爱,并通过对于土地的痛苦、复活与解放的抒写,真实地写出了中国农村现实的灵魂。同时,艾青一以贯之地唱着太阳的赞歌,其中有"放射着混沌的愤怒/和混沌的悲哀的午时的太阳"(《马赛》);有从墓茔从黑暗从死亡之流的那边向我滚来的太阳(《太阳》);有"把我们从绝望的睡眠里刺醒了"的太阳(《向太阳》)。这两个系列的意象,使诗人的感情个性得到了充分而深刻的体现。艾青还惯于从感觉出发,追求"对于外界的感受与自己的感情思想的融合",在情感对感觉渗透中形成暗示、隐喻和象征,创造出清新明晰又有多层次象征含义的视觉形象。因此,尽管艾青自认为是现实主义诗人,但他的诗却吸收象征派诗歌的抒情艺术诸如暗示、隐喻、通感等手法,把读者从生活真实引进到经升华后的艺术的真实，使艾青诗的意象组合往往能达到写实与象征合一的境界。例如“大堰河”并没有自己的名字，“她的名字就是生她的村庄的名字”，而她又用自己的乳养育了“我”。这样的意象既来自现实生活，又赋予了它“母亲河”的某些象征意蕴，或者可以把她看作是中国农民的化身，或者进而可以把她想象为永远与山河村庄同在的人民的象征。《雪落在中国的土地上》中“寒冷在封锁着中国呀！”一句，既是对冬季的写实描绘，同时又通过想象的飞跃，形成了一个凄风苦雨笼罩着的情境氛围，并以此象征战争来临的阴云密布的中国。艾青还很重视诗歌意象的感官效果，他接受印象派绘画的影响，十分注意诗歌与光和色的调配，使之与诗情形成艺术上的对应关系。在表现土地意象时，艾青常运用灰、紫、黄的色调与暗淡的光，以渲染苦难的深重和忧郁的浓烈。如“呈给你黄土下紫色的灵魂”（《大堰河——我的保姆》），“他的衣服像黑泥一样乌暗，/他的皮肤像黄土一样的灰黄”（《老人》）。而在表现太阳意象时，则采用通红、金色、浅蓝等色调与明洁的光，如：“黎明——这时间的新嫁娘啊！/乘上有金色轮子的车辆/从天的那边到来”（《吹号者》）；“夕阳把草原染得通红了”（《割草的孩子》）。读者的感官在被意象的光、色唤醒的同时，也不由自主地接受了诗人情绪的浸润。

艾青诗在艺术形式上也有自己的追求：注重散文美的自由体。艾青诗的自由体形式，既不同于郭沫若的“绝端的自由”、毫无节制的自由体，也不同于现代诗派完全摒弃音乐美的自由体，更反对新月诗人们对形式格律的刻意追求，他所追求的是通过口语来实现的自然美和散文美。艾青曾说：“由欣赏韵文到欣赏散文是一种进步”，因为“散文是先天的比韵文美”，“口语是美的”，而“口语是散文的”[④]，因此，具有口语自然美的自由体就成了艾青诗的重要特点。请看他的成名作《大堰河——我的保姆》第二节：

> 我是地主的儿子；
> 也是吃了大堰河的奶而长大了的
> 大堰河的儿子。
> 大堰河以养育我而养育她的家，
> 　而我，是吃了你的奶而被养育了的，
> 大堰河啊，我的保姆。

在这首诗中几乎没有什么生僻的字词、古怪的句式，更没有现代诗派追求的奇特的意象，而是用自然质朴的口语、司空见惯的意象，以及酷似农人倾诉的语调，抒发了对“大堰河”那深沉的爱。艾青提倡“自由”但不是漫无边际,他不但注意内在的节奏,甚至吸收了新格律诗的某些成分,使“自由而自已成了约束”。诗人常用有规律的复沓回环创造变化中的统一、参差中的和谐。如《大堰河——我的保姆》的第四节:

你用你厚大的手掌把我抱在怀里,抚摸我;
在你搭好了灶火之后,
在你拍去了围裙上的炭灰之后,
在你尝到饭已煮熟了之后,
在你把乌黑的酱碗放到乌黑的桌子上之后,
在你补好了儿子们的为山腰的荆棘扯破的衣服之后,
在你把小儿被柴刀砍伤了的手包好之后,
在你把小儿们的衬衣上的虱子一颗颗的掐死之后,
在你拿起了今天的第一颗鸡蛋之后,
你用你厚大的手掌把我抱在怀里,抚摸我。

这首诗共13节,少则4行一节,多则16行一节,字数或每行2字,或多到22字,且全不押韵。这一节首尾句重复,中间以8个长短句写成的排比句式尽情抒发诗人的感情,给人一种一唱三叹的旋律效果。此外,《旷野》和《雪落在中国的土地上》等诗则采用主旋律句式在诗中的有规律重复,形成一种回肠荡气的旋律美。当然,艾青更多的诗是全篇一气呵成的自由体,但即使这类诗他也注意诗中一起一伏的旋律感。如《春》全诗气势贯通自然流动,但诗中流动着的却是一些有规则变化的旋律,情绪的律动表现为语势的顿挫与奔泻。这种自由体较之于其他自由体显然进入了更高层次。

在中国新诗发展史上,艾青所完成的是历史的“综合”的任务。普罗诗派发展了新诗忠实于现实的战斗传统,却忽视诗艺的锤炼;后期新月派与现代诗派在诗艺上作了严肃有效的探索,积累了许多成功的经验,但在诗情内容上脱离时代与人民,而艾青则将现实的内容和高度的艺术技巧结合在一起,以其创造性劳动为现代诗歌开辟了新的境界,使现实主义诗潮成了诗坛的主流。

艾青的诗歌在各个阶段都有脍炙人口的名篇。作于抗战时期的两首讴歌光明的长诗《向太阳》和《火把》,标志着诗人当年那支“彩色的芦笛”已经炼成了嘹亮的时代号角,是其诗歌创作史上具有里程碑意义的代表性作品,无论是思想上还是艺术上都达到相当的高度。

《向太阳》写于1938年4月。那时,艾青刚从陇海沿线抗日战场奔波数月之后回到武汉,他不仅目睹了人民的灾难,而且看见了人民群众的力量在无限地生长,因而更坚定了人民必然能挣脱苦难的深渊而获得抗战彻底胜利的信念。正是在这种新的信心里,他写下了这首热情赞美光明和民主的长诗。这首热情奔放的抒情长诗,真切地抒写了诗人投入人民抗日洪流之后所激起的对民族命运和时代前程的乐观信念,以及诗人摆脱了"昨天"忧郁的阴影之后而树立起的为光明而战的坚强决心。虽然这首长诗的开头引用了诗人写于1937年春的《太阳》一诗的句子,在诗的构架上有与《太阳》类似之处,但《向太阳》的境界更为阔大,热情更为高涨,对于时代生活的认识和把握也更深刻更全面。

《向太阳》全诗共9章,前6章写"我"带着"风雨的昨夜的长途奔走的疲劳"的身体和"不论白日黑夜永远的唱着一曲人类命运的悲歌"的灵魂,来到这个几千万人劳作着、呼号着、奔走着的战斗的城市,看见了"真实的黎明",看见了"比所有的日出更美丽"的"日出",激起一种新生之情,抒唱出一个久不见阳光者初见阳光时特别温暖、特别光明的欣喜感和新鲜感。在这里,太阳的光明是一种象征,一种体现思想、讴歌战斗的抒情象征;同时,作为实体的太阳的光明,也引起诗人对历史上正义、革命的斗争及其杰出的领袖人物的联想,从而形成一种暗示,暗示出正在进行着的民族解放战争,将彻底摆脱半封建、半殖民地的枷锁,走向民族自由的新中国。所以这种象征和暗示,乃是"太阳的光明"这个巨大的社会内容的浪漫主义概括。第7章则转向对战斗中的武汉的现实风貌的具体扫描,抒发从中激扬出来的战斗之情。诗人热烈赞美"比拿破仑的铜像更漂亮"的伤兵,赞美"唱着清新的歌"的为抗战募捐的少女,赞美"为国家生产为抗战流汗"的工人,赞美"要用闪光的刺刀抢回我们的田地"的操演的士兵,赞美"被同一的意欲所驱使"的为"灿烂的明天"奔忙的男女老少……在这里,诗人显然是通过对各阶层人民为神圣的抗战而奔走着、劳动着、战斗着的社会动态的描绘,来充实前6章中比较抽象的"太阳的光明"的内容。可以说,这是"太阳的光明"这个巨大社会内容的现实主义概括。由此,我们可以看到诗人的抒情逻辑:通过今天苦难的、饥饿的、流血流汗的战斗生活,就会追求到明天独立的、民主的、和平幸福的光明社会。这是诗人从美好的憧憬情绪发展到对光明的坚定信念的认识过程,也标志着诗人摆脱了狂热的幻想而进入脚踏实地的社会现实斗争,并接受了战斗的召唤。第9章当抒唱到他要"乘着热情的轮子",向战斗的时代奔去时,感情显得强烈又扎实,从而使我们看到了《向太阳》这首抒情长诗的革命现实主义和革命浪漫主义的高度融合。

这种为了体现主题而把象征的虚写和直观的实写有机地交织、融会在一起的抒情艺术无疑增强了诗的含量与力度。虚写和实写,是构成艾青诗歌的抒情形象的两种惯用的方式。艾青往往用实写的方式来表现人民的苦难和战斗,构成“就是这样的”生活形象,如《雪落在中国的土地上》《除夕》等;同时他又往往用虚写的方式来表现追求光明的情绪,构成“应该是这样的”象征形象,如《黎明的通知》《树》等。但《向太阳》则成功地将实写和虚写两种方式融为一体,既从强烈的现实感受出发,将太阳初升的早晨和熙来攘往的街头景观摄入抒情画面,又情不自禁地超越现实,从美好的主观向往出发,将具体的景观实感,通过象征的途径,扩大为广阔而深刻的社会抒情。这种虚实结合的形象构成方式,是艾青诗歌艺术新进展的一个显著标志。

其次,《向太阳》用来抒情的意象丰富多样,在放大感觉、深化诗情等方面有较多创新。诗中不仅有富于画面感的感兴式意象,而且创造了许多富于弹性的寄兴式意象。艾青通过明喻、暗喻和拟喻等手法来创造这类意象。如长诗一开头写渴求光明的急切感:“我起来——/像一只困倦的野兽/受过伤的野兽/从狼藉着败叶的林薮/从冰冷的岩石上/挣扎了好久/支撑着上身/睁开眼睛/向天边寻觅……”在这里,诗人用明喻将被苦难的历史折磨得身心疲惫而企望光明到来的感觉生动地形象化,这是诗人的感觉,也是整个民族的感觉,它所含纳的历史感和时代感都是相当深厚的。又如第 5 章对太阳的赞美:“是的/太阳比一切都美丽/比处女/比含露的花朵/比白雪/比蓝的海水/太阳是金红色的圆体/是发光的圆体/是扩大着的圆体”,诗人用了多重对比和暗喻结合的手法,引发人们从不同人、物、光和色的运动中感觉太阳的象征意味,从而将较为抽象的抒情引渡到比较具体的联想中去。总之,多种方式的意象的有机组合,使得这首长诗的抒情有了丰富的层次感和无穷的诗味。

与《向太阳》并称姐妹篇的是叙事长诗《火把》。它写于 1940 年 5 月初诗人从湘西去重庆的途中,这时抗战已进入相持阶段,国民党的投降势力日渐抬头,掀起一次又一次反共高潮。面对这一严峻形势,当时的国统区人民要求团结抗战、反对妥协投降的民主运动日趋高涨,《火把》正是产生在这一时代背景上,诗作表现了小资产阶级知识分子在新的民主浪潮冲击下,感受到人民坚持团结、坚持抗战的真正力量,从迷茫、徘徊中看到时代的光明,并决心摆脱个人的痛苦去追求光明。它和《向太阳》一样,也具有鲜明的追求光明时代的主题,并在现实主义创作道路上有了进一步的深化。

《火把》写的是内地某城市举行的一次火把大游行。全诗共分 18 章。开头 3 章写女知识青年唐尼应女友李茵之邀参加火把游行大会。唐尼是一个沉溺于个人感情小天地的单纯少女,关心的只是在大会上寻找自己的恋人克明,而克明全神贯注于火把游行,对唐尼只要求两人之间的温存和体贴表示不耐烦。第 4 章至第 9 章写火把游行大会的群众场面,诗篇通过唐尼的感觉和心理活动把火把的集中、火把的出发、宣传卡车上反对投降坚持抗日的话剧演出,以及火把中显示出来的像火的洪流一样的游行队伍作了象征性的描述。在这里,火把就是时代的光明,游行队伍就是人民抗战到底的团结力量。诗人以火把游行队伍为象征,尽情讴歌时代的光明,讴歌坚持团结、坚持抗战、争取民主进步的斗争。第 10 章到第 13 章,长诗对主人公唐尼的内心矛盾作了具体的描写,一方面写她在这场火把游行中获得新的感受和认识,另一方面写她仍纠缠在对克明的个人恋爱感情之中无法摆脱。从第 14 章到第 17 章,则写李茵对唐尼的"劝"和唐尼向李茵的"忏悔",实际上是写唐尼在时代和个人、抗战和友情之间进一步思想交锋而趋向转变的过程,促使这种转变的固然是李茵的开导,但更主要的原因却是战斗和光明的时代洪流的冲击。

从以上简略叙述中不难看出,《火把》与《向太阳》一样,诗人仍然运用实写和虚写相互交融的手法来构成抒情形象。但《火把》毕竟是叙事诗,它有故事情节,有人物活动,而人物性格的刻画始终是诗人的着眼点。长诗的中心人物是唐尼,而李茵则是唐尼的理想的化身。正如艾青自己所说,唐尼和李茵原是同一个女性在不同时期的两种表现,亦即一种性格在发展过程中的不同形态:李茵是唐尼的未来,而唐尼是李茵的过去。诗人抓住了她们性格上共同的东西:单纯,善感,多幻想,富有向往民主、献身正义的热情,并将此放在万众一心追求民主的大时代的典型环境中,来充分表现她们的典型性格。诗中写她们如影随形的活动,写她们之间的"劝"和"忏悔",实际上还是写唐尼在时代洪流冲击下的内心矛盾、思想交锋和觉醒转变,李茵代表了唐尼的心灵趋向觉醒转变的一面。诗人正是用这种富于象征色彩的浪漫主义表现手法来达到展示唐尼这个人物性格发展目的的。诗中的故事情节富有戏剧性,它让克明的活动处于促使唐尼痛苦、矛盾、转变的激发性的焦点上,从而加速了唐尼这个人物性格刻画的完成。

《火把》在诗歌的语言和形式上的创新也取得了不容忽视的成就。艾青自己说,《火把》有意识地"采用口语的尝试,企图使自己对大众化问题给以实践的解释"。⑤诗作正是用经过提炼的口语写成功的,它适宜于大庭广众之中朗诵,易于达到鼓励、宣传的效果,做到真正的大众化。这首长诗还十分重视诗歌体式的创新。比如为了强调诗句中某一成分,有意识地把它另起一行,第 13 章"那是谁"中写到唐尼看见克明和一个女子走在一起的内心独白:

那是谁?那是谁?
和他一起走来的

那是谁？那穿了草绿色的裙装的
女子是谁？那头发短得像马鬃的
女子是谁？
那大声地说话的
又大声地笑着的女子是谁？
那走路时摇摆着身体的
女子是谁？那高高地挺起胸部的
女子是谁？

在这里,“那是谁”“女子是谁”,都是唐尼出于妒忌而特别关注的,所以予以特别强调,这样的探索和尝试无疑是极有价值的。

第四节　后期新月诗派：浪漫与唯美的融合

后期新月诗派是前期新月诗人与部分青年诗人重新集结而形成的。1928年3月徐志摩、闻一多、饶孟侃等在上海创办了《新月》月刊,到1933年6月终刊,共刊行43期,1931年1月20日新月诗人又在上海创办了《诗刊》(季刊),开始由徐志摩主编,后由邵洵美接编,新月书店发行。后期新月诗派的基本成员除前期新月诗派的徐志摩、饶孟侃、林徽因等老诗人外,主要包括以陈梦家、方玮德等南京中央大学学生为主干的南京青年诗人群,和以卞之琳等北京大学、清华大学学生为主干的北方青年诗人群。这些青年诗人大部分是徐志摩的学生或晚辈,因而这个诗派可以说是以徐志摩为旗帜的。1931年9月,陈梦家编选的《新月诗选》由上海新月书店出版,选入了前后期新月诗派18位诗人的80首诗作,比较完整地显示出了新月诗派的阵容与成果。

陈梦家编选的《新月诗选·序》,可以看作是新月诗派,特别是后期新月诗派的宣言书。该“序”一再宣称“主张本质的醇正,技巧的周密和格律的谨严差不多是我们一致的方向”,“我们也始终忠实于自己,诚实表现自己渺小的一掬情感,不做夸大的梦”,我们“只为着诗才写诗”,“我们写诗只为我们喜爱写”,只“因为有着不可忍受的激动,灵感的跳跃挑拨我们的心,原不计较这诗所给予人的究竟是什么”。这样,后期新月诗派的诗人就显示出一种与革命现实主义诗歌流派完全对立的诗歌观：诗的本质是超功利的“纯粹”的自我表现,诗歌表现时代风云,传达人民呼声,都是“夸大的梦”。对于后期新月诗派诗人来说,他们所追求的依然是纯粹的自我表现、为艺术而艺术,对于黑暗现实和社会矛盾则大抵采取逃避的态度,而且这种“逃避”的倾向较前期有了更为突出的表现。

新月诗人卞之琳在《望舒诗集》的“序言”中谈到大革命失败后，“一批诚实和敏感的诗人”尽管“所走道路不同”，都“植根于一个缘由——普遍的幻灭。面对狰狞的现实，投入积极的斗争使他们中大多数没有功夫多作艺术上的考虑，而回避现实，使他们中其余人在讲求艺术中寻找了出路”。后期新月诗派的思想和艺术倾向就属于后一种。他们无力面对现实，只能到“艺术之宫”里去编织“个人的梦幻”，寻求艺术上的出路。这里，我们可以从它的盟主徐志摩诗歌创作的变化说明这一点。大革命失败后国民党建立了独裁的专制制度，徐志摩的资产阶级民主共和国的梦想破灭。面对国民党的法西斯统治，他感到“我不能抵抗，我再没有力量”，于是他早期诗歌中积极乐观的调子消失了，以至于表现出极度的失望：“我的信仰……我自认为永远在虚无缥缈间。”⑥其诗作也传达了这样的迷茫心绪：“我不知道风/在那一个方向吹——/我是在梦中，/在梦的轻波里依洄。”（《我不知道风是在那一个方向吹》）他在《猛虎集·自序》中曾这样分析自己当时的心境：

尤其是最近几年，有时候自己想着了都害怕，日子悠悠的过去，内心竟可以一无消息，不透一点亮，不见纹丝的动。我常常疑心这一次是真的干了，完了的……最近这几年生活不仅是极平凡，简直到了枯窘的深处，跟着诗的产量也尽向瘦小里耗。

茅盾认为徐志摩把诗思枯窘的原因归之于“才尽”，归之于“生活的平凡”，是不能令人同意的，“我以为志摩诗情的枯窘和生活有关系，但绝不是因为生活平凡，而是因为他对眼前的大变动不能了解且不愿意去了解”，另一个原因则是“诗人和社会生活不调和的时候，往往遁入艺术至上主义的‘宝岛’”，去“讲究诗的艺术和技巧”。⑦这的确是一针见血地揭示了问题的实质。正因为此时徐志摩的思想和创作都发生了危机，艺术上刻意求工，注重表现“回肠荡气的伤感”和“神秘的象征”，这就有了如此精致的抒写其日趋颓唐心境的诗句：

阴沉，黑暗、毒蛇似的蜿蜒，
生活逼成了一条甬道：
一度陷入，你只可向前，
手扪索着冷壁的粘潮。

（《生活》）

我有的只是些残破的呼吸,
如同封锁在壁橡间的群鼠,
追逐着,追逐着黑暗与虚无!
(《残破》)

徐志摩的这种心境在后期新月诗派中是很有代表性的。他的路径——热望、碰壁、颓废,是后期新月派诗人大抵都走过的。另一位青年诗人陈梦家也是此中代表。陈梦家(1911—1966),浙江上虞人。他的主要作品有1931年至1936年先后出版的诗集《梦家诗集》《铁马集》和《梦家诗存》,另有诗文合集《不开花的春天》和由他编选的《新月诗选》。

陈梦家的思想与创作颇能反映出后期新月诗派诗人竭力回避现实而又执着于艺术探求的特点。他在发表于《新月》第3卷第3号上的《信》里公开承认:“我只爱一点清静,少和一些世事发生关系。我不能再存着妄想,这国家只会糟下去的”,“我有勇气创造自己的世界,离开这目前的困难”。他就是在这种“逃避”思想的指导之下,开始新诗创作的。在他的成名作《一朵野花》以及《自己的歌》等诗中,流露出来的便是一种迷茫的感伤情绪与幻灭的空虚感,这无名的轻愁与感伤,正是后期新月诗派的典型情绪。但“逃避”以后并非一无所为,陈梦家只想在艺术之宫里营造出属于“自己的世界”。他在《新月诗选·序》中把诗人比成“匠人”,“一个匠人最大的希望最高的成功,是在作品上发现他自己的精神的反映”。又说:“我们写诗,只为我们喜爱写,比如一只雁子在黑夜的天空里飞,她飞,低低的唱,曾不记得白云上留下什么记号,只是那些歌,是她自己喜爱的,她的生命,她的欢喜!”由于只求写出“自己的情绪”,这情绪就像雁声不在白云上留一点痕迹,同大众的情绪显然是脱离的,但由此传达个人复杂微妙的心绪却颇为精到。如著名的短诗《雁子》:

我爱秋天的雁子
　　终夜不知疲倦
　　(像是嘱咐,像是答应)
一边叫,一边飞远。
从来不问他的歌
　　留在哪片云上?
只管唱过,只管飞扬

黑的天，轻的翅膀。

我情愿是只雁子

　　一切都使忘记——

当我提起，当我想到

不是恨，不是欢喜。

这里表达的便是一种无恨无爱，忘记一切的人生观，在这人生观背后潜藏着诗人对现实无望的无奈与伤感，循此遂有超脱尘世、弃绝利害的遐想。这种从个人出发的写作态度，当然同左翼作家勇敢面对现实的创作态度完全不同，诗作的确是缺乏社会内涵的，然而其圆熟的形式所表露的某种个体生存感悟和生命体验，也并非毫无意义。“左联”成立以后，随着阶级矛盾和民族矛盾的日益加深，社会现实不断给诗人们提出峻急使命，后期新月诗派因各种变故显出诗派的沦落和诗风的变化：徐志摩因飞机失事而丧生，朱湘因生活逼迫和艺术窘困而投水自尽，另一些人也在反叛中对原有诗风有所改变。陈梦家写出了《丧歌》《口号》《炮车》《秦淮河的鬼笑》等作品，揭示人民在压迫和战乱中的苦难生活。方玮德也写出了《二十生辰》，劝勉自己和同时代的青年“再莫像以前的颓唐”，“阵头上枪声是何等紧张”，“战场上不容你偷睡”。他们的创作显示了向现实靠拢的趋向。

后期新月诗派在诗艺的追求上保持着较高的热情。陈梦家在《新月诗选·序》里宣称他们要“老老实实做人，老老实实写诗”，他们对诗歌艺术的追求采取了十分严肃认真的态度，这种认真的探索，使他们较好地把握了诗歌创作的艺术规律，并取得了积极的成果。

首先是重视诗的抒情性，以执着于抒情诗的创造承续着以往的浪漫主义美学风范。他们强调“真实的感情是诗人最紧要的原素”，并且要求“准确适当”地表达感情，做到“忠实于自己”。因而其诗作大都感情真切，能曲折精微地传达出抒情主人公心灵的颤动和心灵的倾诉，引起读者感情的共鸣。徐志摩说过：“真的感情，真的人情，是难能可贵……有真感情的表现，不论是诗是文是音乐是雕刻或是画，好比是一块石子掷在平面的湖心里，你站着就看得见他引起的变化。没有生命的理论，不论他论的是什么理，只是拿石块扔在沙漠里，无非在干枯的地面上添一颗干枯的分子，也许掷下去时便听得出一些干枯的声响，但此外只是一片死一般的沉寂了。所以感情才是成江河的水泉，感情才是织成大网的线索。”⑧在《猛虎集·序》中他进一步强调感情投入对于诗的重要性:“我只要你们记得有一种天教歌唱的鸟,不到呕血不住口,它的歌声里有它独自知道的别一个世界的愉快,也有它独自知道的悲哀与伤痛的鲜明;诗人也是一种痴鸟,他把他的柔软的心窝紧抵着蔷薇的花刺,口里不住地唱着星月的光辉与人类的希望,非到他的心血滴出来把白花染出大红他不住口。”徐志摩充满了痴鸟般的赤诚,他吟唱着心灵的歌,就像蔷薇枝上的痴鸟忘情地鸣叫着。《猛虎集》中的《再别康桥》《我等候你》《黄鹂》《山中》《杜鹃》《两个月亮》等,都是他的抒情名篇。这些诗篇营造的抒情氛围,显然不亚于前期诗作,有的可能表现得更为浓烈与深沉。陈梦家在《新月诗选·序》中也公开宣称对抒情诗的偏爱,他认为“抒情诗给人的感动与不可忘记的灵魂的战栗,更能深切地抱紧读者的心”。对主观感情真实性的执着追求是贯穿前后期新月派的最能显示出这一浪漫主义诗歌流派的美学倾向的。在反映现实的方式和抒情方式上,他们有不同于现实主义诗歌流派的追求。他们反对直接描摹现实生活,而着重表现外在现实生活在内心世界所引起的感应;他们也反对直抒胸臆的抒情方式,主张通过艺术的想象把对外界事物的内在感应与情感升华为美的诗的形象。

其次,更讲究诗歌“技巧的周密”、诗意的“醇正”,艺术追求上显出显著的唯美主义色彩。同属浪漫主义诗歌,与郭沫若的宏阔豪放、粗犷凌厉的诗风相比,他们的诗构思精巧,想象丰富,诗歌的意境更多地表现为恬淡朦胧、温柔飘逸。一个普通的事物、平凡的场景,经过诗人的神思妙运,便会别具一番风味。吟咏他们的诗作,我们会惊叹他们“诗化生活”的本领。如邵洵美的短诗《季候》:

初见时你给我你的心
里面是一个春天的早晨

再见时你给我你的话
说不出的是炽烈的火夏

三次见你你给我你的手
里面藏着个落叶的深秋

最后见你是我做的短梦
梦里有你还有一群冬风。

这首诗构思精巧、新颖，虽只有八行，抒写的时间跨度却是一年的春夏秋冬。诗人善于抓住季节的特征，并同自己的处境、心境紧紧扣合，写出了一段完整的恋情。由相思到热恋到分手到悲凉的回忆，描写得生动、真切。同时，由于后期新月派诗人的思想、情感和心理状态较前期有明显变化，即大抵经历从希望到失望的过程，心境更趋于空虚、颓唐以至于虚无，在诗艺追求上会显出与唯美主义的进一步靠拢。徐志摩的《猛虎集》《云游》中的大部分诗，已消逝了前期诗作中常有的乐观、欢愉情调，侧重抒写的是自我的苦闷、灵魂的神秘、思想的残破、人生的卑微短促、生活的阴沉无望以及由此而产生的悲观厌世情绪。那首《残破》所表现的虚无情绪，是最典型的例证。在这里，诗人似乎少了一些浪漫情愫，多了一种内省的生命体悟。陈梦家的诗作也带着伤感的情调，咏吟爱情琐事，时而表现一些“不可知”的宇宙奥秘。他的诗写得明丽、灵动、飘逸，表现在幻想与梦境中徘徊的那种迷茫的人生感觉，那种无爱无憎的人生态度，那种莫名的惆怅和感伤，给人一种唯美派诗独有的“诗美”。在这一艺术质素里，可以明显感觉到后期新月派诗已在逐渐向现代派诗过渡。

再次，更讲究诗歌的韵律，追求诗歌形式的完美。此派诗人一直重视新诗形式的探讨，后期对于诗歌的韵律要求尽管没有超出闻一多 1926 年倡导的“三美”的范围，但对此的探讨显然更细致、更具体化了。除了在诗体上、音节上、押韵上广泛试验之外，诗人们还提出了所谓“健康”“尊严”，反对“偏激”“狂热”的理论原则，强调理性节制感情，重视所谓文学的“纪律”。陈梦家在《新月诗选 · 序》中说：“我们并不在起造自己的镣铐，我们是求规范的利用。练拳的人不怕重铅累坏两条腿，他们的累赘是日后轻松的准备。日久，当他们放松了腿上绑着的重铅，是不是他们可以跑得快跳得高？他们原先也不是有天赋的才能，约束和累赘的负荷，造就了他们的神技。匠人决不离他的规矩绳尺，即是标准。所有格律，才不失合理的相当的度量。”在强调诗的格律的同时，又能注意到这种格律的“合理的相当的度量”，这样就校正了前期新诗格律化理论的偏颇。后期新月诗派的年轻诗人们力图摆脱格律的过严束缚，这无疑是对新诗艺术更高层次上的追求。他们能戴着脚镣在自造的框子里跳舞，比较自如地运用格律，这对克服新诗的过分放纵和“散文化”是很有意义的。后期新月派诗人还积极引入外国诗歌形式，大量地试写十四行“商籁体”，也取得了某些成功。例如孙大雨在《诗刊》上发表的《诀绝》等三首商籁体诗，对最严谨的外国格律诗也“操纵裕如”。一首动人的抒情诗，不仅表现在它丰富深厚的抒情内容上，而且还应该表现在声律上。节奏感和音乐美是诗的生命。后期新月诗派的诗人们重视诗的音乐性，在中国新诗流派中是独树一帜的，它为中国新诗的完善和多样化无疑作出了积极贡献。

第五节　戴望舒与现代主义诗歌

中国现代主义诗潮始于以李金发为代表的初期象征诗派。20世纪30年代形成的现代派可视作初期象征派诗风的延续、流变和发展。现代诗派的形成和发展经历了一个由酝酿到成熟的过程。如果把1927年戴望舒所写的《雨巷》作为现代诗派的先声,那么1929年他写的《我底记忆》则可视为现代派诗的起点。如果将1932年由施蛰存、杜衡主编的《现代》杂志在上海创刊作为现代诗派形成的标志,那么,此后《水星》文艺杂志的创刊(北京,卞之琳主编),《新诗》月刊的出版(戴望舒、卞之琳、梁宗岱、冯至等主编),还有其他标榜"纯艺术"的新诗刊物如徐迟的《菜花》、路易士的《诗志》等的出现,那就是中国现代主义诗潮的鼎盛时期,其大致时间为1935年至1937年间。1935年孙作云发表《论"现代派"》一文,"现代派"一词由此传开。现代诗派的人员组成,除了戴望舒、施蛰存、何其芳、李广田、林庚、徐迟等,还有几位由后期新月派转变过来的诗人,如卞之琳、孙大雨、陈梦家等。

从发展渊源看,现代诗派是从初期象征诗派和后期新月诗派演变而来的。特别是与后期新月派有割不断的联系,它们都追求"纯诗"的创作。但现代派毕竟是一个独立的诗派,具体到某个诗人而言,他们都有自己独特的风格,但就共同的倾向、艺术趣味和审美追求上,又表现出相当的一致性,显示出共同的特征。

施蛰存在《又关于本刊的诗》中说:"《现代》中的诗是诗,而且是纯然的现代诗。它们是现代人在现代生活中所感受的现代情绪,用现代的词藻排列成的现代诗形。"这里的"现代人",实际上是一批受到西方意识形态和象征主义文学影响的青年知识分子,他们生活在城市,多数在大学念书,不过问政治,远离人民。这里的"现代生活",实际上是半封建半殖民地社会条件下畸形变态的大都市生活。这里的"现代情绪",也多是一些感伤、抑郁、迷乱、哀怨、神经过敏、纤细柔弱的情绪,甚至还带有幻灭和虚无,所以有人说它是"浊世的哀音"。戴望舒的诗虽不能说是"浊世的哀音",但那排解不开的孤寂、抑郁和幻灭之情,仍是他的诗情特点之一。

现代诗派在艺术上也有共同的特点,那就是追求诗意的朦胧美和诗形的散文美。所谓朦胧美,就是追求一种若隐若现、忽明忽暗、吞吞吐吐、似与不似之间的艺术效果。现代派诗人既反对浪漫派诗的直接抒情、写实派诗的如实描写,也不满于初期象征派诗的形象破碎和神秘晦涩,而是从西方象征主义那里汲取隐喻、暗示、通感等手法,表现内心世界更深层次的微妙情绪以至潜意识。现代派诗专注于形象的创造、意象的呈现、间接的表现,它往往只描写一个场景、一个面貌,而不道出其确切的含义,以增强诗的不确定性,形成诗的含蓄和朦胧,如戴望舒的《雨巷》《百合子》,何其芳的《预言》等。如果说现代派中的“主情”诗人(如戴望舒)以诗情的朦胧美见长,那么,此派中的“主智”诗人如卞之琳等则以讲究诗意的朦胧美为其特色。“主智”诗人追求诗境的非逻辑性,即类似中国传统诗的直觉感悟性,它不追求使人动情而追求使人深思,但它亦讲情智合一,即在情动的一刹那间,智也就一拍即合,这就产生情智合一的瞬间性,因而容不得反复绵密的条理。诗人对宇宙人生的观察体验,蕴之既久,一触即发,发时动情,不能自制,而且他自己也不能说明什么,若能说明便不是诗而是散文了,于是不得不以逻辑不能解说的诗的形式表现出来。因此,现代派诗里到处有闪光,但很难连缀起一个完美的艺术景观,从而产生使人道不明猜不透的诗意朦胧,有的也难免晦涩,如卞之琳的《断章》《圆宝盒》《距离的组织》等就是这样的诗作。

在形式上,现代派超越了新月派的格律体,创造了具有散文美的自由诗体,就是施蛰存所说的“用现代的词藻排列成的现代诗形”。戴望舒认为诗不能借重音乐和绘画的长处,“韵和整齐的字句会妨碍诗情、或使诗情成为畸形的”,他强调“诗的韵律不在字的抑扬顿挫上,而在诗的情绪的抑扬顿挫上”,主张“新的诗应该有新的情绪和表现这情绪的形式”。[⑨]他们认为格律体已经与现代生活和现代人的情绪相抵触,而自由体则更适宜现代人的过敏感应,于是他们面向现代日常生活取材,用亲切的、舒卷自如的说话调子写自由诗,从而使中国新诗进入“散文入诗”的现代诗时代。现代派的自由诗体不仅有情绪的节奏,而且有回荡的旋律,可以说它更接近于现代诗的本质。这在诗歌形式的发展中有着重要意义。

现代派中最重要的诗人是戴望舒(1905—1950),浙江余杭人。1925 年入上海震旦大学法文班学习法文,有机会直接阅读欧洲象征派诗人魏尔伦、果尔蒙、耶麦等人的作品,并受其深刻影响。1927 年因宣传革命被捕。抗战爆发后,戴望舒辗转来到香港,与进步文化人士编辑刊物,宣传抗日,不久被捕入狱,在狱中写下《我用残损的手掌》、《狱中题壁》等著名诗篇。1945 年他冒着风险,从香港乘船北上,投入解放战争的洪流。1950 年 2 月 28 日病逝。戴望舒一生给我们留下《我的记忆》(1929)、《望舒草》(1933)、《灾难的岁月》(1948)等诗集和《诗论零札》等诗论。

最能体现现代派诗朦胧美的诗篇,是戴望舒写于 1927 年的代表作《雨巷》。《雨巷》不是典型的“现代”诗,因它具有流动的音乐美,这是现代派诗所反对的,但它所具有的诗情的朦胧性和诗意的多层性,则是现代诗派所共同追求的。《雨巷》意在抒发大革命失败后诗人自己那种浓重的失望、愁怨和彷徨情绪,但此种情绪,诗人不是作直接的抒发,而是追求表现自己又隐藏自己的韵外之致。诗人创造了一个富有浓重象征色彩的意境——悠长而寂寥的雨巷,借用中国古典诗词中常被吟咏的丁香花作为中心意象,来隐喻“我”所追求的“姑娘”。细细读来,《雨巷》的象征意蕴至少有两个层面：其一,“丁香姑娘”这个象征性意象,可以说它象征着诗人把握不定的理想和希望。全诗就是围绕这一主旨展开描写和抒情的。开首从“我”萌发希望的环境和心情写起,紧接着写希望在想象中变成了现实,丁香姑娘活现在“我”的眼前。然而,你看她是何等的抑郁忧伤,以至于见到同病相怜的“我”也不愿启齿,而仅仅投来太息般的一瞥。为什么这般纯洁美好的姑娘不以浪漫的少女形象出现呢？这是由于“我”的哀怨情绪把想象中的物象同化了,丁香姑娘就是“我”用想象虚构的一个自我形象的幻影。诗人正是借此来表现“我”忧愁的深重和难以排遣。然而,“我”并没有因此而感到绝望,而是极力抓住能排解哀怨的因素——哪怕是丁香姑娘那过眼烟云似的短暂安慰也不放过,所以诗的最后一节写“我”一边彷徨着,一边仍在继续希望着,“希望飘过一个丁香一样的结着愁怨的姑娘”。全诗表现上是含情,写“我”思慕追求一位有丁香素质的少女而不可得,实则象征在生活重压下一部分人的心境和精神状态。其二,由雨巷这个意境可以联想到当时的社会现状,不妨把它看成是当时中国社会的一个象征性的缩影。此诗写于1927年夏,这正是中国历史上最黑暗的年代,蒋介石制造的白色恐怖笼罩着整个中国,共产党领导的革命斗争暂时转入低潮。原来热烈响应革命的青年,一下子从火的高潮坠入夜的深渊,他们中的一部分人,因找不到革命的前途而陷于彷徨迷惘之中。他们在失望中渴求着新的希望,在阴霾里盼望着飘起绚丽的彩虹,《雨巷》就是这部分人心境的反映。诗中的“雨巷”狭窄破旧、阴暗潮湿、断篱残墙,被迷茫的凄风苦雨笼罩着。从这雨巷,我们可以联想到当时令人窒息的时代氛围。诗中那个“我”,一腔愁绪,满腹哀怨,正是当时被时代环境压得透不过气来的人们的精神状态的写照。由此,我们可以感受到《雨巷》这类诗寓意的丰富性以及由朦胧意境造就的独特的审美价值。

《雨巷》的音乐美也是戴望舒调和中西诗韵的成功范例,被叶圣陶称赞为替新诗的音乐开了新的纪元,其特别成功的地方在于将诗感与诗形完美和谐地统一在一起。《雨巷》全诗节奏舒缓音调和谐。每节虽都是六行,但句子有长有短,有的一句一行,有的一句排成几行。长句通过切分,把节奏拉得缓慢,加重忧郁的情调。如“我希望逢着一个丁香一样的结着愁怨的姑娘”,这个长句被切分排成3行,顿数为323,即：

我——希望——逢着
一个——丁香一样的
结着——愁怨的——姑娘。

在分行上,作者还注意把重要的词放在行尾加以突出,如第一节中的“独自”和“悠长”等。在用韵上以平声字为主,如娘、芳、徨、光、茫、郎等,这些字声调平而长,适合表达哀怨的感情。同时用词语的重叠和反复来加深诗情的深长,收到了极佳的音乐效果。

《雨巷》之后不久,戴望舒就对音乐美进行了勇敢的反叛,他要为自己的诗情“制最合自己的脚的鞋子”,这“鞋子”便是舒卷自如的具有散文美的自由体形式。如他那首典型的现代派诗《我底记忆》,诗人所表达的是往昔的情怀,其实是在巧妙地抒写自我,写自己种种悲欢的人生体验。在诗中,诗人把“记忆”称作寂寥时的密友,它到处生存着,“在燃着的烟卷上”,“在绘着百合花的笔杆上”,“在喝了一半的酒瓶上”,“在撕碎的往日的诗句上,在压干的花片上”……但“它是胆小的,它怕着人们的喧嚣,/但在寂寥时,它便对我来作密切的拜访”,“它的话是古旧的,老讲着同样的故事,/它的声调是和谐的,老唱着同样的曲子,/有时它还模仿着爱娇的少女的声音,/它的声音是没有力气的/而且夹着眼泪,夹着太息”。这一连串的意象呈现,多么洒脱自然!它完全摆脱了韵律节奏的外在束缚,表现了一种明白的接近生活的情绪节奏,体现了自由体新诗的散文美。

在现代诗派庞大的诗人群中,较著名的还有卞之琳。卞之琳(1910—2000),江苏海门县人,有诗集《三秋草》《鱼目集》《慰劳信集》等。1936 年他与李广田、何其芳出了三人合集《汉园集》,史称“汉园三诗人”。但就诗风而言,他与废名、曹葆华、金克木等主智诗人更为一致。这路诗人重在表现现代科学哲学和古老的宗教哲学,如卞之琳着重表现相对关系和潜意识,而废名则注重禅宗的哲理感悟。当然,他们在传达哲理时,并不以说明或议论方式出之,而是强调情与理、智与象的融合。但遗憾的是,卞之琳并没有真正完成哲学意境化和玄学生命化的艺术过程,如给他带有巨大声誉的《距离的组织》《旧元夜遐思》《尺八》《断章》《音尘》《无题组诗》等主智诗,就将那源于爱因斯坦相对论的宇宙观表现得极为隐曲,再加上传达上的故意复杂化,使这种本来就不是源于写作主体生命体验的现代哲学观念更加模糊化和非逻辑化,致使接受者如坠五里雾中不知所云。譬如那首至今还众说纷纭的《距离的组织》,照卞之琳自己的说法只“涉及存在与觉识的关系”,“但整诗并非讲哲理,也不是表达什么玄秘思想,而是沿袭我国诗词的传统,表现一种心情或意境,采取近似我国一折旧戏的结构方式”。[10]此诗表现的“一种心情或意境”,是一种疲惫、慵懒、颓丧和无可无不可的心情,是写作主体在寒冬里午睡时那种似睡非睡、亦真亦幻的梦境。诗的前四句为午睡前的实景,后五句写的是梦境,在这意境里融进了过去与当下、现实与梦境及人与人和人与物在时空中的相对关系。但在表现上,从实境跳到梦境,显得过于突兀,意象间阻断甚至扰乱了诗境的连贯性与完整性。考量作者的意图,是在使诗含蓄蕴藉,精炼耐读,所以故意在诗中设置障碍,以激活读者的智性思维,提升诗的艺术品位和读者的鉴赏能力。但这种只有自己“心里有数”而读者怎么也猜不透的“障碍”,只能既损害诗的有机性,又阻碍哲理的审美传达,最终导致读者对这类诗的厌烦与拒绝。卞之琳的名篇是《断章》:

你站在桥上看风景,
看风景人在楼上看你。

明月装饰了你的窗子,
你装饰了别人的梦。

由于诗人追求诗意的含蓄和朦胧,这首诗看似明白通俗,文字没有什么难懂之处,但要把握其整体意境,体味短短四行诗中的理趣与意味却也颇不容易。有人认为此诗表现了人生只是戏,各个人都是戏子,又都是看客。有人认为它写了一位绝代佳人,诗人不说“你”如何美,而是去描述“她”如何成为如痴如醉的“他”的审美对象——“风景”的一部分,以至于使“他”梦绕情牵。而作者自己则说,《断章》意在表现一种相对的、平衡的观念。能够作如此多种理解,且都各有其合理的一面,说明卞之琳的诗意蕴深邃,确有耐人寻味的长处。

除卞之琳外,现代派诗人何其芳出过一个影响很大的诗集《预言》。另一位受晚唐诗人影响很深的林庚写有诗集《夜》《春雨与窗》和《北平情歌》。其他如金克木、曹葆华、路易士、废名、施蛰存等人,或有诗集问世,或有佳作流传,或开一种风气,都以不同风格的探索拓宽这个流派的航道,他们在诗美创造和形式技巧上对后起的诗人和新诗的历史演变产生了不可低估的影响,为中国新诗的现代化进程作出了独特的贡献。

第六节　胡风与“七月诗派”

“七月诗派”是指活跃于胡风主编的《七月》杂志、《希望》杂志、《七月》丛刊及其他有关杂志上的一群具有相似的生活态度和艺术追求的青年诗人所组成的诗歌流派,主要代表诗人有鲁藜、绿原、冀汸、阿垅、曾卓、孙钿、牛汉、邹荻帆、彭燕郊、杜谷等。

七月诗派继承并发展了新诗现实主义的传统,继承并发展了政治抒情诗派、中国诗歌会革命现实主义的特质,继承并发展了鲁迅战斗的现实主义传统,在诗歌艺术上则直接受艾青等诗人的影响;在艺术思想和创作活动的组织上,则深得胡风的扶持。

胡风对七月诗派的组织、引导与影响主要通过下面的途径进行。其一是他的革命现实主义诗歌理论的提倡。“主观战斗精神”是其对革命现实主义的贡献,也是其诗论的精髓。胡风认为,“在现实生活上,对于客观事物的理解和发现需要主观精神的突击:在诗的创造过程上,客观事物只有通过主观精神的燃烧才能够使杂质成灰,使精英更亮,而凝成浑然的艺术生命”[11];坚持客观现实和诗人主观感情的融合、统一,帮助诗人既避免“没有能够体现客观的主观”、把哭泣或狂叫“照直吐在纸上”的主观主义[12],也避免“生活形象吞没了思想内容,奴从地对待现实,离开了主观的客观”,进行“灰白的叙述”[13],“冷淡地琐碎地写一件事”的客观主义[14],有助于现实主义诗歌克服公式化、概念化、标语口号倾向,而具有感觉的敏锐、意象的纷纭、思想的深刻、情绪的饱满。胡风在肯定初期抗战诗歌热情奔放的主流时,也及时地指出其弊病:即“概念的倾向”,感觉情绪不够,说理的倾向严重,这使七月诗人的诗朝着健康的方向发展。其二,胡风始终不渝地坚持办刊出版诗集。《七月》停刊后,他主编《七月》丛刊,开始在桂林、重庆、香港等地出版。1945 年 1 月,又创办《希望》,共出 2 集,计 8 期。在他带动下,阿垅、方然编辑,在成都出版的《呼吸》,朱谷怀等编辑,在北平出版的《泥土》,欧阳庄等编辑,先后在成都、天津、上海等地出版《蚂蚁小集》《荒鸡小集》等,为抗战诗歌,为歌颂解放区、批判国统区黑暗的诗歌,提供了发表的园地,这对于七月诗派的形成、发展起了重要作用。其三,胡风善于发现和培养文学新人。他联络同人,多次召开座谈会,并“尽量地团结而且号召倾向上能够共鸣的作家”,“源源地发现从实际战斗中长成同道的伙友”,不断扩大“七月”诗人群。

艾青对于七月诗派的形成、发展的影响也不应忽视。艾青是在《七月》上发表诗作最多的一位诗人,他的《向太阳》《北方》都收入《七月诗丛》,他为七月诗派奠基,对于“七月”诗人的影响是巨大的。正如绿原在《〈白色花〉序》里所说:七月诗人“始终欣然承认,他们大多数人是在艾青的影响下成长起来的”,他们从艾青那儿学到了诗的独创性,学到了意象美、散文美;“中国的自由诗从‘五四’发源,经历了曲折的探索过程,到三十年代才由诗人艾青等人开拓成为一条壮阔的河流,把诗从沉寂的书斋里,从肃穆的讲台上呼唤出来,让它在人民的苦难和斗争中接受磨炼,用朴素、自然、明朗的真诚的声音为人民的今天和明天歌唱,这便是中国自由诗的战斗传统”。“七月”诗继承的便是中国自由诗的战斗传统,他们都追求诗的意象美、散文美,表明艾青影响的深远。

七月诗派的历史,以《七月》停刊、《希望》创刊为界,大体上可划分为三个时期:一是《七月》时期,七月诗派业已形成,且呈兴旺发达之势。主要创作抒情诗,尤其是政治抒情诗,主题多鞭挞日寇暴行,歌颂人民反抗斗争,虽不乏抑郁情调,但以乐观、明朗为主要色调，且调子越来越激昂。二是《七月》停刊，进入《七月诗丛》第一辑时期。此期在苦斗中巩固，在困难中韧战，作品内容是上一时期的延续，又有新的拓展，以“主观战斗精神”来“突入”人生，把主客体“融合”渗透于创作中，成为自觉的行动，诗歌相对减弱了乐观明朗的色彩，而显示出沉重感。三是《希望》创刊，七月诗派步入变异期。诗作以暴露国统区黑暗与人民的苦难为主，表现出对现实的控诉与愤慨，诗风也变得沉郁、冷峭。

历史推进到40年代末期，政治讽刺诗创作成为诗歌的主流。尽管“七月”诗人也写有政治讽刺诗，有的还十分出色，如绿原的《给天真的乐观主义者们》，但这毕竟非其所长。随着1945—1948年那场批判“主观论”斗争的开展，胡风及其理论受到了某种误解与曲解，七月诗派的创作逐渐冷落。《希望》仅在1945—1946年出版8期，《七月诗丛》第2辑虽在编辑中，但出版已延至解放初，零散各地的七月诗人所办的刊物也相继停办。七月诗派在全国第一次文代会开幕的掌声中自然消亡。

七月诗派的组织形式与结构形态有突出的特征：一是人数众多，二是活动时间长。三是覆盖的地域宽广，从国统区到解放区都留下他们辛勤笔耕的痕迹。这几点仅是其外部形态特征。七月诗人在创作上明显地表现出共同的价值取向：诗歌创作始终与现实斗争紧密相连，表现出强烈的社会责任感和明确的政治功利性；目睹民族的灾难所爆发的痛苦和愤怒，献身人民革命事业的热情和意志，生活在黑暗现实中的悲怆以及对光明的渴望，构成了他们诗作的基本情感内容。具体地说，有下述特征：

（1）讴歌抗争，呼唤解放，是悲情时代的泣血呐喊，写出了中国革命的真正史诗。

胡风非常重视七月诗的史诗形态的建构。所谓史诗形态，是指“对时代精神和民族性格现在时态的反映”，也就是他所阐释的：“诗人的声音是由于时代精神的发酵，诗的情绪的花是人民的情绪的花，得循着社会的或历史的气候……诗人的生命要随着时代的生命前进，时代精神的物质要规定诗的情绪状态和诗的风格。”[15]正是由于在这种“史诗意识”的灌注下，七月诗群才显示出了一种飞扬不息的民族精魂风采，闪现出苍凉、刚健的美学风格。在中华民族全国抗战爆发不久，胡风最先以燃烧的怒火和昂扬激愤的情绪，发出了一声嘹亮的呐喊，呈现出救亡文学特定的民族情绪和典型的心理状态，表现了中华民族不屈的抗争精神：“在黑暗里在高压下在侮辱中/痛苦着呻吟着挣扎着/是我的祖国/是我受难的祖国！……祖国呵/你的儿女们/歌唱在你的大地上面/战斗在你的大地上面/喋血在你的大地上面。”（《为祖国而歌》）这是一代诗人的战歌，代表着一切为民族解放，为反抗日本帝国主义侵略而战的人民意志，代表了整个华夏民族的心声。苏金伞在“我们不能逃走”的反复吟唱中也传达了要与“鬼子拼一拼”的坚强意志，深切而忧患地透视出人民要保卫自己家园的同仇敌忾的斗争意识。

抗战初期这种慷慨激昂、悲壮有力的诗歌在其他七月诗人的创作中都有不同程度的反映。诗人们用饱蘸感情的笔触抒写了整个中华民族已经从痛苦与悲愤中站立起来，挺直胸膛，迎战残暴的侵略者，用生命和热血保卫可爱的家园："我看到了他们战斗的行列/为了消灭那凌辱他们和你的/顽敌/他们倔强地在你的血泊里/仆倒而又爬行。"（杜谷《写给故乡》）"勇士们抬着辎重/抬着曲射炮和机关枪/活跃的身子/活跃的脸色/活跃的复仇的心？"（冀汸《跃动的夜》）这些诗作都从一个侧面透视出中华民族不甘沉沦、不甘屈服的真实心态。然而战争是艰苦的，更是残酷的。七月诗人真切地感受到了民族生存与发展的艰辛与悲壮，更感受到了深蕴于这个古老民族内部的韧性精神和顽强的生命力。他们用气势雄阔、不可阻挡的诗句，凸显出苦难中缓缓前行的中国形象：

前进——
强进！
这前进的路
同志们
并不是一里一里的
也不是一步一步的
而只是一寸一寸的
一寸一寸的一百里
一寸一寸的一千里呵！……
但是一寸的强进终于是一寸的前进呵
一寸的前进是一寸的胜利呵
以一寸的力
人的力和群的力
直迫近了一寸
那一轮赤赤地炽火飞爆的清晨的太阳！

（阿垅《纤夫》）

诗作表达中国人民捍卫祖国领土在"一寸一寸"的搏斗中前进的坚韧和顽强，象征着中华民族历经苦难而永不衰竭的英雄斗志和进取精神，真有惊天地泣鬼神的力量。与《纤夫》异曲同工之妙的是冀汸的《渡》，作品用风雨中渡过一条河准备战斗，来表现人们热烈地要求抗战的意志和决心,同样感人肺腑,催人奋进。

忠于历史主潮的进取精神,对祖国、民族命运的休戚关怀,始终是七月诗人创作的主体情结,即使到了解放战争时期,诗人们也一如既往,保持着这种热情。正如谢冕所言:“体现这一流派最为可贵的品质,是七月同仁对于社会、民族的哀乐与共的参与精神。七月诗人一方面体认自己作为诗人的使命,一方面他们更乐于承认自己属于历史、属于社会、属于民众。”[16]抗战胜利后,当人们高呼万岁,举国狂欢的时刻,诗人们一方面兴奋地感觉到:“中国的/体温,升腾着;脉搏/弹跃着”,另一方面又清醒地意识到:“这是/九死一生的/胜利,与失败几乎没有距离的胜利呀。”胜利来之不易,为了巩固胜利,只有把这个“终点”当作“又一个起点”,时代要求“中国人民/再前进!”(绿原《终点又是个起点》)因为光明和自由的春天并没有真正到来,国民党反动派正急于发动内战,破坏这刚刚取得的来之不易的国内和平。诗人高屋建瓴,以其敏锐和智慧,深刻地预示出中国未来的发展图景,使我们从那一星微弱的“火种”看到了民主、自由的明天。在其后的几年里,七月诗人们同全国人民一道积极投入了争民主、争自由、反饥饿、反内战的革命洪流中,用诗的火种点燃了亿万人民愤怒、反抗的燎原烈火,使人们终于从黑暗的王国里杀出了一条生存的血路。

当一个朝气蓬勃的新中国在火海与血海中诞生时,七月诗人也同全国人民一样充满欣喜和激奋。他们饱蘸激情写下了这样的诗句:

这是怎样的欢腾的世纪呵!
这是怎样的开花的季节呵!
每一片土地与每一片土地,连结了起来了呀!
每一个村落与每一座村落,都站立起来了呀!
苦恼的人们跳跃着,歌唱着,劳动着,
从20世纪的奴役的、残暴的古老的中国
站立了起来,……中国,中—国呵!
你的人民带有多少的光辉呵!你的土地蕴藏着多少的力量呵!

(化铁《解放》)

还有胡风的政治抒情长诗《时间开始了》,也艺术地传达出共和国历史那段无限快乐无限幸福的时光,抒写了一曲充满感激和幸福的赞歌。从抗日战争、解放战争直至共和国成立,七月诗人始终是人民的歌者、时代的歌者,他们写出了中国革命的真正史诗。正如人们评论的:“七月诗派作为一个以讴歌民族解放与进步为己任的现代文学流派,集结在国破家亡的战火硝烟中,艰难地又是顽强地穿越中国历史上最后一段漫漫长夜,走到了中华人民共和国的灿烂阳光下,胜利地完成了自己的历史使命”,“他们以自己的政治敏感与美学敏感,忠实地录存了中国历史中十分厚重的一页”。[17]

(2)凝聚着对民族和人民的深情,在一幅幅呻吟挣扎的受难图中,演绎悲壮,表现崇高。

七月诗人大多来自生活的底层,因而对人民的同情和爱始终是他们关注的焦点。他们的个人情感世界更自觉地倾向于民族、人民和这块广袤的土地,他们的感伤和忧郁凝结着对民族和人民的深厚感情和深切关注。阿垅的《琴的献祭》、邹荻帆的《雪与村庄》、杜谷的《瞒》、徐放的《动乱的城记》等都流贯着一种苍凉悲壮的气息,透露出诗人心中的悲哀和对民族命运的深重忧虑。这种厚重的感伤情绪在中国现代诗歌史上是很突出的。绿原曾经说过这一时期“作者们不但继续面临着民族的大敌,而且在生活周围的各个角落,都遭到了空前反动的反共反人民的黑暗势力,人和诗在原来的生活环境下便日益感到那些历史的限制,作品的情感也不得不日见沉郁和悲怆起来”。[18]可见,在特定的时代境遇中,七月诗人的忧患郁愤在表现主体生命意识的压抑与抗争中得到了极大的强化。绿原在反对政治高压下,承受着年轻的生命被压迫的痛苦:“一朵朵不祥的乌云/盖在我们头顶上”,“我们发现自己/在悬岩峭壁面前”(《复仇的哲学》)。阿垅则在政治压迫和人生劫难中倔强地昂起头来,要“开作一枝白色花/因为我要这样宣告,我们无罪,然后,我们凋谢”(《无题》)。彭燕郊的《雪天》《岁寒草》《不眠的夜星》等诗作则在悲凉的背景上镌刻着他对于多难的祖国和人民的热爱,从忧伤和孤独中折射出追求的执着和辛酸。总之,七月诗人们“以他们深重的忧患意识和浓烈的郁愤情绪,构成了他们的情感世界与艺术世界的基本内涵、基本色调”[19],同时也表达了诗人们刻骨铭心、至死不渝的与国共运、与民共舞的感情。

与表现强烈的民族忧患意识相关联,七月诗人的诗风显出悲壮美和崇高的人格境界。他们在赞美不屈的人民的同时,尤为注重对死者以及革命烈士的赞美与歌咏,由此更强化了他们“威武不能屈”的高尚人格境界。“鞭子不能属于你/锁链不能属于我/我可以流血地倒下/不会流泪地跪下。”(冀汸《今天的宣言》)在屠杀和死亡面前,他们勇敢而无所畏惧地面对:“汉子们吓破了胆吗?/没有!没有!/微笑着一语不发。”(绿原《坚决》)因为诗人们早已决心:“把自己的血/和敌人的血流在一起”,因为相信“奴隶们的血总有一天要冲垮那帝王的龙庭”,而且深知“生是美丽的,/为了美丽的生而死/更美丽!”(徐放《在动乱的城记》)而即便死了,也“甘心瞑目——死于追求,死于理想……”(鲁煤《默悼几位扑火者的死》)正是因为诗人有了这种壮烈的生死观和崇高的人格境界,因而他们的诗才具有了一种永恒的精神魅力。

(3)歌吟自然,礼赞光明,在坦诚而纯真的鸣唱中,传达出浪漫的赤子之心。

七月诗中有很多歌咏大自然的。艾青就曾以歌唱大自然而闻名于诗坛。如《雪落在中国的土地上》《北方》等。当然,他的诗作并不是纯粹的自然景物描摹,而是渗透了诗人的情感体验观照。彭燕郊、冀汸、杜谷、牛汉等也是善于描绘大自然的歌者。他们笔下的山川景物大都带有一种宁静浪漫的色彩和温柔敦厚的情调,这也许源于他们热爱生活、渴望和平、向往幸福的一种执着的追求。

礼赞光明、向往自由也是七月诗所关注的内容。七月诗人田间、艾青、天蓝、孙钿、鲁藜、胡征、阿垅等都曾先后去了延安,对民主圣地延安有了更多更新的感受和体验,产生了许多新鲜的感觉:“山上/一列又一列的窑洞呵/一层又一层的窑洞呵/抬起头来/全都像摩天楼呢。/歌声/笑声/标语和漫画/学习,工作/人多得蜂一样/而窑洞像蜂巢呵。”(阿垅《窑洞》)这是一片特殊的西北风光,这是光明和民主与自由的发源地,更是诗人向往的精神摇篮与真理的圣地。“我是一个从人生的黑海里来的/来到这里,看见了灯塔”(鲁藜《山》);“我笑/我笑出满脸的泪/泪呀！这是民主自由/给我的心灵的一滴温暖。”(鲁藜《夜会》)这是热爱民主和自由,崇尚真理和幸福的赤诚歌者的鸣唱,代表了一代人的心声。胡征对“五月的延安/喷香的城/发光的绒/红色的城”(《五月的城》)的礼赞,倾诉了诗人一脉真挚的情愫;艾漠的《自己的催眠》《跃进》等诗篇也都凸显出礼赞光明、追求民主和进步的情思,表达了一代进步青年的共同感情。

以上所述,显然未能全然概括七月诗派创作的思想内容,但仅此足以展示这派诗人始终与时代与祖国的命运联系在一起,足以展示他们在新中国诞生前的最后十年里的艰苦卓绝的情感历程以及他们为人类留下的一笔巨大精神财富。七月诗派在中国新文学史上的重要地位是应予以足够重视的。

第七节　穆旦与“九叶诗人”

1947—1948 年前后,围绕上海创办的《诗创造》和《中国新诗》出现了一批有影响的诗人群。他们的队伍包括西南联大的学院诗人穆旦、杜运燮、郑敏、袁可嘉,以及先后汇聚上海的都会诗人辛笛、杭约赫、陈敬容、唐祈、唐湜等。1981 年江苏人民出版社出版了他们的诗集《九叶集》,因而他们被称为“九叶诗派”。九叶诗派是没有共同的纲领和一定的组织形式而由相近的艺术追求形成的一个诗歌流派。九叶诗派是现代诗派的继续和发展,他们的审美追求建立在中西诗歌之间新的交汇点上。在纵的承袭上,他们创造性地融会了中国古典诗歌和新诗的优良传统，特别注意汲取初期象征派和现代派的经验教训；在横的借鉴上，他们接受了艾略特、里尔克、奥登等一些西方现代主义诗人的艺术原则，走一条中西结合、新旧贯通的道路。在继承的基础上有所创新，又没有忽视反映社会现实的历史使命，从而开创了一代诗风。

在诗歌表现的内容上，九叶诗人强调反映现实与挖掘内心的统一。在他们看来，“现实”是有“引申意义”的，既包括政治生活，也有日常生活在内；既指外部现实，也指人的内心世界；既是时代社会的，也是个人的。这是对新诗发展30年中关于诗的创作题材、关于诗人的自我与时代、人民关系的长期论争的一个很好的总结。九叶诗人首先是继承了20年代郭沫若所开创的、30年代革命现实主义诗歌流派进一步发展了的新诗时代性、人民性与战斗性的传统，诗人们紧紧把握住自己所生活的时代“光明与黑暗交替”的历史特征，忠实地传达了亿万人民诅咒黑暗、渴望光明的时代情绪，因此，他们的诗视野开阔，具有强烈的历史感、时代感和现实感，充满历史乐观主义精神。诗人们把形而上的玄思与中国现实的主题融合在一起，把对现代人的处境的思考投射到中国社会现实的变幻莫测的大网之上，个体的命运与民族的命运融合在一起，激烈的内心搏斗与残酷的政治现实交织在一起。他们把情感和思想转化为现代诗的意象，象征成为他们艺术表达的重要方式，象征与中国现实语境的紧扣，成为九叶派诗歌的重要的艺术特质。这也是九叶派诗歌与西方现代派诗歌的重大分野。九叶派诗人在表现个体生命意志的同时，紧扣中国现实的语境。郑敏的《池塘》就是当时中国现实的一个隐喻，诗人要“洗去旧衣上的垢污”“洗净人性里的垢污”，“浮萍”“忧愁”“疑难”与“旧衣上的垢污”“人性里的垢污”形成异形同构的象征，诗中蕴含了黑暗的中国现实中人们的飘泊、苦闷、迷惘的处境。九叶派诗人对中国现实场景的表现具有强烈的政治色彩，如穆旦的《五月》抒写两种生活场景形成的反差构成中国社会现状的象征：一些人以血肉抗击黑暗的压迫，一些人持续着荒淫无聊，制造或附和黑暗，直接指向现实场景。这就冲破了后期新月派与现代诗派咀嚼身边小小悲欢的狭小天地。

另一方面，九叶诗人又始终把握住自己：着重内心的挖掘，表现自我心灵对大时代的内在感应，力求忠实于个人的感受，既通过个人的独特感受反映伟大时代，又不回避自己作为受过西方现代教育的知识分子在历史动荡转折中所体味到的现代人的忧虑、苦闷、恐惧感和自我谴责，把自己的个性融在诗的形象之中，在共同的思想艺术倾向中保持个人风格、艺术个性的独创性。九叶派的诗歌对生命意志的表现、感悟和超越作为现代人的普遍的个体生命体验进行了完美的表现，这种全知视角的切入，使诗歌表现的“知性”达到了哲理性的高度。以辛笛的《手掌》为例，手掌是平常而又平常的事物，由于诗人生命意志的灌注,使它超越了生理学的意义,成为诗人解剖刀似的眼睛审视的对象。“形体丰厚如原野/纹路曲折如河流/风致如一方石膏模型地图”,直觉经验中浸透了理性精神,把主题建立在“绝对”的静止和人生变易这两个题目的对立上,短短三四十行诗,把认识自己、超越自己、更新自己的知性,深植在“手掌”之中。穆旦的《诗八首》是一组别具特色的情诗,这组诗想象奇特,意象密丽,热烈而又冷漠,现代意味很浓。全诗以知性为骨子,同时又隐含着神秘、消极的思想,带有些肉欲的刺激,所表达的飘泊感、幻灭感、战争的魔影、饥饿与恐惧,给当时的知识分子留下深重的阴影。诗人体验到的死亡正是当时知识分子心态的折射,也表现了诗人处在爱情与肉欲、生存与死亡的煎熬之中,无法求得心理平衡。如唐湜所说,“穆旦、杜运燮们”的特点是内敛凝重,表现个性,私淑艾略特、奥登和史班德,永远在寻找自我与世界的平衡中煎熬。[20]这就有力地克服了早期普罗诗歌在历史发展的幼稚阶段难以避免的缺乏鲜明个性的弱点。九叶派诗人无法把关注的目光从中国的现实移开,现实性、政治性成为其诗歌较为突出的特点,但他们表现现实性,并不是对现实的直白表露,总是渗透强烈的个人感受,用象征、暗示的手法曲折精微地传达出来。穆旦的《赞美》《防空洞里的抒情诗》,杜运燮的《追物价的人》《给野人山上的战士》,郑敏的《呵,中国》,唐祈的《时间与旗》《最末的时辰》《女犯监狱》,陈敬容的《逻辑病者的春天》《斗士·英雄》,杭约赫的《复活的土地》《火烧的城》,辛笛的《风景》,唐湜的《骚动的城》等,都是紧扣中国现实语境,象征与现实结合的好作品。

有感于直线推进的抒写方式必然造成的一览无余的表达效果,九叶诗人在诗与现实的关系上,主张“扎根在现实里,但又不要给现实绑住”。[21]就是说,要有对现实人生的贴切之感,以自己对于现代诸般现象的深刻而实在的感受深入现实,另一方面又要有不可或缺的透视或距离,避免直接粘于现实而直截了当的正面陈述,产生过度的现实写法和直露地宣泄激情,追求表现上的客观性和间接性,用相当的外界事物寄托作者的意志与情感,以达到诗歌表现客观化的要求,从间接的途径实现抒情表达的目标,这也就是艾略特所说的“思想知觉化”方式。“思想知觉化”是九叶诗人特别重视并刻意追求的艺术手法。“思想知觉化”即“充分发挥形象的力量,并把官能感觉的形象和抽象的观念、炽热的情绪密切结合在一起,成为一个孪生体”[22]。如辛笛《寂寞所自来》意在说明寂寞的心境来自何处,却是以铺陈一系列真实可感的意象来表现:“两堵矗立的大墙拦成去处,/人似在涧中行走”,“如今你落难的地方却是垃圾的五色海,/惊心触目的只有城市的腐臭和死亡”;历史时代虽然已从“黑暗的时光在走向黎明”,但整个宇宙仍是“庞大的灰色象”。处在这样的境地,“你站不开就看不清摸不完全/呼喊落在虚空的沙漠里/你像是打了自己一记空拳”。通过这样独特的艺术构思，形象地表现了这样的主题：寂寞产生的根源在于不能高瞻远瞩地认识时代。

为了实现“思想知觉化”，九叶诗人从西方现代派吸收了有益营养，努力捕捉新颖的意象，巧妙地运用象征和拟人化手法。他们摈弃了西方象征派诗歌的神秘性，而把象征、暗示的艺术手法置于坚实的现实性和人民性的基础上，使之具有启人深思、可以言传的明了性。在他们的诗中，每一个比喻、每一个象征、每一个暗示，都既以其鲜活的形象诉诸直观，又能使人获得对特定社会现实的透明的认识和醇浓的美感。他们追求一种思想深刻、情味隽永、意象新颖奇特的艺术境界，这境界既是精确明晰的，又是模糊、含蓄的；既是有限的，又是无限的，这就大大增加了诗歌的思想与艺术的容量。对人的命运的展示，则是把人置于一定的戏剧性情境中，使思想的成分渗透在整个过程中，选用相当的外界事物寄托作者的情思，这样就可以尽量避免直截了当的正面陈诉。九叶诗人强调主观感受深入现实，这与七月诗派接近；而表现上的客观性和间接性，与新月诗派一脉相承，新诗戏剧化也为早期新月派所提倡。这些都显示了九叶诗人诗歌理论与实践的综合特色。

在诗歌的形式和语言方面，九叶诗人虽然毫无例外地运用自由诗的形式，但跨行诗式却被广泛采用，使意象的组合连绵而紧密。他们重视诗的音乐性，节奏和谐，押韵自然，但不缺乏散文美的特质。在修辞手法上，有通感手法的运用，有抽象词与具象词的“嵌合”，有繁丽的比喻等，五彩缤纷的种种修辞手法，把虚与实、静与动融为一体，既生动形象，又蕴含深刻的内容，显示了诗歌艺术上的成熟。

总之，九叶诗人出现在中国现代新诗发展30年的最后阶段，使他们的创作具有某种总结、过渡的历史特点：汲取新诗30年发展中各个流派的历史经验，在一个更高的基础上进行综合，为新诗的更大发展开辟道路。九叶诗人的崛起和发展表明，中国新诗与世界诗潮开始了同步的演变与发展，尽管它又有自己特有的轨迹与传统。

九叶诗人中最具特色、成就最高的是穆旦(1918—1971)。40年代，他有诗集《探险队》《旗》《穆旦诗集》等。穆旦早期最先接触的是英国浪漫派诗人，他的诗作也洋溢着浓郁的青春色彩和浪漫情调。正如唐祈所说：“穆旦早期徘徊于浪漫主义和现代派之间，但时间短暂。当他在40年代初，以现代派为圭臬，很快确立了自己现代诗的风格。”[23]40年代穆旦的创作进入了成熟期，他的诗歌褪尽了早期浓烈的浪漫主义气息，变得深沉、凝重，在感性与智性交融的追求中，表现出一种特有的智性美。他的诗在主题表现上最触目的首先是充满强烈民族意识，歌颂人民力量的诗作，如《合唱》《赞美》《旗》等。这类诗作，既传达出诗人对时代的整体感受，又闪烁出深广的忧患意识。表现“丰富的痛苦”是穆旦诗歌更具个性特征的主题,如《出发》《五月》《从空虚到充实》等。在这类诗中,诗人不仅表现了对现实和历史的深刻批判,还抒写了为现代知识分子多思敏感的心灵的内心冲突与搏斗。对人生痛苦、矛盾及荒谬性的艰苦开掘,使穆旦诗中的抒情主人公形象是一个具有现代特征的“残缺的自我”。如《我》:

从子宫割裂,失去了温暖,
是残缺的部分渴望着救援,
永远是自己,锁在荒野里。

这是一个残缺的封闭的自我,更是一个渴望着从分裂走向整合的自我。上述主题的交响迭现构成了穆旦诗歌复杂而深邃的情感世界,体现了中国现代知识分子在历史、现实、个体存在面前深层的思考与灵魂拷问。在穆旦生命意识的自觉感悟与理性沉思中,包孕着一种深厚的受难者气质与一种博大的宗教般的仁爱情怀,这种受难者气质与仁爱情怀又常常交织在他对人类命运、历史的沉浮、民族的忧患的沉思之中,个体生命意识与现实的生存感受水乳交融地凝为一体,正是在这一点上,穆旦的诗与西方现代主义诗歌中形而上的生命本质的纯粹理性意义的思考有了区别。生命体验的庄严感,历史的厚重感,现实人生的时代感,这几重感受的融合,使他的诗具有了中国特色的现代主义精神品格。

这样独特的主题表现,决定了穆旦诗歌艺术探求的创新。郑敏在分析穆旦诗歌时说:他“总是围绕着一个或数个矛盾来展开的”。[24]穆旦的诗总是在悖论、反差与不同因素的对撞中构架,形成一种“张力之美”。他把不同类型的经验、词语和诗境的陌生化并置。如《五月》开头:

五月里来菜花香
布谷流连催人忙
万物滋长天明媚
浪子远游思家乡

在这样一段仿古歌谣之后却突然改变了诗体:

勃朗宁,毛瑟,三号手提式。

或是爆进人肉去的左轮，
它们给我绝望后的快乐。

其后诗行就在这两种诗境和诗体中交替出现，“两种诗风，两个精神世界，两个时代”，形成“猝然的对照”。[25]九叶诗人袁可嘉曾肯定地指出，穆旦的诗歌“在抒情方式和语言艺术的‘现代化’的问题上，他比谁都做得彻底”。[26]的确是这样，穆旦诗在抒情方式上鲜明地表现出与传统诗歌的质的差异。他通过理性的介入达到情感的节制，主张理智向感觉凝聚而生发诗情，在感性与理性、感觉与抽象两极既对立又联系的艺术空间扩展诗情的张力。

穆旦诗歌中的智性化抒情，往往大量采用内心直白与抽象而直接的理智化叙述，他的内心直白不是浪漫主义的情感宣泄式的内心袒露，而是对外在世界的内心思考，内在探索的诗情的直接表达，这种表达经过心理体验过程而显得格外沉静。如他的代表作《诗八首》是一首哲理意味极浓的爱情诗。全诗又是通过爱情的体验进而思索人生真谛，探索生命的奥秘。全诗在抒情方式上，主要采取的是一种内心分析，情感体验的直白：

你底眼睛看见这一场火灾，
你看不见我，虽然我为你点燃。
唉，那烧着的不过是成熟的年代。
你底，我底，我们相隔如重山；

从这自然底蜕变程序里，
我却爱了一个暂时的你。
即使我哭泣，变灰，变灰又新生，
姑娘，那只是上帝玩弄他自己。

《诗八首》，和穆旦的许多诗一样，“自我”在诗中是一个矛盾的分裂的自我：一是自然的生理的自我，它是一种强健的自然生命力的象征；二是作为意识或理性支配下的心理的自我，一个“永远不能完成”的“我自己”，是一种对自然生命的压迫的力量。这种“生理的自我”与“心理的自我”互相抗争，灵与肉矛盾相搏，诗人渴望以自然主义精神统一自我，达到灵肉的浑然一致，让生命回归到浑朴的自然状态，让生命的生长乃至历史的发展皆还原为自然。然而这种生命与历史的愿望在现实的运行中留给诗人的是种种痛苦的体验,炽烈的青春的情焰不过是暂时的成熟年代的生命燃烧,“我们相隔如重山”才是“自然底蜕变程序里”的最终生命的真实。情焰的燃烧是生命的本能,而自然的蜕变却是生命生存的法则。前者是有限的,短暂的;后者是无限的,永恒的。无论怎样企望“变灰又新生”,永恒的自然法则终归无法改变。“在无数的可能里一个变形的生命/永远不能完成他自己”,“水流山石间沉淀下你我”,彼此的相爱不过是永恒时间之流中的一个偶然的短暂的相遇,在由爱极而生的悲凉的生命体验中自然包含了对爱之永恒的渴求。诗歌在对自我的分析中又包含了对自我情感的折磨与理性追求的刻骨冷讽。

穆旦的诗歌在感性与理性的交融中,总体上更看重的是一种理性体验,感情的外部形象有时只是他用作借题发挥的抒情触媒。诗歌意象自身较少单独构成象征性意味,其厚重的智性色彩淡化了诗歌的感性意味,也在一定程度上冲淡了诗歌的艺术感染力。

穆旦的诗歌是深奥难解的,但他的诗歌语言却是极口语化的。诗的难解主要表现为诗的深潜的哲理内涵。他的诗最无那种玲珑剔透的诗句,更少那种流光溢彩的词藻,因此,在语言形式上有人称道他的诗歌最无旧诗词的味道。中国传统诗词,注重诗歌语言的感性特征,注重用具体形象抒情,十分忌讳抽象意义的词藻,这在“五四”以来的现代诗(包括中国现代主义诗歌)中仍然变化不大,而穆旦的诗不仅用语通俗,而且还大量运用意义抽象的词语,大部分诗中都有一定数量的关联词语、连词、介词的运用,虽然缺乏语词形象的模糊与朦胧之美,但它结成了诗歌严密的逻辑关系,扩充了诗歌的智性内涵,使诗人主体意识可以不受文字束缚得到更自由的舒展。以传统语言形式而言,这是一种“陌生化”的艺术更新。穆旦诗歌语言的口语化,在一定程度上可以看到与戴望舒、艾青等人诗歌散文美诗学原则的联系,但诗歌语言的抽象化艺术,却是他对中国现代诗歌艺术的一个独到贡献。

第八节　《马凡陀山歌》等政治讽刺诗

政治讽刺诗,是一种以幽默讽刺的笔调、短小活泼的形式,来揭露时弊、鞭挞丑恶、表达诗人政治情感的诗体。鲜明的政治倾向、强烈的批判色彩和宣传的轰动效应是它的显著特色。政治讽刺诗鼎盛于20世纪40年代的国统区有其历史的必然性。从现代文学自身发展的历史进程看,政治和诗的联姻始于“五四”初期胡适的议论诗。20年代末、30年代初革命诗派的作品已经将诗紧紧地缠绕在政治的战车上,有许多诗几乎成了政治的宣传品。抗战时期街头诗、枪杆诗、朗诵诗盛极一时,表达的是一种民族政治的热情。由此可见,中国新诗史上几乎形成了政治和诗联姻的传统。所以,40年代国统区政治讽刺诗的出现和繁荣，可视为这一传统的延续和发展。然而，更为直接的原因则是时代环境使然。1945 年前后的国统区正处在政治经济大混乱、黑暗势力与进步势力大搏斗的前夜。一方面，国民党政府悍然挑起内战，导致国内经济凋敝，人民生活动荡不安，整个民族都挣扎在死亡线上；另一方面，反饥饿、反内战、争自由的爱国民主运动空前高涨。这种历史环境就促使具有极强的宣传鼓动效应的政治讽刺诗在群众性的民主运动集会中应运而生。国统区的政治讽刺诗直接导源于朗诵诗。它在当时大致可以归纳为两类：一类是出自非职业的文艺青年之手，它直接鼓励行动，宣传效果很好，但很少有发表流传的机会；另一类成于专业作家之手，多属于讽刺暴露之作，虽辛辣却较含蓄，易于发表和流传。像袁水拍的《马凡陀山歌》和《马凡陀山歌续集》，臧克家的《宝贝儿》《生命的零度》和《冬天》，绿原的《又是一个起点》等都属此类。其中影响最大、成就最高的当推袁水拍的《马凡陀山歌》。

袁水拍(1916—1982)，原名光楣，笔名马凡陀，抗战爆发后开始诗歌创作。1944 年至 1948 年间曾在上海《新民晚报》《大公报》当编辑。其间写了约三百首政治讽刺诗，后结集为《马凡陀山歌》和《马凡陀山歌续集》。几乎在同时，袁水拍还创作了《沸腾的岁月》和《解放山歌》两本诗集。就总体而言，以《马凡陀山歌》为代表的政治讽刺诗，具有强烈的现实批判性、广泛的群众性和浓厚的幽默讽刺色彩。

40 年代中后期，艰苦卓绝的民族战争刚刚结束，饱受战争创伤的中国人民还来不及抒发胜利的喜悦，内战的阴影已经笼罩了整个中国大地，一时间大有“黑云压城城欲摧”之势。由此造成了整个中国特别是国统区人民的极大恐慌，整个国统区的政治经济陷于瘫痪和崩溃的边缘，蒋介石政权政治腐败，苛捐杂税多如牛毛，贪官污吏触目皆是，物价飞涨，奸商横行，造成市民生活的极度困难。诗人及时地捕捉并反映了这一现实。《马凡陀山歌》里有一组反内战意识很强的作品，这些作品注重揭露内战给中国人民带来的深重灾难，以及国民党官僚大发国难财的丑恶行径。由于连年的征战，使“秋天的战争冬天还息，/春天的尸首又往沟里埋”(《不明白》)。国民党政府为了补充军队，到处拉夫抽壮丁，老百姓对此痛恨至极，为了摆脱当炮灰的厄运，老母亲忍痛刺瞎了亲生儿子的双眼(《老母亲刺瞎亲子目》)。可是，另一方面，军阀官僚却在大发国难财，《大人物狂想曲》里那个“大人物”，原先也是个穷光蛋，但在抗战中发了大财，“行李箱笼只愁卡车装不够”，抗战胜利后居然成了“建国的真英雄”。诗人还善于从小市民日常生活中摄取题材，并给予政治上的揭露和讽刺。《加薪秘史》《王小二历险记》等揭露了城市普通职员加薪的速度远赶不上物价上涨速度，市民无法生活的现实。《关金票》《大钞在否认发行中出世》等作品，描绘了“钞票越多越难过，钞票越多钱越少”的真实图景。由于内战的爆发和物价的飞涨,随之而来的苛捐杂税不断增多,人民深受其害。诗人巧妙地运用“万岁”的谐音创作了《万税》这首名诗。诗中说:“印花税,太简单,/印叶印枝也要税,/交易税不够再抽不交易税,/营业税不够再抽不营业税。/此外,抽不到达官贵人的遗产税和财产税,/索性再抽我们小百姓的破产税和无产税。”无情地揭露了“民国万税万万税”的黑暗现实,充分暴露了蒋介石政权横征暴敛、鱼肉人民的腐朽本质。

诗人袁水拍还进一步从政治上揭露蒋介石集团对外妥协投降、勾结美帝国主义实行经济侵略,对内实行法西斯独裁统治的罪行。《大胆老面皮》《送鲁斯》等愤怒控诉了美帝国主义名为援助实为掠夺的经济渗透和经济侵略的罪行。国民党政府一面高喊“开放民主”“还政于民”,一面则建立起严密而残酷的特务机构和警察制度,疯狂镇压国内民主运动,他们对反内战、反饥饿学生爱国游行施用“枪连炮”,进行血腥镇压。在学生面前滥施淫威的暴君在其主子帝国主义面前却是一只恭顺谄媚的猫。《一只猫》运用对比的手法,生动地再现了蒋介石集团一面用武力镇压学生运动,一面又“妙呜妙呜”不断向美帝国主义摇尾乞怜的丑恶嘴脸。《警察巡查到府上》《朱警察查户口》等诗篇又以嘲弄的笔调揭露了国民党警察制度的虚伪性和危害性。他们打着维护社会治安的旗号,干的则是制造社会混乱的勾当,使国统区人民整天处在惶惶不可终日的惊恐之中。半夜三更,警察突然闯进大门,不是“拿起电筒四面八方照”,就是要主人汇报一天的行踪。抗战胜利后,国民党派大员到沦陷区“接收”。他们所到之处,抢车子、房子、金子、衣服料子和婊子,故被沦陷区人民称为“五子登科”。结果“工厂死在接收上,鸟窝做在烟囱上”(《发票贴在印花上》)。然而,正是这些靠“接收”发大财的“大人物”们,却无视平民百姓的疾苦、国家民族的贫弱,整日整夜地沉醉于女色和美酒中,正如《今年这顿年夜饭》所描绘的那样:“有人吃蜜糖/有人咽眼泪/哭的哭/笑的笑/甜的甜/酸的酸/有人没的吃/有人吃不完/有人睡不着/有人不要睡”,真可谓“朱门酒肉臭/路有冻死骨!”诗人正是通过这种鲜明强烈的对比催人猛醒,促人抗争。冯乃超曾说过:

> 马凡陀把小市民的模糊不清的不平不满,心中的怨望和烦恼,提高到政治觉悟的相当高度,教他们嘲笑贪官污吏,教他们认识自己的可怜的地位,引导他们去反对反动的独裁政治。[27]

这就是《马凡陀山歌》由现实批判性带来的较高的认识价值。

《马凡陀山歌》里还有一组讽刺我们民族传统恶习的诗篇。《我们的信仰》批判了我们民族总是沉湎历史、相信过去、一味“往后看”的传统思维习惯:“今天以前都是对的好的/今天以后都是错的坏的。”《老王求婚记》则辛辣讽刺了城市小市民那种易于满足和努力“向上爬”的卑微心理。这些作品在当时也许不太会引起人们的注意,但从今天的眼光看,则具有了民族性格和民族传统文化的批判和认识价值,跟鲁迅那些批判国民性的杂文相比虽不够深刻、流于浮泛,但也有某种承传关系,其中不难看出鲁迅杂文对诗人的影响。

以《马凡陀山歌》为代表的政治讽刺诗的第二大特色是广泛的群众性。政治讽刺诗,不像所谓纯粹的现代诗那样,只属于文化贵族把玩的供品,而是属于人民大众的精神食粮,因为它产生的时代是一个为大多数人创作的时代,是作者争取更多的、更广大的听众的时代。正如袁水拍在《祝福诗歌前程》一文中所说,“这是民谣复兴的时代!这是明白清楚的诗的时代!这是方言诗、社会诗、讽刺诗、政治诗的时代!……这是民主的诗,诗的民主的时代”。因此,政治讽刺诗具有鲜明的集体性,它的出发点是群众,为群众代言,为群众呐喊,它自身也只有在集体的紧张的氛围中才能获得生存的价值。可见,集中紧张的“现场效应”就成了政治讽刺诗的基本品格,也正是这种品格,使政治讽刺诗获得了咄咄逼人的野气和火气,成了揭露敌人打击敌人的有力武器。《马凡陀山歌》就充分显示了这种功能,对当时的民主运动起了很大的作用,往往是诗作一发表,第二天游行时就唱出来了。臧克家也曾说袁水拍的许多诗篇“亲切有力地表现了人民对反动统治的激愤情感,在争取民主的斗争中发生了相当大的影响”。[28]例如《大胆老面皮》、《发票贴在印花上》等诗篇都在集会游行中朗诵,显得锋芒毕露,痛快淋漓,其批判力量和宣传鼓动作用,是其他任何文绉绉、缠缠绵绵的诗所无法比拟的。这就是政治讽刺诗所具有的独特的价值。

政治讽刺诗第三大特色是浓烈的政治讽刺色彩。袁水拍善于从琐碎的日常生活中捕捉幽默素材,提炼诗歌的意趣。他总是把大与小、善与恶、美与丑、严肃与轻松、喜剧与正剧放在一起,再用对比反衬、渲染铺陈的手法反复调侃,创造出一种悲喜剧的氛围,使丑恶在一片嘲笑声中暴露无遗、无地自容。比如诗人从日常生活用品皮鞋中得到启示,写了一首《中国皮鞋致古巴皮鞋》,有力地揭露和讽刺了帝国主义与国民党官僚内外勾结,对中国进行经济侵略的反动本质。再如《毛巾选举》,诗一开首就渲染了选举场面的壮观景象:“满街民乐好悠扬/掮旗打伞大出丧/六尺大幅油画像/高高绑在卡车上。”接着写女士烫发印照片,留洋先生分卡片,大人先生们更是忙得不亦乐乎,有的摆酒宴,有的打电话,有的登广告,连裁缝们也学起了讲演,一时间热闹异常,可是谁当代表则早已“圈定”。而那些目不识丁的选民连选什么人也弄不清,结果是谁给毛巾就选谁。这样的闹剧无情地戳穿了国民党民主政治和民主选举的骗局。诗人还相当重视民族形式的运用,但并不死守传统,而是不拘一格,形式多样活泼,通俗易懂,甚至于西洋狂想曲也都被诗人所采用。这些形式都具有轻松幽默的喜剧成分,用这种并不那么严肃的笔调嘲笑了生活中的丑陋一面。诗人还常用漫画式的夸张和简练的笔墨勾勒诗歌形象,组织故事情节,创造表面轻松、内在深沉的诗歌氛围。如《肥胖上司》既有形象描绘,“拿着一支无形的皮鞭,从我们背后轻轻地走来”,又有一定的情节描写,肥胖上司看见“我”轻轻地打了个哈欠,就狠狠地瞪了我一眼,“像要吞噬我似的”。这就活画出肥胖上司由瘦变胖的工贼嘴脸,收到了很好的讽刺效果。总而言之,选材上的以小见大,形式上的多样统一,诗歌意象上的漫画色彩,使袁水拍的政治讽刺诗既具有鲜明强烈的现实批判性,又有轻松活泼的幽默讽刺格调,因而使其获得了较高的审美价值。

与袁水拍同时写作政治讽刺诗的还有臧克家。臧克家这一时期创作了《宝贝儿》《生命的零度》和《冬天》。其中《宝贝儿》和《生命的零度》的第一辑都是政治讽刺诗。同袁水拍一样,他的政治讽刺诗最突出的特点是鲜明强烈的现实批判性,即注重以铁一般的事实撕去黑暗势力的伪装。但是,两位诗人的作品也有许多相异之处。从选材上看,袁水拍的政治讽刺诗取材较广,他多从市民的日常生活中摄取题材,然后从政治上加以剖析,进而揭露其反动实质。而臧克家多取材于社会政治经济的重大事件,正面揭露和控诉反动派的罪行。如《宝贝儿》一诗,作者愤怒地列举了国民党反动派屡次撕毁“四项诺言”“政协决定”“停战协定”等罪恶事实。从艺术表现看,袁水拍的政治讽刺诗大都有一定的形象性和情节性,寓讽刺于叙事之中;而臧克家则偏重于将多方面的零碎片断连缀成篇,以期扩大诗歌的容量,如《胜利风》《破草棚》等。袁诗多选用民间的山歌民谣体,臧诗则主要选用新自由体形式。从艺术风格看,袁诗具有浓厚的喜剧色彩,而臧诗则较为庄重冷峻,诗人不太用轻微的嘲讽,而更多的是愤怒的抗辩、严正的警告,诗中积郁着更多的悲愤,显得真挚而沉郁。

(汪亚明　李标晶)

注释:

① 忻启介:《无产阶级的艺术论》,载《流沙》第4期。

② 蒲风:《“五四”到现在的中国诗坛鸟瞰》,《现代中国诗坛》,诗歌出版社1938年版。

③ 艾青:《诗论》,《艾青全集》第3卷,花山文艺出版社1991年版,第43页。

④ 艾青:《诗的散文美》,《诗论》,《艾青全集》第3卷,花山文艺出版社1991年版,第64—65页。

⑤ 艾青:《为了胜利》,《艾青全集》第 3 卷,花山文艺出版社 1991 年版,第 122 页。
⑥ 徐志摩:《列宁忌日——谈革命》,《晨报》1926 年 1 月 21 日。
⑦ 茅盾:《徐志摩论》,《现代》第 2 卷第 4 期,1933 年 2 月。
⑧ 徐志摩:《自剖·迎上前去》,上海新月书店 1928 年版,第 21 页。
⑨ 戴望舒:《诗论零札》,《戴望舒诗集》,四川人民出版社 1981 年版,第 162、163 页。
⑩ 卞之琳:《雕虫纪历》,人民文学出版社 1984 年版,第 37 页。
⑪ 胡风:《关于题材,关于"技巧",关于接受遗产》,《胡风评论集》,人民文学出版社 1984 年版。
⑫ 胡风:《论战争期的一个战斗的文艺形式》,《胡风评论集》(中),人民文学出版社 1984 年版,第 19 页。
⑬ 胡风:《今天,我们的中心问题是什么》,《胡风评论集》(中),人民文学出版社 1984 年版,第 116 页。
⑭ 胡风:《略观战争以来的诗》,《胡风评论集》(中),人民文学出版社 1984 年版,第 54 页。
⑮ 胡风:《胡风评论集》(中),人民文学出版社 1984 年版,第 23 页。
⑯ 谢冕:《新世纪的太阳》,时代文艺出版社 1993 年版,第 201 页。
⑰ 江锡铨:《"诗的史"与"史的诗"》,《贵州社会科学》1998 年第 5 期。
⑱ 绿原:《白色花》,人民文学出版社 1981 年版。
⑲ 郑纳新:《论七月诗派的整体风格》,《广西师范大学学报》1994 年第 3 期。
⑳ 唐湜:《九叶在闪光》,《新文学史料》1989 年 4 月。
㉑ 陈敬容:《真诚发声音》,《诗创造》第 12 期。
㉒ 袁可嘉:《〈九叶集〉序》,江苏人民出版社 1981 年版。
㉓ 唐祈:《现代杰出的诗人穆旦》,《一个民族已经起来》,江苏人民出版社 1987 年版,第 57 页。
㉔ 郑敏:《诗人与矛盾》,《一个民族已经起来》,江苏人民出版社 1987 年版,第 30 页。
㉕ 王佐良:《穆旦:由来与归宿》,《一个民族已经起来》,江苏人民出版社 1987 年版,第 3 页。
㉖ 袁可嘉:《诗人穆旦的位置》,《一个民族已经起来》,江苏人民出版社 1987 年版,第 17 页。
㉗ 冯乃超:《战斗诗歌的方向》,《大众文艺丛刊》第 1 辑。
㉘ 臧克家:《中国新诗选·序》,中国青年出版社 1957 年版。

【思考题】

1. 何谓"普罗诗派"? 试述殷夫的政治抒情诗的创作特色。

2. 简述中国诗歌会的创作主张及蒲风的代表作。

3. 臧克家诗歌创作有何特色? 其名诗《老马》具有怎样的象征意蕴?

4. 何谓"晋察冀诗派"? 田间的诗作有何特色?

5. 论析艾青诗歌的中心意象"土地"和"太阳"及其承载的意义。

6. 试述后期新月诗派"唯美"与"浪漫"融合的特点。

7. 现代诗派在内容上有什么共同之处? 简析戴望舒诗作《雨巷》的情绪内涵及艺术表现特点。

8. 何谓"七月诗派"和"九叶诗人"? 他们的创作有何特点?

9. 何谓"政治讽刺诗"? 以《马凡陀山歌》为代表的政治讽刺诗有何特点?

第五章　流派竞存：现代散文的发展路径

第一节　现代散文鼎盛期的多样发展态势

现代散文经历了“五四”的初创之后，在三四十年代进入了全面发展的时期。这时期，“五四”以来的散文创作成就和经验得到了初步的总结，散文的文体意识也大为增强，见解各异的散文理论竞相提倡，现代散文在文体品类、创作方法与手段、语言艺术等多方面探索中获得了生机，一些新的散文体式和特征不断呈示，并形成了各自的流派特色。现代散文逐步走上了自我完善的发展之路。

30 年代散文是现代散文发展的鼎盛时期。在“五四”散文异彩纷呈的创作基础上，不同思想倾向和艺术见解的作家各取所需，不同的散文体式和不同的风格流派获得了自身的发展空间。杂文取得了长足的进展，鲁迅后期的杂文代表了杂文创作的最高成就，且影响了一大批青年作家，形成了“鲁迅风”杂文；小品文承续着 20 年代的繁荣，林语堂的幽默闲适小品盛极一时，还有诸如“历史小品”“科学小品”的出现，拓展了小品文题材表现的领域；李广田、何其芳、丽尼、陆蠡等人则追求抒情散文艺术的创新；茅盾的社会写实散文、丰子恺的“居士”散文、梁遇春的随笔、老舍的幽默小品等等也各具丰姿。此外，报告文学在这一时期异军突起，成为现代散文的一种主要样式。

促成 30 年代散文鼎盛局面的原因是多方面的。其一，是散文文体意识的强化。与“五四”散文理论相比，作家们已对散文体式有了较明晰的认识，其散文创作及理论建设也进入了一种自觉状态。从 20 年代末梁实秋《论散文》、朱自清《论现代中国的小品散文》、钟敬文《试谈小品文》等文开始，小品文或散文的理论研究一直为 30 年代作家所关注。鲁迅、茅盾、郁达夫、梁遇春、林语堂等人相继撰文，从形式与内容等方面探讨散文小品的文类特征和创作方法，尽管他们的理解并不一致，但都体现了试图突出散文本身特质和独立价值的努力。1935 年，《太白》杂志出了一期纪念特辑，收入关于小品文的文章近四十篇，从中可以窥见散文文类的分化迹象。尤其是叙事抒情散文在何其芳、李广田等青年作家的探求中，逐渐与杂感小品相分离，而具有了独立的艺术价值。各种散文样式理论的探讨，不仅有益于散文的规范化，而且为散文创作的多样化发展提供了理论支撑。其二，动荡剧变的社会现实和日益高涨的抗日救亡热潮，促使作家面对现实，作出不同的选择，这是 30 年代散文鼎盛的社会因素。这一时期是中国社会阶级矛盾、民族矛盾空前尖锐的时期,反映在文学上,一部分作家聚集在“左联”周围,形成了声势浩大的左翼文学运动,他们以高度的社会责任感,致力于现实题材的开拓,在散文的体裁样式、内容主题及艺术技艺上都有了新的表现,追求真实性、现实性和社会性,汇成了一股强大的写实主义潮流。一部分作家则退出时代的漩涡,从叛逆走向归隐,于个人生活天地中玩味人生,周作人的“谈狐说鬼寻常事,只欠功夫吃讲茶”,林语堂提倡的“幽默”与“性灵”文学,发展了20年代散文自我表现的一面,具有浓重的个人色彩和生活气息,其影响所及,促成了幽默闲适小品的盛行。还有部分作家对现实感到深深失望与悲哀,他们将眼光投向内心,表达内心的寂寞、忧郁和莫名的惆怅,人生的苦闷和灵魂的拷问,对散文艺术的孜孜以求,成就了他们的选择。其三是艺术借鉴视野的拓展。30年代散文在关注外国散文尤其是欧美散文的同时,开始注意从我国传统散文中吸取营养。这一时期对外国的翻译与介绍已初具规模,就作家译作而言,有法国的蒙田、伏尔泰、莫泊桑,英国的兰姆、斯威夫特、王尔德,俄国的普希金、契诃夫、高尔基等;就专题介绍而言,有《文学界》的基希报告文学译介,《论语》《人间世》的西洋幽默文译介等。然而发展期的现代散文并不仅仅满足于外来散文艺术的借鉴,它还有意识地继承与发展了我国传统散文的艺术经验,如注重意境与意象的选择与创造,以象寓意,以物寄情,追求优美和谐的散文意境,何其芳的《画梦录》在借鉴古典意象营造现代情绪方面,做出了积极而有益的探索。

40年代的散文从总体而言,是30年代散文体式的延续,但由于战争环境的特殊影响,制约着散文在抒写内容、表现形式与情调风格等方面的发展变化。抗战爆发后,在抗战救亡的旗帜下,文艺界结成了广泛的抗敌统一战线,民族情绪的高涨,促使作家投身于抗战文艺运动,时代呼唤着既能及时反映民族解放战争,又能鼓舞斗志、弘扬民族精神的文学的出现,现代散文顺应了这股历史潮流,并率先为时代作了忠实的记录;另一方面,战争使大批作家失去了从容创作的环境与心境,他们陆续从沦陷的都市撤离,逃难到西南大后方,颠沛流离的生活密切了他们与现实、与人民的关系,也开阔了他们的视野,作家的灵魂在血与火的洗礼中得到了升华。到了40年代中后期,随着国内社会矛盾的激化,国统区爱国民主思潮的开展,抨击时政揭露社会弊端的创作再度兴起。个人与自我的抒写走向式微,为民族解放而歌,为人民民主而呐喊的写实主义创作,成为了这一时期散文的主流。这一时期散文创作还有一个突出现象,即散文体式发展的不平衡,尽管它仍延续着30年代散文创作的繁荣景象。《鲁迅风》杂文作家群和《野草》杂文作家群承继了鲁迅杂文的战斗传统,茅盾、巴金、丰子恺、何其芳、李广田等作家的散文创作在战时状态中也有了新进展,梁实秋的“雅舍”小品丰富了小品的漫谈方式,钱锺书、王力等或论学术趣味或谈人生哲理的"学者散文",张爱玲、苏青等女性作家以女性的独特体验和艺术触角营构着充满女性关注的"女性散文"。然而,在众多体式中,报告文学几乎是一枝独秀,由于战时的特定创作条件和读者对战争状况进行了解的阅读期待,报告文学以"文艺轻骑兵"的姿态,进入到散文艺苑,此时涌现出了大批报告文学作者,如丘东平、曹白、刘白羽、骆宾基、萧乾等,还有茅盾、沙汀、丁玲等也相继投入到报告文学的创作热潮中,报告文学成为了战时文艺的主流。

综观三四十年代的散文,无论是理论建设还是创作实践都逐渐趋向完善与成熟,题材开拓更为广阔,思想内容更为丰厚,艺术形式更为多样,呈现出流派竞存、繁富多姿的发展局面。它主要表现为如下几个特征:

第一个特征是散文格局的多元化。发展期散文改变了初创期杂文与小品的一统天下,散文理论在不同思想倾向与艺术倾向的作家笔下得到了不同的诠释。或注重杂文的现实战斗精神,或提倡小品文的"闲适"与"幽默",或追求散文艺术的表现,或强调散文的写实性和社会功能,或倡导隐讽含蓄的"软性文章",散文母体中不断派生出和创新出各种新的样式。因而,此时期散文的多元化首先表现在文类体式的多样性,仅在30年代,许多报刊如聚集了鲁迅、茅盾、瞿秋白、唐弢等众多名家的《申报·自由谈》,沈从文主编的《大公报·文艺副刊》,林语堂的《论语》《人间世》,还有《萌芽》《现代》《文学季刊》等,均刊载了大量的杂文、随笔、抒情小品等,1934年甚至被称为"小品文年"。各式散文创作盛极一时,不仅杂文、小品文、抒情美文等在此时期有了新的进展与特质,其他文类样式也日趋具体化,游记、传记、速写、杂记、通讯、报告文学、科学小品、历史小品等都呈现出其独特的体式特征。如"科学小品"即是文学和科学知识联姻产生出的一种边缘文体,其特点是将科学知识通俗化、趣味化、文学化,在当时起到了普及科学知识和思想启蒙的作用。于1934年9月创刊的《太白》杂志,就聚集了科学小品作家贾祖璋、周建人、高士其等。其次,多样而丰富的散文艺术品格是散文多元化发展的鲜明标识,散文的抒情叙事与议论功能为不同艺术倾向的作家尽情发挥,多样的抒写方式与话语风格使这一时期的散文获得了多样的审美品格。林语堂以幽默的个人笔致娓娓而谈,延续着散文的"谈话风",梁实秋的"雅舍小品"与之有共通之处;何其芳、丽尼等人则致力于"独语体"的创造,注重内心情绪及自我生命的体验,构思精巧、意象繁丰,苦心经营散文的诗艺美;叶圣陶、夏丏尊、丰子恺等"开明"同人,自觉追求散文的口语化,从日常语境中提炼生动活泼的文学语言,形成自然、亲切、朴实的语体文;张爱玲、苏青则以女性话语絮叨着个人生活与情感,营构着别具一格的"私语体"散文。此外,还有部分作家如茅盾、王统照等人的散文,在抒写中糅进了更多的叙述手段,呈现出鲜明的叙事化倾向。

第二个特征是写实主义思潮的兴盛。作家在抒写内心世界与情感体验的同时,其触角延伸到社会生活的各个方面,重现实、重人生、重社会的叙事与抒情,促使了三四十年代散文写实主义主潮的勃兴。三四十年代急剧变化的社会现实,促使了作家由狭小的个人视野向广阔的社会视野的转向,作家感同身受着民族的危机、阶级的斗争、人民的困苦和生活的动荡不安,散文与现实发生了最为密切的关系。茅盾的散文始终密切关注着社会现实,他的《速写与随笔》《见闻杂记》忠实地记录与表现出时代的特征,王统照、蹇先艾、吴组缃、鲁彦、叶紫、靳以,还有东北作家群作家都以灵活多样的散文体式,展开了对中国社会生活各侧面的描述与抒写,而抗战以来出现的战地通讯和战时抒情叙事散文,对现实主义思潮的发展起到了催化作用。在写实主义思潮的影响下,一些原先苦心孤诣地追求艺术完美的青年作家也逐渐趋向写实,如何其芳即由前期的"刻意""画梦",转向了较为写实的"还乡杂记"。总体而论,三四十年代散文突破并超越了"五四"散文囿于"自我"的个人抒写,由抒写自我转向抒写社会,内心世界转向外部现实,主观情绪转向客观生活,汇成了写实主义的强劲主潮,而其中又以茅盾为代表的社会写实散文影响最大。

第三个特征是报告文学的成熟与繁荣。报告文学是近代报刊业发展的产物,由新闻报道和纪实性文章衍化而来,瞿秋白作于20年代的《饿乡纪程》《赤都心史》是我国报告文学的滥觞。20年代后期,谢冰莹的《从军日记》预示着报告文学向文学化方向的发展,报告文学的体式特征已初具雏形,而它的正式倡导并创作则始于30年代,夏衍的《包身工》、宋之的的《一九三六年春在太原》标志着现代报告文学的成熟。此后,报告文学作为一种特殊的散文样式,绽放在现代散文的百花苑中。此时期报告文学的成熟与繁荣,除自身的体式衍进之外,还得益于时代的需要和理论的倡导。30年代后,尤其是抗战的爆发,急剧变化的社会态势和风起云涌的政治形势,把许多作家卷进了时代的浪潮,而广大民众对个人命运和民族存亡的关注,驱使着作家寻求一种能及时、迅速、准确、真实反映现实事变的文学体裁,报告文学以其具新闻时效性和文学真实性的特点,顺应了时代的需求。茅盾曾指出:"读者大众急不可耐地要求知道生活在昨天所起的变化,作家迫切地将社会上最新发生的现象解剖给读者看,刊物要有敏锐的时代感——这就是'报告'的产生而且风靡的原因。"① 从理论上看,"左联"是报告文学最早的倡导者,积极号召开展"工农兵通讯运动","创造我们的报告文学",《文学导报》《文学新闻》《文学月报》《北斗》等"左联"刊物相继发表了大量有关报告文学的理论文章,对报告文学的体式特征和作用功能等进行了多方面的探索。而外国报告文学理论与作品的译介,如捷克作家基希的报告文学,为我国报告文学的创作提供了有益的借鉴。

处于全面发展期的三四十年代散文收获甚丰,从流派角度看,既有自觉倡导形成的流派,也有自然形成客观存在的流派,其中影响较大的有论语派、社会写实派、"鲁迅风"杂文流派、《野草》杂文流派、"京派"散文等。此外,还有一些作家的流派归属并不清晰,如梁遇春的随笔,丰子恺的"居士型"散文,王力、钱锺书的"学者散文",梁实秋、张爱玲的"艺术散文",丽尼、陆蠡、缪崇群等一批新进作者的"纯散文"等等,也以其特有的创作风貌散发着独特的艺术魅力。

第二节　茅盾与社会写实派散文

现代散文的写实主义传统,"五四"时期即得以确立,而三四十年代的社会现实,则为写实精神的发展与深化提供了丰富的土壤。30 年代关于"中国社会性质问题"等的讨论,以鲁迅、茅盾为代表的左翼作家和"论语派"等资产阶级自由思潮的论争,为写实主义的发展作了理论上的准备。在《涛声》《太白》《芒种》《中流》等左翼刊物的积极倡导下,反映社会现实的"新的小品文"迅速勃兴,并与盛极一时的闲适幽默小品相抗衡,在客观上形成了一个影响力颇大的流派——社会写实派。

社会写实派散文强调文学面对生活的表现,直面现实,干预生活,往往显示出一个广阔的抒情叙事空间。中国社会的剧变,民族经济的衰退与破产,城乡社会的动荡不安,百姓民众日趋贫困的生活境地等,成为这派作家最习见的最乐于表现的题材。他们以客观的不回避的态度,以写实的精神,及时、广泛、深刻地反映出现实生活的真实性与复杂性,他们在参与社会介入现实的过程中,体味着生活所带来的沉重与严峻,在创作中体现着一种皈依现实的自觉性。社会写实派散文不仅拓展了题材的现实表现,而且丰富与发展了现代散文的抒情艺术。在体式上它往往采用散记、速写等方式,熔叙事、抒情、议论于一炉。胡风曾作过这样的描述:

> 激剧变化的社会生活使作家除了创作以外还不能不随时用素描或速写来批判地记录各个角落里发生的社会现象,把具体的实在的样相(认识)传达给读者。这不是经过综合或想象作用的文艺作品,而是一种文艺性的记事(sketch),但它的特征是能够把变动的日常事故更迅速地更直接地反映、批判。说它是轻妙的"世态画",是很确切的。[②]

如茅盾便将他的一些散文以《速写与随笔》的书名结集出版。在技巧上，较多地移植了叙事元素，或注重情节提炼，或讲究场景刻画，或侧重人物勾勒等等，散文的叙事功能得到了强化。将社会生活的描述与个人的情感体验相交织，这是社会写实派散文的一个显著的艺术特征。

茅盾是社会写实派散文作家的杰出代表，其散文先后结集为《话匣子》《速写与随笔》《炮火的洗礼》《见闻杂记》《时间的记录》《劫后拾遗》《归途杂拾》《脱险杂记》等。茅盾是位具有强烈社会责任感的作家，善于观察与分析社会现象，往往于现实生活中有独到发现，其认识之深刻，直逼事物的本质。郁达夫曾评价说："唯其阅世深了，所以行文每不忘社会。他的观察的周到，分析的清楚，是现代散文中最有实用的一种写法。"③茅盾的散文，具有浓郁的时代特色和鲜明的时代精神，投射着社会生活的剧变和自我思想认识的发展。他认为"文学是表现时代，解释时代，而且是推动时代的武器"。他的创作是这一文学主张的具体实践。"五卅"运动爆发的当天，茅盾即写下了《五月三十日的下午》，此后又写下《暴风雨》等文，迅捷地反映出"五卅"的时代风云和作者高涨的革命激情。《严霜下的梦》《叩门》《雾》等，则反映了大革命失败后作者的苦闷与彷徨，折射出一代知识分子希望与失望相交织的共同心态。30年代初的《雷雨前》《冬天》《沙滩上的脚迹》等文，逐渐摆脱了前一时期的苦闷与悲观，而具有了乐观的理想色彩。同时，对城乡社会的认识日趋清醒与深刻，写下了《故乡杂记》《交易所速写》等揭示农村破产和都市畸形生活的文章。抗战爆发后，又充满激情地写下了《炮火的洗礼》，为民族解放战争而呐喊，必胜的信心洋溢于字里行间。而作于40年代的《风景谈》《白杨礼赞》则真实展现了解放区的新生活和根据地军民的崇高品质和伟大精神，成为脍炙人口的名篇佳作。

茅盾的散文，从整体上看大致可分为三类。第一类是迅捷尖锐的宏大题材之作。这类作品往往针对时政要闻或重大的社会事件，揭露帝国主义的侵略本质，抨击国民党政权的专制统治与残酷镇压，直接为政治斗争服务。写于五月三十日当夜的《五月三十日的下午》，揭露了帝国主义和反动政府镇压人民的"狠毒丑恶的本相"，热情歌颂了"五卅"运动中为正义和自由而斗的"战士"，同时也谴责了那些绅士、太太们的卑怯无耻，"他们离流血的地点不过百步，距流血的时间不过一小时"，而竟能"歌吹作乐"，作者对之表示了极度的愤慨，"祈求热血洗刷这一切的强横暴虐，同时也洗刷这卑贱无耻"。作于五月三十一日的《暴风雨》，写上海工人与学生的示威游行，作者为他们的"慷慨热烈的气概"所折服，表达了由衷敬仰之情。《炮火的洗礼》写于"八一三"抗战期间，真切地感受了上海"十天的恶战，三昼夜沪东区的大火"，抒发了自己的战斗激情：

“这一把火,将我们千千万万颗心熔成一个至大无比的铁心!”“三日三夜的赤焰是敌人的毒火,然而也是我们出地狱升天堂的净火!”弘扬了中华民族坚贞不屈的战斗意志。第二类是揭露现实剖析社会之作,这类作品往往截取现实生活的某一侧面,或揭示社会矛盾,或抨击时弊,或表现在帝国主义与反动政权双重压迫下人民的苦难,具有强烈的社会分析色彩。如写于1927年的《袁世凯与蒋介石》一文,以比照的手法从六个方面描绘了蒋介石这个“具体而入微的袁世凯第二”的真实面目,“袁世凯对于异己一律称为乱党,恣意捕杀;蒋介石也把反对他的人一律称为共产党,捕到必杀”。所以,他的结局“一定比袁世凯更坏”。《防盗》一文抓住上海盗案“层见迭出”的现象,描述了不同阶层的不同感受:因为报纸天天有抢劫的记载,排字工人倒省了事,每天只要把其中的地名、人名和巡捕的号数更改一下即妥,而“商民却谈虎变色”,以致处处召开防盗会议。作者由此加以引申:“不过现在有盗的地方,不止上海,大盗当道,许多人的衣食,都被他们盗去了,我看大家也得开个国民防盗会议才行。”幽默中暗含机锋,巧妙地揭露了国统区大官大盗,小官小盗,官盗一家的黑暗现实。《故乡杂记》更体现了茅盾善于处理复杂题材,把握事物关键的社会分析能力。它通过自己回故乡半个月的经历,如实地记录了在途中、在故乡小镇的种种见闻,让人真切感受到帝国主义的肆意侵略和国民党的曲意媚外所带来的种种不幸与苦难。其中“半个月印象”,勾勒出小镇一家当铺营业的情景,先交代小镇上本有四个当票,他们的主顾大多是乡下人,“但现在只剩下一家当票了”。接着写当铺开门后“在饥饿线上挣扎”的乡下人的挤轧、叹息,写“乡下人间接的负担又在那里一项又一项的新加出来”。《香市》写“香市”举行了,但农民已丧失了购买力,“再没有闲钱来逛香市”了。这些都反映出半封建半殖民地社会中国农村经济的萧条和全面衰退的现实,深刻揭示出农村经济破产的原因是由于官吏横行、苛捐杂税、军阀剥削、外货倾销等等。其他如《乡村杂景》《大旱》《上海大年夜》等,也以简约明了的笔法,速写出30年代中国城乡社会的各个不同侧面,反映了30年代中国社会的历史现实。第三类是借景抒情、象征寓意之作。《严霜下的梦》《叩门》《雾》《雷雨前》《黄昏》《风景谈》《白杨礼赞》等均为精心构筑的佳作。这类作品往往以象征手法,表达自己对现实生活的态度体验和人生探索,含蓄蕴藉,寓意深刻,并将现实描述与主观情思相交融,具有浓郁的抒情性。《严霜下的梦》的梦境尽管怪诞,折射出的却是现实的斗争,表达了作者对“左”倾盲动的不理解和不赞成,“什么时候天才亮呀”的内心呼唤让人感受到作者对光明的期盼。《雾》借自然天象抒写自己的情绪,他诅咒掩盖一切抹煞一切的迷雾,也厌恶寒风与冰雪,但两者相比,宁愿接受后者,因为“寒风和冰雪的天气能够杀人,但也刺激人们活动起来奋斗”。“既然没有杲杲的太阳,便宁愿有疾风大雨。”其不屈的意志和对斗争的渴望之情,溢于言表。《虹》中既赞美虹是“美丽的希望的象征”,又感受到“虹一样的希望也太使人伤心”,它是作者于革命低潮时苦闷彷徨心态的典型表征。《黄昏》《冬天》等文则表达了作者告别灰暗、追求光明、迎接新生的喜悦,“冬天的寒冷越甚,就是冬的命运快要告终,‘春’已在叩门”。茅盾的抒情散文中,最负盛名的当推《风景谈》与《白杨礼赞》。《风景谈》全文由六幅风景组成:沙漠风光、月夜归耕、延河夕照、石洞雨景、桃园憩趣、北国晨号,作者准确地把握住每一风景的风物人情以及所反映出来的生活内容,逐层揭示出“自然是伟大的,人类是伟大的,然而充满了崇高精神的人类活动,乃是伟大中之尤其伟大者”这一深刻的命题。“风景”不再是停留在自然层面的美丽景观,它因抗日根据地军民的活动而生动、丰富,具有了社会美的特征。谈“风景”,真正谈的是延安及陕北根据地的新生活新气象,谈的是陕北军民所创造的新“风景”;欣赏“风景”,真正欣赏到的是根据地生机勃勃、奋发向上的精神面貌。文章曲折含蓄,诗意美和意蕴美达到了水乳交融般的和谐一致。《白杨礼赞》立意于大西北的独特景观——白杨树,借物抒情。通过对白杨树的干、枝、叶、皮的外形描写,突出其伟岸、正直、朴质、挺拔和坚强不屈的品质,从而赞美白杨树的不平凡。全文以白杨树为中心意象,构成巧妙的象征隐喻关系,“它有坚强的生命力,磨折不了,压迫不倒”。“它不但象征了北方的农民,尤其象征了今天我们民族解放斗争中所不可缺的朴质、坚强、力求上进的精神。”白杨树不再是西北高原普通的一种树,它的品质已与人的精神相契合,而成为民族精神的象征。文章借树赞人,构思精巧。

茅盾的散文是“为人生”的,他的笔触始终未曾游离于社会,正如作者在回顾自己的创作道路时所言,“未尝敢忘记了文学的社会意义”,也“未尝敢粗制滥造”。在强调散文的社会功能的同时,茅盾的散文在艺术追求上也有着鲜明而显著的特色。

其一,以小见大,见微知著。茅盾善于驾驭琐碎细小的生活素材,往往从某一现象着手,撷取某几个片断,深入挖掘,从中发现事物的本质,达到以少总多、以小见大的效果。如《香市》一文,从家乡的传统“香市”切入,描绘了昔日香市的繁荣和现今香市的萧条,因小见大,具体而微地展现了30年代农村经济的日益崩溃及其对市镇生活的影响,反映出了旧中国自闭的封建经济向半殖民地经济的转换。《乡村杂景》也从作为点缀农村“风景”的三件东西谈起:“爬虫”(火车)、“铁鸟”(飞机)、“小火轮”,进而分析农村的货物、农民手里的钱,通过这三件东西源源不断地流向城市,流向国外,深刻揭示出帝国主义的经济入侵是造成农村经济破产的主要原因之一。而《见闻杂记》中的许多篇什,如《兰州杂碎》《“雾重庆”拾零》等,描述了抗战期间大后方的虚假“繁荣”,各类铺子纷纷开张,各种货物应有尽有,酒馆、戏院、咖啡馆等生意兴隆,这种“愈‘战’愈‘兴旺'"的"繁荣"局面的根本原因在于官商勾结,大发国难财。一些平常习见的事物在茅盾笔下得到深层次的发掘。

其二,托物寄意,巧用象征,这是茅盾抒情散文最显著的艺术特征之一。托物寄意,是作者将自己的人生感悟与客观事物景观相融,以表达情思的一种艺术手段;而象征则是借助某一具体形象以表现超越形象本身的寓意性,两者的共同点在于透过意象表层去体味更深远的意蕴,从而达到含蓄蕴藉、耐人寻味的艺术效果。茅盾的散文在借助客观外物(事物或景观)寄托情思抒发感慨时,又巧妙地运用了象征手法,既营造出情景交融的艺术境界,又深化了作品的思想内涵。《卖豆腐的哨子》中"像是闷在瓮中,像是透过了重压而挣扎出来的地下的声音"的哨子,象征了作者在革命低潮时内心的压抑与沉重。《雷雨前》像"一张密不透风的灰色的幔"的天空,"热辣辣的"闷气,龌龊的苍蝇、蚊子,还有像"发怒巨人"的雷电等等,都寄寓着特定的象征意味,文章最后呼唤"让大雷雨冲洗出干净清凉的世界"抒发了自己对社会变革的热切期待与强烈渴望。《沙滩上的脚迹》更是一篇以象征手法结构的名作,抒情主人公"他"的不断探索和坚定前行,正是作者人生探求的真实写照,也概括出了现代进步知识分子寻路人的共同特征。而《风景谈》《白杨礼赞》中的借景抒情和象征意蕴,则已成为散文艺术的典型范例。

其三,形式不拘,富于变化。茅盾的散文不仅内容丰富,题材多样,在形式创造上也不拘一格,富于变化。在体式上,有侧重叙事的"杂论体",如《故乡杂记》《兰州杂碎》《乡村杂景》《归途杂拾》等;有侧重抒情的"独语体",如《叩门》《雾》《虹》;有侧重议论的"随笔体",如《佩服与崇拜》《时髦病》《农村来的好音》等。在抒情上,既有直抒胸臆之作,也有借景抒情之作。在结构技巧上,有通过梦境反映现实的《做梦》《严霜下的梦》等,有通过对比来揭示事物本质的《袁世凯与蒋介石》《香市》等。如《香市》采用了对照性的二部结构,生动形象地记叙了"香市"昔盛今衰的历史变化。文章前半部分以浓墨重彩描摹了儿时记忆中故乡香市的盛况,社庙前的各种杂耍表演,庙内的花纸、烛山、檀香烟以及各式玩具,人声、锣声、哨声"混合成一片骚音,三里路以外也听得见"。后半部分写"香市"被当局以"破除迷信"之名禁止,其实是害怕民众集会闹事,社庙被所谓的"公安分局""蚕种改良所"侵占,一座小小的社庙,被涂上了强权化、殖民化的色彩。文后还提到尽管"香市"得以恢复,但已繁荣不再。散文通过对比,揭示出在帝国主义与反动政权双重压迫下农村社会经济的衰退和农民日趋贫困的悲惨历史命运,蕴含着浓烈的社会分析与现实批判色彩。此外,茅盾的散文借用了小说创作的许多技巧,叙议结合,语言明白畅达,形成了自然素朴、含蓄深沉的艺术风格。

社会写实派散文的其他代表作家还有阿英、靳以、鲁彦、吴组缃、蹇先艾等人。

阿英(1900—1977),原名钱杏邨,安徽芜湖人,有散文集《流离》《灰色之家》《夜航集》。《流离》真实地记录了大革命失败后作者流亡与漂泊的经历,反映了白色恐怖下人民的苦难生活和革命者百折不挠的坚定意志和不屈精神。《盐乡杂信》以具体的描述、详尽的数据记录下盐民"常常饿得没有饭吃"的困苦情形,反映他们与"大自然的争斗""与豪绅的肉搏"的艰难生活,传达出了自己的悲愤与激动。他的散文叙述客观,语言平实,政治倾向鲜明。

靳以(1909—1959),原名章方叙,天津人,散文结集有《猫与短简》《渡家》《雾及其他》《人世百图》。其前期作品以抒写身边琐事和个人心怀为主,《猫》写家庭的变故与衰落,如一曲悲哀的挽歌。《火》从儿时爱火的癖好写起,抒发了自己追求光明与温暖的志趣。后期散文记述战乱生活,描写后方社会的众生相,揭露现实的黑暗,显示了谨严的写实主义作风。《邻居们》传神地勾勒了流寓大后方的各色人等:神秘莫测的胡子先生、喜怒无常的青年夫妇、争执打骂的女人、暴富奢侈的投机商等等,活现出战时光怪陆离的人生相。靳以的散文融进了小说因素,充分发挥形象本身的说服力,叙事写人,冷静客观。

其他如鲁彦的《驴子和骡子》《旅人的心》,蹇先艾的《城下集》《离散集》,吴组缃的《饭余集》等,都从不同角度展现了中国社会的各个侧面,其各具特色的艺术表现,显示了社会写实派散文的创作实力,为现实主义抒写拓展了广阔的发展道路。

第三节　丰子恺、何其芳等的小品散文

30 年代的小品散文创作,除了继承"五四"散文的多样风格的传统外,还因作家们进行不懈的艺术探索、多方吸取不同艺术表现手法,使小品散文的体式日趋多样化。这时期除茅盾、巴金等小说家时有散文作品外,特别值得注意的是出现过一批专力从事小品散文创作的"纯"散文家,他们的作品都对中国现代散文发展产生过不同程度的影响。在这批作家中,比较重要的有丰子恺、梁遇春、何其芳、李广田、陆蠡、丽尼等人。

丰子恺(1899—1975),浙江桐乡人。他于 20 年代中期开始散文创作,30 年代进入创作丰收时期,相继出版《缘缘堂随笔》《车厢社会》《缘缘堂再笔》等散文集。其散文以鲜明的艺术个性和独特风格置身于名家行列,有着别人不可替代的位置。

丰子恺的散文,最初交错表现的题材是人生问题和儿童生活,然后扩展至社会生活相以及战时生活相。他对人生根本问题的体察思考,集中体现在他创作初期的一些作品,也延伸到 30 年代以后的创作中。代表作品有《剪网》《渐》《大账簿》《秋》《无常之恸》《大人》等。由于受佛教的影响,他的散文多从佛理角度探究人生,带有释家人生虚

无、慈悲为怀的宗教意味,染有清淡的悲色和伤感情调。他从佛理玄思中获得对苦难现实的一种精神超越,却没有从佛国极乐世界获得理想追求的满足,也许那种不食人间烟火的涅槃境界对他来说是高不可攀,他憧憬的还是人间的大同世界,“天下如一家,人们如家族,互相亲爱互相帮助,共乐其生活”(《东京某晚的事》)。然而现实社会黑暗使他看不见光明的出路,空幻的理想依然抚慰不了他的苦闷。这时身边一群天真活泼的孩子成了他憧憬的具体对象,唤起他失去已久的一颗童心。他转向儿童崇拜,在散文里盛赞儿童人格美。脍炙人口的名篇有《华瞻的日记》《给我的孩子们》《儿女》《送阿宝出黄金时代》等。如《给我的孩子们》以画集为线索,把艺术焦点放在童真的描绘上,作者有感于成人社会的虚伪和污浊,倾心赞美孩子的天真无邪、率真自然,表现作家对童真和儿童世界的虔诚神往和憧憬。

丰子恺不是时代的弄潮儿,他只是大时代圈外的一介书生,他无力改变现实,也找不到正确出路。在苦难不幸的现实世界面前,他的世界观是矛盾的。他说自己是一个“二重人格的人”,此言不虚:一方面是个超然物外、与世无争的佛教居士,另一方面是个爱憎分明、积极入世的爱国知识分子。这就形成他的人格中“居士”与“斗士”的两个侧面。他的散文就是“居士”和“斗士”交替出现的写照。《车厢社会》就是他的“两重人格”交战的集中体现。一方面,作品通过火车车厢里人们争抢座位,扰攘不休的现象描写,以“车厢”一角喻“社会”景状,表现了作者对纷争不休的混乱社会的愤慨,同时也揭露了人间不合理现象、不平等关系,体现出丰子恺的民主主义思想。另一方面,作者又把这一切看成是人们堕入“人间苦”的恶果,认为人生既然像乘车这样短暂,又何必扰扰攘攘争个不休,表现了宗教教义中与世无争、安于现状的思想。当然,丰子恺毕竟是食人间烟火的,面对丑恶现实和黑暗社会,作为一个有良知的艺术家是不会沉默的。在许多散文里,他已走出宗教和儿童天地,关心起世间多数人生活,以“状世”显示出他的积极“入世”态度。在《吃瓜子》里,作者对一些人沉湎于吃瓜子的嗜好中,且有形形色色的吃瓜子高超技艺作了穷形尽相的描绘,由此表露了他对国民无所作为,只沉浸于这种无聊生活方式的忧虑:“将来此道发展起来,恐怕是全中国也可消灭在‘格,呸’,‘的,的’的声音中呢。”这里作者关心世态的热切是跃然纸上的。抗战爆发后,民族恨、家国忧,使丰子恺的思想和创作发生重大转折,“斗士”精神得到更强烈的体现。他挥笔写下的《还我缘缘堂》《辞缘缘堂》《告缘缘堂在天之灵》等充满战斗激情的檄文,以亲身经历,控诉日寇侵我中华的法西斯暴行,感情激越而热烈,字字千钧,力透纸背,饱含着崇高的爱国主义精神。抗战胜利后,丰子恺写下了《伍元的话》《口中剿匪记》等显露批判锋芒之作,对国民党反动派横征暴敛、通货膨胀的黑暗统治作了无情的批判,这标志着他此时的散文依然保持着相当的战斗色彩。时代和社会的动荡剧变，推动着这位作家思想发展，使他从遁世到入世，从无为到有为，完成一个质的变化。

丰子恺的散文在艺术上有自己的显著特色。首先是善于小中见大，平中见奇。出自艺术家的赤子之心和敏锐感受，他总是超越实利或成见的束缚，善于从琐碎平凡的人生日常生活中发现艺术题材。这些日常生活琐事、人情世态，在他慧眼观照下，着意深化，竟呈现五光十色、千行万状的本相，蕴含着丰富深切的人生情趣和耐人寻思的人生真理。其次是他善于用朴素平淡的文字、夹叙夹议的笔法真诚抒写平常事，同时在叙写中融合漫画艺术，使其散文具有"文中有画"的风格，创造"清幽玄妙"的意境，传达出深婉情致的浓郁的诗意，并从中表现深邃哲理。再次是他的散文吸取了中国画富有笔情墨趣的笔法，也吸收了欧美散文，尤其是日本随笔的格调，行文中时露机警和幽默，显得活泼洒脱，亲切有趣。

梁遇春(1906—1932)，福建福州人。其散文创作始于20世纪20年代后期，有《春醪集》《泪与笑》面世，多为谈论知识、探索人生类议论散文。他是一位思考型作家，不盲从权威，从不随波逐流、趋奉时尚，而是以独立思考的精神，从自己的经历中去观察、认识复杂的人生现象。《"还我头来"及其他》一文充分表现了作者的独立思考精神。他猛烈抨击了趋奉权威、人云亦云的不良风气，认为对任何问题都在重复别人意见的人正在将"自己的头一步一步消灭"。文章还分析了广泛存在这种人云亦云不良倾向的原因，是中国的知识者特别爱面子，唯恐别人说自己无知，只好借几句陈话套语来掩饰自己。有鉴于此，他郑重提出："还我头来。"由于注重独立思考，他的散文往往标新立异，好做反面文章：人们认为失恋是痛苦的，他却认为失恋并不可哀，婚后感情的淡漠和破裂，才是人间惨剧(《寄一个失恋人的信(一)》)；欢乐则笑，伤心则哭，是人之常情，他却从自己感受出发，说笑是感到无限生的悲哀，泪是肯定人生的表示(《泪与笑》)；在人们大谈人生观的时候，他写出《人死观》；在人们高谈阔论绅士风度的时候，他却在赞美"流浪汉"精神(《流浪汉》)，如此等等。他总是这样借助自己的博识和才思，说出一套不随流俗，时而迸发出智慧火花的妙语警句。这并非作者有意在找别扭，与时尚抗衡，也不是故意标新立异，而是他深深地懂得生活的辩证法，并以此看取生活现象，从而得出了独到深刻的认识。他执着于生活，认真地对待生活，在散文里表现出他憎恨社会黑暗，鄙弃醉生梦死的寄生生活，痛恨弥漫于知识界的灰色平庸，认为一个人在生活中应该敢哭、敢笑、敢说、敢闯，应该生气勃勃地占有生活、享受生活。在《流浪汉》中，他嘲笑"绅士"和"君子"，要求人们学习"流浪汉"精神，认为流浪汉"任性顺情，万事随缘"的人生态度和"那股天不怕，地不怕，不计得失，不论是非的英气可以使这麻木的世界呈现些须生气”。当然这种对生活破坏多于建设的“流浪汉”还不能使他完全满足,于是在《救火夫》里,他又把舍己为人扑灭烈火的救火者,作为生活追求的至高理想而予以赞颂。《救火夫》简直是一首激昂的生活颂歌。作品描述了救火夫在人们心目中的崇高地位:凡遇火灾,救火夫一到,“愁闷的心境顿然化为清朗,真可以说拨云雾而见天日了”;最令人感佩的是救火夫的勇敢精神:“在席卷一切的大火中奔走,在快陷下的屋梁上攀援,不顾死生,争为先登的救火夫们安得不打动我们的心弦。”作者称赞他们“才是真真活着的人们”。而跟这些无畏的壮士比起来,他自责自己度过的平庸生活:“我是多么心痛,痛惜我虚度的青春和壮年”,作者崇尚美好、追求进步的心态可谓溢于言表。自然,由于生活面的狭小,梁遇春不可能像同时代的革命作家那样,找到光明和宽阔的道路。于是在他多愁善感的心中,不时会弹拨出无法突破黑暗的失望、凄凉的情调。作为文体家,梁遇春的议论性散文有着独特的风格。其散文笔调深受英国随笔的影响,放纵自如,开阖有致,集尖刻、奇巧、炫才、飘忽于一身,故而有中国的“爱利亚”之称。他的散文从不作枯燥空洞的议论,总是调动古今中外的丰富历史文化知识作为立论根据,调动记叙、描写、抒情、对话、想象、联想等多种艺术手段展开议论,使议论形象化和抒情化。他在行文中,有张有弛,有纵有横,写得腾挪跌宕,把理说深说透为止,颇有放谈、壮谈、纵谈风格。其散文笔调轻松随意,语言清新隽秀,叙述平易亲切,就似两人促膝交谈,娓娓动听,颇具艺术感染力。

除上述作家外,还有几位在30年代开始创作的青年散文家也有程度不同的收获。陆蠡(1908—1942),原名陆圣泉,浙江天台人。著有《海星》《竹刀》《囚绿记》等散文集,既有对美和理想的热切期盼,也有自我哀怨与惆怅之情的真诚流泻。其名篇《囚绿记》写于抗战爆发以后,作者在流亡途中满怀深情地思念北平公寓里的常青藤。想当年,当它的两枝柔条被作者幽囚到室内时,“它的尖端总朝着窗外的方向”。这“永不屈服于黑暗的囚人”,正是我们民族的象征。散文通过它引出了对日寇铁蹄下山河沦亡的感叹,含蓄地赞美了忠贞不屈的民族气节。此文在艺术上托物言志,寓人生哲理于自然景物,描写细腻,语调亲切,富有情韵,历来为人们所传诵。丽尼(1909—1968),原名郭安仁,著有《黄昏之献》《鹰之歌》《白色》三个散文集。他是位忧伤的歌手,在《黄昏之献》中多用低回抑郁的声调吟唱自己哀愁的衷曲,表达了在那黑暗的年代里不甘沦落的知识青年内心痛苦和搏斗。《鹰之歌》和《白色》在题材上较前有了很大的开拓,显示了作者向现实生活的掘进。特别是名篇《鹰之歌》,写作者的一个女友因革命而被残酷地杀害,赞颂了她像鹰一样的性格,在幽怨的叙事中迸发出愤恨的火焰,表明作者精神上的奋起和艺术上新的求索。他的散文讲究意象的选择与创造,善于以象征性的意象,将自己的心绪与情感倾泻在诗样的文字中,语言富有艺术张力。缪崇群(1907—1945),江苏六合人,著有《晞露集》《寄健康人》《废墟集》等散文集,他的创作与上述作家相似,大致经历了由初期忧郁感伤的灵魂叹息,向后期平实诚挚的现实抒写转换的过程。《黄昏的雨》《守岁烛》《旅途随笔》等均为不可多得的佳构。他的散文风格平实亲切,精细委婉。上述作家创作风格有别,艺术成就不一,但他们刻意追求散文艺术的圆满完美,力图提升散文艺术的纯粹性,从一个侧面反映了现代散文的发展潮流。

"京派"散文,是一个自然形成的较为松散而富有特色的散文流派,20 年代末至 30 年代,一批作家聚集在以北平为中心的北方都市,围绕着《文学月刊》《水星》《大公报·文艺副刊》等刊物,致力于散文艺术的探索与创新,并且卓有建树。京派散文与京派小说有着大体相同的创作倾向,由于作家们长期局限于学校或"亭子间"的小圈子生活之内,与社会运动和政治斗争相对地处于隔离状态,只从个人经验中感到社会的黑暗和严酷。其散文倾向于返视内心,抚摸自己的幻想、感觉和情感,传达的是不满现实而又找不到出路的苦闷,情调比较低沉忧郁,但在艺术上却有独特的创造。意象繁富迷离,语言精美绚丽,又往往借助于梦幻、象征、暗示等技巧,带有较浓厚的唯美色彩。尽管它有时失之雕琢,但所体现出的向纯文学意义上的散文的逼近,仍具有不可磨灭的意义。代表作家有沈从文、萧乾、李广田、卞之琳等,而其中又以何其芳的成就最为突出。

何其芳(1912—1977),四川万县人,在北大求学时,开始从事诗歌与散文创作,为著名的"汉园三诗人"之一。他以诗人的笔触抒写个人的生命体验与人生感悟,先后结集为《画梦录》《刻意集》《还乡杂记》等散文集,为现代散文注入了一股清新的活力。1936 年出版的《画梦录》是作者第一个散文集,曾获得《大公报》唯一散文奖。评委会对它作出的评价是:"在过去,混杂于幽默小品中间,散文一向给我们的印象多是顺手拈来的即景文章而已。在市场上虽曾走过红运,在文学部门中,却常为人轻视。《画梦录》是一种独立的艺术制作,有它超达深渊的情趣。"这高度肯定了它的艺术成就。经过历史的磨砺和时间的洗刷,《画梦录》日见璀璨夺目,在现代散文史上有不可取代的价值和地位,为现代抒情散文树立了一个里程碑。《画梦录》用散文诗笔调创造了一个超离现实的艺术世界。它状写生命的美丽和悲哀,表现出一个"书斋式"悲观者的孤独灵魂的颤动,反映了当时一批知识青年不满现实而又找不到出路的苦闷彷徨,字里行间充满忧郁和颓丧的情调。《画梦录》共辑录包括《扇上烟云》在内的 17 篇散文。前 5 篇是"温柔的独语",写"幼稚的感伤,寂寞的欢欣和辽远的幻想"。其中有青春少男少女对人生的独特感悟。《墓》写一对青年男女极不平凡的爱情故事:一位名叫柳玲的小牧女生前寂寞而快乐,死后静静地安眠在山峦之间的小溪旁,她的情人孤独地在墓旁徘徊哀思,通篇突出男主人公被遗弃在人世间的憔悴和孤寂。后11篇为“悲哀的独语”,表现人生的深沉寂寞,一种大的苦闷,即人生的悲凉不可知。《哀歌》写旧家庭三个姑姑的闺阁生活和婚姻悲剧,穿插了中世纪欧洲那些古老的传说,把中外旧式少女的哀怨拧成沉甸甸的情绪,重重压到读者身上。在艺术上,《画梦录》采用了一种独特的抒情话语方式——独语,和自己的灵魂对话,低低地倾诉着自己对人生世事的感喟,情调柔和。“黑色的门紧闭着,一个永远期待的灵魂死在门内,一个永远找寻的灵魂死在门外。每一个灵魂是一个世界,没有窗户。而可爱的灵魂都是倔强的独语者。”(《独语》)类似的低回叙说感染着一颗颗年轻的心灵。《画梦录》是精致的“独语”,尽管它反复咏叹的是渺茫虚幻的理想和怅惘落寞的思绪,情调低沉,但能启迪人的心智。

何其芳的散文是诗化了的散文。他的创作风格与他在北京大学哲学系求学期间研究法国象征主义艺术有关,对于意象、音乐和色彩持特有的艺术敏感。作者的艺术才华帮助他化古、化欧、吸取西方现代抒情艺术和叙事技巧,大量采用象征暗示、自由联想、梦幻冥想、意象堆砌、直觉交错的表现手法,将作者对身边事物、书中世界的精微体察所得的霎时印象、幻觉、感觉加以细腻形象的诗意化的表现,《画梦录》的语言华美、瑰丽,富有色彩和乐感,但这种华美并非得之于堆砌美的字眼或浮华的铺张,而是以鲜美的感受和陌生的语言描写对象,使读者仿佛初次所见,产生一种新奇和优美感。它类似俄国形式主义所倡导的陌生化手法。《画梦录》的文风在《刻意集》中得到延续。但这种注重雕饰幻想的艺术品毕竟与现实离得太远了。后来何其芳经受现实鞭子的抽打,从“梦”中醒悟过来。从1937年出版的《还乡杂记》开始,他逐步从刻意画梦转向质朴纪实,到了抗战以后写《星火集》时,则完全改变了作风,语言风格愈加走向素朴和明朗。

另一个著名的京派散文家是李广田(1906—1968),山东邹平人,著有散文集《画廊集》《银狐集》《雀蓑集》等。他的散文,带有更多的“京派”特点。作者在《〈画廊集〉题记》中自称“我是一个乡下人,我爱乡间,并爱住在乡间的人们”。这种深厚的乡间情结使他的散文创作在注意抒写个人际遇和心境时,更着意展示其乡土画廊,同沈从文的“乡下人”情结有着某种精神上的联系。其散文抒写故乡风物人情,表达对乡野生活的怀念,追求朴实自然幽远的境界,意象丰满,含蓄蕴藉。作品有写知识分子落寞情绪的,但大多数篇章是诉说山野的故事,诚如作者所说是带着“乡下人的气分”来描绘这“极村俗的画廊”(《〈画廊集〉题记》),充满着浓郁的生活气息。其中《山之子》一文最为出色。作品写哑巴的父兄为采百合花卖给游客却不幸坠崖身亡,而哑巴迫于生计,“不得不拾起这以生命为孤注的生涯”,冒死在父兄遇险的地方继续攀援,写出了山野悲惨的一幕,作者在质朴浑厚并略带忧伤的文字中表达出对山民真挚而深沉的感情,颇能感染人心。李广田叙写乡土人生,多写这些在社会底层受折磨的人,叙述亲切,蕴含着对小人物的同情和对不合理世界的愤懑,感情真挚而略带忧郁。他受英国作家玛尔廷的影响颇重,追求"素朴的诗的静美"的创作境界,故散文善于将抒情与叙事、写景结合起来,风格平实,感情沉郁,具有较明显的柔美格调。抗战爆发后,他投身于民族解放战争,生活视野大为拓展,拓宽了题材领域,文风进一步贴近现实,感情由沉郁转向泼辣,在柔美中融进了刚健之气。

第四节　梁实秋、张爱玲等的艺术散文

散文创作在三四十年代进入了成熟期,其重要标志之一是作家们作多样艺术探索,追求散文艺术风致的多样性和形式上的圆满完美,力图提升散文的艺术品位。尽管这一时期阶级矛盾和民族矛盾空前尖锐、激烈,散文服从于社会需要,作家们的创作并不怎样追求艺术上的刻意求工,而且是强调适应现实斗争需要的写实散文、杂文、报告文学占了上风,但这并不妨碍此时散文整体艺术水平的提高。这除了各种类型的散文都在艺术上有新的开拓以外,还有一种专力于艺术探求的"艺术散文"的出现,也许是更突出的表征。上一节谈到的以何其芳为代表的京派散文,善于运用绚丽精致的语言、繁复优美的意象和轻灵玄妙的笔调,委婉地传达内心的复杂情愫,从而创造出瑰丽飘逸的艺术境界,就可以归属这一类。还有一部分与"京派"创作倾向相近的作家,他们大都同现实政治斗争保持一定距离,但也并非不关注人生,而是承接了《论语》派注重幽默闲趣的路子,以旁观姿态打量和揭示人生,推崇生活的智慧,散文创作以对生活的敏锐观察、智性感悟见长。他们一般都有深厚的艺术积累,有的还是学者型作家,特别注重艺术质素对散文的渗透,甚至刻意追求散文艺术的纯粹性,这就使他们的创作更接近于"艺术散文"。在这批散文家中,较著者有梁实秋、钱锺书、冯至、张爱玲等。

梁实秋(1903—1987),原籍浙江余杭,生于北京,文学评论家,其文学创作成就主要是在散文方面。早在清华读书期间,他就开始发表散文,但真正奠定他散文家地位的是从1940年开始写作,直至1949年出版的《雅舍小品》,此后还有散文集《秋室杂文》(1963)、《雅舍小品(续集)》(1973)。其散文以独到的智性感悟和文笔的幽默风趣形成自身独特风格。《雅舍小品》是梁实秋最为著名的散文集,曾经风行文坛,且影响持续不衰。在这本散文集里,作者有意"回避"社会重大矛盾,一般没有对社会事件作出迅即感应,也没有小知识分子迷茫情绪的咏叹发抒,而是专注于日常人生、社会世相的描绘,从一己人生经验出发,谈古论今,谈人论物。其散文所抒写者,大小不拘,随手引证,俯仰自得,诸如男人、女人、理发、穿戴、吃饭、下棋,等等,无不在谈说范围。但谈论中博

雅的知见和幽默的情趣相交织,又在讽刺揶揄中透出几分亲切和温厚,把人生体味艺术化,别有一种阅读的魔力。《雅舍小品》中的“雅舍”,是作者40年代在陪都重庆寓居的一厝平房。此处名为“雅舍”,实则是个“有窗而无玻璃”、“鼠蚊猖獗”、“风来则洞若凉亭,雨来则渗如滴漏”的陋室。但文中说,在这里住久了便会发生感情,总自觉“雅舍”是“有个性就可爱”的所在。作品通篇就通过这陋室的“个性”展示自己的情感体验,表现了作者秉有的那种中国传统士人特有的达观顺变、怡然自得的心态,并在其审美玩味的笔触下,将俗物转化为可忆可叹的生活体悟,传达出知足自娱、豁达自安的人生态度,的确能给人以启悟。梁实秋自称他这组散文是“长日无俚,写作自遣,随想随写,不拘篇章”,的确是余闲的调剂品,不大适合于时代大潮流。但其行文优雅怡人,舒展自如,也不乏独特的人生体验,仍应是散文中的精品。他的散文艺术表现,尤值得称道。其行文追求简单,为达到叙事的精致和行文的雅洁,他总是喜欢开篇切题,直截了当,极少渲染铺排,转弯抹角。其散文语言,往往注意融合文言语词和适当文言文法,做到言简意赅。如《雅舍》中的一段:

> “雅舍”共是六间,我居其二。蓖墙不固,门窗不严,故我与邻人彼此均可互通声息。邻人轰饮作乐,咿唔诗章,以及鼾声,喷嚏声,吮汤声,撕纸声,脱皮鞋声,均可随时由门窗户壁的隙处荡漾而来,而我岑寂。

在这段略带古朴的语言中,不独把“雅舍”独有的氛围渲染得淋漓尽致,而且曲折精微地透露出自己的心绪,具有一种简练雅洁的素朴美。

学者型作家钱锺书以小说创作驰名,偶尔也写散文,有散文集《写在人生边上》。他的散文是以学识的丰盈充实、思想的睿智独到见长,使作品独具另一种魅力。如《魔鬼夜访钱锺书先生》《说笑》《谈教训》等篇目,都极有可读性。这些作品,或议论人生百态,或透析处世经验,措辞析理入微透骨,在娓娓而谈中深藏生活的哲理。其文字汪洋恣肆,论说绵密透辟,语言充满机智的幽默,一如其小说,极能唤起人们的阅读兴趣。

诗人冯至的游记集《山水》在40年代是一部难得的散文精品。冯至写山水,是有感于人世纷争和丑恶,遂心仪于“那些还没有被人类的历史所污染过的自然”,探究“在平凡的原野上,一棵树的姿态,一株草的生长,一只鸟的飞翔,这里面含有无限的永恒的美”,希望从“那朴质的原野”中取得促成自己“生长”和“忍耐”的精神食粮。④于是其作品就给那些未曾受到近代文明影响的山林荒野以及出现在这些风景中的卑贱者以充满诗意的描写,作者就像个树下明心见性的智者,静观默察,领悟自然,师法自然。《逻加诺的乡村》写出了作者旅居瑞士小村落“山水”的恬静平和以及那些疏淡无事的居民的质朴可爱。《人的高歌》是人的使命这一哲理命题的寓言化表现。不管是与岩石搏斗的石匠,还是与海神斗争的建造者,都体现人的力量、人的情操,显示出一种崇高、孤独而坚韧的人格美。《忆平乐》一文,写桂林、漓江、平乐一带景致,不像一般作者那样渲染当地的奇山异水,而是着重描写漓江的寂静和平乐县一位裁缝认真而守时的旧事迹,启发人们深思山水自然的生存方式,从普通人身上反省自己的生活态度,显得别具新意。冯至在《山水》集里,以素淡的文笔写山写水,写人写事,看似质朴,却十分自然动情。他善于以简省的文笔有力地勾勒自然景物轮廓,并造成纯净透明的诗的气氛,描写有疏有密,有意留下想象空间,造成余味无穷的艺术效果。

张爱玲作为一位成就卓著的小说家,散文创作数量不多,结集出版的仅有一部《流言》(1945)。但她的确出手不凡,一部《流言》引得人们百读不厌,也使其在中国现代散文史上有着不俗的地位。其散文描述的也是人情世态、日常琐事,但又表现出恢弘的气度与深刻的洞察力,在略带调侃的叙述中,不时融入作者具有明显都市文化特征的体验与感觉,在艺术散文中独具一格。如《公寓生活记趣》写城市生活种种凡庸琐事:家家户户都大敞着门,这边人在打电话,那边人在弹钢琴,都看得清清楚楚,但又各不相扰。作者感叹这种彼此不大掩饰私生活的城市方式,并对都市生活作出评价:“在乡下多买半斤腊肉便要引起许多闲言闲语,而在公寓房子里的最上层,你就是站在窗前换衣服也不妨事”,因此认为“公寓是最合理想的逃世的地方”。从中可见其对凡俗生活的敏锐感悟,同时也透露出其对都市生活方式的一种调侃。再如《更衣记》写清代以来服饰时尚的流变,旗袍的流行跟社会审美心理变迁的关系:以往的装束只是“女人的体格公式化”,“现在要紧的是人,旗袍的作用不外乎烘云托月,真实地将人体轮廓曲曲勾出”。这里写到的时尚流变,从一个侧面反映了现代都市人的情调和物欲化追求。《流言》中几篇写女性的作品,如《谈女人》《有女同车》《走!走到楼上去!》等,作者以特有的女性体验,叙写男权社会中女性的不幸与无奈,反映了她独特的女性观,可以说是最为精彩的。作品中对女人与生俱来的弱点的剖析,可谓鞭辟入里,例如:“以美好的身体取悦于人,是世界上最古老的职业,也极普通的妇女职业,为了谋生而结婚的女人全可以归在这一项下”(《谈女人》);“女人一辈子讲的是男人,念的是男人,怨的是男人,永远永远”(《有女同车》)。张爱玲的散文有意与当时文学主潮拉开距离,总是凭自己的感觉去玩味庸常人生,这种审美感受带给读者相当的阅读快感,这也许就是其散文的最成功之处。

常和张爱玲一起被人们提及的女作家苏青(1914—1982),浙江鄞县人,在40年代出版过一本散文集《浣锦集》。作品多写妇女的生活感觉,写那些“乱世中当盛世人”的女人的种种物质性与精神性的追求,也有独到的女性体验。其散文写得平实而直爽,看起来很世俗,但字里行间常透出一种隽逸之气,很有艺术韵味,在市民读者和知识阶层中都引起相当反响。

第五节　蓬勃发展的杂文创作

“五四”新文化运动中形成的“杂感热”,在20年代后余热犹存。30年代杂文创作再度中兴,呈蓬勃发展态势。上海作为当时全国文艺中心,杂文创作尤为繁盛。表现为:一是杂文园地多。许多刊物都登载杂文,还出现了专登杂文的刊物,如徐懋庸主编的《新语林》,杜宣、李力生主编的《杂文》,林语堂主编的《论语》《人间世》《宇宙风》,曹聚仁主编的《涛声》等。二是作者队伍庞大。老、中、青作家都操持杂文,原先已知名的杂文作家自不必说,就是原来不写杂文的一些作家,此时也有杂文面世。据统计,仅在1932年12月到1933年2月在《申报·自由谈》上面发表杂文的作者就近百人。为数众多的杂文作者,或聚合为不同的杂文流派,或形成时隐时现的创作群体,推动了杂文创作的发展。三是杂文论争激烈。不同思想艺术倾向的作者,围绕着杂文的功能、效用、表现形式等,展开竭力的论辩,客观上造成这一时期杂文创作的热闹局面。由于这些因素的合力促进,杂文在当时广受人们青睐,创作兴一时之盛,于是1933年和1934年遂有“小品年”之称。

由于作家们的政治思想倾向和文学观念不同,或者相去甚远,甚至尖锐对立,30年代的杂文存在着截然不同的创作倾向,最主要的表现为注重社会功利价值与体现非功利化的两种创作倾向的对立。一种是以周作人、林语堂为代表的追求闲适和幽默的小品创作。他们逐渐放弃“五四”杂感的现实主义战斗传统,提倡写“幽默”和“性灵”的闲适小品文,标榜“以自我为中心,以闲适为格调”,杂文取材不限,“宇宙之大,苍蝇之微”,皆可入题,实则远离现实社会和政治,丧失了杂文应有的现实性和战斗的品格。由此,他们对30年代杂文创作的影响愈来愈小。而与此形成鲜明对照的是,以鲁迅为代表的左翼进步作家注重现实性和战斗性的杂文创作。他们适应时代需要,继承并发扬“五四”杂感的面对现实、关怀人生、排除旧物、催促新生的品格,热切地关注社会事态,对国民党当局的反动内外政策和中国黑暗现实进行广泛的、锐利的社会批评和文明批评,充分发挥杂文的“匕首”与“投枪”作用,使杂文在革命斗争和社会批评中发挥了极大作用。这一杂文创作倾向影响日益壮大,一时成为社会舆论的中心,显示出它在30年代杂文创作中的主导地位。左翼作家除鲁迅、瞿秋白外,还有茅盾、郭沫若等老作家都有大量杂文创作,同时还涌现了一批杂文创作新秀如徐懋庸、唐弢、聂绀弩、胡风、阿英、王任叔等。此外，郁达夫、邹韬奋、杜重远、陶行知、老舍等爱国进步作家也写了许多具有积极社会作用的杂文。

在30年代的杂文作家中，引领创作潮流的除鲁迅之外，当时正在上海领导左翼文艺运动的瞿秋白是非常突出的一个。他的作品以其思想艺术上的独特成就而成为我国现代杂文中的奇葩。他从20年代开始写杂文，先后在《新社会》旬刊、《向导》周报等刊物上发表。这些杂文围绕妇女解放、文化建设、反帝爱国问题，针砭时弊，鞭挞黑暗，敏锐犀利，有很强的战斗性。到30年代，瞿秋白的杂文创作进入丰收期。1931年秋至1932年上半年，是这一时期的第一阶段，他写作了以《乱弹》为总主题的杂文，在《北斗》等杂志上发表。1932年下半年至1933年7月，是此时期的第二阶段，他与鲁迅合作撰写了14篇杂文，借用鲁迅的笔名在《申报·自由谈》上发表。这期间的杂文，特别是他同鲁迅合写的篇章，在中国现代文坛留下了一段佳话，也是他一生杂文创作中的艺术珍品。其杂文既活用了鲁迅笔法，又保持了他自己犀利、明快和辛辣的一贯风格。无论从思想深度和艺术成就来看，他都是30年代仅次于鲁迅的优秀杂文作家。他的杂文体现了政治家的高度敏感和对现实的犀利批判，主要包括如下内容：其一，揭露帝国主义侵略和国民党当局对外屈服对内镇压的罪恶，揭露他们伪善面具下的真面目和现象掩盖下的本质。《曲的解放》是讽刺国民党不抵抗政策的，文章借用杂剧的形式，揭露国民党政府在"热河战争"中丢掉热河全境，仓皇逃跑，却以"缩短战线"进行狡辩。《美国的真正悲剧》无情地戳穿了资本主义社会"民主"和"自由"的假面。《流氓尼德》则以"阿拉司令"谑称，用辛辣语言对蒋介石进行有力讽刺和无情嘲弄。其二，批判"帮忙文人"、"帮闲文人"，捍卫无产阶级文艺运动。《王道诗话》主要揭露胡适侈谈"人权"的虚伪面目，指出所谓"王道"和"仁政"不过是历来统治阶级"不但骗人，还骗了自己"的舆论伪装。文末以旧体诗四题作结，进一步揭露反动当局"杀人如草不闻声"的丑恶本质。《民族的灵魂》里，他批判喧嚣一时的"民族主义文学"，指出其"叫醒民族的灵魂"的目的是为了巩固安于做奴隶的"奴婢制度"。《猫样的诗人》和《红萝卜》等文则批评了新月派和"自由人""第三种人"的文艺思想。其三是用充满激情的语言，呼唤革命风暴的到来。在《财神还是反财神》里，作者把控制着中国经济命脉的中外大小的"财神菩萨"和广大无产者对立起来，突出地描绘了帝国主义侵略中国的狰狞面目，指出勾结中国地主资本家吮吸劳动人民的血汗是中国灾难的根源；而有财神就有反财神，文章又热情歌颂了反财神的中国人民"反抗运动"的力量，把这种力量描绘成"从心里喷出的火山，喷出的万丈火焰"，将"烧掉一切种种腐败龌龊的东西"。瞿秋白和鲁迅一样，能够熟练运用马克思主义的分析方法，在解剖社会现象时，抓住要害，揭破实质，使杂文具有很强的逻辑力量。同时也和鲁迅一样,在杂文里勾勒了不少具有典型意义的“类型”形象,揭示客观事物的特征。如把“民族主义文学家”称作“族的猎狗”(《屠夫文学》),把“自由人”“第三种人”称为“皮红”“肉白”的“红萝卜”(《红萝卜》)等。在这生动的“类型”形象刻画中,蕴藏着十分明确的政治含义。其杂文的艺术表现手法是富于变化的,善于将古典诗词、杂剧、寓言、民歌等融入杂文创作中,又注意普通话与方言、大众语的运用。如《曲的解放》运用杂剧形式,《王道诗话》插入寓言和律诗,《非洲的鬼话》则用寓言化神话方式,直斥法西斯“民族主义文学”的“鬼话”,使杂文形式变化多端,美不胜收。

在新进作家中,唐弢和徐懋庸是这时期师法鲁迅杂文的“双璧”,在30年代文坛颇有影响。唐弢(1913—1992),原名唐瑞毅,浙江镇海人。因其创作酷似鲁迅杂文而获殊荣。其所作《好现象》《青年的需要》《新脸谱》《著作生活和奴隶》等杂文发表以后,曾被一些右翼文人误以为是鲁迅所作,加以围攻,这就更促使他刻意模仿鲁迅文笔写杂文。他在30年代创作的杂文大都收进《推背集》《海天集》,有些杂文收在以后出版的《投影集》和《短长书》里。这时期唐弢的杂文善于揭发社会的痼疾,抨击文坛浊流,写得明快而泼辣,犀利而遒劲。《新脸谱》描绘各种脸谱的形象,论证“脚色虽然依旧,而脸谱却是簇新的”观点,以讽刺没落的社会相。《从江湖到洋场》一文,劈头一句是“江湖是隐士豪客的出处”,干净利索。继而文意陡转,写社会上的遗老遗少假隐士豪客却不去江湖,偏去闹市当寓公、洋场阔少,又把那些脱离江湖混迹洋场的豪客们的种种劣迹拿出来示众。最后轻轻用一句话作结:“这里好像要安适得多,江湖大概太冷落了吧!”文笔幽默犀利,却又意味无穷。比较而言,其《推背集》有较多现实感,《海天集》则富于历史感。从“孤岛”时期到解放战争时期有《牢薪集》《识小录》《短长书》《晦庵书话》等集子,这些杂文大体分为两类:一是文明批评与社会批评,一是把学术性与文学性相结合的书话。此时的杂文往往将议论、描写、抒情、引述相结合,在对社会人生的抒写中,表现自己的切身感受。这些作品因具有活泼的形象、浓郁的情韵而被称为“抒情性的杂文”。《从“抓周”说起》写于上海沦陷一周年纪念日。文章从一幅以《抓周》为题的漫画谈起。画面上一个戴军帽的日本孩子抓住战神前的十字架,而中国孩子却爬着去抓和平神前的一把复仇的短剑。作者巧妙地将这幅漫画与上海沦陷一周年来中国人民的新生、成长相联系,说明今天的人民已经“立定脚跟,坚决地拿起复仇的刀子来”。《帐》指斥汉奸以各种名目聚敛钱财,他们被主子查帐,更欠人民一笔血帐,总有一日要清算。《混》批判对生活采取“混”的态度的社会哲学。《略论吃饭与打屁股》运用历史知识,既概括地揭露了中国皇帝的统治术,又勾勒出奴才的嘴脸。唐弢熟谙晚明野史笔记,他的杂文如《东南琐记》《马士英和阮大铖》等,就是借晚明历史的"古镜"以"照见今人的脸"。这些取材于史实的杂文,据实而谈,含义深回,是他杂文中富有特色的篇什。唐弢的杂文讲究语言的锤炼和句式的变化,稍后的"读史札记"式杂文则渐趋舒展、迂缓,有时稍嫌散漫。他还有散文集《落风集》,抒情意味浓厚,也颇有特色。

徐懋庸(1911—1977),原名徐茂荣,浙江上虞人。从1933年至抗战爆发前,出版的杂文集有《打杂集》《不惊人集》《街头文谈》等。其杂文内容广泛,当时社会上种种不合理现象,包括思想、文化、道德、习俗等,统统都在他的横扫之列。他首先把批判锋芒对准国民党当局,揭露它对内实行黑暗统治,对外奉行不抵抗政策和屈辱卖国的罪行。在进行广泛的社会批评的同时,也歌颂友谊、赞美正义、弘扬真理。徐懋庸知识渊博,长于思辨,其杂文以针砭时弊和社会人生分析为经,以古今中外丰富的文化史料为纬,经纬交织,包含丰富的内容;作品议论不多,点到为止,颇堪玩味。《神奇的四川》引用《汗血月刊》上发表的《四川现实政治调整》一文,稍加点评,有力地揭露了国民党政权横征暴敛、鱼肉人民的罪行。作品写国民党对农民预征粮税,21军在民国廿四年已预征到40余年,20军预征到73年,23军竟预征到一百年以上!作者画龙点睛地评述:"这样加速下去,说不定在民国一百年前预征到一千余年,真可谓'人生不满百,常怀千岁忧'了!"文末仿鲁迅的笔调写道:"救救川人!"由于文章引用材料骇人听闻,所阐述观点极具尖锐性和深刻性,再加上辛辣遒劲的文字,读来能给人以挥之不去的印象。《收复失地的措辞》一开头就指明当时中国统治者对内像"残唐五季",对外则像南宋,接着便引用岳珂《桯史》记载,述说南宋小朝廷对于金人"归我侵疆"总要颁发阿Q式的"赦文"以致谢,作者借此反讽说:"我们将来收复东北四省时,实大可模仿这种措辞",辛辣讽刺了国民党反动派的投降媚敌政策。徐懋庸杂文的突出特点是现实性、知识性和思辨性的统一;杂文体式多样,写法各别,确如其《打杂集》名所说是"杂"体文。其中有短评、杂感、随笔、通信、读书札记、论文,也有渗透着议论色彩的抒情文和记叙文,如《草巷随笔》《我心境上的秋天》就有浓郁的抒情气氛。他的杂文,从记述生活片段,到谈论中外掌故,大都用质朴而流畅、尖锐而泼辣的文字娓娓而谈。其杂文风格也受鲁迅杂文影响很深,有的篇章相似到几可乱真的地步,林语堂曾将徐懋庸的杂文误以为鲁迅化名所作。但由于思想深刻性不及鲁迅,加上"浮躁凌厉"的个性,观察问题的片面性,都限制了他杂文创作的广度和深度,有时则因好用典故,也使某些篇章流于艰涩。

"论语派"散文,得名于1932年创办的《论语》半月刊,它是以林语堂为主帅,以《论语》《人间世》《宇宙风》为主要刊物阵地形成的一个重要散文流派,以写小品杂文为主。主要作家有林语堂、周作人、俞平伯、邵洵美、徐讦等。创作上提倡"以自我为中心,为闲适为格调”,其主导倾向是偏离写实主义传统,逃逸政治现实,沉湎于个人兴致。幽默、闲适、自我、性灵是这一流派的主要理论支点。论语派的思想艺术特征是显著的,首先在于其创作与现实始终保持一定距离,总体上体现为自由主义思想,企图走一条“不谈政治”“不附庸权贵”的中间道路。其次表现为题材庞杂,“宇宙之大,苍蝇之微,皆可取材”。周作人谈花草虫鱼,林语堂谈消夏避暑、谈西装牙刷等,散文取材趋于生活化。再次是旁征博引,知识面广、趣味性强,且有较高的文化含量。客观而论,论语派强调自我、性灵,与“五四”精神是一致的,但在阶级矛盾空前尖锐的30年代,他们的主张显然不合时宜,因而受到了左翼作家的批评。

其代表作家林语堂曾是《语丝》的主要撰稿者之一,那时他的杂文曾显出战斗倾向。到30年代,他的政治态度有明显变化,他在《剪拂集》序中就承认以往的那些战斗性杂文已成为明日黄花。1932年,他创办《论语》,宣称“不谈政治”“不附庸权贵”“不为任何一方作津贴宣传”,反对“载道派”,企图走中间道路,力倡“幽默”“闲适”,自称“言志派”。后又创办《人间世》《宇宙风》,鼓吹“性灵”,写“无关社会意识形态鸟事,亦不关兴国亡国之鸟事”的“语录体”小品,强调表现“真实”与“个性”,与左翼文学相对立,表现出个人自由主义者的立场。林语堂此期在刊物上发表大量文章,后来结集为《大荒集》《我的话》《语堂随笔》《有不为斋文集》等书出版。其杂文著作存在着深刻矛盾:其中有些篇章保持《语丝》时期反对封建专制的色彩,如《奉旨不哭不笑》《谈言论自由》《得体文章》《读经却倭寇》等篇,以幽默笔调从不同角度讽喻了黑暗政治,对国民党政府压制言论自由,对内实行白色恐怖、对外实行不抵抗政策给予无情的抨击。但多数文章却停留在“说说笑笑”,或宣扬自己的生活哲学和人生态度上。《剪拂集》序中说:一个人的“头颅”只有一个,在乱世中当个“顺民”最好。《大荒集》序中说:“大荒”中“我走我的路”、“我行我素”。其生活理想则是讲究个人享受:温暖舒适的家庭,可口的饭菜,合于口味的书,几棵竹树梅花,在明月高悬时欣赏……一派闲适情调;杂文多为谈抽烟、说西装、讲牙刷之类琐事。艺术上很精致、很幽雅,但时代性却愈来愈淡薄。随着时间推移,他愈加片面提倡“以自我为中心,以闲适为格调”的“性灵”小品。鲁迅对此种倾向曾进行分析批评,说他“已经下于五四前后的鸳鸯蝴蝶派数步了”。“一二·九”运动爆发后,林语堂思想趋向进步,撰写了《关于北平学生一二·九运动》《国事亟免》《外交纠纷》等文章,支持青年学生的爱国运动,抗议反动当局的暴行。1936年10月,他还同鲁迅、郭沫若、茅盾等21人联名发表《文艺界同人为团结御侮与言论自由宣言》,说明他在民族大是大非问题上并不“超然”。

抗战时期因对敌斗争的需要,杂文依然是作家们把握的重要文艺样式。其中上海

"孤岛"时期"鲁迅风"杂文的高涨,是最引人注目的杂文创作现象。在"孤岛"这个特殊政治环境中,作家们深深感到:"如火如荼的怒吼"不可能出现,唯有采用"沉痛的暴露以及辛辣的讽刺",而杂文就是最适宜的形式。于是,许多发表杂文的报刊相继出版。其中影响较大的有《译报》副刊《大家谈》、《文汇报》副刊《世纪风》,以及《申报》的《自由谈》等。1938 年,唐弢、王任叔、柯灵等 6 位杂文作者合出杂文集《边鼓集》;1939 年这 6 人加上孔另境共 7 人合出《横眉集》;1939 年《鲁迅风》杂志创刊。由是,包括上述作家的倡导"鲁迅风"杂文的"孤岛"杂文作家群形成了。此时曾有巴人和阿英等展开的关于"鲁迅风"杂文的论争,就抗战新形势下杂文的时代内涵、文字风格等展开了讨论。论争的结果是双方联合署名发表了《我们对于鲁迅风杂文的意见》,一致肯定继承鲁迅杂文的战斗传统在当前仍是必需的,这无形中扩大了"鲁迅风"杂文的影响。

"孤岛"时期的杂文创作,虽然作家的风格笔调各异,但方向是一致的,即在鲁迅杂文战斗传统的指引下用杂文为武器开展反日反汉奸斗争,同时把笔触伸向麻木落后的精神状态。此时杂文创作量最大的作家是王任叔即巴人(1901—1972),浙江奉化人。其杂文创作始于 1932 年。1938 年至 1941 年是其创作丰盛时期,结集出版的有《扪虱谈》《边风录》《生活、思索与学习》等。他的杂文以敏锐的目光和思考,围绕抗日救亡这一最大的现实问题,从国内到国外,从现实到历史,进行广泛的文明批评和社会批评。他还善于以简约之笔勾画出各种社会脸谱,如《略论叫化之类》《说算之类》《论"没有法子"》等,对某一类人、某一事物、某种论调,用形象的笔墨给予辛辣嘲讽,隐含着批判性思辨的精魂。另一杂文作家周木斋(1910—1941),江苏武进人,著有《消长集》等。他也擅长写"思辨性的杂文",在对社会现象的评论中,发微知著,深入浅出,揭示深刻的道理。《凌迟》一文,巧妙地抓住大汉奸汪精卫政治生涯中称病出走这一习惯性行为进行层层剖析,指出其称病乃是"心病"、"政治病",出走后卖国投敌,已是"丧心病狂"。文章以鞭辟入里的剖析,把这个卖国贼的可耻灵魂"枭首通衢""凌迟""示众",显示出作者"辨微知著"的本领,作品也融贯着杂文家的诗情和理趣。柯灵(1909—2003),浙江绍兴人,也是"孤岛"时期重要杂文家。著有杂文集《市楼独唱》等。其杂文最有特色的是直面现实的短评和杂感。这类作品常常抓住生活中的矛盾现象给予讽刺批判,行文清丽潇洒,语言凝练,大多写得明快质直。如《禁书诗话》一文,采录了"卢沟桥事变"后不久,同一天《申报》和《新闻报》的两则消息,作者对此并不多作评论,而只采择事实,两相对照,使国民党的妥协投降行径大白于天下。此外,阿英有《月剑腥集》,孔另境有《秋窗集》,都是"孤岛"时期杂文创作的重要收获。

抗战中在艰苦环境下坚持鲁迅杂文传统的,还有围绕着文学杂志《野草》形成的以夏衍、聂绀弩、宋云彬、孟超、秦似等为代表的"野草"杂文作家群。《野草》1940年创刊于桂林,遭当局勒令停刊后迁香港改月刊为旬刊。桂林期间还出过"野草丛书"13种,郭沫若、茅盾等都为它写过文章。"野草"杂文作家群中,聂绀弩(1903—1988)是最重要的作家之一。他成名于30年代,大量创作杂文是在抗战以后。结集的有《历史的奥秘》《蛇与塔》《早醒记》《血书》等。在抨击腐朽事物与黑暗现实之外,批判旧的伦理道德,力求改变中国人的精神面貌,是他的杂文的基本主题。名篇《我若为王》构思奇特,通过设想"我"之为"王"后的种种意欲贪念,让所有人都向自己臣服献媚,从此听不见"真正的声音",也"没有在我之上的火",可以为所欲为。这种种荒唐的"幻想",其实无不是当时专制统治的现实投影。作者不但批判专制主义,斥责寡头政治,还尖锐地揭示了封建专制主义并非个人行为,而是因为有封建奴性的社会基础,指出"世界之所以还大有待于改进者,全因这些奴才的缘故",进一步揭示了提高民众的民主意识的重要性。聂绀弩好用反语达到讽刺目的,其杂文有一种冷嘲的风格。他学习鲁迅的笔法,善于接过论敌的悖谬之论加以剖析驳难,寓庄于谐,蕴怒于嘲,在质朴平易中见深沉。诗人、评论家冯雪峰,此时也创作有不少杂文作品,结集的有《乡风与市风》《有进无退》《跨的日子》等。他的杂文广泛涉及社会政治症结,写出尖锐的诗的政论。其文笔曲折、深透,充分地展现了杂文的新机能。他善于绵密地说理,偶用比喻,也很新鲜,作品有历史的脉络与哲理的渗透,表现出语言浑厚和思想锋利的风格。在《野草》上经常发表杂文的其他作者还有夏衍,著有《此时此地集》《劫后随笔》等;孟超著有《长夜集》《未偃草》;宋云彬著有《破戒草》《骨鲠集》。

40年代杂文的写作量相当大,很少作家未曾涉及此领域,这是因为在那个多难的战争年代,杂文这种短促突击的文体可以更直接地与现实对话,也更适应读者的需要。但杂文较之其他散文文体,更难于体现艺术个性,加上这一时期杂文大都着眼于现实批判,急功近利的心态也妨碍其在艺术上有更大拓展。杂文创作需要作者有深厚的思想文化积淀和艺术积累才能达到鲁迅那样的成就,所以当时尽管有人提出过"超越"鲁迅的目标,但要真正达到这个目标又谈何容易。

第六节　瞿秋白、夏衍等的报告文学

报告文学是从新闻报道和纪实散文发展而来的一种新的散文类型,其名称从英语Reportage翻译而来。20年代初期,瞿秋白的《饿乡纪程》和《赤都心史》开了中国报告文学的先河,20年代中期围绕着"五卅"事件和"三一八"惨案出现的许多纪实散文进一步推动了它的发展。30年代,报告文学走向它的成熟和繁荣时期,主要有以下三方面原因：一是30年代急剧变动的社会生活需要新闻性和纪实性的文学样式。东北“九一八”与上海“一·二八”事变发生后，曾形成了初次的报告文学热潮，如1932年阿英编纂的《上海事变与报告文学》就是对刚刚发生的“一·二八”事变所作的及时反映，是我国第一部以报告文学名义出版的报告文学集；到1936年前后，阶级矛盾与民族矛盾更趋尖锐，作家更关注现实动向，报告文学创作也极一时之盛，如名篇夏衍的《包身工》和宋之的的《一九三六年春在太原》就是在这时期问世的。二是“左联”有意识的倡导和组织。1930年8月4日，“左联”执委会通过的决议《无产阶级文学运动新的情势及我们的任务》号召开展“工农兵通信运动”，“创造我们的报告文学”，认为只有大力发展报告文学，“我们的文学才能够从少数特权者手中解放出来，真正成为大众所有”。《光明》《中流》《文学界》就成为当时重要的刊载报告文学的刊物。三是外国报告文学理论和作品翻译，为中国报告文学的发展提供了有益的样本和推动力。“左联”的刊物曾介绍过捷克著名报告文学作家基希。贾植芳翻译了基希的《一种危险的文学样式》。尤其值得一提的是两部有影响的报告文学译本的出版：一部是捷克作家基希取材于中国生活的长篇报告文学《秘密的中国》，由周立波翻译，于1937年在《文学界》连载；另一部是阿雪翻译的墨西哥驻沪领事馆外交官阿狄密勒写的《上海——冒险家的乐园》，作品揭露了各类外国冒险家在上海的丑恶行径。这两部外国人所写的反映中国现实的纪实性作品经翻译出版后，受到中国读者的普遍欢迎，对于国内作家投入这种新文体的创作起到了切实的推动作用。

抗战爆发以后，报告文学空前繁荣。这一方面是因为抗战激发起人们普遍的爱国热情，要求文学能更加贴近现实、迅速及时反映战况，传递战斗信息、记录抗战业绩，成为作家们义不容辞的责任；另一方面，战争改变了人们的生活，当时作家们或南下流亡，或深入抗战前线，目睹亲历了这场残酷的战争，获得了大量创作素材，为报告文学创作提供了厚实的生活积累。因此，自1937年到1940年，报告文学成为许多作家首选的文体。以群在《抗战以来的报告文学——〈南京的虐杀〉代序》中说：“报告文学填充了一切杂志或报纸底文艺篇幅：一切的文艺刊物都以最大的地位（十分之七八）发表报告文学，读者以最大的热忱期待着每一篇新的报告文学底刊布；既成的作家（不论小说家或诗人或散文家或评论家），十分之七八都写过几篇报告。在这样的情形之下，报告文学就成为中国文学底主流了。”可以说，正是抗日战争的急风骤雨，使得报告文学这株散文园地里迟开的花，获得了勃勃生机，并在伟大的民族解放战争中赢得了自己的丰收。

综观三四十年代的报告文学，大体上有如下三种类型：

一是群众性报告文学，它是种由报刊的名义组织发起的集体创作现象。1932年，阿英以"南强编辑部"名义选编了《上海事变与报告文学》。1936年,茅盾仿效高尔基主编《世界的一日》的做法,发起征文活动,以1936年5月21日这一天发生在全国的事件为题,广泛反映各地的生活风貌。此举得到广泛响应,在短时期内来稿三千余篇。后以"上海文学社"名义,选编出版500篇文章、80万字的《中国的一日》。1938年,上海"孤岛"的《华美》周报又发起《上海一日》的征文活动,应征者从专业作家、各界人士到家庭妇女、女招待,无所不包。这些群众性报告文学内容丰富,体式多样,真实亲切生动,受到大众的欢迎。正如茅盾在谈到《中国的一日》时所言:"这本书的材料不单调,而展示了中国一日人生之多种的面目。"同时,以刊载报告文学为主的"丛刊""丛书"的大量出版,如"战地报告丛刊""战地生活丛刊""抗战文艺丛刊""战地丛书""七月文丛"等,也促使了群众性报告文学创作热潮的形成。

二是记者型报告文学,它是由新闻记者创作的,体现了新闻性、纪实性特征,更具有"报告"味,在报告文学发展史上占有独特地位。其中尤以邹韬奋、范长江、萧乾的影响为巨。邹韬奋(1895—1944),原籍江西余江,生于福建永安。作者将30年代流亡欧洲访问苏联的见闻,相继写成《萍踪寄语初集》《萍踪寄语二集》《萍踪寄语三集》和《萍踪忆语》等书。这些作品是作者"考察新闻事业,并及国际政治经济社会的最新趋势,随时就观察所及作隽永的叙述下正确评论"的成果,其中对欧洲各国真实的社会相的描述与评论尤为透彻精辟,在充满知识性和趣味性的国外风情叙述中,始终包含着积极严肃的思想态度和强烈深沉的民族情感,其中有对西方民主的清醒认识和对社会主义的衷心向往,佐以作者自身的合理见解,在读者中引起较大反响。作品以游记体式,生动记录了异域见闻,又以记者敏锐的眼光洞察事物,具有较高艺术价值。范长江(1909—1970),四川内江人,著名记者。1935年至1937年以《大公报》记者的身份赴西北考察,写下了著名的报告文学集《中国的西北角》和《塞上行》。这两部作品报道客观,分析透彻,内容翔实,揭露和谴责了统治者的专制与腐败,鞭挞了国民党政权的民族压迫政策。尤为可贵的是,他第一次公开报道了红军长征的壮举和陕北抗日根据地的真实面貌,揭露了"西安事变"的真相,使国人真实了解共产党的统战主张,产生了积极影响。作者文笔简朴苍凉,夹叙夹议,纵论古今,穿插历史掌故和风俗人情,使作品更具艺术性。著名京派作家萧乾,30年代前期以小说创作为主,但他毕业于燕京大学新闻系,始终担负着作家与新闻记者一身二任的角色,在报告文学创作方面也卓有成就。早期的旅行通讯如《流民图》和《平绥琐记》,写北方难民和塞外风情,既描写风情又传达时事,在读者中颇有影响。抗战以后,他作为《大公报》记者,曾在国内进行广泛采访,报告文学创作量骤增。名篇《血肉筑成的滇缅路》,描绘了我国抗战时期唯一通往国外的交通线——

滇缅路,千百万民工"铺土、铺石,也铺血肉"的悲壮事迹,表现了人民群众的无比创造力,读来感人至深。后来他又以《大公报》特派记者身份派驻英国,成为"二战"期间欧洲战场上唯一的中国战地记者,他的通讯报告结集为《人生采访》等,如实地记录了战争状况下人民的苦难以及反法西斯斗争,他还采访了联合国成立大会、波茨坦会议、纽伦堡战犯审判等时政大事,写下了名重一时的《银风筝下的伦敦》《矛盾交响曲》等报告文学。作为"京派"作家之一员,他的报告文学富有文采,文学性强。

三是作家型报告文学。创作主体的变化带来了报告文学体式的变化,作家型报告文学在新闻纪实的基础上,强化了它的文学特性,在形象塑造、结构技巧、艺术手段、语言表现等方面,达到了较高的审美层次。代表作家除夏衍、宋之的外,还有丘东平、骆宾基、曹白、碧野、刘白羽、周立波、沙汀等。丘东平影响最大、成就最高的是他的战地报告文学,如《第七连》《我们在那里打了败仗》《我认识了这样的敌人》,真实记录了中国军人在战争中的英雄壮举,展现出了中华民族的坚强意志和不屈精神。其报告文学突破了一般事件的叙述,而注重人物形象的刻画,感情浓烈,胡风评价他的作品"焕发着一种新的英雄主义光芒"。骆宾基(1917—1994)著有报告文学作品《救护车里的血》《"我有右胳膊就行"》等,反映"八一三"上海战役中伤兵坚持抗敌奋不顾身的顽强斗志。中篇《东战场别动队》最为人称道,作品写上海郊区人民在沦陷后自动组织武装自卫斗争,赞颂了在战斗中成长的工人,战争氛围浓烈,结构宏伟,人物描写颇具特色。曹白的报告文学作品多发表于《七月》,后结集为《呼吸》出版。他曾参加难民收容所的救济工作,以亲身感受描写周围的一切,别具一种真切性。《这里,生命也在呼吸》以亲切、轻灵的笔触,将难民收容所的几个生活场景组接起来,真实地反映了抗战初期的社会面貌和时代脉搏。此外,周立波的《战场三记》、沙汀的《随军散记》等也各具特色。

在报告文学发展过程中,用力最多、贡献最著且影响最久远的是瞿秋白和夏衍。

瞿秋白(1899—1935),现代革命家、文艺理论家。他对于中国现代报告文学的诞生有开拓之功。1920 年 10 月,他应北京晨报馆和上海时事新报馆之聘作为特约记者赴俄国采访,之后写成《饿乡纪程》和《赤都心史》两部散文通讯集,为中国现代散文提供了一种新颖文体,并为我国的报告文学创作奠定了基石。这两部通讯体散文集,记录作者"自中国至俄国"的旅途经过与心路历程,"在赤色的莫斯科里所见所闻所思所感",贯穿着一条炽热的红线,就是作者深沉激越的爱国情思和对新社会、新生活的热切向往,记录了一个从没落家庭走出的时代青年如何由向往十月革命和变革思想,经过生活实践和自我批评,逐渐信仰共产主义的思想历程。这一内容也正是瞿秋白的通讯体散文在当时能充分地感染读者、直至今日依旧保持其艺术魅力的原因。从艺术形式上看,这两部集子已呈现出多样化趋向，体式随内容变化，有游记、杂记、小品、名人轶事、读书札记等，但以游记、通讯报告为主。其体现出的通讯报告特点，首先是真实性。作品里的一切都是作者的亲历亲闻，使人读之历历在目；而且作者不避讳黑暗和丑恶，不矫饰光明，甚至连表现自己的心态也努力求"真"，勇敢地袒露出一个探索真理者的赤子之心。其次是富有新闻性。作者及时捕捉、及时反映旅途见闻和赤都的方方面面，作品表现的是刚刚发生或正在发生的事，一切无不真实可信，而且，这些发生在异国的新鲜事第一次为中国人所知晓，更增加了它的新闻价值。更重要的是作品具备了鲜明独特的文学个性。作者曾表示，他写作这些通讯报告，愿意写出"实在的情事"，不用枯燥的笔记、游记的题材；要"突出个性，印取自己的思潮"，所以凡能描写如意的，就"略仿散文诗"。可见作者对这类文体的把握不是单纯的新闻报道，而是将新闻的真实性与文学表现个性融为一体，是富有诗意的文学作品。在表达方法上，作品把记游、写景、议论和抒情结合起来，形成气势雄伟、绚丽多彩的风格。瞿秋白的这两部作品对我国的通讯报告创作是一种开拓，此后胡愈之的《莫斯科印象记》、林克多的《苏联闻见录》等，都受此滋养，或有所取法，可见这两部作品在中国报告文学史上所产生的影响。

夏衍的《包身工》发表于 1936 年 4 月，是当时影响最大、声誉最高的报告文学珍品。它是作者在上海工厂进行两个多月实地调查以后写成的。作品以饱含血泪的笔墨，真实地描写了上海日本纱厂的包身工惨绝人寰的遭遇。这群不戴锁链的囚犯，这一台台"没有固定车脚的活动机器"，在"没有光，没有热，没有希望……没有法律，没有人道"的世界里过着非人的生活。作品以确凿的事实和准确的数据，深刻揭露出帝国主义和中国封建势力互相勾结，利用野蛮的包身工制度残酷剥削中国工人的罪行，并愤慨地控诉"东洋厂的每个锭子上面都衬托着一个中国奴隶的灵魂"。作品最后严正警告殖民主义者们，黑暗终将过去，"黎明的到来这是无法可推拒的"。还提出"索洛警告美国人当心枕木下的尸骸，我也想警告这些殖民主义者当心呻吟着的那些锭子上的冤魂"，表达了作者的强烈义愤。

《包身工》的成功，不仅在于内容深刻，还在于它在艺术上取得的杰出成就。首先，作为"报告的文学"，它坚持"力求真实，不虚构，不夸张"的原则，尽量用调查得来的详细材料说话，这样就使作品取得令人信服的效果。其次，作为"文学的报告"，作品在"力求真实"的前提下，又注重形象描写，增加了艺术感染力。作品从吃、住、做工和放工等方面，选取不少典型性场景，对包身工的群像进行刻画，表现出她们作为人形机器的命运。她们一律死灰般的面容，褴褛的衣衫，在繁重的劳动和野蛮的虐待下哀苦无告，以致几乎消失了表情和个性。同时，作品还选取典型细节，集中笔墨描写一两个具体形象,如"芦柴棒"、小福子等,补充、深化了包身工的整体形象。总之,无论是事件、场景或是人物描写,都有很强的形象性,这就大大加重了作品的文学色彩。再次,在表现方法上,作者把艺术描绘生活与新闻报道、社会调查有机结合起来,使作品既有小说的细致刻画,又有恰如其分的理论分析。如揭示包身工苦难的原因,是"带工""拿莫温""东洋婆"对她们进行超额剥削,同时又指出,这种剥削是在外国资本家和国民党反动派当局勾结下进行的,对包身工制度的罪恶本质作了鞭辟入里的揭露。由于作品将鲜明形象描写和细致的逻辑分析糅合在一起,因而具有雄辩的说服力和强烈的艺术效果。《包身工》的结构艺术也是值得称道的,它能把如此丰富的材料,组织到一篇并不太长的作品中,就得益于作者高超的艺术手腕:作品把形象的描写作为经线,清楚地再现了包身工一天的生活;同时又以理性的分析为纬线,在每段描写之后,或列举数字,或作分析,说明包身工制度产生、发展的原因及其造成的恶果。这样经纬交织,思路清晰,使全文结构严密而完整。

此外,30 年代的报告文学名篇还有宋之的的《一九三六年春在太原》(1936 年 9 月)。作品以辛辣的讽刺笔调,通过颁发"好人证"这个生活侧面,揭露了山西的国民党反动当局在红军东征时惊恐万状,草木皆兵,实施恐怖统治,加紧镇压人民的情景。作品也反映了老百姓们在恐怖气氛笼罩下,朝不保夕的凄惨生活,同时以厨子为描写重点,暴露了一部分群众的麻木和奴性。在描写技巧上,它以第一人称"我"的见闻为线索,结合厨子行踪巡视城内各个角落,再配以"新闻剪辑"突破时空限制,将城外所发生的各种事变和惨剧曲折地反映出来,与太原城内的情景沟通在一起。在这一新颖别致的格式中表现出作品独特的结构形态和巧妙的剪裁,使这篇报告文学在艺术上别开生面。作品语言通俗幽默风趣,把严肃的政治问题写得轻松活泼。

(贵志浩　景秀明　任茹文)

注释:

① 茅盾:《关于报告文学》,《中流》1937 第 11 期。

② 胡风:《论速写》,《胡风评论集》上册,人民文学出版社 1984 年版,第 68 页。

③ 郁达夫:《中国新文学大系 · 散文二集导言》,《郁达夫文集》第 6 卷,花城出版社 1983 年版,第 278 页。

④ 冯至:《山水 · 后记》,河北教育出版社 1995 年版,第 78 页。

【思考题】

1. 试述发展期散文流派竞存的原因和基本格局。

2. 简述“论语派”和“京派”散文的主导倾向。

3. 何谓“社会写实派”散文？简述茅盾散文的思想艺术特色。

4. 论析丰子恺“居士”型散文的特点，简析何其芳散文及其《画梦录》的独特艺术追求。

5. 简述梁实秋、冯至、张爱玲的散文特色及其代表作品。

6. 简述三四十年代杂文创作流派及“鲁迅风”杂文的代表作家和作品。

7. 试述三四十年代报告文学的几种主要类型，简述瞿秋白对现代报告文学的开创性成就及夏衍、宋之的代表作品的意义。

第六章　发展期戏剧文学的多样展开格局

第一节　三四十年代蓬勃发展的戏剧运动与创作

20世纪三四十年代是中国新文学的发展深化期，这时中国现代话剧也经历了艰辛的路程，逐渐在自己的民族土壤里发展成熟，并进入了黄金时期。

一、蓬勃发展的戏剧运动

随着20年代末无产阶级文学运动的倡导，无产阶级戏剧运动也蓬勃开展起来。以左翼戏剧家联盟为主体的革命戏剧，成了30年代前期中国戏剧的主流；而爱国的戏剧工作者，则是它的同盟军。

创建于前一时期的南国社，这时继续发展。1928年初，田汉创办南国艺术学院，并重建南国社，开展"在野的"艺术运动。两年里，先后在上海、南京、杭州、广州、无锡等地公演，均引起轰动，被戏剧界认为"有了南国的戏剧，新剧才恢复了生命"①。南国戏剧运动为那时的现代话剧闯出了一条新路，有力地推动了话剧运动的开展。1929年，田汉创作《火的跳舞》《一致》等，开始了他创作方向的转变。1930年5月，田汉发表长文《我们的自己批判》，标志着南国社在政治信仰上向无产阶级的彻底"转向"，并从此汇入了左翼戏剧运动的滚滚洪流。

1929年11月，上海艺术剧社在地下党的领导下宣告成立。成员有沈端先（夏衍）、郑伯奇、冯乃超、沈叶沉（沈西苓）、石凌鹤、许幸之等人。艺术剧社的成立，开始了中国共产党对现代戏剧运动的直接领导。它第一次提出了"普罗列塔利亚戏剧"（即无产阶级戏剧）的口号，使戏剧运动由反帝反封建的一般民主主义的战斗传统，走到无产阶级革命的轨道上来。该社曾于1930年的1月和3月举行两次公演，演出了德国米尔顿的《炭坑夫》、法国罗曼·罗兰的《爱与死的角逐》、美国辛克莱的《梁上君子》、日本村山知义的《西线无战事》及冯乃超、龚冰庐合编的《阿珍》等剧，引起了极大反响。该社还先后编辑出版了《艺术》月刊、《沙仑》月刊和《戏剧论文集》，宣传无产阶级戏剧的口号，强调戏剧的战斗性及艺术与政治的密切关系，主张戏剧大众化。艺术剧社在社会上日益增长的声誉和革命影响，引起了反动当局的仇恨和恐惧，1930年4月28日，艺术剧社被查封，成员刘保罗等多人被捕。这个剧社公开活动虽仅半年,但作出了重大贡献,使进步戏剧工作者看到了前进的方向,在中国话剧史上占有重要地位。

1930 年 3 月“左联”成立后,由艺术剧社和摩登剧社发起,联合南国社、辛酉社、戏剧协社、剧艺社、青鸟剧社、紫歌剧社,于 3 月 19 日成立了“上海戏剧运动联合会”。8 月 1 日,改名为“中国左翼剧团联盟”。1930 年底,又改称“中国左翼戏剧家联盟”(简称“剧联”)。“剧联”成立后,进步的话剧运动更为发展。在“剧联”的领导下,上海成立了大道剧社、蓝衣剧社、曙星剧社、春秋剧社、三三剧社、光光剧社、骆驼剧社、新地剧社等,广泛开展革命演剧活动。“剧联”曾先后在北平、杭州、武汉、南京、广州、南通等地建立分盟或小组,北平的呵莽(英语“前进”)剧社、苍利芭(俄语“斗争”)剧社、杭州的五月花剧社、南京的磨风剧社、大众剧社等等,都是“剧联”直接领导下的进步团体。“剧联”还组织戏剧讲习班,介绍进步的戏剧理论;组织移动剧团,创作、翻译革命剧本;它领导下的左翼戏剧家队伍,成为本时期戏剧运动的中坚。总之,“剧联”对现代戏剧的发展,可谓是功勋卓著。

与左翼戏剧运动相配合,不少进步的剧作家、导演、演员在这一时期也作出了重要的贡献。如欧阳予倩于 1929 年 2 月在广州建立广东戏剧研究所,宣称“以创造适时代为民众的新剧为宗旨”,曾演出具有强烈的战斗性的反帝名作《怒吼吧,中国!》。熊佛西于 1932 年到河北定县领导农村戏剧运动,从事农村戏剧大众化的研究和实践,创作演出了像《屠户》《牛》《过渡》等一批影响较大的“农民剧本”。

随着左翼文艺运动的开展,反动当局也加紧了文化“围剿”。面对白色恐怖,“剧联”及时提出了面向社会、提高技艺、保存力量的战略方针。为了实现这一任务,1935 年 6 月,在“剧联”的领导下成立了上海业余剧人协会,成员有章泯、张庚、赵丹、金山、王莹等。该会改变活动方式,着力于开展建立剧场艺术的运动,且注意剧目的选择,先后公演了《娜拉》《钦差大臣》《大雷雨》《罗密欧与朱丽叶》等世界名剧,造成很大影响。后来它扩大组织,步上职业化的道路。

1935 年底,为广泛团结戏剧界的抗日力量,“剧联”自动解散,并于 1936 年初以联谊会的方式成立统一战线的上海剧作者协会(后改名为“中国剧作者协会”),开展救亡戏剧运动。这时与“国防文学”的口号相呼应,戏剧界也提出了“国防戏剧”的口号,以代替“无产阶级戏剧”口号,并根据党的抗日民族统一战线的精神,制定了《国防剧作纲领》,强调取材现实斗争与民族解放历史题材,表现反帝反汉奸的主题,提倡“通俗化”“大众化”和方言话剧。“国防戏剧”运动是 30 年代戏剧运动的又一大转折。

"国防戏剧"运动给戏剧队伍带来新的活力,涌现出了许多新人新作。凡競(于伶)、宋之的、陈白尘、凌鹤、章泯、姚时晓等都以新作崭露头角。"国防戏剧"的特点是鼓动性和群众性。1936年春,北平学生在农村演出《打回老家去》,开"国防戏剧"群众性演剧活动之先河。1936年、1937年两年中,全国范围内普遍开展起大中学生、工农业余演剧热潮,各地业余剧社公演的"国防剧目"不计其数。1936年11月,40年代剧社公演《赛金花》,连演22场满座,观众达3万人次,轰动了大上海。"国防戏剧"运动有力地激发了群众的爱国热情,推动了抗日救亡运动,使一大批青年戏剧工作者得到了锻炼,这就为抗日战争时期戏剧运动的蓬勃发展奠定了坚实的基础。

随着抗日战争的爆发,中国全面进入了民族解放战争的历史时期。而以话剧为代表的中国现代戏剧,也跨入了一个空前普及和繁荣的黄金时代。正是在这一时期,抗战戏剧运动继"国防戏剧"热潮之后大规模地轰轰烈烈地展开,在整个文学艺术领域,戏剧成为一条最活跃、最有成就的战线;话剧成了抗战时期最有代表性的文学样式,积极充分地发挥着它紧密配合现实、为抗战宣传服务的战斗作用。

从抗战爆发至新中国成立,这时期的戏剧运动经历了救亡戏剧运动、大后方戏剧运动、"孤岛"戏剧运动及解放区戏剧运动等,大致可分为三个阶段:(1)1937年至1940年底,全国人民奋起抗日,戏剧工作者组成救亡演剧队和各种戏剧宣传团体,分赴全国各地进行抗日宣传演出活动,成立"中华全国戏剧界抗敌协会",掀起了抗日救亡的热潮。(2)1941年初至1945年夏,话剧运动在坚持抗日的同时,反对国民党政府的分裂投降活动和法西斯白色恐怖,这时专业剧团十分活跃,以重庆一年一度的"雾季公演"以及桂林举办的"西南戏剧展览会"为代表,形成了话剧演出空前活跃的局面。(3)1945年至1949年,这一阶段的戏剧运动以反对国民党反动政府的民主斗争为主要任务,广大进步戏剧工作者通过戏剧活动揭露国民党政府的黑暗腐败,动员广大人民群众为建立新中国而奋斗。

这时期活跃于剧坛的著名剧团很多,如中华剧艺社、中国万岁剧团、中电剧团、中央青年剧社、中国艺术剧社、新中国剧社、国防剧社、中国旅行剧团、苦干剧团等等,都是具有相当专业水准的演剧团体,它们在短短的几年时间里,公演了上千部剧作,其中像《大地回春》(陈白尘)、《天国春秋》(阳翰笙)、《忠王李秀成》(欧阳予倩)、《棠棣之花》(郭沫若)、《北京人》(曹禺)、《法西斯细菌》(夏衍)、《长夜行》(于伶)、《风雪夜归人》(吴祖光)、《祖国在召唤》(宋之的)、《家》(曹禺)、《蜕变》(曹禺)、《虎符》(郭沫若)、《金玉满堂》(沈浮)、《结婚进行曲》(陈白尘)、《岁寒图》(陈白尘)等,都是话剧舞台上影响深远的经典之作。

二、丰富多彩的戏剧创作

20世纪30年代,中国的话剧文学取得重大发展,并与本时期戏剧运动的起伏进程相呼应。左翼戏剧运动的勃兴,产生了一批反映工农生活、鼓吹阶级斗争的左翼剧作;1934年以后戏剧运动出现新的转机,"左"的影响有所摆脱,艺术追求的空气比较浓厚,诞生了一批思想性、艺术性较高的优秀之作;"国防戏剧"运动则催促了国防剧作的大量涌现。

本时期戏剧文学的发展,主要表现出以下四个方面的历史特征:

(1)阶级与阶级斗争意识的强化。

左翼剧作致力于反映工人阶级和农民群众的反抗与出路,使戏剧与社会政治斗争的关系更为密切,发展了戏剧文学的现实主义战斗精神。

革命戏剧运动的崛起,把工农群众的斗争生活推上舞台,现代戏剧中出现了一批崭新的人物形象。冯乃超的《阿珍》歌颂工人阶级为革命流血牺牲的精神,是"无产阶级戏剧"口号提出后的第一部革命剧作。田汉的《一九三二的月光曲》、左明的《到明天》和《活路》、袁殊的《工场夜景》、叶秀的《阿妈退休》等,都表现了工人群众的阶级觉悟、反抗意志、团结观念与胜利信心。戏剧文学塑造了自觉从事社会斗争的工人形象,开拓了戏剧表现工人斗争生活这一新领域。本时期,洪深、田汉、曹禺等,还有意识地将农村生活引入戏剧文学。洪深于30年代初受左翼文学影响而创作的《五奎桥》《香稻米》《青龙潭》(合称《农村三部曲》),是"五四"以来戏剧史上首次较全面地反映农村斗争、农民情绪、农村各阶级变迁的作品,话剧舞台上首次出现了一系列当代农民形象。田汉的《洪水》,再现灾民的悲惨生活,指出只有打倒封建主义和帝国主义,农民才能得救。曹禺的《原野》通过被压迫者仇虎的复仇悲剧,揭示了中国农村社会的残酷现实,对被压迫者精神状态的本质性的探索颇为深刻。

(2)民族斗争意识与爱国主义观念的进一步加强。

1931年日本军国主义侵占东北后,左翼剧作中出现了大量抗日救亡剧。田汉的《乱钟》《扫射》是充满保卫祖国、反抗侵略的热情的群众剧;《回春之曲》更是一支热情洋溢、感人肺腑而又神奇动人的抗战浪漫曲。女作家白薇也创作了《敌同志》《假洋人》《北宁路某站》等取材于救亡运动的新作。欧阳予倩有16幕抗日报告剧《不要忘了》。著名的街头剧《放下你的鞭子》(集体创作)以灵活的戏剧演出形式有力地激发了群众的抗日救亡热情,曾经演遍大江南北,产生巨大影响。1936年,"国防剧作"如雨后春笋般涌现。洪深执笔了《走私》《咸鱼主义》,凌鹤有《洋白糖》《黑地狱》,章泯有《我们的故乡》《东北之家》《死亡线上》等。此外,如宋之的的《烙痕》、许幸之的《最后一课》、罗峰和舒群的《过关》等,都从不同的生活侧面和不同角度表现了中国人民抗日救亡的心声。尤兢(于伶)是这时期新出现的作家中在表现抗日斗争方面创作力最盛的一位。他接连发表了《回声》《撤退,赵家庄》《在关内过年》《夜光杯》和《汉奸的子孙》(和洪深合作)等剧作,或控诉帝国主义的暴行,或描写工人群众的反抗,或揭露国民党当局对日屈辱求和的卖国行径,作为"国防戏剧",具有强烈的爱国主义意识和鲜明的时代色彩。特别是夏衍的历史讽喻剧《赛金花》,"以揭露汉奸丑态,唤起大众注意'国境以内的国防'为主题",曾被誉为"国防戏剧的力作"。

(3) 人道主义思想的深化。

作为"五四"文学的基本精神的人道主义,这时期为一部分具有革命民主主义倾向的进步作家继续发展着,且在创作中不断深化。李健吾致力于普通人性的深入开掘,他曾说:"我爱广大的自然和其中活动着的各不相同的人性。"②其《另外的一群》《以身作则》等剧,揭露了封建礼教和封建道德窒息人们的社会生活,使正常的人性受到压抑。曹禺揭示了蘩漪、陈白露的心灵痛苦和翠喜金子般的心,以人道主义的立场和态度,对这些被压迫、被侮辱者寄予深刻的同情。夏衍的《上海屋檐下》,描写小市民的灰色生活和心灵痛苦,体现了这位剧作家"更深和更广的人道主义"。30 年代的剧作,还将对人的心灵痛苦的挖掘的深刻性和反封建目标的明确性结合起来。像曹禺等人的剧作,深入揭示出人的精神追求被封建主义的金钱社会所扼杀、吞噬、毒害的悲剧性冲突,就比一般写经济剥削、政治压迫与肉体磨难来得深刻。

(4) 戏剧文学创作艺术意识的觉醒及戏剧样式的丰富多彩。

20 年代戏剧创作以探讨社会问题为主,30 年代初期左翼革命戏剧注重阶级斗争的表现,至 30 年代中期,剧作家普遍意识到戏剧是一门独特的艺术。戏剧创作的艺术意识的觉醒,使戏剧创作的艺术水平获得大幅度提高。话剧作为外来的新兴文学样式,在本时期臻于成熟。其成熟体现在:多幕剧的普遍涌现,改变了多数剧作家只能写独幕剧的局面;戏剧文学创作的艺术成就更高;话剧在舞台上站住了脚,赢得了更多的观众。同时,戏剧文学的各种美学样式和艺术体裁都有新的成就与发展。悲剧创作在 20 年代成就的基础上继续深入发展。楼适夷的《S·O·S》歌颂了无线电发报房工人在侵略者面前临危不惧、英勇献身的斗争精神,奏出了一支悲壮的战歌。曹禺的悲剧《雷雨》《日出》《原野》,以其高度的艺术成就显示出悲剧艺术的完美的审美形态。这时期喜剧和历史剧的发展尤为令人瞩目。李健吾的《以身作则》《新学究》,讽刺旧社会人情世态、封建礼教,鞭挞丑恶和虚伪,取得突出成就。陈白尘的《征婚》《恭喜发财》等剧作,以嬉笑怒骂之笔辛辣地讽刺了丑恶势力和各种不合理现象。历史剧著名的则有宋之的的《武则天》、夏衍的《赛金花》和《秋瑾传》、陈白尘的《金田村》等,都注重在对历史的艺术再现中融合进对现实斗争的感触,使历史真实、艺术真实与当时的时代精神有机地结合起来。

总之,30 年代的戏剧文学经过艰难曲折的道路,取得了重大的发展与卓越的成就。特别是曹禺、田汉、夏衍、洪深、李健吾等的戏剧成就,标志着现代戏剧的新的美学原则已经确立,戏剧文学的现代意识正在被越来越多的剧作家所把握,一支优秀的剧作家队伍已经形成。

进入 40 年代以后,随着抗日战争进入相持阶段和民主斗争趋于高潮,剧作家对现实的认识进一步深化,深沉的民族忧患意识使他们的创作更向现实深层突进,剧作反映社会生活更宽广,主题更深刻,人物性格也更丰满,戏剧的思想和艺术都发生了一系列新的变化。

这时期,最大量的是以抗日战争、解放战争的社会现实为题材、更逼近现实生活的多幕话剧。如表现全民抗战、充满强烈的爱国主义和民族精神的,就有集体创作的《保卫卢沟桥》、韩北屏的《台儿庄之战》、崔嵬的《八百壮士》、夏衍等的《黄花岗》、田汉的《最后的胜利》、吴祖光的《凤凰城》、宋之的等的《总动员》等;表现抗战游击队和沦陷区人民的斗争生活的,有夏衍的《水乡吟》、于伶的《杏花春雨江南》、丁西林的《妙峰山》、老舍的《谁先到了重庆》、吴祖光的《少年游》等;反映上海沦为"孤岛"前后,各阶层人们在艰难困苦中的挣扎、觉醒和奋争的,有于伶的《夜上海》、丁西林的《等太太回来的时候》、洪深的《黄白丹青》、吴天的《孤岛三重奏》等;暴露和讽刺国统区黑暗腐朽的社会现实、呼唤民主和正义,显示出抗战剧作在此时期与现实生活更加接近的,有老舍的《残雾》和《面子问题》、陈白尘的《禁止小便》和《结婚进行曲》、宋之的的《雾重庆》、曹禺的《蜕变》、丁西林的《三块钱国币》、茅盾的《清明前后》等;歌颂爱国爱民、在抗战中起着重要作用的知识分子的,有陈白尘的《岁寒图》、宋之的的《春寒》、于伶等的《戏剧春秋》、沈浮的《重庆二十四小时》、袁俊的《万世师表》、田汉等的《清流万里》;表现抗战胜利后中国的社会现实的,有洪深的《鸡鸣早看天》、吴祖光的《捉鬼传》、路翎的《云雀》、田汉的《丽人行》等。以上这些剧作,虽然反映生活的程度有深浅,艺术成就有高低,但都围绕着救亡图存、民族解放这一总主题,在抗日战争和解放战争中起了积极的作用。

与此同时,历史剧创作也掀起了热潮,出现了一大批历史剧作家和作品。如郭沫若的《棠棣之花》《屈原》《虎符》《高渐离》《孔雀胆》《南冠草》,阳翰笙的《天国春秋》《草莽英雄》,欧阳予倩的《忠王李秀成》《桃花扇》,阿英的《碧血花》《海国英雄》《杨娥传》,陈白尘的《大渡河》(又名《石达开》),于伶的《大明英烈传》等。这些剧作,几乎不约而同地以春秋战国、太平天国、南明政权的史实为题材,取材历史,面向现实,借古讽今,借古喻今,以其鲜明的时代性和现实性受到广大群众的欢迎,在抗战期间发挥了巨大的战斗作用。

综观20世纪三四十年代的话剧创作,无论是直接取材现实、描绘抗战风云岁月的作品,还是以现实为题材,概括一个时代发展的进程、展示各色人等心态演变的作品,或是影射现实的历史剧,都围绕民族解放和民主斗争的总主题,着重宣传抗日,暴露国统区和沦陷区社会现实的黑暗,诉说知识分子及广大人民群众在战争年代的坎坷命运。这比起20年代的话剧创作,显然是更具有现实的战斗性和广泛的社会历史意义。

第二节　曹禺:中国话剧文学的成熟标志

曹禺,是继田汉之后又一位对中国现代戏剧发展作出杰出贡献的剧作家。曹禺戏剧的高度艺术成就,对我国话剧文学的成熟起到了决定性的作用,奠定了"五四"以来话剧这一新生文学样式在我国现代文学中的地位。

曹禺(1910—1996),原名万家宝,祖籍湖北省潜江县,1910年9月24日出生在天津一个封建官僚家庭。他从小就喜爱文学和戏剧,是个十足的小戏迷。1922年,曹禺进入南开中学,成为南开新剧团的骨干。1926年9月,曹禺发表小说《今宵酒醒何处》,始用笔名"曹禺"。1930年,曹禺转入清华大学西洋文学系,开始较有系统地研读外国文学和戏剧,广泛涉及从古希腊悲剧到莎士比亚、易卜生、奥尼尔等的剧作。早期的演剧活动和系统的戏剧学习,为他后来终生从事戏剧事业打下了坚实的基础。

1933年,曹禺在清华园写出了他的第一部剧作《雷雨》,并很快引起广泛注意,宣告了一个杰出的年轻戏剧家的诞生。从清华大学毕业后,曹禺考取清华研究院继续深造,专门从事戏剧研究。但为生计所迫不久离校,先后在保定中学、天津河北女子师范任教,并陆续发表了《日出》(1936)、《原野》(1937),引起了文艺界的强烈反响。抗战期间,曹禺先后创作了《黑字二十八》(又名《全民总动员》,与宋之的合作,1938)、《蜕变》(1940)、《北京人》(1941)、《家》(1942)等,在反帝反封建的斗争中发挥了积极的战斗作用。特别是30年代的《雷雨》《日出》《原野》,显示出曹禺独特的戏剧风格和悲剧艺术才华,也标志着我国话剧文学样式的成熟,它们和田汉的《回春之曲》、夏衍的《上海屋檐下》等一起,把我国现代话剧推向了成熟的阶段。

《雷雨》的主题是丰富而深刻的,它以20年代初期的中国社会为背景,以某煤矿公司董事长周朴园为中心,在错综复杂的矛盾冲突中展开剧情,其中交织着侍萍与周朴园30年的怨恨,周萍与蘩漪、四凤之间的相爱关系以及鲁大海与周朴园之间的斗争。剧作通过一个带有浓厚封建性的资产阶级家庭内部的矛盾冲突,以及周、鲁两家错综复杂的矛盾纠葛的描写,暴露了半殖民地半封建上流社会的罪恶,比较深刻地反映了"五四"前后30年之间中国社会的某些本质方面:封建思想仍然依附在其他阶级的剥削者身上继续施展其窒息人心的职能;觉醒的青年男女的挣扎反抗,他们的个性解放的要求;劳动群众被吃的悲剧,他们的痛苦,他们身上无形的思想枷锁;工人阶级政治经济上的反抗等等。总之,它以特有的透视力和剖析力,展示了资产阶级的罪恶和人们的觉醒与斗争,从这个家庭的崩溃,揭示出那畸形社会的腐朽及其必然灭亡的历史命运。

《雷雨》杰出的现实主义艺术成就,突出地表现在人物形象的成功塑造上。周朴园是全剧的中心人物,是一个带有浓厚封建色彩的资本家,又是一个专制的封建家长。他原是封建家庭的公子哥儿,受过正统的封建教育,后到德国留学,接受西方资产阶级的教育。所以他一度有过"自由""平等"的思想,曾爱上梅妈的女儿侍萍,并与她生了两个儿子。但在他身上,我们几乎嗅不到更多的资产阶级的"文明"气息,甚至连他的生活习惯都保留着一种遗老的臭味。而且他的发家史,就带着野蛮的封建盘剥的血腥味。他是家中的绝对权威,他的话就是命令。他"关心""体贴"妻子,却胁迫蘩漪喝药,为的是做个"服从的榜样"。应该说,他对侍萍是有真情的,只是当妨碍到他自身利益时,就暴露出极端自私、残忍的本性来了。人性和阶级性是如此矛盾地纠结在他的性格之中,反映了他性格的复杂性。这个人物的典型意义,就在于从他身上揭示了中国特定社会环境中资产阶级与封建阶级的密切联系,反映出中国几千年的封建意识仍有着根深蒂固的统治力量。曹禺的杰出之处,不在于揭露了一个具有封建性的资产阶级,而在于他揭露了中国资产阶级的封建性,这正是《雷雨》现实主义的深刻的地方。蘩漪,是一个公认的艺术典型,是剧中塑造得最为成功的人物。她聪慧、美丽,爱好诗文书画,受到过新思潮的影响,有反抗封建专制、追求个性解放的强烈欲望,渴望自由与爱情。但命运却安排她做了周朴园的续弦。她和周朴园矛盾的实质,是要求做人和不许做人、要求自由与不许自由的矛盾。她敢爱敢恨,是剧中最具有"雷雨"般性格的人。她死死抓住周萍不放,甘心走上一条"母亲不像母亲,情妇不像情妇的路",是她追求爱情和自由的表现,是对封建礼教和封建秩序的蔑视和反叛。正是她,直接动摇和破坏了周朴园自诩的"最圆满和最有秩序的家庭",使之处于混乱和解体之中。蘩漪形象的成功之处,就在于通过她乖戾、阴鸷、极端的性格折射出封建势力的强大压力,反映出那个可怕的环境是怎样把一个要求自由、渴慕爱情的女性逼到一条绝路上去的。这一悲剧形象,是曹禺对中国现代戏剧的一大贡献。

1936年,曹禺发表了他的又一部现实主义力作——四幕话剧《日出》。《日出》的主要事件是方达生去找交际花陈白露以及他在陈白露那里的所见所闻。作者选取陈白露华丽的休息室和翠喜所在的三等妓院宝和下处,真实地展示了"鬼"似的人们生活的天堂和"可怜的动物"生活的地狱,以被压迫者与金钱化半殖民地社会的矛盾,构成全剧的基本冲突,从而深刻地揭示了半殖民地半封建社会都市的畸形状态,控诉了"不公平的禽兽世界",表露出对光明未来"日出"的热烈期盼。

陈白露是《日出》的中心人物,是剧本的灵魂。《日出》的主题诗就是由她呼喊出来的,她的内心悲剧性冲突搭起了《日出》戏剧冲突的骨架,形成这支交响乐的主旋律。陈白露曾是一个"天真可爱的女孩子",一位追求个性解放的新女性,但是资产阶级生活的刺激,锈蚀了她纯洁的灵魂,作为一个高级交际花,她抽烟、打牌、喝酒,被男人玩弄,又玩弄着男人,过着寄生的生活。然而,她的内心世界又有许多美丽的东西,她仍眷恋着青春,仍有着不熄的诗情,当她营救"小东西"时,是那么果敢、坚决,其反抗性达到了义无反顾的境地。她的自杀,既是一个沦落风尘的女子因生活绝望而自杀的弱者之死,又是一个宁死不肯落入魔王之手而遭受蹂躏的强者之死。这双重含义,正是陈白露矛盾性格的必然发展。她的悲剧,是性格悲剧,同时也是社会悲剧,是黑暗社会对人的精神的戕害。这是剧作家在继蘩漪之后,为中国现代戏剧贡献的又一杰出的悲剧艺术典型。

从《雷雨》的家庭悲剧到《日出》的社会悲剧,曹禺在思想上有了新的发展。《雷雨》主要是从家庭内部关系揭露中国资产阶级的封建性,《日出》则写的是半殖民地化都市社会中资产阶级的丑行,描绘出当时中国社会的全貌,揭示出上层社会与下层社会之间"损不足以奉有余"的不合理现象。《雷雨》着力表现封建专制主义对人的压迫与虐杀,《日出》则揭露金钱化社会对人的毒化、残杀和吞噬。

《日出》较之《雷雨》,在艺术上也有新的发展和创造。在戏剧结构上,它不再重复《雷雨》的"闭锁式"结构,而是采取用"片断的方法"、用"人生的零碎",来表现社会内容,展览人物群像,展示形形色色人物的精神风貌。在戏剧色调上,《雷雨》是一悲到底,具有浓重的悲剧色调;而《日出》则把悲剧同喜剧交织在一起,如在整部悲剧的发展过程中,喜剧人物接连粉墨登场,喜剧乃至闹剧的场面也穿插其间,悲剧和喜剧的情势交替转换,隐喻的讽刺和诗意的抒情随处可见,构成了丰富多彩的戏剧色调。

一种基本外来的新兴文学样式要在一个民族的文学领域发展成熟并扎下根来,需要经过一个过程和许多人的努力。自"五四"文学革命至曹禺创作《雷雨》之前,我国虽然已有田汉、欧阳予倩、洪深、郭沫若、丁西林、熊佛西等一大批剧作家创作了大量优秀的作品,但大多数为独幕剧,且程度不同地带有"欧化"的倾向,还处在积极探索阶段,尚缺少对广阔的现实生活、性格复杂的人物以及冲突尖锐和结构宏大的话剧的驾驭功力。而《雷雨》《日出》以其卓越独特的艺术成就,高度满足了剧本文学关于人物、冲突、结构、语言等方面的艺术要求,成为我国话剧文学创作的典范。

曹禺对中国现代戏剧创作水平的突破不是个别的、局部的,而是整体性的、综合性的。曹禺以前的剧作家,不少人有过突出的成就并形成了自己的风格,如丁西林的精巧的构思、幽默风趣的对话,田汉的浪漫主义传奇色彩和抒情风格,欧阳予倩的尖锐泼辣的讽刺力量,熊佛西的灵活的场面穿插、曲折有致的情节等等;曹禺同时代的剧作家,也各有自己的特色和贡献,如洪深以结构完整、戏剧冲突集中尖锐而著称,李健吾以人物鲜明、情节生动、富于诗情画意而别具一格,夏衍以具有政治抒情色彩的社会剖析剧自成一家等等。他们的有些特长,甚至是曹禺所不及的。但曹禺能够在前辈开辟的道路上行进,并后来居上,在剧作的综合水平上超过了他们。从艺术表现的角度看,一部剧作成就的高低,要看人物、结构、语言等平均值的高低,曹禺的剧作在所有这些方面都达到了相当的水平。而且,曹禺的贡献,并不是某一部作品的成功,他的《雷雨》《日出》《原野》《北京人》《家》等,都是脍炙人口的优秀之作,至今仍在中外戏剧舞台上显示着永久的生命力。可以说,他的话剧作品,达到了思想内容和完美艺术形式的结合,代表了我国现代话剧文学的艺术高峰。

曹禺的戏剧深刻集中地反映了反封建与个性解放的主题,有力地冲击了封建主义与黑暗社会。"五四"时代精神在新文学领域的表现就是涌现出反封建与个性解放两大基本主题。但这个反映时代、社会要求的重要主题,在戏剧方面一直还未产生一部代表作。从胡适的《终身大事》、田汉的《获虎之夜》、丁西林的《一只马蜂》、欧阳予倩的《泼妇》,到情节与《雷雨》接近的陈大悲的《幽兰女士》、熊佛西的《青春的悲哀》、白薇的《打出幽灵塔》等,在揭示生活的深刻性和丰富性上,都不能与《雷雨》相比。在这一领域,《雷雨》可谓异军突起。此后,《北京人》等,又深化了反封建的主题。在中国现代文学史上,它们堪与巴金的《激流三部曲》雄峰对峙,并驾齐驱。

曹禺戏剧的另一独特贡献,在于塑造出了众多各具风采的艺术形象。《雷雨》中的8个人,每个人物都是"一个世界",每个形象都具有它的美学价值;《日出》中的陈白露、方达生、小东西、李石清、潘月亭、黄省三,《原野》中的仇虎、花金子、焦母,《北京人》中的愫方、曾文清、曾皓、曾思懿等等,也个个都是极具个性的艺术典型,他(她)们大大丰富和充实了中国现代话剧的人物画廊。作为卓越的悲剧艺术家,曹禺生动而成功地刻画了一系列悲剧形象,有心灵受到压抑的悲剧女性,如蘩漪、陈白露、愫方;有内心忧郁矛盾的悲剧性男子,如周萍、曾文清等,都闪烁着奇异的性格光芒。曹禺式悲剧人物在我国悲剧艺术史上的意义,首先在于他们显示了悲剧表现的深广度。曹禺善于描写平凡生活中受压迫与摧残、遭压抑与扭曲的悲剧人物,反映出悲剧的丰富深刻的社会意义;并致力于反映人物精神追求方面的深刻痛苦,深入探索悲剧人物的内心世界。其次,发展和拓宽了悲剧表现领域。曹禺对灰色人物、小人物悲剧的描写,丰富和发展了悲剧人物类型;通过不幸者的命运,写出一种忧愤深沉、缠绵沉挚的美,呈现出悲剧艺术的阴柔之美。因而,曹禺的戏剧发展了我国悲剧艺术,进一步开拓了悲剧文学的表现领域与精神刻画的深度,为悲剧艺术提供了典范。

曹禺不仅是塑造艺术形象的能手,而且是擅长结构艺术的巨匠。他总是尝试运用多种方式,来组织各种类型的戏剧结构。有闭锁式的,如《雷雨》;有人像展览式的,如《日出》;《原野》以仇虎的复仇为中心事件按顺序展开,基本上是开放式的,但又不断出现幻象和回忆的场面,打破了时空的界限,吸收了现代派戏剧结构的某些手法;《北京人》写的是日常生活,事件不集中,具有人像展览式的结构的特征,但又有争夺棺材这一中心线索贯穿其中,显然又具有开放式结构的特征。可以说,曹禺在自己的创作历程中尝试了希腊悲剧及莎士比亚、易卜生、契诃夫、奥尼尔等世界戏剧大师在漫长的创作过程中形成的各种结构方式,也吸收了中国戏曲的结构形式的优点,博采众长而自成一格。另外,在开端与结尾的前后照应、场面安排上的重场与过场、明场与暗场;情节安排的连续性和阶段性,偶然性与必然性;人物关系上的横向联系与纵向联系,正面描写与侧面烘托;整个剧情进展的层次感与节奏感等,曹禺都不是随意安排,而是精心设计,做到统领全局,大处着眼、小处落笔,善于控制和调节,力求保持整部作品的匀称和谐与统一完整。

没有冲突便没有戏剧,但冲突并非限于激烈的政治斗争、阶级斗争。曹禺就善于从现实生活中提炼出戏剧冲突,紧张、尖锐,引人入胜;他还善于深入人物内心世界,着重人物内心冲突的刻画,从而产生丰富含蓄、发人深思的戏剧效果。在组织戏剧冲突方面,曹禺也具有杰出艺术才能。如"引爆人"和最佳"聚焦"方式的设置。在《雷雨》中,蘩漪是全剧的"引爆人",正是有了她的"引爆"作用,《雷雨》的戏剧冲突才如此的震撼人心;在《原野》中,花金子是"引爆人",有了她的"引爆"作用,《原野》的戏剧冲突才会一环比一环紧张,一步比一步尖锐。曹禺还善于寻找各种矛盾集结的焦点,在《雷雨》中,以侍萍重进周公馆为最佳"聚焦"方式,促使潜伏中的各种矛盾公开化;在《日出》中,以陈白露的内心冲突为最佳"聚焦"方式,把各种矛盾引向她的灵魂深处;在《北京人》中,以曾皓的未来前途为“聚焦”点,而令人信服地揭示出曾公馆必然衰亡的历史命运。

第三节　田汉与洪深的左翼戏剧创作

“五四”时期为中国现代话剧运动作出过重大贡献的田汉、洪深,30 年代的话剧创作又有了新的发展,成为左翼戏剧运动的两位代表人物。

从 1929 年开始,由于受到无产阶级革命文学运动的激发和感召,田汉面向现实写出了反映工人生活的《火之跳舞》、要求改革社会的《第五号病室》以及洋溢着战斗热情的象征剧《一致》,开始了他政治思想和创作思想的初步转变。1930 年 5 月,田汉发表长达 7 万字的著名长文《我们的自己批判》,对“南国”的戏剧运动和自己的艺术道路进行了总结和反思,清算了自己的小资产阶级的非政治倾向的错误和缺点,宣布将“旗帜鲜明地站在新兴的无产阶级一边,将艺术贡献于新时代之实现”[③],从而完成了向革命戏剧运动的彻底“转向”。故田汉前期的思想和创作可以 1930 年为界,分前后两个阶段:20 年代,田汉自称“感伤时代”,创作了大量探索人生的带有抒情浪漫倾向的剧作;30 年代,田汉自觉使自己的创作汇入左翼戏剧运动的大潮,开始了左翼戏剧的创作。

整个 30 年代,田汉一面领导左翼戏剧和电影运动,一面努力从事新剧本的创作。他的戏剧创作中出现了新的题材、新的主题和新的人物,作品的形态和艺术风格也发生了不同于早期的新的变化。有以工人群众和小职员们反剥削、反迫害为主要内容的:如《年夜饭》描写某工厂职员在资本家的剥削下提高觉悟后参加工人斗争的故事;《梅雨》反映梅雨期间在高利贷者的剥削下辗转挣扎在生死线上的小市民们的痛苦和凄凉;《顾正红之死》从侧面、正面等不同角度反映中国工人阶级的反帝反封建反剥削的斗争;《一九三二年的月光曲》描写公共汽车工人团结一致反对外国资本家的斗争,等等。有反映民族危机日益加深后人民群众的救亡活动和爱国精神,抨击国民党政府的不抵抗主义的,如《乱钟》《扫射》《暴风雨中的七个女性》《战友》《初雪之夜》《回春之曲》《晚会》等;甚至有反映农村的农民和生活斗争的,如《洪水》等。对于田汉这一时期的剧作,洪深在 30 年代中期就曾撰文认为:它们“能够概括地反映最近四五年中国政治经济社会的情形,并且始终不曾失去反封建和反帝国主义是中华民族的唯一出路”。他还指出这些剧本有三个特点:“对于时代的感觉,是这样的灵敏”;“对于一般不幸的人们,是这样真挚地同情”;“对于将来是这样毫不迟疑地怀着希望”。[④]洪深的评议无疑是客观中肯的。正因为田汉一直在努力追寻着进步的社会政治思想,并不断创作出有深远影响的革命宣传剧,所以他才能成为人们所敬仰的革命戏剧运动的领导人。

在田汉的左翼剧作中,最有代表性的当为描写青年学生和知识青年要求抗日的《乱钟》和《回春之曲》两部剧作。

《乱钟》写于1932年,是一部"急就章"式的作品。它描写1931年"九一八"晚上,东北某大学生宿舍里一群爱国青年,急切地等待着前去向政府请愿的代表回来,期望当局满足他们领取枪支参加抗日的要求,谁知代表们带回来的却是政府要学生们安心读书、不得干预国事的答复。正当这一群青年激动地对政府表示抗议时,日寇进攻皇姑屯的大炮响了,于是群情更加激愤。他们敲起校钟,号召同学们"快起来集合啊,快和广大工人、市民们联合起来武装自卫!……快些起来打倒日本帝国主义!打倒汉奸走狗!中华民族解放万岁!"剧本就在这一片口号声、枪炮声和乱钟声中结束了。该剧道出了全国人民要求抗日,反对侵略,反对国民党政府的不抵抗主义的心声,显示出青年学生们对当局不准抗日的民族义愤和革命热情。应该说,该剧的成功,主要在于它的主题的现实针对性和强烈的情感鼓动性,在当时发挥了强烈的现实战斗作用。以至每次演出时,都不是平静地结束,而是群情振奋,台上台下口号声融成一片,久久不得平息。戏剧的社会功能和教育功能,被田汉发挥得淋漓尽致。

如果说《乱钟》同田汉的其他大部分左翼剧作一样,存在着过于直露、缺少人物性格的完整塑造和内心情感的细致描绘的话,那么三幕剧《回春之曲》则可以说是弥补了这些方面的不足,较好地达到了思想和艺术的平衡。

《回春之曲》创作于1934年,是田汉30年代话剧的代表作,也是整个抗战戏剧的最优秀的代表作之一。剧本描写的是热爱祖国的华侨青年毅然归国参加抗战的英勇行为和他们的忠贞不渝的爱情,成功地塑造了高维汉和梅娘两位爱国青年的感人形象。华侨青年高维汉出于对祖国的热爱,在"九一八"事变后,告别热恋的情人梅娘,从南洋回国投入抗日战争。在"一·二八"保卫上海的战火中,高维汉身负重伤并失去了记忆。梅娘挣脱封建家庭的束缚,毅然回国精心护理心爱的人。终于在梅娘的爱的催发下,在除夕之夜的鞭炮声中,高维汉的记忆获得了恢复。该剧在艺术上有三大特色:(1)克服了其他抗日宣传剧所共有的那种一般化的缺点,把抗日的主题充分"人化"了。田汉找到了把握和表现生活的特殊角度,正是从他最熟悉、最有积累的生活出发,来开掘抗日爱国的主题,把主人公独特的爱情命运和祖国的命运有机地结合起来加以表现。在这里,主人公健康的"回春"、爱情的"回春"和呼唤祖国在抗日中"回春",从一个独特的艺术视角得到了统一的表现。(2)克服了一般抗日宣传剧的"直""露""平"的缺点,把抗日的主题充分地"戏剧化"了。该剧构思巧妙,情节新鲜奇特,引人入胜。它没有正面描写高维汉在战场上英勇杀敌的情景,而是抓住他失去记忆和恢复记忆的奇特情节,发挥了作者所擅长的浪漫主义的传奇性。即通过一个动人的、传奇性的爱情故事来表现抗日爱国主题,戏剧性自然就大大增强了。(3) 克服了一般政治宣传剧"理"盛于"情",以"事"压"情"的状况,把抗日的主题充分地"诗化"了。该剧发挥了田汉最擅长的浪漫主义的抒情风格,写得诗情洋溢,优美动人。其中不少感情场面的设置,使爱国之情和纯洁的爱情分外激动人心。特别是在剧中配上《告别南洋》《春回来了》两支抒情优美的插曲和《梅娘曲》这支深挚动人的主题歌,更使剧作获得了一种独特的音乐美。

洪深(1894—1955),学名洪达,字浅哉,江苏武进人。曾先后就读于美国俄亥俄州立大学和哈佛大学,获戏剧学硕士学位,是从中国到国外专攻戏剧的"破天荒第一人"。他 1922 年回国后即投身戏剧活动,是我国现代戏剧事业的拓荒者之一。他不仅是优秀的剧作家,而且还是著名的戏剧理论家、舞台艺术实践家和戏剧教育家。

洪深一生共创作、改编、翻译了三十多部话剧剧本。早在 20 年代初,就以九幕剧《赵阎王》(1922)称名剧坛。剧本在剖示赵大精神历史背景时,对当时社会作了全景式的鸟瞰,揭露了封建军阀混战的罪恶,并说明正是军阀混战、社会黑暗造成了这样的罪恶分子,具有强烈的社会批判意义。30 年代初,洪深开始倾向革命,积极投身左翼戏剧运动,他的世界观和戏剧观都发生了深刻的变化。他认识到:"现代话剧的重要价值,就是因为有主义,对于世故人情的了解与批判,对于人生的哲学,对于行为的攻击或赞成。"⑤故洪深能在原来撰写社会问题剧的基础上,自觉地加进了政治宣传的内容。当左翼戏剧提倡表现工农民众生活、强调揭示尖锐的阶级矛盾时,洪深的审美视野扩大了,他把艺术笔触伸向了具有重大社会意义的题材。《农村三部曲》就是他 30 年代最负盛名的剧作,同时也是他一生中最重要的代表作。

《农村三部曲》包括独幕剧《五奎桥》(1930)、三幕剧《香稻米》(1931)和四幕剧《青龙潭》(1932)三部剧作。它们以作者所熟悉的江南农村为背景,展示了二三十年代中国农村社会经济凋敝的现实和农民的苦难遭遇,以及他们从苦难中逐步觉醒,向封建势力、帝国主义势力进行自发斗争的历史画卷。由于是"五四"以来现代话剧中第一次较全面地反映农民的苦难和斗争的作品,是左翼戏剧的重要收获,因而在中国现代戏剧史上占有一定的位置。

洪深在《农村三部曲·自序》中说道:"《五奎桥》所写的,是乡村社会中残留的封建势力。"五奎桥本是地主周乡绅家的先人"状元公"所造的一座私桥,他家曾有"三代五进士"的"盛事",因而桥名"五奎"。对周乡绅来说,此桥"一以纪念盛事,二以保全风水",是其全家命脉之所系,也是其地主阶级的特殊利益和威权的象征。而对于广大农民来说,它是周家世世代代欺压农民的象征,是迷信、愚昧和封建势力的象征。故当江南久旱,农民抗旱保苗要拆除这座桥时,一场围绕拆桥和保桥的激烈斗争就不可避免。农民们不畏强暴,冲破官吏"六法"的威压,终于拆毁了五奎桥,取得了反封建斗争的胜利。该剧不仅写出了农民的痛苦生活和乡绅的狡诈阴险,揭示了当时农村中严重存在的阶级压迫和封建旧习等社会问题,而且通过这场拆桥和保桥的斗争,反映了地主与农民之间的尖锐对立和冲突,揭露了封建势力与反动政权勾结为一体的反动实质,歌颂了农民的正义反抗,表现出觉醒了的农民的不可抗拒的力量。剧作在农村土地革命展开的30年代出现,更具有强烈的现实意义。这是洪深写的既有问题剧的功能,又有宣传教育意味的第一部左翼剧作。

《香稻米》描写自耕农黄二官一家"丰收成灾"的意外遭遇,通过对其破产经过的揭示,正确指出了当时"丰收成灾"的社会原因:帝国主义的经济侵略,洋米洋货对市场的冲击,反动政权的苛捐杂税,资产阶级和帝国主义走狗的欺压剥削。剧中还穿插了其他佃农的生活片断:有的被关押毒打,有的被迫投水丧命,从而从更广、更深的层面上揭示了旧社会农民的命运。30年代初,描写农村"丰收成灾"成为文学创作的普遍题材,该剧是戏剧领域的主要收获。

《青龙潭》描写以庄炳元一家为代表的庄家村农民,在严重天灾的困扰下,思想混乱,各行其是。为了求生,他们骚动、挣扎,寻找出路,但最后跪倒在青龙潭龙王菩萨座下求雨。作者真实地表现了农民愚昧、迷信的精神状态与骚乱动荡的思想情绪,并借剧中人李全生之口否定了农民的种种愚昧、迷信行为,指出只要"有决心,有信心,总会寻出道路的!"同前期作品相比,洪深不再停留在一般地同情人民的苦难上,而是在真实地再现农村经济破产的历史风貌的同时,表现了农民自发的反抗和斗争,并以艺术形象暗示一条光明之路,体现了洪深反帝反封建思想的发展,也体现了他应该"对社会说一句有益的话"的现实主义的戏剧观。

《农村三部曲》在艺术上也取得一定成就。洪深比较注重戏剧人物的塑造,要求戏剧"创造活的有血气的人物",而不是"机械地派定某个人代表某种势力"[⑥]。如《五奎桥》中,主人公李全生是一个敢作敢为的新一代农民的典型,是青年农民中的反抗者。他不畏周家权势,不为封建迷信愚弄,不受对方诡计所蒙骗,带领农民与封建势力进行了坚决的斗争。周乡绅也是一个塑造得较为出色的人物,他是乡村中横行霸道的封建地主势力的代表者,剧本把他伪善、狡猾、凶恶的面目,揭露得可谓淋漓尽致。其他如《香稻米》中依天顺命、忠厚老实、谨慎谦和的自耕农黄二官,直爽稚气的荷香;《青龙潭》中善走改良之道的小学校长林公达,多愁善感的庄六妹等等,也都勾画得栩栩如生。就综合水平来说,三剧中又以《五奎桥》的艺术成就为最高。该剧以拆桥和保桥的斗争为故事情节的中心线索,连缀全剧首尾,结构完整严密;戏剧冲突逐步展开,波澜迭起,当冲突进入高潮,戏剧立即收结,既紧凑又热烈。语言通俗朴素,吸收了江南农村农民的口语,且不乏个性化和动作性。总之,《农村三部曲》作为30年代描写农村社会现实和农民悲惨命运的作品,虽然反映历史还缺乏一定的深度,艺术水准也参差不齐,但仍不失为"五四"以来的优秀剧作,体现了洪深"戏剧为人生"的思想。

1936年,洪深积极倡导"国防戏剧"运动,他执笔创作了《鸽》《走私》《咸鱼主义》等国防剧作,揭露日本帝国主义和汉奸的罪恶活动,特别是《走私》一剧,在当时产生过强烈的社会反响。抗战时期是洪深创作的丰盛期,如《飞将军》(1937)表现高鹏飞从抗战"飞将军"走向颓废堕落的复杂性格,在当时产生很大影响。其他还有《包得行》《鸡鸣早看天》等,也都是抗战时期的重要作品。洪深由最初用戏剧"为痛苦的人生叫喊",到"左联"时期有意识地反映农村的阶级斗争,再到抗战时期以戏剧为武器为民族解放斗争服务,走了一条坚实的现实主义道路。

洪深对中国现代话剧的贡献是多方面的。他作为优秀的剧作家和理论家,为中国现代话剧剧坛奉献了《赵阎王》《农村三部曲》这样影响深远的剧作,他出版戏剧艺术理论著作十多种,对中国现代话剧理论起到了奠基的作用;他作为杰出的舞台艺术实践家,为中国现代话剧建立了正规的演出规范,在中国现代戏剧史上首次确立了完整的导演制,这对于中国话剧从初创期转入正规期,起到了决定性的作用。

第四节　夏衍的戏剧文学创作

夏衍(1900—1995),原名沈乃熙,字端先,浙江杭州人。1920年赴日本留学,1927年因参加进步运动为日本政府所逐归国,同年在上海参加中国共产党。1929年参与组织领导上海艺术剧社,主编左翼戏剧刊物《艺术》。1930年"左联"成立后,任"左联"执行委员,成为左翼文化运动的领导者之一。1932年,由于抗日救亡运动的发展,夏衍进入电影界,担负起左翼电影运动的组织、领导工作,并从事电影文学创作,成为中国电影的一位重要开创者。其戏剧生涯是从1929年与郑伯奇等组织成立上海艺术剧社时开始的,戏剧创作始于1935年,主要剧作有《上海屋檐下》《法西斯细菌》《芳草天涯》等,这些作品在我国戏剧运动中产生了重要影响。

夏衍在《生活·题材·创作》一文中说:"有这么一些人,他们首先是革命者,先是为了革命的利益,用文艺作为革命的武器,进行创作活动,然后,在创作实践中,才逐渐掌握了文艺创作的规律学会了文艺创作的技巧。"⑦这话用来概括其自身创作道路和特点是十分合适的。他是完全服从革命的需要,遵照党组织安排而弃工从文,走上文学艺术之路的,由此,他的每一部作品都毫不含糊地表明自己的创作宗旨:反映时代、鼓动革命,充满强烈的时代感与鲜明政治倾向性;而长期的戏剧活动经历和不懈的艺术创作实践,又使他积累了丰富的戏剧创作经验,在戏剧艺术上取得卓著成就。就其建国前戏剧创作来看,大体上可分两个阶段:即30年代中期的左翼戏剧和30年代末40年代的抗战戏剧。在30年代,集中体现其戏剧的现实主义特色,从而奠定他在中国戏剧史上重要地位的作品是《上海屋檐下》。

《上海屋檐下》写于1937年春。夏衍曾说:“这是我写的第三个多幕剧,但也可以说这是我写的第一个剧本。因为,在这个剧本中,我开始了现实主义创作方法的摸索。”“在这以前,坦率地说,我很简单地把文艺作品当作宣传的手段。”[⑧]此言不虚。夏衍先前的剧作如《赛金花》等,的确有较多宣传说教成分,他自己对此有一种痛切的反省;又加以当时剧作界风靡所谓“情节戏”、“服装戏”,严重脱离现实,同样使他怀抱着不满和反感,立志要写出一部反映生活本质的现实主义剧作来。于是,他以革命者的深邃敏锐的眼光看到了那个叫人感到剧烈创痛的社会深处,以独有的精炼的笔触概括地勾勒出了那一个可诅咒的时代风貌,终于演绎出《上海屋檐下》这一部深刻的现实主义杰作。

故事发生在抗日战争前夕的上海,一个使人沉闷得透不过气来的黄梅天里。剧作展示的是上海一幢普通弄堂房子的横剖面,通过五户人家一天的经历,十分真实地表现了抗战爆发前小市民痛苦而平庸的生活,生动地刻画了上海这个畸形社会中的一群小人物。作家把剧作的思想主旨熔铸在对群像的精心塑造和对生活景象的真实描绘之中,在像黄梅天一样晴雨不定、郁闷阴晦的政治气候中,家家都有一本难念的经。“廉价的摩登少妇”施小宝,在丈夫出海、生活无靠的情况下,被迫卖身而落入流氓魔掌;她想挣脱,却又得不到同情和援救,只能含泪忍受屈辱。孤苦无依的老报贩“李陵碑”,因想念阵亡的儿子而精神失常,纵使一天吃不上一顿饱饭,可还是做着“盼娇儿”的好梦。那“亭子间”里的失业大学生黄家楣,是靠其父典房卖地才读完大学的,如今穷愁潦倒,只能卖掉老婆的衣服换钱来款待从乡下来的老父亲,以报答其养育之恩。唯一快活的是住“灶披间”里天性乐观而热情的小学教员赵振宇一家,但夫妇二人仍整天为生活而辛勤操劳,赵妻还不时因丈夫“一个月还赚不到三十五块”而经常止不住满腹牢骚,赵振宇不得不用“比上不足,比下有余”来麻醉自己。生活稍稍安定一点的,是住在“客堂间”的纱厂职员“二房东”林志成一家,但这一家依然有着难言的隐痛。与林志成同居的杨彩玉,曾与革命者匡复结合,但当匡复被捕后,为生活所迫,不得已背叛狱中丈夫的爱情而与林志成同居。严酷的生活消磨了她的朝气,使之成为一个庸庸碌碌的家庭主妇。林志成由帮助朋友家属到陷入爱情深渊,却又无法排除时时袭来的负罪感。为能保住饭碗,照料好彩玉和她的女儿葆珍,他只好忍气吞声看资本家的脸色行事,以致终日抑郁不欢。剧作所描写的这些人物的各种生活处境和精神面貌,正是当时处于都市社会底层的千千万万普通市民的命运遭遇的真实写照。

作者说,他写这部戏,是要借“上海这个畸形的社会中的一群小人物”,“反映了这个大的时代,让当时的观众听到些将要到来的时代的脚步声音”。[9]他以精湛的艺术技巧使作品通过平凡的生活表现出鲜明的时代感和明确的政治倾向。手法之一是在剧情的进展中反复渲染,让时代与政治的色彩逐步透露出来。如林志成做事工厂的闹事,暗示着时局的动荡;匡复的入狱是因为从事革命活动;老报贩的独生子牺牲于“一·二八”上海抗战烽火中;杨彩玉的女儿反复教唱的儿歌“我们都是勇敢的小娃娃,大家联合起来救国家”。通过这些细节渲染,烘托出了那个民族危亡的动乱年代。手法之二是贯穿全剧的黄梅阴雨。整个剧情在郁闷得让人喘不过气来的梅雨中开始、发展,达到高潮而终结。绵绵的梅雨映射着白色恐怖之下政治环境的窒息,由此折射出知识分子和小市民的抑郁情怀;同时也蕴含着“天色黑暗到一定程度,一定要落雨,雨下到一定程度,一定要天晴”的思想立意,全剧便在“已经听得见轰轰然的远雷之声”中结束。在剧作中,戏剧的情调与时代的氛围、人物的环境配合得浑然一体,确是寓政治意义于艺术表现之中的一个范例。

《上海屋檐下》在艺术上的成功之处在于:采用严谨的现实主义创作方法,充分调动舞台艺术手段,使作品显示出独特的艺术魅力。在题材的选择和处理上,作者不注重故事的传奇性和情节的所谓戏剧性,而是着眼于平凡的小人物和他们几乎没有色彩的生活,从人物性格及其相互关系出发去构成戏剧冲突,着力刻画剧中人的内心矛盾,着重揭示人物的内心世界和他们畸形关系的悲剧实质,实现了剧作家力图“从小人物的生活中反映出一个即将来临的大时代”的艺术企望。在戏剧人物描写上,体现了剧作家主张的戏剧应以塑造性格为主,必须通过人物真实、复杂的思想感情与观众交流,激起共鸣。剧中真实细腻地描绘了林志成、杨彩玉、匡复三个人物内心世界一种难言的痛苦及灵魂深处的创伤:林志成痛苦的自责和发泄,杨彩玉羞愧的饮泣和情不自禁的诉说,匡复暂时的颓唐与沮丧,写来各尽其妙;同时又以简洁的笔墨,用一两个动作,一两句台词,勾勒出人物的社会地位、阶级身份、身世命运,以及他们复杂的内心世界、独特的性格特征。在布局和结构上,蜘蛛网般将分散的五家人生活组织在同一个舞台空间,而以林志成家的活动为主,以林、杨、匡三人的内心活动为结构主线,以其他各家的日常生活为副线,使剧情发展既井井有条、错落有致,又波澜起伏、紧凑自然。在舞台空间的运用和转换上,夏衍借鉴了电影的蒙太奇技巧,截取生活的横断面,把几个独立的小天地同时展现在观众面前,犹如电影的"分割银幕",这就大大扩展了舞台的空间容量,增强了戏剧效果。作者还善于运用环境气氛渲染时代氛围和人物的独特心境,注意表现剧中人物与环境的关系相依相存。剧中无论黄梅天的阴晴不定,还是屋檐下的拥挤、窒息,都不是简单的背景,都联系着特定的政治气候。它不仅制造了戏剧的气氛,而且将人物生活环境与心境有机结合,刻画出人物的精神面貌。可以说,夏衍从该剧开始,充分表现了自己的创作个性,确立了自己深沉、凝重、清新、淡远的艺术风格。

抗战时期,夏衍创作了《一年间》(1938)、《愁城记》(1940)、《水乡吟》(1942)、《离离草》(1944)等一大批剧作,其中影响较大的有《法西斯细菌》(1942)、《心防》(1940)和《芳草天涯》(1945)。《法西斯细菌》是夏衍剧作中篇幅最长(7万字)、场景最多(五幕六场)、跨越年代最久(11年)的一部力作。该剧以一度标榜不问政治、一心从事科学研究的医学博士俞实夫为中心人物,通过他由东京而上海而香港而桂林的曲折经历,深刻地揭露了日本帝国主义的残酷和暴戾,提出了"法西斯和科学不两立"的深刻命题。为了表现这个严肃的主题,剧作让主人公经历一次次灵魂的拷问,终于使他合乎情理地实现了人生道路的根本性转变。俞实夫心地善良,热爱专业,研究细菌学有突出成就,他一心想通过自己的专长为国家、为人类服务。他深受"科学至上主义"的影响,只关心自己的细菌学研究,对周围正在进行着的民族解放斗争漠不关心。然而,他不关心政治,政治却总是纠缠着他,法西斯暴敌的一次次破坏和迫害,逼迫他离开实验室和显微镜,终于使他清醒过来,动摇了原先超脱于政治的信念,最后坚定地投身于抗战——当时最大的政治之中,把视线投向疮痍满目的世界。作品成功地塑造了抗战期间知识分子的一种典型。

被洪深认为夏衍战时代表作的《心防》,描写新闻记者刘浩如等一批进步文化工作者,在"三一八"事变后深刻理解到用笔来"死守一条五百万人的精神上的防线"的重要性,他们顶住敌人的威胁利诱,排除来自家庭和个人思想方面的各种干扰,毅然留守"孤岛",坚持斗争。剧作成功地塑造了刘浩如这一位具有炽烈爱国热情、高度责任感和不怕牺牲精神的文化工作领导者,读来感人至深。这个剧本是为歌颂"孤岛"文化战士而创作的,"孤岛"抗日文化活动在全国抗日文化工作中有特殊的意义,剧作为此留下了可歌可泣的一页。

《芳草天涯》是夏衍写于抗战胜利前夕的一部剧作,也是他唯一的以爱情为题材的作品。该剧着重描写了在战乱离难中知识分子爱情生活的纠葛,围绕这一纠葛,把丰富的社会生活凝聚在一起,从平淡的生活里发掘内在的戏剧冲突,使之具有动人的艺术力量。剧作主要描写尚志恢、石咏芬、孟小云三人抗战离乱中的爱情、婚姻纠葛,表现在抗战艰苦岁月里不同类型的几个知识分子的苦恼、矛盾、奋斗和追求。可贵的是,剧作家对爱情、婚姻等社会问题的解决,突破了一般作品仅止于表现人性、人道主义的层面,而使爱情主题发展为民族解放、社会解放的主题,从而大大拓展了剧作的思想内涵。该剧在艺术上也颇有特色,它环绕着"把恋爱和家庭变成工作的正号而不再是负号"的立意,把丰富的社会生活集聚于一条线索,把众多的社会人物集中在几个角色身上,从平淡的生活中展现不寻常的戏剧冲突,突出地体现了夏衍剧作常有的结构单纯集中而又严谨匀称、意境深远的特点。

第五节　郭沫若和40年代的历史剧

中国现代历史剧创作,萌芽于"五四",在20年代就有长足进展。进入30年代,随着日本帝国主义侵略的步步紧逼,大规模的抗日战争呈一触即发之势,中国戏剧界抗日救国呼声高涨,产生了"国防戏剧"运动,历史剧的创作获得了发展的契机。陈白尘的《石达开的末路》《金田村》,夏衍的《赛金花》,宋之的的《武则天》等一大批历史剧应运而生。这些剧作以历史告诫人们莫蹈覆辙,团结御敌,对呼唤抗战大时代的来临发挥了积极作用。从抗战开始到整个40年代,历史剧的创作更以蓬勃向前的态势发展,成为剧作家激发民族情绪、实现民族自救自立的重要文艺样式,诞生了诸如阳翰笙的《李秀成之死》、吴祖光的《正气歌》等传世之作,并形成了一个以"战国史剧""太平天国史剧"和"南明史剧"为主的中国现代历史剧创作的高峰。

40年代历史剧创作热潮的出现是有其深刻而广泛的社会心理基础的。抗日战争进入相持阶段后,"中国向何处去"成为全民族关注和探索的问题。围绕这一中心,出现了"重新认识与研究民族历史与文化"的社会思潮,形成了研究中国历史与哲学的热潮。在这种思想文化背景下,剧作家必然从历史人物和历史事件中寻找民族精神与传统,以自己的创作去展现中华民族一向所秉有的"捐躯赴国难,视死忽如归"的英雄气概,以"作民族的怒吼"。而更为直接的原因是创作环境的恶劣。"皖南事变"以后,抗战形势日趋尖锐,投降路线抬头,国民党发动第二次反共高潮,实施政治文化的高压政策,强化其法西斯统治,抗战前期蓬勃发展的救亡戏剧受到挫折,失去了公开抨击时弊自由的剧作家就转向历史题材的创作,借古喻今,以呼应现实的时代主旋律,鼓舞人们的抗日斗志。这就决定了这一时期历史剧创作拥有强烈的政治功利性的特点:引起作家创作冲动与兴趣并成为观察与表现中心的,并不是人的思想、感情和心理,而是以历史的"人"来表现现实的人的思想和感情。剧作家总是立足于现实政治生活,选取与今人气质相近的历史人物,与今事精神上相近的历史政治事件作为创作题材。于是,现实政治所提出的"坚持抗战,反对投降;坚持团结,反对分裂;坚持进步,反对倒退"的历史任务就成为历史剧创作的总主题。

郭沫若是这一时期历史剧创作的卓越代表。他不仅是中国现代新诗的奠基人,同时也是中国现代历史剧的开拓者。其历史剧创作是与新诗创作同时开始的,可分为前后两个时期。新诗《女神》《星空》中被他自己称之为"剧曲"或戏曲的作品,如《棠棣之花》《女神之再生》《湘累》等,只是一种萌芽;1922 年 2 月创作的《卓文君》才是其历史剧创作开始的标志,它和《王昭君》《聂嫈》一起成为前期历史剧的代表作。1926 年 4 月他把这三个剧本合在一起,改名为《三个叛逆的女性》,由上海光华书局出版。这三个剧本分别塑造了三个大胆叛逆的古代女性形象,突出刻画了她们热爱自由、崇尚个性、蔑视权贵、敢于抗争、为追求理想不惜牺牲一切的个性与精神,鲜明地歌颂了妇女的觉醒与反抗,抨击了封建旧制度旧道德。这种在历史人物的"骸骨"里吹进了"五四"时代精神,"借着古人的皮毛来说自己的话"[10]的创作方式,初步显示了郭沫若历史剧的创作特色。在后期,从 1941 年底到 1943 年初,郭沫若创作了六部历史剧,包括《棠棣之花》、《屈原》、《虎符》、《高渐离》(原名《筑》)、《孔雀胆》、《南冠草》,前面四部以战国时代各国联合抗秦斗争历史为题材,被称为"战国史剧",后两部则分别取材于元末历史(《孔雀胆》)和南明历史(《南冠草》)。这些剧作,融合了郭沫若作为历史学家的渊博知识,更贯穿着他作为诗人的革命浪漫主义的诗情,它们的整体推出,标志着中国现代历史剧创作的成熟和高峰期的到来。这些剧作无一例外地展示了主人公与黑暗势力进行顽强斗争的坚强意志和坚决维护民族和祖国利益的崇高精神,传达了反对侵略,反对卖国投降,反对专制暴政,反对屈从变节,主张爱国爱民、坚守气节和团结御侮的崇高主题。

《屈原》是郭沫若历史剧的代表作,也是中国现代文学史上历史剧创作成就的最高代表。剧本写于 1942 年 1 月,正是"皖南事变"发生一周年的时候。国民党反动派残害抗日的新四军,激起了全国人民的极大愤怒,因此,作者"便把这时代的愤怒复活在屈原的时代里去了",他"借了屈原的时代来象征我们当前的时代"[11],用借古讽今的方法,强烈抨击了国民党的黑暗统治。剧本取材于屈原一生的事迹,集中描写了以屈原为代表的联齐抗秦的爱国力量与以郑袖、靳尚为代表的投降势力之间的矛盾斗争。在剧本中,忠于祖国和人民的屈原受到投降派和腐败贵族的反对,昏庸的楚怀王听信了投降派的话绝齐亲秦,屈原被罢免了官职,并被囚禁于东皇太乙庙中。但他并没有屈服于黑暗势力,而是置个人的安危于度外,始终坚持斗争,在最黑暗的时候高吟"雷电颂",呼唤风雨雷电,呼唤正义和真理,气势磅礴、高亢激越地向昏聩和黑暗发出愤怒的诅咒,表明了自己不屈不挠地追求光明的战斗意志。剧本成功地塑造了一系列的人物形象,构建了郭沫若的理想文化模式。屈原是作家理想的寄托,屈原的人格模式是郭沫若历史剧文化寻根过程中最有价值的选择。屈原具有不骄矜、不怯懦、不懈怠、不迁就、独立不移、凛然难犯的人格意志。他爱国爱民,富于理想追求,是一个为光明和自由而战的"真的猛士"的化身。他光明磊落,高洁耿直,嫉恶如仇,正气凛然。他大公无私,不计个人的得失,始终将个人消融于社会的道德之中,将个人的利益融入民族利益之中。他雷电般的性格鲜明生动,感人至深。这个形象的典型意义就在于:他是一切历史和现实的进步力量的化身,为正义而英勇斗争的象征,捍卫祖国和人民利益而献身的榜样,在他身上,充分体现了中华民族争取独立自主、反抗侵略的历史传统精神。他那种深切的爱国爱民思想和英勇无畏的斗争精神具有强烈的现实意义。婵娟则代表了另一种人格类型。她是"道义美的形象化",是正义、善良、美好、温柔的女性形象的概括。在她身上,外在美与内在美得到了和谐统一。她"志趣坚定","与橘树同风",是《橘颂》的受之无愧者。她景仰屈原,把屈原的理想当作自己的理想,并决心为实现屈原的理想而献身。这一人物的塑造,表明屈原思想和人格力量的深重影响力,同时也补充、深化了对屈原精神的赞颂。

郭沫若的历史剧有着鲜明的现实针对性。他总是站在时代的政治高度,从时代的要求出发,选择与生活的现实背景相适应的历史题材,通过古人古事与现实的对话和交流,达到"据今推古"、"借古鉴今"目的。他总是从史实中发掘和发现同当下现实的联系热点,让观众从古今联系中更深刻地认识现实,对待现实。《屈原》的创作就是针对蒋介石发动第二次反共高潮的。他说:"全中国的进步的人都感受着愤怒,因而我便把这时代的愤怒复活在屈原的时代里去了。"通过屈原的悲剧命运,人们自然会联想到现实。郭沫若的历史剧都不违背历史的精神,但又不拘泥于史事。在他看来,历史剧首先是"剧"而不是"史",史学家和史剧家的任务不同,"史学家是发掘历史精神,史剧家是发展历史精神","研究历史是'实事求是',史剧创作是'失事求似'"[12],"剧作家的任务是把握历史的精神而不必为历史事实所束缚"[13]。这些见解显示了一个戏剧家、诗人兼史学家的独特历史剧观。从这种史剧观出发,其历史剧创作就不会严格地重视历史的原貌或如实地敷陈历史事实,而是为今而"史",根据剧情和主题的需要,在尽可能有史实材料依据和不失历史真实的前提下,充分发挥自己的创造才能和艺术想象力,对事件和人物进行合理的改造和加工。所以对历史追求的只是一种"神似",正是郭沫若浪漫主义史剧的一个重要特征。《屈原》一剧对历史史实的更动以至于虚构史实,在剧中是随处可见的。如张仪使楚和南后陷害屈原的情节,在时间和因果关系等方面,都作了改动、虚构，这样就更集中、充分地揭露投降派的阴险、卑劣和狠毒，戏剧效果更为显著。对于宋玉也突破了历史事实的限制而进行了新的创造，突出了其在大波大澜年代不能保持文人骨气的特点，对现实有所针砭。而婵娟则是完全虚构的形象，历史上并无其人，她的出现，更好地烘托了屈原的形象，有力地鞭挞了投降变节之徒。可以说，《屈原》的精神实质是历史性的，但作品中的事件和人物与历史并没有完全的对应关系。

郭沫若的历史剧具有浓烈的主观抒情性。他是个感情激越、充沛的浪漫主义诗人，他的历史剧也和他的新诗一样，寄托着作家的主观意愿和情绪，抒情主体鲜明，诗意浓郁，情感热烈，富有浪漫主义色彩。他的历史剧可以说都是悲壮激越的诗剧。在剧作中，创作主体与他所热爱的历史人物融为一体，将自己的情感灌注在剧中人物的心灵之中，并通过人物之口尽情宣泄，毫无遮掩地表白自己对于当下现实的态度，因而作品的主人公身上也显示了作者自己的人格取向。《屈原》一剧既是写屈原也是写郭沫若自己，其中的“雷电颂”可以看成是这两位浪漫主义诗人的合奏曲，是当时屈原可能发出的呐喊，更是郭沫若对当时黑暗现实的诅咒。为强化抒情色彩，他往往在剧中穿插大量的民歌和抒情诗，而且反复出现、反复吟诵，营造了浓浓的抒情气氛。如《屈原》中的《橘颂》和《雷电颂》，《棠棣之花》中的北行诗，《南冠草》中的《大哀赋》，《虎符》中的赞颂歌等等。这些诗和歌不仅渲染了浓烈的抒情氛围，而且突出了人物性格，强化了剧本主题，具有强烈的艺术效果。而且其剧中人物个性化的语言（对白和独白）也是抒情性的，往往出口成章，不仅充分揭示了人物丰富复杂的内心世界，也抒发了作者独特的心灵感受。就美学意义而言，郭沫若的历史剧具有崇高美。其剧作具有浓烈的悲剧色彩，堪称是英雄悲剧，表现的是英雄的生命历程。人物的悲剧命运成为戏剧冲突和剧情发展的内核，戏剧主题就是通过这些悲剧性的主人公强烈的自我表现揭示出来的。这些悲剧人物大都是“杀身成仁，舍生取义”的英雄人物和志士仁人。他们的人生经历、他们的事业，大多与民族联系在一起，最后都在与敌对力量的搏斗中悲壮地死去或受到打击而走向悲剧结局。这就打造了现代悲剧艺术的崇高品质，这种崇高悲壮的格调使人振奋，富于生命的召唤力。

除郭沫若的历史剧外，40 年代的历史剧创作还有“太平天国史剧”和“南明史剧”。前者以太平天国内部分裂的历史教训为题材，代表作主要有欧阳予倩的《忠王李秀成》（1941），阳翰笙的《李秀成之死》（1937）、《天国春秋》（1941）以及陈白尘的《翼王石达开》（又名《大渡河》，1943）等；后者以明末清初汉族人民反抗满族入侵斗争为题材，主要代表作有阿英（钱杏邨）的《碧血花》（1939）、《海国英雄》（1940）、《杨娥传》（1941），于伶的《大明英烈传》（1940），欧阳予倩的《桃花扇》等。剧作家们集中于上述两个题材进行历史剧创作,也在于选取民族矛盾和阶级矛盾特别尖锐的时代,从中找寻对于现实极具观照意义的历史的经验与教训,歌颂爱国主义,反对投降变节,张扬民族正气,以便使历史剧创作为正在进行着的伟大的民族解放战争发挥应有的功用。

阳翰笙(1902—1993),原名欧阳继修,笔名华汉,四川高县人。他既是剧作家,又是中国共产党的政治工作者。1928 年参加创造社,开始文学创作活动,30 年代担任了“左联”的领导工作。抗战初期开始,致力于戏剧创作。他的剧作有反映现实题材的《前夜》(1936)、《塞上风云》(1938)等,但其创作成就更高、影响更著的还是历史剧,主要作品有《李秀成之死》(1937)、《天国春秋》(1941)、《草莽英雄》(1942)等。他的政治意识比郭沫若更为强烈,历史剧是他“曲折地然而还是无情地给国民党统治的黑暗现实予以回击的一种斗争形式”[14],无论是题材的选取、情节的安排、主题的确立、人物的配置、性格的塑造,都显示了鲜明的政治性。《天国春秋》围绕着“杨韦事变”,描写了太平天国失败的过程,揭示出内部分裂是导致革命失败的根本原因,作品借古讽今,影射、批判蒋介石发动“皖南事变”,制造分裂,破坏抗日的罪行,具有强烈的现实意义。剧本以杨秀清、韦昌辉、洪宣娇、傅善祥为主线,营造了复杂的矛盾冲突,塑造了一系列人物形象。就剧作整体看,作家那种政治家的眼光与气魄,确实造就了剧作雄厚阔大的气势,但政治理念的过分介入,也使作品中的人物存在意念化的弱点。

阿英于抗战时期在上海“孤岛”以魏如晦为笔名,创作了《碧血花》(1939,又名《明末遗恨》)、《海国英雄》(1940,又名《郑成功》)与《杨娥传》(1941)等历史剧。其选取史实集中在南明,是“南明史剧”创作最有影响的剧作家。这几个剧本以几个带有传奇色彩的下层女子为主人公,以她们杀身报国的经历来讽喻现实,激发抗日的斗志。三幕剧《碧血花》写的是秦淮名妓葛嫩娘在清兵攻入南京国破家亡之际,与名士孙克威参加义军抗清共赴国难的故事,全剧慷慨激昂,充分展示了葛嫩娘的凛然正气,具有很强的现实针对性和艺术感染力。该剧创下了三遭禁演,连演两个月不衰的纪录。四幕剧《海国英雄》通过民族英雄郑成功延平前线杀敌、反对父亲降清、攻打南京、退守台湾等情节,表彰了他为“恢复故土”不屈不挠的苦斗精神。《杨娥传》写明末爱国义女杨娥为洗雪国仇家恨,伪设酒肆谋杀吴三桂的故事,鼓励人们为当前的国恨家仇而斗争。这些历史剧,在当时处于特殊环境的“孤岛”上演时,都非常轰动,证明它们为配合民族解放斗争而收到了强烈的现实效应。

第六节 《升官图》等政治讽刺剧

40 年代国统区现实剧创作的重要一翼是政治讽刺剧。由于国民党推行反共反人民的政策,政治更趋黑暗,社会矛盾加剧,国统区现实的黑暗和丑恶促进了政治讽刺剧的崛起。许多作家都拿起讽刺和暴露的武器,用喜剧去撕破生活的假面,强烈抨击国民党的黑暗统治,产生一大批讽刺作品,出现了一股政治讽刺剧创作潮流。在这股潮流中,不仅陈白尘等喜剧作家大显身手,创造了自己文学生涯中的黄金时代,而且以悲剧创作见长的曹禺等作家也有政治讽刺剧作品(如《蜕变》),还有新加盟的戏剧作家如老舍、吴祖光、宋之的、阳翰笙、瞿白音、袁俊、沈浮等也都以各具特色的创作推动着这股喜剧潮流。这些政治讽刺剧以揭露国民党官僚政治的腐败和国统区现实的丑恶为主,也有以社会底层小人物生活为对象的,透过小人物滑稽可笑的喜剧现象,抨击社会制度和现实的丑恶。

在40年代的政治讽刺剧创作中,陈白尘是杰出的代表。陈白尘(1908—1994),原名陈增鸿,陈征鸿,江苏淮阴人。中学时代受新文学的影响开始文艺创作,1927年考入上海艺术大学文学科,后又转入南国艺术学院,接受较为全面的戏剧艺术教育,成为南国社的重要成员,后又与人组织摩登社、国难剧社,从事进步的文艺活动。他于1930年开始戏剧创作,1935年创作了第一部独幕喜剧《征婚》,从此喜剧创作就同他结下了不解之缘。

陈白尘戏剧创作的路子较为开阔,多幕剧、独幕剧、喜剧、悲剧及电影剧本创作皆擅,且都有可读作品。除喜剧创作外,他还有两类作品颇引人注目。一类是历史剧,以表现"太平天国史剧"为重,主要作品有《石达开的末路》(1936)、《金田村》(1937)、《大渡河》(1946)等。其中《大渡河》以太平天国内讧引起分裂导致石达开兵败大渡河的史实出发进行构思,批判了制造分裂、破坏团结者的可耻下场,在抗战前后都有强烈的现实针对性。另一类是描写现实人生的社会问题剧。这里有以小人物的灰色人生为对象的现实喜剧,如《乱世男女》(1939);有以青年知识分子为对象的社会悲喜剧,如《未婚夫妻》(1940)、《结婚进行曲》(1942)等;有描写在丑恶现实中出污泥而不染、坚贞自守的现实悲剧,如《岁寒图》(1944)。《乱世男女》是一部大时代的小喜剧,刻画了一群被抗战洪流搅起来的都市沉渣——一帮乱世男女从南京逃到大后方的种种丑态,以犀利的笔触暴露了社会的腐朽黑暗,显示了作家的讽刺才华。《结婚进行曲》是一部五幕悲喜剧,它是在独幕剧《未婚夫妻》的基础上加工完成的,通过女青年黄瑛谋职就业过程中四处碰壁的不幸遭遇,揭露了国统区社会的黑暗和腐败。该剧的题材表面上看是表现妇女问题,实际上却是个社会问题,全剧通过黄瑛和刘天野从恋爱到结婚的普通生活事件揭发了那个时代的多重矛盾:父与女、母与子的冲突,职业与婚姻的矛盾,抗战与衣食住行的关系,妇女的经济问题等等,最后主人公走向了悲剧性的结局,这就挖掘了深广的社会意义。《岁寒图》是一部现实主义悲剧,剧名来自"岁寒然后知松柏之后凋也"的名言。它以抗战时期后方某城市私立医院附设的医院为背景塑造了忠于职守、克己为人的医师黎竹荪的形象,歌颂了在中国抗日战争的苦难历程中知识分子坚贞自守、苦斗不屈的傲然正气和铮铮骨气,激励着人们去迎接"岁寒"之后的春天,同时也猛烈地抨击了冷酷如铁、严寒如冬的黑暗社会。这部作品是中国现代戏剧史上的优秀之作,在作者的戏剧创作历程中有重要意义。

陈白尘的戏剧创作以喜剧驰名,影响最大的是直刺反动统治制度和黑暗现实的政治讽刺喜剧,主要作品有《恭喜发财》(1936)、《魔窟》(1938)、《禁止小便》(1941)、《升官图》(1945)等。在《魔窟》(又名《群魔乱舞》)中,作者以饱蘸民族义愤之笔对沦陷区投降日寇、无恶不作的一伙汉奸卖国贼予以辛辣的讽刺和嘲笑,揭示了他们无可逃遁的可耻下场。此剧是对汪精卫公开投敌的鞭挞,同时也对国民党消极抗日的态度予以嘲讽。《禁止小便》(曾改名《等因奉此》)是一个独幕剧。剧作围绕一个平常的小机关为迎接上级派员巡查,急需一块"禁止小便"的铁牌挂在墙上以长门面这一情节展开冲突,展示了后方小官僚恶劣的精神状态和卑污的灵魂,揭露了国民党官僚机构的昏乱与腐朽。全剧凝练、活泼,喜剧性很强。这些作品在荒唐可笑中发掘出了严肃的主题,使人在捧腹大笑之后又对社会进行深思和追问。陈白尘的讽刺艺术成就是逐步递进的。从《征婚》《恭喜发财》《魔窟》,到《乱世男女》《禁止小便》,再到《结婚进行曲》《升官图》,其喜剧创作成就一步步地向上攀升,讽刺艺术才华也越来越显现。《升官图》成为其讽刺喜剧艺术的最重要的代表作,该剧的思想深广度和艺术技巧,也使"五四"以来的现实主义喜剧创作达到了新的高度。

《升官图》写于1945年10月,全剧除序幕和尾声外,共三幕五场。剧作通过两个流氓强盗的梦境,对国民党统治时代黑暗腐败的官场作了淋漓尽致的暴露和讽刺。这两个强盗为躲避官方追捕而闯进了一所古老而空旷的住宅,在一盏昏黄的油灯下,在一间阴暗的客厅里,做了一场升官发财的美梦。在梦中,他们乘一次群众暴动后知县受伤、秘书长毙命的机会,浑水摸鱼,冒充知县和秘书长,并把持了策划征敛的县务会议。原县长夫人为保持原有的威仪而默认了现实,利欲熏心的一帮官吏为坐稳自己的位子明知有假也居然曲意逢迎。这些官僚们互相勾结又互相倾轧,丑态百出,罪恶干尽。脑满肠肥的财政局长中饱私囊,拿捐款去放债,以教育经费去囤积粮食,还与县长夫人狼狈为奸,为虎作伥;身材奇矮的警察局长,总是叫嚣要把全城的人杀光,私下里买卖壮丁,包庇赌烟,无恶不作;"外号摩登假宝玉,洋装西门庆"的工务局长霸占民房,贪污各种专捐;而教育局长克扣教师米贴,没收平价布,开枪打死学生。整个县城被他们搞得乌烟瘴气。忽然传来省长大人要来视察的消息,这帮原本勾心斗角的小丑又沆瀣一气,各自伪装起来。谁知这位“仪表非凡”的省长却更加贪婪,以头痛为名专要足赤金条,并将一位美女弄到手,于是就宣布本县“太平无事”,视察完毕,并提拔假知县为道尹,财政局长为知县,而那个从壮丁中逃回来的真知县却被枪毙了。正当这帮官僚们弹冠相庆之时,一群愤怒的群众冲进县衙,把他们统统抓了起来,两个强盗的美梦也就此完结。全剧展示的是两个盗贼的一场“升官”梦,借以讽刺国民党反动统治下官即是匪、匪即是官的社会现实。它形象地告诉人们,不管反动统治者的梦如何美妙,终究是要破灭的,觉醒了的人民大众是不会饶恕他们的。剧作蕴含的现实社会意义十分显豁,也不无深刻性。

《升官图》在艺术上有显著特点。首先是构思的奇特巧妙。作品将历史与当下、梦境和现实、荒诞和真实有机统一在一起,有效地发挥了政治讽刺剧的独特功能。整个剧情展示的是强盗的梦境,概括表现的却是社会现实,情节初看荒诞不经,但细想一下却合情合理。作者采用时间推移法,把故事发生时间置于“民国初年”,有意避开当局的“检查制度”,但表面上写历史,实际上写当下,以梦境表现当时官场的黑暗和腐朽。整个戏剧都是借助象征和暗示来与读者达成默契,这不仅使作者充分发挥了自己的想象,调动各种艺术手段去表现主旨,而且扩充了作品的信息量,给读者留下了更大的回味和思考的空间。在这种艺术构思中,误会与巧合是被作者出色地使用着的。其次是漫画式的夸张、讽刺和人物性格化描写的高度统一。剧作为我们展示了一个充满贪官污吏的黑暗王国,勾勒了官僚机构的丑恶群像,但作者并不停留在一般讽刺喜剧的类型化描写上,而是十分注重揭示人物腐朽丑恶的灵魂,既写出其丑恶的共性,同时又以十分到位的艺术描写展现了人物各自不同的个性。在剧中,作者以夸张的笔墨给讽刺对象勾勒了一幅幅漫画像,如“仪表非凡,严肃端正”的省长,“身材奇矮,但总爱耀武扬威地全副武装”的警察局长,“暮气沉沉,呵欠连天”的教育局长,“一身笔挺的西装,油头粉面”的工务局长,“面团耳肥,一副发福样子”的财政局长等,他们都贪得无厌,无恶不作,但他们又各有特点,不仅搜刮的手腕各不相同,而且其丑恶灵魂也不完全相似。两个强盗也各有特点:强盗甲是个狡猾的市侩,善用金钱、女色来调和官僚之间的矛盾,巩固自己的既得利益;而强盗乙则愚蠢、粗俗、鄙陋,做官后仍恶习不改,不时露出强盗的本来面目。再次是用“自我暴露”的方式挑开伪装,揭露本质,达到讽刺效果。剧作中作者总是让人物互相揭短、互相攻讦、互相讥讽,从而暴露对方的丑恶面目,如“你是四条腿的马,一拍就跑,当然快!”“女人是你的命,又给裙带子给扣住了!”“你买卖壮丁,你包庇烟赌!”如此一去一来,恰恰暴露了丑恶者的卑污灵魂。这种“自我暴露”方式,更多的是通过言行不一和自我招供来暴露其灵魂深处的东西。他们个个口称廉洁却个个大肆贪污受贿,如省长口里刚刚说完要"俭以养廉",可是转眼就地毯、钻戒、汽车、洋房照单全收,而且还变着名堂要金条。这种言行不一的矛盾现象被揭露,不啻是对这些丑类的致命一击,他们的丑恶嘴脸与灵魂已被暴露无遗。此外,这个作品不仅从中国传统戏曲中的丑角戏里吸取了养分,还大胆地学习了外国戏剧的创作经验,其中借鉴俄国作家果戈理《钦差大臣》的创作经验就十分明显。正是由于剧作家多方吸收、大胆创新,才使这个作品取得了较高艺术成就。

除陈白尘的作品之外,40 年代的政治讽刺剧还有一大批可称道之作,如阳翰笙的《两面人》,袁俊的《美国总统号》,丁西林的《三块钱国币》,欧阳予倩的《越打越肥》,沈浮的《重庆二十四小时》,曾卓的《同病相怜》等。老舍的《残雾》(1939)取材于重庆的社会现实,刻画了国民党官员和官僚机构的腐败无能。剧中的冼局长一面高喊抗战,道貌岸然,一面贪财、好色,还与汉奸勾结;他利用职权玩弄女性,结果反而为女性所累,讽刺锋芒直刺反动官吏。他还有《国家至上》(与宋之的合作,1940)、《面子问题》(1941)、《大地龙蛇》(1941)等作品,显示出他在戏剧创作领域也取得了出色成绩。在政治讽刺剧创作中成就较为突出的剧作家有吴祖光、宋之的、瞿白音等。

吴祖光(1917—2003),祖籍江苏武进,生于北京。1936 年进北平中法大学文学系学习,次年在南京国立戏剧专科学校任教,并开始文学创作。他是在抗战烽火中成长起来的剧坛新秀,一位戏剧创作的多面手,其创作的正剧、悲剧、讽刺剧、抒情剧等都有出色作品。他最早以《凤凰城》(1937)出名,接着又写有《正气歌》(1940)、《风雪夜归人》(1942)等颇有影响的剧作。尤其是《风雪夜归人》,在中国戏剧史上有很高的地位。抗战胜利后,他创作了《捉鬼传》(1946)、《嫦娥奔月》(1947)等暴露和批判国民党反动统治的政治讽刺喜剧。三幕七场话剧《捉鬼传》是其力作。该剧主要写民间传说中的"捉鬼大神"钟馗到人间捉了牛魔王等鬼怪后,误以为魔鬼已被捉尽,痛饮大醉一千多年,醒来后发现到处是道法高深的魔鬼,终于败走山林。剧本以此作为情节结构的基本框架,大量渗入社会现实生活内涵,并通过鬼神世界来影射现实,以剧中虚拟的情节来嘲讽国统区随处可见的社会现象,如国民党的抓壮丁、打内战、通货膨胀等,寄以辛辣的讽刺和嘲笑。该剧构思精巧、独特,风格辛辣、戏谑。作者从鲁迅的《故事新编》中吸取经验,写的是古代生活,但常用现代语言,故而幽默风趣,深受人们喜爱。另一部力作《嫦娥奔月》,写羿射日有功,当上皇帝后转变成大独裁者,强娶嫦娥,杀戮无辜,最后众叛亲离。作者借剧中老人之口,谴责他"一统天下二十年,颠倒伦常,逆天行事"。这是用神话的形式反映当前现实,且进一步把矛头对准了国民党政权的最高统治者,表达了人民要求自由解放的愿望。

宋之的(1914—1956),原名宋汝昭,河北丰润人。1930年开始戏剧活动,1932年参加“左联”,担任《戏剧新闻》主编。创作的话剧有《罪犯》(1935,又名《谁之罪》)、《烙痕》(1937)、《雾重庆》(1940)等。其于抗战胜利后创作的政治讽刺剧《群猴》(1948),有较大影响。该剧以抗战胜利后某大城市国大代表竞选为背景,通过国民党各派系人物到镇长家提取选票所引起的一场争吵,淋漓尽致地暴露了这些狐群狗党撕咬争斗、争权夺利的种种丑态和卑劣行径,从而猛烈抨击了国民党官僚政治的腐败,彻底撕掉了“民主宪政”、“还政与民”等旗号和选举制度的虚伪面目。在艺术上,该剧熔滑稽戏、闹剧、喜剧于一炉,间或含有插科打诨的笑剧和民间对口相声艺术等多种因素,因而显得特别热闹风趣。作者还运用高度集中和极度夸张的讽刺手法,让所有的登场人物都像吵闹不休的猴子一样滑稽可笑,不是动手扭打,就是粗鲁谩骂,呈现出一群恶棍流氓彼此混战的局面,具有强烈的喜剧效果。

瞿白音(1910—1979),原名瞿金驹,上海嘉定人。30年代开始投身进步戏剧运动。他创作的独幕喜剧《南下列车》(1948),也是鞭挞国民党反动统治的。剧作以蒋介石伪装下野、国民党军政要员仓皇南逃为背景,以一列南行列车的餐车为舞台,通过一群国民党达官贵人拙劣可笑的自我表演,凸显其丑恶嘴脸和灵魂,显示了反动王朝行将覆没的历史命运。该剧形式短小精悍,场景集中紧凑,极尽讽刺暴露之能事。特别是把故事安排在行进中的列车上,人物、场景、道具都呈现出急速的动态感。

(黄爱华　雷水莲　刘家思)

注释:

① 转引自《南国的戏剧》,上海萌芽书店1929年版。
② 李健吾:《〈以身作则〉后记》,文化生活出版社1936年版。
③ 田汉:《我们的自己批判》,《田汉选集》,人民文学出版社1959年版。
④ 洪深:《〈回春之曲〉序》,《回春之曲》,普通书局1935年版。
⑤ 洪深:《从中国的新戏说到新剧》,《戏剧概论》,上海光华书店1929年版。
⑥ 洪深:《电影戏剧的编剧方法》,正中书局1935年版。
⑦ 夏衍:《生活·题材·创作》,湖南人民出版社1983年版,第37页。
⑧ 夏衍:《上海屋檐下·后记》(三幕话剧),中国戏剧出版社1981年版,第83页。
⑨ 夏衍:《谈〈上海屋檐下〉的创作》,《剧本》1957年第4期。
⑩ 郭沫若:《创造十年》,《沫若文集》第7卷,人民文学出版社1961年版,第70页。
⑪ 郭沫若:《序俄文译本〈屈原〉》,《沫若文集》第17卷,人民文学出版社1961年版,第158页。

⑫ 郭沫若:《历史、史剧、现实》,《沫若文集》第13卷,人民文学出版社1961年版,第16页。
⑬ 郭沫若:《我怎样写〈棠棣之花〉》,《沫若选集》第2卷,人民文学出版社1959年版,第80页。
⑭ 何其芳:《评〈天国春秋〉》,《何其芳文集》第4卷,人民文学出版社1983年版,第83、84页。

【思考题】

1. 简述发展期的主要戏剧社团及戏剧文学发展的主要特点。

2. 论述曹禺剧作的创造性成就以及《雷雨》和《日出》两部剧作在中国现代话剧史上的地位,比较分析两部剧作不同的主题、人物与结构。

3. 从《回春之曲》和《农村三部曲》看田汉、洪深对左翼戏剧的贡献。

4. 以《上海屋檐下》为例,论述夏衍话剧的现实主义成就。

5. 试述郭沫若历史剧的创作特色,分析《屈原》的思想性与艺术性。

6. 简述陈白尘、吴祖光、宋之的、瞿白音的政治讽刺剧代表作,论析《升官图》的讽刺艺术成就。

图书在版编目(CIP)数据
中国现当代文学史.上册／王嘉良,颜敏主编.－修订本.－上海:
上海教育出版社，2009.8（2016.8重印）
ISBN 978-7-5444-2595-7

Ⅰ.①中… Ⅱ.①王… ②颜… Ⅲ.①现代文学－文学史
－中国－师范大学－教材②当代文学－文学史－中国
－师范大学－教材 Ⅳ.I209

中国版本图书馆CIP数据核字(2009)第153075号

面向21世纪课程教材
中国现当代文学史（修订版）（上册）
王嘉良 颜 敏 主编

出 版 上海世纪出版股份有限公司
上 海 教 育 出 版 社
易文网 www.ewen.co
地 址 上海永福路123号
邮 编 200031
发 行 上海世纪出版股份有限公司发行中心
印 刷 常熟市华顺印刷有限公司
开 本 700×1000 1/16 印张 21.5 插页 1
版 次 2009年8月第1版
印 次 2016年8月第9次印刷
印 数 20,951-22,950
书 号 ISBN 978-7-5444-2595-7/I·0022
定 价 31.00元